東圃石湖

我的故乡天门干驿（干镇驿）

◎ 史正江　编著

WUHAN UNIVERSITY PRESS
武汉大学出版社

图书在版编目（CIP）数据

东冈石湖：我的故乡天门干驿（干镇驿）／史正江编著.—武汉：武汉大学出版社,2024.4

ISBN 978-7-307-24309-5

Ⅰ.东… Ⅱ.史… Ⅲ.散文—中国—当代 Ⅳ.I267

中国国家版本馆 CIP 数据核字（2024）第 045540 号

责任编辑：詹 蜜 胡国民　　责任校对：汪欣怡　　整体设计：韩闻锦

出版发行：**武汉大学出版社**　（430072　武昌　珞珈山）

（电子邮箱：cbs22@whu.edu.cn　网址：www.wdp.com.cn）

印刷：湖北金海印务有限公司

开本：720×1000　1/16　印张：27　字数：383 千字　插页：2　插图：1

版次：2024 年 4 月第 1 版　　2024 年 4 月第 1 次印刷

ISBN 978-7-307-24309-5　　定价：128.00 元

情为桑梓所系　著代故乡立传

——史正江《东冈石湖》阅后随感

甘海斌

古人言："人之相敬，敬于德；人之相交，交于情。"我与史正江先生同居京城，有着20多年的交谊。我俩不仅是故里相邻、越鸟同枝的乡友，而且是肝胆相照、心心相印的诤友，更是彼此欣赏、惺惺相惜的文友。

正江兄具有超乎常人的意志品质和经纬之才。2020年3月他从中国南方电网公司的领导岗位退休后，在出版《党建十论》《党建实导》《笔耕拾零》《新时代国有企业党的建设十六讲》的基础上，又推出《党建实导（续）》《伟大工程》等著作，使之成为六部八册系列。几年之中，逾两百万字的鸿篇巨制相继出版，实属不易！正江兄已然成为声名远播、享誉当代的党建理论家、实践家。

他始终笔耕不辍，书斋中求乐，史料中求真。近年来，又开始进行严谨省慎的"文心雕龙"，就接连搞出了三个"大部头"：2022年3月他和夫人余友枝联袂出版了《陆羽十讲》，他所著的《阅历九章》2023年6月出版，与业已完稿的《东冈石湖》，将构成他的"故乡三部曲"。可见，正江兄角色转换之快，文字功底之深。创作激情、卓越才情如"井喷式"迸发出来，这是厚积薄发的结果。令人十分惊诧和仰慕。在历史的演进中，正江兄会理所当然地成为故乡名人、荆楚名人、文化名人而永载史册。

诗圣杜甫言："文章千古事，得失寸心知。作者皆殊列，名声岂浪垂。"《东冈石湖》是正江兄倾心打造的一部故乡全景式纪实文学作品。现拟由武汉大学出版社出版，付梓在即，可喜可贺！正江兄能在短短的一年之内，又写出如此宏阔生动、引人入胜、出类拔萃、金声玉振的长篇论著，其驾驭文字的功夫可谓炉火纯青。他引经据典，旁征博引，行云流水，文采灿然的生花妙笔，或许是某些专业作家也无出其右的。难怪乎有好友戏谑其为"当代文霸"。

前些天，正江兄将其《东冈石湖》厚厚的纸质书稿寄给我，嘱我作序。我推辞再三，他则激将我——"知我者海斌兄也，非你莫属！"令我颇感"压力山大"，不免忐忑不安，又感到却之不恭。故对书稿认认真真、逐字逐句、焚膏继晷、夜以继日地拜读了一周。内心除了啧啧称赞的敬佩，还有愧不能及的折服。为不辜负正江兄的信任与抬爱，余班门弄斧，不揣谫陋，狗尾续貂，谈几点观感随想。

作为《东冈石湖》的第一读者，我拜读之后形成的总体印象是，该著是一部百科全书式的乡村史，是天门"东乡门户"干镇驿地域衍进的方志铭，是我们共有之故园历史概貌、先贤俊才、人文景观、乡风民俗的集大成之作。如同眼前呈现出一幅"美丽富饶家山水"长卷画。

通观《东冈石湖》，全书分 6 篇、共 32 章，林林总总，洋洋洒洒近 30 万字。该著特色十分鲜明：

一是逻辑结构严谨，脉络层次分明。应当说，每一章节都做到了详略得当，收放自如。"行如所当行，止于所当止"，总体把握得很好。他把故乡风貌、儿时记忆、成长经历、往事回顾、念乡情结、故乡之魂、故乡之梦等，熔为一炉，让人深切感受到他对故土的眷恋之情。东冈石湖是他人生的起点，也是他内在的力量之源和心灵净化与安宁之所在。

二是史料丰富翔实，文笔晓畅精彩。应当肯定，是丰富而翔实的史料比勘，为作者创作和诠释奠定了可靠基础。但要从历史的鳞光片羽中寻找答案，选材合适，别出心裁，并不是凡人可为的。正江兄却能穷研人文史料，考据准确，将素材为我所用，言之有凭有据，娓娓道来，如数家珍，的确难能可贵。他善于用古出新，注重文字焕彩，于字里行间自然流露出深邃的精神内涵。他比较注意论点的把握，尤其是追求篇章结构、段落之间为文气息的畅达，展示出清新、晓畅、温润、典雅之文风。

三是乡土气息浓郁，文化风貌尽现。《东冈石湖》充满了故乡浓郁的风情故事，体现了"一方水土养一方人"的文化内涵，挖掘了干镇驿的乡土文化的多元性，反映了多种文化艺术的融汇交织、流传有序。书稿对自然景观、名人逸事、宗教信仰、道德教化、婚丧嫁娶、家祠祭祀、礼仪风俗、侨乡文化、饮食文化等多方面均有颇深涉猎，展现了他博闻强记、宽广渊深的知识面和认知感。

四是不囿历史钩沉，更重回溯展望。《东冈石湖》所叙述的历史跨度非常久远，所涉及的人和事皆真实可信。正江兄在记述故乡之苦难和辉煌的同时，笔调总是谈古而论今，言美而及丑，扬善而戳恶，并非厚古薄今。他笔下的人物都十分质朴可爱，活灵活现。他热情地讴歌了故乡在中国共产党领导下所发生的巨变，并以自己亲身经历和成长进步史，回馈故乡的乳汁哺育，给人以有益启示，从中获得教益，让人懂得"根深几许，叶发几枝"道理。他憧憬"家乡的明天会更美好"，心中已然有一幅梦中蓝图，期待人们建设更美好的家园。

应当承认，这部著作具有明显的地域局限性。但一部乡村史在他的笔下熠熠生辉，除了用庖丁解牛的手法聚焦乡梓，叙人述事，又采取以小博大、管中窥豹的手法，将东冈乃至干镇驿推向全国，作历史纵向的、人文横向的比较，挖掘之深厚、内容之丰富、考察之全面，令人手不释卷。

我与正江兄同庚，自认为对家乡的历史和人文风情还是或多或少有所感知的。但在捧读《东冈石湖》后，深感自己太缺乏对故乡之了解，不禁惊讶，原来我们的家乡有如此悠久的历史，有如此丰厚的文化积淀，有如此众多繁星般名垂青史的先辈。据此，故乡物华天宝、人杰地灵的说法，才在我脑子里形成了更清晰的印象。

还要指出的是，这一著作还连着大战略。正江兄把干镇驿的发展史与当代乡村振兴的伟大战略构想挂钩衔接了。这是需具有高屋建瓴之宏观视野的。正江兄曾是中南海红墙之内的大笔杆子，对中国梦、乡村振兴战略领悟颇深。正如北宋王安石诗言："飞来山上千寻塔，闻说鸡鸣见日升。不畏浮云遮望眼，自缘身在最高层。"乡村振兴，不仅是经济振兴，也必须有文化振兴。乡村文明必须有乡村文化引领。正是丰富多彩的乡村文明才构成了源远流长的中华文明。正江兄把建设乡村文明提升到中华民族兴衰和可持续发展的高度，不得不说是具有远见卓识的。这也是这部著作的重要价值所在。

正江兄开篇就引用了诗仙太白"举头望明月，低头思故乡"的诗句，字里行间充满了作者对生养他那片土地的无限热爱，充满了他对故乡风土人情的高度认知，充满了他对本土古今圣贤俊杰的崇拜敬仰，充满了他对亲人故旧的深情眷恋，充满了他对故乡未来的展望遐思。家国情怀，跃然纸上。

人是家乡亲，月是故乡明。每个游子都有一个心中的故乡，那里写满了故事，有忘不掉的人和事，有还不清的情和债。根在何处，魂系何方！东冈石湖是正江兄的根脉所在。透过该著我完全领略了正江兄对"根"的回报之情。正如他在著中所说的，这是一部"还债之作"。他觉得欠生养他的东冈石湖及父老乡亲太多了。所以，他倾力描绘出一幅故乡从远古走来，袅袅烟火，昭昭紫气，风调雨祺，人寿年颐，繁衍叠代，生生不息的历史画卷。

古人云：回望来路，才有乡恋。欲走出家乡小天地的年轻人断然不可有这种铭心刻骨的情感体验。当一个人有了生活的新天地，才会想念故乡。而故乡又似乎总是在遥远的时空中让人难以割舍。人在旅途，客居天涯，故乡总是令人魂牵梦萦。窃以为，一个大写的"人"，应该是爱家、爱乡、爱国相统一的人。

热爱家乡，有不同的方式尽其善举。正江兄凭自己丰厚的学养，呕心沥血写成的《东冈石湖》，是为故乡立著修志，是一种文化贡献，是无声之功德、无价之财富、无形之丰碑。一部乡村史的功用，是记录历史，传承文明；扶正扬善，教育后人；资政借鉴，提供参考；保存史料，流传后世。每个人了解家乡的历史可以增强自己对家乡的热爱，增强自信心和自尊心。在此意义上说，正江兄做了一件功德无量、泽被后世的大好事。值得学习，更值得骄傲！

祝《东冈石湖》早日与广大读者见面！祝正江兄有更多更好的作品面世！

权为序。

癸卯二月初六于京华

目　　录

第一篇　　故乡情

第二篇　东风岭

第五篇　故乡魂

第六篇　故乡梦

诗仙李白一生创作了大量诗歌作品，听说流传至今的有九百多首。其中，知晓度最高的应该是《静夜思》：

床前明月光，疑是地上霜。

举头望明月，低头思故乡。

可以说，很多国人是从这首诗开始进入唐诗宋词的，更是从这首诗开始懂得故乡的深刻内涵的。

故乡，就是一个人出生或长期居住过的地方，也就是有归属感和安全感的地方。《乐府诗集·木兰诗》就有"愿驰千里足，送儿还故乡"的诗句；《荀子·礼论》则有"过故乡，则必徘徊焉，鸣号焉，踯躅焉，踟蹰焉，然后能去之也"的说法；《史记·高祖本纪》更有大家熟知的"大风起兮云飞扬，威加海内兮归故乡"；明赵震元也在《为袁石寓复开封太府》中说："某谬承简命，叱御故乡，虽父老依然孰风俗于一二。"这里所讲的"故乡"，即为本来意义。

故乡与家乡的意思非常相近，差别在于家乡是世代居住的地方，自己现在可能居住在那里，也可能不居住在那里，而故乡则表明自己已经不居住在那里了。中国古代对故乡有许多雅称，如家山、家园、故里、乡里、梓里、梓乡、桑梓等，颇具诗情画意。

故乡的指代，可以很大，也可以很小，大可大到一个国家，如对海外游子来说，伟大的祖国就是他们的故乡。一省一市、一县一乡，甚至一个村落，也可以称为故乡。我的故乡，在湖北省天门市干驿镇松石湖村史家岭。对于定居京城的我来说，湖北、天门、干驿、松石湖、史家岭，都可以称为我的故乡。史家岭又在东冈岭上，因而东冈岭也是我的故乡。其中，"干驿"为现在的地名，是古地名"干镇驿"的简称，直到今天，一些上了年纪的人，仍然称"干驿"为"干镇驿"。

说到我的故乡，还是从一幅名画说起。

明正德九年（1514），国子监祭酒、竟陵（亦称景陵，现天门市）东冈岭（现干驿镇）人鲁铎延请正在游历湖北名山大川的宫廷画师郭诩绘制出《竟陵四景图》长卷(或称《景陵山水图》,曾为邑人徐声金家藏,现藏于武汉博物馆,为国家一级文物),一时引起极大轰动,这幅长卷成为郭诩的代表作之一,前些年在武汉展出,立即引起专家学者的高度重视。

郭诩(1456—1531),字仁宏,号清狂,江西泰和人,明代著名浙派画家,擅长写意山水、人物,兼工杂画,尝遍历名山,曰:"岂必谱也,画在是矣。"为同时代"画状元"江夏吴伟、北海杜堇、姑苏沈周等大家所见重,莫不延颈愿交;国中竞传清狂画,购之百金。弘治中,以善画被征,应召京师。延请郭诩为故乡作画,既表明了鲁铎的故乡情怀,也表明鲁铎的人格魅力。像郭诩这样的大家,不是谁都能够请得到的。当然,最根本的原因还是故乡美丽而神奇的自然景观和人文景观,不是什么地方郭诩都愿意画的。

《竟陵四景图》以天门河为脉络,描绘了天门河两岸最为著名的一段自然风光。所绘四景从东到西依次为"东冈石湖""竟陵城""东湖别业""梦野书院"。展卷而观,但见山峦连绵,城郭、房舍掩映其中;江水泛波,渔舟荡漾其上。整幅画构图疏密有致、布局独具匠心,细笔不落纤媚、粗笔不近狂率,水墨淋漓、浓淡得体,隽永生动、寓意纯正,此"缩千里于咫尺,写万趣于指下"之造化,让人体会到山有脉、水有源、气势连贯、似断若续的画理。作品在抒发画家情怀、展现艺术功力的同时,也在一定程度上记录了明代中叶天门的景物风貌,这是非常难得的。

《竟陵四景图》的第一景为"东冈石湖"。东冈,又称东冈岭,横亘在干驿北境,夹在华严湖和松石湖之间,由断断续续的十多个冈岭组成,唐代茶圣、竟陵人陆羽曾在这里结庐读书、研究茶学达四年之久,因而陆羽自号竟陵子、东冈子。石湖,就是松石湖,一个曾经景色如画、游人如织的湖泊,明代户部尚书、竟陵东冈人陈所学曾在这里修筑别业——松石园,并写下脍炙人口的《松石园记》。

东冈石湖是天门的著名胜迹,也是生我养我的故乡,更是我心灵的依靠、感情的寄托。我要讲述的东冈石湖,主要指的是东冈石湖一带,包括沉湖以北、华严湖以南、汉川市田二河镇以西、天门市马湾镇以东干驿镇全境80多平方公里的这片土地,也将适当拓展至古干镇驿的区域;我的写作将从故乡情、东冈岭、松石湖、干镇驿、故乡魂、故乡梦六个方面展开……

第一篇　故乡情

第一章　永恒话题

古往今来，故乡、乡愁一直是文人骚客亘古不变的谈论话题，有关故乡、乡愁的诗词歌赋浩如烟海，名篇佳作比比皆是，经典名句更是数不胜数。

比如：王安石的"春风又绿江南岸，明月何时照我还"（《泊船瓜洲》），王维的"独在异乡为异客，每逢佳节倍思亲"（《九月九日忆山东兄弟》），李白的"此夜曲中闻折柳，何人不起故园情"（《春夜洛城闻笛》），杜甫的"露从今夜白，月是故乡明"（《月夜忆舍弟》），李中的"旅次经寒食，思乡泪湿巾"（《客中寒食》），戎昱的"片云凝不散，遥挂望乡愁"（《云梦故城秋望》），高适的"故乡今夜思千里，愁鬓明朝又一年"（《除夜作》），韦庄的"年年春日异乡悲，杜曲黄莺可得知"（《江外思乡》），等等，流传至今，很多人耳熟能详。

文人笔下的故乡，表达的是游子心中的故乡。她是一缕阳光，冷寂时可以寻得温暖；她是一个港湾，孤单时可以停泊靠岸。文人笔下的乡愁，表达的是游子心中的乡愁。她是淡淡的苦涩、甜甜的怀想，是对故土情不自禁的眷恋、深切思念的忧伤，是游子最朴素的情感、最纯真的抒怀。

对于我们这一代游子来说，可能没有比这样一首诗、这样一首歌更能唤起我们深深的乡恋，更能表达我们深深的乡愁，更能震撼我们心灵最为柔软的地方。

我所说的这样一首诗，就是余光中先生写于 1972 年 1 月 21 日的《乡愁》：

小时候

乡愁是一枚小小的邮票

我在这头
母亲在那头

长大后
乡愁是一张窄窄的船票
我在这头
新娘在那头

后来啊
乡愁是一方矮矮的坟墓
我在外头
母亲在里头

而现在
乡愁是一湾浅浅的海峡
我在这头
大陆在那头

近40年后，2011年12月11日，余光中先生在华南理工大学讲学时，面对千余学子，亲自朗读了自己为《乡愁》续写的第五段：

而未来
乡愁是一道长长的桥梁
你来这头
我去那头

余光中(1928—2017)，台湾诗界泰斗、文化名流、知名学者，被称为"以乡愁之诗撼动亿万华裔"的诗人，乡愁是其众多诗作中念念不忘的主题。《乡愁》对一个抽象的、很难作出具体描绘的主题，作出了新的诠释，达到了艺术之美和情感之美的高度统一。

在意象上，《乡愁》选用了"邮票""船票""坟墓""海峡"四个生活中常见的物象，赋予其丰富内涵，使原本不相干的物象，在乡愁这一特定情感的维系下，反复咏叹。余光中先生本人曾说，这首诗是"蛮写实的"：小时候上寄宿学校，要与妈妈通信；婚后赴美读书，坐轮船返台；后来母亲去世，永失母爱。诗的前三节思念的都是女性，到最后一节想到祖国母亲，于是意境和思路便豁然开朗，也就有了"乡愁是一湾浅浅的海峡"的经典之句。

在内容上，《乡愁》按时间顺序，从"幼子恋母"到"青年相思"，到成年"生死之隔"，再到对祖国大陆的感情，不断发展的情感逐渐上升，凝聚了诗人自幼及老的整个人生历程中的沧桑体验。乡愁的对象，由具体的"乡"，到抽象的民族的"乡"，从地域的"乡"，到历史的文化的"乡"，使乡愁逐渐沉淀出丰富的内涵和表现力。

中国作家协会会员李朝全先生说，乡愁是道不尽的、写不完的。从小时候到成年再到如今，乡愁始终与自己的童年、母亲、爱人和故乡联系在一起，因为所思所念在那里，那里便是自己的故乡，故乡永远牵引着游子的思绪和想念。然而，那道浅浅的海峡，却生生阻断了这种为思念为乡愁所困的诗人，其情何以堪？唯有击筑引吭，慷慨而歌，留下了这首脍炙人口的诗篇。

我所说的这样一首歌，就是 20 世纪 80 年代首唱、2019 年 6 月入选"庆祝中华人民共和国成立 70 周年优秀歌曲一百首"的《故乡的云》：

<blockquote>
天边飘过故乡的云

它不停地向我召唤

当身边的微风轻轻吹起

有个声音在对我呼唤

归来吧　归来哟
</blockquote>

浪迹天涯的游子

归来吧　归来哟

别再四处漂泊

踏着沉重的脚步

归乡路是那么漫长

当身边的微风轻轻吹起

吹来故乡泥土的芬芳

归来吧　归来哟

浪迹天涯的游子

归来吧　归来哟

我已厌倦漂泊

我已是满怀疲惫

眼里是酸楚的泪

那故乡的风

和故乡的云

为我抹去创痕

我曾经豪情万丈

归来却空空的行囊

那故乡的风

和故乡的云

为我抚平创伤

《故乡的云》是由小轩作词、谭健常作曲、文章演唱的歌曲，收录于1984年5月1日文章发行的专辑《三百六十五里路》。在1987年中央电视台春节联欢晚会上，费翔唱响了这首歌曲，一夜间风靡大江南北、长城内外，且30多年热度不减，至今我还记得费翔演唱时的情景，实在是太震撼了！在这一年的春晚，费翔还演唱了《冬天里的一把火》，同样火爆，费翔因这两首歌而一唱成名。

《故乡的云》借用对故乡的"云"和"风"等自然景观的由衷赞颂和对游子思乡之情的生动描绘，既表达了天下中华儿女骨肉相连的浓浓亲情，也表达了游子心念故乡的深深渴望，道出了千千万万游子希望归乡的愿望，成为关于故乡、关于乡愁的经典歌曲。

可以说，几十年来，每当我诵读《乡愁》、吟唱《故乡的云》，都会想起故乡，都会引发乡愁，都会满眼泪花。几十年来，我心中的故乡又是什么呢？

——我的故乡是天门东乡著名的"两湖一岭"，也就是碧波荡漾、清澈见底的松石湖、华严湖，"一乡唯此独高""九岭十八冈"的东冈；是"榆柳绿中，桃花作姿，掩蔽茆屋"的史家岭，是静静流淌、两岸稻花芳香的牛蹄支河；是历经千年、文化底蕴深厚的荆楚重镇干驿，以及干驿的"九街十八巷"；是风景雅致、气象奇特的"晴滩八景"、采真园、松石园；是皇殿、巡检署、两便仓、文昌阁、奎星阁、干滩社学、鄂城书院、百岁坊；是子文庙、白马庙、东岳庙、城隍台庙、三王庙、白云寺、泗洲寺、巢云寺、竹林寺、莲池寺、隆镇观、滴露庵、碧潭庵、七甲庵、真静庵、大佛阁、观音堂；还是史家祠堂、鲁家祠堂、刘家祠堂、周家祠堂、陈家祠堂、王家祠堂、张家祠堂、徐家祠堂……

——我的故乡是遐迩著闻、名垂青史的干驿"四大贵姓""周、陈、鲁、魏"，即"一巷两尚书（实为一位尚书、一位按察副使），对面一天官，座后一祭酒"，也就是祖居干驿陶家巷的明户部尚书陈所学、按察副使魏士前，吏部天官周嘉谟，国子监祭酒鲁铎；也是近代以来的清黑龙江巡抚、民国平政院院长周树模，天门最后一位优贡陈心源，共和国开国将军史可全，《干镇驿乡土志》作者周庆璋，著名爱国华侨、国际毒理学家鲁超，著名"七月派"诗人陈性忠等；更是一代又一代在这片土地上辛勤耕耘的勤劳、勇敢、善良的平民百姓，特别是我的至亲好友、老师同学，以及熟悉或不熟悉的父老乡亲……

——我的故乡是"干镇驿、田二河，文章大似幄"所指的那些的诗词歌赋、史志言论，特别是《松石园记》这样的杰作；是师承有来、造诣颇深，"平常看不见，偶尔露峥嵘"的民间书法，以及用以谋生的糖塑、剪纸、纸拉花等民间工艺；是独树一帜、远播四海，作为"中国曲艺之乡""中国民间文化艺术之乡"重要支撑的民间文学艺术，包括"大姐害病不吃药，要听沈三哟哎哟"所说的、乡亲们最为喜爱的天门花鼓戏，是以著名歌唱家蒋桂英《幸福歌》为代表的干驿民歌，还有旋律优美、曲调丰富、演唱独特、表演精湛的皮影戏、渔鼓、歌腔、说唱、碟子、连厢、三棒鼓、耍龙灯、玩狮子、蚌壳精、采莲船……

——我的故乡是代代相传的风尚、礼节、习惯和生活方式，是淳厚诚笃的民风，特别是传颂乡里的《劝善俗言》（鲁铎），以及以周嘉谟为代表的既喜好古雅、又接纳新奇的士绅气质；是崇拜祖先、敬畏祖先的虔诚祭祀所表达的朴素信仰，是"三茶六礼"对婚姻的认定，"三节两寿"对亲人的祝福，以及婚丧嫁娶、金榜题名、大厦落成相聚时的礼仪、程式；是特色鲜明的饮食习俗和美味佳肴，包括"十大碗"的固定桌席，以泡蒸鳝鱼为代表的粉蒸、清蒸、泡蒸"三蒸"的传统工艺，以及干驿烤锅盔、煮包子、碱水面，翻饺子、荷叶子、玉兰片、炒米糖；当然，还是"鱼米之乡"的优质食材和调味品，如松石湖的鲫鱼、华严湖的藕、朱家岭的芋头、李长茂的醋……

——我的故乡是村南湖汊和湖汊边的牛车墩、风车墩，是史岭北渠和渠道上家父亲手修建的拱桥，是村东颇具江南建筑风格的史家祠堂和由祠堂改建成的小学、中学，是村西的生产队仓库、稻场；也是村里前排自家破旧的茅草屋、砖瓦房，是老屋正前方的池塘、左前方的大榆树，右前方的大磨坊；是自家门口的菜地和菜地边上的草垛，是东方吐白时布谷鸟和喜鹊的欢唱，是烈日当空时大树底下的些许清凉，是夕阳西下时屋顶上的袅袅炊烟，是薄暮笼罩时母亲的声声呼唤，是月明星稀时青蛙和蟋蟀时断时续的鸣叫；是父亲犁田耙地的辛劳，是母亲洗衣做饭的忙碌，是我们兄弟姐妹无忧无虑的嬉闹……

第二章 对 话 先 贤

乡愁是思念故乡的忧伤心情，是眷恋故乡的情感状态。远离故乡的游子，谁都会思念自己的故土家乡。正是基于乡愁的共同性、永恒性，我们才有可能与干驿的先贤对话，走进共同的精神家园。

我查阅了干驿历史名人资料，访谈了对这些历史名人素有研究的胡德盛表弟和陈锋先生等，深切感受到这些历史名人强烈的故乡情怀。我以为，与我们当代人相比，先贤们的故乡情怀似乎更加纯粹、更加崇高、更加厚重，更能体现中华文化和中国精神的意蕴。

先贤们的故乡情怀，表现为情系故乡、宣扬故乡

比如，明国子监祭酒鲁铎。

鲁铎(1461—1527)，字振之，号东冈居士，又号莲北居士，学者称之为"莲北先生"，晚年称"止林老人"，天门干驿六房湾人，官至两京国子监祭酒。

鲁铎少年立志，刻苦攻读，明成化十二年(1476)成为县学生员(俗称秀才)，成化十八年，掌管湖广教育和科举的提学副使薛纲阅过鲁铎的试文，十分器重，四处传示，他的文名便传播开来。此时的鲁铎，满怀自信，憧憬未来，这些都写进了他的《少时诗》里：

> 湖上东冈旧得名，结庐高处作书生。
>
> 北瞻京国寸心远，下瞰郊原四面平。

风景闲时皆好况，云霄何日是前程。

梧桐生在朝阳里，听取丹山彩凤鸣。

成化二十二年，鲁铎参加湖广乡试，如愿以第九名中举，可是在之后的数次会试中都不获而归。在太学学习、备考多年之后，弘治九年（1496），鲁铎回到干驿。此后，他写下了《东冈诗》：

古树冈头屋数椽，主人家世只残编。

住临江汉东南会，望到云龙五百年。

七泽鸢鱼皆道体，九州兄弟或颠连。

西周老凤将雏近，几见梧桐日影圆。

鲁铎在《少时诗》和《东冈诗》里，既抒发了自己的雄心壮志，更展现了自己的故乡情怀。恕我孤陋寡闻，这些年来，在我读到的关于东冈石湖的诗里，鲁铎的《东冈诗》是第一首；在我见到的关于东冈石湖的画里，鲁铎延请郭诩绘制的《竟陵四景图》是第一幅。可见，鲁铎在歌颂故乡、宣传故乡上可谓尽心尽力。

鲁铎是明前期以湖广长沙府茶陵县人李东阳为首领的"茶陵诗派"的骨干之一，诗学汉唐的复古主张，崇尚情感真挚流露，强调对法度声调的掌握，一生致力于诗歌的创作，著有《东厢西厢诗稿》《己有园集》《梧亭小稿》等，其中就有很多诗歌是讴歌故乡、抒发乡愁的。

再比如，《干镇驿乡土志》作者周庆璋。

周庆璋（1899—1964），字仲特，号再舫，天门干驿人，幼承庭训，苦读诗书，师范毕业后，先后在干驿、天门县城、武昌、汉口等地的中小学校任教。

周先生的故乡情怀，突出表现为编撰了干驿历史上第一本乡土志。民国七年（1918），周先生在《干镇驿乡土志》的序言中说：

六经皆古之史也，其词义简古浑沦而尽事情，平易涵蕴而不费辞。其中若《诗》之《国风》、《书》之《禹贡》、《易》之坤卦、《礼》之《王制》，春秋列国之山川形胜、习尚文物，大而王章国典，小至风土人情，凡有关地理者，罔不包罗万有，深切而著名也。后世作史者，与夫诸子百家者流，于国家所以治乱兴亡之故之中，亦往往传之地理，以为考镜之资。然则地理也，其治国者不可少而据以为措施之本乎？夫地理之有益于国家，大之固统全国疆域而言，小则一乡一邑之间，其山川人物、风尚土宜之诸事，虽不足以尽地理之功能，而分门别类，考核精当，志之以存篇幅，究亦可以为一国地理志之嚆矢矣。盖由各乡而积一邑，积各邑而为一郡，积郡而省、而国，如网之在纲，衣之有领，积小而大，约繁为简，用力省而成功易矣。若是乎乡土志一书，询近世所谓政治地理学之一助也，则其不能不汲汲然而讲求焉者，非以此欤？

戊午夏，学校例假，校长先生以"乡土志"命题，为诸生课，庆璋学识谫陋，不能文，为之恧然者久之。虽然，长者之命，不敢背也，于是勉力从事，日就质于乡中父老诸先辈，仍摭取乡土中之荦荦大者，分为九门，以志其崖略，曰疆域、曰山川、曰古迹、曰人物、曰风俗、曰出产、曰农田水利、曰学校、曰寺观。事迹难实，而文则荒杂不堪，是何以足餍博雅之心哉？聊以遵校长先生之教焉耳。

"古国有史，邑有志，咸纪事之书也。"（《竟陵县志序》）乡土志是地方志书的一种，载述一方自然、地理、人文、物产等概况，其范围大可至省州，小可及县乡。光绪三十一年(1905)，朝廷下诏废除延续了1300余年的科举制度，倡办新学，开启民智。于是，学部要求各郡县编纂乡土志，用作中小学乡土历史、地理、格致三科的教材。辛亥革命后，乡土志的编纂方兴未艾，师范学校纷纷以此作为学生的作业课题。

周先生的序言，在强调修史编志于国家于地方、于过去于现在的重要性、必要性之后，讲述了编撰《干镇驿乡土志》的经过：民国七年，周先生就读于湖北省立第一优等师范学校，时任校长沈肇年先生以"乡土志"为暑期作业的命题，于是周先生以故乡干驿为对象，每天寻访、请教家乡父老，采集素材，梳理文献，去粗取精，终于编成这本书。周先生还介绍了这本书的结构和内容，言简意赅。

《干镇驿乡土志》仅一万多字，却以行文简洁、笔法谨严、内容新颖、直陈褒贬而得到方志学界的嘉许，收录于《中国地方志联合目录》和《中国地方志总目提要》。这本书的意义在于开创之功，它是我们干驿历史上第一本乡土志，全面介绍了故乡的历史、地理、自然、人文等，影响了干驿境内境外一个多世纪，也为后人续编干驿乡土志提供了重要资料和指引。

周先生在编撰、修订《干镇驿乡土志》的过程中，是花费了大量心血的。这一切，源于对故乡的热爱，源于游子强烈的责任和情怀。他一辈子从事教育工作，没有做过什么大官，好像也没有做出什么特别高深的学问，成为什么大家，但他一定会以《干镇驿乡土志》而进入干驿名人堂，永载干驿史册。

又如"七月派"诗人陈性忠。

陈性忠（1918—2013），笔名冀汸，天门干驿莲池寺人，生于印度尼西亚爪哇岛，中国当代著名作家，"七月派"代表诗人。1947年毕业于复旦大学历史系，曾任中国作家协会第四届理事、第五届名誉会员，浙江省作家协会副主席、顾问等。1940年开始发表作品，1954年加入中国作协。

陈性忠先生的诗不受形式约束，以尽情抒发对历史、现实、人生的真知灼见为意旨，语言明朗，形象鲜明，风格劲健。其中，故乡干驿是诗人热情讴歌的重要题材。1947年大学毕业后，诗人回故乡干驿小住了一段时间，写下了《流浪到了故土》的长诗，抒发了浓浓的乡愁：

> 流浪到了故土
> 也像流浪在任何陌生的地方
> 我是一个新客
> 我的流浪的十年

是你的风吹雨打的十年
老人死了
年轻的老了
幼小者全不和我相识

长满瓦松的屋顶没有了
攀爬着青藤的院墙倒塌了
环绕着村庄的丛林砍伐了
流过庄前的小河干涸了
倾斜着几间茅屋的是我的村庄
没有孩子们追逐的是我的村庄
没有静静的日午的鸡啼的是我的村庄
一堆残砖败瓦的是我的故居
长着和我一般高的荒草的是我的禾场
那是什么时候啊
祖父的手杖曾经敲在这里
祖母的纺纱车曾经响在这里
我为了失去一片竹刀
曾经嚎哭着打滚在这里

村西的瓦窑什么时候不再冒烟了
焦家的磨子什么时候不再转动了
算命的瞎子
什么时候不再来说天真的预言了
陈氏的宗祠卖掉了
莲池古寺的暮鼓晨钟也成为绝响了
打三鼓的少年们
那一年的大雪夜出走了永不回来了

拉了壮丁的兄弟有没有消息
远嫁了的姊妹过得幸不幸福
我的兄弟们
请把我当作你们的兄弟吧
告诉我
一切我不知道而是我应该知道的
不要以为十年的风雨老了你们也老了我
不要以为我的身上已没有你们的气息
不要以为我空着两手出去又空着两手回来
这里痛苦　我爱痛苦
这里贫穷　我爱贫穷
骤山骤水的行程我已经走得够远了
正是因此我又回来的

我回来
带着我的童贞和我的眷恋
带着我的怀乡病我的痛苦的热情
带着我在西部丛山里对这旷野的遐想
带着我在多风多沙的黄河岸
对这潮湿的沼泽地带的青色的记忆
积雪期　夜寒凝重
我在梦里回来过
今天我真的回来了
以为将是一块陌生的泥土把我埋葬的
终于我真的回来了
故土啊
让我匍匐在你的胸膛上
再一次深深地呼吸着你的气息吧

是的，我是一个浪子

在这场最庄严的战役里

或许我是战败了

　　却没有撤退

或许我是撤退了

　　却没有战败

兄弟们

且拥抱我这个伤兵吧

能够流着泪诉说我们的哀伤

也是幸福的

　　第一次读这首诗，我泪流满面。此后，每读一遍，都禁不住热泪盈眶。这首诗，描写了饱经战争苦难的故乡十分破败的景象，表达了对故乡的美好回忆和深深思念，以及回到故乡怀抱的激动心情、幸福感受，给我们、给所有干驿游子的心灵，带来强烈冲击和震撼。我以为，与余光中先生的《乡愁》相比，这首诗叙说的一切，似乎与我们的距离更短一些、情感更近一些。

　　对比鲁铎、周庆璋、陈性忠等先贤，我是非常愧疚的。我好歹也算是一个读书人，写了大半辈子文章，从松石湖写到水果湖，再写到中南海，出手的文字以千百万计，而关于故乡干驿、关于东冈石湖的文字，可以说寥寥无几。文字水平是一个方面，更重要的是，我对故乡的热爱，没有像先贤们那样执着、那样深厚，也没能像先贤们那样流于笔端，留下流芳百世的名篇。对话先贤，我找到了巨大的差距，明确了努力的方向。

先贤们的故乡情怀，表现为心系故乡、反哺故乡

　　这样的例子实在是太多了。明正德十一年（1516）故乡发大水，鲁铎力

向朝廷举荐令都御史吴公赈灾，挽救了乡里数十万人的生命，先后在竟陵开设"东湖书院""梦野书院"，授徒数十人，每天讲诵不倦，教书育人；陈所学居乡期间，倡议兴修堤坝、闸口，捐助义田，上书官府减免苛捐杂税，让乡亲们受惠；周树模帮助乡亲们移民黑龙江，展现了其故乡情结和拳拳之心。

周树模（1860—1925），字少朴，号沈观，又号孝甄，晚年自号"泊园老人"，天门干驿人，曾任清黑龙江巡抚、国民政府平政院院长兼文官高等惩戒委员会委员长。

20世纪初，天门东乡发生过一件大事——200多户人家、1000余名灾民，集体移民黑龙江，并在茫茫荒原艰难生存下来。这件大事的组织者就是时任黑龙江巡抚的周树模，目的是为黑龙江招募垦荒农民，也是为了实现对故乡灾民的救助心愿。事情的经过是这样的：

20世纪头十年，腐朽的清王朝摇摇欲坠，江汉平原沉湖之滨的干驿、马湾、大板、伏岭四乡，因连年大水，每年淹水时间长达半年之久，禾场划船，宅基洗脚，低洼处更是"鱼行鸟窝、鸟无着落"。农民赖以生存的田地，变成了一望无际的泽国，庄稼连年绝收。人们为了活命，只得携儿带女，四处逃荒要饭。我家祖居干驿，我的奶奶是伏岭人，从时间上推算，我的曾祖父、曾祖母，我父亲的外公、外婆应该也在逃荒要饭的队伍之中。

1907年，朝廷对东北改行新省制，周树模任奉天左参赞、代理参赞，次年署理黑龙江巡抚，加副都统衔，后又实授黑龙江巡抚，巡抚衙门驻节齐齐哈尔。周树模看到黑龙江广袤的黑油油土地无人耕种，决定推行鼓励垦殖、富民强国实边的新政，招募移民，开垦荒原。

1908年，周树模得知故乡父老饱受水灾之苦，民不聊生，决定将自己推行的新政扩展到故乡，既帮乡亲们躲避水患之灾，也为人烟稀少的黑龙江添人进口。

周树模命人在茫茫荒原上四处踏勘，最后选定距离齐齐哈尔城三百余里的讷谟尔河南岸寥无人烟、土地肥沃的老鹰沟一带，作为老家移民的定居点，划拨官银在这里建了五个移民屯，盖了可供两百来户移民居住的土坏房。依山东移民居住的屯子为"鲁民屯"之先例，将这批屯子分别命名为"鄂民一屯""鄂民二屯""鄂民三屯""鄂民四屯""鄂民五屯"。

周树模派人回故乡干驿招募移民，被饥荒逼得走投无路的四乡灾民，纷纷报名加入移民队伍。原定招募的数额很快就满员。一些青壮年夫妻带着子女，浩浩荡荡由天门东乡出发，历经千辛万苦到达安置点，成了北大荒开垦开发之先驱。同时，他们也度过了饥荒，结束了居无定所、四处流浪的生活。

故乡移民取得经验后，周树模于宣统二年(1910)与东三省总督锡良同上《黑龙江省招民垦荒折》，得到朝廷批准。尔后，招募移民、开垦荒原在东北全面推行。可以说，周树模在垦荒实边上是立了大功的，在回馈故乡上是积了大德的。对此，故乡人民是永远不会忘记的。

先贤们的故乡情怀，表现为魂系故乡、回归故乡

因为故乡是有归属感和安全感的地方，因而远离故乡的游子或在官场、或在商场，或在名利场感到不顺、遇到挫折，首先想到的也是故乡。

比如，明吏部尚书周嘉谟。

周嘉谟(1547—1630)，字明卿，号敬松，天门干驿人，官至吏部尚书。

明天启元年(1621)，监察御史贾继春获罪，他的同僚张慎言、高弘图上书为他辩解，熹宗打算将这两人一同惩处。周嘉谟多方营救，使张慎言、高弘图只是被扣罚俸禄。兵科给事中霍维华为了谄媚魏忠贤一伙，诬陷正直的司礼秉笔太监王安，将他迫害致死。周嘉谟义愤填膺，利用每年例行的人事变动将霍维华调出京城。魏忠贤恼羞成怒，唆使刑科给事中孙杰弹劾周嘉谟与刘一燝串通一气，为王安之死报复霍维华，并且把经略袁应泰、登莱监军道佟卜年在辽东的战事失利归咎于周嘉谟。周嘉谟眼看阉党气焰日盛，愤而请求引退，一连上书十五章请辞，才获准回籍候召。大学士叶向高等人上书疾呼留任周嘉谟，朝廷没有采纳。当年十二月，周嘉谟启程离开京城，在朝重臣们都到顺成门(今北京宣武门)外为他饯行。在旅途

中，周嘉谟写下七律二首，叙说了引退经过，表达了坚定意志和故乡情怀：

> 曾披汉史美疏公，祖帐都门事颇同。
> 十五封章天听转，三千驿路主恩隆。
> 梅花斗雪清香远，松干凌霜劲节崇。
> 归去故园春色好，时时回首帝城中。
>
> 连章得请赋来归，丹陛陈情泪湿衣。
> 自信心长缘发短，敢云昨是觉今非。
> 兼驱猛兽无良策，闲伴浮鸥有息机。
> 独使至尊劳盱食，难将寸草答春晖。

天启二年正月初十，周嘉谟抵达干滩驿（干驿古地名），回到故乡怀抱。

当然，远离故乡的游子，更希望把故乡作为人生最后的归属。树高千尺，落叶归根。我们中国人一直都很讲究告老还乡、魂归故里，尤其在古代，这种观念深入人心。

唐贺知章诗云："少小离家老大回，乡音无改鬓毛衰。"（《回乡偶书二首·其一》）其实，并不是"乡音无改"，而是"乡音难改"呀！每个中国人都有着极其厚重的乡土情怀，其中乡土情怀又表现为故土情和亲人情，每当一个中国人长时间的远离家乡和亲人，都会不可避免地思念家乡，从人们将"他乡遇故知"列为人生四大喜事之一，就可以看出中国人乡土情怀的厚重。正如《落叶归根》所唱的那样：

> 远离家乡，
> 不甚唏嘘，
> 幻化成秋叶，
> 而我却像落叶归根，

坠落你心间。

中国五千年的文化传承，将这种故乡情怀发挥到极致。在现代，人们有着如此便利的通信手段和交通工具，可每到春节，不照样有着浩浩荡荡的春运大军！现代人尚且如此，更何况是在交通和通讯很不发达的古代呢？特别是那些官员们，大半生在为朝廷服务，可自从入朝为官后，又有几人能够经常返回自己的家乡？浓烈的乡愁，恐怕早已弥漫在他们心中。退休后，他们的第一选择，就是告老还乡、落叶归根。

久而久之，告老还乡、落叶归根就成为封建社会官场不成文的规则，一直延续了几千年。当然，也有政治原因、经济原因，但主要还是故乡情怀。生命的起点，也是生命的终点，灵魂和身体都有了最好的归属。对于古代的千驿游子来说，也都是如此。比如，明国子监祭酒鲁铎。

明正德十二年（1517），鲁铎出任北京国子监祭酒一年后，即辞官回家养病。

县城竟陵东南的城隍庙附近，弯弯曲曲的小巷深处，旧有一个高地，高地上有个一丈来高的古台，名叫"梦野台"，据说从前登上这里可以饱览云梦泽的风光。告老还乡后的鲁铎买下附近的一块僻静的荒地，在台西空地上建起几间房子，教导儿孙和同族子弟读书，老师李东阳亲笔题写"梦野书院"的匾额。郭诩的《竟陵四景图》，最后一景便为"梦野书院"。临水的梦野台以东则筑成"己有园"，以庆幸自己终于在故乡有了一处安歇之地。"每风日晴美，扶杖起行，药时复陟降，倦则倚树而立，藉草而坐，间闻好鸟语，取琴弄膝上和之，或从童子钓池上。"可谓逍遥至极了。

《椰子冠用东坡韵》一诗或许就是作于此间，在诗中，他甚至幻想自己成为上古圣皇有巢氏、葛天氏治下之民，野服壶酒，过着返璞归真、无忧无虑的日子：

年来双鬓已成丝，椰实裁冠足令仪。
野朴堪为麋鹿友，清真终异羽流师。

衣成荷芰殊同调，杖配桃榔即故知。

仍把一尊携固有，巢居人醉葛天时。

嘉靖六年(1527)九月十四日，鲁铎寿终正寝，享年 67 岁。鲁铎的墓在今九真镇何场村一组南面的汉北河的河中心位置，也就是竟陵以东 40 里的地方，叫作"蜡林"，鲁铎曾经在这里读书，他生前选中这里作为自己的归宿地，并改名为"止林"。鲁铎去世后，就安葬在止林，葬礼由嘉靖皇帝派遣官员前来主持。

再比如，明户部尚书陈所学。

陈所学(1559—1641)，字正甫，号志寰，竟陵干驿陈家大咀人，官至户部尚书。

陈所学担任户部尚书前后，明神宗朱翊钧荒于朝政，官僚中党派林立，相互倾轧，陈所学心灰意冷，辞去官职，回到祖居地，修建松石园，自号"松石居士"，作终老之计。陈所学的松石园和鲁铎的己有园一道，成为干驿游子告老还乡后兴建和居住的最有名的别墅。

陈所学 82 岁那年，预先告知家人自己行将辞世的日期，留下遗书叮嘱后人，在依例向朝廷通报自己的凶信时，不得申请派遣官员前来祭葬。陈所学的墓，在松石湖边，今沙咀村东北角。

第三章 对话后秀

　　我所说的后秀，是一个比较大的概念，指的是新中国成立后走出干驿、定居在外的各方面人才，如果定义为这个时代的杰出人才，可能更为确切一些。

　　70多年来，特别是改革开放以来，怀揣梦想、走出干驿的乡亲特别多，形成了一个高潮。其中，很多是通过高考、中考走出家乡的，如陈关中、杨朝中、鲁松茂、杨杰、胡德盛、鄢文军、蒋经韬等。天门是著名的"状元之乡"，恢复高考制度后，连续三四十年成为全国高考上线人数最多的县(市)，干驿又是天门的教育重镇，考取大专院校的青年才俊成千上万。当然，也有不少是通过应征入伍走出家乡的，如周荫曾、刘金林、陈启发、陈志强、甘同成、杨池林、史德洪等。还有通过经商办企业走出去的，如黄斌、黄姚林等。

　　与一代又一代游子一样，我们这一代游子，无论是通过什么途径走出去的，都对干驿有份难舍的情怀。每个人都热爱干驿，热爱干驿的理由何止千百条。干驿是生命的摇篮，记载着自己的人生轨迹，想起干驿，就会想起自己的亲人，想起带给自己快乐的童年和充满乐趣的美好青春……我感到，干驿除了她固有的可爱之外，也被注入情感的内涵，这种情愫已经融入我们生命的每一个角落。

　　我曾先后在祖国中部的武汉、北方的北京、南方的广州这三座特大城市学习、工作和生活过，北上南下，时间跨度40多个春秋，空间跨度两千多公里，有机会接触到不少干驿老乡，深切感受到他们强烈的故乡情怀，而这种情怀又似乎比其他地方多了一种特别味道。一直以来，老乡们或撰文著书宣传干驿，或投资兴业建设干驿，或招商引资致富干驿，或热心公益造福干驿，等等，都在自觉地为干驿作贡献。

在我认识的干驿游子中，若论故乡情怀，我以为胡德盛表弟是可以排名靠前的。他的最大贡献，就是耗时近十年、耗资近百万元，校勘、注补周庆璋先生《干镇驿乡土志》，编撰《天门县东乡史考》，成为100年来干驿史上第一人。这在一个比较浮躁、比较重商的社会，对于一个本就在商场打拼的企业家来说，是十分难得的。

胡德盛，天门干驿人，上海海运学院工学学士（1989）、武汉大学工商管理硕士（2005），现居武汉。笃信"实业兴邦"之论，苦乐其间。2003年创办邦维文化发展有限公司并服务至今，从事儿童教育产品和文化旅游产品的原创研发、制造与营销。

我与德盛相识，也是因为《天门县东乡史考》。2021年2月下旬，我从京城回到故乡史家岭，与老父亲共度元宵佳节。有一天，在与干驿镇的几位干部聊天时，谈及我和友枝正在编撰《陆羽十讲》。时任干驿镇委书记叶中学、镇长刘刚先生告诉我，乡友胡德盛刚刚出版了《天门县东乡史考》，其中就有关于陆羽的考证材料。我立即与德盛取得联系，并于3月中旬在武汉登门拜访了他。见面后我才知道，他是我远房姑妈的侄子，攀起来应该是我的表弟，真是太有缘了。

返回京城后，我通读了《天门县东乡史考》，感到德盛表弟是下了大功夫、真功夫、深功夫的，洋洋洒洒30万言，立论持之有据、言之有理，既有对史料的大量考证，又吸纳了当代研究的最新成果，哪些史实确凿，哪些史实存疑，德盛表弟都一一道来，表现出严肃认真、严谨细致的治史治学精神。我们以德盛表弟的一些观点、素材和研究成果为依据，对《陆羽十讲》书稿作了修改和订正。可以说，《陆羽十讲》能够公开出版并产生比较好的影响，德盛表弟的《天门县东乡史考》发挥了重要作用。

**《天门县东乡史考》表现出德盛表弟
"找回百年前我的故乡"的那种纯粹**

他说：

"文革"第二年，妈妈怀着即将出生的我，随着下乡大军回到祖居地天门干镇驿。十五岁时，我入读位于县城竟陵的天门中学，家人随后迁往邻县，从此，我就很少回到干镇驿。很多年里，故乡在我心中只是一个渐行渐远、越来越淡的背影。在岁月的打磨中，心性越来越静，思绪却越飞越远，而且常常不知不觉飞回到那个曾养育我十五年的水乡。

记得《〈干镇驿乡土志〉注补》初稿完成之时，天已微明。我走到初夏的星空下，幻想自己俯瞰着民国初年的那个小镇：牛蹄河水静静流淌，南风送来沉湖新荷的清香；镇区的石板路上，人影憧憧，早起的商家们开始一天的繁忙；一豆昏黄的棉油灯下，犹有纺车嗡嗡、书声琅琅，那是夜织的慈母在陪伴苦读的儿郎……一阵暖意弥漫在心田，我想，我找回了一百年前我的故乡。

《天门县东乡史考》表现出德盛表弟 "找回百年前我的故乡"的那种执着

他说：

2012 年秋天，我在旧书店里偶然觅得《干镇驿乡土志》，如获至宝。回到家中，一口气读起来，那些儿时听闻于老辈之口、如今只剩下零星记忆的人物、地名、掌故，顿时一个个鲜活起来，原来我的家乡有如此悠久的历史！有过这么多名垂青史的先辈！

展读数遍之后，我将书中明显的错讹逐一记录下来，仍然有许多地方存有疑惑。某天，忽生一念，我何不自己校注、增补家乡的旧志呢？

接下来的近五年时间里，我聚书和读书就不知不觉聚焦到方志编纂和乡邦文献上。随着《干镇驿乡土志》中一个个疑点被解开，这本书愈发让我惊奇，它竟然折射了从春秋时期至民国初年约2500年中诸多重大历史事件，涉及人文、地理、水利、官制、礼制、科举、风俗、物产等多个方面的史料。仅仅是管中窥豹，它的魅力已是令我痴迷。

庆璋先生的"暑期作业"完成时间仓促，遗漏较多乡邦山川、古迹及人物，仅用注补之体，难以完成对家乡历史渊源、古今流变的进一步考辨，因而当《干镇驿乡土志》的校勘、注补工作大致完成后，手头的文献丰富起来，我又萌发扩充撰写的念头。于是，综合排比相关材料，挖掘梳理各种线索，以白话文撰作《天门县东乡史考》，分为天门县建置考、干镇驿建置考、天门东乡山川考(新增山川八处)、古迹考(新增37处)、人物考(新增26名)、大事考、乡谚考、风俗考和干镇驿地名源流考等九卷，再历时两年多，才得以完成。

黄永明先生在《天门县东乡史考》的序言中说，胡德盛"从星星点点的文献中收集信息、梳理脉络，结合本地的口述史，甚至到大洋彼岸的图书馆里查找资料，花费无数心血，再经过反复比对、校订，最终形成体系完备、资料翔实的厚重读物。一名之立，颇费思量，如果没有对故乡的那份热爱、那份执着，一般作者很难坚持下来"。

《天门县东乡史考》表现出德盛表弟 "找回百年前我的故乡"的那种认真

他在高度评价《干镇驿乡土志》及"干驿公社本""周氏再版本"的同时，也指出了其不足之处：

《干镇驿乡土志》的人物志大体引自清道光元年(1821)的《天门县志》，因而从道光到民国初年，近百年间的人物鲜有录入；文字删节过多，导致许多段落难以理解；征引文献没有注明出处等。"干驿公社本"，有许多讹误、曲解，有些地方甚至失之穿凿，有的译文显系望文生义等。"周氏再版本"也有缺漏。两个版本大致存在删节过多、标点不当、考证不详、篇目混乱等问题，不妥之处在百处以上。指出这些瑕疵，毫无臧否之意，相反，我对前辈的工作深怀敬意。正是两个版本的印行，使得家乡唯一的旧志得以流传于世，实在是厥功至伟。我之所以不揣简陋，敢于直指疏漏，实在是抱有与乡贤同样的愿望。

为了解决原著存在的问题，德盛表弟做了大量深入细致的工作。他说：

> 《干镇驿乡土志》问世已届百年，为使遍布世界各地的乡亲了解家乡的历史风貌，我从2012年开始《干镇驿乡土志》的校勘、注补工作。其间，除搜罗补充旧籍、查阅新刊著作、实地调查勘验、采访乡邦贤人外，主要工作还包括：查核原书有文献出处的内容并校补错漏，调整原书目录，增补内容，注释翻译，难解之处加按语予以辨释，标注存疑，并在此基础上，撰写了《天门县东乡史考》。

从校勘、注补《干镇驿乡土志》到编撰《天门县东乡史考》，从一万多字的"暑假作业"到30多万言的"煌煌巨著"，需要付出多大的心血，需要付出多么大的代价，如果没有持之以恒的韧劲和严肃认真的态度，是断然做不到的。世界上怕就怕认真二字，德盛最讲认真。

我也曾领教过德盛表弟的严谨、认真、细致。2022年3月，我送他一本刚刚出版的《陆羽十讲》，同时也将《阅历九章》(送审稿)发给他，听听他的意见，这两本书都提到过"一巷两尚书""五里三状元"。德盛表弟几次发微信给我，说"一巷两尚书"不准确，魏士前最高官职为按察副使，没有做过尚书，也没有被追授为尚书；"五里三状元"也考证不详，实际上清代天门只出过一个状元，不能把史实和史话混为一谈，否则是会误导后人的。

德盛是我们这一代干驿游子中的杰出代表，他身上的这种纯粹、这种执着、这种认真，应该就是我说的干驿游子故乡情怀的"特别味道"吧！这种"特别味道"，可能是干驿作为文化之乡的基因决定的，也可能是我自己"亲不亲，故乡人"的一种别样感觉或自作多情吧！

　　我与德盛出生在同一块土地，成长在同一个时代，接受同样的文化熏陶，拥有同样的故乡情怀。我们虽然天各一方，线下见面机会不多，但线上总是保持很高热度，而话题自觉不自觉地聚焦到我们的故乡，谈得很投机，聊得很过瘾。自从认识德盛、研读《〈干镇驿乡土志〉注补》和《天门县东乡史考》，我也萌生了一个想法，就是沿着庆璋先生、德盛表弟的路走下去，将他们考证、研究的成果通俗化、大众化。如果能够做到，或许可以达到资政育人的目的。我想，这也是个不小的工程，需要付出艰苦的努力。不过，有庆璋先生、德盛表弟的表率作用，我还是充满信心的！

第四章　对话我心

　　每个游子心中都有一个故乡，都写满了关于故乡的故事，这些故事历久弥新、醇厚香甜，蕴含着浓浓的乡情、深深的乡愁。与自己对话，与心灵对话，就是要回首自己的乡情和乡愁酝酿、形成、发展、深化的心路历程，找回初心、找回本心。

　　2022年4月24日，天门籍文化学者甘海斌先生制发的美篇《六十岁以后》（原载《聊天心语》第243~244页），开头是这样的：

　　　　人生倘若百年，也仅五个二十年而已。第一个二十年，乃蒙童加求学时光；第二个二十年，从业、婚配和打拼事业为主；第三个二十年，是人生最为忙碌且艰难的阶段，单位、家庭、老人、子女、社会角色无不需要兼顾。唯有第四个二十年应该是无忧无虑、安享晚年的黄金时光。第五个二十年，其实多数人活不到此时，是走向天国、人生谢幕时段。我认为，这几个时段划分很有道理，精辟至极！

　　说来也巧，2004年10月，我们大学毕业20年的时候，举办了一次同学聚会，每个同学都发表感言，我的感言是一个顺口溜，也是以20年作为人生一个时段的：

　　　　老婆是原配，指标用完了；儿子比咱强，只是有点少。名为城里人，实则乡巴佬。皱纹布满脸，心态有点老；肚子已崛起，装的全是草。老家二十年，算把农门跳；武汉二十年，弹指中年到；京城三四年，奔波无句号。写了些东西，发表的不多，署名的更少；干了些事情，满意的不多，得意的更少。身体好，事业好，家庭好，其实都是自我感觉好。希望大家过得比我好，六十年后一个不要少。

是的，我人生的第一个 20 年是在干驿度过的，主要是"蒙童加求学"；第二个 20 年是在武汉度过的，主要是"从业、婚配和打拼事业"；第三个 20 年是在北京和广州度过的，"最为忙碌且艰难"；现在是第四个 20 年，进入"无忧无虑、安享晚年的黄金时光"。

与此相对应，我的故乡情怀、我的乡愁，根源于干驿时期，人生第一个 20 年；形成于武汉时期，人生第二个 20 年；发展于北京、广州时期，人生第三个 20 年；深化于退休前期，人生第四个 20 年，当然可能还有一个 20 年，这只是一个美好愿望，小概率事件而已。对话我心，我是想展开讲一讲这四个时期。

我的故乡情怀根源于干驿时期

虽说每个游子心中都有一个故乡，都有乡愁，但每个游子心中的故乡、情怀和乡愁都是不一样的，就像这世界上没有完全相同的两片树叶。

一方面，不同地方游子的故乡，是有差别的，首先是城里人的故乡和乡下人的故乡，就存在很大的差异。

我出生和成长在农村，儿子出生和成长在城市，我们两代人心中的故乡是很不一样的。儿子在武汉生活了十七八年，对武汉的市民文化始终不太认同，甚至连一句武汉话都不会讲，要知道武汉话可是武汉人最重要的标志之一，是融入"武汉圈"的"通行证"。受我的影响，儿子在很大程度上是把我的故乡当作他的故乡的，当有人问他故乡在哪里时，他会毫不犹豫地回答"天门干驿史家岭"，而不是"武汉武昌水果湖"。我相信，像我儿子这样的故乡认知，绝非个别。我不知道祖居在城里的人，心中的故乡是什么样子，应该没有我们乡里人这样清晰、这样丰富吧！

由此，我想到，人们所说的故乡，可能主要是指乡里人的故乡，故乡的"乡"、家乡的"乡"，指的就是本来意义的"乡"，是否包括"城"，我没有研究过。由此，我也感到特别庆幸，自己出生和成长在乡下，这是多么幸福的事情，因为我的心中，有与城里人不一样且令城里人羡慕的故乡；有这样美好的故乡，才有这样美好的故乡情怀。

同时，就是在农村，不同地方游子的故乡，也是有差别的。这种差别，既在于自然环境，更在于乡土文化，包含民俗风情、传说故事、古建遗存、名人传记、村规民约、家族族谱、传统技艺、古树名木等。乡土文化越丰厚，故乡情怀也就越浓厚（我称之为故乡情怀第一定律）。我的故乡情怀，正是根源于我的故乡干驿、东冈石湖源远流长、博大精深、特色鲜明的乡土文化，这是我的根之所在、情之所系。

在故乡生活的时间，也影响对故乡的认知和情怀。一般来说，在故乡生活的时间越长，对故乡的认知就越全面、越深刻，故乡情怀也就越浓厚（我称之为故乡情怀第二定律）。"少小离家老大回，乡音无改鬓毛衰"的"少小"，指的是年幼、年轻，这就有了问题，"少小"如果是"年幼"，"鬓毛衰"时，应该不会有太多的"乡音"，对故乡也不会有太多的印象；如果说是"年青"，那就不一样了，比如说我自己。

我出生于1959年10月，是喝家乡水、吃家乡饭，在乡土文化的熏陶下长大的，在家乡度过了天真无邪的童年、懵懂无知的少年时期，进入意气风发的青年时期，直到1980年9月考上武汉大学而离开家乡，整整21年。特别是高中毕业后，我参加过生产队劳动，担任过小队计工员、大队团支部委员、水利工程政工员和民办教师，对乡村社会和乡土文化的了解，可能比那些从小学门到中学门、再到大学门，从而走出家乡的兄弟姐妹们更多一些、更深一些，因而我的故乡情怀，可能更加特别一些、浓厚一些。我的夫人余友枝与我持同样的观点，40年来，这也是她感觉我与别人不一样的地方。

我的故乡情怀形成于武汉时期

1980年，我以高出最低录取分数线40分的成绩考入武汉大学，成为时人眼中的"天之骄子"。这就意味着我实现了"从吃农业粮到吃商品粮、从穿草鞋到穿皮鞋、从农村户口到城市户口"的转变，也就是从乡里人到城里人的转变。当时，乡里人和城里人的主要区别，就在于吃、穿、住这三个方面。同时，这也就意味着我彻底告别家乡，开始一种全新的生活，我的家乡将成为我的故乡。当时国家建设和发展急需各方面人才，像我们这些重点大学的学生，毕业后是分不回家乡的。

第一次离开家乡的情景，我记忆犹新。这一年8月下旬，我接到武汉大学的录取通知书，要求9月上旬到校报到。离开家乡的前一天晚上，奶奶、爸爸、妈妈、叔叔、婶婶，还有我们史家岭最后一位乡绅、我的启蒙老师、本家的东炳爷爷，我们围坐在一起谈话，一直谈到了半夜。

长辈们千叮咛、万嘱咐，教导我不要忘本，牢记自己永远是农民的儿子，永远是史家岭的儿子，努力为家族、为家乡争光；要懂得感恩，感恩党的领导让我们全家翻身做主人，感恩父母及史家岭的养育让我长大成人，感恩高考制度的恢复让我有机会上大学；要刻苦学习，成为对祖国、对家乡、对家庭有用的人；要注意身体，首先是要吃饱，吃饱了不想家，吃饱了才能集中精力搞学习，等等。特别是父亲喜极而泣，回顾了我们家的苦难历史，希望我作为史家岭的第一个大学生，倍加珍惜现在的学习机会，绝不辜负父老乡亲们的殷切期望。东炳爷爷担心我的饭量大、吃不饱肚子，还送给我十几斤粮票。

第二天清晨，我的儿时伙伴兆国、国祥挑着我的行李，送我到十几里路远的汉川县田二河镇乘车，经汉川中转到武汉。当时的交通不发达，没有干驿直达汉川的客车，更没有干驿直达武汉的客车。父亲执意送我到学校，说是要亲眼看看我学习和生活的环境，这样才能放心，也好转告母亲，让母亲放心。客车快要启动的时候，大舅伯匆匆赶到，从车窗里塞给我二十元钱，说是用于贴补生活，令我非常感动。

此前，我只去过沙市两次、县城四五次，一直没有到过大武汉、见过大世面。进入武汉市区，我感觉一切都是那么新奇：我是第一次见到那么高的山——龟山、蛇山，第一次见到那么大的桥——武汉长江大桥，第一次见到那么长的火车，第一次见到那么高的楼房（最高也就五六层），甚至第一次知道楼房里还有卫生间，不像我们乡下，茅坑都在外面，等等；也感觉这武汉太大了，这世界太大了，在茫茫人海中，自己实在太渺小了，在对未来充满憧憬的同时，也有一丝恐惧，不像在老家，心里那么踏实。

父亲和我挤在一张小床上睡了一晚后，第二天清早就返程回家，我送他到珞珈山车站，乘坐 12 路公交车，前往长途汽车站。当公交车启动的一刹那，我禁不住泪流满面，只见父亲的头也侧了过去，相信他也和我一样，只是不想让我看到。此时此刻，我才真正意识到，这一次分别，得几个月后才能相见，这是我人生 21 年的头一次；我已经离开家乡、离开父母怀抱，独自进入一个全新的世界；也就是一个人单飞、前行，需要独自面对未来的风风雨雨、沟沟坎坎，失落感、孤独感、悲凉感顿时涌上心头。这种复杂的情感，或许就是乡情和乡愁的开始吧！

上学当年寒假回家的情景，也是历历在目。进入大学后的第一个学期，感觉特别漫长，好不容易熬到期末考试结束，就迫不及待地到长途汽车站购票。我很羡慕有的同学，他们坐火车回家，都是车站上门服务，且是半票优惠。我们老家没有通铁路（直到 2012 年 7 月才通），只得坐长途汽车回家。因为要提前买票，我先是向高年级师兄打听买票乘车的地方，然后去了一趟长途车站询问买票时间；过了两天，起了个大早，到车站排队买票，好不容易买到了武汉到汉川的车票（也没有武汉到干驿的直达车，需要在汉川中转）。车站在汉口新华路，单程要换三次公交车，非常麻烦，但为了回家，我没有抱怨，心想即使千难万苦，我也是要回家的。

回家的前一天晚上，我通宵未眠，一是兴奋，二是怕误点，结果乘坐第一班公交车，提前两小时到达长途汽车站，然后开始了回家的行程。到达汉川后，得知因雨雪天气，脉旺（汉川县的一个镇）段的一座桥被压垮，不能通车，客车只能到脉旺镇，而不能到达我的目的地田二河镇。没有办法，我只能先到脉旺镇，然后步行回家。要知道，脉旺镇到我的老家有 28公里，路上泥泞难行，我又带了一堆书，很沉重。经过五个多小时的跋涉，天黑时我终于回到家里。那一天正好是小年，吃上母亲做的热腾腾的饭菜，一身的酸痛与疲惫瞬间消失。晚上洗脚时，发现满脚的血泡。我之所以有那么大的决心，可能就是因为心中萌生的故乡情怀吧！

此后，每个寒暑假，我都是放假的第一天回家，收假的最后一天返校，这在我的同学中并不多见。整个假期，我读书学习、拜亲访友，也干点农活、做点家务，尽情享受回到故乡怀抱、回到母亲怀抱的那种幸福和快乐。参加工作后也是如此，我在湖北省委组织部工作的 15 年，除 1987 年的春节，因友枝怀孕没有回老家外，其余 14 个春节都是在老家度过的，这在我的同事中也是不多见的。我很享受合家团圆的那种氛围，享受那种浓浓的乡情、亲情和友情。那个年代，清明节是不放假的，如果放假，我肯定是要回老家扫墓祭祖的。后来，我调到北京和广州工作，除了春节照例回老家外，清明节一般也回了老家，除非工作确实离不开。我想，这也是源于故乡情怀吧！

实事求是地讲，武汉时期的故乡情怀，没有后来北京、广州时期和退休后那么浓厚，分析原因，主要是武汉时期，母亲帮我们带儿子，与我们一起生活了几年，父亲每年都要往返于干驿和武汉几次，父母在哪里，故乡也就在那里。同时，干驿与武汉的距离不算远，110 公里，老家的亲戚朋友同学经常到我的小家做客，带来老家大量信息，这样对老家一点也不生疏。还有，我们省委组织部机关所在的省委大院，以荆州（天门县原属荆州地区管辖）人居多，荆州方言几乎成了大院里的"官话"，有一个时期，省委组织部机关干部不到一百人，天门人就有八九位，到处都是熟悉的乡音、浓浓的乡情。因此，那种对故乡的牵挂、思念也就不是特别强烈。

我的故乡情怀发展于北京、广州时期

2001 年 3 月，我北上京城工作；2016 年 11 月，又南下花城任职；2020 年 4 月，正式退休回到家中，正好 20 个年头。这段时期，是我的故乡情怀的发展时期。我清楚地记得，2001 年 3 月 20 日晚，当我坐上武汉开往北京的 38 次特快列车时，突然意识到，真的要远离家乡了，就像 20 年前第一次坐上田二河开往汉川的长途汽车一样，心中充满惆怅；随着时间的推移，我对故乡的思念越来越强烈，说是魂牵梦萦，一点也不夸张，东冈石湖的美丽景色，父老乡亲的亲切笑容，人生经历的生动画面，时常浮现在我眼前。我想，应该是离开故乡距离越远、时间越久，故乡情怀也就越浓厚吧(我称之为故乡情怀第三定律)！

故乡情怀的发展，常常让我有一种冲动，就是做点什么，将自己的故乡情怀付诸行动，以此回馈父老乡亲，不负他们的养育之恩；就是写点什么，把这个非常抽象、很难描绘的主题描绘出来，以此求得内心的平静，闲来翻一翻，也是一种享受。

"做点什么"

我从参加工作后，一直与家乡干驿保持着非常紧密的联系。30多年来，历任镇委书记都成了我的好朋友，他们是：彭登云、程国平、陈元发、胡忠义、席文君、程德斌、徐云平、陈再林、张华忠、李晋、欧阳宏卫、叶中学、刘刚等。他们到武汉、北京、广州，一般要与我聚一聚；我回家探亲，一般也要与他们见一见，非常亲近。家乡建设和发展，需要我做工作的，我都当仁不让、尽心尽力。其中，修桥补路办教育的事情，我就做过一些。对此，乡亲们给予充分肯定，我也感到十分安慰。

我为家乡办的稍微大一点的事情，就是推动汉宜铁路在天门境内设站——天门南站。

2007年，湖北省规划建设汉宜铁路，铁路的走向，是从武汉出发，经汉川、天门、仙桃、潜江、荆州，最后到宜昌，沿途设立若干车站，其中，在天门和仙桃境内，只设一个站。于是，天门和仙桃都极力争取，希望将车站设在自己境内。

仙桃有着天门不可比拟的人脉资源，做工作又非常主动、到位，加之铁路经过仙桃城区、贯穿大半个仙桃，只切了天门一角(仙北)，因而省里倾向将站址放在仙桃。对此，专家提出了不同意见，主要理由是，如果站址放在仙桃，只有仙桃一个市受益；如果放在仙北，受益的将是汉川、天门、仙桃三个市。当然，仙桃会麻烦一些。这个意见一时未被省里采纳。

天门也做了大量工作，但未能改变省里的倾向意见。情急之下，时任天门市委书记指示市政府负责同志，请出我的本家叔爷、时任市人大常委会副主任的史玉清，到北京找我，希望通过我找到铁道部领导汇报，改变省里的意见。市委书记说，这是天门的"最后努力"，成败在此一举。

这一年深秋，玉清叔爷带着一拨人马到了北京，我虽然在城外起草一个重要文件，时间比较紧张，但还是回城接待了他们，详细了解有关情况后，答应可以试一试。当晚，我就联系上铁道部领导，详细汇报了专家的意见和天门的请求，并建议这位领导在天门的请示件上，签上"尊重专家意见"六个字，既表明了态度，又不得罪别人。这位领导采纳了我的意见。

两个月后，我就听说，站址最终定到了天门。2008年9月，汉宜铁路开工建设，线路设"仙桃站"（天门仙北）。2010年6月，湖北省铁路办确定将汉宜铁路"仙桃站"更名为"天门南站"。2010年9月，天门南站开工建设。2012年7月1日，伴随着汉宜铁路开通运营，天门南站正式投入使用。至此，结束了天门没有铁路和车站的历史。

天门南站四通八达，在这里乘车，东可到上海，西可到成都，南可到广州，北可到北京，它的投入使用，给天门人的出行带来了极大的方便。天门南站距离干驿20公里，受益最大的是包括干驿在内的天门东乡的乡亲们。这些年，我们多次往返于北京、广州与家乡之间，也都是在天门南站上下车的，感觉很便捷、舒适，也很有成就感。

在北京工作期间，我还提出了武汉市汉口北建设的构想、助力黄石市申报成功"国家资源枯竭型城市"等。从更大区域讲，湖北也是我的故乡，我也要尽自己最大的努力，为湖北做一点事情。

"写点什么"

故乡情怀，从一定意义上讲，是故乡经历的主观反映。经过一段时间的酝酿，我觉得，把自己的阅历，特别是在家乡生活21年的阅历写出来，可以从一个角度讲述自己的故乡情怀。2015年6月的一天清晨，我在工作单位——中国盐业集团公司附近的莲花池公园散步，灵机一动，想到了《阅历九章》的书名，非常兴奋，后来我又加了一个副标题"感恩逝去的岁月"。我对十章进行了构思，定位为讲述平凡人的平凡事，突出感恩，前五章以事带人，主要讲述我的出生、求学、书法、工作、写作；后五章以人带事，主要讲述我的同学、老师、同事、至亲、家人。直到2021年8月，六年多时间，好不容易才写出初稿。我真正懂得了什么叫呕心沥血，什么叫殚精竭虑！可以说，《阅历九章》在我的全部书稿中，是耗费时间最长、投入精力最多，最艰难、最痛苦的一部，难怪故乡情怀和乡愁是最难描述的。

在第一章"寻根之问"中，我考证了史姓的姓氏源头及荆楚史氏的来历、家风，描写了史家岭的地理方位和自然风光，介绍了同我一样走出史家岭的宗亲；第二章"求学之路"，用比较大的篇幅，讲述了我在特殊年代的中小学生活；第三章"书法之缘"，谈到了故乡的书法文化、我与乡村书法家的缘分；第四章"职位之变"，特别叙说了我担任小队计工员和大队民办教师的经历；第五章"笔耕之乐"，专门论及我在中学阶段是如何打下写作基础的。第六章"同窗之情"，讲述了我和同学之间，特别是与中小学同学之间纯洁的友情；第七章"导师之恩"，讲述了我的老师、特别是中小学老师对我的教导之恩；第八章"同事之谊"，涉及我在新堰小学教书时与同事之间的友谊；第九章"至亲之爱"，讲述了我的长辈对我无私的爱，描写了人世间最伟大的亲情；第十章"琴瑟之和"，讲述了我的恋爱、婚姻、家庭，虽然这是后来的事，但我的恋爱观、婚姻观、家庭观初步形成还是在故乡。

我想将这十章的导语呈现如下：

寻根之问：感恩生我养我的这片美丽而神奇的土地，感恩这片土地上勤劳智慧、纯朴善良的父老乡亲，感恩"刚直不阿，忠勇为国，谨身勤业，诗礼传家"史氏家风的熏陶，感恩人生旅途中相遇相知的族人。

求学之路：感恩让我接受学校教育、获取知识力量的伟大时代，感恩锤炼我意志品质的求学之路的崎岖和艰辛，特别感恩彻底改变我命运的高考制度的恢复，也感恩自己不言败、不放弃、不停顿的求学精神。

　　书法之缘：感恩老祖宗留下的书法这门中华民族的独特艺术，感恩家乡深厚的书法传统和浓厚的书法氛围，感恩我与众多书法老师、书法同学和书法爱好者、书法家的缘分，感恩临池不辍带给我的身心愉悦。

　　职位之变：感恩教育、培养、提拔、重用、激励、约束我的各级组织，感恩发现、欣赏、理解、关心、指导、帮助我的人生贵人，感恩每个职位的思想淬炼、政治历练、实践锻炼、专业训练、文化陶冶、品德修炼。

　　笔耕之乐：感恩在写作上指导我的老师、肯定我的领导、鼓励我的读者、支持我的家人，感恩把我培养成写手的工作单位和报社、杂志社、出版社，也感恩自己不怕写、写不怕、怕不写的浓厚兴趣和勤奋执着。

　　同窗之情：感恩你们陪我度过天真无邪的童年、懵懂无知的少年、意气风发的青年，感恩你们送我最纯洁、最真诚的友情，感恩你们一张张灿烂的笑脸，犹如一颗颗明亮的星星，留给我一串串珍贵的记忆。

　　导师之恩：感恩平凡而伟大的老师为我们传道授业解惑、强根固本铸魂，感恩兢兢业业、诲人不倦，严而不苛、宽而不纵，用爱心、耐心、细心陪伴我们的师德精神，这是人类最宝贵的精神财富。

　　同事之谊：感恩同船过渡五百年的修行，感恩来自五湖四海，为了共同目标走到一起的缘分，感恩一路上的有力指导、鼎力帮助、全力支持，感恩我们之间最真挚、最亲近、最热乎的同志之称、同志之情。

　　至亲之爱：感恩亲情如雨，带走烦躁、留下清凉；感恩亲情似风，吹走忧愁、留下愉快；感恩亲情像太阳，带走黑暗，留下光明；感恩最伟大的亲情，永远轻轻地走在我的路上，悄悄地伴着我的一生。

琴瑟之和：感恩我的爱人，你的真心、你的付出，让我真正懂得什么是爱情、婚姻、家庭；感恩我的儿子，你的成长、你的进步，让我真正懂得什么是父爱和人生，我们一家相互支撑、结伴前行。

我的故乡情怀深化于退休时期

海斌兄在《六十岁以后》里用诗一般的语言，描写了退休后的生活：

六十岁至八十岁，是人生第四个二十年，这才是人生的黄金时代。是其他年龄段无法相比的。试想，一个初出茅庐的小伙子，他能品出龙井与毛尖的区别吗？他能咂出茅台与二锅头的区别吗？他能尝出川菜与湘菜的区别吗？他能听出京胡与二胡的区别吗？六十岁以后，再也用不着头悬梁、锥刺股，熬红双眼，只为通过高考那座独木桥；再也不用似伍子胥一夜愁白头，只为那可怜可悲的晋职晋级；再也不用"为伊消得人憔悴"；再也不用怀抱冰火，心受煎熬；再也不怕利与义的冲突，灵与肉的相搏。跳出三界外，不在五行中。

六十岁以后，可以一杯香茗在手，独约黄昏之后。屋檐下，听晚归的雀鸟，轻言细语，结伴归巢，唧唧啾啾，呢呢喃喃，好不悠闲。那份温馨和从容，叫人羡慕、嫉妒、爱！

六十岁以后，可以漫步在林下泉边，听飒飒秋风，赏淙淙泉水，闻阵阵松涛，合奏着生命交响曲。洁净空灵中演绎着大自然的雄浑力量，把生命的顽强在天地间蔓延。

六十岁以后，可以散步在荷塘边田埂上。深秋的田野，空旷无人，土地没有了庄稼的覆盖，还原于原始的粗犷、坦荡，似一幅油画，令人遐思。荷塘中，枯瘦且黑的荷梗，插在一泓秋水里，萎卷的荷叶，静静地躺在水面，几只雀鸟在跳跃、在啾啾觅食儿。好一幅八大山人的水墨丹青。观其令人心醉，岂不快哉！

六十岁以后，可以在夕阳西下，独立大江边，看大江东流，千帆竞过。一种绚烂过后的恬静，一种安然，一种温暖油然而生。芸芸众生，或富贵，或贫穷。每个人生命里都有属于自己的巅峰，最终都会在六十岁以后跌落、归零。

六十岁以后，可以获得在夕阳中把盏渐醉的意境。凝眸飞泻流丹的晚霞，呼吸随风而至的阵阵桂香。一杯老酒独酌，或浅尝、或深醉，把盏人生，品味生命。杯中乾坤只是一份简单，一份糊涂。管它明天、后天，随喜、随叹且随缘。

人生的第四个二十年是这么写意，这么随性，你能不说这第四个二十年是人生的黄金时代吗？当然，这黄金时代必须建立在生活自理、行动自如的基础上。其实，我们从摇篮到坟墓也不过是一条道路而已。当我们归于正寝之前，是一直行走在这条路上的。途中自然有许多辛苦，许多坎坷。无妨！一路的风光和同路的旅人，都是极有情趣的，是值得细细品味的。只是有的亲人、朋友走得似乎着急了些，使还在行走的我们或多或少有些伤感和不舍。不过，快也罢，慢也罢，每个人终归是要走到尽头。最怕的是，走着走着走不动了，卧病在床，累及家人，累及朋友，累及同事，连医护人员也要受累，自己的人格尊严也含羞而弃。这才是老年人最大的问题。其实，老了，该舍就舍，包括生命。

六十岁以后，懂得珍惜过往，更要珍惜当下。要珍惜我爱的和爱我的亲人、朋友，珍惜黄金难买的这二十年，活好剩余的时光。说快也快，请大家健康地活着，优雅地老去，且行且珍惜！

我的退休生活，人生的第四个二十年，可能永远也达不到海斌兄所描绘的这种境界，可能永远也做不到海斌兄所说的这样悠闲、从容、恬静、安然，因为我需要解决两个问题：一是"事之转型"问题，二是"心之安放"问题。

"事之转型"

我的职业生涯只做过一件事，就是党建工作。无论是研究工作、还是实际工作，无论是机关工作、还是基层工作，都没有离开过这一领域。36年，一直秉持在党爱党、在党言党、在党忧党、在党为党的信条，做了一个共产党员、一个党建工作者应该做的一切。退休后，不在其位，不谋其政，但也不能让自己赋闲在家、思维停顿，总得做一点有益于身心、有益于社会的事情吧！这就有一个转型的问题。

2020年3月，去职回到京城后，我利用一个多月时间，整理了自己尚未公开发表的党建文稿，形成了一部文集和一部专著，从而使自己在职期间的党建文稿（《党建十论》《党建实导》《党建实导（续）》《笔耕拾零》《伟大工程》《新时代国有企业党的建设十六讲》六部八册）得以完整呈现。与此同时，我也在探索自己的转型之路。

先我一年退休的友枝爱茶，很想对陆羽和《茶经》作些了解，年前就购买了一些书籍，开始了《茶经》的学习，她希望我也能同步学习，甚至先学一步，并就其中的重点难点作一些交流。于是，我在整理党建文稿的同时，花了一些时间研读《茶经》。学着学着、聊着聊着，我就萌生了系统学习和研究陆羽和《茶经》的想法，这就在无意中找到了我退休后学习和研究的着力点，即中华茶文化。当然还可扩展到其他领域，如书法文化、乡土文化、岭南文化（我仍担任广东省岭南文化艺术促进基金会理事长）。这也就在无意中找到了退休生活和故乡情怀之间的结合点。

这是因为，陆羽是我的家乡——湖北天门人。作为世界级名人，陆羽是中国的骄傲，尤是湖北的骄傲、天门的骄傲。作为天门的儿子，浓厚的故乡情怀让我强烈意识到，学习、研究、宣传陆羽和《茶经》，是我义不容辞的责任和义务。这些年来，在我接触的人群中，知道陆羽和《茶经》的本来就少，而知道陆羽是天门人的，更是少之又少，这与茶圣的崇高地位是极不相称的。有人统计，中国历史上封"圣"的有30多位，平均一省一"圣"，如文圣孔子、兵圣孙武、武圣关羽、智圣诸葛亮、谋圣张良、史圣司马迁、书圣王羲之、草圣张旭、画圣吴道子、医圣张仲景、酒圣杜康，等等。湖北是文化大省，独占三"圣"，即茶圣陆羽、诗圣杜甫（湖北襄阳人）、药圣李时珍（湖北蕲春人）。我认为，就其对人类文明发展和人们日常生活的影响而言，茶圣陆羽与文圣孔子应当是一个重量级、一样伟大的人物。而客观现实是，对陆羽的学习、研究和宣传，是远远不够的。对此，中国人有责任，湖北人有责任，天门人更有责任。

更为重要的是，在此期间，家乡荆楚史氏正在续谱，族中长辈嘱我写一序言。我查阅了三个版本的《史氏宗谱》的"序""说""启""志""记"等，其中有篇序言讲，元末明初荆楚史氏始迁祖兴公之后，定居在竟陵东冈岭。就是这个东冈岭，唐天宝十一载至十四载（752—755），陆羽曾结庐隐居于此，撰写了笔记体的"茶记"，在此基础上又写成《茶经》，于是陆羽自号"东冈子"，"东冈草堂"被誉为孕育《茶经》的"摇篮"。而东冈岭正是生我养我的地方，这更是激起了我们学习、研究、宣传陆羽和《茶经》的浓厚兴趣。从2020年4月20日全民饮茶日开始，我和友枝静下心来，学习陆羽、攻读《茶经》，专心学茶品茶，并以《陆羽十讲》为书名，将学习心得体会记录下来，到6月底形成初稿，2022年3月公开出版发行，实现了我们的心愿。

《陆羽十讲》讲述了天门的历史、地理、气候、物产等，特别是展示了底蕴厚重、特色鲜明的天门文化，呈现出石家河文化、陆羽文化、侨乡文化、"状元"文化、蒸菜文化、文学艺术等一张张靓丽的名片；考证了陆羽生平，介绍了《茶经》的成书、价值和影响，并对《茶经》释义版本作了详细勘校；提出了陆羽茶道的四大核心理念，即"俭""精""雅""乐"及其基本范式，指出这四大理念统一于"和"；阐述了陆羽茶道的传承发展和当代意义，提出随着中国特色社会主义进入新时代，"茶"也进入新时代，要统筹做好茶文化、茶产业、茶科技这篇大文章，特别是要在深入挖掘茶文化蕴含的思想观念、人文精神、道德规范，结合时代要求继承创新，让茶文化展现出永久魅力和时代风采。

泰康保险集团创始人、董事长兼首席执行官陈东升在《陆羽十讲》的序言中说："对于生我养我故乡的热爱，是无条件的，是不需要理由的，不需要理由就是最大的理由。而对生我养我故乡的认识和宣传，则是需要强烈责任和热切情怀的。这种责任和情怀，源于对故乡的挚爱。'人人都说家乡好'。对于正江和友枝来说，他们并没有停留在情不自禁地说一说、夸一夸这个层面，而是花费大量心血，作出深入研究和全面解读，这就把对故乡的爱，升华到一个更高的境界，确实是难能可贵的。"

"心之安放"

退休后，我就开始思考自己的归宿问题，想到了我国古代官吏的退休制度——告老还乡。这一制度，始现于春秋战国时期，形成于汉代，发展于唐代，完善于宋、元、明、清时期。告老还乡，既为寻找安身之处，也为寻找安心之处。在目前的条件下，我们虽然不能完全做到告老还乡，但是可以部分做到，一切取决于我们情怀、决心和努力。

我是在新冠疫情暴发、武汉实行封控50天后回到北京的。当时，形势非常严峻，我们响应政府号召，自我隔离、足不出户。武汉解除封控后，2020年8月，我的第一次出行，就是与友枝一道，搞了一个寻根之旅，探访我出生和成长的地方——天门、友枝出生和成长的地方——黄冈、改变我们命运和获得爱情的地方——武汉，以及我参加工作的第一站——钟祥。这次回到家乡，有一种与在职期间不一样的感觉。

2021年(农历辛丑年)春节期间，仍然笼罩在新冠疫情的阴影之下，虽然国内取得重大成果，但局部地区仍有发生。更为严峻的是，国外的疫情不仅没有得到控制，而且呈愈演愈烈之势。北京市政府要求就地过节，尽量避免人员大规模流动和接触。这样，继上年春节之后，我们一家三口不得不再次留在北京过节。

"每逢佳节倍思亲"。我们最为牵挂的就是老父亲，毕竟老人家已是80多岁了，且患帕金森氏综合征20多年，毕竟我们又有大半年没有见面了。正月初四，友枝提出，让我回趟老家，陪伴父亲过一个元宵节，"年小元宵大"，住上几天，尽点孝心。她说，等到清明节，我们再一起回去。趁父亲还在，回去一次就是一次、见上一面就是一面，免得以后后悔。这与我的想法不谋而合。于是，正月十二我回到了老家。正月十五，弟弟正国和弟媳翠娥也回到家中，与父亲欢度佳节。这是我参加工作后，在老家过的第一个元宵节。

家乡春暖花开、鸟虫啼鸣、景色宜人，传统饭菜、新鲜清爽、别有风味，特别是浓浓的乡情、亲情、友情，深深地吸引了友枝，经不起弟媳翠娥的"诱惑"，正月十六，她也回到了老家，实现了大团圆，全家人其乐融融。我们兄弟姐妹都感到，父亲的健康状况还比较好，未来五至八年应该不会有太大问题。于是，友枝提议，将老家房子扩建，增加一间，便于我们时常回家，陪父亲住住，照看他老人家，也满足我们特有的故乡情怀，大家都表示赞同。正月二十七我们与设计师商定了房子扩建方案，二月初四回到北京。

农历二月十一下午六点，妹夫楚云非常沉痛地告诉我，父亲突发疾病，不幸去世。这无疑是晴天霹雳，人生最大的悲痛莫过于此。我们当晚赶回老家奔丧。二月十三，是老父亲出殡的日子。在告别仪式上，我代表全家致答谢词，表达了悲痛与感激之情，用"平凡之人""精勤之人""行善之人""大爱之人"概括了对父亲的认识与感恩，表示松石湖是我们的魂，史家岭是我们的根，树高千尺也忘不了根。

办完丧事，我们再次商量了老家房子的扩建问题。友枝提出，我们这一辈，在工作和生活的城市都有房子，但都是商品房，而不是真正意义的家。我们的根在史家岭，只有史家岭的房子，才是我们的家，才是我们的安身之所、安心之所，才是我们永远的港湾。父母在，我们要回家；父母不在了，也要回家，特别是退休后更要回家。一定要把这个房子修整一下，让我们永远有家可归，这也是父母生前的愿望。友枝说出了我想说而说不出的话。于是我们决定，4月下旬动工，争取国庆节完工。只是因为政策原因，我们改变了原来扩建的方案，计划在原有两层的基础上增加一层，对房子进行全面修缮，既方便居住，又美观大方。当然，费用由我们承担。

这年10月，当我们再次回老家时，改建、装修一新的房子，让我们眼前一亮，可以说"旧貌换新颜"。特别是登上新加的第三层，透过落地玻璃窗，广袤的田园风光尽收眼底，令人心旷神怡。生活设施比较齐全，也比较方便。我们还特意保留了过去的柴火灶，想经常回味"妈妈的味道"。这次在老家住了一个多月，连市区都没有去过，尽情品尝乡亲们送来的新鲜瓜果蔬菜豆制品、土鸡土蛋野生鱼，尽情感受曾经熟悉的乡音、乡情、乡味。作为退休之人，我们需要的正是这种感觉。于是，我们决定，将老家的房子作为我们的第二住所，每年至少回家住两次，一次是油菜花开的清明时节，一次是丹桂飘香的中秋时节，每次要住一两个月。

2022年3月，田野里的油菜花又开了，我们按计划回到老家。这次回家，沿袭了上次的生活节奏，唯一不同的是，冥冥之中好像还带有任务，就是考察东冈石湖，我后来归纳为"寻找40年前的故乡"。在老家30多天时间，一方面，我们认真研读胡德盛表弟的《天门县东乡史考》，重点了解关于东冈岭、松石湖的历史地理、名胜古迹、人物事件、风土人情等；另一方面，我们用脚步丈量东冈岭、松石湖，几乎走遍了东冈岭的"九岭十八冈"和松石湖的"九湾十八汊"，领略自然风光，品味乡土文化。也正是在这次考察中，友枝提出，让我把东冈石湖的过去、现在和未来写出来，这应该是升级版的故乡情怀吧！

总之，退休两年，我初步解决了"事之转型"和"心之安放"问题，自我感觉良好！

第二篇 东风岭

第一章　东冈晴烟：“九岭十八冈”的景致

　　东冈晴烟，是“晴滩八景”之一。“晴滩”为干驿古地名，“东冈”，即东冈岭，横亘干驿北境，距竟陵县城七十里，夹在松石湖和华严湖之间。明万历《湖广总志》卷第三《方舆二·承天府》云：“东冈，去县东七十里，处松石、华严二湖之间，一乡唯此独高，陆羽亦尝居之。”“晴烟”，说的是每当伏秋季节傍晚时分，天气晴朗，轻岚升腾，烟笼秀霭，呈现出似云非云、似雾非雾的水墨画卷般的景致。小时候，空气质量特别好，我可以经常看到这样的景象。

历 史 方 位

　　我先把镜头对准天门，然后聚焦东冈。

　　天门，是美丽富饶的江汉平原上一颗璀璨夺目的明珠，是源远流长的荆楚文化中一座傲然矗立的高峰。

　　天门位于湖北省中南部，江汉平原北部，为大洪山山前丘陵与江汉平原衔接地带，北靠大洪山，南依汉水，西扼荆宜，东临武汉，地势西北高，东南低，由西北向东南依次递减。最高点在天门西北的佛子山顶端，海拔191米，最低点在天门东南的多祥镇陈家洲，海拔23米。汉江环绕市境南边而过，天门河、汉北河、牛蹄支河(古汉水)等贯穿腹部，东流入汉江，境内还有星罗棋布的湖泊。

　　天门，因境内西北有天门山而得名。常有朋友问我，天门的“天门山”，是不是李白名诗《望天门山》的“天门山”？因为“天门中断楚江开，碧水东流至此回。两岸青山相对出，孤帆一片日边来"描写的就是楚江之上天门山的景象。我非常遗憾地告之，此"天门山"非彼"天门山"也！大诗人李白笔下的天门山，位于今安徽省当涂县西南长江两岸。

天门，早在原始社会晚期，就有人类繁衍生息。位于城区北郊的石家河遗址，不仅是原始社会晚期长江中游的特大型城址，也是当时整个区域的政治中心。石家河文化引领着长江中游文化向前发展，成为中华文明起源的重要区域，与黄河流域文化等，共同构建了灿烂的中华文明。

天门，古代属风国，春秋时属郧国，战国时为楚竟陵邑。秦设置竟陵县，属南郡。"竟陵者，陵之竟也"，即山陵至此终止，也就是大洪山脉到这里就结束了，进入广袤的江汉平原。西汉时，竟陵县隶属江夏郡。新朝王莽将竟陵县改名守平县。东汉，复名竟陵县。隋开皇三年（583），竟陵县属复州所辖。五代时期，后晋天福元年（936），为避石敬瑭名讳（"敬"与"竟"同音），遂改竟陵县为景陵县，后汉复名竟陵县。北宋建隆三年（962），为避赵匡胤祖父赵敬之讳，再改竟陵县为景陵县，由湖北路复州管辖。清雍正四年（1726），为避康熙陵寝名（景陵）讳，改景陵为天门，一直沿用至今。

民国初期，天门县属湖北省襄阳道管辖。民国 17 年（1928），废道，天门县为省直辖。民国 22 年（1933），为湖北省第六行政督察区管辖，行政督察专员公署设天门县城。民国 26 年（1937），改属第三行政督察区，行政督察专员公署设随县（今随州市）。新中国成立后，天门县属湖北省荆州专区管辖。1987 年，国务院批准撤销天门县，设立天门市（县级），仍属荆州地区管辖。1994 年，经国务院批准，湖北省人民政府决定将天门市等实行省辖直管，拥有地级市管理权限。

天门东乡有三个湖泊，由南至北分别是沉湖、松石湖、华严湖；在松石湖、华严湖中间，有一片低矮的冈岭，因位于天门县城东边，故称为"东冈"或"东冈岭"，《唐才子传·陆羽传》等称之为"东岗"。为避免误解，我们统称为东冈、东冈岭。这就是闻名遐迩的"一岭两湖"。

松石湖位于干驿镇区以北三公里，西距天门县城 28 公里，湖内盛产鲫鱼。明户部尚书陈所学在此建有松石园。华严湖在干驿镇区以北六公里，西距天门县城19公里，属古白湖湖群的一部分。据传，华严湖起名于崇尚佛教的唐代初年，取《华严经》"华严"二字为名，意为福佑百姓，普度众生。

古东冈岭地貌为土山丘陵，由一串突兀而立、连绵起伏的低矮冈岭组成，如龙盘虎踞，雄镇邑东。从明正德九年（1514）宫廷画师郭诩绘制的《竟陵四景图》之"东冈石湖"可以看出，五百多年前的土山丘陵，要比现在高很多，湖面也比现在大很多。东冈岭，因茶圣陆羽在唐天宝十一载至十四载于此结庐隐居，品茶鉴水，钻研茶学而闻名于世，陆羽因之自号"东冈子"。

东冈岭由断断续续的十余个冈岭组成，从西偏南到东偏北依次为：新堰村的杨家湾、新堰堤、徐家湾；史岭村的史家岭；六湾村的八房湾、刘杨家湾、楼台、祠堂湾、六屋湾、丝网咀；陈岭村的陈永茂、鲁二湾、榨屋湾、沈家湾、小黄家岭、大黄家岭、周家岭；九岭村的鄢家湾、徐家湾、中和场、九屋岭、邓家岭、新湾、高家湾、朱家湾；沙咀村的陈家大咀、西鲁、东鲁、洪水堰、常侍湾、沙咀、沙咀新村。

我认为，严格意义的东冈岭，就是由从新堰村到沙咀村的这6个行政村、30多个自然村组成的，因为从古地图上看，只有这30多个自然村，处于松石湖与华严湖之间。朱岭村的王杨家台、鲁永茂、黄家台、大房咀、大朱家岭、小朱家岭等，过去在松石湖的西南边，与新堰村、史岭村隔湖相望，后来松石湖大量淤塞，湖面大幅缩小，朱岭村才与新堰村、史岭村连为一体，被纳入东冈岭的范畴；而杨巷村的李家八湾、四屋湾、五房湾、杨家巷、周家湾、喻家咀、曹家岭、鲁家垸、老屋咀等，虽然位于华严湖的东南面，但与松石湖不搭界，因为杨巷村与九岭村、沙咀村连为一体，又同属干驿管辖（再往东属于汉川市），也就被纳入东冈岭的范畴。

因此，现在人们讲的东冈岭，指的是朱岭村、新堰村、史岭村、六湾村、陈岭村、九岭村、沙咀村、杨巷村这8个行政村所辖的近50个自然村。2018 年，实施小村合并，朱岭村和新堰村合并为华严湖村，史岭村和六湾村合并为松石湖村，陈岭村和九岭村合并为中和村。合并的结果是，东冈岭一共有 5 个行政村、近 50 个自然村。生我养我的史家岭，就是其中的一个自然村。

东冈岭有"九岭十八冈"之说，指的是冈岭比较集中，而不是具体指九道岭、十八座冈。我曾试图从地名上进行分析，但没有得到想要的结果。九道岭还好找，如大朱家岭、小朱家岭、史家岭、小黄家岭、大黄家岭、周家岭、九屋岭、邓家岭、曹家岭等，十八座冈就不好办了。倒是地名上带"湾"的比较多，如杨家湾、徐家湾、八房湾、刘杨家湾、祠堂湾、六屋湾、鲁二湾、榨屋湾、沈家湾、鄢家湾、新湾、高家湾、朱家湾、徐家湾、常侍湾、李家八湾、五房湾、四屋湾、周家湾等。这里的"湾"，指的不是河湾、湖湾，而是靠河湾、湖湾而建的村子，河湾、湖湾早就不复存在，但村子还在。因此，在我们干驿，"湾"和"村""湾子"和"村子"是同一个意思，指的都是自然村。

说东冈岭山清水秀、古树葱茏，花草丛生、风景如画，我似乎没有什么感觉，或许是"不识庐山真面目，只缘身在此山中"；只知道东冈岭属于亚热带季风气候，光照充足，气候湿润，春温多变，初夏多涝，伏秋多旱，生长期长，严寒期短。东冈岭物产资源丰富，为典型的鱼米之乡。在我的记忆中，农作物主要有稻谷、小麦、大麦、大豆、蚕豆、土豆、红薯、玉米、油菜、芝麻、棉花、苎麻、黄麻、芋头、莲藕、菱角等。东冈岭也曾种过茶，那是明户部尚书陈所学及兄所前在松石园栽种的。此前，没有种茶的记载，不识茶圣陆羽结庐东冈岭，有没有以本地茶为标本，研究茶叶、茶学、茶道，并写作"茶记"。

说东冈岭自古人杰地灵、人文荟萃、文化底蕴深厚，客观事实就是如此，我的主观感受也是如此。四五十个湾子，二十多个姓氏，每个湾子、每个姓氏都有来历、都有人物、都有故事。比如说，干驿"四大贵姓"——"周、陈、鲁、魏"，就有两大贵姓出自东冈岭；以明户部尚书陈所学为代表的陈氏一门，出自陈家大咀；以明国子监祭酒鲁铎为代表的鲁氏一门，出自六屋湾。明吏部尚书周嘉谟和明按察副使魏士前虽不出自东冈岭，但其后人很多在这块土地上繁衍生息，周嘉谟还选择永远安息在这块风水宝地中。其他姓氏也出了不少名人，如李家八湾的明外直隶东胜左卫指挥使李淳(字少怀)、洪水堰的共和国开国将军史可全(字泰金)等，都是名垂青史的人物。忆往昔，东冈岭的先民们筚路蓝缕、奋发图强，创造了一枝独秀的东乡文化瑰宝，至今遗风犹存，气脉尚在。看今朝，东冈岭人才辈出，涌现出了一批政界精英、学界翘楚、商界巨子，更有父老乡亲默默耕耘在这块土地上，守护着我们的美好家园，延续着东冈的乡土文化。

以"一岭两湖"为题材的文学创作也有不少，如我在第一篇中曾引用过鲁铎的《少时诗》和《东冈诗》。还有熊士鹏(1755—1843，天门东乡人，清嘉庆进士，曾任武昌府学教授)和周祥鉴等诗人的诗。

自华严湖至松石湖访泗洲寺云光、七甲庵友莲

熊士鹏

遥原如岭野烟升，斜日西风下暮鹰。

小艇双湖秋水外，半林黄叶两诗僧。

渡 华 严 湖

熊士鹏

湖上扁舟相送迎，青钱顾直此身轻。

水飞独鸟夕阳影，秋借一村黄叶声。

摇落何须悲宋玉，穷愁底事笑虞卿。

钓人泊艇芦花外，鱼尾欼欼酒亦清。

苍髯野褐予甚古，萝月桂风谁为贫。

当户蛟龙森汉柏，隔江鸡犬隐秦人。

好山如画能留客，宝鼎藏丹不计春。

更上高亭问玄鹤，莫教诗眼有纤尘。

避乱松石湖寄僧月波诗

周祥鉴

君向华严界上行，我来松石践前盟。

天生烟月两湖水，分与诗人好避兵。

自 然 村 落

2022年三四月间，我和友枝回老家史家岭小住，实地考察"一岭两湖"，到过东冈岭20多个湾子，其目的就是要寻找传说中的村落和记忆中的村落，结果是收获满满。在这里，我想呈现几个印象最深刻、最具代表性的村落。

中和场

中和场位于史家岭东北三四里，东冈岭三个场(新堰场、中和场、仁义场)的中间。明代，这里是华严湖边的一个渔村，也是渔民们进行鲜鱼交易的场所，逐渐形成一个小集市。据说，从前这里有一位经商的人和气生财，故得名"中和场"。我想，这个"中和"极有可能是儒家经典中的"中和"，只是我们不知道是谁给这个"场"取了这么一个有文化内涵的名字。在江汉平原，"场"是比"镇街"小一点、比"村湾"大一点的集市，乡亲们有"上街赶场"之说。

中和场老街为东西走向，呈"一"字形，街宽六七米，长一两百米，青石路面，街区占地面积不大。1952年设供销社中和分店，1953年设食品站、联诊所及商店小组，1954年设粮油供应站，1961年设棉花收购组，1984年将街道改为水泥路面。中和场有商店十余家，酿酒、家具厂等作坊七八家，并建有学校、福利院等，设施比较齐全，基本能够满足乡亲们的生活需要，通常乡亲们"赶场"就行了，是不需要"上街"的，比较方便。

中和场是东冈岭的中心。1949年7月至2001年2月，先后为中和乡

（公社、管理区、办事处）机关驻地，下辖 8 个生产大队，也就是后来的 8 个行政村（2018 年合并为 5 个行政村）。

那时候，中和场比较热闹，每天都有早市，来来往往的人比较多。一年中最热闹的，就是秋收后集中时间交"公粮"，各个大队都很踊跃，社员们除了肩挑背扛，就是用船运输。我肩挑过、背扛过，都是一百几十斤，走上三四里路，累得够呛。我也曾驾着小船，经过松石湖、干中渠，将"公粮"送到中和粮站，然后一麻袋一麻袋地扛上粮堆，比肩挑背扛要好一些。当时有幅宣传画，叫作"敲锣打鼓送粮忙"，描绘的就是这样的情景。

当然，一年几次在中和场召开的社员大会也很热闹。大会主要是传达上级精神，开展动员和总结，也有批斗"阶级敌人"等。全公社 8 个大队的社员们自带小板凳，聚集在公社礼堂前的一片空地上听会。因为遇到亲戚、熟人，台下总是叽叽喳喳的，虽然台上反复要求安静，但台下总是安静不下来。大会结束后，社员们都要到场里逛一逛，买点东西，高高兴兴回家。看来，他们是把开会当作休息、购物、访亲会友的难得机会。

我小时候到中和场比较多，主要是卖鸡蛋、卖废品，买油、买盐、买些日用品等。虽然中和场小吃店的锅盔、油条、包面、煮包子很有名气，但我几乎没有吃过，一是没有钱，二是舍不得。有个小故事，至今记忆犹新。

在小学二三年级的一个暑假，我与同村也是同班的水清、玉华一起，前往中和场卖废品。史家岭到中和场的距离虽然不远，但当时天气异常炎热，当我们卖掉废品结完账时，已是口干舌燥。尽管废品收购站门前有人卖凉茶，两分钱一杯，但谁也舍不得花费千辛万苦捡废品换来的一点零钱。

走着走着，我们不约而同地发现，中和食品站对面的一户人家，有一棵不太大的梨树，结有二三十个梨子。这棵梨树可能是这户人家唯一的一棵，也可能是中和场唯一的一棵，十分稀罕。梨子呈葫芦状，青色，个大，很是馋人。我们停下脚步，环顾四周，发现除了不远处的巷子里，有一位老人正在树荫下的竹床上午休外，未见他人。我鼓动水清、玉华去摘几个来解馋解渴，他们互相推诿，都不敢动手。要知道，一旦被抓，可是要挨揍的，谁能不怕呢？

我心有不甘，毕竟梨子的诱惑力实在太大了！于是，想出了一个办法，可谓"眉头一皱，计上心头"，就是将摘梨的过程进行分解，将我们三人进行分工，把单个人的风险降到最低。具体说，先由身体比较强壮的水清上前，将梨树摇几下，待梨子掉下后，视而不见，扬长而去；几分钟后，行动比较敏捷的玉华佯装路过，发现地上的梨子，捡几个就走；我负责站岗放哨，应对突发事情，比如吸引行路人的注意力等。我想，这个设计应该是万无一失的，如果摇树的环节被发现，就可以辩解说只是出于好奇，摇一摇，又没有拿走梨子；如果捡梨的环节被发现，就可以辩解说地上的梨子不捡白不捡，还以为是主人不要的呢！总之，都无大的过错。对于这个办法，水清和玉华表示赞同。

整个过程非常顺利，得手之后，我们到达指定地点集合，面对七八个熟透的梨子，迫不及待，一人拿一个，在身上擦了擦，就要开吃。正在这个时候，这家主人追来了，给我们好一顿训斥，然后把梨子全部拿走了，并把水清和玉华的篮子也没收了，只是对我态度比较好，没有夺我的篮子。原来，午休的那位老人其实是假寐，我们三个小子的一举一动，他都看在眼里。当我们离开后，他就告知这家主人，并说那个胖墩（也就是我）是主谋，这才导致我们的行动功亏一篑。

后来我才知道，其实这家主人认识我的父亲，也曾见过我，只是我没有什么印象，这就是他对我态度比较好的原因。过了一些日子，他见到我的父亲，把这件事的前因后果作为一个故事、一个笑话来讲，还夸我年龄小、脑子活、点子多，将来肯定会有出息。在我们史家岭，这个故事也一直讲到现在。每当我遇到水清和玉华时，他们都要提及此事，"埋怨"我指挥失误，悔不该对我言听计从。

新堰堤

新堰堤位于史家岭西偏北两里，在八团垸堤边，因湾子南边有新挖的一口堰塘，故名。新堰堤又名新堰场，为东冈岭三个场西边的一个，也曾经是周围人们"赶场"的地方。小时候，我见到新堰堤的民居都是面对面、东西向的，中间形成了一条街道，街道铺的是青石板，不像我们史家岭等大多数湾子的房屋是一个朝向，坐北朝南。

清代的时候，有团一级建制，应该比现在的行政村大，比管理区小。《[乾隆]天门县志》记载，官城村(干镇村)领四里，一里辖六团，二里辖十团，三里辖华严湖、松石湖等六团，四里辖东冈岭、新堰堤等八团。新堰堤是团部(类似于现在的村部)所在地。四里的八个团为防水患，筑堤围垸，叫作八团垸，新堰堤就在垸边。清道光元年，新堰堤仍为官城村四里下辖的八团之一。1952年，天门第四区(驻地干驿)下辖19个乡，新堰与中和都是其中的乡，新堰堤为乡一级机构所在地，规格比较高。再后来，新堰堤就成为新堰大队队部、新堰村村部所在地了，现在是华严湖村村部所在地。

新堰堤的北边是河堤湾，现属马湾镇，原本两个湾子之间隔湖(华严湖)相望，后来因为防洪需要，在两个湾子间修了一道堤，叫铁扁担堤，以显示其非常坚固。堤的东边是华严湖的主体，堤的西边是华严湖的湾汊(名为浮石湖)。"晴滩八景"中的"华严浮台"，就是这里出现的奇特景观(我在第四篇第三章还要详细介绍)。那些年，每当汛期来临，公社都会调集一批抽水机，将浮石湖的水排往华严湖，以解除上游湾子的洪涝之灾，我和小伙伴们都要去看热闹。

新堰堤是一个比较大的湾子，都姓魏(东冈岭仅此一村)，为明按察副使魏士前一门。从新堰堤到马湾镇的魏家三湾，华严湖西边的几个湾子，如河堤湾、小湖咀、大七湾、小七湾等都姓魏，与新堰堤同出一宗。至于魏士前到底是哪个湾子的人，我没有考证过。新堰堤在这几个湾子中地势最高，就像龙头一样，在魏氏一门地位也最高。当时，新堰大队党支部书记是魏海堂伯伯，我高中同学的父亲，魏氏"顺理成章、天开文运"字派中的"成"字辈，在魏家是辈分最高的，说话办事，具有绝对权威。魏氏一门都以魏士前为骄傲，也自觉以魏士前为榜样，因而在我的家乡，有着良好的口碑。

新堰堤还有华侨，这在东冈岭也不多见。干驿是著名的侨乡，华侨主要集中在马湾一带。其原因，是马湾一带地势更低一些，十年九淹，乡亲们不得不远走异国他乡。东冈岭地势高一些，被淹次数少一些，种田种地，还能勉强养家糊口。新堰堤的华侨可能是跟着马湾的华侨出国的。新堰堤最有名的归侨是魏登洲老先生，很是富态，很有风度，显示出华侨特有的"范儿"。魏老先生每年都会收到国外的汇款，这在乡亲们心目中，就是一个富翁了。他曾经担任过市政协委员，是一位开明人士。改革开放后，魏老先生的侄孙魏天江先生也出了国，成为一名企业家。

应该是老天特别眷顾，新堰堤田多且肥，人均两三亩，还有大量不计算面积、由湖汊改造而来的湖田，只是广种薄收，就有吃不完的粮食。这在东冈岭，除了杨巷村，没有第三家。我经常到新堰堤玩，见到同学家里堆满粮食，摸着自己咕噜响的肚子，真的很羡慕。加之新堰堤背靠华严湖、浮石湖，鱼虾菱藕特别多，除了自己吃，还可以拿到集市上换点钱，更显"优越"。我在读高中的时候，学校在浮石湖围了二三十亩水面种植莲藕，名曰校办农场，解决同学们的学杂费等问题。

在东冈岭，我最熟悉的湾子，除了史家岭，就数新堰堤，熟到每一栋房子的主人是谁，家里有几口人，叫什么名字，甚至家与家、人与人之间的亲疏关系，都比较清楚。其原因，一是新堰堤有我从小学到高中的六七位同学，而且同学之间走得还比较近。二是有一个时期，史家岭和新堰堤同属新堰大队，很多劳动和活动，两个湾子的人在一起进行。有两年，我还参加了大队文艺宣传队，都要在新堰堤住一两个月，排练节目，同湾子里的人混得很熟。三是我还担任过新堰小学民办教师，学校就在新堰堤的南边，因教学原因，我对新堰堤的学生和家长，就有更多的了解。

说到大队文艺宣传队，也有一个小故事。1977年8月，搞完"双抢"，大队文艺宣传队就在新堰堤集中，排练文艺节目，迎接公社汇演。因为刚刚经过"双抢"的高强度劳动，队员们极度疲惫、精神不振，整个队伍松松垮垮，眼看阶段性目标难以完成，我作了一个顺口溜：

一支队伍聚湖畔，二十几人搞宣传。

三个领导没法管，四人乐队无事干。

五个男生抓鱼忙，六个女生旁边看。

七七四十九日满，八个节日没排完。

九月只剩三五日，十月汇演怎么办？

这个顺口溜一下子传开了，也引起了宣传队负责人、大队团支部书记绍云爹的重视。他又是召开会议，又是谈心交心，总算达到了统一思想、提高认识，鼓舞士气、坚定信心的目的。在十月份的汇演中，我们新堰大队文艺宣传队取得了比较好的成绩。

绍云爹比我长两辈，二十世，我们两家、我与绍云爹之间，关系都非常好，一直延续到今天。绍云爹担任大队团支部书记时，我是组织委员，曾给他写过发言稿。直到今天，绍云爹都很自豪，说他享受中央领导的待遇（我曾给中央领导起草过讲话稿）。绍云爹读书一般化，但很有文艺天赋，特别爱好器乐演奏。当时，他家里很穷，买不起胡琴，就用青蛙皮自制了一把，久而久之，自学成才，吹拉弹唱，样样在行，在干驿很有名气。在公社文艺汇演中，他表演的二胡独奏《赛马》，应该达到了专业级水平，我的印象非常深刻。这两年，我们回老家，绍云爹还和朴生爹（18世）一道，为我们演奏过唢呐、京胡、二胡名曲呢！

徐家湾

徐家湾位于史家岭西北一里多，华严湖南岸，是一个杂姓湾。湾子里徐姓相对多一点，除了徐姓，还有史姓、魏姓、艾姓、李姓等，这在东冈岭的湾子中，是不多见的。在东冈岭，绝大多数湾子的主体、甚至全部是一个姓氏。这也是我选择介绍这个湾子的原因之一。

徐家湾徐姓的来历，我曾了解过，但没有得到满意的结果。我推测，应该是在明初，大量移民从江西等地涌于华严湖周边，搞了一场"圈湖运动"，围湖垦荒，大兴垸田。《东冈李氏宗谱》记载，明代时，魏氏家族曾将华严湖的东南湖面卖给了李氏家族，说明这个时候，不仅有"抢占"，而且有"买卖"。徐氏的先人，应该是这个时候占据徐家湾的。到后来，徐氏家族发展不是特别快，圈来的土地大量闲置，史姓、魏姓等"乘虚而入"，就从史家岭、新堰堤搬到了徐家湾。因为史家岭、新堰堤到徐家湾的距离只有一里路，非常方便。从时间上讲，应该是晚清的事。《史氏宗谱》记载，徐家湾的史姓，分别出自史家岭的两个支头，是清光绪年间从史家岭搬迁过去的。

艾姓的来历就不一样了。有个传说，艾氏一门有爱新觉罗血统，最明显的特征，就是脚的小指甲是整的，而汉族人是破的。对此，我作了一些考证，证明艾姓不是爱新觉罗氏改过来的。春秋时，齐国有大夫艾孔，食采邑于艾陵，在今山东省栖霞县西北有艾山，其后人以山名"艾"为氏。而爱新觉罗为清朝皇族姓氏。"爱新"是满语中"黄金"的意思，金者金人后裔也。爱新觉罗作为姓氏，发源地在宁古塔旧城东门外三里，与艾姓是两码事。我还特意观察过我的艾姓同学的脚小指，也没有发现与我们有什么异样。

徐家湾最高的地方，叫艾家佰陵，就是艾姓居住的地方。我认为，这与艾姓的来历有关。"佰"是百人之长的意思，古代军队中统帅百人的长官称为"佰"。艾姓的先人曾经担任过这个职务，去世后葬在徐家湾，称为艾家佰陵。这位长官的后人为之守陵，也就在这个地方扎根，住了下来，繁衍生息。现在，徐家湾艾姓的几户人家，刚刚出五服，倒推来看，艾姓迁到徐家湾的时间应该不是特别久远。当然，还有艾家北岭、艾家柏林之称，到底是"佰陵"，还是"北岭""柏林"，应该没有人考证过。

艾家佰陵紧靠华严湖，与北岸的泗洲寺相呼应，也是一块风水宝地。在艾家佰陵西边百十步，有个鹅儿台，台内有泉眼数处，有如鹅眼，眼内浅草清泉，一手可掬，冬温夏冽，盈固不变。每当夕阳初落，台上烟雾朦胧，有如仙境。鹅儿台对面是华严湖，侧面是松石湖，两湖清波荡漾与泉水时相辉映，美不胜收。鹅儿台是干驿、东冈岭的名胜之一。遗憾的是，20 世纪 60 年代，因地下水位下降，泉水干涸，鹅儿台也被夷为平地，种上了庄稼。

过去，我们家与徐家湾艾姓的一支，走得很亲近，不是亲戚，胜似亲戚，这是源于我的奶奶。奶奶姓彭，出生于沉湖南岸的伏岭，后因水灾频繁，两个哥哥搬迁到了湖南华容，一个妹妹又嫁到了横林，沉湖以北，举目无亲。奶奶想念娘家人了，只能坐在沉湖北岸哭一场再回家。加之我的爷爷30出头就去世了，又没有兄弟姐妹，奶奶备感孤苦，凡有点沾亲带故，甚至姓彭的，都视为至亲。艾姓的这一支有三个儿子，新才伯、楚才伯、小才叔，其母亲也是沉湖南边的人，也姓彭，所以奶奶将其视为亲姐妹，两家人逢年过节都要走动，红白喜事都要随礼。小时候，我时常和奶奶一道，到艾家做客。小才叔结婚，我还喝过喜酒。担任民办教师时，小才叔的儿子占普是我的学生。参加工作后，小才叔夫妇为占普高考上学和毕业分配的事，多次与我商量。我到北京工作，特别是奶奶去世后，我们两家的来往就少了一些。

我去徐家湾比较多，还有一个重要原因，就是这个湾子里有我的同学艾运普，而且是从史岭小学到史岭高中的同班同学。运普同学大我两岁，又高又瘦，像根电线杆，曾获得全区中学生运动会跳高冠军。他品学兼优，特别是数学成绩好。我与他经常在一起解题，也经常在一起玩耍。如果不是那个特殊年代，他考上大学应该是没有太大问题的。恢复高考制度后，他参加过一次高考，感觉差距比较大，就没有再考了。后来，结婚生子，耕田种地，过着中国普通农民的生活。2023年三四月间，我和友枝到了徐家湾，在运普同学的楼房前，遇见了他的夫人，得知他承包了几十亩湖田，日子过得比较好，感到特别欣慰。

六屋湾

六屋湾位于史家岭东边两里，松石湖正北岸。据说，从前这里的六户人家，同时做了六栋新房，故名。在我的记忆中，六屋湾住房的朝向和排列，与中和场、新堰堤是一样的，也是一条街道。在东冈岭，也只有这三个湾子是这样的风格。因此，我认为，六屋湾极有可能是清代东冈岭团或松石湖团的团址，就像新堰堤为新堰团的团址一样。遗憾的是，六屋湾的街道也与中和场、新堰堤一样，毁于 20 世纪 70 年代的"新村"建设。

我之所以要介绍六屋湾，是因为六屋湾是鲁铎的六屋湾，也是我外婆的六屋湾，留下了我许多童年的记忆。

关于明国子监祭酒鲁铎的出生地，现存的文字记载，只说是元代末年，竟陵东乡鲁氏始迁祖鲁思旻在逃难途中与家人走失，流落到景陵县的东冈岭。事实上，东冈岭有四五十个湾子（当时没有这么多，但也不少），鲁思旻到底定居在哪个湾子？文献资料上没有详细记载。《鲁氏宗谱》只说鲁铎为第五世，到底在东冈岭的哪个湾子出生，也没有记载。现在，比较一致的看法是，鲁铎出生于六屋湾。为此，竟陵东乡鲁氏还在六屋湾建有鲁铎纪念馆。我倾向这一看法，因为六屋湾是竟陵东乡鲁氏的发散中心。

人说鲁铎金榜题名，打破了天门士林七百年的沉寂，鲁铎之后的四百年，天门人考取进士的超过百人；我认为，鲁铎的出现，首先是带来了鲁氏一门的兴旺发达，直到当今时代。

鲁铎之后，鲁氏人才辈出，名气较大的有鲁铎的长子鲁彭，正德举人，曾任广东琼州府乐会县知县、崖州代理知州等，政声远播；鲁铎的次子鲁嘉，也是正德举人，文名远扬；鲁铎之孙、鲁彭之子鲁佶，万历举人，曾任广西太平府知府，以"物望清真、风猷敏茂"受到皇帝封赏；嘉靖举人鲁思，人称"净潭先生"，潜心研究理学和心学，达致知行合一；乾隆年间的鲁岱，是个大画家，曾署理台湾县典史、罗汉门巡检，擅长山水、人物画，画驴尤称妙绝；医学翻译家鲁德馨，曾任共和国卫生部高等医药院校教材编审委员会常委、编审，人民卫生出版社副总编辑等，为我国医学教育事业作出了重要贡献；鲁德馨的长子鲁超，世界著名药理毒理学家，世界卫生组织第一个华人官员；鲁德馨的女儿鲁桂琛、次子鲁祖苏都在医学研究和教育领域卓有建树，等等，实在是太多了，我不一一列举。

鲁铎之后，鲁氏人丁兴旺，真正成为干驿的一大贵姓。在东冈岭，鲁姓是名副其实的第一大姓，全部 40 多个湾子中，就有鲁永茂、大房咀、八房湾、楼台、祠堂湾、六屋湾、丝网咀、鲁二湾、中和场、九屋岭、西鲁、东鲁、鲁家垸等湾子基本姓鲁，占四分之一强，李王张刘四大姓氏也只能算小弟弟了。加之东冈岭的其他湾子，还有少许姓鲁的。我们史氏三世祖文琼公，只比鲁氏始迁祖鲁思旻晚到东冈岭几十年，其繁衍发展已经非常不错了，但史氏家族与鲁氏家族的人口相比，就不是一个数量级的。

小时候，我最喜欢去六屋湾，因为六屋湾有我慈祥可亲的外婆。外婆姓魏，华严湖西边魏家三湾人，外婆曾带我去过两次。外婆的娘家过去也算殷实，住在湾子里一个高台上。外婆嫁到六屋湾，可以说是鲁姓与魏姓这两大贵姓的联姻。外婆在鲁家养育了五个子女，依次是我的大舅伯、二舅伯、母亲、大姨妈、小姨妈，我在《阅历九章》第八章"至亲之爱"中，用了四节的篇幅，讲述了这五位亲人。我没有见过外公，听母亲说，小姨妈出生后（1948）不久，外公就去世了，外婆独自一人支撑着这个大家庭，其艰难困苦是可想而知的。听长辈们讲，外婆外柔内刚，一方面善良、温和，从来没有和别人红过脸，另一方面也很坚强，有主见，是当家主事的人，从而赢得了乡亲们的敬重。

在外婆打下的基础上，经过大舅伯这一辈苦心经营，外婆家在六屋湾成为数一数二的人家，在东冈岭也很有名望。特别是大舅伯高大魁梧，曾担任过中和公社党委书记，人称"大个头书记"，在东冈岭享有很高的威信。只要认识我的长辈，都亲切地叫我"大个头书记的外甥"，令我非常骄傲和自豪。大舅伯有四个儿子——志国、举体、举刚、建国，都一样高高大大，这在六屋湾也是非常耀眼夺目的。

我是外婆最大的外孙，听长辈们讲，我小时候眼睛大大的，很是可爱，外婆特别喜欢，真是"捧在手上怕摔了，含在口里怕化了"。隔三岔五，外婆都要带信，让父母将我送到六屋湾，让她老人家瞧瞧；父母实在不得闲，外婆就来我家，看我一眼。好的是只有一里多路，不然，外婆的一双小脚不知要走多久。但凡吃的穿的玩的东西，表哥表弟有的，我肯定有；表哥表弟没有的，我则不一定没有。大一点后，记得只要和外婆在一起，我要么是拿一个小凳子坐在她老人家身边，要么牵着她的手走在乡间小路上，听她讲故事、讲道理，轻言细语，润物无声。此情此景，应是人世间最美最美的图画。

小时候，我最喜欢去六屋湾，也因为六屋湾有我崇拜的偶像，就是志国表哥。那个时候，不是没有"偶像"这个词，而是很少使用，通常讲"榜样""标杆"，表哥就是我的榜样和标杆。表哥真正是品学兼优，德智体美劳全面发展。如学习成绩，从史岭小学到史岭初中，再到干驿高中，在学校都是名列前茅，甚至数一数二。我小的时候，外婆和母亲就经常给我讲表哥的故事，给我树立了一个标杆。从我上史岭小学的那天起，老师们就要求我向表哥学习，争当先进。我的内心深处，也是时时处处以表哥为榜样的，每次到六屋湾，我都要和他待一会，他讲话，我听；他做事，我学。他对我也很耐心，从来不摆大哥哥的架子。我也还算争气，就学习成绩而言，如果说表哥引领了史岭中学的前期，我则引领了史岭中学的后期，好像无人能够超越，我们表兄弟成为史岭中学的一段佳话。

表哥高中毕业以后，就到马湾中学做代课老师，不久回六湾大队，担任党支部书记。这在干驿公社，甚至在天门县，都是最年轻的支部书记。在支部书记任上，表哥干得非常出色，得到了上级的充分肯定和群众的高度认可。1976 年，表哥被推荐上了哈尔滨工业大学。大学期间，表哥更是倍加珍惜机遇，刻苦学习，表现优秀，毕业后被分配到军工企业工作。后来因为解决夫妻分居问题，表哥主动要求调回家乡，担任了天门电视台台长等。表哥不仅是我读书期间的榜样，也是我一生做人做事的榜样，在他身上，我学到了很多东西，懂得了很多道理。

我一直认为，我的舅伯、我的表哥，都很好地传承和发扬了鲁氏优良传统和家风，不愧为六屋湾的杰出代表，不愧为鲁氏一门的杰出代表。

洪水堰

洪水堰位于史家岭东北五里，与陈家大咀等湾子同属沙咀村。传说元朝末年，天下大乱，朱元璋大战陈友谅，结果陈友谅大败。因陈友谅是沔阳（今仙桃）人，其部下多为天（门）汉（川）沔（阳）子弟，于是朱元璋下令，杀光这个地区的老百姓。当时，这个湾子前面有一口堰塘，种植莲藕。朱元璋的部队到此，见人就杀，人们就躲在荷叶下，朱元璋的士兵，见荷叶就是一刀，血水染红了堰塘，因而这个村就叫红（洪）水堰。

洪水堰又叫史家湾，与史家岭一样，都是荆楚史氏始迁祖兴公之后，也都是三世祖文玉（琮）公之后，只是到了五世祖琪公才从史家岭分出，成为现在的洪水堰。在东冈岭，只有这两个湾子姓史，其他湾子零零星星有几户，如徐家湾。洪水堰在古代就比较有名，近现代名气更大，主要是出了一个开国将军史可全，连共和国元帅彭德怀都尊称他为"老哥"。还出了一个史林峰，曾任丹江口水利工程指挥部副指挥长、中国对外联络委员会礼宾司司长、北京市委统战部副部长、北京市民族事务委员会主任等。

我在收集史可全将军生平事迹的过程中，接触到干驿革命史资料，发现新民主主义革命时期，史可全将军是干驿最早加入中国共产党的历史人物之一，入党时间是 1927 年，第一次国内革命战争时期，其他历史人物则要晚一些，如鄢红榜是 1930 年，周治坤是 1935 年，曹志坚是 1938 年。这从一个侧面说明，洪水堰以及史氏一门，是干驿、东冈岭最早觉醒的一批人，其代表人物就是史可全将军。

事实上，东冈岭就是一块红色的土地，很早就开展农民运动，洪水堰是东冈岭红色革命的中心。大革命时期，在武汉读书入党的史光焕（洪水堰人）受中共武汉地委派遣，于 1926 年春回干驿发展了一批共产党员，建立了党支部（为天门最早的党组织之一）。在党的领导下，农民运动如火如荼展开。史可全将军就是在 1926 年参加农协并以洪水堰为据点开展革命活动的。后来的鄢红榜也是如此。鄢红榜（1903—1932），出生于干驿卢岭村镬头咀一贫农家庭。1930 年担任干驿苏维埃主席，1931 年联络天汉沔革命组织，成立天汉沔游击大队，任大队长。在此后一年多时间里，游击大队打了几场漂亮仗，围歼天门县保安团，击毙团长，声威大震；诱敌深入，活捉带队进犯的反动县长，当场处决，大快人心。后因其堂兄告密被捕，宁死不屈，英勇就义。镬头咀与洪水堰只隔两三里路，鄢红榜常到洪水堰发动群众、武装群众，驻扎游击队，躲避敌人追捕。

洪水堰与史家岭的族人，来往比较密切。因为祠堂建在史家岭，一般是洪水堰的族人到史家岭的比较多，除了祭祀、聚会，就是商量族里的一些事情，因而彼此都非常熟悉，谁是哪个房头、哪个支头、哪个辈分的，都清清楚楚。有一年，我们在史岭后渠向沙咀的延伸线上开河，史少云（二十世，长我两辈，武汉大学哲学系八三级师弟史俊平的伯伯）作为工程技术人员，正在工地巡查，村里的长辈都叫他"少云哥"，我也开玩笑地跟着叫，结果被发现，他笑着骂道："秋仿的儿子都敢叫我哥哥，简直是反了天。"

1977年秋，在围垦华严湖的水利建设中，我住在洪水堰，时间有一个多月，记忆特别深刻。高中毕业以后，我参加过多次水利建设，多数是早出晚归，驻在工地的只有三次，一次驻在社湖岭，一次驻在喻家咀，一次就驻在洪水堰。三个湾子，东家都非常纯朴、非常热情，但感受还是有些细微差别。喻家咀没有一个熟人，心里总是有一些距离感。社湖岭要好一些，主要是因为社湖岭大队的党支部书记是玉法伯，二十一世，是从史家岭搬过去的，而且与我们是一个房头的。玉法伯给了我们很多关照，更重要的是，我们少了一些顾忌，因为有家门撑腰。洪水堰就不一样，一笔写不出两个史，都是一家人，非常亲热。

我住在俊平的叔叔家里。俊平的叔叔在外面工作，常年不在家里住。他家的房子不是很宽敞，我们就在他家堂屋里打地铺。因为劳动强度特别大，也因为油水特别少，我们都特别能吃，我一餐吃一斤六两米的饭，就是在洪水堰搞水利建设的时候。因为没有什么菜吃，族人们没少为我们提供，菜园里的蔬菜，坛子里的咸菜，偶尔还有鸡蛋、鱼肉等，享受客人一样的待遇。当时，我一边参加劳动，一边还要复习备考，每个晚上都学得很晚，没少给东家添麻烦，现在想起来，心中仍然充满感激。

陈家大咀

陈家大咀位于史家岭东边四里，史岭后渠延伸线北岸。因为湾子里都姓陈，又在原松石湖东北角的一个较大的湖咀上，因而取名陈家大咀。

我之所以把介绍陈家大咀作为这一节的压轴，不是因为我对陈家大咀有多么了解，而是因为陈家大咀的名气，在东冈岭、在干驿、在天门，实在是太大了。实事求是地讲，过去我只是路过陈家大咀，但从来没有在这个湾子里停留过。2023年三四月间，我和友枝几次到过这个湾子，也只是走了走、看了看，还与村里的老人有过简单的交流，没有对这个湾子作详细考察。在开始这本书的写作时，清末天门最后一位优贡陈心源的曾孙、武汉大学校友陈钢先生和乡友陈峰先生，给我发来了海量关于陈家大咀，关于陈所学及陈心源、陈大经、陈性忠，关于松石园的历史资料，我才开始了这方面的了解，感到特别震惊。

陈家大咀的名气，用一句话概括就是，陈家大咀是干驿"四大贵姓"之陈姓发源地。而且"四大贵姓"之说，也是源于陈家大咀的陈心源。陈心源先生在他的《黄华馆诗集·自序》中写道："皇华院之地名最著，人文最多。当时称贵姓者周陈鲁魏，不啻东晋之王谢，其荣盛可想矣。""周陈鲁魏"的"陈"，就是陈所学的陈氏家族，堪比"王谢"；"皇华院"，就是陈所学祖居的地方，也就陈家大咀。

陈心源还讲："吾家自一世祖世贞公由江西乐安县罗陂里迁居湖北天门县松石湖皇华院以来……四世祖策公、表公、篆公、范公、篦公，均以文学起家……范公即吾祖，篆公即五世祖户部尚书所学公之父也。所学公仕官显达、名位煊赫，其兄所前公、弟所蕴公、子盛楠公，以及吾五世祖所选公、六世祖盛欀公、七世祖尔琮公，累代科甲。"

陈心源先生的这段话，信息量特别大，既讲述了皇华院陈氏一世祖的来历，更讲述了皇华院名气最著、人文最多的现象及其原因，列举了陈氏一门"累代科甲"的盛况，确实是人文鼎盛，非同一般。其实，陈心源先生只是举例说明，还有很多不在之列，比如，陈所学的祖父陈守廉、父亲陈篆，都曾受到过朝廷的封赠；乾隆进士陈大经，曾担任南康府同知，文采出众，慧眼识人，官声斐然，等等。当代陈氏一门出了很多文人、名人，如著名作家、"七月派"诗人陈性忠等。

陈家大咀的名气，也在于陈所前、陈所学兄弟所建的作终老之用的别墅——松石园。松石园建成之后，陈所学在这里款待过不少达官显贵、文人墨客，留下了许多佳话。特别是陈所学和稍晚的礼部尚书李维桢，写下了流芳百世的名篇《松石园记》，使松石园名气大增；后世的地方官员和文化名人也写了大量诗词歌赋，使松石园的盛名经久不衰。松石园的这些名篇佳作，无疑也提升了东冈岭、松石湖、陈家大咀的名气。

第二章　东冈高处：生我养我的史家岭

1959 年 10 月 24 日，己亥年九月二十三日，我出生于东冈岭上的史家岭，并在这个地方生活了 21 年。

史家岭位于松石湖西北、华严湖西南，东边是八房湾，南边是大房咀、朱家岭，西边是杨家湾、新堰堤，东北边是徐家湾，西北边是陈永茂。在"九岭十八冈"中，史家岭的地势略高一些，因而被称为"东冈高处"。20 世纪 80 年代，我无意间读到过一本湖北省志，称史家岭地处两湖之间，大洪山余脉之上，融生气、灵气和福气于一体，是一块风水宝地。

在我生活的那个年代，史家岭是周边最大的自然村，一百几十户人家，六百多口人（在东冈岭排第二位，仅次于沙咀），由上湾、下湾和西湾三部分组成，中间只隔几厢农田。后来，村庄建设规模不断扩大，慢慢就融为一体了，如果从高处俯瞰，颇似一个小集镇。从建制上讲，20 世纪 60 年代，与八房湾一起，组成了史岭大队；1976 年，一分为二，史家岭、八伏湾分别归并到新堰大队、六湾大队；1984 年，史家岭从新堰大队独立出来，成为新的史岭大队；也是 1984 年，撤销生产大队，建立村民委员会，史岭大队变成了史岭村；2018 年，史岭村又与六湾村合并，组建了松石湖村。

史家岭既是一幅长卷，又是一部史诗，在东冈、在干驿，乃至在江汉平原，都具有典型意义。

姓 氏 源 头

在古代儒家伦理中，家族观念是相当深刻的，往往一个村落就生活着一个姓氏的一个家族或者几个家族。史家岭就是如此，生活着史氏家族、三个房头，因而史家岭绝大多数人家姓史，只有两三户姓魏。这几户魏姓人家，虽不是祖居史家岭的，但也与史家有亲戚关系，是近百十年来入赘过来的。因此，史家岭是比较典型的"一姓湾"，这在江汉平原相当普遍。

小的时候，我时常被姓氏问题困挠："史"是什么意思？我为什么姓"史"？史家岭的"史"姓又是从哪里来的？一直没有得到比较满意的答案。

家乡方言没有卷舌音，"史"与"屎""死"是同音的，因而，我总感到姓"史"不太好听，比不上别的姓氏那么响亮悦耳，如我们干驿的"四大贵姓""周、陈、鲁、魏"等。奶奶常常逗我说，别人问你姓什么时，你要回答姓"口""叉"（因为"史"由一个"口"和一个"叉"组成）。但这个回答也不是很好，同样被人嘲笑。因为在家乡方言里，"叉"是吃的意思，"口—叉—史"就成了"口—吃—屎"，还是一回事。其实，这只是奶奶的一个幽默。

还是读过三年书的父亲对"史"的解读，让我更容易接受一些，也比较接近这个字的本来意思。他说，"史"是没有戴帽的官，也就是"吏"字上面没有一横，很形象，很文雅。遗憾的是，我当时还不认识这个"吏"字，也不懂"吏"字的含义，真是白费了父亲一番苦心（不知是不是他的原创）。当然，更多的时候，我说"史"就是历史的"史"，不需要太多的解释，大家也听得懂。至于为什么姓史，通常的回答是，一代传一代吧！

长大以后，我一直关注史姓的姓氏源头问题，查阅了一些资料。前些年，我读到了复旦大学钱文忠教授等专家学者的考证文章，感觉他们的观点言之有理、持之有据，很有说服力，解开了我心中的一些疑惑。他们认为，史姓的姓氏来源主要有四个：

一是仓颉之后。仓颉是四五千年前黄帝时期创造文字的史官。仓颉的后人，一共有五个姓氏：一个是仓氏，一个是史氏，一个是侯氏，今天都存在；另外两个是候冈氏和夷门氏，今天已经不存在了。

二是史佚之后。史佚是周文王长子伯邑考的儿子，著名的政治家，与周公、召公、太公一道，为武王的四大托孤大臣，时称"四圣"。史官在当时具有举足轻重的地位，史佚秉笔直书，他的名言是"天子无戏言，言则史书之、礼成之、乐歌之",成为后世史官和史学工作者的典范。

三是其他姓氏。有的是皇帝恩赐的,有的是自己更改的。比如,唐高宗李渊在太原起兵反隋,本姓为阿史那氏的史大奈,跟随李渊平定长安,赐为史姓,后封窦国公。后来突厥的阿史那氏都改为史姓,唐代"安史之乱"的史思明就是突厥人。又如,唐肃宗时,皇帝赐李继先姓史,改为史继先。

四是古代西域。隋唐时期"昭武诸国"之一的史国,有不少粟特人,定居中原后就融于汉族,以国名为氏姓史,人数也比较多。过去在丝绸之路经商的大多是粟特人,现在山西还有好多粟特文化遗存。

史氏的主体,是仓颉之后和史佚之后,以官为姓。先秦列国都有史官,其后代都有姓史的,因而史姓相当广泛地遍布在各地。到了隋唐和五代十国,今天的湖南、浙江、山西都有史氏。到了宋代,河北、江西也出现史姓。到了明代,史姓就遍布江南了,中国的主要省份都有史姓。目前,全国各省区市都有史姓,人口有 300 多万,以湖南、山东为多,两省史姓人口占全国 1/3 以上。

我们史家岭史姓的源头在哪里?我们的始祖、一世祖、始迁祖又是谁?是从什么地方迁徙来的?

为了弄清楚这些问题,我研读了三个版本的《史氏宗谱》,即道光谱(1841)、新谱(1993)和支谱(1991),研读了李维桢(1547—1626,祖籍天门,曾任礼部尚书等)的《史氏谱序》、史继阶(1554—1629,福建晋江人,曾任礼部尚书兼东阁大学士,太子太保,文渊阁大学士,太子太师等)的《史氏论族总序》、史夔(1661—1713,江苏溧阳人,曾任《康熙字典》纂修官,以詹事府少詹事充经筵讲官等)的《溧阳史氏各省郡县乡村本宗支派启》、蒋立镛(1782—1842)湖北天门人,嘉庆十六年状元,历任翰林院学士、朝考阅卷大臣、内阁学士等)的《史氏族谱序》等,基本找到了答案:

(1)荆楚史氏为史佚之后,以官为氏。也就是说,史佚为荆楚史氏的始祖。史氏源远流长,为文武世家、楚中旺族,皆因"太史之盛德丰基强干积累"。我查阅了《说文解字》,"史"字属会意字,由"中"和"又"组成,意思是中而又中，公正、至中，不偏不倚；"中"也通"忠"，意思是正直、厚道、诚实、守信。这是对史官的基本要求，也是家族的优良传统。历史上有著名的"史渔秉直"典故，孔子说"直哉史渔，邦有道如矢，邦无道如矢"，便是对史官和史氏宗族秉性正直、刚直不阿的最好诠释。

（2）荆楚史氏的始迁祖为兴公，以将才闻名。元末明初，兴公随朱元璋南征北战，特别是在朱元璋与陈友谅决战时立下军功，被赐千夫长，后为岳阳镇守，再后领荆襄卫，诰封武德将军，其后人"蔓衍郢德二郡之墟"。兴公的祖籍为江苏溧阳，这一点是公认的。但兴公是如何到荆楚的？却有多种说法：有说是从溧阳直接到荆楚的；有说是先到安徽桐城，然后到荆楚的；还有说是先到江西余干，再到荆楚的；也有说是先到江西吉水，再到荆楚的。

（3）荆楚史氏始迁祖兴公传二子彬公、桂公（二世）。长子彬公，字克庸，袭父职，诰封武德将军；次子桂公，字克纪，诰封百胜将军。彬公传七子（三世），长子文质公诰封武德将军，居钟祥东桥；次子文理公，居天门横林史家岭；三子文玉（榜名文琼）公，居天门东冈史家岭（西岭），四子文焕公，居京山；五子文德公，居江夏；六子文仪公，居钟祥东桥；七子文智公，居天门多祥河。

文玉（琼）公传五子（四世），长子仲缨公，次子仲缙公，三子仲经公，四子仲纲公，五子仲完公。仲缨公传二子（五世），长子璜公，居天门干驿古老台，复迁三王庙；次子琪公，传二子（六世），居天门干驿洪水堰。仲经公、仲纲公迁陕西。仲完公传八子，即：吾公、善公、凯公、敖公、放公、效公、其公、考公（五世）。其中，吾公传二子（六世）庭公、唐公，庭公居天门东冈史家岭（西岭）；唐公传三子（七世），居蛇头潭。

《史氏宗谱》记载，兴公后人"乡会殿试，科第绵联，官为传舍，徙迁靡定，二十余世，居竟陵、沔阳、江夏、京山、应城、孝感、钟祥，子孙繁衍"。当然，也有荆楚史氏"以诗书起家，广文公起沔，晋阳公起郢，巫山公起竟陵，侍御公起云杜，翰林公起江夏，怀远公起安陆，训公起孝感"之说。

至此，我弄清了自己的祖宗，即始迁祖兴公，二世祖彬公，三世祖文琼公，四世祖仲完公，五世祖吾公，六世祖庭公……九世祖邦代公……二十世祖绍清公，父亲二十一世毓珊公、叔父毓瑚公，我为二十二世德俊、弟弟德杰，儿子为二十三世敦伟、侄儿敦侠。

（4）荆楚史氏一脉流衍，名派清晰。在相当长的时间里，由于交通不便、信息不通，使得各地史氏名派有所不同，但都可对应起来，找到史姓族人的世次。天门、仙桃史氏名派相同，具体是：兴彬文宣政，庭嘉良邦承，正维宏载纪，铭肇泰履绍，毓德敦本业，尚志先忠孝，家声振诗书，方克成永著……

（5）荆楚史氏的中心，曾经在我们史家岭，有史氏宗祠为证。后来史氏宗族发展壮大，形成了多中心格局，我们史家岭成为天门、仙桃、钟祥及周边史氏的中心。

当然，还有一说，来源于钟祥东桥，就是《史氏族谱（京兆郡）》和《三世祖原发公碑记》的记载。与前面三个版本的《史氏宗谱》不同，《史氏族谱（京兆郡）》说兴公为三世祖，始迁祖为天绪公：一世祖天绪公自江西饶州府乐平县风林村迁徙湖北公安落籍后，兴旺发达，英雄辈出。三世祖原发（兴公）守楚岳州卫，改调荆州卫正千户。《三世祖原发公碑记》也说，原发公（兴公）之父曰志圣，祖曰天绪。天绪公乃江西饶州府乐平县风林村人，移荆州之公安。虽为孤证，但也言之凿凿。

这就出现了问题：荆楚史氏始迁祖是天绪公还是兴公？是直接从溧阳迁荆楚的，还是经过江西再迁荆楚的？与此相对应，三个版本的《史氏宗谱》说兴公依溧阳世次排列为四十一世，而《史氏族谱（京兆郡）》记载为三十八世，各自依据何在？

为了弄清这些问题，2012年"五一"期间，我和友枝与英弟（族弟）一道，前往江苏溧阳（史氏发源地和集中区），进行了一次非常有意义的寻根之旅。在埭头镇，溧阳史氏历史文化研究会会长史火生老先生带我们参观了史氏宗祠——史侯祠，拜谒了溧阳史氏一世祖史崇之陵，也查阅了有关资料等，给我留下了非常深刻的印象。

此行最大的收获,莫过于弄清了溧阳史氏的基本发展脉络。据《溧阳史氏大同谱》记载,史崇(3—82),字伯勤,东汉建武二年,以军功领右将军和青、翼二州刺史,加骠骑将军(正一品)。汉明帝永平二年封溧阳侯,章帝建初七年五月五日薨,享年79岁,谥曰"壮侯"。王莽篡权时,杜陵侯史恭(西汉时保育宣帝的功臣)的曾孙史崇奋起反抗,加入刘秀起义行列,拥护刘秀为帝,为推翻王莽新朝、建立东汉政权、辅佐光武中兴屡建奇功,封溧阳侯,居溧阳埭头,自此繁衍生息。于是,史崇被全国大多数史氏奉为一世祖,溧阳也成为史氏最大的发散中心。两千年来,溧阳史氏已传承近70代,溧阳侯史崇的后裔遍布全国各地,大的分支有四明支、吴中支、真定支和溧阳大宗、溧阳小宗等,其中各又有许多分支,总数有数百支之多。

《溧阳史氏大同谱》还说,由于种种原因,不少史氏分支没有及时修谱而留下宝贵的历史资料,久而久之,有的分支只知道祖先从溧阳迁来的世次,而不知道是溧阳史氏宗族中谁的后人,以至于连接不上;有的甚至连世系、世次都不知道,只知道祖先从溧阳迁来,更是难以连接上。我们荆楚史氏分支基本上属于前者,大多认为我们的祖先兴公从溧阳迁荆楚,为四十一世,但不知道兴公是谁的后人。在这次考察和随后的考证中,我始终留意这个问题,但没有找到确凿证据。《溧阳史氏大同谱》也称:天门分支"始迁祖史兴的世数及来源待考"。

通过对姓氏源头的考证,我的初步结论是:史家岭史姓的始祖是3100年前的史佚(公),一世祖是2000年前的史崇(公),始迁祖是700年前的史兴(公);宋代时,史兴(公)的祖辈从江苏溧阳县埭头镇迁徙到江西饶州府乐平县风林村;元末明初,史兴(公)镇守岳州、荆州,落籍荆楚,其第三世史文玉(公)定居史家岭,繁衍至今,到我这一代,是第22代。

谱 牒 祠 堂

中国人的姓氏,不仅仅是简单符号,更是维系中华民族大家庭的基础;

每个人的姓氏，都应该倍加珍惜，那是我们作为中国人一生的骄傲。中华民族的姓氏文化，最重要的标志，一是谱牒，也就是宗谱、族谱、支谱；一是祠堂，包括宗祠、支祠、家祠等。谱牒祠堂，代表了一个姓氏、一个宗族、一个家族的凝聚力、向心力和影响力。

先说说谱牒。

近代以来，史家岭族人主持和参与的规模较大的修谱活动，一共有四次，形成了一系列重大成果：

一是清道光年间，以史家岭十五世纪云公为首，编修《史氏宗谱》，成谱于道光二十一年（1841）。其历史价值在于：确立了荆楚史氏始迁祖为原发公，按名派为兴公；厘清了自元末明初兴公由溧阳迁荆楚后20余世、500余年的繁衍脉络；确立了历代名派，即60代，至今沿用；制定了修谱的五条原则，等等。收录了李维桢、史继阶、蒋立镛的序言。道光谱在荆楚史氏发展史上具有里程碑意义。

二是新中国成立前，由史家岭墨林公、建堂公、治生公、超敖公、先春公、东炳（绍耀）公等修编《史氏宗谱》，因时局变化，未能承印，只存部分草稿于绍耀公家中。绍耀公记叙了参与这次修谱的经过：

> 耀幼时与先祖肇勋公续修谱牒，不胜雀跃，愿附骥尾。新修支谱为东冈三世祖文琮公世系，以期传百世不紊。勋公发启沔阳多祥河、团山横林口团结一致合修家乘。联络修谱之时正遇当地解放，共和到来，故半成之。

1985年秋，史家岭二十世绍炎公用毛笔抄录道光谱一套，历时半年之久，这套道光谱是绍耀公保存的。事情的经过是这样的：民国二十八年（1939）前后，绍炎公在买不起谱、也买不到谱的情况下，在其父履彬公的劝导下，借炳兰公之谱，用毛笔抄录一套，历时一年。当时，履彬公的目的，是让绍炎公通过抄录宗谱寻根问祖，也可练字习书，可谓一举多得。抄录完成后，全家将其视为珍宝，收藏于书匣中。遗憾的是，在"文革"期间被付之一炬。在外地的绍炎公得知此事后，悲愤万分，以为终身遗憾。在后来的20多年里，绍炎公一直想重抄一本宗谱，但由于种种原因，未能如愿，直到退休后才动手。正是因为史家岭有绍炎公这样的有识之士，《史氏宗谱》才得以保存、传承下来。

三是20世纪90年代，由史家岭族人主导，形成了1991年支谱和1993年宗谱，支谱为文琮公（三世）世系，主要是天门史姓的一部分，其中有史家岭邦代公（九世）世系；宗谱包括荆楚史氏的浩公、洪公、易公、谅公、汉公（二世）世系，覆盖天门、京山、钟祥、沔阳等地史氏，为荆楚史姓之大合谱。

四是21世纪20年代初，荆楚史氏历史文化研究会根据天门、仙桃、京山、监利、洪湖等地的史氏支谱，合编而成《荆楚史氏大同谱》，成谱时间为2022年。《荆楚史氏大同谱》增加了伟人关于族谱的论述、不同时期族谱的图片和文字介绍、当代名人、史氏宗祠和史可全将军纪念馆建设等重要内容，成为荆楚史氏宗谱之集大成。

不同时期、不同版本的史氏宗谱，是极为珍贵的家乘，是史氏宗族文化传承的重要载体，也是史氏后辈寻根问祖的重要依据。为着续修史氏宗谱，史家岭一代又一代族人的付出是巨大的。绍耀公曾讲述过族人们为此走遍千山万水、道尽千言万语、历尽千辛万苦、克服千难万险的故事：

> 先祖纪云公道光年间始修谱牒，不辞辛苦，沐雨栉风，历州过境，遍及钟祥、京山、随州、枣阳、孝感、江夏、汉阳等。至应城，深夜泛舟经三太湖，风狂雨暴，蒙神鉴佑，得以无恙。又至宜城，夜经牛碑岭，遇拦房者五六人，势极凶横，幸遇推车者十数人施救，乃获全归。公修谱决心巨大，昼夜不眠，谱及成之，为后嗣景仰。

我非常有幸成为后两次修谱的见证者。说来很惭愧，我并非一开始就认识到修谱的重大意义，从而给予这项事业以足够的支持，哪怕是道义上的支持。

20世纪90年代初，家父多次跟我提及族人筹划修谱之事，我没有太在意。逢年过节，只见家父和一些认识或不认识的族人们讨论此事，我也没有太在意。长辈们希望我这个有点文化、有点名声、又在省直机关工作的晚辈关心此事、支持此事，我也没有一个肯定的回答，甚至对家父过多参与此事也表达了不同意见。主要因为，一是当时太过年轻，认为当今世界，主要靠组织、靠单位，很少靠宗族、靠房头，忽略了我们成长的基因和文化的根基；二是认为凡热衷此事的人，大多是因为该房头、支头出了光宗耀祖的名人，我虽被认为是当时天沔史氏宗族的新秀之一，但我感到还是保持低调为好，也不希望家父过多参加，以避炫耀之嫌；三是我在组织部门工作，虽然级别不高，但是衙门不小，不少族人遇事就到武汉找我，实在是应接不暇，有些事情还不太符合原则，我不希望因此扩大我的"知名度"，从而引来更多的事情。为此，对于修谱之事不冷不热，不支持也不反对。

1991年春节期间，家父说族里长辈决定，族中有点名望的人士聚会，商量续修家谱事宜，凡在外面工作的都应参加，我在参加之列。长辈之命不可违，我就抱着应付的心态参加了。记得聚会在玉忠（毓忠）公家，参加的人有史家岭的十九世咬齐（履香）公，二十世银成（绍俊）公、爕成（绍炎）公、东炳（绍耀）公、腊庭（绍界）公，二十一世玉清（毓清）公、玉忠（毓忠）公、玉厚（毓厚）公、玉树（毓树）公和家父等，都是我的前辈。此外，还有五房台、三王庙、社湖岭、蛇头潭、洪水堰等地的代表，我大多不认识。大家济济一堂，气氛热烈。

会议具体研究了续修家谱事宜，确定了组织机构，并进行了分工。考虑到我们公职人员工作繁忙，又多有不便，也就没有分派我们具体工作。于是，我也作了一个简短的支持性表态，并感谢长辈们的理解。

春节假期结束后，我就回到武汉。这一年的秋天，六卷本的《史氏宗谱》（支谱）编撰完成。第二年春天，当绍耀公和家父将这套宗谱送到武汉水果湖我们家时，我十分震惊，迫不及待地浏览了家谱，当然首先关注的是与我最为亲近的部分，当目光定格在自己的名字时，亲切感、归属感油然而生。友枝非常麻利地做了几道菜，祖孙三代边饮边谈，其乐融融。鉴于家父在修谱过程中所做的工作，族里决定减免了我们全家按人丁应当交纳的费用，但我实在过意不去，还是表达了一点心意。

我讲这个过程，是要表明修谱这种利在当代、功在千秋的事业，需要那些目光远大、不畏艰难、无私奉献的人去做，我们史氏家族就有一大批这样的人。对于修谱的意义，我想引用载坤公乾隆四年（1740）《修谱引》中的几句话："'万物本乎天，人本乎祖（朱熹语）'，尊祖故敬宗，敬宗故收族"，"'克明敬德，以亲九族；九族既睦，平章百姓；百姓昭明，协和万邦（《尚书》语）'。自言宗族推之，化及国与天下也"，"睦乎族而亲疏相恰，少长相让，吉凶相关，忧喜有无相周恤，岂不家皆孝悌、俗皆仁义乎"。这是何等的见识与胸怀！我想，我可能读的书多一些，见的世面大一些，受的教育也多一些，但同参与修谱的这些前辈宗亲们比起来，自己是差远了。每每提及此事，我都深怀内疚与自责；我也常以此事作为镜子，看自己有无些许的长进。

再说说祠堂。

祠堂在宗族文化、姓氏文化中具有至高无上的地位。在封建社会，祠堂是"崇宗祀祖"的场所，也就是供奉和祭祀祖先的场所，也是族长行使族权的场所，凡族人违反族规，则在这里被教育和处罚，直至驱逐出宗祠，因而祠堂也就成为封建道德的法庭。当然，族亲们为了商议族内重要事务，也利用祠堂作为聚会场所；各房子孙办理婚、丧、寿、喜等大事时，也有利用宽敞祠堂作为活动之用的；有的宗祠也附设学堂，族人子弟就在这里上学，等等。

此外，祠堂作为我国古代建筑的重要组成部分，反映了不同社会发展阶段的思想观念，是探寻文明发展历程不可或缺的宝贵实物资料，蕴藏着极其丰富的历史信息和文化内涵。特别是祠堂建筑以其鲜明的地域性、民族性和形制风格，成为反映传统建筑和构成文化多样性的重要元素，是有形文化遗产和无形文化遗产的综合体。一座姓氏祠堂，既代表了这个姓氏的经济实力，更代表了这个姓氏的文化品位。

童年时，我见到过的史氏宗祠，为清代建筑（具体年代待考证），我们称之为老祠堂，是一座规模宏大、特色鲜明、底蕴深厚的祠堂，在东冈岭，甚至在干驿，都是数一数二的，名气特别大。

　　老祠堂坐落在史家岭的东南角，大洪山余脉之上，坐北朝南，后岭前湖，有一种阴阳相济、虚实相生、方圆相胜的风水意蕴。整个建筑为传统的内院式，呈现三进两院、中轴对称式布局，由南向北沿中轴线依次为前殿—中殿—正殿三进，正殿三层高，供奉祖先之位；中殿为族人举行祭祀礼仪和宗族议事的场所；前殿也有两层，与仪门连为一体。前后院较为宽敞，中间是天井，东西两侧为走廊和厢房。仪门上方有醒目的四个大字"史氏宗祠"，大门两旁有一对石鼓。主体建筑布列在中轴线上，偏房、廊庑布列两侧，左右对称，高低错落，主次分明，布局严谨，营造出庄严肃穆的气氛。老祠堂为典型的徽派建筑风格，白墙灰瓦，雕龙画凤，飘逸俊俏，美不胜收。听老人们讲，每逢清明节、冬至节，天门、沔阳一带的族人们都要在这里举行祭拜活动，声势浩大。

　　20世纪50年代，老祠堂成为史岭小学的校舍。史岭小学是干驿的两所重点完小之一，能容纳一所完小，几十位老师，几百名学生，可见老祠堂的规模之大。到了"文革"，老祠堂的建筑全被拆除，砖瓦材料用来建设史岭小学新校舍。后来，史岭小学升格为史岭初中、史岭高中。1978年秋季之后，这里没有再办高中；又过了一些年，这里没有再办初中；1999年之后，这里没有再办学校，校舍闲置、荒废，一片破落景象。

　　上学前，无论是作为祠堂，还是作为学校，老祠堂在我的心目中，都是非常神圣的，也是非常神秘的。大哥大姐们偶尔带我到老祠堂玩一玩，我都感到非常高兴，久久不愿离开。上学后，没有了老祠堂，有的是新校舍，我在这里度过了小学、初中、高中阶段的十年时光，虽然由于历史原因，我在这里没有学到太多文化知识，但这里的文脉还在、底蕴还在，我或多或少受到了传统文化、宗族文化的熏陶，对这里充满感情。后来，学校没有了，校园也被蚕食了，每次回老家路过这里，心里都特别难受。

　　到了21世纪初，史家岭族人筹划重建史氏宗祠，资金由族人自愿捐赠，匾牌、字画及设施由企业家捐献。得知这一消息，我非常兴奋，以儿子哲风的名义，捐赠了一万元；还请著名书法家、族人史世奇老先生题写了"史氏宗祠"匾牌。2005年，祠堂建成，一大间房子，宽12米，深9米，高12米，建筑面积108平方米，比较简陋，其规模与老祠堂不可同日而语。此后，我每次回老家，都要到祠堂看一看，感觉确实小了一点，也没有什么内容。

前些年，族人决定拆除简易祠堂，在老祠堂旧址上，兴建一座规模较大的新祠堂。族兄德洪先生独家出资，表现出史岭人的情怀和企业家的气派。2019年7月30日正式动工，2022年清明节，也就是我回家小住的那段时间基本完工。新祠堂由前殿、两厢和正殿组成，正殿宽20米，深12米，高16米，建筑面积240平方米。正殿大门上方，悬挂着"史氏宗祠"的匾额。前殿左右两边是厅房，中间是宽敞的大门，上方是"史可全将军纪念馆"的匾额。两厢的东边为史可全将军生平事迹展厅，西边为荆楚史氏历史文化研究会和族人活动场所。

从建筑风格上讲，新祠堂借鉴溧阳史侯祠风格，为仿古建筑，又增加了一些现代元素，可以说融传统与现代于一体，很是壮观，很有气势。在功能定位上，既是"崇宗祀祖"的场所，又是"红色教育"的基地，完全符合社会主义核心价值观。一些参观过新祠堂的人认为，这在干驿的所有祠堂中，也是独一无二的。

德洪兄长我一岁，与我同宗同辈，其高祖父从史家岭迁到社湖岭（同属干驿），其父玉（毓）法公曾担任过大队党支部书记，是老劳模、老先进。德洪兄早年参军入伍，后转业到地方工作，最后下海经商。20世纪90年代初，德洪兄在武汉创办医疗器械公司，我就是在这个时候认识他的，当时我在湖北省委组织部工作。多年交往下来，我感到德洪兄有胆有识、有情有义，特别是宗族观念非常强烈，做事成功，做人更成功。做人成功是因，做事成功是果。我们兄弟惺惺相惜，感情历久弥深。后来，德洪兄生了一场重病，其弟洪山主动捐献一截小肠，为德洪兄移植，手足之情，令人感佩。病愈后，德洪兄更加参透人生、参透亲情，做出了很多回报国家、回报社会、回报宗族的义举，兴修史氏宗祠只是其中之一，赢得了族人和社会的广泛赞誉。

家风传承

"一方水土养一方人"，说的是一定的环境造就一定的人才。不同地域上的人，由于地理气候、生存方式、文化传承不同，导致思想观念、人文历史、为人处世不同，性格特征也不同。松石湖、华严湖的水，东冈岭的土，养育的史家岭的人，与其他湾子里的人，有什么不同呢？在我的大脑中，有时也冒出这一问题，真的很奇怪。

几十年的人生阅历告诉我，史家岭的人，与东冈岭其他湾子里的人，确实存在一些不一样的地方。这种不一样，应该不是地理气候、生存方式导致的，而是与文化传承直接相关，因为乡亲们同饮松石湖、华严湖的水，共食东冈岭的粮。那么，究竟有哪些不一样的地方？文化传承是如何导致这些差异的？我还没有认真思考过。

2020年10月，在溧阳史氏历史文化研究会新任会长史国民的陪同下，我和友枝第二次拜谒了溧阳史侯祠。与八年前比，史侯祠修葺一新并有了一些新建筑，更加气势磅礴、雄伟壮观，成为国家 AAA 级旅游景区和爱国主义教育基地。其中新建的史侯祠清廉堂，给我们留下了很深的印象。清廉堂汇聚了 33 位古代官员勤政廉政的事迹，都是史氏的后人。他们或为国尽忠、鞠躬尽瘁，或清正刚直、为民请命，或清廉为官、造福一方，或诚心诚意、躬身孝行。作为史氏后人，参观后，备感骄傲自豪，备受教育启发。国民会长介绍说，一世祖溧阳侯史崇的后人，就没有一个贪官。友枝调侃道，不是刚刚查处了一个姓史的大贪官吗？国民会长说，这个贪官不是史崇的后人，我们一查，果然如此。

这次拜谒史侯祠，我的最大收获，就是深化了对史氏"刚直不阿，忠勇为国，谨身勤业，诗礼传家"家风家训的认识。我理解，刚直不阿，就是要像史鱼一样，不畏权势，不计功利，不奉迎，不偏私，始终做到公平公正。

刚直不阿，可能受一时之苦，但可免一世之忧，可能不会飞黄腾达，但绝对不至于身败名裂。忠勇为国，就是要像史可法一样，精忠报国，热爱祖国，忠于祖国，报效祖国。无论身在何方，始终持有拳拳赤子之心、殷殷桑梓之情，也就是不忘初心、牢记使命，为国尽责、为民奉献。谨身勤业，就是要像史崇一样，严格要求自己，老老实实做人，勤勤恳恳做事；就是要慎独慎微、慎始慎终，爱岗敬业、勤奋刻苦，做一个高尚的人、一个纯粹的人、一个脱离了低级趣味的人、一个有益于人民的人。诗礼传家，就是要像史佚一样，以儒家经典及其道德规范为齐家的根本，在人生舞台上，扮演好自己不同的角色，将仁义礼智信发扬光大、世代相传。这十六个字，包含了儒家修身齐家治国平天下的全部思想精髓。

一世纪中叶，史崇作为东汉刘秀时期的功臣，归封溧阳，成为溧阳史氏一世祖。身为开基始祖，史崇开启了宗族繁衍的史诗，奠定了一郡望族的声名，更留下了家风相承、流芳千古的精神遗产。在溧阳，史崇身体力行，播下了史氏优良家风的第一颗种子。因为了解民间疾苦，他把亲民爱民作为执政的理念，大力兴修水利，发展农业生产。因为推崇文明礼让，他提倡德治，注重民众教化。他在主政期间，社会安定繁荣，百姓安居乐业，以至于听闻他病逝的消息后，大家都悲痛欲绝，"榜人舍棹，桑女投笼，惟见与闻莫不挥泪"。

史崇的率先垂范，赢得了后世绵绵不尽的景仰。为祭祀和追思这位"生为英杰、死为神明"的先祖，史氏后人修建了史侯祠，并以16次重修重建的接力，让两千年前的精神情怀一直传承到今天。也就是说，伴随着史侯祠屡毁屡建，伴随着溧阳史氏后人分迁他乡、开枝散叶，在溧阳成为史氏最大辐射发散中心的前行中，漫长的时间和遥远的距离，从来也没有中止史氏家风的代代相传。南宋大儒朱熹拜谒史侯庙时，感慨溧阳史氏一脉胸襟宽广似海，志向高耸如岳，欣然题写了"海岳堂"三个大字，苍劲醒目，以一块牌匾，表达了这位儒学大家对一个家族的敬意。

此时此刻，我才意识到，史家岭的人，与东冈岭其他湾子的人，如朱家岭、新堰堤、杨家湾、陈永茂、八房湾、大房咀的人，存在的一些差异，根本原因是家风传承的不同。根据"十六字家风"，我试图归纳出史家岭人的五大特征。需要说明的是，其实，这些特征东冈岭每个姓氏的人都有，只是我觉得，总体而言，好像没有史家岭人那样鲜明、那样全面。

一是家国为上。这个"家"，是家族的"家"，这个"国"，是国家的"国"。史家岭人是特别具有家国情怀的，无论是为"官"，还是为"民"。为"官"的，刚正不阿，精忠报国，保家卫国；为"民"的，热爱祖国，维护家族，并体现在实际行动上。史家岭为"官"的少，我就不说了，只讲一讲普通老百姓是如何对待国和家的。我记得，20世纪六七十年代，人民公社时期，一大二公、统购统销，每个生产队都是要卖余粮的，叫"爱国粮"，史家岭最踊跃，年年第一。有的年份粮食歉收，史家岭人哪怕自己饿肚子，也要保证国家任务按时足额完成。20世纪八九十年代，实行联产承包责任制，农民是要交"公粮"的，也就是农业税，史家岭人没有欠国家一分钱，哪怕是特别贫困的家庭，这在周围也找不出第二个湾子。家族的大事，如修族谱、建祠堂，史家岭人都积极参与，有钱出钱，有力出力，表现出高度的一致性。这种一致性从新修的《荆楚史氏大同谱》和史氏宗祠可以得到证明，特别令周边姓氏羡慕。

二是教育为先。尊师重教，是史家岭的优良传统。史氏宗祠之所以被改建为史岭小学、史岭初中、史岭高中，除了规模容量比较大以外，最主要的是史家岭有尊师重教的良好风气。乡亲们对有文化、有知识的人，总是高看一眼，尊崇有加，言必称"先生"。大家深信"万般皆下品，唯有读书高"，哪家生了男孩，乡亲们道喜，称之为"又添了一个学生"，指的是以后是要成为读书人的。每个家庭，哪怕穷得叮当响，也都要送子女读书识字。在东冈岭老一辈人中，史家岭人上学近水楼台，接受国民教育时间最长，文盲最少。恢复高考制度以后，史家岭的学生考取高等院校的最多，还有考取国内外名牌大学的。知识改变命运，不仅改变了个人的命运，也改变了家庭的命运，甚至改变了家族的命运。很多从家乡走出去的人才，以各种方式回馈家乡，为家乡的建设和发展，作出了积极贡献，赢得了乡亲们的称赞。

三是勤俭为本。勤劳和俭朴，是史家岭人立身之本、持家之本。一方面，史家岭人是最能吃苦的，相比其他湾子，土地面积最小，但他们精耕细作，硬是要在这黄土地里刨出一个金娃娃。生产队时期，就数史家岭的粮食棉花产量最高，社员工分最值钱。改革开放后，史家岭的青壮年大多在外地挣钱，有经营头脑的凭头脑吃饭，有专业技术的凭技术吃饭，有一身力气的凭力气吃饭，通过勤劳达到致富的目的。史家岭在东冈岭、在干驿都算得上富裕的湾子，听村里人讲，财富达到八九位数的，还不止一两户。另一方面，史家岭人生活最简朴，舍不得吃，舍不得穿，不为追赶时髦而乱花一分钱。友枝曾给我讲过她的发现，史家岭的姑娘媳妇漂漂亮亮，衣着却简简单单，有的甚至破破烂烂，不知道钱花到哪里去了。事实的确如此。在旧社会，先辈们千辛万苦挣来的钱，一是供儿孙上学读书，二是建房置地，因而土地改革时，史家岭被划为地主富农成分的最多，四户头房子也最多。新社会不需要置地了，乡亲们依然把挣来的钱投入在教育和住房方面，村里很多人家还在城镇购有商品房。

四是团结为要。团结出凝聚力，团结出战斗力。史家岭虽然分为三个房头、若干支头，内部也会有一些意见分歧，但对外，团结得像一块坚硬的钢铁。因为团结，谁也不敢欺负。听老人们讲，当年，日本鬼子就没敢进村，汉奸土匪也绕道而行，史家岭免遭一场场劫难，其他湾子就未能幸免。史可全将军闹革命，经常在史家岭躲避敌人追赶，短则几天，长则一两个月，因为团结，不会出现叛徒。同时，因为团结，就特别能战斗。史家岭人有特别强的宗族荣誉感和集体荣誉感，只要是以宗族和集体为单位去做的事，乡亲们都要争先进、创一流。人心齐，泰山移。兴修水利，开河清淤、修堤筑坝，第一个完成任务的，肯定是史家岭；防洪抢险，战无不胜、攻无不克，第一个凯旋的，也肯定是史家岭；劳动竞赛，如果设立团体奖，史家岭也总是扛红旗、当标杆。

五是礼节为重。在干驿，流行一句话："史家岭的礼行大，不称您郎不讲话。""您郎"是天门方言，"您"的意思。这是对史家岭人特别重礼节的一种褒奖。按儒家伦理观念，父子之间有骨肉之亲，君臣之间有礼义之道，夫妻之间有内外之别，老少之间有尊卑之序，朋友之间有诚信之德。纵然兄弟，礼不可废。史家岭族人都是邦代公的后人，世系明晰，前些年，辈分最高的是焕丕公，比我的高祖长一辈；这些年，辈分最高的是朴生公，与我的高祖同辈，最高辈分与最低辈分的跨度很大，因而特别讲究尊卑有别、长幼有序。不同辈分之间，晚辈对长辈特别敬重，长辈对晚辈特别关爱，与年龄大小无关；兄弟之间，年幼的尊重年长的，年长的关心年幼的，与年龄大小有关。我在史家岭的辈分比较低，常常得到长辈们的关怀，感受到长辈们的温暖。整个史家岭就是一个大家庭，族人与族人之间，以礼相待，彬彬有礼。婚、丧、寿、喜等大事，春节、清明、端午、中秋等节日，更是礼字当头，特别讲究。老人们总是教育我们，菜可少，饭可少，礼节不能少；事可变，人可变，礼节不能变，可见对礼节是非常看重的。

乡 贤 精 英

自古以来，史家岭族人"有随祖调卫所为卫籍，有随祖服陇亩为民籍"，民籍居多，卫籍较少，但民籍有乡贤，卫籍多精英。老一辈乡贤和精英，是史氏文化和优良家风的传承者，也是有大恩于我的人，我想选择其中几位代表，作一简要记叙。

史东炳（1913—1995），字绍耀，荆楚史氏20世，与我们家同一支头，血缘最为接近。据族谱记载，如果从绍耀公这一辈往上数第六代、从我这辈往上数第八代，为同一个祖宗，也就是"纪"字辈祖宗。绍耀公崇文尚武、知书达礼、多才多艺、乐于助人，是我们史家岭最后一位乡贤，也是我最为尊敬的长辈之一。

绍耀公就住在我家东边，家里比较富足，仅砖瓦房子就有两栋，主房是十柱落地的，外砖内木，荆楚风格，很是气派，这在我们史家岭并不多见。据说，新中国成立前他家的田地不少，临新中国成立时卖了一些，土改时就被划为"富裕中农"。这样的家景，加之绍耀公又聪明勤奋，使他能读很长时间的私塾，解放后又自学过一些新知识，成为当时我们支头、房头甚至史家岭最有学问的人。记得当年绍耀公与我的中学语文老师郑耀斌先生讨论"批林批孔""评法批儒"涉及的历史问题，他引经据典，出口成章，令我大开眼界。绍耀公还当着郑先生的面，为我逐字逐句讲解过毛主席的《读〈封建论〉·呈郭老》："劝君少骂秦始皇，焚坑事业要商量。祖龙魂死秦犹在，孔学名高实秕糠。百代都行秦政法，十批不是好文章。熟读唐人封建论，莫从子厚返文王。"至今记忆犹新。郑先生学识渊博，能和他探讨问题，可见绍耀公的学问之高深。

绍耀公一支人丁不太兴旺，五代单传，本人又瘦弱，为免遭别人欺负，他从小习武，练就一些功夫。我亲眼见他教训过一个相对年轻、专横跋扈的人，直到对方求饶为止。听说新中国成立前，绍耀公还结拜过"十兄弟"，他们义字当头，彼此照应，惩强助弱，赢得了比较好的名声。

绍耀公除了农活样样精通以外，还当过石匠、刻碑勒石，当过厨师、烧火做饭，自编自演天门小调、以艺谋生等，略通中医、知道一些药方，但更多的时候，他展示在族人面前的是一个乡村文化人。他教过书，是我的启蒙老师之一；他知礼节、懂习俗，谁家有红白喜事，都要请他帮忙筹划，包括写请柬、写对联、安排席位等，都请他去做；如果涉及史氏宗族的大事，他更是冲在一线，亲力亲为，不辞辛劳。比如修谱之事，他就先后参加过两次，一次是新中国成立前夕，由于种种原因半途而废；一次是1991年，在绍耀公的大力推动下，在族人们的艰苦努力下大功告成。

绍耀公对我一直寄予厚望，以我上进为喜，以我懈怠为怒，以我无书可读为哀，以我手不离卷为乐。这中间有很多故事，印象最深的是，1980年秋，我考上武汉大学，在前往大学报到的前一天晚上，绍耀公到我们家，喜极而泣，对我这个史家岭走出的第一个大学生千叮咛、万嘱咐，直到很晚。临别时，绍耀公还掏出一把粮票塞在我手上，面值有一两二两的，有半斤一斤的，有省流通的，有国流通的，面值近20斤，都是他走村串户拍渔鼓卖艺换来的，浸透着老人家的心血。他在生产队食堂做过饭，知道我的饭量大（有一次一餐吃了一斤六两米的饭），怕我吃不饱影响身体和学业，老人家真是一片苦心啊！

1986 年 1 月 19 日，是我与友枝新婚大喜的日子。年逾古稀的绍耀公专门创作了一首诗，用毛笔写在红纸上，作为礼物送给我们。绍耀公还亲自给我们讲解了一遍，并贴在我们简易洞房里。对于这份特殊的礼物，我们深为感动。老人家的字依旧工整，一丝不苟，只是不如以前流畅了。诗的格式类似七律，题目是《贺新郎新娘》，落款是"祖：东炳"，内容是对我们的希望和要求，如孝敬父母，夫妻恩爱，事业有成，白头到老，等等，诗句大多记不起来了，只有一句印象最深，就是"举案齐眉似孟光"。对于老人家的教诲，我们一直铭记在心。

1995 年春节回老家，听说绍耀公病了，我和友枝连忙过去看望，见绍耀公躺在床上，精神尚可。我建议到大医院看看，老人家说人总有走的那一天，就顺应天意吧！将生死看得很淡。过了不久，老人家就静静地走了。我因为忙于工作，没能回老家为绍耀公送行，感到非常遗憾。我想，绍耀公是不会怪我的，因为他常讲，忠孝不能两全。

史元成（1943—2018），字泰栋，荆楚史氏 18 世。年轻时，泰栋公在东北当兵，二十几岁就担任了股长（正营职），后因思乡心切和家庭困难，谢绝了部队的挽留，执意转业回到地方，担任了市副食品公司经理。泰栋公发福比较早，族人称他为"肥团长"，这没有一丝一毫的贬损之意，倒是觉得特别亲近。泰栋公自己也特别"小意"（没有架子，平易近人），人缘很好，加之辈分高，在村里享有很高的威望。

小时候，大凡泰栋公从部队回家探亲，我们都要去凑热闹，特别是听他讲外边的事情。长大以后，我忙于求学和工作，很长时间没有与泰栋公见面。直到 1991 年，毓清公将泰栋公带到武汉水果湖我的家中，希望我能为泰栋公的儿子沈军的毕业分配出出主意。那一次，我向长辈详细汇报了自己的学习、工作、生活和家庭，并聆听长辈教诲，感到获益匪浅。自此，我们两家的来往就多了起来。逢年过节，只要我回老家，都要到泰栋公家里玩一玩，有时还住一晚，族人相聚，分外亲切。

泰栋公是一个有思想、有能力的人，也是一个很细心的人，对我的工作、生活和身体十分关心，让我真真切切体会到了长辈的温暖。1992 年，由于工作紧张又不懂保养，我得了比较严重的胃病，省人民医院检查的结果是十二指肠球部溃疡、慢性萎缩性胃窦炎、胃出血、胃底炎等，身体消瘦，面色灰暗。泰栋公知道后，立即请来天门市中医院的朱医生，到武汉为我诊断。按朱医生的处方在天门抓药后，泰栋公的老伴黄家婆（天门市妇幼保健院院长）通宵煎制，最后熬成膏子，及时给我送来。经过一个秋天的调理，我的胃病得以痊愈，至今没有复发。我将朱医生介绍给了我的领导、领导夫人、同事、朋友及亲人，都取得了比较好的疗效，但都没有我的效果好。我想，问题可能不在处方上，而是出在煎制环节，谁能像黄家婆那么懂医呢？又有谁能像黄家婆那么用心呢？

有一年春节，我们回天门，与泰栋公、毓清公、毓忠公、贤超表哥（他的妈妈是我的堂姑妈）等几家在城关聚会，饭后，以泰栋公为主的几个长辈与友枝单独谈话，在充分肯定友枝作为史家媳妇的优秀品质和良好表现后，要求友枝进一步支持我的工作，为我的发展进步作出更大贡献。泰栋公说，虽然友枝素质很高，单位领导看重，从政前途光明，但夫妻俩不可能都往前冲，需要一个人作出牺牲。正江个人条件很好，是我们家族的希望，我们要举全族之力支持他。好在友枝一直以来都是这样做的，认为长辈的这一席话也是为了我们晚辈着想，表示充分理解。不然，可能还要闹出一些误会，认为是重男轻女。这些年来，友枝也一直把这件事作为族人、长辈关心我们的故事讲给别人听，幸福写在脸上。

史汉法（1938—2012），字履吉，荆楚史氏十九世。履吉公是一个性格比较内向、不苟言笑的长辈，为人处世正直严谨，似乎没有泰栋公那么有亲和力。他也是年轻时应征入伍，干到连长，转业到省外贸厅下属单位工作的。我上大学时，家父承包了一小块地种黄花菜，收获后挑到武汉去卖，带我到江汉关找过履吉公帮忙。履吉公接待了我们，询问了我的学习情况，也协调了黄花菜的销售。最后的结果我不记得了，好像家父不太满意。这次见面，我对履吉公的印象一般，不好不坏，认为他不够热情，一副公事公办的样子。后来，我知道，履吉公的性格就是如此。

我在省委组织部工作时，有一段时间，连续在《湖北日报》《长江日报》

上发表了几篇理论文章，引起了履吉公的注意。有一天，我突然接到了他的电话，说是每当看到我的文章，都感到特别兴奋，都要读好几遍；说是我们史家岭出了才子，在大报上发表文章很了不起，为史家岭争了光，是史家岭的骄傲，他逢人便要说起我这个晚辈，说请我到他家去玩，好好聊一聊，等等，讲了很长时间。我突然感到，原来履吉公心中也是一团火，也有浓浓的史氏宗族情结。后来，我与履吉公在武汉见过一两次面，我到北京工作后就再也没有见面了。

史守贞（1940—），字履诚，荆楚史氏十九世。履诚公作为一名老师，以严厉著称。前辈家庭条件比较好，在村里也是能排上号的，因而在村里的同龄人中，就数他读书时间最长。师范学校毕业后就当上了国家教师，主要是教数学，作为毕业班的把关老师，被公认为我们干驿最好的数学老师之一。前辈没有教过我，但听我的学兄学姐们讲，前辈讲课只讲一遍，从不重复。他对作业要求甚严，不允许有任何错误，不允许有任何污损，否则将整个作业本撕毁，要求学生重抄。在区里组织的竞赛中，或者在升学考试中，前辈所教班级的成绩总是名列前茅。

履诚公是个要强的人，从不服输，也从不求人。"文革"期间无书可教，一点也不懂乒乓球的他去当乒乓球教练，创建天门乒乓球学校，居然也培养出了世界冠军胡小新（我高中同学的妹妹），创造了中国乒乓球界的一大奇迹，成为史家岭唯一享受政府特殊津贴的专家。前辈做人做事很硬气，不说违心话，不做违心事，一般人他都瞧不起，并且挂在脸上，有点"目中无人"，这也坦坦荡荡、清清白白。

史菊香（1925—2009），字绍文，荆楚史氏二十世。绍文公是新中国成立后第一批走出史家岭的族人中年龄最长、资历最深的，担任过几所小学、中学的教导主任，包括担任过我所就读的史岭中学的教导主任。听老人们讲，先生念书的时间很长，结婚生子后仍在上学。先生很有书生气，也是听老人们讲，1957年反右时，大鸣大放，先生一时兴起，滔滔不绝，幸亏在场的泰金公（开国将军史可全）严厉训斥，打断了先生的发言，否则先生肯定被划为右派。先生虽然很少给我上课，但对我的学习成绩和各方面表现还是比较了解的，在我的父母和族人面前多次表扬我，说我好学上进，今后一定会有出息，给了我很多鼓励。

史小岗（1943—2023），字绍岗，荆楚史氏二十世。绍岗公在第一批走出史家岭的族人中是个例外，父亲早逝，母亲改嫁，从小讨米要饭，流落他乡，后经人介绍在轮船上工作，再后来上岸到船厂工作，担任炊事员，直到退休。绍岗公很勤快，也好学，深得老厨师的喜欢，学得一手过硬的厨艺，红案白案料理又好又快，十桌八桌客人不在话下。我小的时候，多次听过绍岗公自强不息的故事，他省亲回家时也偶尔见过，但没有直接接触。直到我在省委组织部工作时，绍岗公为女儿江华读大学的事找我商量，我们两家才有了比较密切的联系。在很长一段时间里，绍岗公隔三岔五都要骑上破旧的自行车、走上几十里路到我们家，送上满满两筐自己种的蔬菜瓜果和已经做好的鸡鸭鱼肉，特别是儿子喜欢吃的牛蛙。在我们家住一晚上后，第二天一清早，我们还没有起床，他又骑车返回。我想，绍岗公那么大年纪，就是空车往返也是非常不容易的。绍岗公喜欢喝几口酒，在酒的问题上很有个性。他常说，怪酒不怪菜，有菜无酒，扭头就走。他每次到我们家，我总是简单做几个菜，然后一瓶白酒两人分，喝得很痛快，也聊得很痛快。我到北京工作后，与绍岗公失去了联系，但只要老家来人，我都要打听绍岗公的情况。听说他退休后在武钢附近开了一个小吃店，生意还不错。绍岗公是我特别想念的前辈之一，我真想与老人家一饮为快、一叙为快。我想，绍岗公也一定想我们。

史国斌（1943—2020），字德利，荆楚史氏二十二世。德利公与我是同辈，在家排行老三，我叫他三哥。三哥是我的启蒙老师，且教我时间很长，好像小学四年级之前都是他在教。我们两家的关系很好，伯父权发大人和伯母沈家大妈特别疼爱我，每年家里结了桃子，大妈总是特意给我留几个。后来我家做新房子，我们两家还成了邻居。三哥也很喜欢我并用心培养我。在家里，但凡与文化沾点边的事，如写春联、写标语、办简报等，三哥总叫我去做一些辅助性工作，牵纸、磨墨之类，其间也教我一些相关知识，我也乐此不疲；在学校，三哥总是让我担任学生干部，而且总是把发言和各种表现的机会给我，注意培养我的综合素质和能力。

在史岭小学，三哥最得意的门生有两个，一个是沈治国，一个就是我。治国长我一岁，是我母亲堂姐的儿子，我们之间是姨表兄弟关系。治国各科成绩都很好，特别是作文写得好，字也很漂亮，如果按部就班、正常发展，考上大学甚至是重点大学，应该是没有太大问题的。可惜的是，他也被那个年代耽误了。

说到三哥用心培养我，有一件事印象特别深刻。事情的背景是这样的：在我的小学阶段，学校虽然不重视文化知识的学习，文化课所占分量比较小，但每个学期的期中和期末考试好像也没有中断过，有的老师特别认真，偶尔还要进行单元测验。与有的同学不一样，我因为学习成绩比较好，所以不怎么害怕考试，有时甚至希望考试，以满足自己的那点虚荣心。在小学六年几乎所有考试、测验中，我的语文、数学等主科成绩在班上一般是数一数二的，如果加上其他功课成绩，总分一般也是最高的（这样的考试成绩一直延续到我大学毕业）。说是"几乎"，而不说"全部"，是因为在一次数学单元测验中，我的成绩掉到全班倒数几名。这是我十年间唯一的一次，所以记得非常清楚，包括考试的场景和题型。

这次考试失利发生在四年级上学期，也就是1971年秋季，当时我们正在学习分数乘除法，教我们数学的是三哥。一个单元结束后，不知什么原因，三哥搞了一个突然袭击，进行单元测验，第二天就公布测验结果，我得了44分，比我分数低的应该不超过五位同学。记得那天，三哥照例是从高分到低分宣布成绩，但同以往不一样，念了一大串名字，就是没有我，我瞪着疑惑的大眼望着他，向他示意是不是把我给漏了，他却视而不见。等到快念完了，他突然提高嗓门："史正江，广东人说话，细席细（四十四）。"班上同学哄堂大笑，我顿时面红耳赤，十分难堪，无地自容。我不知道那节课是如何结束的，甚至不知道那一天是如何过去的。

从来考试都在90分以上、稳居全班第一的我，竟然只考了44分，这无疑是一个很大的打击。事后我进行了反思，找到了失利的原因。一是骄傲情绪的滋长，自认为比较聪明，忘乎所以，上课不用心听讲；二是那段时间因病因事请假较多，缺了课又没有及时补上；三是考试粗心大意，没有认真审题。记得那次考试有两类应用题，一类是求"甲是乙的百分之几"，一类是求"甲比乙多百分之几"，一个不需要减去基数，一个需要减去基数，我完全弄混了。"知子莫如父，知徒莫如师。"三哥之所以搞了突然袭击，很大可能是针对我的，主要是为了压一压我身上日益滋长的骄傲自满情绪，除一除我身上粗心大意的毛病，可见三哥用心良苦。这件事，用铁的事实教育我，"虚心使人进步，骄傲使人落后"；唯有专心、细心才能取得好成绩，这些都让我终身受用。

在我小学四年级下学期的时候，三哥终于由民办教师转为公办教师，调到其他学校任教，此后他再也没有为我讲过课。在我一生的所有老师中，三哥是为我上课时间跨度最长、课时最多的，没有之一。前些年，我回老家见到三哥，问到他在当时名额极少、竞争激烈的情况下，是如何实现民转公的。三哥告诉我，除了工作认真负责外，忠诚可靠显得特别重要。回望我的人生阅历，自己能在职场取得一点点成绩，不就是得益于忠诚可靠、认真负责吗？这种特质的形成，离不开三哥等所有老师、族人的言传身教，这也是师恩难忘的道理所在。

后来，三哥调到了干驿中学，从事学校后勤管理工作，直到退休。几十年来，逢年过节，我只要回到家乡，大多能够见到三哥，我们畅叙师生之情、兄弟之义，感到非常愉快。2021年元宵节，我回老家，听说三哥在2020年新冠疫情期间去世了，而且一个星期后，国安公（五哥）也随之而去，真是祸不单行，我除了悲痛，还是悲痛，想到这些年来的情义，我真不愿意承认这痛苦的现实。当我得知，两位兄长都是得了不治之症后离世的，心想，这也未尝不是一种解脱。

史玉清(1947—2021)，字毓清，荆楚史氏二十一世。毓清公无疑是老一辈族人中的主心骨，最后成为我们史家岭的主心骨。我们习惯称呼毓清公为叔爷，他幼年丧母，家境贫寒，从小刻苦学习，与毓忠公一道，成为史家岭最早的高中生。叔爷高中尚未毕业就回乡务农，1970年8月被招工到干驿粮油管理所工作，后调天门粮食局政工科，从此开始了颇为传奇的

"革命"历程。他先后在五个乡镇担任领导职务，其中在四个乡镇担任党委书记共 10 年时间，加上在三个市直部门担任领导，担任正科级职务近 20 年，后担任市人大常委会副主任，直到 2007 年退休。

叔爷身材魁梧、声若洪钟，公道正派、刚直不阿，干脆果敢，大气豪放，具有史氏族人的鲜明特点。这样的特点，体现在做事上，就是魄力大，敢担当，雷厉风行，讲究实效。很多人说，如果放在战争年代，叔爷绝对会成为一名将军。事实上，在从政路上，叔爷本可以走得更远，德才兼备、政绩突出、资历过硬，但缺少机遇，使其最终只干到县处一级。20 世纪 80 年代初，推进干部队伍"四化"进程，叔爷因为没有大学学历，虽然民主推荐排名靠前，市委也几次上报了提拔意见，但最终被放了下来。后来叔爷离职学习，补了学历，但由于建了私房，再次被排除在提拔之列。那个时候，全省各地干部修建私房成风，有违纪的，也有不违纪的。于是，省委组织部下了一个文件，规定凡建私房的暂缓提拔，待甄别清楚后再定。基层在操作过程中，为图简便，搞了"一刀切"，凡是建私房的一律不提拔，叔爷就成了受害者。颇具戏剧性的是，当时省委组织部的这个文件恰恰是我执笔起草的，真是大水冲了龙王庙啊！

叔爷的特点体现在为人上，就是讲义气、讲感情，也讲原则。合得来的人，豁出性命也在所不惜；合不来的人，横眉冷对也从不掩饰。为此，叔爷的朋友很多，在天门政界和民间都有很高的威信。当然，也得罪了一些人。叔爷常讲，不记仇的是君子，值得一交；记仇的是小人，得罪也罢。叔爷酒量大，酒品也好，年轻时一瓶高度白酒肯定不在话下。记得 20 世纪 80 年代末的一个春节，叔爷在家里与我对饮，也互试酒量，我们叔侄俩喝了三瓶叔爷最喜欢的泸州老窖酒，都还没有太大感觉。几十年来，因公和因私，请人和人请，我和叔爷喝酒的次数还是比较多的，场面上叔爷常常频频举杯，谈笑风生，但从未见他醉过。酒量见胆量，酒品见人品，还是有一定道理的。

叔爷是我工作的指路人。1984 年 7 月，我大学毕业后，被省委组织部选调到钟祥市工作，先后担任乡党委副书记、乡长、区委副书记。1986

夏天，省委组织部决定调我到部里工作，荆州地委也有重用我的意思，让我很难决定。在地委领导找我谈话之后，我专门到地委党校，找到在此学习的叔爷，想听听他的意见。叔爷全面分析了我的性格特点、工作和家庭等，建议我到省委组织部工作。最后，我听从了叔爷的意见，从此，与组织工作、与党建工作结缘，干了一辈子。虽然没有干出很大的业绩，但我真心热爱这项工作，也真心感谢叔爷的指点。同样具有戏剧性的是，没过几年，叔爷也调到组织系统工作，担任市委组织部副部长，从组织层级上讲成了我的下级。1995年秋，我们在老河口市召开全省组织部门办公室主任会议，叔爷作为分管领导参加，我作会议总结讲话。会前，我跟叔爷开玩笑说，在家里您是长辈，我听您的；在这里您是下级，得听我的。叔爷也笑着说，那是对的，公私分明嘛！从叔爷的表情，看得出他的欣慰和自豪。

叔爷家乡观念、宗族观念很强，只要是家乡的事情、族人的事情，他都很热心，也特别细心。那一年，规划建设的汉宜高铁经过天门、仙桃，两市都希望把车站建到各自辖区，于是都去跑门子、找关系，到了白热化程度。叔爷不辞辛劳，专程到北京找我，让我促成此事，为天门争气。我找到铁道部的领导，推动了问题的解决。这就是天门南站的来历。对于史家岭的事情，他更是上心，诸如修路、修桥、修学校、修活动室(祠堂)，包括续修宗谱，他都四处张罗，筹款筹物，出力最大；谁家办喜事，特别是升学宴、结婚宴，只要有时间，他都参加捧场；谁家有困难，他都想方设法接济，特别是对几个困难户，他总是挂在心上，经常登门看望，解决实际问题。至于我和我家的事，叔爷更是事必躬亲。只要我回天门探亲，几乎是叔爷安排。20世纪90年代，每当我春节回家，叔爷都要在家里宴请我的亲朋好友，这成为一个惯例。叔爷考虑之周全、处置之细致，让我们感受到了他性格特点的另一面。

叔爷对晚辈既关心爱护，又严格要求，他的两个儿子，也就是我的两个堂弟珍雄(德雄)和珍华(德华)，从小受到良好的教育，养成了良好的品质，传承了良好的家风，成为年轻一代的佼佼者。特别是珍华，勤奋好学，中师毕业后分配到市政府工作，后来通过自学，作为插班生，考入我的母校武汉大学法学院，毕业后到中国银行湖北分行工作，前些年又创办企业，取得了不错的成绩。叔爷对我这样的晚辈，虽然多数时候比较宽松，但有时也很严厉，特别是在为人处事的原则和底线上从不含糊。总之，叔爷的人格魅力和良好口碑，是我们晚辈无法超越的。

2021年2月23日（农历正月十二日），我回天门老家，以期与亲人共度元宵佳节。第二天一大早，我就给叔爷报到，说打算到城区看望叔爷和婶娘。叔爷说，已经瞒你多时了，现在实在瞒不住了，他患淋巴癌，正在武汉化疗。我非常吃惊，因为叔爷的身体一直很好，近年来虽然差一些，但也无大碍，突然得了癌症，这是我怎么也想不到的。我详细了解了病情和治疗方案，安慰叔爷要保持乐观，积极配合治疗。叔爷表示，医生很有把握，自己也很有信心。

我将叔爷的病情告诉了友枝，友枝决定赶回老家，和我一道探视叔爷。由于疫情影响，医院管控很严，我们进不了医院，只有等叔爷第一个疗程结束，回家休息的时候，才有可能看望。等到3月11日，我们终于见到了叔爷。经过化疗，叔爷的身体和精神状况都不是很好，与2020年8月我们见面相比，老了很多。虽然我们心里很难受，但还是装出轻松的样子，做了一些安慰工作，并尽自己所知，讲了一些注意事项。因为医生有交代，我们见面时间很短，同时也只限于我们几个人。

3月23日，我的父亲突然病逝，叔爷同我们一样，感到万分悲痛，因在武汉做第二个疗程的化疗，不能亲自主持丧事，就通过电话，告诉我和具体操办人员应知的礼节、应做的事情，并让珍雄协助做一些具体工作。一件件事情、一个个环节，叔爷指导得非常具体，确保了丧事办得周到。

此后，我们通过各种渠道，一直关注叔爷的病情。6月6日，珍华发微信给我，说叔爷已经出院，做完四个疗程，精神状态还不错。我感到非常高兴，强调心情和调理更加重要，表示一定再回去看望叔爷。实际上，我们已经定好了6月10日回武汉的飞机票。因为6月12日（农历五月初三）是叔爷的生日，我们想回去与叔爷一起度过，祈求平安健康。

6月9日上午8点43分，我接到叔爷的堂弟国清叔爷的信息，说叔爷早上走了，这有如晴天霹雳，把我们震昏了。父亲才走两个半月，我还没有从悲痛中走出来，我最敬重的叔爷又离开了我们，雪上加霜、双重打击，精神完全承受不了。我和友枝立即决定改乘高铁回天门，为敬爱的叔爷戴孝，送叔爷最后一程。

6月11日上午9时，叔爷的追思会举行，前来送别的人很多，有天门市委、市政府、市人大、市政协的现任领导和老领导，有叔爷曾经工作过的地方和单位的负责人，有叔爷的亲戚朋友，还有专程赶来悼唁的普通群众等，无不感到痛惜和不舍。叔爷的孙女伊文在广州工作，因疫情不能回来给爷爷送别，专门发回了哀悼爷爷的音频，更使追思会现场哭声一片。原市人大常委会副主任、叔爷的高中同学马炳成宣读叔爷的生平，代表组织给叔爷高度评价，叔爷享有很高的哀荣。

史玉忠（1947—2022），字毓忠，荆楚史氏二十一世。毓忠公和毓清公既同岁，又同学，一样高大魁梧，也有大致相同的经历，担任过镇委书记和市直部门的领导。但这两位叔叔的性格特点有比较大的差异，毓清公更武气一些，像个将军；而毓忠公更文气一些，像个学者。听毓忠公讲，他从小就比毓清公的学习成绩更好一些，如果不是"文革"，很可能成为一名科学家，他也时常为科学家之梦的破灭而叹息。毓忠公兄弟四人：毓忠、毓厚、毓传、毓家，正好是"忠厚传家"，他们的家风所在，毓忠公作为长子，带头践行忠厚的美德。毓忠公在担任马湾镇镇长时，我曾为小妹上学的事找过他，并在他家里住过一个晚上，得到了他和婶娘的热情帮助和关照，令我至今难忘。在后来的日子里，我们也有比较多的联系。特别是2021年，毓忠公带病为家父致悼词，表达了他们兄弟之间的真情实感；也是这一年，毓忠公和婶娘一道参加了我儿子哲风的结婚答谢宴，令我们非常感动。毓忠公退休后，喜欢上了摄影和垂钓，生活也很充实，老有所养，老有所乐，这也正是我们晚辈对长辈生活状态的一种希望。

近几年，毓忠公做了一件继往开来、感天动地、功德无量、永载史册的大事，就是继承其祖履彬公、其父绍炎公（史家岭两抄道光宗谱的前辈）

的遗志，主持编纂了《荆楚史氏大同谱》。要知道，做好修谱工作，既要有不一般的情怀，又要有不一般的能力，还要有不一般的精力。而同时具备这三项条件的，在史家岭，毓忠公当属第一。毓忠公在主持修谱过程中亲力亲为、吃苦耐劳，付出了大量心血，甚至牺牲了自己的健康，几次累到心脏病突发，送医院抢救，其崇高精神感人心脾，为我们晚辈树立起一座丰碑。

为了修谱的事，毓忠公与我的联系、交流就有20次之多，我既感受到他认真负责、严谨细致的作风，也感受到他很高的文字水平。为《大同谱》写序，是毓忠公代表长辈交给我的任务。初稿形成后，我请他审阅。他照例对我充分肯定，同时指出一个字值得商榷，就是"我的中小学生活就是在史家岭度过的"的"度"，我在初稿中用的是"渡"，毓忠公非常客气地建议用"度"。我马上意识到，的确是我用错了，平时还真的没有特别注意，亏我做了一辈子文字工作。我表示虚心接受，并拜毓忠公为老师，恭恭敬敬、老老实实地向他学习。

2022年8月26日清晨，正在贵阳讲课的我，做了一个梦，梦见毓清公和毓忠公躺在一口黑色棺材里……梦醒后，感觉是不祥之兆。到了中午，就收到毓忠公不幸去世的噩耗，万分震惊。想到在一年多时间里，家父和我最为敬重的两位叔爷相继离世，心中更加悲痛。就在此前几天，我刚刚校对完自传体散文集《阅历九章》，其中多处讲到毓忠公。为此，我立即摘录了一段，发给了具体操办丧事的珍雄兄弟，表达了我深深的哀思。后来听珍雄讲，在遗体告别仪式上，林仿公（二十世，也是我在新堰小学任教时的同事）代我念了这段文字，在场的亲朋都很感动。

根之所在，情之所系，在历史中，也在现实中。我为生于史家岭而深感自豪，为史家岭的乡贤精英而深感骄傲，也为我生命中相遇相知每位族人而深感荣幸。因为，他们的身体流淌着史氏宗族的血液，他们的精神传承着史氏文化的基因，而在我的身上，总能找到他们的印迹和影子。

在这一章的最后，我要呈现自己为《荆楚史氏大同谱》写的《序》。通过这篇序言，就可以对史氏宗族、对史家岭，有一个比较完整的印象：

宗谱与正史、方志一道，是中华历史的三大支柱。盛世修史、盛世编志、盛世续谱，展现的是生生不息的文化传承，体现的是知古鉴今的历史担当。欣闻新续《荆楚史氏大同谱》即将问世，这是近代以来，继清道光二十一年谱和1993年谱之后，精心打造的又一浩大文化工程；这是族人们倾注劳动、倾注心血、倾注智慧，合力谱写的又一重大历史篇章。作为走出桑梓、报效国家的史氏子孙，我深为感动和振奋，也备感骄傲和自豪。族中长辈嘱我为这一盛事写上几段文字，我欣然从命。

　　史氏以官为姓，源远流长。在全国七千多个姓氏中，史姓为百家大姓之一，属名门望族。史姓的主体为仓颉和史佚之后，皆以官为姓，而荆楚史姓为史佚之后。史佚是周文王长子伯邑考的儿子，公元前十一世纪西周初年的史官，著名的政治家，与周公、召公、太公同为武王的四大托孤大臣，时称"四圣"。史官在历朝历代都具有举足轻重的地位，史佚秉笔直书，他的名言是"天子无戏言，言则史书之、礼成之、乐歌之"，成为后世史官和史学工作者的典范。先秦列国都有史官，其后代都有姓史的。到了隋唐和五代十国，湖南、浙江、山西都有史氏。到了宋代，河北、江西也出现史姓。到了明代，史姓就遍布江南，中国的主要省份都有史姓。荆楚史氏始迁祖（一世）兴公，正是明代初年从江苏溧阳迁往荆楚为官并定居的。

　　史氏遍布华夏，一脉相承。溧阳史氏一世祖崇公（3—82），字伯勤，西汉时保育宣帝的功臣杜陵侯恭公的曾孙。东汉建武二年，崇公因在推翻王莽新朝、建立东汉政权、辅佐光武中兴中屡建奇功，领右将军和青、翼二州刺史，加骠骑将军（正一品）。汉明帝永平二年封溧阳侯，居埭头，自此繁衍生息。崇公被全国多数史氏奉为一世祖，溧阳也成为史氏最大的发散中心。两千年来，溧阳史氏传承近七十代，遍布全国各地。元末明初，兴公随朱元璋征战，立下军功，被封千夫长，为岳阳镇守使，后领荆襄卫，诰封武德将军，其后人居天门、仙桃、江夏、京山、应城、孝感、钟祥等地，迄今已有二十余世。天门干驿史家岭曾为荆楚史氏中心，有史氏宗祠为证。后史氏宗族发展壮大，形成多中心格局，史家岭仍为天门、仙桃等地史氏中心。

史氏基业鼎盛，人才辈出。在封建王朝就有封爵五十多位，宰执三十多位，其中正宰相九位，将帅二十多位，三品以上高官三百多位。隋朝开科取士以来，出了状元六位、进士五百六十多位。溧阳史氏宗祠有一副对联，上联是："祖孙父子兄弟叔侄四世翰苑蝉联犹有舅甥翁婿"；下联是："子午卯酉辰戌丑未八榜科名鼎盛又逢己亥寅申"。上联以辈分记事，说的是祖孙父子、兄弟叔侄连续四代进翰林，甚至连舅舅外甥、岳父女婿都进了翰林；下联以干支记事，说的是在那个时期只要朝廷开科，史家都有进士，一直没有间断，这种人才鼎盛的局面，在所有姓氏里是罕见的。辛亥革命以后，也涌现了不少优秀人物，仅高等院校的正教授就达三百多位。现代名人中，民族报业巨子史量才、杰出爱国民主人士史良、开国将军史可全、中国科学院院士史绍熙、中国工程院院士史轶蘩、中国女神医史济招，还有一大批在党政军界担任高级领导职务的族人，等等，他们为实现民族独立、人民解放和国家富强、人民幸福，发挥了十分重要的作用，是民族的精英、史氏的骄傲。

史氏品格崇高，文化厚重。据《说文解字》，"史"为官名，属会意字，由"中"和"又"组成，意思是中而又中，公正、至中，中和；"中"又通"忠"，意思是正直、厚道、诚实、守信。这是对史官的要求，也是史氏的优良传统。历史上有著名的"史渔秉直"典故，孔子说，"直哉史渔，邦有道如矢，邦无道如矢"，便是对史官和史氏宗族公正无私、刚直坦率秉性的最好诠释。三千多年来，史氏形成了"刚直不阿，忠勇为国，谨身勤业，诗礼传家"的优良传统和文化理念，既与中华优秀文化一脉相承，又有史氏宗族文化的鲜明特色。族人承载着这样优秀的文化基因和核心价值，一代一代，代代相传，在各行各业为国家、为社会、为宗族、为家庭作出贡献，成为推动历史前进的不竭动力。

史氏先辈恩泽，被及子孙。比如，我的中小学生活就是在史家岭度过的，先后就读于史家祠堂改建的史岭小学、史岭初中、史岭高中，绍耀公、德利公等是我的启蒙老师，履礼公、绍文公等都曾亲自为我授课。受惠于履诚公极力引荐，我才得以到马湾中学复习备考，最终考上武汉大学。在职业生涯中，我秉持史氏优良传统，牢记族人谆谆教诲，竭诚为党尽忠、为国尽责、为民奉献，横跨政界、商界、学界。其中，中国南方电网公司董事之职，为共和国总理直接任命。三十多年来，我致力于立德、立功、立言，所取得的点点成绩，从根本上讲，得益于史氏宗族对我的养育和史氏文化对我的熏陶。正所谓，祖宗积德源流远，子孙读书姓字香。史氏新谱既成，意义重大。在荆楚史氏文化研究会的领导下，经过全体编委会成员的艰苦努力，《荆楚史氏大同谱》业已完稿。新谱对旧谱作了一些必要订正，增补了近三十年的大量人物和史料，完整记载了荆楚史氏的渊源、世系繁衍及重要人物事迹，实为集大成之作，具有里程碑意义。有了这套家乘，我们就可以追踪溯源，清楚明了自己的根之所在、情之所系。

　　我要对倾心倾力续修宗谱的族人们，表示崇高的敬意！他们是天门的履镐公、毓清公、毓忠公、德红公、德利公、勤仿公、林仿公、少甫公、一柱公，钟祥的立清公、言合公，仙桃的毓怀公，洪湖的泰洪公，监利的常松公、贤扬公，岳阳的常武公等；绍忠公、绍华公、玉凯公、建国公、炎洲公等都为续修宗谱做了大量工作。《荆楚史氏大同谱》承接过去、启迪现在，功在当代、利在千秋，是一项艰巨繁重的工作，没有强烈的责任感和使命感，没有挚热的吃苦精神和奉献精神，是很难完成的。这些族人不顾年老体弱多病，夜以继日、劳碌奔波，攻坚克难、殚精竭虑，其中毓清公、德利公还在此过程中与世长辞，终于成就了这一盛事，他们的精神永远值得我们及子孙后代学习，他们的功绩永远镌刻在史氏宗族的发展史上！

第三章　东冈之子：世界级名人茶圣陆羽

陆羽(733—805)，字鸿渐，天门人，一名疾，字季疵，号竟陵子、东冈子、桑苎翁，又号茶山御史，是唐代著名的文学家、历史学家、地理学家和茶学家，中国茶文化的奠基人。陆羽《六羡歌》曰：

> 不羡黄金罍，
>
> 不羡白玉杯，
>
> 不羡朝入省，
>
> 不羡暮入台，
>
> 千羡万羡西江水，
>
> 曾向竟陵城下来。

陆羽将《六羡歌》当作座右铭，不慕功名利禄，不为权贵折腰，依照本心生活，专注文章学问，成为在多个领域都有杰出成就的著名学者和文人。特别是陆羽一生嗜茶，精于茶道，以著世界第一部茶叶专著——《茶经》而闻名，影响人类一千多年的文明发展史。

千百年来，陆羽是天门人的骄傲，更是东冈人的骄傲，东冈人对陆羽充满无限景仰。比陆羽晚出生 40 年的唐代诗人刘禹锡在《陋室铭》中说："山不在高，有仙则名。水不在深，有龙则灵。"东冈岭别说不是山，甚至连丘陵也算不上，就是江汉平原上一片低矮的冈岭，比周边略高几米。东冈岭之所以有名，是因为有一位实实在在的"仙"，就是"茶仙"陆羽，曾经在这里居住过。唐天宝十一载至十四载，陆羽结庐（东冈草堂）隐居于东冈岭，潜心研究茶学。

陆羽生前就被誉为"茶仙"，去世后被祀为"茶神"。晚唐时曾任衢州刺史的赵璘，其外祖父柳澹与陆羽交契至深。他在《因话录》里说：陆羽"性嗜茶，始创煎茶法。至今鬻茶之家，陶为其像，置于炀器之间，云宜茶足利"。《国史补》也说，陆羽"茶术尤着巩县陶者，多为瓷偶人，号陆鸿渐，买数十茶器，得一鸿渐。市人沽茗不利，辄灌注之"。《陆羽传》说："鬻茶家以瓷陶羽形，祀为神，买十茶器，得一鸿渐。"

陆羽的名字与东冈岭紧密联系在一起。陆羽谦称自己是"东冈子"，国人看来，他是东冈巨子、天门巨子、中国巨子。作为东冈岭人，我对陆羽和《茶经》做过一些研究，并和友枝一道，编撰了《陆羽十讲》(广东人民出版社 2022 年 3 月第一版)，特别是在胡德盛研究成果的基础上，对陆羽的生平事迹作了考证，呈现出一个真实的、富有传奇色彩的陆羽。

生平事迹

陆羽原是一个孤儿，唐玄宗开元二十一年(733)，出生于竟陵。开元二十三年(735)，陆羽三岁时，被竟陵龙盖寺住持僧智积禅师在竟陵西门外的西湖之滨收留。至于陆羽的父母是谁，出生在竟陵的哪个地方，原本姓氏名字是什么，出生于哪月哪天，就不得而知了。

长期以来，有一个流行的说法，就是陆羽是被遗弃的婴儿，被智积禅师在西湖之滨收留，主要依据是，《陆文学自传》有云"陆子名羽，字鸿渐，不知何许人"，"始三岁，惸露，育于大师积公之禅院"；《陆羽传》也有"羽，字鸿渐，不知所生。初，竟陵禅师智积得婴儿于水滨，育为弟子"。我认为，这些史料只能说明陆羽是一个孤儿，不知道陆羽的父母是谁，以及智积禅师是在西湖水滨收留陆羽的，而不能由此推断陆羽是被遗弃的。问题的关键，是他人在西湖之滨送给智积禅师的，还是智积禅师在西湖之滨捡到的，《陆文学自传》和《陆羽传》并没有具体说明，如果是前者，就不是弃婴了。我从上下文推断，如果说陆羽是孤儿，为好心人送给智积禅师养育，应该更为可信，因为在当时，将孤儿送给寺院养育是比较普遍的现象。还有一说，陆羽是因为相貌丑陋而被遗弃的，主要是从《陆文学自传》"有仲宣、孟阳之貌陋"推断而来的，这样的根据更加不足为信。

陆羽在黄卷青灯、钟声梵呗中跟随积公学文识字，习诵佛经，还学会煮茶等事务。但他不愿皈依佛法、削发为僧。开元二十九年（741），陆羽9岁，有一次智积禅师要他抄经念佛，他却问积公："终鲜兄弟，无复后嗣，染衣削发，号为释氏，使儒者闻之，得称为孝乎？羽将授孔圣之文可乎？"积公回答说："善哉！子为孝，殊不知西方之道，其名大矣。"积公让陆羽学习佛教经典的态度十分坚决，而陆羽学习儒家经典的决心又毫不动摇，于是就产生了激烈的冲突。有人认为，冲突的原因是陆羽桀骜不驯、藐视尊长，而积公又毫无怜爱之心。我认为，这个看法值得商榷。冲突的真正原因，是陆羽的兴趣不在学习佛经。结果是，积公"矫怜无爱，历试贱务：扫寺地，洁僧厕，践泥圬墙，负瓦施屋，牧牛一百二十蹄"。"矫怜无爱"，不是矫正过去的错爱而变得毫无怜爱之心，而是改变怜悯抚爱的方法，内心深处还是怜爱的；"历试贱务"，目的还是逼迫陆羽学习佛经。而陆羽并不因此而屈服。他无纸学字，以竹画牛背为字，偶得张衡《南都赋》，虽并不识其字，却危坐展卷，念念有词。积公知道后，"恐渐渍外典，去道日旷，又束于寺中，令芟翦榛莽，以门人之伯主焉"。

这里，我想说说"以竹画牛背为字"。天门多水牛，小时候我放过牛。每当夏天和秋天的时候，牛毛比较稀少，用树枝、竹枝在牛背上划，可以得到白色痕迹。因此，"以竹画牛背为字"，只有亲身经历者，才有可能知道。看来，陆羽"牧牛一百二十蹄"还是有事实依据的。

当然，矛盾和冲突愈演愈烈。《陆文学自传》记载，有时候，陆羽心里记着书上的文字，精神恍惚像丢了什么一样，如木头站立，长时间不干活。看管的人以为他偷懒，就用鞭子抽打他。陆羽因此感叹说："唯恐岁月流逝，不理解书。"悲泣不能自禁。看管的人认为他怀恨在心，又用鞭子抽打他，直到鞭子折断才停手。这样的日子，直到陆羽十岁那年，也就是天宝元年（742），他乘人不备，逃出龙盖寺，流落江汉一带，后进了一个戏班子里学演戏，做了优伶。他虽其貌不扬，又有些口吃，但却幽默机智，演丑角很成功，后来还编写了三卷本笑话集《谑谈》。

吉人自有天相，陆羽也不例外。天宝五年（746），竟陵太守李齐物在一次州人聚饮中，看到了陆羽出众的表演，十分欣赏他的才华，当即赠以诗书，并于天宝六年（747）修书推荐他到隐居于火门山的邹夫子那里学习。天宝十一年（752），礼部郎中崔国辅被贬为竟陵司马。是年，陆羽揖别邹夫子下山。崔国辅与陆羽一见如故，结下厚谊，两人常一起出游，品茶鉴水，谈诗论文。天宝十一载至十四载，陆羽结庐隐居于远离竟陵县城的东冈岭，一边考察茶事，一边整理记录。

至德元年（756）夏天，安禄山叛军进逼长安，玄宗逃往四川，陆羽悲愤之下作《四悲歌》。他加入难民队伍逃到长江以南并顺江东下，先到了鄂州（治所在今武昌），结识刘长卿。行至黄州（今黄冈市）时，听到智积禅师圆寂的消息，不胜悲痛，感念积公养育之恩，作《六羡歌》。至德二年（757），漂泊到蕲州蕲水县（今浠水县），又分别到过洪州（今南昌市）、江州（今九江市）的庐山、彭泽，再迁徙到江苏的延陵县（今江苏丹阳市延陵镇），游历江苏升州（今南京市）、扬州、润州（今镇江市）、常州等地，沿途访问茶区和寺观，采茶品水。在洪州结识柳澹，在润州拜会颜真卿、戴叔伦，在丹阳遇到皇甫冉，都结为知交。至德三载、乾元元年（758），寄居南京栖霞寺，研究茶事，时常外出采茶。乾元二年（759），旅居丹阳，皇甫曾恰好回到家乡居住，两人常相往来。

上元元年（760年）秋天，到浙江湖州杼山妙喜寺访皎然，两友共度重阳节。后结庐于湖州苕溪之滨，自称"桑苎翁"，潜心读书，钻研茶道，与皎然结为僧俗忘年之交，切磋经史，研习佛理，饮酒赋诗，交情至深。此后，在湖州隐居读书，闭门著述《茶经》并作《自传》传世。其间，常身披纱巾短褐，脚着藤鞋，独行野中，深入农家，采茶觅泉，评茶品水，诵经吟诗，杖击林木，手弄流水，迟疑徘徊，每每至日黑兴尽，方号泣而归，时人称为今之"楚狂接舆"。

宝应元年（762）秋天，袁晁率众造反，刘长卿送陆羽到丹阳茅山避乱。

宝应二年（763）"安史之乱"平定。广德二年（764），陆羽铸造自创的煮茶风炉，炉脚上铭有"圣唐灭胡明年铸"，以庆祝天下重归太平。

大历元年（766），陆羽住湖州，与卢幼平、潘述、李冶（字季兰）、严伯均交好。御史大夫李季卿宣慰江南，到达扬州，召其煮茶。其穿着一如山野村夫，李季卿不能以礼相待，其羞愤难当，改名为"疾"、字"季疵"，又作《毁茶论》。大历二年（767），向常州刺史李栖筠建议进贡阳羡（今宜兴市）茶，以后阳羡茶成为贡茶。大历三年（768）春天，赴丹阳探望病中的皇甫冉，两人依依不舍，吟诗互赠，竟成永别。赴越州（今绍兴市）一带游历，作《会稽小东山》诗，在剡溪遇到隐士朱放。经婺州（今浙江省金华市）的东白山、太白山返回湖州，与皎然等诸友泛舟唱和，送卢幼平离任。

大历五年（770），与朱放等人品鉴各地茶品，以顾渚紫笋茶为第一，著《顾渚山记》，并给远在京城的国子监祭酒杨绾寄去两片顾渚茶，有《与杨祭酒书》。朝廷此后就在顾渚山设置贡茶院。大历八年（773），受颜真卿资助，在杼山妙喜寺侧建"三癸亭"。大历九年（774年），颜真卿主编《韵海镜源》，邀陆羽、皎然、肖存等参与编撰。八月，张志和来湖州，与陆羽、皎然同唱《渔歌》。大历十年（775），陆羽同李纵一道，游览无锡、苏州等地。在吴兴县青塘门外另建新宅，名"青塘别业"，作长住之计。大历十二年（777），陆羽游婺州、睦州（今杭州市淳安），至东阳县探望县令戴叔伦，久别重逢，欣喜异常。唐德宗建中元年（780），居湖州，戴叔伦寄诗相酬。探病"女中诗豪"李季兰。

建中三年（782）秋天，应戴叔伦之请，陆羽赴湖南做其幕僚，朋友们云集作别，权德舆在其列。到湖南不久，戴叔伦蒙冤入狱。陆羽与权德舆等人多方疏通营救。贞元元年（785），移居信州（今上饶市）茶山。贞元二年（786）冬天，移居洪州（今南昌市）玉芝观，并到庐山考察茶事。贞元三年（787）正月，戴叔伦赴抚州答辩，冤案得以昭雪。此事前后陆羽均有诗赠戴叔伦，以示安慰和鼓励。贞元四年（788），受裴胄邀请，从洪州赴湖南入幕，权德舆作诗相送。

贞元五年（789），应故人李齐物之子李复之请，由湖南赴岭南节度使

(驻今广州市)幕府，经郴州品评园泉水，将其列为"第十八泉"；经过韶州乐昌县泷溪，题名"枢室"二字。在容州(今广西玉林市)，与病中戴叔伦相逢。贞元九年(793)，由岭南返回杭州，与灵隐寺道标、宝达大师交往，作《道标传》。贞元二十一年(805)冬天，陆羽逝世，享年七十三岁，葬于竟陵西湖覆釜洲。

陆羽的一生，如果以茶为主线，可以分为四个时期：从唐玄宗开元二十一年(733)到天宝十一载(752)，为成长求学的时期；从天宝十一载到唐德宗建中元年(780)，为考察茶事、品茶鉴水，酝酿、写作、出版《茶经》的时期；从唐德宗建中元年到贞元九年(793)，为继续考察茶事、品茶鉴水和任官署幕僚的时期；从贞元九年到贞元二十一年(805)为隐居湖州、竟陵时期。

突 出 贡 献

陆羽的最大贡献，就是撰写了《茶经》。《茶经》是中国乃至世界现存最早、最完整、最全面的茶学专著，被誉为茶叶百科全书，开启了茶的时代。《茶经》分三卷十节，7000多字。卷上：一之源，讲茶的起源、形状、功用、名称、品质；二之具，谈采茶制茶的用具，如采茶篮、蒸茶灶、焙茶棚等；三之造，论述茶的种类和采制方法。卷中：四之器，叙述煮茶、饮茶的器皿，即24种煮茶饮茶用具，如风炉、茶釜、纸囊、木碾、茶碗等。卷下：五之煮，讲烹茶的方法和各地水质的品第；六之饮，讲饮茶的风俗，即陈述唐代以前的饮茶历史；七之事，叙述古今有关茶的故事、产地和功效等；八之出，将唐代全国茶区的分布归纳为山南、浙南、浙西、剑南、浙东、黔中、江西、岭南八个区，并谈各地所产茶叶的优劣；九之略，分析采茶、制茶用具可依当时环境加以省略；十之图，教人用绢素写《茶经》，陈诸座隅，目击而存。

《茶经》是唐代和唐代以前有关茶叶的科学知识和实践经验的系统总结，是陆羽躬身实践、笃行不倦，取得茶叶生产和制作的第一手资料，又遍稽群书、广采博收茶家采制经验的结晶。《茶经》传播了茶业科学知识，促进了茶叶生产发展，也开启中国茶文化之先河，被公认为陆羽的最大成就。宋代陈师道为《茶经》作序道："夫茶之著书，自羽始；其用于世，亦自羽始，羽诚有功于茶者也。上自宫省，下迨邑里，外及戎夷蛮狄，宾祀燕享，预陈于前。山泽以成市，商贾以起家，又有功于人者也。"两个"自羽始"、两个"有功于"，就是陆羽对人类文明发展的最大贡献。

其实，陆羽博学多才、著述颇丰，在文学、历史、地理等领域，都取得了很大成就，是一位诗人、音韵和小学专家、书法家、演员、剧作家、史学家、传记作家、旅游和地理学家等，不但在撰写《茶经》前就以文人闻名，就是在《茶经》享誉全国、名播四方之后，甚至在陆羽的后期和晚年，他还是以文人称著于世、受人推崇的。但是，就社会贡献和历史评价而言，陆羽在茶学方面的成就是第一位的。在唐及唐以前，不乏比陆羽更为杰出的文学家、历史学家、地理学家，但作为茶学家，陆羽是唯一，茶圣的桂冠就只能落在他的头上。

传 说 故 事

作为著名茶学家，陆羽品茶鉴水的功夫到底如何呢？不少典籍记载了陆羽这方面的神奇传说。唐张又新在《煎茶水记》中记述了这样一件事：

唐代宗时期，李季卿任湖州刺史，在江苏扬州扬子江畔，遇见了陆羽。李季卿一向倾慕陆羽，便相邀同船而行。当船停靠在扬子驿，准备吃饭的时候，李季卿说："陆羽善于品茶，精于茶道，天下闻名，而扬子江南泠水又特别好，煮茶极佳，今天这'二妙'聚在一起，真是千载一遇啊！"于是，李季卿命令军士拿着瓶子、驾着小船，到江中去取南泠水。

陆羽趁军士取水的时候，把各种品茶器具一一放置妥当。不一会，水就送到了。陆羽用勺子舀了舀、看了看瓶子里的水，说："这水倒是扬子江水，但不是南泠水，好像是接近岸边的水。"军士说："我乘舟深入南泠，有许多人看见了，不敢虚报欺骗。"

陆羽一言不发，端起水瓶，将水倒入盆中，倒去一半时，停了下来，又用勺子舀了舀、看了看，说："到这里才是南泠水。"军士大惊，急忙认错说："我从南泠取水回来，由于船身晃荡，把水晃出了半瓶，害怕不够用，便用岸边的水加满，不想处士之鉴如此神明。"

李季卿与来宾数十人都十分惊奇陆羽鉴水之技，便向陆羽讨教各种水的优劣。陆羽说："楚水第一，晋水最下。"李季卿用笔一一记了下来。至此，陆羽的名气也就越发被传扬得神乎其神了。

还有一个传说，唐代竟陵积公和尚，善于品茶，不但能鉴别所喝的是什么茶，也能分辨沏茶用的水，而且还能判断谁是煮茶人。这种品茶本领，一传十，十传百，人们就把积公看成"茶仙"下凡。这件事也传到了代宗皇帝耳中。代宗本人嗜好饮茶，也是个品茶行家，所以宫中录用了一些善于品茶的人供职。代宗听到这个传闻后，半信半疑，就下旨召来了积公，决定当面试茶。

积公到达宫中，皇帝即命宫中煎茶能手，沏一碗上等茶叶，赐予积公品尝。积公谢恩后接茶在手，轻轻喝了一口，就放下茶碗，再也没喝第二口。皇上因问何故？积公起身摸摸长须笑答："我所饮之茶，都是弟子陆羽亲手所煎。饮惯他煎的茶，再饮别人煎的茶，就感到味淡如水了。"皇帝听罢，问陆羽在何处？积公答道："陆羽酷爱自然，遍游海内名山大川，品评天下名茶美泉，现在何处贫僧也不知晓。"

于是皇帝连忙派人四处寻找陆羽，不几天终于在江南的舒州（今安庆境内）的山上找到了，立即把他召进宫去。皇帝见陆羽虽说话结巴，其貌不扬，但出言不凡，知识渊博，已有几分欢喜。于是说明缘由，命他煎茶献师，陆羽欣然同意，就取出自己清明前采制的好茶，用泉水煎煮后，先献给皇上。皇帝接过茶碗，轻轻揭开碗盖，一阵清香迎面扑来，精神为之一爽，再看碗中茶叶淡绿清澈，品尝之下香醇回甜，连连点头称赞好茶。接着就让陆羽再煎一碗，由宫女送给在御书房的积公品尝。积公端起茶来，喝了一口，连叫好茶，接着一饮而尽。积公放下茶碗，兴冲冲地走出书房，大声喊道："鸿渐在哪里？"皇帝吃了一惊："积公怎么知道陆羽来了？"积公哈哈大笑道："我刚才品的茶，只有渐儿才能煎得出来，喝了这茶，当然就知道是渐儿来了。"

代宗十分佩服积公和尚的品茶之功和陆羽的茶技之精，就想留陆羽在宫中供职，培养宫中茶师。但陆羽不羡荣华富贵，不久又回到苕溪，专心撰写《茶经》去了。

北宋绘画评鉴家董卣结合上述故事，在《广川画跋》中编"萧翼赚兰亭"摹本为《陆羽点茶图》。跋曰：

> 余闻《纪异》言，积师以嗜茶久，非渐儿供侍不向口。羽出游江湖四五载，积师绝于茶味。代宗召入内供奉，命宫人善茶者以馈师，一啜而罢，上疑其诈，私访羽召入，翌日赐师斋，俾羽煎茗，喜动颜色，一举而尽。使问之，师曰："此茶有若渐儿所为也。"于是叹师知茶。出羽见之，此图是也。故曰陆羽点茶图。

董卣博览群书，对历代书画论断精确。其跋语论据也能信服于人，特别是以"渐儿茶"之故事来观照此图，确实来得更贴切一些。近代不少学者也根据图中老僧的禅榻、麈尾、水注的形制和书生的幞头、煮茶的火炉形状等，判断此幅应是五代或北宋人所画的人物故事图，内容就是讲述积公和陆羽煎茶的情节。

第四章 东冈草堂：孕育《茶经》的摇篮

有这么三个问题：东冈岭在哪里？东冈草堂在何处？陆羽结庐东冈草堂又做了些什么？

对于第一个问题，我在前面作了回答：东冈岭就是"县东七十里，夹松石、华严二湖之间"的"九岭十八冈"，也就是生我养我的故乡。

对于第二个问题，因为没有明确记载，颇具争议，尚无定论，每一说法的依据都不是很充分，我比较倾向于史家岭，并不是因为我是史家岭人，而是这一说法的依据相对多一些。首先，乾隆《天门县志》曰："东冈岭，陆子之所居也，位于松石湖畔。"史家岭正是位于松石湖畔，其他的几个湾子，如洪水堰，严格意义上讲，都不在松石湖畔。其次，乾隆《天门县志》还说："东乡有村曰干镇（干驿）……北行二里许有湖，周四十里，水澄如镜，日影中子鱼螺蛤毕见。湖岸阜起似土山，西北尤隆耸，榆柳绿中，桃花作姿，掩蔽茆屋，真作图画观也……醉翁不可胜数。"松石湖"西北尤隆耸"之地，正是史家岭，有"醉翁不可胜数"的风景。李国仿先生的《天门进士诗文》也说，"（松石）湖西北有陆羽读书处东冈"。再次，史家岭又位于华严湖的西南角，在东冈岭同时濒临松石湖和华严湖的只有史家岭，水路交通最为便利，因而极有可能是东冈草堂所在地。话又说回来，东冈草堂具体在哪里并不是特别重要，只要在东冈岭就行，我们也不必过于纠结。

对于第三个问题，陆羽研究专家、天门陆羽研究会童正祥先生在《东冈草堂——孕育〈茶经〉的摇篮》一文中，给了我们答案。

童正祥先生说，唐天宝十一载至十四载，陆羽曾结庐于东冈草堂。欲知这段时间他干了些什么，还是先从"天门山学堂"讲起。

天门山求学，"百氏之典学铺在其掌"

陆羽三岁之后就生活在龙盖寺（后名西塔寺），"九岁学属文"，"积公示以佛书出世之业"，正是少年时期的寺院教育，培养了他良好的品格。

唐代除宗教寺学外，官学与私学更为普遍。州县的官学，分别有经学、医学和崇玄学教育。此外，学生还可兼习吉凶礼，参加地方礼仪活动。正是在这样的时代背景下，时任竟陵太守李齐物因赏识陆羽的聪慧，亲自赠书并资助，送他上了天门山（亦名火门山）学堂，陆羽时年 14 岁。时任教师邹墅（唐以前"野"字写作"墅"）乃当地一位名师，天门方志《西塔寺源流》中有"邹墅记一番"句，即可说明其在当时竟陵文坛的地位。

天宝六载至十载（747—751），少年陆羽在天门山学堂度过近 5 年光阴，完成了系统的"经典"学业。从《茶经》"七之事"征引书目达 45 种，含经、史、子、集、传说、掌故、寓言、诗赋、本草、食经、地志、方剂和释道注述等 48 则，足可以推见陆羽读书之广博、知识积累之深厚。因此，才有崔国辅及以后颜真卿等名士与之交往；才有他曾经的同事、后任复州刺史周愿对他的评价："百氏之典学铺在其掌，天下贤士大半与之游"。

因为唐代的官学是有假期的，故在天门山学堂这段时间里，陆羽可多次出游。他采茶山野，品泉煮茗，考察了山南道、剑南道的一些茶区。

追索陆羽的"茶水之缘"，源于智积禅师嗜茶的影响，以及为之汲水煮茶十年的经历。特别是天宝乙酉（745）年，他曾随师傅出游黄梅西山道场和茶区，留下过"望茶石"的遗迹与传说，也正是这段经历，促使少年陆羽走上了品茶评水的探索之路。

东冈岭结庐，"相与较茶水之品"

天宝十一载（752），礼部员外郎、诗人崔国辅贬竟陵司马，"初至竟陵，与处士陆鸿渐游三岁，交情至厚，谑笑永日。又相与较茶水之品"。说明此时的陆羽，已积累了相当丰富的评水评茶知识与经验。

这段时间，正值陆羽从天门山学堂毕业归来，并远离县城隐居于东冈岭，酝酿撰写《茶经》。为此，陆羽远行考察茶事，出游义阳（今河南信阳一带）和巴山峡川（巴山，泛指四川省东部，即今重庆地区和毗邻巴山的陕西南部一些地带；峡川，泛指湖北西部）。行前，崔国辅以白驴、乌帮牛及文槐书函相赠。一路上，他逢山驻马采茶，遇泉下鞍品水，目不暇接，"口不暇访"，"笔不暇录"，锦囊满获，往返于考察地与东冈岭之间，直到天宝十四载（755），整整三年，四个年头。想必每次归"家"，他都会向崔国辅"汇报"，而其他人难知其行踪，于是便有了诗僧皎然慕名赴竟陵拜访陆羽不遇的故事。

乾隆《天门县志》卷二有"泗洲寺"词条注文曰："泗洲寺在县东华严湖，离城四十里，相传释皎然寻陆羽至此。"泗洲寺位于东冈岭以北。道光《竟陵诗选》收录僧皎然诗时，其作者"僧皎然"名下有注文为："住燃灯寺，有遗像及碑迹。"《大清一统志》亦载："燃灯寺在天门县东南淘溪侧，有唐僧皎然碑。"从地理位置上讲，泗洲寺比邻东冈岭北，燃灯寺位其东南，有水道与之相连。凡此种种，均可说明：陆羽居东冈岭期间，皎然到过竟陵的寺院，且寻访过陆羽。是专程，亦或往返"五祖寺"途经于此？皆有可能。也许，正是因为先有皎然寻陆羽，才有后来陆羽"泊至德初（756）秦人过江，子亦过江，与吴兴释皎然为缁素忘年之交"。

总之，陆羽结庐东冈岭期间，因地处水驿之滨，方便外出考察，亦便于与崔国辅游处；因环境安静，宜于整理出游所得，即整理品茶评水资料甚至实物样本。被学者称之笔记体的"茶记"，正是源于此段时间。因此，从这层意义上讲，东冈草堂可被誉为孕育《茶经》的"摇篮"，就像"天门山学堂"是茶圣的"摇篮"一样，它们共同见证过茶圣陆羽"十年寒窗"生涯。

"陆羽草堂"使东冈岭成为茶圣故里历史上的一方圣地。如今，虽事过境迁，沧海桑田，昔日的松石湖已成为良田，但所幸它的风貌被永久地留在明代画家郭诩的《竟陵山水图》上。历史画卷给我们留下千古悠情、百般遐思……

第五章　东冈居士：明国子监祭酒鲁铎

鲁铎在天门士林是一个标志性人物。陆羽之后的 700 年间，尽管偶尔有刘虚白、皮日休、皮子敩、胡浚等人金榜题名，但天门士林总体来说颇为沉寂，直到鲁铎的出现。有人统计过，唐、宋、元三朝 700 余年，有记载的天门籍进士仅十名左右，鲁铎之后的 400 年间，天门籍进士超过 100 人，其中近半出自东乡；仅鲁铎为官的明朝，干驿就有"座后一天官"这样的名臣。

鲁铎在文坛诗坛是一个重量级人物。他是明代前期"茶陵诗派"的骨干之一，一生创作了大量诗歌，不少流传至今。同时，鲁铎还勤于笔耕，写了大量文章，确立了他在文坛的地位。

鲁铎在天门民间是一个传奇性人物。他在天门历史上，官职不是最高的，但关于他的传说却是最多的，没有之一，如"养蛇蛇成王""释盗盗报恩"等故事，几乎家喻户晓。这些故事，讲述了鲁铎的传奇人生和为人处事的精神风貌，揭示了恶有恶报、善有善报等朴素道理，也表达了一代又一代天门人对鲁铎的无限敬仰和爱戴。

生 平 事 迹

鲁铎是六屋湾人，六屋湾与我们史家岭相距两里路，同属松石湖村，湾子里除嫁过来的媳妇外，都姓鲁。我母亲也是六屋湾人，为鲁铎后人，鲁铎为五世，母亲为二十世。正因为如此，我特别注意了解鲁铎生平事迹，搜集传说故事，脑海中时常浮现鲁铎高大而又亲切的形象。

元代末年，红巾军起义，战火蔓延到荆门州长林县(治所在今荆门市沙洋县后港镇)，鲁铎的祖先鲁思旻在逃难途中与家人走失，流落到景陵县的东冈岭，娶了陈姓女子为妻，成为东冈岭鲁氏的始迁祖。鲁铎的祖父名鲁源，父亲名鲁仕贤，号松石，母亲朱氏。鲁仕贤育有三个儿子，长子鲁镇，次子鲁铨，幼子即鲁铎。明英宗天顺五年(1461)，鲁铎降生于东冈岭。

鲁铎年幼时，家境尚好，九岁开始接受教育，"东冈子"陆羽砥砺自奋的故事使他深受鼓舞，少年立志，刻苦攻读。明成化十二年(1476)成为县学生员(俗称秀才)，成化十八年，掌管湖广教育和科举的提学副使薛纲阅过鲁铎的试文，十分器重，四处传示，他的文名便传播开来。

成化二十二年，鲁铎参加湖广乡试，如愿以第九名中举，可是在之后的数次会试中都不获而归。《[道光]天门县志》卷之三十六《杂志》记载了他在赴京赶考途中的一段往事：他曾经雇佣一个年幼的仆人，一个寒夜，他们投宿旅店，童仆冻得瑟瑟发抖，鲁铎让他和自己共被而眠，并留下一首诗，表达了自己的平等意识和悲悯情怀。

半破青衫弱稚儿，马前怎得浪驱驰。
凡由父母皆言子，小异闾阎我却谁。
事在世情都可笑，恩从吾幼未能推。
泥途还借来朝力，伸缩相加莫漫疑。

在太学学习、备考多年之后，弘治九年(1496)，鲁铎回到干驿，号"东冈居士"。多次落第使得他家计艰难，已经做好终生不第的准备，但仍然对自己怀有信心。弘治十二年(1499)，他在竟陵东湖开设"东湖书院"，力学之余，授徒数十人，每天讲诵不倦。东湖荷花遍布，鲁铎位于东岸的住宅叫作"东庄"，当地人称作"莲北庄"，因此鲁铎又自号"莲北居士"。弘治十五年(1502)壬戌科会试，鲁铎暗自寻思这是最后一战，却出乎意料地夺得会元，随后的殿试中名列二甲第二名，被遴选为庶吉士，深为大学士李东阳赏识，视同知己。弘治十七年冬天散馆后，授官翰林院编修，随即参与修撰《孝宗实录》。鲁铎不喜欢交际攀附，居官的闲暇时间，大多清静独处，闭门读书。

正德元年（1506），新继位的明武宗朱厚照赐给鲁铎一品朝服，命他作为正使率团出访附属国安南（古称交趾，今越南）。途经古昆仑关时，鲁铎曾吟诗一首：

> 路出昆仑山，林密不见天。
> 巢卑幽鸟护，树老怪藤缠。
> 苍翠凝成滴，阴岸戒近边。
> 前驱知不远，蛮箐隔苍烟。

正德二年正月，使团进入安南。在安南期间，鲁铎一丝不苟地遵从礼制、举行仪式，既维护大明皇朝的威严，也展现一代名儒的风范，安南国王和大头目黎能让等人都被折服。国王和陪臣们照例送给这位上国使臣黄金珍宝无数，鲁铎分毫不取，安南君臣大为感动，将鲁铎访问期间的言行、诗文都记录下来，视为国宝，"片言只语，什袭藏之，为传国宝"。鲁铎出入边境时，还主动让守关的小吏清点自己的行李，除了朝服外没有一件贵重的物品。第二年，安南国王派来向朝廷谢恩的人宣扬了这件事，鲁铎因此越发被朝廷内外所敬重。

正德二年（1507）冬天，鲁铎出任国子监司业，正德十年擢升为南京国子监祭酒，十一年调任北京国子监祭酒，十二年辞官回家养病。

由于鲁铎体弱多病，多次辞官归籍，而朝廷又多次征召起用。每当朝廷起用人才时，总有朝中重臣推荐鲁铎，如刑部尚书林俊上疏推荐鲁铎奏道："经师易求，人师难得，铎学足以警顽立儒，首足以镇雅黜浮。"这是对鲁铎最为中肯的评价。嘉靖元年（1522），在林俊等大臣的极力推荐下，明世宗朱厚熜效仿明孝宗当年起用名贤谢铎的做法，礼请鲁铎复任南京国子监祭酒。仅仅一年之后，眼看宦官们扰乱朝政、日益猖狂，鲁铎再次以养病为由辞官,此后朝廷多次征召,都一一推辞。

国子监是朝廷设立的最高学府和教育管理机构,鲁铎执掌国子监多年,反对咬文嚼字、寻章摘句的流弊,倡导严谨务实、经世致用的学风。此前常有学生借故缺勤,鲁铎设立了登记点名簿册,严格执行考核制度,风气立即端正起来。朝廷拨付的膳食津贴和食物,悉数发放给学员们,从不私瞒一丝一毫,士子们都赞扬他清正廉洁。

鲁铎是明代前期"茶陵诗派"的骨干之一,这个诗派的首领是湖广长沙府茶陵县人李东阳(官至特进、光禄大夫、左柱国、少师兼太子太师、吏部尚书、华盖殿大学士)。《明史》上载有这样一件风雅之事:有一年,李东阳寿辰,国子监祭酒赵永和司业鲁铎都是他的门生,二人约好以两方头巾作为寿礼,可是临行前翻箱倒柜,怎么也找不着。鲁铎从容说道:"老家的人恰好送来一些干鱼,就拿这个前去贺寿如何?"问问厨子,已经吃掉一半,只好拎着剩下的干鱼去了。李东阳十分高兴,烹鱼买酒,留他们畅谈痛饮,尽兴而归。

古人都有"衣锦还乡""落叶归根"的传统,有人权倾朝野、显赫一时,可是未必受到父老乡亲的认同,更有一些倚仗权势、欺凌乡党的人被同乡所不齿,鲁铎却一直受到家乡人的爱戴。已有园地处荒僻,每次进出都要高高低低绕行许久,邻居送出一小块地让鲁家打开通道,鲁铎谢而不受。当时的人们都知道有个鲁先生,是位德高望重的大贤。正德三年(1508),鲁铎因为父亲已80岁高龄,恳请皇上同意他回家奉养,结果还没到家,父亲就去世了。居丧期间,家乡遭到一伙流寇的攻掠。土匪首领下令说:"鲁公是仁人君子,他的家里不得侵扰!"乡亲们闻讯,无论亲疏远近,都背着包裹、抱着孩子前来投靠鲁宅避乱。还有一次,强盗抢走了一些牛马,有人发现了,就追过去喊道:"这是鲁祭酒家的东西啊!"强盗立即留下牲畜离去。同乡们仰仗鲁铎的名望,免去许多恐惧与惊慌。鲁铎救危济困、仗义执言、劝善息讼的事迹,不胜枚举。

嘉靖六年(1527)九月十四日,鲁铎寿终正寝,享年67岁。一时间,听到噩耗的士大夫无不扼腕痛惜,乡亲们更是纷纷前去吊唁,好像天塌下来一样，"士大夫识与不识，闻者莫不哀恸；乡人无问贤不肖，皆洒泣走吊，若失其天也"。

明朝的丧葬制度规定，一定品级的官员去世后，朝廷会依据其生前的功业、地位等，派遣专员前去祭奠，为其造坟、安葬，称为"赐祭葬"，赐祭葬与追赠官职、赐予谥号、立祠祭祀、皇帝辍朝示哀、恩荫直系子孙等，共同构成朝廷对于官员及其家属的褒奖和抚恤，统称"恤典"。鲁铎没有做过三公九卿这样的大官，官秩不过四品，明世宗与公卿们商议后仍然给予他非同寻常的哀荣，为他"谕赐祭葬"，追赠他为礼部侍郎，赐给他"文恪"的谥号，墓地就在他自己预先选好的沿湖口"止林"。谥号是古代帝王、大臣死后，朝廷依其生前事迹所给予的概括性称号。"文"，表示具有经纬天地的才能和道德博厚的品德；"恪"，是指温文恭谨，始终如一。

鲁铎一生著述颇丰，主要有《莲北稿》《使交稿》《东厢西厢诗稿》《己有园集》《梧亭小稿》《劝善俗言》等，均得以刊行。在鲁铎去世20多年后，他的儿子鲁彭、鲁嘉将他的遗作编辑成《鲁文恪公文集》，李濂（正德九年进士，担任沔阳知州期间，与居乡的鲁铎交往甚密）为之作序。隆庆元年（1567），该编定本由知县方梁募资刊刻印行。天启（1621—1627）初年，鲁铎之孙鲁估在担任广西太平府（治所在今广西崇左市江州区）知府期间，重校遗集并刊行，时已暮年、祖籍竟陵的李维桢（晚明大臣、著名文学家、文坛领军人物，官至礼部右侍郎、南京礼部尚书）为之作序，序中称书名为《鲁文恪公集》。1922年，鲁铎的后代鲁藩献出隆庆元年旧本，潜江甘鹏云辑校刊行，周树模作序，甘鹏云书跋，书名为《鲁文恪公存集》。

从鲁铎在世时起至今，他的品格与学问就备受称誉。李濂评价鲁铎的学问"根柢六经，春容醇雅"，其文章"典则之文，和平之音"，并预言"淳懿端悫之行，恬退廉直之节，足以淑一时而风百世者"。李维桢称赞他"其文与其人，温厚尔雅，清净朗彻，合符同轨"，"先生之文，达乎其所当达，止乎其所当止"。周树模说鲁铎的诗文"以盛德发为雅言，异于明人之矜奇吊诡"，"语淡而味长，气华而理实"，用"砥砺修名，蝉蜕轩冕，寖成一乡风气，实自文恪公开之"来感念这位故乡先贤对后世的深远影响。

鲁铎生有二子，长子鲁彭（？—1563），字寿卿，号梦野，明正德十一年（1516）丙子科乡试第24名中举，尔后多次会试不中。

鲁彭居家清贫，却不与官场中人交往，家乡人都敬重他的气节和学问，巡抚顾璘也十分钦佩他的操守，曾专程登门拜访他。嘉靖年间，鲁彭被推荐为候补官员。当时，鲁铎的门生故吏都身居高位，可父子俩从不请托，即使相互拜访也绝不谈及鲁彭授官之事。与鲁彭同年中举的湖广茶陵人张治时任内阁大学士，位同宰相，鲁彭也不曾因被派往富饶、便利的地方前去拜会，后来有人编了"宁渡南海，不谒相公"的民谣来赞扬他的高洁。

嘉靖二十九年（1550），鲁彭受任广东琼州府乐会县知县（县治在今海南省琼海市博鳌镇）。鲁彭勤于政务，平易近人，爱护百姓，公正无私，很快就赢得百姓的拥戴，县境也从此安宁起来。嘉靖三十二年，鲁彭赴崖州（今海南省三亚市）代理知州，当时的崖州，贫穷落后，满目疮痍，鲁彭兴利除弊，救死扶伤，不久就见到成效。三年后，鲁彭辞官回乡，由于路途遥远，靠香山籍翰林黄佐的资助才凑足盘缠。后来，海南人为鲁彭修建一座生祠来纪念他的功绩。

《［乾隆］天门县志》卷二十四《余编》录有鲁彭归途中的故事。一则是：乐会县濒临大海，鲁彭在这里做官时，渔民送给他一只活的玳瑁，鲁彭爱惜生灵，就让人将它放归自然。等到他回乡经过琼州海峡时，遇到狂风暴雨，渡船挣扎在波涛中，迷失方向。危急时刻，海面上出现一条黑色的水线，船夫掌舵顺着黑线在颠簸中艰难前行。又有无数车轮般大小的海蝶聚集在桅杆上，巨浪像崩塌的城墙一样扑来，渡船却岿然不动。到了岸边，只见之前被放生的玳瑁向鲁彭点了几下头，缓缓入水离去。

另一则是：渡船陷入困境之初，一艘海盗船乘机靠拢过来，等看清楚船上的旗帜，才知道鲁彭在船上，海盗大喊道："我等做的是海上的营生，起初以为是商船，于是一路尾随，盘算着抢劫一番，现在知道是两袖清风的您卸任离去，哪里还敢乱来呢！"

鲁彭著有《离骚赋》《雁门小桥稿》，现在都已散佚。嘉靖二十一年（1542），在时任湖广按察使司金事、分巡荆西道柯乔的推动下，龙盖寺主持真清法师献出自己从《百川学海》中抄录的《茶经》手稿，鲁彭总理刊刻事务并作《刻茶经序》以记其始末，这是世界上第一个《茶经》单行本。嘉靖四十二年，鲁彭去世。

鲁铎次子鲁嘉，字亨卿，号观复，正德十四年(1519)己卯乡试第23名中举，文名远播。第二年的会试中，人们对他寄以夺魁的期望，可是三场考试下来，发挥不佳，遗憾落第，主考官们也十分惋惜。回到家乡后，潜心钻研理学，俨然古君子风度。湖广巡抚顾璘很推崇他的品行，曾赋诗"两两凤雏毛五色，避人常自宿丹邱"，将鲁彭和鲁嘉兄弟比作德才兼备、清逸自隐的一对凤雏。

鲁铎之孙、鲁彭之子鲁佶，字梦阳，号影园，万历十九年(1591)辛卯科湖广乡试第68名中举，万历三十四年(1606)授大名府南乐县(今属河南省濮阳市)知县，转淮安府邳州睢宁县(今属江苏省徐州市)知县。万历四十一年(1613)九月，因为治河有功，被南直隶巡抚列名表彰，并移咨吏部，擢升为南直隶淮安府(府治山阳县，在今江苏省淮安市淮安区)同知(知府的佐官)，分管邳州、宿迁一带的河防事务。在鲁佶的治理下，堤防稳固，河流驯服，漕运顺畅，所谓"四渎安澜，功溥千艘"，万历四十五年，与妻子王氏一起受到皇帝的诰封。不久，升任为两淮都转运盐使司同知，协助转运使掌管两淮盐政，天启元年(1621)，再次以"物望清真，风猷敏茂"受到皇帝的封赏。此后，晋升为广西太平府(治所在今广西壮族自治区崇左市江州区)知府，政事之余，曾重新辑校乃祖鲁铎的文集，刊刻行世。

鲁铎的学生鲁思，字睿甫，号净潭，嘉靖辛卯(1531)举人，与鲁铎同族。鲁铎曾为他详细讲授朱熹"理学"和陆九渊"心学"的异同点，使他豁然开朗，领悟到"知行合一""内外交致"这些主张的精髓。晚年对理学的见解愈加精深，追随他的弟子越来越多，人们尊称他为"净潭先生"。他和刘锭、程宗简交情深厚，三个人常常相互切磋学问，四处讲学，深受人们的敬仰。

天门现有净潭乡、净潭村的地名，《湖北省天门县地名志》第217页载：

"因过去此地有一和尚名鲁净潭，故依此人名得名。"鲁思出家为僧之事，暂时没有找到更多的文献资料。

养蛇释盗

传说鲁铎生性好动，父母便在他六七岁时，送进华严湖边的泗洲寺，从周先生念书。每天，鲁铎早早起床，带上一瓦罐午饭，牵着自家的大水牛，踏着晨露离家，将水牛放在半途水草丰盛的地方后，再进寺院读书；中午，别的孩子回家吃饭了，他就在教馆附近的小树林里一边吃带来的午饭，一边温习功课。晚上，放学后，再披着晚霞，顺路牵上吃饱了的水牛回家，如此日复一日，年复一年。

一天下午，鲁铎照例来到小树林，吃完饭，便聚精会神地读书，读着读着，他忽然觉得脚背上有一个凉悠悠的东西，忍不住低头一看，浑身不由得起了一层鸡皮疙瘩，原来是一条色彩斑斓的小蟒蛇睡在脚上。起初，鲁铎吓得一动不动。过了好一会儿，那蛇儿不仅没有走的意思，反而睁开亮晶晶的小眼睛朝着鲁铎不住点头，好像求他收留似的。鲁铎自小心地善良，此时见到小蛇可怜巴巴的样子，心中格外惊奇，害怕之心不免消去几分，忍不住慈悲之心大发，小心翼翼地将蛇儿用手托了起来，那小蛇不仅不咬他，反而温驯地在他手中盘成一团。鲁铎感到格外有趣，索性将蛇儿装进书包，带回教室，悄悄放在自己的抽屉里用米饭喂养起来，外人谁也不知道。

冬来春去，时间一天天过去，小蛇一天天长大，食量也越来越大，鲁铎每天从家里带来的一罐米饭再也不够吃了，他就吵着向家里要带两罐米饭，他父亲觉得此事有点蹊跷："尽管读书是件辛苦之事，但小小孩儿，一餐岂能咽下两罐米饭？"于是来到泗洲寺向周先生询问，想探个究竟。周先生听了，也颇感奇怪，便趁鲁铎不在教室之时，打开他的抽屉一看，"呀！"先生不由魂飞魄散，几乎昏死在地，只见一条盘得磨盘般大小的花蟒蛇正躺在里面。

这下，鲁铎的父亲可气坏了，喊来鲁铎，非要鲁铎将蟒蛇打死，并向先生赔罪不可。

鲁铎知道再也不能留下蟒蛇了，但又不忍心将它打死，只有说服父亲和周先生，网开一面，放蟒蛇逃生。费尽口舌，父亲和周先生终于同意他将花蟒放走。鲁铎含泪将花蟒带到林中的水塘边，让它赶快游走，谁知花蟒却紧紧咬住鲁铎的衣袖，久久不肯离去。鲁铎心想："万物皆有灵性，这蛇儿从小就恋人，且跟我时日一长，自然颇通人性了，真是一条不可多得的蛇王，可惜不能久留身边。"想着想着，心头忽然升起了一个奇怪的念头，于是对着花蟒道："蛇呀蛇！我虽不能留你在我身边了，但我要在你头上刻字，封你为王，你若有灵，就请忍住疼痛吧！"花蟒像能听懂他的话似的，不待话音落地，就将头伸进他的怀里，一动也不动。鲁铎转悲为喜，连忙取出身上的裁纸刀，在花蟒额上刻了个大大的"王"字。刻完字，鲁铎对花蟒道："你回到大自然去吧！日后，我若有危难之时，大喊三声'王'，你能应声来救，就朝我点三下头吧！"蛇王听后，果真朝鲁铎拜了三拜，又绕着他转了三圈，然后像离弦的箭，射入水中，向远方游去。

蟒蛇离去后，只有家里的那头老水牛陪伴他上学下学了。一日，天光渐渐暗了下来，鲁铎冒着毛毛细雨牵牛回家，走到半路，忽听得身后传来一声轻微的响声，回头一看，只见水牛的肚子上多了个黑乎乎的东西，联想起近来周围耕牛不时被盗的事情，心里已明白了八九分，知道是盗牛贼来了，本想发话说破，但一来身在旷野，恐生不测，二来与人为善的仁义之心顿起。于是，就不动声色地将牛牵回家中拴在牛圈里。

然后，他让母亲备衣备酒，送入书房，说要招待客人。待准备齐全后，鲁铎手执明烛，走进牛圈，对着牛肚子下的黑影道："朋友，委屈了，快随我到房间更衣用餐吧，切莫冻坏了身子。"盗牛贼一听，知道已被主人发现，连忙跪在地上求饶。鲁铎忙道："朋友请起，不必惊慌，铎无别意，乃要与你结交为友，请快随我去房里吧！"说完，扶起盗牛贼，将其引入书房更衣饮酒。席间，鲁铎循循善诱，侃侃而谈，从国法家规到为人之道，无所不及，畅所欲言，盗牛贼直听得面红耳赤，热泪满面，当着鲁铎发下了大誓：

"今生若不洗心革面，誓不为人！"酒足饭饱之后，鲁铎又拿出了一点银两，对着盗牛贼道："我家也不富足，这点散碎银两，如不嫌少，就请带着暂度时日吧！"盗牛贼坚决不收，但奈何不了鲁铎的一片真情实意，只得收纳，长跪在地，千恩万谢而去。

转眼到了明弘治十五年（1502），鲁铎凭着学富五车，才高八斗，取得会试第一，俗称"会元"，并被朝廷授以编修之职。他闭门自守，慎重交友；精心著述，为人称道。不久，南面番邦作乱，屡犯大明边关，武宗皇帝朱厚照见鲁铎才思敏捷，为人谦和，且极善辞令，于是委以出使番邦息兵和好的重任。

鲁铎出使的番邦，在唐代，属于我国安南都护府地，五代晋时独立。鲁编修一行数人，捧着圣谕，带着丝绸美酒，一路上风餐露宿，翻山越岭，千辛万苦，好不容易来到了边界，却被一座蛇山挡住了去路。遥望之间，只见山巅岭下，岩畔洞边，满山遍野，尽是大大小小、花花绿绿的长虫，看样子，只有肋生双翅，才能飞越此山。

正在危难之际，鲁编修忽然想起了儿时戏封的蛇王，不由抱着侥幸心理仰天大呼："蛇王！蛇王！蛇王！"

三声过后，但见狂飙陡起，群蛇躲避。不一会，树止风息，一条头顶王字的巨蟒来到鲁编修跟前，鲁编修半惊半疑，对着巨蟒道："你果真是我当年所封的蛇王吗？"巨蟒将头连点三下，鲁编修不由惊喜万分，又对着巨蟒道："你如果就是我封的蛇王，就请为我们开路，使我们安全翻过此山吧！"巨蟒闻之，回头缓缓而行，鲁编修一干人马紧随其后，顺利通过了蛇山。传说，自从鲁编修出使番邦后，蛇山上的蛇都不见了，在他们走过的山道上，留下了一条宽阔平坦的通道。

翻过蛇山后，鲁编修一行人，又历经了种种艰难险阻，终于到了番邦。

这番邦早就觊觎我中原大好河山，恨不得一口吞下，只是惧怕大明神威，不敢轻易冒进，但还是不断派兵骚扰边境，以试探朝廷的底线。今见明朝天子不仅没有派兵征剿，反而派来一个态度和善的文臣，带来丝绸美酒，以图缔结明约、永世和好，不免小瞧我朝中无人，做起了侵吞大明江山的美梦。

有了这种卑鄙的想法，他们自然就不把鲁编修放在眼里了。常言道："两国交兵，不斩来使。"他们不敢贸然杀死明朝的使臣，于是采取种种阴险歹毒的办法来对付鲁编修，企图使鲁编修知难而退，让和约难以达成。

起初，他们采取的是软拖的办法，当鲁编修提出要会见首领、商议和约之事时，对方竟提出了等到鲁编修轿杆返青发芽时再议的无理要求。为了使人民不再流血，永结秦晋，鲁编修觉得个人受屈事小，国家安定事大，于是毫不犹豫地答应了这个无理要求。番邦臣子见鲁编修应允了他们的条件，自以为得计。其实，鲁编修深知自己的轿杆用的是家乡的柳树，看似树枯皮黄，其实，只要深栽土中，不出一月，就会发出嫩绿的枝芽。

时隔不久，鲁编修的轿杆果然发芽了。负责监视鲁编修的番邦臣子对此不免瞠目结舌，惊奇万分，慌忙报告了首领。愚蠢的首领认为这是天意，不可违背，只得下令宴请大明使臣。但是，他们并不甘心自己的失败，于是又生一计，企图在酒宴上干脆将鲁编修毒死，再对外谎称因水土不服而病亡。

这天深夜，鲁编修正在为次日会见首领时的措辞辗转反侧，忽然听到了轻轻的叩门声，他开门一看，不由惊喜得叫出声来："呀！是你！"只见来人连忙返身将门关上，小声道："恩公不可高声，小人有紧急情况相告。"

原来，深夜来访的不是别人，正是鲁编修少时送走的盗牛人。说来话长，盗牛人自从那次与鲁编修饮酒告别后，从此洗手不干盗牛的勾当了，跟着一位厨师学会了烹调的手艺，做得一手好菜。但终因盗过牛而名声不好，在家乡难以立足，于是他一气之下，远走他乡谋生。后流落到了番邦，凭一手做菜的绝活被番邦首领属下看中，选到王宫司厨，并颇得首领的欢心。白天，他听说首领要借设宴之机谋害明朝使臣，想到自己是大明子孙，于是连夜冒险赶来相告，万万没想到的是，明朝使臣竟是自己昔日的恩人。

第二天，鲁编修应邀赴宴。酒过三巡，番邦首领朝手下一使眼色，亲自把壶，要为鲁编修"敬"酒，以谢怠慢之罪。编修看在眼里，亮在心头，知道此壶乃阴阳壶，壶内分为两层，壶柄装有机关，专门用来害人，执壶人只要不按动机关，斟出来的就是美酒；如一按动机关，斟出来的则是预先放置的剧毒无比的鸩酒。编修见首领眼内凶光一闪，已动杀机，便不慌不忙地接壶在手，言道："为了贵邦与大明世代友好，我代表大明皇上，借花献佛，敬首领陛下一杯，以感谢首领的盛情款待。"说完，按动机关，给首领满满地斟了一杯鸩酒。首领心怀鬼胎，自然看得明白，知道诡计又要落空，不由得心里暗暗叫苦，口里却连连推说肠胃不好，不便饮酒，并想借机退席。编修当然不能让他就此溜掉，他一眼瞥见桌下有一只正在啃鱼骨的猫，便灵机一动，借挽留首领之机，将鸩酒用袖口拂翻，使鸩酒流到了鱼骨上，首领见鸩酒已泼，不由松了一口长气，谁知桌下的猫却惨叫一声，倒地抽搐而死，阴谋还是暴露于众了。

首领的阴谋诡计接连落空，但仍贼心不死，又在公馆摆了个化骨床，将鲁编修从简陋的旅馆接到高级公馆，想将鲁编修害得尸骨无存。这化骨床说来奇怪，初睡时舒服无比，但等到人睡熟后，人体的热量慢慢渗入床板，启动机关，化骨床瞬时就会燃起熊熊烈焰，顷刻将床上之人化为灰烬。鲁编修不知是计，反而以自己的仁厚之心推测："首领见我两次都识破了他的阴谋，可能已回心转意，故现在将我接到了高级宾馆，看来签订和约已指日可待。"想到此处，不由兴奋起来，决定给皇上写个奏折，派人送回，让大明皇上放心。但又一想，这奏折如何写呢？自己受命以来，带着大明与番邦人民的美好希望，虽满怀信心，但屡遭首领刁难，时至今日，和约仍然没有签成。想到这里，鲁编修不由忧心如焚，苦思良策，通宵达旦，没碰床沿。直到日出三竿，才想好奏折的措辞，挥笔而成。写毕，鲁编修才感到精溃力崩，不禁伏案而憩，安然入睡。

再说，首领因心怀叵测，也是一夜未能安睡，待到早朝完毕，亲自匆匆赶到公馆来探视。待他走进编修卧室一看，不由大吃一惊，只见鲁编修不仅没有化为灰烬，反而点着明烛，静坐案前。看到这种情景，首领才知编修一夜未曾上床。走近一看，只见鲁编修已酣然入睡，再看案上，一封墨迹未干的奏折赫然在上，只见奏折上写道："臣受命赴番以来，深蒙厚待，番邦各部，尽皆善良，其民之朴实，将之豪爽，与大明无异。昔日边关烽火，多是强人所为，时值在今，日渐疲惫。番邦人民，亦盼和好，望我主圣察，切不可偏听偏信，依仗武力，妄动干戈！至于和约，臣以为，精诚所至，金石为开也！……"番邦首领越看越羞，越看越愧："大明重臣的气度、智慧以及大明王朝的国力，自己说什么也不及万一，而自己则蠢蠢妄动，无异以卵击石，自寻烦恼。"看到最后，他不禁激动万分，火速派人传下号令，排好仪仗，以最隆重的礼节恭迎大明使节。

经过种种波折，双方终于签订了永世修好的和约。此后，鲁编修在逗留番邦期间，在首领的盛情邀请之下，遍察了所属各部，并根据其民意，提出了不少安邦的好建议，各部酋长见他大智大勇，虚怀若谷，不以大国使臣而趾高气扬，不以势孤力单而胆怯畏惧，故纷纷要拥戴为王，馈赠给他大量的金银财富和价值连城的古玩特产，但都被他一一婉言谢绝了。

第六章　东冈将军：彭总"老哥"史可全

史可全(1892—1979)，名泰金，字金安，天门干驿洪水堰人，1926年参加农民运动，1927年3月加入中国共产党。历任八路军120师358旅供给部部长，独立第2旅供给部部长，新四军5师第3军分区后勤部长，晋绥军区第三纵队、陕甘宁晋绥联防军第七纵队供给部部长，中国人民解放军第七军后勤部部长，甘肃省军区后勤部部长，西北军区北京办事处主任，兰州军区后勤部副部长等职，1955年9月被授予少将军衔，同时被授予"一级解放勋章"、二级"独立自由勋章"、二级"八一勋章"。

前面我讲过，东冈岭"九岭十八冈"近50个湾子，只有两个湾子姓史，一是史家岭，一是洪水堰，相距五里多路。史可全将军是洪水堰人，按辈分是我的高祖辈，我们都尊称他"泰金爹"。小的时候，我听得最多的是泰金爹闹革命的故事，很多故事都发生在史家岭，因为史家岭人多心齐，泰金爹经常在这里开展活动、躲避敌人；当然，我也经常扛着泰金爹的官职显摆，因为在党政军界，当时的东冈岭没有谁的职务超过泰金爹。

我记得最清楚的，是泰金爹参加革命的传奇故事。

泰金爹出身武林，早年习武，练就一身好功夫。清光绪末年至民国初期，镖局经常请武功高强的他去"押镖"。1926年，他和弟兄们"押镖"时，半路被人多势众的"青洪帮"把货抢了，无法回家，在芦苇荡靠摸鱼捉虾充饥度日。有一天，遇到一位"仙道"给他看了面相、卜了卦，教他尽管回家，只要参加农民协会，就什么都不用怕了。泰金爹回到天门老家，果真有个农民协会。他遵"仙道"指引勇敢入会，次年加入共产党。从此，泰金爹提着脑袋开始了革命生涯。直到20多年后，在延安意外见到了人生道路上的那位指路"仙道"，泰金爹才恍然大悟。

常听村里人讲，泰金爹的右手食指和中指只要在人的眼眶上一抠，两个眼珠子便会脱"眶"而出。当年打土豪时，那些人最怕他伸出俩指头。有一次，他不幸被敌人抓去，严刑拷打了三个多时辰，他靠气功运气，身上皮肤竟完好无损。直到最后精疲力竭，实在没劲运气，才被打得皮开肉绽。血雨腥风的岁月，钢筋铁骨的身板，造就了泰金爹坦荡磊落的胸怀、刚直不阿的烈性。

长大后，我一直注意搜集和学习泰金爹的生平事迹。2021年是建党一百周年，全党开展党史学习教育，我特别留意讲述泰金爹英勇事迹和崇高精神的文章。其中，有两篇文章对我影响最大：一篇是泰金爹的女儿、紫云老姑奶奶的《我的老爹——天门籍开国将军史可全》，用自己的亲身经历，讲述了女儿心中的将军父亲，非常感人；一篇是梅兴先生的《被彭德怀称作"老哥"的史可全》，运用史家笔法，讲述了泰金爹光荣的一生，读后让人深受教育。

梅兴先生在文章里说，1955年解放军授衔时，在开国少将中年纪最长的一位叫史可全，当时他已经63岁了。其实在整个开国将帅中，他的年龄也仅比朱德元帅小6岁，连领导过他的彭德怀元帅都亲切地称他为"老哥"。老将军史可全在后勤战线干了大半辈子，看似波澜不惊的人生长河却泛起了令人感动的传奇浪花。

接着，梅兴先生从五个方面讲述了泰金爹的故事。

给段德昌当秘密交通

史可全，原名史泰金，出生一个贫苦农民家庭，12岁就给地主老财家放牛，受尽了剥削和压迫。后来在家乡参加了农民运动，并加入中国共产党。

1927年下半年，受党组织委派，史可全到江陵县马家寨，以杂货店伙计身份为掩护，从事党的秘密交通工作，经马家寨党组织安排，成为在这一带领导武装斗争的段德昌的秘密交通员。

这期间,史可全做的一项让他终生感到荣耀的工作,就是成了段德昌与彭德怀之间的联络人。那时,段德昌在攻打江陵弥陀寺的战斗中负伤,史可全护送他秘密回到家乡湖南南县(与湖北相邻)养伤。

段德昌得知驻防南县的湘军是彭德怀所部,心里十分高兴。早在北伐时期,充满正义感的彭德怀就与共产党员段德昌结识。在段德昌的引导下,彭德怀十分向往共产党。大革命失败后,段德昌受党组织的派遣,潜回洪湖地区开展农村武装斗争;彭德怀则率部随军东征,后移驻南县。

段德昌派史可全秘密联系上了彭德怀。彭德怀迫不及待地让史可全带他连夜去看望段德昌。两人一见面,紧紧地拥抱在一起。彭德怀关切地询问段德昌的伤情,让随他一起去的团部医官给段德昌治伤,还带了不少鸡、鱼等滋补品给他。他们俩单独在一起的时候,谈论对局势的看法,彭德怀再次向段德昌表达了加入中国共产党的迫切愿望,段德昌紧紧握住他的手说:"德怀同志,非常欢迎你加入共产党,我愿意当你的入党介绍人。"

出于保密考虑,段德昌与彭德怀约定,尽量少见面,有事可由史可全联络转达。史可全便成了那段时间段德昌与彭德怀之间联系人。史可全比彭德怀年长六岁,每次见面,彭德怀总是"老哥"长、"老哥"短地称呼他。

根据段德昌的建议,中共南华安特委很快同意吸收彭德怀入党,并上报湖南省委批准。段德昌破例让史可全把彭德怀请来,履行入党介绍人的职责,与彭德怀谈话。段德昌的谈话重点有二:一是要十分重视党在军队中的工作;二是入党后要做好受委屈、甚至牺牲的准备。他还送给彭德怀两本书,一本是《通俗资本论》,另一本是《无产阶级哲学说》,嘱咐彭多读书,提高理论水平。彭德怀后来深情地写道:"几十年来,段德昌的形象都活在我的生活中,我一刻也没有忘记他,谁也没有想到,那就是同我的最后一次谈话。"

在段德昌伤愈准备离开南县时,彭德怀让史可全询问段德昌需要什么帮助,段提出需要枪支弹药和路费,准备回洪湖地区继续发动群众,开展武装斗争。彭德怀立即命人将未上号册的 10 支私枪和几百发子弹以及一笔经费，通过史可全秘密送给了段德昌。

史可全随段德昌返回洪湖地区后，继续在马家寨杂货店做党的秘密交通工作。1929 年 3 月，史可全收到一份国民党军将进犯马家寨的情报，连夜送交段德昌，使在马家寨的游击队迅速转移，转危为安。

国民党军扑空后，进行了大搜捕。史可全被捕，被关到长江南岸的公安县斗湖堤敌军营部。敌人施用酷刑，拷问他："你是不是共产党？"他坚定地问答："不是。我就是一个杂货店伙计，每天下午五点就上铺板关门，外面的事我一点都不知道。"打手用烧红的烙铁来威胁他，他一口咬定："我啥事都不知道！"敌人一无所获，只得将他关进牢房。

不久，经马家寨地下党组织派人打通了敌营长的关系，史可全被释放回到了马家寨。段德昌特地来看望他，称赞他勇敢坚强，经受住了严峻的考验，是个好样的共产党员，鼓励他："要继续好好地干。"并安排他在马家寨再开一个甜食馆，继续做党的秘密交通工作。

为彭德怀摸鱼改善伙食

1930 年 7 月，红四、六军在公安会师组成红二军团，贺龙、周逸群、段德昌率领红军主力创建了洪湖革命根据地。1931 年 3 月，红二军团改编为红三军。也在这一年，史可全回到家乡担任乡苏维埃拥红委员。

1932 年春，担任红三军九师师长的段德昌率部开辟襄北根据地，在天门东北部组织文家墩战役。史可全听说老领导带领红军打过来了，心情特别激动。在党组织的领导下，他动员群众筹集军需物资，装了五六船，运送到红九师驻地张家场。段德昌见到史可全，称赞道："你在马家寨做秘密交通搞得不错，这次粮秣运输也搞得不错呢！"

段德昌指挥红军在文家墩打了一个大胜仗，共俘敌 2000 余人，击毙敌团长一名，生擒敌旅长韩昌俊。这一胜利，粉碎了国民党军对洪湖苏区的"围剿"，给苏区群众以极大鼓舞。不久，史可全和 30 多名青年一起正式参加了红军。

此时，史可全已经 40 岁了。显然，这把年纪已不适合拿枪杆子上战场冲锋陷阵了。段德昌对他说："我看你筹集物资有一套，你就去做粮秣工作吧！"于是，史可全被安排做后勤工作，这一干就是大半辈子。

史可全从连队的军需干起，然后是连司务长、团供给主任，1935 年长征时，史可全担任红二军团（1934 年 10 月恢复此番号）四师供给部部长、红二方面军供给部粮秣科科长。在国民党军的"围剿"下，筹集、运输、保管粮草都非常困难，但史可全的后勤工作做得十分出色，为部队在困境中生存下来作出了特殊贡献。贺龙多次称赞史可全是"红二军团的大功臣"。

全面抗战爆发后，红二方面军改编为八路军一二〇师，史可全任三五八旅兵站站长，1942 年任该旅供给部长，这时他已年过半百。当时八路军的许多干部向往去延安抗大学习充电，出身贫苦、文化水平较低的史可全更是渴望到抗大去学习，几番向组织打报告，他终于得偿所愿，接到了去抗大学习的通知。他高高兴兴地忙着做交接工作，一心准备去抗大学习。可是，第二天又接着来了一道命令，要调他到晋绥二军分区去任职，立即赴任。对此，他开始有些抵触情绪，就找旅长张宗逊反映自己的想法："我文化水平低，好不容易得到一个学习机会，怎么又不让我去了呢？"张宗逊笑道："谁叫你'驼子摔筋斗——两头翘（俏）'呢？部队现在急需要你。许光达到晋绥去开辟根据地，成立二军分区，说要个得力的供给部长。选来选去，贺老总选中了你。"张宗逊这么一说，史可全表示完全服从新的任职命令，打趣地说："我这个供给部长，绝对'供给'你们调动！"

二军分区所处的晋西北地区，是一块贫瘠的土地，加上日军的疯狂"扫荡"，国民党的经济封锁，根据地军民生活极其困难。尽管史可全使出浑身解数筹集给养，但部队的日子仍过得紧紧巴巴的。

一次，八路军副总司令彭德怀要来二军分区视察工作，司令员许光达心里很着急，就找到史可全说："彭老总要来，你想点办法给老总改善一下伙食。"听说彭德怀来，史可全心里乐开了花，想都没想就拍了胸脯："这事包在我身上！"

虽夸下了海口，但史可全心里明白，在贫穷的晋西北弄到改善伙食的食材可不是件容易事，部队机关已几天没吃上菜了，大家都是用盐水当菜拌小米吃。他带着供给部的两个战士漫无目的地出了门，转来转去，转到一条小河沟边，他眼前突然一亮，有河沟就一定有鱼呀！他从小在湖边长大，摸鱼捕鳝是拿手好戏。他兴冲冲地跳下河沟，忙乎了个把小时，捞上来一两斤鱼和黄鳝，总算是"手中有菜，心中不慌"了。

餐桌上摆上一钵鲜鱼汤，彭德怀兴奋地对许光达说："嚯，打牙祭啦，这可是不容易呀！"许光达连忙把史可全介绍给他："这都是老史的功劳。"史可全紧紧握住彭德怀的手，激动地说："彭老总，您不记得我啦？我是史可全呀！"彭德怀这才认出他来："是你呀，老哥！有十几年没见面了吧？"史可全点点头，这些年来，他多么盼望跟彭老总说上几句话，可一想到彭老总指挥千军万马，时间金贵，他不敢打扰啊！史可全简要地向彭德怀报告了自己十几年来的革命经历，彭德怀勉励他继续为革命多作贡献。后来，彭德怀碰到贺龙，还称赞史可全是个干后勤工作的能人。

1944 年 11 月，史可全参加贺炳炎、廖汉生为首的干部大队，随王震南下到中原军区。襄南军分区、江汉军区在洪湖成立后，贺炳炎、廖汉生分别任司令员、政治委员，史可全任供给部长。1946 年 8 月，史可全随部参加中原突围返回延安，又回到许光达为司令员的晋绥军区第三纵队任供给部长。

1947 年夏，三纵队归建西北野战军，史可全直接在彭德怀指挥下战斗。彭德怀经常到部队检查指导工作。就餐时，史可全总是因没有条件把彭德怀招待好而感到愧疚，真诚地说："彭老总，等全国解放了，我们一定好好招待您一顿。"彭德怀动情地说："老哥，已经很难为你这个供给部长了。等全国解放了，我一定来吃你的饭！"

乡亲们眼中的"草鞋将军"

新中国成立后，史可全先后任甘肃省军区后勤部部长、西北军区北京办事处主任、兰州军区后勤部副部长等职，1955年被授予少将军衔。1957年，65岁的史可全离职休养，回到了魂牵梦绕的故乡。

史可全，老百姓眼中的将军，一点架子都没有，一身旧军装，一双草鞋，如鱼得水般地来到他所熟悉的乡亲们中间，同大伙儿一起拉家常，乡亲们备感亲切，亲热地叫他"草鞋将军"。

乡亲们从来没有近距离地接触过这么大的官，有什么事情都愿意跟将军说，特别是有了冤屈都习惯找将军倾诉，央求将军为自己做主、申冤。可将军离休了，无职无权，唯一能做的就是耐心倾听，好言相劝，并留他们吃饭。有段日子，他家每天开两三桌饭，有时还得开流水席，他说："群众对我讲心里话，是看得起我老头子，把我老头子当亲人。"

对乡亲们的请托，不论办得到还是办不到，史可全都不遗余力地伸出援手。他不顾年事已高，白天穿着自己打的草鞋，深一脚浅一脚地行走在泥泞的小路上，往返几十里，了解情况，帮群众说话，纾解困难；晚上回家后，在常常停电的情况下，点亮煤油灯，戴上老花镜，凭着那点有限的文化，本着对党、对群众负责的态度，写出了几十份有理、有据的调查材料，然后亲自呈交给省、地、县的有关领导，希望他们能够帮帮乡亲们。在当时那种大气候下，作为一个老共产党员、老红军，这是他唯一可以做到的事情。

在一个大雨滂沱的仲夏，史可全家的院子里积了60多厘米深的水。大雨中，一个十五六岁、骨瘦如柴的年轻人站在门口不肯走，被淋得像一只落汤鸡。史可全连忙把他喊进屋，吩咐儿子找衣服给他换上。年轻人说他是个右派，是来找老将军申冤的。家里人提醒老将军，右派是敌我矛盾，要注意划清界限。老将军立刻板起脸说："乱弹琴，他还是个小伢子嘛！"

年轻人很聪明，13岁就考上了师范学校。只因在学校里给党员班长提了一条意见，结果被打成右派，取消了分配工作的资格，被遣送回乡监督劳动改造。史可全从小无钱读书，没有多少文化，但他十分敬重有文化的人。他把年轻人安顿在家里住下后，又亲自带着他到学校去核实情况，到教育局去申诉，到县委找领导上访，一有机会，还让他在领导面前吹拉弹唱、刻章作画，展示其才华、才艺。

尽管史可全无法帮助他摘掉蒙冤的"右派"帽子（直至党的十一届三中全会后他才最终得到彻底平反），但终于帮他解除了监督改造的桎梏，重新获得分配工作的机会。他那含辛茹苦的老母亲扑通一下跪在老将军那双穿着草鞋、沾满泥浆的脚下，失声恸哭。史可全一把扶起她，连连说："使不得、使不得，老嫂子！我是个老红军、老党员，为人民服务是我的本分！"史可全把这件事看成自己人生中的一大成就：既帮助一个年轻人提供了施展才华的舞台，又为国家避免了人才的浪费。

后来，那位老母亲亲手打了五双草鞋送给史可全，说："老将军，家里穷，没啥好谢您的。乡亲们都管您叫'草鞋将军'，我就打了几双草鞋送您，包管您穿得跟脚，走路踏实。""草鞋将军"双手捧着草鞋，激动地注视着它，那是年轻人的老母亲用自己种的麻漂白后，搓成精细的麻绳，精心编织出来的。史可全非常珍惜它，一直不舍得穿。在后来的20多年中，他先后搬了五次家，都把它珍藏在身边，视作人民群众送给自己的一件珍贵的礼物。

年近古稀芦荡开荒

史可全从部队离休不久，就赶上三年自然灾害的困难时期。老将军忧国忧民，寝食难安。他主动找到在中原军区时的老战友、湖北省省长张体学说："为减轻国家负担，我打算像战争年代一样，'自己动手，丰衣足食'。"并详细谈了自己的打算。张体学高兴地说："当年中原突围那么困难，我们都一起拼过来了。你回去自力更生、艰苦奋斗，我完全支持。"还表示要号召老同志们向他学习。

史可全打算干自己的老本行：种地。他把目光投向了距离荆州古城15公里的一片芦苇荡。他与芦苇荡有一种特殊的感情：小时候没饭吃，就钻进芦苇荡讨生活；当秘密交通员时，他凭借芦苇荡的掩护，躲过了反动派一次次追捕；他当江汉军区供给部长时，又把一片片芦苇荡变成了供给基地，解决了部队的给养问题。这一次，他要再次借助芦苇荡，克服眼前的困难。

史可全带着警卫员、炊事员等身边工作人员，来到芦苇荡安营扎寨。年近古稀的他，每天精神抖擞，挥舞镰刀"咔嚓、咔嚓"地砍芦苇，转眼间一大片芦苇便倒在了他的身后，连身边那些年轻力壮的小伙子都甘拜下风。三伏天的芦苇荡热得像个大蒸笼，史可全像一个地道的老农一样，挥汗如雨，开垦了大片荒地。

孩子们一放暑假，史可全就把他们带到芦苇荡，既是为开荒种地增添人手，更重要的是想锻炼孩子们，让他们从小就保持劳动人民的本色，养成吃苦耐劳的习惯，磨炼艰苦奋斗的作风。孩子们砍芦苇手上打起了血泡，弄破后疼得直叫唤，史可全说："没事，等起了茧子就好了。"最叫孩子们开心的是，他们跟父亲学会了摸鱼的绝技。从湖里摸到几条鱼上来，在芦苇茬中间支起锅子，用湖水煮湖鱼，然后美美地享用自己的劳动成果。

史可全手把手地教孩子们种红薯、棉花和各种瓜果蔬菜。辛勤劳动换来成果，除了自家吃用外，大部分送给了看守监狱的战士和周围的群众。用卖芦苇的钱买回几只小猪仔喂养，过年杀年猪，史可全就把周围的乡亲和城里的名师、名医、名演员请到家里来做客，吃肉喝汤拉家常。

得到帮助的周围群众受到启发，纷纷跟着史可全钻进芦苇荡讨生活。大家都佩服老将军有眼力，不愧是供给部长，带领大伙儿找到了勤劳谋生的好路子。

史可全一生简朴，省吃俭用，周济群众，身后未留分文，家中最值钱的是一台 14 寸的黑白电视机。他自立自强、踏实坦荡的人生观，却是留给子女们最宝贵的遗产。

史可全的几个子女都传承了老将军的优秀品质，不改本色。从部队转业后，他们大多成为企业的普通职工，后又在企业改制中先后下岗，但他们没有怨天尤人、自暴自弃，而是像他们的父亲一样开荒种地，养鸡养鸭，过着自食其力的生活。

南楼守望彭老总

"文革"中，史可全虽已离休多年，远离政治舞台，但还是未能幸免，被打成"贺龙分子"。到了 1974 年，史可全已 82 岁高龄了，患有多种疾病，但在当地医院得不到有效治疗。时任总参管理局局长的黎化南，是一道从红二军团走出来的老战友，又都是长期从事部队后勤工作的同行。得知老战友窘境后，黎化南顶着压力、冒着风险，想方设法把史可全接到北京，住进 301 医院南楼。

南楼是将军病区，需要经过几道哨卡才能进。史可全年纪大、身体弱，能够活动的范围就是短短的走廊。他经常拄着拐杖在走廊慢慢踱步。与他相邻的病室门口一天到晚都有警卫严密把守，只要他走到跟前，就会被警卫无声地挡开。历经战火硝烟的老红军凭着特有的嗅觉，敏锐地察觉到那间戒备森严的病室里一定住着特殊的病人。史可全生性倔强，警卫越是挥臂阻拦，他越想知道病室里住的是谁。一次，他见那神秘的病室门半掩着，趁警卫不备，猛一探头，瞅见病床上躺着一个衰老侧影，好似在哪儿见过。从此，他为那个挥之不去的衰老侧影而冥思苦想。

一天，陪护他的女儿史紫云搀扶他坐在病室的阳台上晒太阳。他下意识地将目光投向那间神秘病室的阳台，骤然间他的心一下子抽紧了。他看见一位白发苍苍的老者紧闭双目半卧在轮椅上，干枯的脸上没有一点生机。他觉得似曾相识，愣愣地注视良久，突然他激动得难以自己，猛地扔掉多年来寸步不离的拐杖，"嗖"地一下站起来，"彭老总！"悲凉深沉的呼唤从他心底迸发而出。他颤巍巍地将右手举向头侧，庄严的军礼凝聚着他对彭老总的无限崇敬和思念。彭德怀没有丝毫反应，他已被折磨得"脱了相"。史可全不忍久视，闭上双眼，浑浊的老泪从眼缝涌出，挂在他那写满沧桑的脸上。

打那以后，史可全天天都守望在阳台上，哪怕是阴天没有阳光。不仅医生查房时他不愿进屋，就连输液、吃饭都不愿离开阳台。他根本就不像一个住院的病人，倒像是个忠于职守的老警卫。一连 20 多天，史可全每天都在阳台上苦苦地守望着、守望着。

进入 11 月后，北京的天气已经很寒冷了，纷纷扬扬的雪花从天空中飘洒下来，早已结冰的阳台上铺满积雪。在凛冽的寒风中，史可全依然执着地守望在那里，谁劝他就对谁吹胡子瞪眼发脾气，任性得像个不懂事的孩子。一位护士实在看不下去了，便把史紫云拉到一边，含着泪悄悄地说："告诉老爷子吧，别等了，人几天前就没啦！"

没想到战功赫赫、英雄一世的彭老总竟然这样无声无息地走了。史可全没想到守望多日，近在咫尺，却没能最后看上他一眼。没了希望和寄托，史可全仿佛失去精神支柱，在病床上躺了整整三天三夜，眼里噙泪，不言不语，不吃不喝。到了第四天，他突然大吵大闹要求出院，还一个劲地嚷着要吃烤鸭。他的老首长彭绍辉副总参谋长闻知，派人从京西宾馆送来了一只烤鸭。

入夜，朔风呼啸，大雪飘飘。史可全捧着那只来之不易的烤鸭，在病室的阳台上长跪不起，泣不成声地说："彭老总，我还欠你一顿饭啊！可我再也还不上这顿饭了……"

1979 年，史可全将军不幸病逝。

第七章　东冈翘楚：世界著名毒理学家鲁超

鲁超(1915—2011)，字特生，一字涤生，天门干驿大房咀人，世界著名药理毒理学家。出身医学世家，青年时代就读于齐鲁大学，先后在齐鲁大学和华西协和大学执教。1947年任加拿大蒙特尔麦吉尔大学药理学高级研究员。1951年任职于加拿大卫生部，1965—1976年在联合国世界卫生组织(WHO)总部任食品添加剂管理部主任，为世界卫生组织第一个华人官员，后兼任粮农组织(FAO)与WHO食品安全规划机构的首席联络官。1977—1979年执教于美国迈阿密大学药理毒理学系，1987年获美国华盛顿特区"国际成就奖"。发表科研论文二百多篇，出版专著5部，始终致力于中美学术文化交流，捐款设立鲁氏医学基金，促进和推动我国预防医学教育。

鲁超教授出生的大房咀，与我们史家岭相距不到一里路，中间只隔一条水沟，两个湾子的乡亲都很熟悉、也很亲热。我小的时候，常听大人们讲，大房咀出了一个大教授、大医生，还担任过联合国的大官员，年龄与我的爷爷相仿，而辈分与我相同。所谓"大房咀"，就是鲁姓"大房"集中居住的湾子，"大房"的辈分比较低。我的妈妈姓鲁，讳德英；鲁超教授的令尊，讳德馨，同为二十世，也就是"德"字辈的，"正本知方、德修志尔"排序中的"德"（下一辈是"修"字辈，再下一辈是"志"字辈，鲁超教授的两个儿子分别叫"志民"和"志国"），因而我和鲁超教授是一个辈分的，属于老表关系。

一直以来，我对鲁超教授关注不多。这次盘点干驿名人，读了鲁超教授的传记和文章，还真吓了一跳，鲁超教授还真是一个大人物，不仅是一名成就斐然的学者，而且是一位杰出的卫生事业管理官员。如果说，中国古代，干驿的鲁氏家族出了个国子监祭酒鲁铎；那么，中国现代，则出了个世界著名药理毒理学家鲁超。

天门老乡、文史专家、天门市文联副主席、文学研究会会长胡华先生十几年前出了一本综合性文集《醉海临风》，收有一部长篇小说、一部传说故事和14篇人物传记，其中就有一篇是鲁超教授的传记，题目是"医学巨子——世界著名毒理学家鲁超"，记叙了鲁超教授的成长道路、奋斗经历、建树业绩和人格精神，读后令人深受教育和启发。以这篇传记为主体，参考其他文章和资料，我在这里呈现鲁超教授辉煌的生平事迹。

开 创 新 学

1915年3月9日，鲁超出生。正在大同医学校读书的父亲鲁德馨（医学翻译家，曾任卫生部高等医药院校教材编审委员会常委、编审，人民卫生出版社副总编辑等）喜不自禁，给儿子取名"超"——超越自己，超越先贤，超越世界，寓意多么深刻啊！

鲁超从小极为聪明，三四岁便跟着在乡间行医的祖父发蒙识字。1919年，随父亲赴山东济南，尔后曾于8岁、12岁和20岁时回过故乡居住。鲁超的祖父鲁嘉立是一位乡村医生，鲁超每次回乡，都见到很多病人在祖父的诊所看病，祖父以医术和医德深受乡民们爱戴，而祖母总是亲切招待来访之人，这给鲁超留下深刻的印象，他感到医学和药学对人类的幸福有着重要的作用。

1932年，鲁超考入齐鲁大学理学院医预科，两年后进入医正科学习，1939年获得医学博士学位。学成后，执教于华西齐鲁联合大学（抗日战争期间，齐鲁大学迁至四川成都，与华西大学合并开班）。当时战乱频繁，动荡不安，百业凋敝，而国外医学科技却快速发展，取得了许多重大突破，对鲁超产生了极大的吸引力。1947年，经华西齐鲁联合大学药学系主任兼医学院院长 L. Kilborn 博士推荐，鲁超来到加拿大麦吉尔大学，担任药理学高级研究员（相当于现在的博士后工作）。

20世纪50年代，世界化学工业迅猛发展，科学家发明了多种新的化学物质，用来促进农业生产，刺激肉类动物生长，治疗疑难杂症，帮助食品保鲜。但是，任何事物有利必有弊，一些化学物质附带各种有毒元素，特别是慢性毒性，使人类身体健康受到严重威胁。对此，鲁超教授深感不安，通过反复思考权衡，他决定转攻毒理学这一前途莫测且无人涉足的新兴领域。恰在此时，加拿大政府任命鲁超教授为国家食品药物总署药理学专家，两年后晋升为毒理部主任，这是第一个中国人在该单位供职。于是，他利用这里的条件，试验鉴定药品和其他化学物质的效用和毒性，设计了许多鉴定方法，进行比较研究，确定了最佳方案，从而奠定了世界毒理学基础。十年间，在鲁超教授等人的努力下，毒理学研究进展很快。为了推动世界毒理学研究事业发展，保障人类身体健康，鲁超教授与同仁联合发起，于1961年在美国纽约州的曼彻斯特市成立世界第一个毒理学会，鲁超教授担任重要职务，表明了他在国际毒理学界的突出地位。

造 福 人 类

1965年3月，鲁超教授应联合国驻日内瓦世界卫生组织的邀请，担任领导工作，负责召集世界各国专家，搜集各种资料，共同鉴定食品添加剂和农药残余物的毒性，并根据其毒性来测定它们的"每日允许摄入量"。70年代中期，美国南部的迈阿密大学特聘鲁超为药理学教授，兼任新建立的毒理学教研中心主任。

鲁超教授50年研究毒理学，为人类的身体健康和生活愉快做了大量工作。他被世界公认的突出贡献是：通过大量的研究试验，提出在食品添加剂和农药的安全评价中应用"每日允许摄入量"办法。《人民日报》高级记者刘开宸就这一办法的意义请教了鲁超教授。鲁超教授说："此办法是保护食品安全的科学基础，除防止很明显的急性毒效外，特别能防止慢性不明显的毒效，有利于确保人们的身体健康。此办法可消除国际食品贸易中的某些非法经济障碍。"以前有些国家借口某种添加剂毒性太重，或农药残留量太高而拒绝某种食品的输入，从而引起国际纠纷。这一问题历来是国际经济交往中没有解决的难题，如今已经不成问题了，因为有了鲁超教授研制并被世界各国普遍接受的"毒性效评价"。鲁超教授为人类作出了重要的贡献，因此，他于1987年12月在美国华盛顿获得了"国际成就奖"（能获得这一殊荣的世界科学家为数不多）。有关每日允许摄入量（ADI）程序在过去40年中一直被用来评定食品中的添加剂、污染物和农药残留量，这些化学物质的ADI值是制定国家和国际食品卫生标准的科学依据。

严 谨 求 实

20世纪50年代，西方国家对原子弹的研究和原子弹产生的巨大杀伤力，引起了世界各国人民的恐慌。善良的人们在无可奈何之际，有了这样一种希望，制造一种药品使人服用后能防止或减少原子弹的毒性。鲁超教授顺应这一人类追求生存的迫切要求，通过研究发现人体内不同的细胞对原子能的感受性差异很大，如神经原是不分裂的，所以不受放射能的影响。他因此想到：如果在原子弹爆炸前服了秋水仙碱，使一切细胞的分裂都暂时停了，那么这一切细胞也就不受原子弹放射能的影响了。这一发现使鲁超教授兴奋不已，于是拟定了以动物作实验的细则。可惜此时他恰好升任毒理系主任，必须用很多时间担负别的责任，没有时间能实际验证他的推想。两年后，在 Science 杂志上，他看到他的学生根据他的推想进行的这一实验结果，证明自己原来设想的方法正确而且非常有效。

1960年，欧美一些孕妇服了反应停，能保证孕妇的生理处于正常阶段，所以，此药是一种防止孕妇反应的很有功效的口服剂。不幸的是，这些妇女服药后生下的婴儿，不是上下肢很短小，就是完全没有上下肢。这个药当然就被停止出售了。为了避免其他新药品也发生类似的副作用，美国的食品药品总署要求各药厂用大鼠和鸡蛋胚胎来检验各种新药。那时正任加拿大食品药品总署药理毒理学系主任的鲁超教授，仔细检查了世界各专家的报告和自己实验的结果，认为鸡蛋胚胎的实验结果大多不太正确，而用白兔的结果可靠得多。加拿大政府采纳了他的意见，要求用大鼠和白兔作实验，以后美国也采用了这个方法，专家所得出的结论既科学也实用。

鲁超教授在加拿大工作时，最重要的一项责任就是检查药厂和化学物品厂上交的毒理学资料。这些资料是用来证明这些药品和化学物质是安全的。鲁超教授总是非常仔细审阅这些材料，如果发现他们实验做得不好或不够，或报告写得不清楚，他一定要求他们重做或重写，一直到完全符合科学要求为止。

但是，还是发生了一件鲁超教授认为非常可笑的事。一天，某欧洲药厂的负责人当面交给他很厚的一份档案，鲁超教授说等会儿再仔细看，那位负责人却说请他现在看看第750页。鲁先生翻开一看，其中夹有一小纸条，说"加拿大政府对我们有明显的歧视"。鲁超教授看完笑了笑说："不是歧视，而是实事求是!"因为该药厂以前曾提供该国一教授的证书，说"那药在贮藏后并不减少功效"。但他没有报告做实验证明贮藏后药效还有多少，只是空口一句。

联合国WHO总干事慧眼识英才，多次直接函电加拿大政府，请鲁超教授到WH0任主任，直到1965年才得到允许。不久，鲁超教授又受聘兼任世界粮农总署(FAO)首席联络官。

世界上很多国家有自己的食品法，但因为历史、经济和政治等原因，这些法令有很大区别。鲁超教授在WHO总部时，有空就去一些国家，同他们的主管人员讲解国际食品法典的重要性和WHO专家委员会制定的每日允许摄入量的科学性。另外，鲁超教授还利用参加各种国际性会议的机会，解释WH0在这方面工作的要求。当年4月鲁超教授去日本访问时，日本卫生部一主管官员邀请他去部里会谈。那时专家委员会的报告还没有印行，那位主管官员请鲁超教授对镉的评价加高一点，他说如果不改，富山区的居民很可能反抗日本政府关于大米中镉含量的法令。该地居民有很多患疼痛病，一般认为是因为大米中镉太多，鲁超教授认真地向那位官员作了解释，强调：专家委员会的报告，一经通过就不能更改；而且专委会的评价是完全合乎毒理学原则的。因此，鲁超教授和那位官员的会谈不欢而散。两个月后，日本的卫生部长到欧洲开会，事先通知 WHO 的总干事，要和鲁超教授直接讨论镉评价的问题。在会前，鲁超教授向总干事详细解说了镉的评价不能更改的科学根据，结果总干事没有答应日本卫生部长的要求。

德 高 望 重

鲁超教授是一位不知疲倦的人，一直坚持每天工作到深夜，取得很高的学术成就。1985 年，出版《基础毒理学》，在美国和西欧学术界引起轰动，很快就被译为法文、意大利文、西班牙和印尼文等各种文字，在世界各国发行。如今，美国等科技发达国家大学的毒理学系，都采用此书作教材和主要参考书。1986 年，中国已把这本书和其新著《实验毒理学基础》翻译成中文版出版。1992 年，鲁超教授又将这两部书加入新研究成果和有关内容出了第二版。1996 年、2002 年应读者要求和 Taylord&Francis 出版公司之约，出了第三、第四版。美国毒理学学会设立了以他名字命名的奖项 Frank C. Lu Graduate Student Award 和 Frank C. Lu Early Career Scientist Award，分别奖励食品安全领域突出的研究生或年轻研究者（一般是指博士毕业五年以内者），颁发至今。

鲁超教授作为世界著名的毒理学家，获得了几十种奖励和崇高荣誉，仅世界级的就有"世界知识学人奖""世界科学成就奖""世界医学褒赏奖"和"国际成就奖"。他的名字也不断被入名人录——《美国科学名人录》《欧洲科学名人录》《加拿大医师名人录》《加拿大社会名人录》《联合国高级官员录》《世界工商业名人录》等。

鲁超教授的一举一动也受到了社会的关注。仅以美国《华侨新闻》为例，其 1992 年第 12 期就有长篇报道：

鲁超教授研究毒理扬名国际
罗马城小住十天欢庆回国

鲁超教授专程到罗马参加第二届国际毒理会议并且发表研究论文，得到许多专家的肯定。当他演讲完之后，三位意大利科学家向他呈献一本厚厚的精装书，原来是他的一部著作的意大利翻译本……

1989 年 9 月 16 日，是鲁超教授和夫人王胜书女士金婚纪念日。金婚的纪念盛会在迈阿密"旅游皇后"游船上隆重举行，美国、加拿大等世界众多国家的来宾一百四十多人参加。《迈阿密邮报》报道说："会上，加州大学毒理学系主任谢显堂教授介绍鲁超教授的学术成就。名画家周千秋先生之夫人梁灿缨致贺词。"

贵宾有 OCA 主席闻彩娣女士、华人福利会主席陈煜均夫妇、中国妇女会主席叶国均及夫人欧罗媲、CCA 主席叶棠夫妇及迈阿密大学中美教授、医师及工商界闻人。

美国《侨声报》辟专版对鲁超教授伉俪的金婚纪念盛况进行了报道，并刊登了周千秋、梁灿缨夫妇合作的中国画《五十年鱼水相融图》和写的诗《鲁涤生博士、王胜书夫人金婚大庆赋贺》：

汉皋二老地行仙，鱼水相融五十年。

花烛重逢欣可待，双携再上彩虹船。

美国 KENDALLGAZETTE、CCANews 等报刊也用较大篇幅登载了鲁超教授的金婚纪念活动。

特别是美国时任总统布什和前总统里根与鲁超教授夫妇合影并亲笔签名，对他们的金婚表示祝贺，这是极为难得的殊荣。

1994 年 12 月 28 日，又是一个祥和喜庆的日子，迈阿密市的各界知名人士聚集在一起，为鲁超教授举行了隆重的 80 大寿祝寿会，同时庆祝上海医科大学成立鲁超预防医学进步基金委员会，著名画家周千秋及夫人合绘

"仙鹤图"称赞鲁超教授在世界医学界的影响，并祝他寿比南山；书法家陈煜均先生特写"寿"字为鲁超教授祝寿。此次盛会，美国新闻界纷纷予以报道。

魂 系 中 华

鲁超教授自1947年出国，50多年来一直在加拿大、美国、瑞士等国家从事药理学和毒理学研究，担任世界卫生组织领导工作，并加入美籍，但祖国的一山一水、一草一木无时无刻不萦绕在脑际，他对中华民族的兴衰荣辱总是予以最大的关注。他经常说："根在中国，不能忘怀。"

1965年，鲁超教授担任世界卫生组织食品添加剂管理部主任时，我国在联合国的合法席位尚未恢复，而且由于历史原因，中国在国际上的交往很少，当中国要求加入联合国时，所派代表对有关机构和技术问题不太熟悉，鲁超教授则利用工作之便帮助说明、解释，碰到难题总是亲自去办，或者委托有关人士代办；他还广泛接触各国驻联合国代表，大力宣传中国社会主义建设的成就和以"和平共处五项原则"为基础的外交政策，不断向我国驻日内瓦代表提出建议和意见，组织各种会议评价中国的主权地位，并且奔走呼号，游说撰文，为我国恢复联合国席位作了许多卓有成效的工作。特别是中国恢复联合国席位不久，按规定需交全年会费四百万美元。而当时中国正处于"文化大革命"期间，经济尚不发达，一次付清，颇为困难。中国办事处负责人特地到鲁超教授家拜访并请求帮助，鲁超感到义不容辞，告诉他们一般国家情况特殊是可分期付款的。他同中国代表一起与联大有关人员多次交涉，使这件事得到圆满解决。此外，鲁超教授对中国出席世界卫生大会的代表如林巧稚博士、中国医学科学院黄家驷院长和人大常务委员会副委员长吴阶平等在日内瓦参加会议时，有需要帮忙的，总是尽力而为，还请他们到家里吃饭共叙乡情。

鲁超教授特别关心中国的毒理学研究。他认为，我国很早就有神农尝百草、识别植物毒性的传说和记载；后来，又有医学家总结了以毒攻毒的经验，特别是关于急毒性的研究有不少成就。可以说中国是研究毒性最早的国家，但含义同今天的毒理学大不一样。从50年代开始，中国已经注意"职业毒理学"的研究，即探求保护劳动人民如何避免遭受工厂、矿井等职业环境中的毒物影响问题。但食品毒理学的研究，仅是到了70年代才开始起步。祖国实行改革开放政策后不久，鲁超教授应国家有关方面的邀请首次访华，对外则称"回家探亲"。当他到达北京时，不禁为北京美丽雄伟的风貌所惊叹："了不起啊，真了不起！"他顾不得休息，便开始与各方面频繁接触，了解中国建设和医学发展情况，向国务院领导人表示，决心将自己多年研究所得，为祖国作些贡献，并与医学界人士讨论了在中国发展毒理学的规划。

此后，鲁超教授多次回国，在上海、北京等地作了数十次专题学术报告，对我国毒理学教育与科研的发展，以及人才培训都起到促进作用。1985年，鲁超教授又接受联合国聘请，到上海医科大学讲授基础毒理学，并传授了各种毒性的研究测试方法。当时有关报刊报道："鲁超教授的讲课，对祖国毒理学的开展起了积极作用，有益于我国社会主义四个现代化建设。"嗣后，他又应邀去哈尔滨医科大学讲课。

1986年，鲁超教授再次回国，在北京与中国专家共同主持了国际第四届毒理学会的"卫星"座谈会，并促成《中美生物学和环境科学》杂志的创刊，为中美两国科学家的合作开辟了新道路。不久，鲁超教授又和中国药理学会共同召集了国际毒理学会理事会议。美国科学界的权威杂志 *Biomedcial and Environmental Scienes* 以大量篇幅刊登了这次会议的情况和鲁超教授的论文。

1988年，在鲁超教授的倡导和筹划下，原中国预防医学科学院创办的《生物医学和环境科学》杂志英文版在美国正式创刊，为中国学者发表生物医学和环境科学领域的研究成果提供了新的通道。

1990 年 11 月 15—20 日，中华预防医学会、中国毒理学会和军事医学科学院联合举办的"北京国际毒理学会议"在北京召开，组织委员会特邀鲁超教授任副主席，这是该组委会中唯一的外籍专家。会议为争取第三届发展中国家国际毒理学会会议在我国召开做了组织、舆论和学术理论等方面的准备，受到了国家卫生部的赞许。

鲁超教授还积极进行社会活动，担任迈阿密中文学校董事长。这所学校自 1977 年创建以来，学生不仅学习中国文字，还唱中国歌，跳中国舞，到美国社会集会上讲演，宣传中华文化，使许多外国人对中国语言和文化发生了兴趣。有的学生结业后积极到中国投资、旅游、经商和学习，促进了中美两国人民的交往。多年来，他为 50 多位中国学者到美国留学、讲学和进行各种学术活动提供了帮助并担保。

鲁超教授对祖国非常关注，经常收听收看中国的广播电视，看《人民日报》海外版。1991 年和 1998 年夏季，我国许多地方发生了特大洪涝灾害，他对灾区人民极为关心，给故乡寄了慰问信和捐款。1994 年 4 月，他给家乡的亲友来信说："前天收音机报告，全国人民代表大会通过，开始建筑长江三峡的伟大水利工程，希望完成后，湖北和长江下游，不会再有大水灾。1970 年，我被世界卫生组织派去台湾公干，参观了'故宫博物院'，院内古物很多，都是大陆运去的，现在不能收回，只好用照片作纪念品，我买了该院出版的古瓷器和古铜器的照片和说明书的精装本二册，邮寄给你，以供你们鉴赏。"表明鲁超教授对祖国对家乡的一往情深。此外，他对天门修建妇女儿童活动中心、陆羽纪念馆，都先后捐了款。

1994 年，鲁超教授捐献自己的全部积蓄，在中国设立"鲁超预防医学教育进步基金"，以支持祖国的医学教育事业。该"基金"于 1994 年 11 月 1 日在上海成立，鲁超教授委托美国堪萨斯州大学毒理学专家 Fnlduick W Oehme 作为代表参会，并宣读了他的书面发言。1995 年 1 月 6 日，上海预防医学会召开工作会议，有关专家学者出席会议，重点讨论"鲁超预防医学杰出奖"的评选条件，并聘请裴法祖、刘湘云、顾天爵、沈渔村等教授组成评委会，从 2000 年开始，评选活动已连续开展多年。2000 年 7 月，上海市人民政府授予鲁超教授"白玉兰奖"。

鲁超教授育有两子一女。他与长子鲁志民博士（Adolph Lu，斯坦福大学物理学教授）、次子鲁志国博士（Grant Lu，Fiber Optics 公司技术经理）先后被列入《美国科学家名人录》，成为美国华人华侨界的骄傲。

2011 年 5 月 25 日，鲁超教授辞世，享年 97 岁。

第三篇　松石湖

第一章　松石绿波："九湾十八汊"的风光

"松石绿波"也是著名的"晴滩八景"之一，指的是松石湖的秀美风光。

松 石 渊 源

要了解松石湖的起源，就要从"云梦"和"云梦泽"开始。"云梦"一词，最早见于《尚书·禹贡》中"云土、梦作乂"之语，关于这句话的解读和"云梦"的范围，后世屡有争议。一般认为，"云梦"是先秦时期楚王的狩猎区，其地域相当广阔，东至今武汉以东的大别山麓以至长江江岸一带，西迄鄂西山地，包括长江以南的松滋县、公安县一带，北及大洪山区今随州、钟祥、京山一带，南拥今江汉平原与洞庭湖平原，包括山地、丘陵、平原、沼泽和湖泊等多种地貌形态。"云梦泽"是指"云梦"之中湖泊和沼泽地貌区域，以长江为界，分为南北两部分，《读史方舆纪要·卷七十七》引《汉阳志》曰："'云'在江之北，'梦'在江之南。"雍正《湖北通志卷八·山川志·安陆府·沔阳州》亦载："云梦泽，州东。'云'与'梦'本二泽而相连，《左传》：'云、梦跨江之南北。'"

由于长江、汉水夹带的泥沙大量沉积，逐渐形成江汉内陆三角洲，湖面不断被分割、解体，古云梦泽演变成平原、湖沼形态的自然景观。明嘉靖年间，荆江大堤连成一线，形成单一的荆江河槽和广阔富庶的江汉平原，云梦泽全部消亡，江汉平原上分布着被称为"鄂渚"的200多个浅小的湖泊群，这些湖泊在不同的时期有着不同的水域和名称。前面我说过，在天门东乡，就有三个较大的湖泊，即沉湖、松石湖和华严湖，最大的是沉湖，最神的是华严湖，最美的是松石湖。

松石湖位于干驿镇北三公里，西距天门县城 28 公里，湖底海拔 24.6 米，湖内盛产鲫鱼。明代周嘉谟(天官)、陈所学(尚书)在此建松石园和别墅，故名。周及其母墓葬于此。1949 年，正常水位 25.5 米时，湖水面积为 0.84 平方公里，尔后逐渐淤塞成东西两湖，东名张家湖，西为松石湖，两湖均系古之松石湖。1958 年起兴办松石湖渔场(三合渔场)，至 1994 年，尚存水面 0.4 平方公里。

这几乎是天门县近代几本官方志书对松石湖的全部记载。其中，也有不太准确的地方，比如，周嘉谟并没有在松石湖建别墅；左右两湖主要不是淤塞而成，而是人工筑堤分开；松石湖并非因松石园而名，湖水面积也不大准确，等等。

拂去尘土，翻开史册，展现在我们面前的松石湖，是一幅绮丽多姿的画卷。

松石湖环境优雅秀丽，曾引来众多文人墨客、名公巨卿造访。前面我说过，明正德九年(1514)，鲁铎延请宫廷画师、江西泰和人郭诩绘制《竟陵四景图》，第一景即为"东冈石湖"，石湖即指松石湖。可见在当时，松石湖已是东乡胜迹。

世代居住在松石湖畔的明户部尚书陈所学，在《松石园记》中用"冈峦逶迤，湖水渊泓"概括松石湖的壮美。辞官归里后，他在临湖的七甲咀(陈家大咀)修筑别墅，因湖而名之曰"松石园"，松石湖因之声名益盛。

宁静秀美的松石湖，为晚年的陈所学带来莫大的慰藉。清康熙三十一年(1692)刻本《景陵县志》卷之十第十六页(人物志·进士)录万历八年会元萧良有榜、万历十一年状元朱国祚榜均记载：

始闽藩告归拟老松石园，再起官闽藩两疏告辞，后擢左辖三疏告辞，任山西巡抚后五疏告辞，起家户部左堂两疏告辞，盖不待逆珰侧目，时而告辞已十二疏矣。公岂恋富贵不知勇退者哉……

回乡后陈所学究心内典，绝意外务，但他的内心仍然牵挂社稷安危。在《致仕述怀》中写道：

（一）

松石好秋色，湖光无俗氛。
钟鸣出浦月，渔唱入冈云。
老矣身宜隐，归欤政不闻。
扪心犹向阙，何以答吾君？

（二）

梓里同心友，先皇顾命臣。
一朝蒙贝锦，匹马出城闉。
偕隐宁无伴，归休好结邻。
凄然谈往事，不觉泪沾巾。

（三）

文孺赴东市，严刑五毒深。
回天无大力，解组有惭心。
北阙萦幽梦，东山豁素襟。
个中丝竹趣，何处觅知音？

（四）

当年麋鹿性，丰草与长林。
簪绂烟云幻，鬓毛岁月深。
不言宫里树，惟听座中琴。
俯仰宽天地，无庸泽畔吟。

时至乾隆三十年(1765)，天门知县胡翼(字筠亭，安徽歙县人，乾隆二十一年由东湖知县调任天门知县，至三十三年，为天门历史上任期时间最长的知县之一)主修的《天门县志》卷首《松石湖图》中题赞道：

> 东乡有村曰干镇，民居栉比，贸易夥集，盖县四镇之一也……北行可二里许，有湖，周四十里，水澄如镜，日影中子鱼螺蛤毕见。湖岸阜起似土山，西北尤隆耸。榆柳绿中，桃花作姿，掩蔽茆屋，真作图画观也……醉翁不可胜数。

景色似画、游人如织的松石美景，使胡知县也忍不住前去游览，还找借口说："以翼簿书碌碌，且远不逮古人，但以前哲风流犹有存者，固不忍尽废荒烟蔓草中也。"翻译成白话就是：像我这样整天钻在公文堆里、学问又不好的小官，不能让前辈贤哲们挥洒才情的地方埋没在荒烟蔓草之中啊！

不愿汲汲于官场、醉心于治学育人、行吟于山水之间的嘉庆进士熊士鹏，曾在春日里与僧、俗九友畅游松石湖，挥毫留下《九友游松石湖记》，他写道：

> 竟陵无山也，界云杜则有之。松根于山，石胎于山。无山则无松无石，湖无松、石愈明矣。何以名？松德贞、石德坚，又与水不类。不松而松，不石而石，不类松石而松石，此余所以疑而急欲一游也。
>
> 先是周鹤汀邮书余与张星海，期以寒食日往游于湖，且曰："魏汇古、张竹樵、马兰陔其与俱来。"及期，竹樵羁汉阳未归。而余厮养辛方青鞋布袜欲行，促余去。遂与蒋五溪由塞上过隍台招星海，星海拉余招毛子。毛子善种花，凡移徙无不活。隔数畦笑指园有桃者，其家也，至则行矣。已而皆会鹤汀家。郝子自二河来，释贯然自七甲来。七甲者，故陈司徒别业也，废为寺，游湖者皆憩此。释贯然嗜诗，尝乐与诗人游。祖峡山伻来闻讯，遂约买舟以俟。贯然去，汇古来，鹤

154

汀出《鼓琴图》诗，相与歌吟以迟。兰陔俄持雨具来。惧雨，群欲返。厕养卒嘻曰："是游也，为雨阻乎?"力劝之行。顷复霁，而舟子已舣艇湖上矣。

湖水最清冽，岸势犬牙差互，渊然虚，澄然静。始自浅浦春草中，斗折蛇行，舟轇轕不利。一篙入深处，水溇然有声。合野绿天碧，而坠于湖，荡空泛影，诸人一路笑语之声，皆浮于水。见有眼微碧者、袍深青者、须眉挑排欲绿者。外此，坠黑者为云，飞白者为鹭，叶紫赤者为荇，其浪之黄间绿者为麦。列坐湖上者：洲如月；村坞散处如连环、如带；树如荠；岭如螺、如绿沉瓜。湖中穿波涛往来而渔者，罾之，罟罭之，汕而撩罞之。触处邂逅，心随目异，骤莫能穷。其首尾出人，厕养卒乐不可支也，曰："我歌可夫?"扣舷引吭，众水一深，音响入于水中，吸水声以上于空，往来翕忽。然终不解所谓松石者。汇古曰："子不闻陆季疵品水乎? 竟陵自西江文学外，松石为最。舟中若载茶灶瓦铛，停篙中流，掬绿煮之，风温不燥，火活不烈，沸声渊水，松涛生焉；乳色轻圆，石花浮焉。沃之沁心，灌之清骨。陶贞白之听松，孙子荆之漱石，不必求肖，想当尔尔。"余犹疑而不信也。

象鼻者，故明冢宰周公祖茔也。湖于吾邑为秀出。摄衣而上，察其形，蠢若象鼻而饮于水，堪与家传为周公发迹处。噫! 抑知贤哲之生之本于天乎? 将亦由其人，翘然杰出，不因于地乎? 或有之，奚待求也? 然碑碣苔蚀藓剥，不堪读。墓前明器翁仲，偃仆攲侧，为樵夫牧竖所坐卧。以周公勋名，彪炳百数十年耳，固已如此。人欲久富贵，而观居此世者，可悟也。相与太息者久之，反而登舟。

有树木芊萼，禽鸟喧聒。沉浮于湖之北者，则七甲也。释贯然立而望焉。寺门临湖上，浪花波纹拍其下，揽贯然襟袖，苍翠欲滴。入寺，花卉缤纷，蓊勃香气。余初不识峡山，星海谓其面有佛气。及见，果然。煮茗饮客，著碗碧色。少呷焉，微馨绝类。则睨视汇古，笑曰："松石，松石，不吾欺矣。"然独惜竹樵不在此，及观壁间游记，知此处风景已为竹樵所有。记中所云南园、北园者，未见也。导星海诸人游其处，荒凉萧瑟，如象鼻。星海因叹："司徒昔年，与名公巨卿相聚为乐，冠盖稠浊，棋酒喧溢，固无日不然也。今不意其至此！"余亦叹。

竹樵，星海尝欲得如吾辈六七人酿钱，买傍松石田数十亩，构四三苫屋其上，风月雨雪中，相与赋诗饮酒，囚捉湖光于几席屦舃下，此愿殊不奢，事固无难为，又不犯造物者之所忌也。然斯游，且不得竹樵共之，遑论其他。用是，以知吾辈会合之不可常也，矧百余年后乎？又奚暇叹司徒为？

已而，贯然撷圆蔬煮野蕨，饮诸人酒。酒半，汇古脱帽偏袒，手斟余酒曰："子一饮，我亦且一言。人生知己不过一二人，骤欲合并甚难。合并矣，或非其地，则弗乐；得其地，不得其时，犹弗乐也。以余八人皆同志，而濯松石之波，采寒食之花，得人得地得时，莫非得天也？又得贯然为主人，清矣。三笑、六逸于此兼之，香山之后，此其继乎？然余欲易老而友也，请子论所以绘九友图者。"余亦酢之以酒曰："汇古、竹樵若来，则为方外十友矣。无斯人焉，九而矣已。然此厮养卒，图中又恶可少乎？"汇古悦，诸人亦悦，皆为之进一觞。饮罢，辞峡山，迂道自东岳行。汇古返华严，贯然复持楫以送。湖穷而岸见，迥异来时。回望七甲，隐见不常，已岧然十里烟际矣。于是诸人伫立岸上，目送贯然摇楫而去。

时光再流过一百多年，周庆璋先生在他的《干镇驿乡土志》中写道：

松石湖，在干镇驿北边四里处，湖水澄明如镜，味道极其甘美，是我们家乡的名胜，明代户部尚书陈所学的"松石园"就在那里，现在将近一半的湖面已经淤塞。

查阅《民国五年天门县东乡地图》，松石湖的面积略小于华严湖，尚有8平方公里左右。对比前面所说的县志记载，1949年湖水面积为0.84平方公里，30年缩小了十之八九，不知是什么原因，我估计，要么是此间发生

156

了重大地质变化，要么是方志有误。

松石湖的得名一直是个谜，熊士鹏在《九友游松石湖记》，就表达了他的疑惑。他说，我们竟陵没有山，邻县云杜（京山）才有。松树扎根在山上，石头也出自山上。没有山就没有松树和石头，湖里更是没有松树和石头了。那么，松石湖为什么叫"松石"湖呢？松树的德性是坚贞，石头的德性是坚硬，与水是不一样的。没有松树而叫"松"，没有石头而叫"石"，不具备松石的德性而叫"松石"，实在令人不解。

民间关于松石湖的得名主要有三种说法：

一是乡间的古老传说，说的是每当夜深人静、月明星稀之时，湖面上就会浮起一块巨大的绿松石，泛着绿光，非常美丽。于是，人们便把这个湖取名为松石湖。事实上，松石湖水面不大，湖水清澈见底，登高俯瞰，宛如一块巨大的绿松石。也有这样的传说，说的是用碗盛满松石湖的水，水中便会呈现出数枚松针一样的图案，故名松石湖，极富传奇色彩。

二是明国子监祭酒鲁铎的父亲鲁仕贤，号松石。为了纪念自己的父亲，鲁祭酒将门前的湖泊，命名为松石湖。我觉得，这个说法是最可靠的，因为鲁祭酒的父亲的确号松石，鲁祭酒作为对父亲慈爱的一种回报，以父亲之号，命名一个小湖泊，可能性是很大的。

三是因为明户部尚书陈所学与其兄所前建有松石园，故将这个湖泊命名为松石湖。这是比较通行的说法，前面所引的近代几本官方县志就是这样记载的。问题的关键，是先有"松石湖"再有"松石园"，还是先有"松石园"再有"松石湖"？从陈所学和李维桢的《松石园记》和有关文献记载看，应该是先有"松石湖"，再有"松石园"，园因湖而得名。郭诩绘《竟陵四景图》，第一景为"东冈石湖"，其年代比建松石园要早近百年。

松 石 记 忆

与东冈岭的"九岭十八冈"、干镇驿的"九街十八巷"相对应，松石湖也有"九湾十八汊"之说，只是不太流行，知之者不多。小的时候，父亲曾给我说起过。

"九湾十八汊"的"湾"，指的是湖湾，是湖的有机组成部分，三面是岸，一面是水；"九湾十八汊"的"汊"，指的是湖湾再深入湖岸里面相对较窄的水面，是岸上的水流向湖泊的通道。老家也称"汊"为"畅"，取"畅通"之意，形容词作名词用。湾与湾之间类似于半岛的高一点的地方，叫作"咀"，如松石湖边的梁家咀、大房咀、丝网咀、陈家大咀、沙咀、鑵头咀等；大一点的称为"岭"，如史家岭、朱家岭等；小一点的称为"台"，如西石家台、王杨家台等。

"九湾十八汊"是松石湖的真实写照。民国初年，当松石湖面积为 8 平方公里、周长为 20 公里时，"九湾十八汊"的地形特征应该更加明显，就像志书描写的那样："湖沼岔出数不清的支流港汊，密密委蛇，纵横错综。"到了 20 世纪六七十年代，当松石湖的面积大幅缩小时，我们依稀可见"九湾十八汊"的痕迹。

以松石湖西半湖为例，沿着顺时针方向，从梁家咀到丝网咀的湖湾就有六个：梁家咀与西石家台之间的湖湾，西石家台与大房咀之间的湖湾，大房咀与史家岭之间的西湾（松石湖最西边的湾），史家岭与楼台之间的八房湾，楼台与丝网咀之间的祠堂湾、六屋湾。在大房咀与史家岭之间的西湾，又有三个稍大一点的畅（汊），南畅、西畅和北畅，集三方之水，源源不断地注入松石湖。其他一些湖湾也是如此。湾湾汊汊，犬牙交错，天地造化，构成一幅美丽的图画。

松石湖原本为一个整体，最窄的地方，就是梁家咀与祠堂湾之间，两里左右。听老人们讲，过去为了通行，人们便在这里设一渡口，即鲁家渡。到了民国，人们便在这里筑有一堤，即鲁家堤，中间建有一石拱桥，高出堤面很多，将松石湖一分为二，东边为张家湖，西边仍叫松石湖。每遇湖水上涨，鲁家堤就被淹没，松石湖、张家湖又连为一体，只剩下石拱桥孤零零地矗立在湖中心。当年，前辈史可全被授共和国将军，载誉归来，不巧松石湖涨水，不能通行。史家岭和洪水堰的族人们闻讯后，主动将自家楼板撬下，从祠堂湾一直铺到了梁家咀，场面壮观，声势浩大。事后，受到了史将军的严厉批评。

1977 年年初，兴修水利工程，在鲁家堤以东几百米，开挖、修建了干驿至中和场的干中渠、干中路，张家湖基本消失，鲁家堤也被废弃，只剩一座石拱桥。2021 年三四月间，我和友枝考察松石湖，还见过那座桥。我全程参与了这一工程的建设。干中渠的开挖，引牛蹄支河的水，灌溉干驿以北地区的农田，造福于父老乡亲；干中路的修建，很好地解决了东冈岭乡亲们行路难的问题，成为大家出行的一条主干道，我们每次回老家都要走这条路。目前，干中路是武荆高速和汉宜高速的连接线，地位和作用更加凸显。遗憾的是，松石湖再一次大幅缩小，已经面目全非了。

我时常想，如果当时不修干中渠，而是将牛蹄支河的水引入松石湖，再将松石湖的水引入华严湖，可能效果会更好一些。对于鲁家堤，可以仿照杭州西湖苏公堤，进行改建和扩建，贯通南北，成为松石湖一道妩媚的风景线和人行道。至于公路交通，可走东边的干华路，也可走西边城隍至沙咀的路。总之，都要避开松石湖，保持松石湖的完整性。不过，这只是"事后诸葛亮"，可能当时的人们都没有这样的意识，我们是不能苛求前人的。

更加遗憾的是，随后乡亲们又对松石湖进行了深度围垦，沿着松石湖的主体部分，开挖了一条环形河道，便于泄洪、抗旱和行船，南边从梁家咀、北边从六屋湾进入干中渠，将"九湾十八汊"挡到了湖外，改造成为农田。没过两年，大力发展多种经营，地方政府又组织劳动力，将松石湖的主体部分改造成一口口鱼池，二三十亩大小不等，变散养为精养，并将其承包给一些养殖能手。从此，松石湖彻底消失，只存在于我的记忆中了。近几年，养鱼效益不好，精养鱼池也基本废弃，松石湖核心区一片荒芜。

在我小时候的记忆里，松石湖是那么大。特别是烟雨朦胧的季节，风很小，雨很细，行走在湖边，感觉湖面是那样辽阔，对岸若隐若现。从我家门口的牛车墩(小码头)出发，坐在父亲和叔叔驾驶的小船上，到达鲁家堤的石拱桥，感觉好远好远，似乎需要好长好长的时间。稍大一些后，当我独自一人，将母亲在30里外的沉湖砍的柴禾，运回史家岭而深夜穿过松石湖时，感觉路程好长好长，总也到不了家。长大后，当我见到更大的湖泊，如四大淡水湖等，才觉得松石湖并没有那么大，只因为我们的视野更大了。

在我小时候的记忆里，松石湖是那么美。松石湖的美，美在湖水。正如文人墨客所描写的"水澄如镜，日影中子鱼螺蛤毕见""湖水最清冽，野绿天碧而坠于湖，荡空泛影""湖水澄明如镜，味道极其甘美"。人称松石湖有两绝，一是水，二是鱼。因为有好水，才能有好鱼。传说中，松石湖的鲫鱼最有名，是朝廷的贡品。这种鲫鱼的确不一样，它的背脊是黑色的，煮的汤是白色的，有一种甜甜的味道。小时候，我经常到湖里捕捞这种鲫鱼。

松石湖的美，美在湾汊。"九湾十八汊"，千姿百态，不同季节，有不同的风景。特别是盛夏时节，满湾荷花盛开，姹紫嫣红，阵阵清香，扑鼻而来。如果约上三两个小伙伴，坐在大木盆上，在湾汊里采摘莲蓬，一两个小时下来，就会收获颇丰，吃都吃不完。偶尔能够捡到几个野鸭蛋，更是窃喜，辣椒炒野鸭蛋可是一盘美味。

松石湖的美，美在湖畔垂柳。最近，我在网上看到一个中学生的文章，是这样描写湖畔垂柳的：

> 湖畔的垂柳不愧是自然界的骄子，风平浪静的时候，柳树就像一个温柔多情的少女，将自己的满头青丝撒向湖面，仿佛在和它们低声细语。一阵微风吹来，柳枝轻轻摇曳，激起湖面阵阵涟漪，又像是在和湖面嬉笑玩耍。它树干挺拔，守护在湖面两旁，既像一个俊美的年轻骑士，又像一个婀娜多姿的妙龄少女。"碧玉妆成一树高，万树垂下绿丝绦"，正是垂柳的真实写照。

这篇文章真不错，写出了我对松石湖畔垂柳依依的全部感受和赞美！别说当初，就是现在，我也是写不出这样美的文字的。

是的，松石湖烟波浩淼，渔帆点点，轻舟荡漾，清晨的阳光照得水面波光粼粼，如同金子般灿烂；湖中荷叶弥盖，荷塘深处却是欢声笑语，一派安乐祥和的乡土生活情景；行进于湖中，进入莲荷的海洋，荷香阵阵沁人心脾，令人神清气爽，思绪怡扬。

在我小时候的记忆里，松石湖是那么奇。既有传说中的奇，也有现实中的奇。如我既见过松石湖上空的绚丽彩虹，也见过"乌龙搅水"的可怕情景。每当这个时候，奶奶一定是把我搂在怀里，告诉我有人做了坏事，得罪了龙王，龙王要降罪于人间了，暴雨灾害即将到来。奶奶让我跟着她一起祈祷，请龙王息怒。一会儿，云开日出，龙王真的开恩了。

过去，在梁家咀附近的松石湖边，有一座古刹，不知建于何朝何代，原先是道观，后改为佛教寺院，名曰白云禅寺。寺前凿有七口井，按北斗七星方位排列，井水甘甜如蜜，井井相通。民间流传白云古井与镇街文昌阁脚下的白龙潭和牛蹄支河之间的暗河相通，牛蹄支河上划龙舟流失的小桨，能从井中冒出，很是奇特。有人以白云古井为题，吟诗一首，曰：

位按七星象北斗，白云古井历春秋。
宿传其地脉气通，井井相连水互流。

正因为松石湖大、松石湖美、松石湖奇，明户部尚书陈所学和他的哥哥陈所前，在松石湖的东北角陈家大咀附近建有松石园，松石园因松石湖而得名，而松石湖又因松石园闻名。对此，我将在后面专列一章讲述。

松 石 恩 赐

每当我想到松石湖的时候，就会自然想起同在古云梦泽的洪湖，想起电影《洪湖赤卫队》，想起王玉珍演唱的《洪湖水，浪打浪》：

洪湖水呀！浪呀嘛浪打浪啊！

洪湖岸边是呀嘛是家乡啊！

清早船儿去呀去撒网，

晚上回来鱼满舱。

四处野鸭和菱藕，

秋收满畈稻谷香。

人人都说天堂美，

怎比我洪湖鱼米乡。

我在松石湖畔长大，强烈感受到松石湖同洪湖一样，都是大自然对人类的恩赐。自从东冈石湖地区有人类居住到当今，松石湖就像一位只知付出、不求回报的伟大母亲，养育着她的子女，奉献给她的子女，直到最后一口水、最后一滴血。因为有她的付出，我们才能如此自豪："人人都说天堂美，怎比我'湖区'鱼米乡。"

"秋收满畈稻谷香"，最重要的前提，是必须解决水的问题。东冈石湖地区特殊的地理气候条件，使得这一地区既容易受涝，又容易受旱。一方面，十年九淹。故乡有一首民谣，叫作"沙湖沔阳州，十年九不收；一旦有收成，狗子不吃粥"。说的是故乡是有名的"水袋子"，几乎年年闹水灾，农作物基本绝收。如果哪一年偶尔有了收成，一定是大丰收，粮食多到狗子都不愿吃。天门在古代曾隶属沔阳州，干驿又是天门最低的地方，水患更是不断。每当暴雨成灾，松石湖周边的百姓就会将水从垸子里、田畈里排入湖中，松石湖就成为蓄洪区。

另一方面，一年九旱。我的家乡，特别是东冈岭，如果十天半月不下雨，地里就干得冒青烟，出现"东冈晴烟"的景象。这样的干旱，一年都会发生几次。加之我的家乡又以种植水稻为主，田里须臾离不开水，否则同样会绝收。每当遇到干旱，松石湖周边的百姓就反过来，将松石湖的水引入垸子里、田畈里，灌溉农田，松石湖就成为取之不尽、用之不竭的水源地。

小时候，我见过抗旱排涝的场景。20 世纪 60 年代，以人力水车为主，也有规模比较大的牛车、风车,把水从低处提到高处,有时还需要梯级提水。我家门口的牛车墩、风车墩,就是过去安装牛车、风车的地方,现在成了地名。到了20世纪70年代,慢慢就以柴油动力抽水机为主,效率大大提高。而现在,全部用上了电动抽水机,科学技术就是生产力啊!每当抗旱排涝时,都是全湾动员,男女老少齐上阵,不分白天黑夜地干,与时间赛跑。因为乡亲们都懂得,延误一两个时辰,就可能导致颗粒无收的后果。

"清早船儿去撒网,晚上回来鱼满舱。四处野鸭和菱藕⋯⋯"也是对松石湖物产的真实写照。松石湖物产非常丰富,但凡江汉平原湖泊中有的,松石湖基本都有,因为这些湖泊都是相互连接的。也有乡亲说,松石湖是"人无我有,人有我多,人多我优,人优我特",虽说有点夸张,但也有一些事实依据。

在鱼类中,主要有鳙鱼、鲢鱼、鲤鱼、鲫鱼、鳊鱼、草鱼、青鱼、白鱼、乌鱼(财鱼)、鳜鱼、鲶鱼、嘎鱼(黄辣丁)、黄鳝、白鳝、泥鳅、甲鱼(脚鱼)、乌龟等,乡亲们口中最为名贵的,一是"脚鳝财"中的甲鱼、鳝鱼和乌鱼,一是"蒸鲶煮鳜"中的鲶鱼和鳜鱼。在虾类中,主要有青虾、草虾、白虾、小龙虾、黄金虾等,以小龙虾居多,一度达到泛滥的程度。在贝类中,主要有蚌、蚶、螺等,说来有点奢侈,过去老家的蚌不是给人吃的,而是给母猪催奶用的,现在很稀罕,人们想吃都吃不上了。每当春暖花开,嘎鱼撬排(扎堆)和鲫鱼靠边(产卵),就是捕捞的最好季节。嘎鱼和鲫鱼都是笨笨的,不用费多大功夫,就会抓到很多很多。

松石湖有满湖的莲藕、满湖的芡实、满湖的菱角,号称松石湖"三宝"。莲藕一年四季都可食用,春天吃藕带,夏天吃莲蓬,秋天吃莲子,冬天吃莲藕。莲藕煨排骨汤,可是我们家乡的一道名吃,是新姑爷上门才能吃到的。芡实也一样,芡实茎、芡实兜、芡实米都可食用,芡实米还是一味中药材,只是采摘非常困难,满身都是刺,稍不注意,就会被刺伤。菱角不大,四个角,嫩的时候脆甜,老的时候柔粉,很好吃,菱角茎也是可以做菜食用的。听老人们讲,三年自然灾害时期,正是松石湖这"三宝"帮助乡亲们度过了饥荒，东冈石湖地区很少有人饿死，这也是一个奇迹。平常日子，这"三宝"，乡亲们除自己食用外，还拿到街上换点油盐钱。

松石湖还有满湖的水草。水草的品种繁多，不知其标准名称，主要有灯笼泡、鸭舌头、牛尾巴、水毫(音)子、丝草等。水草的作用很大，它可以用来养猪养鸡，是夏秋季节的主要饲料。小时候，我就经常到湖里打猪草，把家里的猪养得又肥又壮，一年卖给国家一头大猪，没有添加剂，纯绿色的。水草也可以用来做肥料。"庄稼一枝花，全靠肥当家。"农闲季节，正是积肥的季节，乡亲们都驾着木船下湖打草。然后，将水草踩在水田里，成为有机肥料，不像现在完全依赖化肥，别说水草，就是农家肥也都不用了。

松石湖还是水路运输的枢纽。乡亲们大量的生活物资和生产物资等，是需要运出运进的。在我的记忆中，改革开放前，家乡的运输，少一点、轻一点的，靠肩挑背扛；多一点、重一点的，靠船只、走水路，松石湖是必经之地。从松石湖出发，南可到干驿，进入牛蹄支河，然后西可到岳家口、东可到脉旺咀进入汉江，也可从干驿继续南行到达沉湖；北可经中和场进入华严湖，然后往西经过天门县河进入天门城关，往东经过刁汉湖进入汉川城关，可以说四通八达。这几条水路我都走过，确实比较方便。当时茶圣陆羽选择结庐东冈，很重要的一点，就是看中了这里的交通条件。

唉！松石湖值得说的，实在是太多太多了。遗憾的是，这一切，都已成为记忆。

第二章　松石山人：明户部尚书陈所学

　　明世宗嘉靖三十八年(1559)十月十五日，陈所学出生于竟陵东冈岭陈家大咀(皇华院)。因陈家大咀位于松石湖畔，因而他辞官归里后自称松石居士，晚号松石山人。陈所学自幼聪慧，与胞兄所前、胞弟所谟皆读书于景陵县官城村干滩驿(干驿古地名)文昌旧社。

　　据明《万历十一年进士登科录》第十八页载："陈所学，贯湖广承天府沔阳州景陵县民籍，县学附学生，治书经，行八，年二十五……"从登科信息可知，他十余岁即由社学考入县学，考取秀才，成为附学生员。万历七年(1579)参加湖广乡试，中己卯科第60名举人。万历八年(1580)赴京参加礼部会试，名列庚辰科第106名贡士。本应参加殿试，但其父陈篆认为所学尚年幼，不宜过早进入官场，遂将其紧急召回，命与长子所前再度入学，诵读手课文艺。三年后，才许他进京参加殿试廷对。

　　万历十一年(1583)，陈所学登癸未科金榜二甲第十三名赐进士，初授刑部主事。万历十二年(1584)九月，母亲戴氏去世，按照朝廷规制丁亡母忧，回籍守孝三年(明制实为27个月)。守丧期满，重新起复，补工部虞衡清吏司主事。不久，朝廷派其担任云南乡试主考，他公正挑选了一批有真才实学的举人，被称赞"得人"。回朝复命后，他又被派遣到浙江武林(今杭州市)南关工部分司主持榷税。彼时，这本是宦官们搜刮钱财的地盘，因此阉党一伙对陈所学虎视眈眈，但他严谨地整饬关政，不染膏脂，以廉闻于朝野。万历十九年(1591)十月，父亲陈篆去世，他再度回家守制三年，返回京城后，仍补原职。其后，力升户部员外郎、户部山西清吏司郎中。

　　尔后，陈所学再次升职外放，于万历二十三年(1595)任正四品的南直隶徽州府知府。任职期间，政清刑简，注重培养人才，因而徽州府登第者不断。徽人将他列入名宦祠，在府城东南隅太子堂（今安徽歙县打箍井街一带），为其建造祭祀生祠"陈公祠"，彰显其贤德。万历二十六年（1598），陈所学被提升为山西提刑按察司提督学校副使。他注重人品，能识贤士，其培养选拔的人，都能为国家挑选重用。

万历二十九年（1601）二月，陈所学升任山西布政使司右参政，分巡冀北（今山西大同市一带）兵备道，兼理兵备。到任时，这里刚刚发生过严重的灾害，陈所学立即着手赈济灾民、恢复生产，筹边事，修城堡，兴屯储，足边食。时顺义王俺答汗的蒙古土默特部一直伺机进犯，并拥众叩关，陈所学亲临戒备。蒙古人见军容整肃、防范森严，于是重申昔日与朝廷订立的盟约后悻悻离去，史称"竟寻盟去"。他使番戍不以空名糜饷，武事不以宴安废弛，将辖区治理得井井有条。

万历三十三年（1605）十月，陈所学任期考满后，壬子日加升为山西承宣布政使司右布政使，寄衔，仍管冀北道事。同月庚午日调任福建右布政使，后因与朝廷派的税监直指（宦官）高寀论人不合，力乞归休，只获准回家养病。他在福建右布政使任期内向朝廷递交辞官奏疏《夙疾难痊不能赴任恳容休致调理疏》中写道："迨辛丑入云中（山西大同市），即值地方非常灾沴之变，寻逢虏酋拥众要挟之事，弹立拮据，无遑寝处。顿苦心神，怔忡为恙。目不交睫，率数十夜。有时眩晕扑地，有时颠倒迷方……"随着病假时间将到，朝廷于万历四十年（1612）七月下旨仍补为福建右布政使，陈所学再次向朝廷递交《旧疾痊可无期新任趋赴难前再恳休致疏》，后得到恩准。万历四十三年（1615）六月，升任浙江左布政使。

陈所学两居藩府，其清廉为官，名声卓著，于万历四十四年（1616）十二月，升任都察院右副都御史巡抚山西兼提督雁门等关军务。万历四十七年（1619）三月，上奏以疾乞归不免。九月，以南京户部右侍郎兼南京都察院右佥都御史衔领总督粮储。天启三年（1623）三月，升户部左侍郎，兢兢业业，始终如一；陪侍经筵，礼遇特隆，加工部正堂，转户部尚书。

天启四年（1624）六月，都察院左副都御史杨涟弹劾魏忠贤24项大罪，反被诬陷受贿，当时朝政被阉党把持，皇帝的真实意图不得而知。陈所学会同其他大臣极力营救杨涟，魏忠贤因此对他十分忌恨。有一次，皇帝要到国子监视察，官员们都到内殿演习礼仪，魏忠贤邀集京城里的大官们议事。谈到户部事务时，魏阉气势汹汹，连连呵责，所学据理力争，逐一辩解。魏阉的刁难没有得逞，气呼呼地离开。政治昏乱让所学预感到明朝已无力回天，多次上奏请辞。从朝廷下诏任命他为福建右布政使开始，每次调动、升迁，陈所学都上疏推辞，直至告老还乡，总共达 12 次之多。天启五年（1625）三月，陈所学享资政大夫爵位、命加户部尚书，后获准致仕，归隐松石园，时年 66 岁。

杨涟（1572—1625），字文孺，湖广应山（今湖北广水）人。万历三十五年（1607）进士，明末著名谏臣，"东林六君子"之一，累迁至都察院左副都御史。天启五年（1625），因弹劾魏忠贤，被诬陷受贿二万两，历经酷刑，惨死狱中。崇祯元年（1628），杨涟获平反，追赠太子太保、兵部尚书，谥号"忠烈"，有《杨忠烈公文集》传世。

陈所学居乡后，虽乡人莫得窥其面也，他为同里置堤圳，为族党置义田，为里甲请除加派，惠及乡里。行年八十二，感有微疾，预道卒期，遗命勿请祭葬。于思宗崇祯十四年（1641）辞世。子孙克遵其志，按公自筮仕至归老，宦情淡泊，清白无愧，将其安葬于松石湖滨之松石北园，在父陈篆、母戴太君墓侧。

陈所学与同邑进士周嘉谟，同为东林党系，同乡同党、志同道合，让他们的交谊深厚。说来非常奇妙，两人都是二十出头就高中进士，后来均官至正卿；两人也同样因得罪阉党魏忠贤而被削籍、致仕；回到故乡干驿，住宅也同在一个巷子，即"陶家巷"；周、陈两位尚书都得到 80 多岁的高寿，且都安息在松石湖畔。

陈所学与"公安三袁"更是情同兄弟。袁宏道在《叙陈正甫会心集》中赞叹所学的诗文："世人所难得者唯趣。夫趣，得之自然者深，得之学问者浅……孰谓有品如君、官如君、年之壮如君，而能知趣如此者哉!"袁宏道是一代文学大家，其言如斯，令人对所学的"知趣"之文向往之至（周少明《陈所学与公安三袁》）。

陈所学著有《检身录》《会心集》《鸿蒙馆集》《续鸿蒙馆集》《松石园诗集》等，其后代一直珍藏，秘不示人，又没能刊行于世。周树模于 1921 年在《鲁文恪公遗集序》中曾谈及陈所学的文存："闻（陈）司徒有遗集抄本藏族之长老家，珍秘不以示人，倘能如文恪后人表章先德，急谋梓行，以广其传，予虽老，犹乐从事校雠之役也。因序《鲁公集》，并以讯诸陈之宗人焉。"不幸一语成谶，1943 年正月初六，因陈所学的旁系后裔陈心源拒不担任伪职，松石园故址旁前后九进的陈氏故居被叛国投敌的原国民革命军第 128 师古鼎新部放火烧毁，所学的遗稿悉数被焚，实在是一大憾事。

说到 128 师，我们的上辈无人不知，"128"成为"土匪恶霸"的代名词，在干驿地区可以说臭名昭著。因为下文还要多次提到，所以在这里，我简要介绍 128 师发展的四个阶段，还原一个真实的 128 师。

一是川军邓锡侯部（1935.8—1937.7）。1935 年 8 月，第 45 军所属地 4 师改称第 128 师，下辖 2 旅 4 团。1937 年 7 月，番号裁撤。

二是湘西地方部队（1937.10—1938.7）。新编 34 师以湘西绿营为基干改编而成，曾参加护国、护法战争，后留驻地方，维护地方治安。1935 年，国民政府将 34 师改编为 2 旅 4 团的丙种师，以顾家齐为师长，全师调离湘西，开赴萧山驻防，下辖 382、384 两个旅。1937 年 10 月，34 师在浙江萧县改称为 128 师。同年 11 月，由宁波开赴嘉兴，隶属第 3 战区第 10 集团军，并参加淞沪会战。

1937 年 10 月，日本侵略军在杭州湾金山卫登陆，128 师奉命承担嘉善守备任务。自 11 月 9 日至 15 日血战 7 昼夜，死伤官兵 2800 余人，连长以上主官伤亡过半，各级指挥机构遭到严重破坏，已无继续战斗能力，后奉命撤退。

128 师的英勇战斗阻挡了日军进犯步伐，并在战斗中击伤日陆军少将于冢正三，为中国主力军队转移赢得时间，获得中国最高统帅部命令嘉奖。

次年 7 月，番号撤销。

三是陕西地方部队(1938.9—1943.2)。1938 年 9 月，新编第 35 师改称 128 师，开赴湖北，并于 1939 年、1940 年参加了随枣会战、枣宜会战。1943 年 2 月，该师在湖北咸宁遭到日伪军重兵包围，师长王劲哉被俘，番号取消。其所属部队祸害干驿老百姓的正是这个时期。

四是新疆地方部队(1943.10—1949.12)。1943 年 10 月，新疆陆军第 1 师在迪化改称 128 师。1949 年 9 月，该师在新疆起义，12 月改编为中国人民解放军第 9 军第 27 师一部。

第三章　松石名园：颐养天年的理想地

松石园，是明代户部尚书陈所学和其长兄陈所前的别墅，故址在松石湖东北角的七甲咀，现为干驿陈家大咀，陈氏后裔仍然生活在这里，2023年三四月间，我和友枝多次造访这个小湾子。

陈所前，字敬甫，号对廷。所前由贡生授官湖州府武康县（今浙江省德清县）儒学训导，他严格按照章程教导士子，学风为之一变。此后升迁为南国子监典簿，又担任兴化府（治所在今福建省莆田市）的州判，代理莆田县知县，深受当地百姓爱戴。不过，他生性淡泊，无意仕途，多次上书请辞。布政使、按察使在考核时写下"器识端凝，操术峻洁"的评语，认为所前性情沉稳，办事严谨，为官清正，操守廉洁，推荐将他升职任用，所前还是辞官归里。居乡期间，他闭门谢客，不关心置产积财这类事情，遇到贫困而需要帮助的人，总是推食解衣，毫不迟疑。

缘　由　格　局

陈所学担任户部尚书前后，明神宗朱翊钧荒于朝政，官僚中党派林立，相互倾轧，所学心灰意冷，辞去官职，回到祖居地。归里后在父母坟地旁建小屋陋舍，尽孝守墓。万历三十九年（1611）左右，在墓地之东，大兴土木，建造日后颐养天年的松石园，自号"松石居士"，作终老之计。

明代以前的中国历代文士，不论是在朝的，还是在野的，都寄奢望于炼丹术，企图超越短暂的生命，追慕仙人羽士，进而实现升仙、长生不老的梦想。宋代大文豪苏轼内心仍然存在着长生这个梦想。但到了明代，长生梦在文士的头脑中基本幻灭了。文士们努力争取在现实世界中活得自在诗意，如游仙般度过有限的人生，因而建造楼台宅院，常伴风花雪月，吟赏四时美景；或寻山水佳处，构建草庐水榭，听蝉声鸟语，看日出月落。这时候，茶是万万不可少的。茶，不再是长生不老的仙药、而是营建世上风雅生活的元素。我想这一切，正是陈所学修建松石园的全部缘由。

别墅建成后，陈所学于万历四十年作《松石园记》，详细介绍了松石园的修筑缘由和建筑格局：

余家世松石里。冈峦委迤，湖水渊泓，人以为占地脉。而七甲咀当绾毂处。至此，山若迫而迮，水若汇而凑，人又以为据松石之胜云。王父母故，葬西南隅。先君性笃孝，往时无不胆慕其间。遂以先慈祔，有若将依焉之意。而穴在右偏，形家言坏水不宜，不肖。兄弟凤兴夜寐，议更诸爽垲者，猝难得吉。故先君奄弃，权厝旧茔。而余兄敬甫胼胝重茧以图之，垂二十年而未遂。偶青鸟刘生至，指示七甲咀善，穆卜习吉，乃决策合窆焉。盖我二人离二十五载而合，始慰同穴之愿，又望王父母茔，尺有咫间，更惬岵屺之怀，遇綦奇矣。

余谢闽藩事归，手植松楸，心痛蓼莪，日怦怦营营于其地，初诛茅作丙舍，已乃谋为休老计。去垅之左百余武，构屋数楹，群子姓肆业其中，名之曰亲贤书院。入可数十步，有室轩敞，屹于垅之旁，名之曰永言斋。有洞深靓峙于斋之后，名之曰燕息窝。有室邃僻，列于窝之右，名之曰怡云草堂。又右数十步，有亭翼如，缥缈于灌木竹筱间，名之曰绥予亭。从绥予亭下十数级，为洞壑，可以藏舟。从洞上数级，为坊曰长林丰草，曰雨华深隐。堤其洼处，分种菡萏、茭蒲，可以茹采。从堤上数十级，为云桥，为净植亭，为宝树坊，为既右轩。登其处，玲珑翕张，可以揽四面烟霞云物之胜。而梵诵书声，渔歌樵唱，更令人耳目应接不暇。又从亭北辟一门而出，垒土为山，编槿为篱，砻石为几，原田每每可以寓目尽收焉。为台曰省获，亭曰乐只。凡自垅以左，及后观止矣。折而右，界以明堂。直前可千余尺，创为净，以奉如来大士，名之曰常乐庵。庵之内，禅室廊庑具备，延衲子数众，朝夕焚修习净，冀小资二人冥福。庵之外，列树数重，凿池，种红白莲花，仿佛西方境界。中为门，曰净土。从此深入，曰玄圃，圃广漠间旷。为堤，以四方绕之，所植皆翠柏青松；为沼，以三方环之，所种皆莲菇菱茨。中为岭曰百果，而内独侈于茶。吾乡方数百里，内外无播茶者。邑人陆鸿渐名为品茶，然以乏产故，竟隐茗雪山中。而余兄敬甫以官茗雪，取其种归而遍布之。吾邑乃今知种茶，亦是希有。当明堂之东渚，建一室，左方与庵对觌，面我二人邱垅在焉，名之曰回向。前辟一门曰道岸，后辟一门曰孔迹。

凡自垅以右，及前观止矣，而总命名曰松石园。松石志地，亦余所藉，以署其斋者也。盖余性素疏僻，耽静厌嚣。每浪迹所经，遇山川佳处，必盘礴箕踞，徘徊不能去。每萍踪所至，必茸幽斋，艺花竹自娱。而方典剧郡时，胸臆约结，采古之抗志沉冥者数十人，弁其集曰《会心》，以寄向往。第恒苦驰逐不休，今幸而此身为我有，又幸先垅都山水欣合之区。旁皆寝丘，原平易拓。田可耕，地可蔬，圃可茶，池可渔，林可樵。而余结庐以往，日偃息其中。孔迹二人，皈依至圣；“独寐寤歌，永矢弗过”。有时偕兄弟朋好，徜徉于花晨月夕、松风岚翠之余，焚香瀹茗，轻舠短屐，其为乐可胜计也耶？

客有游于园者，听然而笑曰，始者以子之筑为沉沉矣，而不闻惟心净土、心净土净、一切境界终不可取之旨乎。且夫蘧庐天地，幻妄山河；等身世于浮沤，纳须弥于芥子。岂其恋住蜗庐规规，净境而思议之，以此为乐，毋亦洿池培井之乐耳！子之于道也，其犹醯鸡欤？

余曰，不然。区区数亩之宫，以住此七尺躯者，是境也，万境之境一也。境日接于前，虚缘顺应，而我不与焉。尸居龙见，渊默雷声；宇泰天光，吉祥止止。是无所住而生其心也，所谓不为境转者也。余将以往，住觅无住，食苟简之田，立逍遥之墟，游于境之所不得遁而道存。而汝乌知之，然绌其解，而不能得其玄。姑以识之于园，作《松石园记》。

万历壬子八月望日，松石居士陈所学正甫识于永言斋。

这真是一篇美文，就像苏东坡前后《赤壁赋》一样。从《松石园记》可以看出，陈所学淡泊名利、崇尚自然，因此松石园依湖就势，简朴雅致，但规模甚大。园内有供同族子弟读书的"亲贤书院"，供亲朋好友聚会的"永言斋"，供独处小憩的"燕息窝"与"怡云草堂"，供亲水游玩的"绥予亭"，供观赏湖景的"云桥""净植亭"和"既右轩"，供参禅修静的"常乐庵"。通往种植莲(荷花)、芡(芡实，乡语"鸡头苞")、茭(茭白)、蒲(菖蒲)的池塘处，立有木坊一座，"长林丰草""雨华深隐"分书两侧。"田可耕，地可蔬，圃可茶，池可渔，林可樵。"可课读，可偃息，可会友，可礼佛，没有比这更好的归隐之地了。建造松石园，除了"睦宗族，训子孙，乐友朋"，更主要的原因是，所学的祖父母、父母都安葬在这里，因此借用《诗经·周颂·雍》的寓意来感念祖先的恩德，为后代祈求福祉。所学的这番用心，被好友李维桢在其《松石园记》里一一道破。

李维桢(1547—1626)，字本宁，号翼轩，别号大泌山人，湖广承天府京山人(祖籍天门皂市镇北)，隆庆二年(1568)进士，明朝末年大臣、历史学家。李维桢也写了一篇《松石园记》：

吾邑自鲁文恪公后，鲜篷羽鹓鹭者。嘉靖末，二三君子继起，历两朝，卿大夫接迹。其以清正著声，则御史大夫周明卿、左丞陈正甫为最。两公比邻，家距邑可六七十里。余尝过明卿园，多幽旷之致，卒未有记也。

时正甫奉晋督学，简书且启行，其园尚未有绪。垂二十年，而自七闽予告归，园始成。园之所有，有书院曰亲贤，有亭曰绥予、曰既右、曰净植，有庵曰极乐，有轩曰虚籁，有岭曰百果，有山房曰愚公，有斋曰永言，有窝曰燕息，有室曰回向，有圃曰蕙，有坞曰佳实，有林曰宝树，有坊曰长林丰草、曰雨华深隐，有台曰省获，有径曰竹，有桥曰云，有门曰净土、曰道岸、曰又玄，有草堂曰怡云。而概之以

173

松石。或取适于花草、禽鱼，或取胜于泉石、湖山，或取景于烟雨风月，或取事于耕钓樵牧。或以睦宗戚，或以训子孙，或以集朋友，或以叩禅宗。盖与诸为园者同，而其深旨殊不在是。

盖正甫尊人，葬其王父母于园西南隅，而正甫伯兄敬甫与诸弟旁，求善地，奉太公夫人以藏，距王父母墓百余步。所谓既右绥予永言者，三致意焉。维二人没，世不忍忘其亲。天实鉴之。而后，子事父母、妇事舅姑，地下犹地上也。维二人秉德累善，天实祚之以妥灵于兹。而后，兄弟承藉余庥，以斩刈蓬，翟为园处之也。气候清淑，湖山明秀，动植飞潜，可为耳目之娱。二人若或眺听冥娱也。垂纶于泽，撷蔬于园，登谷于田，一切日用之娱。二人若或率作兴事也。家之子姓，缨緌相属。伊吾相和，礼义相先。二人若或耳提面命也。洽比其邻婚姻，孔云亲疏远近，恩礼有差等。二人若或往来酬酢也。沙门、比丘诵经礼忏，六时不辍。轮回因果，薪尽火传。二人若或有妙喜、吉祥，生弥陀净域也。雨露既濡，则心怵惕；霜露既降，则心悽怆。一举足，一出言，如见二人之容声；伐一木，杀一兽，如见二人之所爱。岂必入宗庙，设裳衣，荐笾豆，骏奔走，以其恍惚，与神明交哉。

是园也。敬甫勤垣墉，正甫涂墍茨；敬甫勤朴斫，正甫涂丹膜。敬甫不自有，而与其弟；正甫不自有，而从其兄。与宗人、里人，无少长贵贱。藏修息，游型仁，讲让书，云惟孝，友于兄弟。是亦为政。扩而充之，以领天下国家，为世名臣，不亦宜乎。正甫有园记略言：邑人陆鸿渐以品茶名，去之茗雪，以隐。而茶非邑所产，惟井与泉犹存。先生官茗雪，携种布园中。属善造者造之，以补鸿渐之所未有。遂为八百年邑中盛事。要之物，不足重，而人足重。人重而物遂因人以重。余因是推原园所由创，其大归，与众人殊。盖未有有禅伦常风，教如是者也。昔鲁文恪已有园，载诸邑乘，为一邑名胜。故实自今正甫园以松石继起，当亦与文恪并传不朽矣。

李维桢和陈所学的《松石园记》交相辉映，实在是千古名篇！

陈所学和李维桢都在《松石园记》中写下一桩有趣的事情。说的是陆羽诞生于天门,以品茶鉴水而闻名,天门却并不出产茶叶,他只得隐居茶产地苕霅(今浙江省湖州市)山中,专心研究茶事、撰写《茶经》。因此,天门只剩下陆羽井和陆羽泉。陈所前在苕霅任职期间,从那里引来"顾渚紫笋茶"茶种,在松石园遍植成功,还延请茶师炒制茶叶,做到了陆羽未曾做到的事情,以至于天门到这个时候才知道种茶,"为八百年邑中盛事"和奇事,成为一时美谈。由此看来,最早在茶圣故里种茶的人,可能是陈所前、陈所学兄弟二人,而且茶树就种在松石园里。对于茶圣故里首次种茶的经过,陈钢校友和陈峰先生作过详细考证。

福建巡抚金学曾《题松石园诗》小记云:

> 松石园者,陈志寰公祖谢闽辖归,瞻松石阡而构以当岵屺者也。先是太翁卜阡松石逾二十载矣,公与长公敬甫为封翁卜阡而复得七甲咀,既襄兆构园亭于其左,一以娱先灵,一以志永慕,手为记,而属不佞咏之。

陈所学归隐后,在松石园先后接待过明朝状元韩进,礼部尚书李维桢,南京太常寺卿庞膺,福建巡抚金学曾,阁臣兼吏部尚书周嘉谟,明代戏曲作家、浙江承宣布政司左参政、提刑按察司按察使、右布政使薛近兖,光禄寺卿周延光,山西道监察御史江秉谦,浙江提刑按察司佥事、承宣布政司左参议王应乾等当朝名卿,说明当时的松石园是何等荣盛。这些鸿儒重臣经年在松石湖畔观湖品茗,指点江山,畅享诗歌田园,实属中国传统文化里庙堂——江湖朝发夕至、彼此辉映的现实写照,乃千古佳话!

诗 词 歌 赋

松石园曾经是与鲁铎的已有园媲美的竟陵故邑胜迹,加之陈所学兄弟交游广泛,一时间名士云集于此,许多诗文、佳话流传至今。见诸文献的,除了陈、李二公的《松石园记》，还有陈所学《松石园诗》(《天门进士诗文》录其五律、七律各四首)，康熙《景陵县志·卷之六》还载有竟陵派创始人之一、解元谭元春写下的《松石湖歌》等。

松 石 园 诗
陈所学

(五律四首)

鹏息非离海，龙潜且在渊。
赤松游有待，黄石略曾传。
镇日容萧散，浮云任变迁。
不知三径里，谁可共周旋。

日涉园多趣，青松白石同。
生成原帝力，位置待人工。
偃盖天陵上，支机月字中。
平泉与金谷，未敢拟豪雄。

信是经纶手，为园事事宜。
随身无长物，悦目有余姿。
石缀千钟乳，松流万岁脂。
于中饶服食，世味亦何其。

占梦松生腹，谈经石点头。
鸾栖征孝子，鹊印兆封侯。
云雾行看澈，风涛坐听留。
名园无不有，何必苦人求。

（七律四首）

湖山列绣郁蒸霞，苍翠葱茏水木华。

岂事扫除仲举室，争看征辟太丘家。

龙根橘叟分云液，雀舌茶颠摘露芽。

自是宰君能渡世，双林长转白牛车。

家将孝友齐张仲，国以安危仗令公。

草木知名惟闾外，烟霞抱癖恋林中。

幡经漏滴莲花水，坐钓舟移柳絮风。

一啸湖天孤月晓，杖藜矫首羡冥鸿。

溪名不似柳州愚，山色泽如辋水图。

丈室清凉开净社，丹房阒寂隐方壶。

庭栽异士三花树，涧采仙人九节蒲。

蜡屐绳床无长物，埙篪迭奏自于于。

仗钺每怀南国梦，移文肯负北山灵。

逃禅兀坐松堪友，款客微酣石可醒。

杂佩幽芳纫蕙茝，长镵闲适斸芝苓。

武溪遥隔沧浪外，一艇先将老钓汀。

谭元春（1586—1637），湖广景陵县人，字友夏，号鹄湾，明代文学家，天启七年（1627）丁卯科乡试第一，俗称"解元"，有《谭友夏合集》等传世。谭元春在《松石园歌》（有引）中写道：

吾乡少司农陈正甫先生，澄怀物表，洗气象先，人莫窥其际焉。一日，出松石园记令春咏之。春盘旋其间，不觉累日，深邃而方广，莹拂而幽寻，茗香岸洁，花艳湖明，春虽未至，亦旷然天真之想矣。其或感薪指之俄谢，悟来生之津梁，春固无繇得知，即以叩先生不应也。惟是松槚阴沉，牧樵蹰躅，此亦人生之常理。而先生哀乐过人，恭敬寄慨，以至于杖履从兄，教养子侄，敳厚退让，衣乃德言，则夫竹柏之怀，水木之好，乌足以窥先生之际乎，吾无以窥其际，吾姑且歌且歌。

> 里名松石无松石，初移松翠与石碧。
> 岂惟坚润莹心神，若因杯槃慰朝夕。
> 蜕丘藏瘗水云处，有岭蜿蜿入云去。
> 位置仍凭经济才，淳朴耻获清远誉。
> 恍然身世太古中，往来村墟如野翁。
> 情闲独上百果岭，岸近不畏偏舟风。
> 湖光开宇月开屏，荷香林香含笑归。
> 把锄当为墓草剪，倚杖还向池草依。
> 兄弟相将看平原，携种渚茶青满园。
> 风便已传伊吾起，雨过或闻禾稻翻。
> 西畴日在周遭绿，南华日在园中熟。
> 二楞几卷不自窥，斋明时与僧共读。
> 历历松子落僧前，台尚伊吕俱悠然。
> 虽耽林岭非耽隐，五朝圣主恩如天。

不少文人墨客，知名的或不知名的，游历松石园后，也写下了一些诗词歌赋。比如：

题松石园诗

薛近兖

> 名园选胜集群峰，千里烟峦指顾从。
> 取次亭池观窈窕，随宜竹树籁于喁。
> 南开精舍疑飞鹜，北锁佳城信伏龙。
> 岂必洛阳春色丽，绕庭莱彩祝华封。

作者：薛近兖(1569—1621)，字信余，号又损，南直隶常州府武进人。

题松石园诗

周延光

凤城佳胜足奇观，小筑楼台寄考槃。

云里看山秋色静，林间钓水涧声寒。

忽报杖履机无累，渐入烟霞境自宽。

北阙祗今勤梦弼，东山一枕未应安。

作者：周延光，浠川(今黄冈浠水县)人。

题松石园诗

韩敬

林间咫尺足烟峦，窹寐长吟乐考槃。

松石每多相赏意，禽鱼都作有情看。

携琴晓傍干霄树，抳酌春临急水滩。

莫向南天思旧隐，渭滨今始挂鱼竿。

名园行乐俨群真，簪绂虽华署道民。

报赠每题青玉案，招邀频岸白纶巾。

笋蔬菜熟厨堪饱，檐葡花繁圃不贫。

难弟与兄相守处，只如无着与天亲。

作者：韩敬，吴兴(今湖州市吴兴区)人。

题松石园诗

金学曾

松石园者，陈志寰公祖谢闽辖归，瞻松石阡而构以当岵屺者也。

179

先是太翁卜阡松石逾二十载矣，公与长公敬甫为封翁卜阡而复得七甲咀，既襄兆构园亭于其左，一以娱先灵，一以志永慕，手为记，而属不佞咏之。是时，公方辖吾浙，适补奏晋闽绩，当致七命并贲两阡，无何上命以中丞节镇太行羊阪间，世咸艳之。乃先生心未尝顷刻则离松石，身王阳而心王尊，彼其视松石若以为北岗，若以为东山。其园之松杉蒲荷，若以为瑞菌华茟，乔枝连理也者。来忠于孝，国家所为重公而急畀公以雄镇矣。

荆江汉水浮天碧，襟带竟陵环七泽。崇冈峻岭复阆阳，灵秀非常钟地脉。云根如绣松如鳞，高人于此卜栖真。胜公白石何曾异，陶氏牛眠合有神。白石牛眠世应罕，岵岠陟来肠几断。蓼莪读罢柏枝枯，马鬣寒云总未散。结宇翛然拟卧龙，书声时出修篁丛。阶罗琼玉诸昆盛，架迭缥缃二酉同。灌木婆娑出霞杪，孤亭兀立开烟岛。远眺却似佳宝坞，藏舟早悟南华老。饮虹蜿蜒泻湖隄，红莲白藕超淤泥。长林丰草映苍莽，森森宝树长菩提。梵贝渔樵歌递答，层台翠槛凡几匝。下瞰村墟种水田，省获岂因供伏腊。幽径萧疏路忽旋，精蓝宝座拥山巅。课持小品延开士，亲恩罔极同于天。亦知净土在人间，彼岸应须证大还。明湖日落曜金色，垂杨袅袅学梳鬟。一轩容膝当淇澳，虚籁徐徐起岩谷。环玉玄阙辟两门，怡云之堂据苍麓。飞桥笄势池面横，波纹如縠风自生。轻鯈呴沫衔文藻，琪化珍果互相呈。雨华深隐剪萝薜，蔷薇披蔓柴荆棘。峦房宛似愚谷移，清斋晤言永朝夕。朝夕惟耽燕息窝，观心摄静同维摩。蕙兰楚楚遍九畹，折为纫佩幽芳多。菱角鸡头满曲沼，凫雁鸥群杂苹蓼。佳茗祇闻顾渚栽，异物乃自元方表。采焙工夺陆鸿渐，月团香越天池僧。辟疆吴下夸名胜，司马文园闻茂陵。何如太邱之别业，春露秋霜感蒉英。山阴睹墅徒清谈，绿野平泉矜日涉。黄石公、赤松子，帝师仙骨君应是。为园如此志亦然，不向商山高绮里。

作者：金学曾，字子鲁，号省吾，浙江杭州府钱塘县人，进士，福建巡抚。

题松石园诗

江秉谦

吾师志寰翁去吾郡几二十年，中间讴吟祝颂之声，藉藉如一日。顷起浙左辖，距新安盈盈一水。余小子适休沐里门，想望颜色。未几，时吾师有大中丞之命，节钺三晋，急走。家弟谒武林署中，而手以一编寄，则平日所为松石园记也。吾师治园松石岗，朝夕眺望其间，盖先世之茔在焉。余小子受命而卒业，未始不忾焉。歉歔而叹，有味乎其言哉！昔人三釜兴嗟，以亲未逮一日禄养，此境逼情而内萦者也。至有少去其乡，经闾井辄悽然，指丘垅辄泗然，此情乘境而外笃者也。吾师盛年功名，囊犹得躬致鼎禄。而窀穸之事，又卜吉而为二尊人合防，似非徒托之风木者比。中外眷注日隆越重，则借而越晋重，则借而晋驰驱南北，勋庸燝烁，似亦不暇问闾井、丘垅，而终不能忘情于松石亭峙，欲广寄志于诗篇而歌咏之，何耶？盖吾师一腔孺慕，瞯然不受世点染，日怦怦营营，惟松石是瞻，则目前所见，何一而非松石也者。吴越山水环映，皆丘园景色也。桃李髦士盈阶，皆子弟乌衣也。即列幕府之柏，趋黄阁之槐，恫乎皆松楸，否则丰草长林也。锡类偏方隅，而未尝一息忘初志，殆所谓不以三公易者乎？诸帷下士群而赓赋其事，余小子敬书之，以弁首简。

绥予亭

竟陵松石岗，山水人所美。

乘兹妥先灵，婉娈陈时荐。

憬然四顾间，空庭偃如见。

耿耿罔极私，终古不遑宴。

合防涕犹新，攀挛寄余恋。

绥尔屺岵心，矢为邦家殿。

亲贤书院

何以致芬馨，群罗俊彦前。
锡类既不匮，经书汉余编。
手泽余雌黄，口泽余杯棬。
岂云古糟粕，尚发今丝弦。
君子听其微，众人谓不然。
眷此阳春晖，佑启后昆贤。

怡云草堂

纷纭万始涂，举目依亲舍。
而况接本支，钧楹与连榭。
振衣起崇朝，修策惊长夜。
凤鸣想遗音，食柏香其麝。
揽结望苍梧，宁为泰衡迓。
韡韡昭瓞林，白茅犹可藉。

净植亭

有何阿耨池，芳泽放四裔。
中挺青菡萏，积翠拥螺髻。
千仞一鸾翔，群卉如虹霁。
甘露施涓滴，清凉洎七世。
虚乘净业因，幻视西方谛。
所植在菩提，于中有深契。

永言斋

至人秉素心，度世谅高节。
匡济岂不怀，依慕心为惬。
永言惟孝思，冯轼临将别。

试听鸟啼声，尚顾羊肠辙。

朝辞天目云，夕揽姑射雪。

仪图麟阁间，松石盟弥切。

回向室

种茶思得荈，种莲思得菂。

未闻滋蕙兰，而不薰灵壁。

白业依净名，受祉如赴的。

忠本以孝移，思亦因禅寂。

纷华诸妄空，朝乾夕复惕。

特此回向心，君子所惠迪。

作者：江秉谦，字兆豫。明徽州府歙县人。进士，授鄞县知县，以廉能征为御史。天启元年首论君臣虚己奉公之道，力颂熊廷弼保守危疆之功。后以忤魏忠贤，谪官家居，忧愤而卒。崇祯初，追复原官。

松石园长歌

龙膺

我闻竟陵云物奇，湖山缭绕光陆离。

五华葱茏古风国，衣带西江清且漪。

雁桥杨柳织烟缕，鸿渐蔷薇烂霞绮。

只今蓄胜山水佳，孰与太丘松石里。

琪葩宝树相蔽亏，翠羽朱鳞亦奇诡。

剪棘诛茅云构骈，绾毂神皋七甲咀。

公家潜德一经传，万石门风有象贤。

岂以辋川夸别业，实睎京兆表新阡。

景纯致帝卜龙耳，士衡为母宅牛眠。

泗滨已见封三版，韦曲应瞻尺五天。

偃庐柴毁思不极，部署园林旁庐侧。
晨昏屺岵怀玉仪，伏腊烝尝献鼎食。
埙篪伯仲乐喁于，诗书子姓恣游息。
看山肠胃扫氛埃，听水胸襟洗荆棘。
月在澄湖云在山，山云如幕水如环。
半生官味淡如水，一片禅心云与间。
方笠蒲团自解脱，赤髭白足偕往还。
莲开元亮社频入，花散维摩室不关。
编柏为篱蕙为圃，怡云草堂玉环堵。
永言斋邃接愚房，极乐庵幽辟净土。
枇杷枣栗果绕堤，蘅芷芙蕖香满浦。
抱瓮汉阴灌丈人，鼓枻沧浪咏渔父。
故里犹称桑苎翁，茶颠高隐羡冥鸿。
伯官茗雪移栽遍，僧住天池采焙工。
摘将雀舌试谷雨，烹来鱼眼生松风。
客窗七椀霏玄屑，法座三车荐紫茸。
水目清华可人意，竟日醒然绝尘事。
不妨桃李竞妖妍，更爱松杉郁苍翠。
箨龙春雨长儿孙，芦雁秋旻集昆季。
初衣杂佩纫荃兰，小饮轻舠剥菱芰。
此中自合置精庐，何异祇陀长者居。
司马园中花竹野，昌黎亭外瓜芋区。
名因人重地属主，神与境怡天为徒。
传家自洒苏公笔，绝俗谁择米老图。
吾园亦足供游泳，萝溪柳浪相涵暎。
小阁坐了蠹鱼缘，长林动适麋鹿性。
未若公园名实符，石比介兮松比劲。
天下安危方赖公，仁倚调元握斗柄。
语公岩壑我为政，惟公许可敬俟命。

184

作者：龙膺(1560—1622)，湖广武陵(今属常德)人。龙德孚之子，初字君善，改字君御，号茅龙氏、朱陵，别号汶澧公、纶叟，合称纶澧先生。神宗万历八年(1580)进士，官至太常寺正卿。著有《九芝集》(其园林堂号"九芝堂")等。

松石园长歌

王应乾

我闻松石里，奇胜天下雄。

泽带三湘回蜿蜒，穴吞二酉藏鸿濛。

鸿濛高吟压下里，隆栋天柱生其中。

楚传此地钟灵异，一峰秀发千峰避。

但得居如卧龙岗，何须更卜牛眠地。

牛眠龙卧信有神，凤雏麟趾宜振振。

郓州文物擅佳丽，谁氏卜筑筑者陈。

家世五华凤国侧，堂开绿墅耀朱垠。

列祖流庆深七泽，倾狙大隐青松宅。

青松宅向西南隅，来归如望苏仙鹤。

象贤瓜瓞绍前徽，斐亹龙章贲丘壑。

祥符七甲郁高阡，平原贵买墓前田。

风木暗含岵屺慕，露草悽诵蓼莪篇。

岵屺蓼莪成往事，永言可寿青瑶镌。

霜碑雨碣耀金册，儿孙连帅九州伯。

出专闽海藩，归枕平泉石。

长望垅头云，不厌山中展。

翠烟碧黛当槛盈，次第诛茅三径辟。

轩楹肯构亦肯堂，左图右史解满床。

万壑飞泉抱花岛，遍堤宝树屯琼芳。

宝树园亭傍云起，露掌冯虚俯千里。

渔歌樵唱杂书声，原田一目多罩耜。

垅右庐开极乐庵，仿佛西方大欢喜。

采莲争拟散天花，隔岭探花雾幕遮。

坚节惟与竹为友，岁寒松柏盘龙蛇。

百果草木天地解，鸢鱼满眼皆生涯。

澄湖倒影山峦窄，山色满光映几席。

主人燕息观有无，紫茸雷鸣茶自适。

回首秋楸念首丘，寒隧阴阳悲血碧。

忆昔庭前手植槐，蓬丘瀛屿待今开。

盘谷辋川宁足数，四面天然上玉台。

玉台翻与银河接，泰阶两两明三台。

欲往从之共嘉赏，作赋登临亦快哉。

作者：王应乾，字洪台，直隶邳州睢宁县王集人。万历二十五年丁酉科举人（1597），万历二十九年第三甲二十五名进士（1601），万历三十五年（1607）堂邑县知县（聊城），万历三十七年（1609）撰修堂邑县志，万历四十三年（1615）升户部郎中浙江佥事本省参议（正五品），仕至大名道左参政（从三品）兼河南按察使司（正四品）。

松石园在清代中叶逐渐衰败，有的地方被改为农田，有的地方则建有住房，只有由私庙常乐庵改为公庙的七甲庵，一直保存到解放前后。松石园旁前后九进的深宅大院，被叛国投敌的古鼎新部于1943年2月10日（癸未年正月初六）放火烧毁。松石园现已成为历史遗迹，唯有李维桢的千古名篇《松石园记》被收录入由赵厚均、杨鉴生编注，上海同济大学出版社于2005年12月出版发行的《中国历代园林图文精选》（第三辑）湖北园林篇中供后人雅赏。当然，松石园种茶的历史，也成为当地人心中永远封存的记忆。

第四章　松石之心：天门最后优贡陈心源

陈心源先生生活的年代与当今时代相隔不远，又因为陈先生出生的陈家大咀，与史家岭相距不过三四里路，因而史家岭的长辈们谈起陈先生的生平事迹，都如数家珍。因此，从小到大，我听过很多关于陈先生的故事。在本篇写作过程中，陈先生的曾孙陈钢校友和乡友陈峰先生又为我提供了大量资料。

我称先生为松石之心，既指陈先生的学问渊博，更指陈先生的气节，如松柏一样挺直，如石头一样坚硬；陈先生的人品，如湖水一样清冽澄澈。陈先生为名门之后，与陈所学同宗，他忠实继承了陈所学傲岸独立、不畏强权、鄙薄官位、珍视名节的遗风。

陈心源（1881—1954），号济生，字宗舜，一号泽周，清光绪七年（1881）九月初十出生于天门干驿松石湖畔的陈家大咀。陈心源与明末户部尚书陈所学，清乾隆七年进士陈大经，中国当代著名作家、"七月派"代表诗人陈性忠等同宗。

陈先生兄弟三人，胞兄号佑生、心源号济生、胞弟号培生。相传1881年，松石湖畔并未淹大水，而在他出生的初秋时节，田垄和湖边白鹭出奇地多。他自小生有异质，舌能舐鼻，手臂修长，站立时双手下垂可至膝盖，他在《黄华馆诗集·焚巢》诗文中写道：

> 一目十行似应奉，舌能舐鼻位三公。
> 可惜年方八九岁，误得疟疾两耳聋。

结合相书释义，陈先生对自己的长相和前程给予充分肯定，对自己的未来也充满信心，可事与愿违，造化弄人。

陈先生的祖父陈恺授荫封诰赠奉政大夫、父陈丙南诰封奉政大夫，祖母王氏又曾氏、曾祖母鄢氏又杨氏、妻张氏均赐赠夫人。丙南公以儒学为业，曾设教于干驿莲池寺侧的陈氏宗祠内，陈先生五岁读书，过目成诵。八九岁时在家附近的寺庙内玩耍，不幸感染上疟疾，回家后发烧最终导致耳聋。他不良于听，但广学博识，才思敏捷。

陈先生是天门最后一位优贡，参加保和殿朝考的经过，特别具有史料价值。

1904年是史学界公认的清朝最后一次科举考试，1905年朝廷正式下旨停止科举，兴办新学。所谓的"科举"，实际上是"科目"和"举贡"的并称。明清时期的生员，除了对参加院、乡、会、殿的"科目"考试，也就是我们熟知的生员、举人、进士考试趋之若鹜外，还可以参加"举贡"，即岁贡、恩贡、拔贡、优贡和副贡，"举贡"是"科目"的补充，二者均为国家选拔人才之正途。

废除科举考试后，此前已经考取举人、贡生、生员等士子的出路就成了问题。为了防止造成大的社会震荡，清廷决定，分别组织优拔贡考试和优拔贡朝考。宣统元年(1909)，为庆祝宣统即位，清廷特举办了己酉科优拔贡考试和优拔贡朝考。这次考试受到社会的空前关注，士子们的参与热情远高于之前的丙午(1906)考优。由于坊间盛传这次考试是"最后一科"，考取后可能是"考授职官"的"末路之希望"，加上是拔优职连考，所以各属士子踊跃参加。据当时媒体报道，湖北有近万人参考，其规模远超科举未废前的同样考试规模。更有甚者，湖北考生中还出现师生同考、"座号相邻"的场景，这种盛况在当时引起轰动。

清代举贡中，以拔贡和优贡为最。拔贡每十二年考选一次，而优贡则每三年由各省学政于府、州、县在学生员中选优，由督抚进行会考核定数名，贡入京师国子监。贡生经过朝考合格，可以充任京官、知县或教职。陈先生是由优廪生考取优贡的。他依次参加了县学光绪二十三年(1897)丁酉科童试而成为邑庠生(秀才)，后在岁试和科试中又取得优异成绩，被升为光绪二十九年(1903)癸卯科廪生，并作为优贡直接进入当时的最高学府——国子监。

陈先生《师友吟五十韵》云：

> 五岁受庭训，句读最分明。……十四初作赋，两都欲争衡。……十六游泮水，庞(鸿文，湖北提学使)公先记名。二十入学校，刘公(秉彝，天门知县)增我荣。程公(劭春，天门举人)预作贺，贺我宴鹿鸣。秋闱发榜日，堂备阻前程。房师江公[绍宗，安徽旌德县举人，湖北试用知县，癸卯(1903)科举房考官，余蒙荐当堂备，未中]是，额满难变更。癸卯食廪饩，胡公(鼎彝，湖北提学使)推至诚，誉红错落甚，换卷许再呈。己酉(1909)举优贡，高公(凌霨，湖北提学使)持衡平。选拔犯御讳，最后竟登瀛。

从陈先生的叙述中可以得知，他开始参加的是宣统己酉年拔贡考试，由于在考试中犯御讳"仪"(溥仪)而落选。陈先生后来在他的文集中记述："余是科拔贡卷，犯御讳'仪'字。"湖北提学使高凌霨想录取他，但湖广总督陈夔龙不同意。陈夔龙的解释是，如果他不姓陈，自己是同意录取的。陈夔龙担心自己给人以嫌疑，他要陈先生参加后面的优贡考试。不久，陈先生参加了宣统己酉科湖北优贡考，获得了第三名的好成绩。

作为天门才俊，1910年5月，他离开故乡，赴京参加礼部会考。陈先生走水路到达汉口后，再坐火车走京汉铁路到了繁华的皇城。在火车抵达郑州过黄河铁路桥时他写道：

> 烟云转眼过郑州，夹道红旗认酒楼。
> 溱洧遗风犹未歇，弹筝蹑屣竞春游。
>
> 壮游快意惟燕赵，志士填胸有甲兵。

料得微官能入手，骞腾更欲请长缨。

这些诗，透露出陈先生的心态。他年轻才高，对未来充满期望，对即将参与的会朝试有志在必得之意。到达北京后，陈先生到礼部投递了文书，相当于现在的报到。六月初他先参加了礼部的会考。通过礼部的初试后，还要等待月底参加保和殿的复试，有些没有通过礼部会试的考生就回家了。

保和殿复试相当于殿试，由皇帝亲自主考，但当时宣统皇帝年龄太小，由摄政王爱新觉罗·载沣主持复试。考试结果很快就出来了，陈先生名列保和殿朝考一等。八月十七日，他和同科一等仕子们在养心殿朝觐了宣统皇帝。对保和殿殿试，陈先生这样写道：

随上保和殿，陆公定品评。
拔我冠多士，礼部逐队行。
摄政王引见，一顾重连城。

陆润庠、徐世昌、李殿林等均为这次殿试的阅卷大臣，陈先生在参加殿试的湖北籍考生中排名第一。他的优贡考和礼部会考以及保和殿朝考成绩都非常优秀，最终亲眼见证了朝考的盛况，享受到了清朝最后的御赐"琼林宴"（元、明、清称恩荣宴。在故宫三大殿中的保和殿举行）。

陈先生殿试归旅，一路感慨万千，特赋诗三首，抒发自己的情怀：

保和殿上感叹
宫草菲菲欲蔽墙，宫中景色太凄凉。
铜驼祇恐埋荆棘，索靖何人也断肠。

殿试归旅邸述怀
殿试归来目光寒，新秋便讶客衣单。
皇恩可许留京邑，臣道尤宜正羽翰。

昔日披蓑偕野老，今朝射策觅微官。

平生壮志非温饱，稷契经纶静里看。

皇　城

皇居壮丽见天威，殿阁峥嵘接翠微。

四扇门开争入贡，三垣诏下尽知归。

北辰所在群星共，南面而朝后至稀。

通籍于今心已遂，朝朝侍女护裳衣。

　　陈先生以殿试一等第十一名的科名，被钦点七品小京官，任礼部铸印司主事。辛亥革命后，他回乡任天门官立中路高等小学堂教员。1912 年，沈肇年、胡子明先生在天门家乡创办天门县初级中学（天门中学前身），陈先生于民国十二至十五年（1923—1926）接受邀请，任天门县立初级中学国文改课教员。天门县立初级中学停办后，陈先生回干驿设馆教书，学生按文化程度分组授课，以讲解《幼学琼林》《四书五经》为主，选授《古文观止》《唐诗三百首》《了凡纲鉴》等书。他还先后担任江西、湖北督府秘书。

　　天门最后一位翰林周杰于 1928 年秋在竟陵病逝，陈先生在《哭周翰林杰》诗文中述：

　　　　……

　　　　忆昔燕京聚首时，谆谆诲我俨人师。

　　　　壮游几欲穷清水，归阙争看缄素丝。

　　　　……

　　　　与公同调最相亲，一样清高未失身。

　　　　……

　　文中陈先生讲述了与周杰在北京同朝为官时，两人朝夕相处的生活点滴，以及相伴同游东三省的往事。文中特别小注了"源与公皆未入民国官界"，充分体现了王朝更迭时中国古代文人的风骨，不随波逐流，守正不阿，气节凛然。

1931 年"九・一八"事变后，陈先生从报上看到民国海军上将、海军第三舰队(原东北海军)司令兼青岛特别市市长沈鸿烈"反对日军入侵"，才应沈邀请出任东北海军总司令部公署秘书(沈鸿烈幕僚)，并先后任刘公岛海军军官学校、崂山海军军官班(青岛海军学校)教官。

1938 年 1 月 10 日，青岛沦陷前，陈先生随沈鸿烈伺机撤离青岛。1938 年 1 月 24 日，沈鸿烈赴当时的山东省政府机关所在地曹县就职山东省政府主席。2 月 11 日，国民党中央又任命沈鸿烈为山东省保安司令，游击于山东境内。陈先生因有耳聋，在外非常不便，于当年 4 月借道上海乘客轮至香港、走广州由粤汉铁路返乡归隐故里。回乡后，他在干驿附近以教书为业。如今访遍乡里，陈先生在上了年纪的乡民心中，是尽人皆知的人物，桃李满天下。

1939 年年底至 1940 年年初，天门东乡沉湖周边区域，均被从武汉会战的外围战退下来的 128 师的古鼎新旅控制，古鼎新悍匪出生，其旅部驻扎在汉川县田二河镇，在天门干驿及沉湖周边均有其驻军，他们为扩充兵源乱拉壮丁，征收名目繁多的税费，辖区百姓惨遭蹂躏，称古乃人神共愤之辈。古在治理襄北期间，该地区曾患"五年四水"，粮食基本绝收，百姓生存无以为继，纷纷选择外出逃生，出现了十室九空的凄凉景象。

东乡名士陈心源、刘延昌眼见家乡惨遭古匪蹂躏，民不聊生，痛心不已。陈先生愤然作"天见古(鼎新)，日月不明；地见古，绿苗不生；人见古，胆战心惊；牲畜见古，有死无生"的民谣，传唱坊间；刘延昌拆解"鼎新"二字，作对联一副："一目高悬，全然不顾两片；双亲不见，割下只有一斤"，由两人同具名，并委托时任汉川县长王季常(王季常，曾是王劲哉在西北军时的上级，1940 年投奔王劲哉，被王劲哉委任为汉川县长，与古旅同驻汉川县田二河镇，时田二河镇为汉川县政府驻地)，向师长王劲哉控诉古旅的罪行，万望师长开恩，拯救襄北人民于水深火热之中。

古鼎新获知此事，很是恼怒，欲杀陈先生而后快，但忌惮于陈先生曾为东北海军总司令部幕僚，在天汉湖区的名望非常之高，尤其是陈先生与沈鸿烈、张楚材(海军少将,曾任东北海军督练处处长、海军第三舰队教导总队总队长等职)等一众军政大员的密切关系,遂息杀念,转而欲召于麾下。

其时,古鼎新在襄北处境可以说是内忧外患,十分艰难。一方面,古把天汉地方搞得民怨沸腾,老百姓切齿恨古而欲其死;另一方面襄南的王劲哉对古斥责不断,并有所警觉。古焦头烂额,很想找一个在当地有影响力的人给他平息百姓的怒火,抚慰人心。古曾多次到干驿陈家大咀登门拜访陈先生,请陈出任该旅司令部上校秘书长一职,为他出谋划策,排忧解难,缓解极为困难的局面,每次都被有文人风骨的陈先生婉拒,古莫之奈何。

古鼎新念念不忘天门东乡名士陈先生。早前,古曾"三顾茅庐",请陈出山襄助未果。叛国投日后,古众叛亲离,孤立无援,深感只有像陈先生这样"性刚直,能知人,能料事,所言必中,有先见之明"的大才辅佐自己,才能成事。于是,古鼎新决心孤注一掷,以非常手段,逼陈就范。古在部队开拔前,派人将陈先生召至田二河司令部,复邀陈出任该旅秘书长职,同时命士兵在干驿放火,将陈家及陈家大咀村烧毁殆尽。陈先生虽家财尽失,仍予拒绝。

1943 年 9 月,已逾花甲之年的陈先生在其《黄华馆诗集·自序》中对此事有较详细的记叙:

> 今正月六日,焚火突起,财产悉空,而丙午(1906)未焚尽之古书,与远游时所购得之古书,无一存者。即先祖所学公《鸿濛馆集》、余所著各种书籍,皆化为灰烬矣,惜哉!

陈先生的一生,富有爱国热忱,思想倾向进步,所作《陈涉发难论》《四军铭》以鼓吹革命而广为传诵。在他的《黄华馆诗集》中,多见忧愤之作与慷慨之气。其中,《叹长江航路》这首诗写道:

主权内河原有存，航路难容猛虎吞。

列国从来封黑海，吾华竟欲启重门。

长江外舰如梭织，沿岸惊涛似雷奔。

我欢天公生卫霍，大张挞伐整乾坤。

陈先生秉性憨厚刚直，一生命运坎坷，却饱含悲世情怀。他将自己的所见所感化为文字（"余秉性戆直，老丁丧难，目所睹而心所伤者，一以风人忠厚之旨出之，其言哀而思，其意深而长，其于地方人民痛苦，尤为关切"），以期倡导良善。民国文学家朱大可在《嘤鸣诗话》中评价道："济生历佐戎行，于役万里，其身世颇似唐宋诗人。"

心源著述丰赡，有《耕余录》四卷、《辍耕录》一卷、《勉学庸言》一卷、《治道简编》十二卷、《春秋左氏通释》六卷、《读史法》一卷、《史汉偶评》一卷、《历史杂说》四卷、《历代革命之年数》一卷、《课士草》十卷、《科名草》一卷等，另有文集、诗集若干卷，都被付之一炬，仅有少量残篇散存于门生之中。陈先生于当年九月在《黄华馆诗集·自序》中记叙道：

> 辛巳（1941）教授，将原有诗集汰去大半，付学生钞之。今正月六日，焚火突起，财产悉空，而丙午（1906，其家中曾遭遇大火）未焚尽之古书，与远游时所购得之古画，无一存者。即先祖所学公《鸿蒙馆集》、余所著各种书籍，皆化为灰烬矣，惜哉！余一切文字，散在人间者极多，无暇搜集，惟诗之选本，及门（弟子）尚有钞者。爰排比先后，复自手钞，合以今后之诗，仍旧曰《黄华馆诗集》，将付石印，以示儿孙……

在《黄华馆诗集·自序》中，陈先生记述"余之诗集以所居皇华院名。又以生于辛巳九月十日，十日为'小重阳'，九月菊有黄华（华，即花），故改'皇华'为'黄华'，以纪地名、纪生辰也。"这便是"黄华馆"的来历。

陈先生还写了大量小品文，闲适幽默，富于哲理，如《瞌睡文》：

嗟乎，瞌睡！胡为乎不请而至，不约而来。其来也无声，其至也无形。人之耳虽聪，尔能使之无闻；人之目虽明，尔能使之无见。无论贵贱，无论贫富，谁能免尔之瞢昧乎？

最可怜者，悬梁者何辜？尔之罪也；刺股者何咎？尔之累也。且孔子为尔而曲肱，宰予为尔而画寝，晋侯为尔而梦熊黑，庄周为尔而梦蝴蝶。虫耶，疾耶，何害如此及极耶？

虽曰，色能迷人，尔之迷人更深；酒能困人，尔之困人无穷。我本端人正士，尔使我偏东偏西；我本英雄豪杰，尔使我如醉如泥。

即如进修男子，灯火难至五更。勤织妇人，织麻难织于一夜。

荒吾学业者，尔也；堕吾心志者，尔也。吾将奈尔何哉？

吾为尔计，世不乏好赌之人，尔其随之；世不少自安之辈，尔其随之。不然，吾将驱尔于江，驱尔于海，随东逝而扬波，去不复来！

陈先生于 1954 年辞世，享年 73 岁。同年，乡友沈肇年先生出任湖北省政府文史研究馆首任馆长后，因慕其才，特委托该馆于次年向陈先生发来聘函，拟聘请其为该馆馆员，而不知其已作古。

关于陈氏一门，在这里，我还想讲一讲陈大经，因为陈大经也是一个重量级的人物，只是因为手头资料太少，未能单列一章讲述。

陈大经，字和衷，号直台，自幼颖悟好学。大经是家中独子，他的父亲担心过分用功会伤害身体，吩咐家人晚上不许给他灯油，大经就常常借着香火的微弱光亮默默记诵。清雍正十三年（1735），大经乡试中举，乾隆七年（1742）考中进士。在担任江西分宜（今江西省新余市分宜县）知县期间，大经纠正浮薄的社会风气，释放受冤坐牢的百姓，深得民心。

大经是一位"神探"。有位乡民被强盗杀害，尸体遗弃路旁，有人就借机嫁祸死者的女婿，大经仔细审核证词，观察原告、被告的神色，当场释放疑犯，后来果然抓获了真凶。又有一强盗诬陷他的仇家，大经授意一位小吏打扮一番，让强盗的同伙说出小吏的身份，同伙胡扯一通而露馅，被诬陷的人洗清了罪名，县里的人都惊异不已，把大经当作神人。大经的上司曾经亲自调查四起案件，判决书都已拟好，大经经过推理、核查，认为证据不足，说服上司释放了冤民。大经后来转任浮梁(今属江西省景德镇市)知县，他着力推行保甲制度，社会治安彻底好转，之后升任南康府同知(知府的佐官，府治在今江西省庐山市)。

大经文采出众，慧眼识人。在他曾经做官的江西，有一段佳话流传至今。乾隆十八年(1753)，大经担任癸酉科江西乡试的同考官(又称"房考官")，住在试院期间，梦见一位天神授给他"三元"，醒来后很是纳闷。等到揭榜，由他分阅、推荐的试卷中，三位姓名中带"元"的士子胡翘元、戴第元、彭元瑞同时中举，恰好应验了梦境。日后这三位弟子都高中进士，官声斐然。

第五章　松石斗士："七月派"诗人陈性忠

陈性忠笔名冀汸，祖籍天门干驿，生于印度尼西亚爪哇岛，中国当代著名作家，"七月派"代表诗人。1926 年回国接受教育。1935 年在武汉参加"一二·九"运动，同时开始发表诗歌。1941 年与邹荻帆、姚奔等在重庆编辑《诗垦地》。1945 年参加文协。1947 年毕业于复旦大学历史系。当过小学、中学教员。1950 年 10 月后，任文艺编辑和行政工作。1954 年加入中国作协，1955 年后因"胡风案件"多年蒙冤。1981 年平反，重新回到文艺岗位。曾任中国作协第四届理事、第五届名誉委员，中国作协浙江分会副主席、浙江省作家协会顾问等。

主要成就：著有叙事长诗《喜日》和诗集《跃动的夜》《灌木年轮》等八种；长篇小说《走夜路的人们》《故园风雨》等三部；散文《望山居偶语》《无题之什》等。中篇小说《法林外史》获中国作协 1980—1981 年优秀文学奖，诗歌《北京二题》获浙江省 1982 年优秀作品奖，诗集《灌木年轮》获浙江省 1993—1996 年优秀文学作品奖。

我对文学知之甚少，特别是现代诗，大半辈子就没读过几首，几乎是一片空白。对于"七月派"，只闻其名，不明其详。在展开写作这本书之前，我把自己的思路写成一个导语，其中列举了十多位我要重点讲述的干驿名人，发给乡友陈峰先生，想听听他的意见。陈峰先生回复说，漏掉了几位名人，其中就有陈性忠先生。陈峰先生还给我发来陈性忠先生的诗和介绍文章，读后感到极为震撼。后来，我又找来陈性忠先生的回忆录《血色流年》，对陈性忠先生有了一些初步了解。

《血色流年》讲到陈性忠先生的祖母是史家岭人：

父亲回国后办的头一桩大事就是大宴宾客。雇了附近颇有名气的厨师掌勺，不仅宴请莲池寺村的全体族人，还陆续宴请了桥头村有名望的长辈、西湾村的与我家血缘关系较近(五服之内)的老少爷们，祖母娘家史家岭的亲戚们。

如此说来，陈性忠先生还是我们史家岭的外孙。对此，我感到特别亲切。2021年我回老家，问过一些老人，因为年代太久，都不清楚还有这样一门亲戚。

我把陈性忠先生冠之以"松石斗士"，是有特定含义的。陈性忠先生同为干驿"周、陈、鲁、魏"之陈氏一门，祖籍是松石湖畔的扭头西湾，与陈所学、陈大经、陈心源等一脉相承，这就是"松石"之谓。"七月派"陈性忠先生及其诗，都极富战斗性，所以我称陈性忠先生为斗士。2013年12月22日，新华网记者冯源发表了《"七月派"诗人冀汸辞世：战士不死只是离去》的通讯，就很好地诠释了这种战斗性：

冀汸这个名字或许让不少人感到陌生，但是这位诗人以96岁的高龄辞世，却意味着中国现代诗歌史上重要的一支流派——"七月派"正渐行渐远。

12月17日晚，冀汸在杭州的浙江医院去世，根据他丧事从简的遗愿，亲属和生前友好21日在杭州殡仪馆举行了简单的送别仪式。

1935年12月，冀汸在武汉发表了首部诗作《昨夜的长街》，题材是当时的"一二·九"抗日救亡运动。

初试啼声的冀汸当时还是一名中学生。70多年后回顾自己的创作生涯，老人依然认为，"一二·九"运动的斗志精神一直激励着自己创作。"战士和诗人是一个人的两个化身，只有无条件地作为人生的战士，才能成为艺术中有条件的诗人。人生的战士是正直的人、勇敢的人、说真话的人。"

"诗人必须是战士，这是冀老一生的信仰。"《冀汸文集》主编、女诗人楼奕林回忆说，直到20世纪80年代初，冀汸正直敢言的性格始终未改。有一年，浙江省作协在莫干山开会，冀汸在上山途中听说有一位"他不喜欢"的作家也应邀参加，立即折返，原因是那位作家抗战时在后方写的都是"鸳鸯蝴蝶"之类的文章。

"七月派"是抗日战争时期和解放战争时期在国统区的一支重要的现实主义诗歌流派，得名于著名文艺理论家、诗人胡风主编的《七月》杂志，而冀汸的成名作、长诗《跃动的夜》就是在《七月》上发表的。

60岁后，冀汸迎来第二个创作高峰期，并参加了浙江省作协《江南》杂志的草创工作，为浙江文坛培养了一批青年作者。楼奕林告诉记者，诗人的记忆力是惊人的，创作力也是惊人的，80岁他开始学习用电脑写作，写下了30万字的回忆录《血色流年》。多年住院，他的病房里桌上都放着电脑，随时可以写作。

"冀汸始终认为，诗歌应该是战斗的，应该是为人生的，而不是用来把玩的，不管是歌颂还是批评，诗歌都应该反映现实，而不是无病呻吟。"原浙江省作协主席、诗人黄亚洲说，每次与这位诗坛前辈交流，对方都会强调战斗精神。"他为真理斗争了一辈子，即使身处逆境，也没有放弃创作、放弃斗争。他又是个充满忧患意识的人，很赞成改革开放，希望路子能走得更快些。"

"这几年每次去看冀老，他都问我浙江诗歌创作形势怎么样。我就告诉他，我们又出了一批青年作者，他听了很高兴，说年轻人的诗写得比我好。"黄亚洲回忆说，2004年，他向冀汸送上自己的诗集《磕磕绊绊经纬线》，老人嘱他再拿一本来，要寄给另一位"七月派"诗人绿原。"我感到尽管过去了半个世纪，历尽坎坷的老诗人们还在情真意切地关注着中国的新诗。"

今年9月29日，另一位"七月派"著名诗人牛汉逝世。楼奕林说，虽然没法准确统计，但是"七月派"诗人在冀汸身后还健在的，至少可以说是寥寥无几。"他是无神论者，把生死看得很透彻，还说过这样的话：要在自己的墓碑上刻上'科学社会主义者冀汸'。"

　　而黄亚洲至今还记得十年前"冀汸的笑声"。当时，冀汸已经86岁，在浙江医院安装心脏起搏器，还要引流颅内积水。手术成功后，老人盖着白色被单，躺在推车上，被推出手术室的大门，对着天花板纵声大笑："哈哈哈，我又回来了！"

　　当然，我们要深入了解陈性忠先生的战斗性，还是应当走进他的诗，这是不二法门。相比之下，再多的介绍都是苍白的。下面，就是陈性忠先生的成名作《跃动的夜》。

一

解除警报响了——
我用轻捷的步伐
跃出了防空壕，
向自由的大气
舒畅地呼吸。

"再会！
一同蜷伏过两小时的难友们；
再会！
防空壕
——我们的保姆。"

夜网已经罩下，
宽畅的街道，
狭小的巷衢，
高的楼厦，
矮的茅檐，

远远近近
充满了电力的光辉。

人们从暗洞里爬出来，
拍去身上的尘土，
迈开壮健的步子，
用愉快的眼睛
迎着光辉。

店铺打开了门，
露出玻璃橱，
陈列起货品，
挂上金字招牌，
迎着光辉。

人力车夫
点燃了油灯，
牵起两片轮子，
向闹处
向江岸码头
迎着光辉

一切都是原有的完好呵！
挂在那里，
贴在那里；
一切都是依照自己的意志呵！
行走在那里，
停留在那里；

一切都无恙呵！
生长在那里，
建筑在那里。

二

江水用狂歌
迎着光辉。

趸船
像是光辉的结穴处；
轮船破浪向它驶来，
无数的工人
狂欢着向它跑去。
看他们呀　看他们，
晃动的头，
跃跳的腿，
挥舞的胳膊，
在电灯下
闪耀着古铜色的光芒。

"船靠了呀！
　船靠了呀！"
洪亮的
是他们的声响。
当船头被铁索锁定，
火舱里停止了机轮，
我看清了
船里满载着

蓬蓬勃勃的生命。

三

向生命的力哟，
我敬礼！

从甲板上，
跳下一个又一个……
滚一身行囊，
提一支枪，
活跃的身子，
活跃的脸色，
活跃的复仇的心。

从凫船上，
成群地向岸上飞奔，
抬着辎重，
抬着曲射炮和机关枪；
活跃的身子，
活跃的脸色，
活跃的复仇的心。

他们的灰色军服，
闪着光辉；
他们的钢枪，
闪着光辉；
他们笑了，
笑了，向他们自己，

向我们——所有的兄弟。

他们笑着，
打我的面前经过，
从他们的身上，
我嗅到了我所爱的泥土的气息；
从他们的脸上，
我看到了工作艰苦的农夫的皱纹；
但光辉照耀了他们，
愉快笼罩了他们，
他们笑了。

向宽畅的马路拥挤，
他们不需要休息。
当号手吹起了集合，
他们又拥挤着
朝一个方向排列。
在一声口令下，
他们转向了，
朝遥远处
歌唱而前进！

遥远处
将有火的跳跃
血的奔流。

四

向生命的力哟，

我敬礼！

在起重机下，
那长方形的坚实的木箱
以沉重的姿态
卸落在趸船的甲板上；
壮健的工人
又热情地
把他们抱起。

孩子们指手划脚地：
"这是子弹，子弹！"
是的，每一颗
将要从战士的手里
被塞进枪膛
经来复线嘶叫而去，
向仇敌
讨还血债。

"杭唷，杭唷……
碰了嘿，空手！
滑的呀，踩紧。"
一箱，一箱，
踞在工人的肩上，
浴着歌声
渐渐向岸上浮起。

从那木箱的正面，

我看清了兵工厂的名字
　　和出品的年月，
从那木箱的两侧，
我看清了子弹的发数
　　和限用于何种武器的警语。

"杭唷，杭唷……
　　高坡呀，上进，
　　脚哩，低地……"
歌声，
把木箱
向岸上浮起，再浮起。

岸上，
　　修长的马路的尽处
驶来了一列汽车，
那放射的电炬，
那和谐的喇叭，
那暴跳的马达，
像急风
向这里扑扫而来，
到了这里，
都悠然地停止。

"车来了呀！
车来了呀！"
跃动的工人们
用律动的力，

用蜂拥的姿态，
带着莫名的欢欣
抱起木箱
扑向汽车的怀抱！

不可遏制的
力的倾流，
每一辆庞大的汽车
被注满了
沉重的木箱。
马达
开始暴跳，
——生活的歌唱
　　胜利的鼓舞
迎着光辉
驶向了遥远。

遥远处
将有火的跳跃
血的奔流。

五

对着永恒奔流
大江，
我歌唱。

歌唱呵，歌唱呵，
向隔江的山丛，

向十一月的寒空，
向一次也不回顾的流水，
向明天的太阳。

歌唱呵歌唱……
我怀抱着我的壮歌，
走上了我自己的路。
——这路
　　将载我回到温暖的巢穴。

六

大地是如此的辽阔呀！
种着高粱的田野
种着玉蜀黍的田野
割了稻子待耕的田野，
松树的森林
柏树的森林
杉木与桦条的森林
它们嵌着这条平坦宽阔的大路，
伸到无尽的远处。

我拥抱着我的壮歌，
自由自在地走在这路上。
城市
已与我去得远了，
那电力的光辉
混合了天边的繁星，
那马达的跳跃

那起重机的哗啦
那工人们的吆喝
已再不能与风声分划，
那流走的人群，
距离使他们远离我的眼睛。

从山的那边
挑着担子的
　　走上了这条路，
从村庄的尽处
赶着驴子的
　　走上了这条路，
他们手里都提着亮壳？
他们的脸都朝着城市。

他们唱着
淳朴的山歌
他们也用那爽快的声调
向自己的伙伴
高声说话。

"赶快，赶快，
你看，没有月亮，
趁今夜卖了多好！
赶快，赶快。"

"是的，
你的米，

我的棉花，
那儿的人，
都要它。"

他们和我
渐渐没有了距离，
他们有力的言语
我听得清
每一个字。

他们和我
擦身而过，
在亮壳照不到的暗影里
我感到了灼热的呼吸
我听到了跳动的脉搏
我看见了红黑的面孔。

我们的脚步，
又拉长了我们的距离；
在无尽的暗夜里，
我们互相消失了影子。

七

我走着……
走过树林，
绕过池塘，
打狭小的田径上
穿越茅草丛，

再走向那
无数的黑色的屋檐
——那里面
　　就有我温暖的巢穴。

已经是子夜了呵！
巡更的
正敲打三更。

发觉性最敏锐的
　动物，
仿佛熟悉我的步伐，
一声也不吠叫。

我看见了灯火，
　灯火！
呵，我像哥仑布看见了
亚美利加
那样欢快哟！

我舞蹈着轻快的步伐
向前走近，走近。

我听见了
纺纱车的声音，
推磨的声音；
从每家的门缝
窗洞

飘溢出来
"虎呜，虎呜"
像向我
诉说一串古老而艰辛的故事。
而我
又是最熟悉这故事的呀——

他们每天
每天
用轧花机去掉棉籽，
用弓弦再把它弹松，
飞一身白色的纤维，
一双眼珠一瞬也不转地
盯住手里的棉条
把它细细地拉成纱；
他们每天
每天
从河里淘洗了麦粒，
送到禾场上晒一天好太阳，
晚来收上磨盘
冒着汗
把一粒麦变成无数粒的面粉。

到明天
——太阳还未红
一切需要棉纱的地方
就有了棉纱；
一切需要面粉的地方

就有了面粉。

呵，仇敌！
当你在空中，
狂笑我们的工厂火化
和机械能力的毁灭时，
可曾知道
中国的大地
每夜
有这"虎鸣"的歌声么？

你听吧：
"虎鸣　虎鸣"
这平和的旋律，
泛滥着
自由和胜利！
一切放肆的狂笑
在这里都会变成自惭的哭泣；
一切疯狂的蠢动
在这里都将俯首帖耳。

我压抑了我的壮歌，
在一座茅檐下停止了脚步，
轻轻推开我推过多少次的门，
向歌手们——他们和她们
深深地祝福。
而在"虎鸣"声并不停止里
我得到了回答的欢迎的笑。

我浴着笑，
打开了我的房门。
我舞踊着
轻快地走了进去，
我点燃了桐油灯。
在桐油灯下，
我凝着泪，
　　欢喜的泪，
我挥着笔，
　　多么流利的笔，
随和着我激越的脉搏，
一刻也不停息地
写完了我的诗。

听，鸡声四野，
已经唱出了黎明。

（1939 年 11 月 20 日黎明时写成）

第四篇 干镇驿

第一章　千年古镇："九街十八巷"的繁华

　　干驿有两个地名很容易混淆，不经细究，是说不太清楚的，就是"干镇驿"和"干驿镇"。

　　"干镇驿"是古地名，地处天门东南。旧时天门县治为竟陵镇，此外还有四大镇：东为干镇驿，西为渔薪河，南为岳家口，北为皂角市。天门人图简便，一般将三个字的地名简化为两个字，如渔薪河简化为渔薪，岳家口简化为岳口，皂角市简化为皂市。于是，将干镇驿简化为干驿。干镇驿既指范围比较小的镇区，也指范围比较大的辖区。"干驿镇"是现建制，是干镇驿镇的简称。同样，干驿镇既指范围比较小的镇区（镇政府所在地），也指其辖区。

　　千年古镇干驿、干镇驿的辖区，有大、中、小之分。从1080年建镇到清末民初，有830多年，主要为大辖区，几乎涵盖了天门东乡，即现在的干驿镇、马湾镇、净潭乡的全境和卢市镇、麻洋镇、小板镇、横林镇、多祥镇的一部分。新中国成立后到改革开放的30多年，主要为中辖区，包括现在的干驿镇和马湾镇；民国时期近40年，时而大辖区，时而中辖区，以大辖区居多；改革开放以后的40多年，为小辖区，仅为现在的干驿镇，即东与汉川市田二河镇交界，西与马湾镇接壤，南临沉湖，北连华严湖，东北与净潭乡毗邻。全镇土地面积80多平方公里，其辖区比改革开放前小得多，更不说新中国成立前，特别是民国前了。

　　现如今，在人们的语境中，干驿既指干镇驿、干驿镇的镇区，也指干镇驿、干驿镇的辖区。我要讲述的干驿，主要指现在的干驿镇的辖区，包括镇区和东冈石湖等，也就是小辖区。在讲述过程中，特别是在讲述人物时，也会突破这个范围，拓展到过去的干镇驿，也就是中辖区、大辖区，只是在详略的把握上更加突出前者。绕来绕去，不一定说清楚了，瞧我这表达能力！

古 镇 沿 革

干驿，是从古代的晴滩、干滩等地名逐渐演化而来的。清末修复的东、西两座镇门，在内外两面的门匾上，就写着昭示历史久远的"古晴滩"三个斗大的字。

在上古时代"禹贡九州"的荆州之域，跨长江南北、方圆九百里的云梦泽北沿，大洪山余脉之五华山南六十里处的浩瀚大水中，有一小片低矮起伏的冈陵，傲然挺立在水面之上。冈陵南边，有一块四面环水的滩地，时有渔夫在晴朗天气来此晒网、做饭、停歇。时间一长，晒网的人越来越多，这块无名滩地，便被人们按其自然特征称为"晴滩"，这便是将干驿称为"古晴滩"的由来。

星移斗转，沧海桑田。从西部崇山峻岭夹带大量泥沙奔腾而下的长江、汉水，在到达辽阔的云梦泽之后，水势变缓，大量泥沙沉积，沿岸的浅滩、沼泽变为江汉冲积平原的一部分。云梦泽水面逐渐缩小，长江、汉水从泽中突困而出，沿着各自冲刷的河床向东流去。其中，汉水从西边冲到晴滩西南约70里处的牛蹄口，突然分成南北两派东流，北派擦晴滩南边流过，在东四十里处与南派汇合。汉水北派每年数度的洪峰，加速了晴滩及冈陵间低谷的淤积进程，加上冈陵石土的风化流失，使晴滩变得更高更阔，渐与其他冈陵、高地连成一片。到了商代，晴滩便成了地势较高、不被水淹的干燥河滩，渐有人群来此定居，从事渔捞农耕。

后来，汉水主流南移，北派逐渐淤窄，水势放缓，汉水中来往的船只大多从北派经过。处在北派中的这块又高又阔又有人烟的干燥河滩，自然而然地成了舟楫抛锚避风、停泊过夜、补充食品和薪炭的良港，引来随船过往的商贾到此停歇，进行商品交换。来往、交易的人一多，晴滩便被人们以干燥河滩的地貌特征呼之为"干滩"。随着交换范围的扩大和参与交换的人数增多，交换场所逐渐固定下来，形成集市。优越的地理环境，吸引更多的人来此经商和定居，市场范围扩大，日渐繁荣兴旺，使晴滩(亦称干滩)成为汉水边远近闻名的集市。

据前人考证，晴滩最早的遗址在干驿老镇区西部高地，其后扩展到整个老镇区。冈陵的遗址在镇境北部，即今新堰村至沙咀村一线的"九岭十八冈"的东冈岭。镇境北部的华严湖、中部的松石湖、南部的沉湖，均为古云梦泽遗迹。

相传，春秋战国时期，汉水北派已淤积变窄，成为一条小河道，流水变清，被人们称为清河。楚庄王讨伐逆臣斗越椒时，部下小将养由基与斗越椒"清河桥比箭"，就在晴滩东八里的直台(今城隍台)附近。楚庄王站在直台上擂鼓助威，挥兵追杀，斗越椒身负箭伤，逃到晴滩郊外的高台处，见追兵杀到，大势已去，便挥刀自刎，至今此处仍称"越椒杀"。三国时期，吴国曾派兵在干滩镇守，鲁肃奉敕在直台修建城隍庙。到宋代，干滩的集镇发展到相当规模，成为汉水北派边的重要商埠，后来被称为"干滩镇"，简称"干镇"。

"镇"在唐代以前多指边境军事据点，宋代以后则多指有稳定税收、规模比"草市"高一级的聚集交易场所。宋太祖建隆三年(962)正式确认"镇"为县与"草市"之间的市场建置，在"镇"设监镇官，主管税收，即宋代高承《事物纪原》所谓"民聚不成县而有税课者，则为镇，或以官监之"，并逐步演变成"镇"的现代字义——行政区划单位，一般由县一级领导。

那么，"干滩"是何时成为"干滩镇"，亦或"干滩"所在的地理位置，是何时设置"镇"一级行政机构的？德盛表弟作过详细考证：

《元和郡县图志》是现存最早的古代地理总志，唐李吉甫撰，全书完成于唐宪宗元和八年(813)，故名。其卷二十一《山南道二》记载："复州，(治所在竟陵)。下。开元户五千二百三十二，乡一十一。元和户七千六百九十，乡一十五……管县三：竟陵，沔阳，监利。竟陵县，中。郭下。汉旧县也，属江夏郡……"经查，没有见到关于竟陵县下辖镇、乡的名称。

《太平寰宇记》，北宋乐史（930—1007）撰于宋太宗太平兴国年间（976—984），记述宋朝的疆域版图，其卷一百四十四《山南东道三》曰："景陵县，旧八乡，今四乡。"也没有记载景陵县下辖四乡的具体名称。

《元丰九域志》，或称《九域志》，北宋王存等人修成于宋神宗元丰三年（1080），清乾隆《大清一统志》卷二百六十六《安陆府二》载："干滩镇巡司，在天门县东南，明成化十三年置，本朝因之。《九域志》：'竟陵县有干滩镇。'"明确指出《九域志》曾记录"干滩镇"的信息。

中华书局1984年版《元丰九域志》卷第六《荆湖路·北路》云："紧，景陵。州（指安州，治所在安陆县，属安陆郡）西南一百九十里。二乡。官陂、沸潭、青藤、天门、观解五镇。有巾戍山、汉水、夏水。"其在正文和地名索引中，没有迄今可考的与干滩镇相关的文字。《元丰九域志》在北宋就有陆续修订，分别称作《元祐九域志》《新定九域志》等，南宋时已广泛流行，明代起经多次重新整理，故而版本繁复，存世甚多。乾隆《大清一统志》所引用的《九域志》的版本及有关内容，尚待进一步查考。

《舆地广记》，北宋欧阳忞编撰，成书于宋徽宗政和年间（1111—1117），在其卷二十七《荆湖南路》有关复州和景陵县的内容中，也没有景陵县下辖镇、乡的信息。

《明史》卷四十四《志第二十·地理五》载："景陵，（沔阳）州西北。南有沔水……东有干镇巡检司。"

《湖广图经志书》，又名《湖广通志》，明成化年间由湖广提学副使薛纲纂修，正德年间副都御史吴廷举续修，正德十六年（1521）完稿，次年（嘉靖元年）首刊，其"沔阳州总图"和"景陵县图"在相同的地理位置，分别标有"干镇驿""干滩驿"。据《湖广图经志书》卷之十一《沔阳》和嘉靖《沔阳州志》卷之七《创设》记载，"干镇巡检司"于成化十三年（1477）由湖广巡抚刘敷奏建，知县张继宗奉命创立，可见在此之前已有"干镇"之称。"干镇"应为"干滩镇"的简称。

《湖广图经志书》和嘉靖《沔阳州志》又记载，成化十七年（嘉靖《沔阳州志》和康熙《景陵县志》均作"十六年"），湖广布政使司参议杨琚奏请设置

"干滩驿"，由是年就任景陵知县的姜绾在巡检司的东侧创立，并于弘治十二年(1499)经知县周端重建或修缮。

姜绾知景陵县事期间，曾纂修《景陵县志》。1989年版《天门县志》卷二十七第770页载曰："《景陵县志》一卷。明成化丙午年(1486)刻本。知县姜绾主修、主纂，书已失传。明嘉靖《沔阳州志》和本县的旧志中保存了该志的大部分内容。"查嘉靖《沔阳州志·卷六提封下》，录有姜绾《皂角市亭记》：

> 景陵，市有五，曰：干滩、石家、柳家、杨须，惟皂角为盛。干滩地滨襄河，土下人稀，东来八十里方抵县治。县治西去四十里为石家，与京山东南接壤，居民仿佛干滩。自石家东向而北，柳家在其转屈间，约一舍(注：三十里为一舍)许，比之石家稍隘。柳家东四十里为杨须，生理鲜少，尤下于柳家……

顾祖禹《读史方舆纪要》卷七十七《湖广三》中也有记载："干镇，县东八十里。潜、沔之间，大半汇为湖渚，复合流至干镇，分为二流：一由张家池口，出汉川县；一由竹筒河，出刘家隔，往来之要道也。今为干镇驿，《会典》作干滩驿，并置巡司于此。"按：除《大明会典》外，亦有《大清会典》，康熙二十九年(1690)成书一百六十二卷，雍正、乾隆、嘉庆、光绪各朝迭加续纂。顾祖禹去世于1691年，故其引用的当为《大明会典》。

清朝仍然在这里设有巡检司和驿站，《清史稿·志四十二·地理十四·湖北·安陆府》曰："南岳口市，县丞驻。干滩镇巡司，有驿。"

康熙《景陵县志·城围志·市镇》载："市镇：干滩市，直阳市，渔薪市，云潭市，杨须市，长汀市，柳家市，皂角市。"

《[乾隆]天门县志》卷首《松石湖图》记："东乡有村曰'干镇'，民居栉比，贸易夥集，盖县四镇之一也。设巡检署在此。俗以成市处曰镇。"《[乾隆]天门县志》卷之一《地理》第七页又云："东，官城村，四里：曰兴仁(官一)，曰三才(官二)，曰白云(官三)，曰仁平(官四)。"即言干镇驿为本县四镇之一，"官城村"亦称"干镇村"，干镇驿为村址所在地。

清道光元年，仍辖四里，镇司设仁平里（今干驿镇辖区为官三里和官四里的大部）。

民国元年（1912），为干驿区公所驻地。民国十五年（1926）为干驿分区驻地。民国十八年（1929）为干驿自治区驻地。民国二十七年（1938），为天门县第三区干驿乡驻地。1946年5月，建立干驿镇政府，直属县南行政办事处（县级）。1946年7月，为国民党天门县政府干驿乡公所驻地。

1948年4月28日，干驿解放。同年6月，建立干驿爱国民主政府，属天汉县第四区。1949年7月，划归天门。1950年，属天门县第三区。1951年6月，改名干驿区，以干驿为县辖镇，区、镇同时存在。1952年7月，为第四区公所驻地，干驿降格为区辖镇。

1956年，为干驿指导组驻地。1958年9月，为东方红人民公社社址。1960年，从中和划出华湖管理区。1961年，复名干驿区，原管理区改为公社。1975年，分设马湾与干驿两个公社，华湖公社撤销，原所辖八个大队，三个划入卢市公社，五个划入马湾公社。1979年干驿、马湾两社合并，社址设干驿镇，故名干驿公社，面积160.54平方公里，居民87122人。1984年3月，原干驿公社分为干驿镇和马湾区，后又划分为干驿镇和马湾镇。

干驿的区划多次变更，大体如下：

嘉靖《沔阳州志》卷之六《提封下》载："官城（村），东，领里五：兴仁、仁和、三才、白云、仁平。"

《[乾隆]天门县志》卷之一《地理》记载，官城村领四里，官一里辖笑城畈、七姑岭、官陂、金带河、大有垸、程家垸等六团，官二里辖皂市、长傅岭、养马咀、马公埠、岐山庙、岐代、岐董等十团，官三里辖华严湖、蒋家垸、松石湖、拖船、三王庙、古老台等六团，官四里辖社湖、观音堂、卢沟、左垴、李港、东冈岭、长城垸、新堰堤等八团。

清道光元年，官城村官三里辖华严湖、蒋家垸、古老台、松石湖、三王庙、拖船埠等六团；官四里下辖东冈岭、长城垸、新堰堤、社湖、观音堂、李港、卢沟、左堖等八团。

民国七年，区划二十一团：干团、左团、倒南团、倒北团、马东团、马西团、闹南团、闹北团、闹西团、华东团、长李团、松拖西团、古拖东团、三王社东团、观卢社西团、钗子团、钗沙团、宝白团、柴头团、鸦乔团、沉湖团。

1952 年，第四区（驻地干镇驿）辖十九个乡：宋市、便市、芦埠、中心、联合、民主、同意、古老、中和、河南、蒋周、界牌、大有、新堰、五条、小湖、界南、张场、三合。

1958 年，干驿人民公社管辖六个乡：界南、大湖、大有、马湾、便市、中和。

1982 年，干驿公社下辖便市、马湾、大有、大湖、界牌、中和等六个管理区，五十一个生产大队，四百三十五个生产队，二百五十三个自然村和干驿、马湾等集镇。

2017 年，干驿镇包括三十个村、两个社区居委会，分别为：八团村、汪河村、油榨村、月池村、小河村、晴滩村、社湖岭村、西湾村、禾呈村、朝门村、古老村、卢岭村、杨台村、周口村、刘洲村、夹洲村、苏畈村、陈张村、鲍夹村、刘潭村、河心村、蒋寨村、朱岭村、新堰村、史岭村、沙咀村、六湾村、陈岭村、杨巷村、九岭村；干驿镇古晴滩社区居民委员会、文昌阁社区居民委员会。

我的老家，就在干驿镇史岭村。最近几年，随着小村合并的推进，区划又有了一些新变化。

繁 华 景 象

干驿，也指古干滩镇（驿司）和现干驿镇（政府）所在的镇区。在我走出家乡之前，心目中的干驿，是仅次于天门县城的"大城市"，家乡人称干驿为"街上"，其余地方为"乡下"，"街上人"比"乡下人"可是要高一等的，"街上人"是城镇户口，吃商品粮，而"乡下人"是农村户口，吃农业粮。

干驿的发展有个过程。前面我说到，北宋《元丰九域志》讲："紧，景陵。州西南一百九十里。二乡。官陂、沸潭、青藤、天门、观解五镇。有巾戍山、汉水、夏水。""赤、畿、望、紧、上、中、下"是唐宋时按户口、财赋、土宜将县划分的等级，宋制的县，四千户以上为"望"、三千户以上为"紧"，可见与现在相比，当时的景陵县人烟稀少。景陵尚且如此，何况干驿呢？

明洪武年间，以祖籍江西为主的移民大量涌入，人口快速增长，干驿日渐繁华，成为水路运输和商业贸易的要地。我们荆楚史氏始迁祖兴公，正是这一时期从江西饶州府乐平县风林村迁徙过来的。

前面我也说到，明成化十三年(1477)，在干滩镇设置巡检司，巡检司是县衙的派出机构，职在缉拿盗匪、盘查行人；成化十七年(1481)，又设立驿站，负责投递公文、转运官物和接待来往官员。为此，干滩镇也被称为"干滩驿""干镇驿"，后来简化为"干驿"。明正德十六年(1521)，出生于湖广安陆州(治所在长寿，今钟祥市)的明世宗朱厚熜继承皇位，年号嘉靖，安陆州升格为承天府，干驿是承天府通往南、北两京的要津。

活跃于正德、嘉靖年间的诗人程诰有一首《夜次干滩寄肇之》，记录了五五百年前干驿江渚相接、市井繁华的景象：

> 江迥月娟娟，芦花渚路连。
> 暝沙团宿鹭，风树曳惊蝉。
> 庙祭传傩鼓，津喧索渡钱。
> 愁心付汉水，遥寄秣陵天。

时至清代，仍然在这里设有巡检司和驿站。

干驿也是人文荟萃之地。前面我讲过，明弘治十五年(1502)，乡人鲁铎高中会元，始开风气之先。尔后天门人文蔚起，明、清两代，进士达一百余人，其中以干驿为中心的东乡士子约居其半，有"周、陈、鲁、魏""四大贵姓"之说。"周"，主要指明吏部尚书周嘉谟、清黑龙江巡抚周树模；"陈"，指明户部尚书陈所学、清乾隆进士陈大经、清末代优贡陈心源一门；"鲁"，指明国子监祭酒鲁铎一门；"魏"，指明监察副使魏士前等。干驿先贤清廉自守、正色立朝的形象载入史册、广为颂扬，在干驿可谓家喻户晓、妇孺皆知。

与人文荟萃相对应，历经明、清两代的积累，干驿的镇区形成了"九街十八巷"的格局，一片繁华景象。与"九岭十八冈""九湾十八汊"不同，"九街十八巷"是实实在在的九条街、十八条巷子：武圣街、油榨街、太平街、天泰街、财神街、黄陂街、万寿街、馆驿街、文明街；左码巷、上鄢家巷、简氏巷、一天门巷、大兴巷、深巷子、甘复兴巷、珠玑巷、陶家巷、魏家巷、书院巷、陈家巷、衙门巷、邓家巷、萧家巷、下鄢家巷、马家巷、馆驿巷。白马庙、巢云寺、贞静庵、隆镇观、皇殿、大佛阁、文昌阁、观音堂等名胜星罗其间。

干驿的镇区，南依牛蹄支河，北有长沟，中间有三条东西走向、大致平行的主要街道，居中的称"正街"，西起白马庙，东到文昌阁，蜿蜒三里七分，处于闹市之中，由武圣街、油榨街等九条街道从西至东舒展开来，街心是五排青石铺设的古官道，宽约六尺。正街的南面，靠近牛蹄支河北侧河堤的称"河街"或"堤街"，相当于正街从大兴巷至馆驿巷的长度；正街的北面，靠近长沟的街道则为"后街"，即今天的干驿大道。街道两旁，店铺、作坊鳞次栉比，楼阁、寺观竞势争奇。

干驿有"上街""下街""中街"之称，历来并无明确的界线，大约为：大兴巷以西的区域通往县城竟陵，地势较高，聚居时间也较早，称"上街"，最西头以白马庙为标志，称作"镇首"；萧家巷以东的区域地势较低，称"下街"，最东头以文昌阁为标志，那一带也称作"镇尾"；上街与下街之间的街区，称为"中街"。

镇区的建筑别具风格，雕梁画栋，重檐亮脊，高耸的风火墙错落有致；高楼低厢，长屋深宅，方正的天井接地承天。上街富户李长茂家的后花园，筑有楼台亭阁、假山莲池，古树葱茏，曲径通幽，颇具江南园林韵味。临街的世家富商的宅院府邸，大多是五六个天井的规模。

这样的千年古镇、荆楚重镇的景象，如梦一样，永远定格在了 1943 年。这一年的 1 月 11 日、13 日(农历壬午年腊月初六、初八)，国民革命军第 128 师两次纵火，几乎将干驿镇区的房屋焚毁殆尽。

我的童年记忆最深的是深巷子和青石官道。

深巷子是从后街到正街的巷道，两米多宽，一百多米长，感觉很是幽深，巷子用青石和青砖铺成，中间是青石，两边是青砖。我们史家岭在干驿的北边，深巷子是乡亲们上街(正街)的必经之地，我走过很多回。深巷子两边的房子，应该是那场大火后仅存的一片建筑，东边是"六合当铺"，房屋十二进、天井十一重，纵深近百米，厅堂里的圆柱大到两人才能合抱；西边是米店和杂货店，建筑风格和东边一样。两边临巷建有高于山墙屋面的风火墙，既防风，又防火，典型的赣派建筑，应该是我们干驿人祖籍多是江西的缘故。走在巷子里，抬头所见，仿佛就是"一线天"。深巷子是"九街十八巷"之一，从深巷子我们就可想象得到"九街十八巷"的繁华。

在深巷子南口的西边，有一块空地，呈正方形，应该是街上人活动的场地。场地的北面，住着一位白白净净的读书人，每次见到他，都是沉思状，自言自语的。听说这位读书人，曾是北京大学的学生，不知什么原因，精神受到刺激，休学回到老家，就一直没有继续学业。这位读书人写得一手好字，在自家门前写了一幅商号牌匾，上街的人每次走到那里，都要驻足观看。也是这位读书人，成为师长们教育我们的反面教材，说不能死读书、读死书，不能钻牛角尖，不能读迂腐了，否则，就会成为这个样子。

正街的青石官道，是大火没能烧掉的设施，保存得比较完整。因为家里穷，夏天上街，我都是赤脚，走在青石板上，有时脚被烫得起水泡，印象特别深刻。听老人们讲，干驿的官道还是有些来历的。封建时代，干驿的进士之家，皆依制在门楣悬挂匾额，一甲悬"进士及第"，二甲悬"进士出身"，三甲悬"同进士出身"或"同进士"，并在门前树"旗杆"。作为出了不少高官、称为"官城"的干驿，也有其显著的标志，即五条青石的官道。

干驿的官道，是依制修建的。从镇西首的"古晴滩"镇门，至镇东头的"文明关"关门，在古老的正街街心，铺设着五排长过三尺、宽尺余、厚逾五寸的白麻石条，两旁铺设大小不等的青石板，纵向排列，首尾相衔，井然有致。这一样式，在其他地方的市镇是极少见到的。除出了高官的地方外，其他市镇街道，不允许僭越本分采用此式样，只能按中间横铺白麻石条，两边各竖铺一排白麻石条的规制修建，其形如梯子状。

干驿的街道在明代以前，是不规则的青石板路面，其官道修建于清康熙年间。据说，地方捐资、朝廷资助的官道修成后，凡从干驿经过的五品以下官员，文官下轿，武官下马，只能步行而过，除非不经过官道，走后（背）街小道。

这是因为封建社会森严的等级制度，容不得半点含糊。如镇下街黑龙江巡抚周树模老宅"周汇东"，一年 365 天，除春节、元宵等几个重大节日外，大门常年关闭，人员进出均经过由家丁值守的耳屋差房（类似今之门卫室）。耳屋稍低矮，但仍然是花砖亮脊、飞檐翘壁，门前还有石鼓和上马石等。只有钦差和显赫的朝廷重臣登门拜访时，才"大开中门迎接"，不走偏门。

干驿官道的两边，都是一些铺面，虽然没有大火前的壮观，但也有一些古建筑的痕迹。街道很热闹，人来人往，特别是节日。我去得比较多的，是深巷子南口斜对面的那家副食品商店，坐南朝北，比较典型的 20 世纪四五十年代建筑风格，这在我们乡下也不多见。每次我到这家商店买油盐酱醋，都要在商店外面看一看、里面呆一呆。

毁 于 一 旦

我想着重讲一讲国军第 128 师火烧干驿的事，还原这桩惨案的始末，因为干驿的父老乡亲，对此有着深入骨子的痛恨。讲述事实真相，有如一堂爱国主义教育课。

说到国军第 128 师，就不得不说王劲哉。王劲哉（1897—1968），字步礼，陕西渭南人。民国二十三年（1934），王任杨虎城部第 17 路军第 38 军17 师第 49 旅旅长，1936 年"西安事变"发生后，王于 1937 年 1 月率领部下两千余人脱离第 17 路军，至河南接受中央改编，成为国民党新编第 35 师，王担任师长，率部转战于河南、山东等地抗击日寇。1938 年秋，该师奉命开赴江西丰城、瑞昌一带，参加武汉保卫战，归国民党第六战区司令长官陈诚和第 31 集团军司令汤恩伯指挥。1938 年 10 月，武汉失守后，新编第 35 师转移到湖北咸宁附近待命。因为战功卓著，汤报请示将其改编为国民革命军第 128 师，取代了淞沪会战中遭受重创的原国军第 128 师番号。

不久，汤恩伯升任王劲哉为第 13 军中将副军长，令其赴湖南浏阳训练新兵，部队另派师长接管。由于中央军惯以明升暗降、改编、整编等套路打击和吞并杂牌部队，加上杨虎城将军此时被扣押，王于行军途中杀死派来接替的代理师长谢靖，通电第六战区"我部坚持爱国抗日，愿在敌后游击，不赴湘省整训"，王随即自称"抗日义勇军湘鄂边区总司令"，脱离第六战区，于 1938 年冬从嘉鱼北渡长江，撤至沔阳沙湖、彭家场、仙桃镇，尔后转战于天门、汉川、潜江、仙桃、汉阳、洪湖、监利一带，成为日军的心腹之患。

第 128 师占据的区域属国军第五战区，经与战区司令长官李宗仁协商，第 128 师划归第五战区指挥，驻防原地，抗击日军，并委任王劲哉兼任"汉沔游击区指挥部司令官"，该区包括沔阳、汉川、监利、潜江、天门五县。

由于在武汉会战期间，兵员、武器均耗去大半，第 128 师进入鄂中后，立即开始有计划地整军、建军，动员民众，扩大队伍，积极收编伪军和地方零星武装，抓紧训练。在政令举措方面，开办行政人员培训班，完善保甲制度，清查户口，改革税赋，建立民哨，惩治贪污，严禁鸦片，肃清土匪，制定爱国训条，进行抗日爱国教育，都收到良好效果。

第 128 师在困难的条件和复杂的形势下，与鄂中百姓一起与日伪军展开艰苦卓绝的斗争，历经大小一百余仗，包括著名的陶家坝（今洪湖市峰口镇）大捷，牵制、消灭了日寇大量兵力，粉碎了日军企图取道华容进攻长沙的计划，为赢得长沙保卫战的多次胜利、推迟日寇西侵四川作出了贡献。

数年来在鄂中抗日斗争中的胜利，滋长了王劲哉个人崇拜、我行我素、独霸一方、自立为王的意识。王仇视日本侵略军及汪精卫伪政权，1941 年春曾怒斩前来劝降的三个汉奸；也对抗国民政府，1942年6月陶家坝大捷、歼敌1800余人后，蒋介石派员颁发金质抗日勋章一枚，王以蒋不补充武器装备为由拒绝接受；对共产党武装也拒而远之，数次发生摩擦。虽然王勤于理政、生活俭朴，但草菅人命，杀戮无已，征兵征粮，使鄂中百姓不堪重负。

为了抵抗日军，王劲哉从不吝惜百姓的生命和财产。1941年春节前后，日军调集联合兵种六千余人，纠集伪军两个军，对第128师师部仙桃镇进行围剿，第128师主动撤出仙桃、沔城(仙桃市沔城镇)和峰口(今属洪湖市)，实行"焦土抗战"，火烧沔城、峰口，给老百姓的财产造成重大损失。

说到国军第128师，也不得不说父老乡亲们最为仇恨的古鼎新。古鼎新，绰号"古瞎子"，陕西商县人，本为商洛惯匪，武汉失守前率四个营投靠第128师，被王劲哉任命为384旅旅长。1940年春天，王又委派古为"襄北游击司令官"，率部驻扎在天门县干驿、马湾和汉川县田二河一带，成为鄂中襄河以北的土皇帝。古酷嗜鸦片，生活腐化，与其属下官兵滥杀无辜，作威作福，鱼肉乡民。

1942年春，第128师已经拥有八个旅、一万余人的实力，由于队伍成分复杂，初到鄂中时颁布的政令逐渐得不到执行，王劲哉为了维护他"令必行，禁必止"的军威，便试图撤掉胡作非为的古鼎新，而古对王也有离叛之心。此间，第六战区司令长官陈诚鉴于王桀骜不驯，难以驾驭，欲采取以毒攻毒的计策，密令古除掉王，事成之后由古接任师长之职。王觉察后，认为古为人诡谲，决心将古除掉。

王劲哉几次以召开军事会议为名诱捕古鼎新，古都借故没有到场。王怒不可遏，写了一道密令，派师部传令兵直接送到襄北游击司令部，交给副司令官潘尚武本人收阅，指令潘将古干掉并取而代之。传令兵从位于百子桥(在今洪湖市戴家场)的师部出发，通过递步哨在天门县麻洋镇渡过襄河，途经万鹏举的驻地，万本来是古的走狗，发现传令兵后便仔细盘查，逼出密令，见信封上写着"内密令一件，交襄北游击指挥官潘亲启"，立即产生怀疑，认为既是密令，为何不是写给指挥官古，而是给副指挥官潘？

万胆大妄为,拆看密令后,当即派心腹连人带信押送到古处。

古鼎新得信后,惊惶不安,派人暗中杀死传令兵,再施诡计应变。他将原密令销毁,制作一道假密令,然后一面约潘尚武面谈,另一面派参谋黄莺到汉川县脉旺咀与日军勾结,准备率部投降。

1942年冬天的一个夜晚,潘尚武赴约与古鼎新会谈,古拿出假密令,告诉潘,王劲哉要古除掉他,潘大惊失色,跪下求救。古于是与潘计议投降日军,潘开始并不愿意,但在古的威逼下不敢不从。第二天中午,古、潘两部集合,一起向脉旺咀日军驻地逃窜。两部途经田二河镇时,被新四军天汉指挥部独立11团拦腰截击,古的部队仓皇应战后,逃到脉旺咀投降日军,潘的部队则退回天门县西部的观音湖老巢,不久率部到县城竟陵投降日军。

国军128师的主力在襄河以南,王劲哉自传令兵出发后,深恐情况有变,随即派参谋长李德新率领六个团的主力赶赴襄河以北。部队到达干驿的前一天,古鼎新部已经投敌,李部暂驻干驿待命,王命令李德新,如古企图折回干驿、田二河,我军宁死不退。竟陵和脉旺咀都由日军控制,离干驿均不到30公里,一旦受到东西两路日军的夹攻,李德新部将遭灭顶之灾。李德新深感形势险恶,因此不愿久留襄北,为了破坏古鼎新的栖身之地和经济来源,决定采取"焦土政策",除祠堂、庙宇、公房以外的建筑,全部烧毁。

1943年1月11日(农历壬午年腊月初六)深夜11时许,李德新率一个营的士兵荷枪实弹,手持火把,沿着正街挨家挨户敲门砸户,把熟睡中的百姓惊醒。士兵们一路举着火把从大门闯入,一路持枪堵截后门,强迫百姓交出金银财物,再驱赶至户外的牛蹄河堤上,然后从下街胡月甫家的轧花铺开始纵火。当时正刮着四五级北风,镇区上顿时烟火弥漫,烈焰腾空,一夜间烧毁民房六百余栋,包括当时首富、六合当铺老板刘洪升的宅第,以及恒生乾(酱园、糕点、杂货)、万兴发(糕点、杂货、制蜡)、顺茂仁(文具、杂货)、顺茂生、涂公和(中药店)、朱和丰(糕点、杂货、制蜡)、傅隆盛(百货广货)、张恒茂(疋头店)、宋保盛(疋头店)、金德兴(金银铺)、张宝盛(金银铺)、罗宝兴(银匠铺)等二十余家大商号。初八晚，第128师再次围烧干驿，仅有深巷子附近的建筑，如保寿堂药房及附近几栋民房幸存。明朝初年就颇具规模的干驿镇区，就此化为灰烬。

李德新部为什么要在两天后再次纵火呢？时为顺茂仁商号学徒的亲历者周庆武先生的看法是：干驿的世家富户都位于正街两侧，大门也全部开向正街。当时刮较大的北风，而国军是在前门放大火，后门抢钱财，所以坐北朝南的房子损失较小，据说毁坏的程度不到一半。王劲哉听说朝南的房子损失不大，就下令再烧一次。两次纵火将这个几百年的古镇彻底烧毁，仅留下保寿堂药铺毫发未损，这是因为他们平日悬壶济世、积德最多，可能得到老天保佑。

1943年2月13日，日军动用以4个师团为主力的五万余兵力，由熟悉地形与第128师布防的古鼎新带路，分为三路，对第128师实行大规模包围进攻。2月28日，王劲哉受伤后在监利柳关镇官湾附近被日军俘虏，第128师8000余人被俘，仅383旅一部在旅长薛豫屏率领下成功突围，在各地进行游击，最后被国军第197师收编。

王劲哉被俘后誓死没有降日，抗战胜利后，王辗转返回陕西三原家中，又遭胡宗南逮捕，准备解送南京。王再次伺机逃回渭南老家，由中共陕西省工委派人接至陕甘宁边区，历任陕西自卫军纵队司令员、渭南军分区副司令员、西北军区参议、陕西省政协常委、省参事室参事等职，1966年"文化大革命"开始后受到冲击，1968年3月去世。古鼎新，1945年日本投降后，古部被收编或遣散，古鼎新则潜至重庆。1947年古回到西安，被胡宗南逮捕。1948年，被活埋于西安北郊。

这些都是后话，只可惜了"九街十八巷"的繁华。干驿的镇区被烧毁后，老百姓逐渐重建，虽街格局大体依旧，但原有建筑风貌却已荡然无存。到了"文化大革命"破"四旧"，祠堂、庙宇、公房全被拆毁。后来城镇建设，大拆大建，又将烧毁后仅剩的深巷子的房子和重建的街道、房子无一保留地拆除了。到目前为止，干驿镇区，别说新中国成立前的房子，就是改革开放前的房子，也很难见到了。

第二章 牛蹄支河:静静流淌的母亲河

牛蹄支河是一条古老的河、神奇的河、可亲的河,是我们干驿的母亲河。

河 流 演 变

明嘉靖《沔阳州志》称牛蹄支河为"大襄河",位于今汉江与天门河之间,自岳口镇陈家场附近汉江的"牛蹄口"(因地形而得名)起,由南往北,到谢家滩折向东流,经干驿镇区南沿,至汉川县脉旺咀复入汉江,全长七十八公里,天门境内长五十四公里。直到清康熙年间,牛蹄支河都是汉水的干流(主流)。

明代之前,关于牛蹄支河鲜有记载。明代的历史资料表明,汉水西北向东南,下流至"黑流渡"下的三汊口,分为南、北两派:北派为正流(干流),也就是现在的牛蹄支河;流经岳口的南派为小河(支流),也就是现在的汉江。万历《湖广总志》卷三三《水利二》之《汉江堤防考略》称:"潜、沔之间,大半江为湖渚,复合流至干驿,中分:一由张池口出汉川,一由竹筒河出刘家隔,往来之要道也。"特别地讲,那个时候,牛蹄支河为"往来之要道",说明水面较宽,水流较缓。否则,在以水路交通为主的时代,是成为不了"要道"的。

后来,因逐渐淤塞,到了清康熙时期,原南派小河变成主流,原北派主流变为支流,易名为"牛蹄支河"。康熙壬申《景陵县志》载:"大河分一支自牛蹄口东迳陶溪潭,干滩驿出脉旺咀为小河";《清史稿·志四十二·

地理十四·湖北·安陆府》曰:"天门……汉水北派自潜江西南经县南,下流合南派,入汉川界。"但春夏水涨,仍浩浩汤汤,云际流来。由于牛蹄支河河道淤塞严重,滩挺湾回,顶冲极多,加之堤身矮小,堤防屡溃,自康熙四年(1665)至乾隆三十年(1765)的百年间,严重的溃堤决口事件,在天门境内就有十四次之多。

《[道光]天门县志》记,乾隆二十五年(1760),在牛蹄口建减水石矶。嘉庆十二年(1807)、十三年两次疏淤,但疏而复淤,嘉庆十五年先建柴裹头,夏秋另建石裹头。《大清会典事例》继而说:嘉庆十六年,将口门改小。从此,牛蹄支河淤塞更加严重。道光二十九年(1849),张池口堵,咸丰初年牛蹄口淤塞。民国二十三年(1934),牛蹄支河曾头附近的王家滩堤倒口后,牛蹄支河河口被堵筑。民国二十五年,江汉工程局将脉旺咀出口堵筑成堤。民国二十六年汉江甘家拐倒口,次年春将堵筑河口之堤加高培厚。1949年,汉江蒋家滩溃口,原有牛蹄支河口堤段被毁,堤防退到咬脐店附近。此时,牛蹄支河口已淤塞达两公里左右,成为农田。

1952年9月,长江中游工程局《牛蹄支河勘测报告》记录:"二百多年来,蒋碑渡一带河底淤高达四五公尺之多。咬脐店以下至蒋碑渡河形尚存,蒋碑渡至横林口可通渔筏,横林至便河口可通装载粮食的船筏,便河口至界牌河道宽窄悬殊较大。"便河口至界牌河道,就是流经干驿的河段,直到新中国成立初期,仍然可通行运输船只,因为上游"可通装载粮食的船筏",上游既能如此,何况下游呢?

牛蹄支河有分津七处,在天门境内有四处。《湖北汉水图说》记载:牛蹄支河至截河场分支,北流为杜子沟(又名铁李港),北会县河;至陶溪市北,又东转东北流四里,左经杨仙口分支北流,会巾带水(县河竟陵镇下),清末,分口均湮。《[乾隆]天门县志》载,元知府白景亮在牛蹄支河北岸便河口处开河通县河,民便之,曰便河,乾隆时已淤塞。在便河口下南岸有分支名新冲河,也于明隆庆二年(1568)淤塞。

白景亮,字明甫,元朝南阳人。知明法律,善于书算。任沔阳府尹时,有感于官吏任意征收之弊,于是丈量核实,视田亩之多少以定徭役之轻重。

由是贫富之家，各得其宜，民众称便。沔阳学政久驰，诸生无廪俸，祭服乐器不全，均安排妥当，学风大振。性廉介勤苦，自奉甚薄，妻尤俭约，仅以粟米充饥。部使者以其事迹上奏于朝，特诏嘉奖，赐以宫锦，擢为衢州路总管，后改授台州路总管，卒于官。白景亮开便河的事迹，载入了《天门县志》。看来，只要为百姓做事，百姓是不会忘记的，历史也是不会忘记的。

牛蹄支河至界牌（即《水经注·沔水中》中的"力口"）入汉川县界分三派，一是北流为重石河，会巾带水，清道光年间重石河口筑；二是经田二河南为皂港河，汇中柱湖，《汉川图记征实》说"久湮"；三是南流转东为牛蹄之正流，至张池口分支，东流一支至脉旺咀西复归汉水，北流一支曰竹筒河，古为汉水北派下游之正流，分派达涢之要津。清代，下游分派已逐渐淤塞。

民国七年，周庆璋先生写道：

> 汉水牛蹄支河，自岳口至便河口，再往东十里为马湾河，旧时有滩，叫作"马湾滩"，径直伸展到河的中流，使得南岸的河湾垸、倒套垸经常溃堤决口。乾隆二十六年（1761），湖北巡抚汤聘经过勘察后挖开马湾滩，使河水笔直地流往下游，受惠的当地百姓们至今都感激他的恩德。

牛蹄支河流到马湾河，往东十里为干驿，再往东五里为城隍台，出界牌到达汉川县田二河张池口，最后从脉旺咀流出，回归汉水。也就是说，牛蹄支河流经过去干驿（含马湾）的距离为二十五里左右，流经现在干驿镇的距离不到十五里。

1956年，政府开挖巴门沟，疏浚牛蹄支河中段（新堰口至宋家场），将上七十二垸渍水排入天门河。1962年，利用从谢家滩至干驿界牌长五十多公里的牛蹄支河故道，疏导而成天南长渠的下段干渠。所以，现在的牛蹄支河，也称为"天南长渠下段"。

命 脉 文 脉

牛蹄支河是干驿的母亲河，世世代代滋润着大地、哺育着百姓，写满了故事；与此同时，牛蹄支河还是干驿的"命脉"与"文脉"，充满了神奇。

从前，牛蹄支河的河床比较低，主要用于运输，乃"往来之要道"。但由于春夏水涨，经常溃堤决口，牛蹄支河往往成为"水害"，乡亲们治河的历史，就是与"水害"斗争的历史；后来，牛蹄支河的河床变高，主要用于灌溉，乡亲们致力于灌溉体系建设，变"水害"为"水利"。在20世纪70年代，我有幸参与了这一水利工程的建设，流过血和汗，因而我对牛蹄支河及其灌溉体系，特别有感情，每次经过那里，我都会想起当年工程建设的场景，想起那个劳动激情高涨的岁月。

1934年，毛主席提出了"水利是农业的命脉"的重要论断，不仅指导了当时共产党领导的苏区(解放区)的农业建设，而且成为新中国成立后相当长的一个时期水利建设的重要指导思想。20世纪50年代以后，在"蓄泄兼筹"的治水方针指引下，整治山河，兴修水利，掀起了大规模群众性治水热潮，从而奠定了我国水利事业发展的基础。

干驿兴修水利的重点，是解决"南涝北旱"的问题。牛蹄支河以南地区，濒临沉湖，地势低洼，连遇三日雨，就会一片汪洋；牛蹄支河以北地区，特别是东冈岭，地势较高，连遇三日晴，就会地里冒烟。"东冈晴烟"，一方面是美丽的景致，另一方面是干旱的写照。我主要参加的是解决"北旱"问题的水利工程。

20世纪六七十年代，当时的干驿区(公社)在牛蹄支河以北地区，规划和建设了"两直两横"的引水灌溉工程。"两直"，与牛蹄支河垂直，东西两线各开挖一条河，西线从干驿镇区西头的白马庙取水，流经朱家岭、新堰堤等，进入华严湖，取名干(驿)华(湖)渠，长五公里左右；东线从镇区东头的尾水闸取水，流经杨家台、司网咀、中和场等，进入华严湖，取名干(驿)中(和)渠，长六公里左右；挖出的泥土，修筑成公路，分别叫干华路、干中路。"两横"，与牛蹄支河平行，西接干华渠，东接干中渠：一是在镇区北面、干驿中学校门和镇政府办公楼南面（也就是古街区长沟以北）开挖的一条渠道，两公里左右，乡亲们称为"风景河"；二是在史家岭、八房湾后面开挖的一条渠道，后来向东延伸到沙咀，向西延伸到马湾镇辖区，名曰史岭后渠，长六公里左右，横贯整个东冈岭。

干华渠、史岭横渠兴修于20世纪60年代末70年代初。当时，我年龄尚小，未能直接参加开挖劳动，只是在家里做些烧水、做饭、带弟妹的事情，为大人们在前线开河筑路提供后方支持。过了几年，这两条渠道淤塞，我就参加了清淤工程。

记得是1977年夏天，我高中毕业后不久，参与了干华渠的清淤，工地在小朱家岭背后。这一天，烈日当空，异常炎热，挥汗如雨，我们决定将最后一根比较大的树根斩断清除后，就回家休息。我小时候的伙伴、比我大一岁的水清，让我用脚踩着树根，他用铁锹用力往下剁。不知怎么回事，第一下就不偏不斜、扎扎实实地剁到了我的右腿上，很深，骨头都露出来了，流了很多血，非常疼痛。水清和一起干活的老乡们都吓坏了，赶紧送我到大队医务室，简单清洗、包扎了一下就让我回家了。没有缝针，也没有注射预防破伤风的针剂（可能当时没有），甚至连去痛片和消炎药都没给。生产队作为工伤补偿和安慰，免了我五分钱的合作医疗费，给我放了半天假。第二天清晨，我又按时到工地劳动。这次工伤，在我腿上留下了一个比较大的伤疤，证明我是为牛蹄支河灌溉体系建设流过鲜血的。

干中渠、风景河分别兴修于1977年、1978年的春节期间，我全程参加了这两项工程。当时，公社社员们的劳动热情空前高涨，正月初四就投入到春季水利建设，号称"开门红"，没有一个抱怨的。我们生产队干中渠的工地在鄢家湾门口，风景河的工地在干驿中学门口，社员全体出动，早出晚归、自带干粮。工地上，人山人海，红旗招展，声势浩大，高音喇叭播放着决心书、竞赛书、表扬稿，也插播公社社员战天斗地的革命歌曲，场面非常壮观，几十年来我就没有再见过。

那个时候搞水利建设，没有机械设备，完全靠肩挑背扛。我们每个劳动力每天都要挑四方湿土，一百几十担，还要上一个河坡，劳动强度是非常大的，加上饭菜油水不多，量也不够，没干一会，肚子就饿了，心里发慌。即便如此，也没有一人叫苦，因为大伙知道，这是为自己造福的工程，利在当代，功在千秋。

这四条渠道的兴建，永久性地解决了牛蹄支河北面，特别是东冈岭的干旱问题，几万亩农田做到了旱涝保丰收，成为真正的良田。现如今，除风景河已经失去灌溉功能，成为名副其实的风景河外，另外三条渠道依然发挥着重要作用。每次见到清清的牛蹄支河水，流入绿油油的稻田，造福东冈岭的父老乡亲，我的心里都是美滋滋的。

牛蹄支河在干驿段的弯特别多，就像浏阳河一样，转过了九道弯。而恰恰是这九道弯，显示出母亲河特别的曼妙身姿和柔美意态，更是留住了顺河东流的灵气和文气。明清两代，天门进士一百余人，干驿约居其半，这就是江汉平原上的一支文脉。而文脉的标志，就是牛蹄支河畔的名校，明、清时期有干滩社学、鄂城书院，以及在文昌阁、皇殿等开办的学堂，干驿的进士多出自这些书院学堂；民国以来，有在牛蹄支河北岸白马庙设立和演变的初等小学堂、县立第三初级中学、天汉中学、天门六中、干驿中学等，特别是新中国成立后，干驿中学为国家输送了成千上万的人才，成为天门的重点中学之一。

干驿中学不仅是干驿的最高学府，也是天门东乡的最高学府，是我最向往的学校。但由于历史原因，我读完几个村联办的史岭小学之后，就自然进入小学升格的史岭初中，最后又进入初中升格的史岭高中，直到毕业，无缘干驿中学，这是我求学时期的最大遗憾。恢复高考制度后，我有一次中考、两次高考落榜的惨痛经历，原因是多方面的，很重要的一条，就是我没能在干驿中学接受相对正规的教育，没能搭上牛蹄支河的文脉。那几年，干驿中学的毕业生有不少考取了大中专院校，而史岭高中除我以外，一个也没有，这不能不说学校存在问题。

1979年10月，在前辈史守贞老师的推荐下，我辞去民办教师的工作，到马湾中学复习备考。马湾中学是干驿区管辖的一所中学，地处牛蹄支河南岸。进入马湾中学,也就意味着我与牛蹄支河的文脉连上了。事实上,虽然马湾中学比干驿中学低一个层次,但在 1979 年高考中却放了"卫星",考出了全省高考理科状元,整体水平也很高,文脉强劲。经过八个多月的紧张学习,1980 年高考,我以天门文科前几名的成绩,考取了武汉大学哲学系。

牛蹄支河的确有很神奇的地方。在马湾中学复习的八个多月里,一般每两个星期,我都要回家一次,都要经过牛蹄支河上的一座小桥。每次经过这座小桥,我都要在桥的中央停一停,看一看源源不断、轻轻流淌的河水,就会感到未来充满希望。每当头昏脑涨、心烦意乱时,我都要到河边走一走,看一看两岸的杨柳,闻一闻河水的味道,就会感到神清气爽、豁然开朗。在我们班的同学中,我应该是到河边最多的。牛蹄支河在我人生最关键时刻,给了我启迪、智慧和力量,从一定意义上说,也改变了我的命运。

第三章　名胜古迹：江汉平原之壮观

干驿有文字记载的古迹，有 100 多处。乾隆贡生周琴的诗及周庆璋先生的序中，提到了干驿的"晴滩八景"及有关古迹，如直阳市城、城隍台、城隍庙、文昌阁、东冈草堂、松石园、观音堂、滴露庵、园通庵等，这只是干驿古迹的很小一部分。德盛表弟在《天门县东乡史考》一书中，对干驿的古迹详加考证，作出简介的有 40 多处，提到的有 60 多处。在一个不太大的区域之内，有 100 多处古迹，虽然不能说是数不胜数，但也可以说是星罗棋布、蔚为壮观，令人目不暇接。这种景象，别说周边乡镇无可比拟，就是放眼江汉平原，可能也不多见。

在这里，我想以德盛表弟的考证为依据，简要介绍干驿的晴滩八景和名胜古迹 30 处。东冈草堂、松石园、史家祠堂、鲁家祠堂等，我在前面已经讲过；采真园等，我将在后面讲述。泗洲寺、燃灯寺虽然距干驿镇区远一点，但仍属干驿的范围，特别是这两座古寺与陆羽联系在一起，所以也列入其中。

晴 滩 八 景

说到干驿，自然要说到"晴滩八景"。可以说，如果不知道"晴滩八景"，就算不上干驿有点文化的人。这"晴滩八景"，既有鬼斧神工的自然风光，也有历代遗址和传闻典故，还有人工建造的楼台亭阁、石桥古井，兼顾了山水亭台、风雨阴晴、白昼月夜、声光形影，其浓浓的人文色彩，对于不了解干驿的地理、历史、文化的人来说，是体会不到，抑或欣赏不了的。

历代文人墨客从干驿的名胜古迹与自然风光中，提炼出风格雅致、气象奇特的"八景"，乾隆贡生周琴(字操南，号桐岩，干驿人，曾任通城教谕)为"八景"逐一题写诗句，流传于世。周庆璋先生在《干镇驿乡土志》中为"八景诗"分别作序。德盛表弟对周庆璋先生的序作了翻译，并附上周琴原诗如下。

直台古槐

直阳市城的古城隍台遗址，位于天门县与汉川县交界处，那里有座城隍台庙，建筑规模宏大，僧侣众多。鲁铎曾在这里读书，他亲手种植的槐树至今已有400多年，盘根错节，灵秀俊美，登临城隍台的人，无不激起对古仁人君子深深的追念之情。

> 大木前贤植，扶疏镇古台。
> 风梳枝不舞，地敞影偏回。
> 袅娜羞宫柳，盘踞傲蜀梅。
> 爱他培养久，应许是良才。

松石绿波

松石湖，曾经纵横数十里，满湖都荡漾着清澈的波浪，湖的中央碧绿见底，景色尤为奇绝。明司徒陈所学曾在这里修建松石园。

> 一湖饶妙致，绿渚秀神钟。
> 藻映难分色，柳垂亦惜容。
> 罗纹卷细雨，叠浪鼓潜龙。
> 频见来游客，扁舟系岸松。

滴露鸣竹

牛蹄支河河滩上有滴露庵，地处清旷，明代时一位住持和尚种下几株竹子，繁衍到现在，包围了整个寺院，不下万株。风吹来时，竹干相互敲打，发出铿锵的声音，叶子彼此摩挲，沙沙作响，宛如天籁，游人们都十分惊奇。

宝梵苍竹茂，掩映一川清。
萧风频留响，嵇琴屡度声。
音先截管得，韵自爽风生。
静听思飘渺，恍然天籁鸣。

澄湖夜珠

澄湖（注：沉湖）烟水苍茫，每到夜间，河蚌便含着夜明珠沿岸游走，好像一艘艘大船上点燃着灯火，亮光很远都可以望见，仿佛海市蜃楼一般。相传每次夜明珠出现，当年都会风调雨顺、五谷丰登，因此被邑人视为祥瑞。

蚌胎涵育久，炳耀出澄湖。
照水惊潜鲤，明沙乱宿凫。
瑞光金阙有，异彩丹渊无。
徙倚深更里，贪看不夜珠。

东冈晴烟

高峻的东冈岭，蟠亘在华严、松石两湖之间，就像天上的彩虹。每当天气晴朗，轻岚升腾，就呈现出水墨画卷般的景致，陆羽被此景深深吸引，曾在这里结庐居住，撰写《茶经》。

高陵横绿野，岚气绕无边。
非雾偏遮树，似虹可接天。
影滩浓淡画，彩挂绿红笺。
为忆冈头句，玲珑满纸烟。

两堰秋月

镇区北面有相连的丁公堰和马公堰，乡言"堰"意为池塘。丁公堰在东，原为丁指挥的花园；马公堰在西，本是马尚书的故宅。丁、马二公都是元朝人，生平无考。花园和故宅被大水淹没后，造就一泓宁静秀美的小湖。一条形如蜂腰的小路从中间把湖面分成两半，"腰"上架起一座石桥，曰"二龙桥"，连接小路的两端，向北通往观音堂、园通庵。秋高气爽的时节，明月高悬，澄明的水面如同两方玉镜；星空璀璨，与水中的倒影浑然一体。前来观赏的人络绎不绝，就像来到传说中的桃花源一样。

> 龙桥横二堰，朗朗月光浮。
> 玉镜东西鉴，金波左右流。
> 夜沉鱼弄影，云净雁横秋。
> 乘兴频来赏，何须秉烛游。

朝阳夕照

明代的"朝阳楼"，就是现在的文昌阁，高高耸立在牛蹄河堤上，夕阳西下时，霞光从河面反射到它身上，散发出宝玉一样的光泽，如同天上一颗明亮的星星。每到晴朗的傍晚，总有很多人前来观看，直到夜幕降临才依依不舍地离去。

> 堪美澄江阁，遥空对夕阳。
> 曛烘碧瓦璨，影射铜驼光。
> 归鹤烟迷羽，晚湖暗泊舫。
> 低徊楼上客，日落更思乡。

华严浮台

《[道光]天门县志》卷之十六《古迹》第十七页载："浮石台，在县东七十里华严湖中，涸不加高，涨不受没，波光荡漾，若浮壁然。"讲的是华严湖西边的水汊中，有一座高台，宽度大约一里，四周环水，只有乘船才能到达。湖水上涨，高台就会上升，水位回落，高台也随之下降，因而被称作"浮石台"。

> 台钟天地秀，面面绕渔舟。
> 形聪君山壮，幻同海市浮。
> 村烟吹远浦，牧马望荒邱。
> 岛屿人稀到，白云去复留。

《干镇驿乡土志》也记载：先辈们传说曾有神仙来过华严湖，留下一座浮石，湖水上涨，浮石也会上升，水位回落，浮石也随之下降。浮石上建有庙宇，景致宜人。

这位神仙是谁，无可考证。德盛表弟小时候听曾祖母讲过一段"古话"，说的是，鬼谷子来到华严湖，看见这里景色秀美，民风朴淳，很是喜欢。他担心这里的人心变坏，就沿着湖岸绕行一圈，一路撒下黄豆粒大小的金豆子。贫苦人家走投无路时，偶尔会捡到金豆，换点粮食买点药，渡过难关，自然是喜出望外，感激不尽；也有些贪心的人，不事生产，专门寻找金豆豆，妄想一夜间发财致富，怪的是，只要他们得了这不义之财，自己或家人立马会遭受恶疾，治病的花费恰好就是金豆子换来的银钱。这个传说，我的奶奶也给我讲过，应该在"一岭两湖"地区比较流行。

楼 台 亭 阁

直阳市城

直阳市城在干驿镇区以东十里，今界牌村境内，接壤汉川县田二河镇。相传这里是本县的旧城，修筑年代不明，至今遗存有城隍台。

"城"原指土筑的高墙，"隍"原指护城壕。在民间传说中，"城隍"被引申为守护城池、沟通三界之神，且多由过往有功于地方的名臣、英雄充当；供奉"城隍神"的房子叫作"城隍庙"，多坐落在内城西侧，按照规制，只有州县或以上的治所才能设置。村、镇只能建造"土地庙"，供奉"土地神"（俗称"土地公""土地爷"或"土地"）。

直阳县的传说由来已久，可是查遍古籍，也没有明确的记载。《［道光］天门县志》卷十六《古迹·古云杜城》探究道："直阳市城……安知其非云杜城乎？"提出直阳市城可能是古云杜城。"周氏再版本"中，魏章祥先生推测，"直阳市城或许是南北朝（420—589）时期设置的，那时候这里是南北交战双方的边境，竟陵城陷于一方，另一方设立直阳县城，由于为时短暂，没有引起广泛的注意，也没能留下文献记载。"萧志才先生认同魏先生的说法，以北魏郦道元《水经注》载有"力口（今界牌）""马骨诸湖"而未及直阳市城，推断置城年代为西魏（535—556），并认为今东湾、西湾就是原直阳市城的东门、西门。

四库全书本《太平寰宇记》卷一百四十四《山南东道三·复州》载有另一条或许与直阳市城相关的线索："景陵县，旧八乡，今四乡……郧县城，故汉县废城，在县东。云梦城，《郡国志》云：'竟陵城西大泽，即古云梦泽。'"那么，直阳市城会不会是废弃的汉代郧县故城呢？仍有待考证。

皇 殿

皇殿，又称"万寿宫"或"万岁宫"，在干驿镇后街以南、萧家巷以西，占地面积约六千平方米，是清乾隆时期为皇帝出巡而预建的行宫，因此而得名。

朝北进入皇殿牌楼式的大门，走过长约十五米的石板甬道，便是高大宏伟的两层戏楼，由主楼和两侧的配楼组成。

主楼的底部是戏台，由四根粗大的石柱托起，每根石柱重达数千斤。戏台上，粗壮的楠木圆柱支撑着屋顶和廊檐，人们从正面和左右两侧都可以观看演出。柱头上方的大梁上，雕刻着精美的人物故事和花鸟虫兽组成的吉祥图案。楼顶中央，彩绘着大幅阴阳八卦图，四角衬以寓意福、禄、寿、禧的纹饰。悬山式坡屋顶的四角，由斗拱挑出一米五左右的飞檐，每个龙虎形的拱座上都雕刻着回纹。飞檐的垂脊上，各有六到八个麒麟造型的蹲兽，最外端是形如飞龙的垂兽，与正脊两端的鳌鱼鸱吻相映成趣。筒瓦鱼贯而成的正脊中央，七层由大到小、色彩各异的椭圆形陶鼓叠成宝瓶，给人高耸入云的感觉。

配楼为迂回形结构，是演员们化妆、更衣和休息的地方，外侧由长约三米的空中走廊与主楼相连，屋顶造型与主楼浑然一体。

整个戏楼规模宏大，结构紧凑，布局合理，功能齐全，古色古香，巍峨壮观。它与白马庙的戏楼一东一西，遥相呼应，似镶嵌在干驿镇区两端的一双明珠。

戏楼前是宽阔的广场，可容纳观众一千余人。很长时间内，这里是干驿最大的露天剧场。平日里，世族旧家操办喜事，各大商号开张庆典，都会在这里邀班唱戏，讲个排场，图个喜庆。每逢节日和农闲，各地的戏班、剧团连场献艺，大街小巷人潮涌动，男女老幼喜气洋洋。

广场以北，穿过两侧各有宽大耳房的过道，就是中殿，中殿两旁各有一间更大的卧室。从中殿上八级台阶便来到后殿，后殿正中为客厅，客厅两边辟为小卧室。整个后殿装饰奢华，隔门屏风雕饰精美，大漆家具气派典雅，四季名花适时点缀，名人字画张挂满堂。紧靠后殿，还有两间大统房。

皇殿的北侧，是一个大花园，曲径回廊、楼台亭榭、假山奇石、名花异草、参天古木无所不备，尽显东方园林的神韵。花园中的环形人工池塘里，碧水荡漾，鱼跃蛙鸣，充满生趣。

花园东侧是一个小佛堂，供奉着"火神菩萨"，佛堂背面是膳食房；花园西侧是厕所等辅助建筑。

清朝末年，政府在这里兴办一所初等小学堂，民国二年（1913）文昌阁开设国民学校后，皇殿的小学按照规定停办，皇殿改作"国民万岁殿"，或称"万岁宫"。当时干驿的钱粮柜台就设在这里。民国二十二年，县立干驿中心小学从文昌阁迁到这里，直到新中国成立后，这里都是公立学校。

1950年，政府利用拆除文昌阁和大佛阁的材料，在皇殿东侧紧邻萧家巷处新建一栋八间教室的平房。1957年，在紧靠后街的花园北侧，又修建三间平房作为教室。

1972年，皇殿戏楼因年久失修，部分屋顶塌陷，当时既无修缮资金，又认为它是无用之物，考虑到学生的安全，将其拆除改建成一排平房。2012年左右，原皇殿小学的所有建筑再遭拆除。至此，这座古老的行宫、干驿人引以为傲的戏楼，片瓦寸砖不存，永远消失。

巡检署

巡检署是巡检司的官署，本镇人称"衙门"。巡检司是县衙的派出机构，一般设于关津要害之地，长官为"巡检使"，省称"巡检"，是知县的属官，掌缉盗、盘查之职，统领弓兵若干。干驿的巡检司最早设置于明成化十三年(1477)，故址位于后街以南、衙门巷以西的拐角处，东临周树模宅邸。1953年，巡检署被改建为"竹器社"，现已无存，故址上建有民居。

两便仓

明成化间，知县姜绾在干滩镇设立两便仓。此前，官府的粮仓设在县城竟陵，从干滩镇至竟陵的河道又窄又浅，军船不能达到县城，县衙只好把粮食从竟陵运到干滩，存放在芦苇搭盖的草棚中。前来收粮的军官以粮食潮湿为借口，敲诈勒索，百姓的负担更加繁重。姜绾于是考察地形，修建两便仓。农民缴纳的军粮直接入仓，免去转运之劳；军粮贮藏妥善，军队也不再有索贿的由头，谓之"两便"。可见当时经由干驿的水道还十分便利，可以行驶满载的军船，这也是牛蹄支河曾经是汉江(襄河)主流的佐证。

原文载于康熙壬申《景陵县志》卷之四《城围志·仓廒》，抄录如下：

　　　　两便仓，在干镇驿，知县姜绾立，今废。姜绾记：兑运者，赋于民而兑于军也。景陵收于县仓，河隘且浅，军船不能入，则出米于干滩，采芦为蓬而贮之，军以米湿为辞，未免赂之，科敛如常。缙乃度地作仓，曰"两便"，赋入于仓而民不劳焉，兑出于仓而军无辞焉，谓之"两便"，不亦宜乎？

文昌阁

文昌阁，又称"文圣宫"，明代称为"朝阳楼"或"澄江阁"，巍峨耸立在干驿镇区东端牛蹄支河河堤上的一座高台上，雄踞本镇名胜之首。

文昌阁面向西南，前后三进院落，两旁各有厢房等附属建筑。一对石狮在大门两侧相对而立，雄伟的前殿雕梁画栋，斗拱飞檐，门楣上方高挂"文昌阁"三个镀金大字，笔力苍劲，金光闪闪。前殿、中殿设为教馆，长年学童满座，书声琅琅，两侧厢房辟成卧室。后殿供奉"文圣"孔夫子的坐像，殿内蛟龙盘柱，玉凤绕梁，横匾竖牌随处可见，名人字画满壁生辉。

门前的河堤大道，是从汉川方向陆路往来干驿的唯一通途，终日车水马龙，人流如织。登上阁楼，能够远眺沉湖和东冈岭，俯瞰牛蹄支河与白龙潭。独特的地理位置和营造者的巧夺天工，成就"晴滩八景"之一的"朝阳夕照"。每当天气晴好，夕阳西下，"文昌阁"匾额上的金光与牛蹄支河河面反射到楼体的霞光交相辉映，蔚为奇观。

清朝末年，文昌阁被改建为"天门县东路高等小学堂"，规模之大，学生之多，都排在本县学校的第一位。民国四年，县政府无力支付学校的经费，把分设于干滩驿、岳家口、渔薪河和皂角市的东、南、西、北等四路高等小学堂全部合并到"县立模范（高、初）两等小学堂"，文昌阁变身为实施初等教育的国民学校，教师们难以适应，学校也随之日益衰微。

由于年久失修，至 1950 年，文昌阁已破败不堪。这一年，政府将文昌阁和大佛阁拆除，将其砖瓦、木料运到皇殿，用于新建校舍。今干驿镇有文昌阁路，原建筑现在已无迹可踪。

奎星阁

奎星阁，俗称"六角亭"，矗立在镇区以东的牛蹄支河南岸河堤旁，与文昌阁隔河相望，远远看去，气势雄浑，令人肃然起敬。

奎星阁由清末封疆大吏周树模建造，可惜存世时间不长。魏章祥先生在"周氏再版本"的注解中说："奎星阁，在文昌阁东南之河对岸，民国十三年(1924年)已倾圮，唯破瓦颓垣而已。"

干滩社学

干滩社学是干驿有记载以来最早的官办学校，鲁铎等人曾经在这里学习，其创办时间不晚于1480年(姜绾就任景陵知县之年)。康熙《景陵县志》卷五《学校志·社学考》记载："知县姜绾有记，今废。然干滩自兴学，鲁祭酒铎、周少保嘉谟、陈司徒所学、魏观察士前诸公相继而起，至今姜记中'登名跻仕'语盖[成谶]云。"干滩社学似有义学性质，在姜绾到任前已设立。巡视之后，姜绾对其规模和教学效果感到十分欣慰，因此他期待学子们将来能够"登名跻仕"。真是一语成谶，干滩社学后来人才辈出，姜绾的预言成为现实。

义学也称"义塾"，是靠官款和私人捐助设立的蒙学，相当于现在的幼儿园或小学，招生对象多为贫寒子弟，免费上学。干滩社学的开设，使鲁铎、周嘉谟、陈所学、魏士前等先贤得以接受教育，考取功名，直到踏上仕途，报效国家。

时至康熙壬申《景陵县志》成书的1692年，干滩社学已然荒废。然而，鲁、周、陈、魏诸公，以及后来从东乡读书出仕的前辈们，或在自己的官地、故乡倡办义学，或终生投身教育，惠及更多的贫寒子弟，推动了干驿教育的发展。直到今日，干驿同乡如汪友林、杨池林先生等都屡有捐建学校、资助教育的义举，干滩社学对家乡人文风尚的影响可谓至深至远矣！

鄂城书院

鄂城书院，干驿早期学府之一，始建于明嘉靖年间，原为江西籍移民修建的"江西会馆"，后更名为"咸宁会馆"，清乾隆时期改为"鄂城书院"。

鄂城书院位于镇中街，坐南朝北，面向正街，背靠河堤街，有门面三间，宽约十一米，深约六十米，其西为书院巷（原名"福兴巷"，是通往牛蹄支河南岸夹街村的主要通道之一），东临胡义发木作坊。

百岁坊

百岁坊，《[道光]天门县志·卷首》作"老人坊"，在干驿长沟以北刘姓的田地上，东望碧潭庵，清乾隆三十六年（1771）刘姓族人为百岁老人刘翊鹤（享寿 103 岁）所建，为三间四柱、两楼花板的石质牌坊。

百岁称"期颐之年"，在封建社会，朝廷将百岁老人视为"人瑞"，往往奖赐、表彰。乡间后来有人据此附会成故事，说乾隆皇帝下江南，在这里遇到刘姓百岁老人，第二天还遣人给老人送上贺寿的礼物若干、黄马褂一件，刘姓后人为此树立百岁坊云云，其实正史上并无乾隆皇帝驾临天门的记载。

牌坊是中华传统建筑类型之一，多为表彰功勋、科第、德政以及忠孝节义所立，或者作为祠堂的附属建筑物以昭示先人的功德，兼有祭祖的功能，有斗拱和屋顶的牌坊也称作"牌楼"。百岁坊巍峨雄浑，坊门上方的石梁，每一块都重逾千斤，在熊家台北侧的旷野上屹立近两百年，仍毫发无损、稳如泰山。1966 年被拆毁，今无存。

寺 院 道 观

子文庙

子文庙，是祭祀春秋时期令尹（楚国最高军政长官）子文的场所。

斗谷于菟，芈姓，字子文，楚国贵族若敖氏后裔，斗伯比之子。《左传·宣公四年》记述了子文离奇的身世：斗伯比寄养于舅父郧子（郧国国君）家，与表妹私通生下一子。郧夫人很觉难堪，命人将婴儿丢弃在梦泽。

郧子到梦泽去打猎，看见一只母虎怀抱着一个婴儿为他哺乳，见到来人也不畏避。郧子认为这个孩子是神物，于是将他带回家让女儿抚养（"郧夫人使弃诸梦中。虎乳之。郧子田，见之，惧而归。"）。第二年，郧子送女儿到楚国与斗伯比成亲。楚国方言称"乳"为"谷"，称"虎"为"于菟"，这个孩子就取名叫"谷于菟"，意为"老虎喂乳的孩子"。子文从楚成王八年（前664）开始担任令尹达二十七年之久，是一位清廉勤政、律己恤民的好官，为楚国的强盛作出极大贡献。《左传·庄公三十年》称颂他为令尹时"自毁其家以纾楚国之难"，即捐出全部家产缓解国家之难，这便是成语"毁家纾难"的出处，《论语》中孔子曾嘉许子文曰"忠"。

楚国境内有多处子文庙，据《[乾隆]天门县志》卷之二《建置》的记载，仅在天门就有四座："子文庙，在县东官城村[之华池]，成化[十九年（1483）]知县姜绾重建，[弘治十年（1497）知县周端率士民修之]，有记，今废祀。东北凡四所。"其后录有姜绾的《令尹子文庙记》，记述重修子文庙并亲自祭奠的经过，表达对子文的无比崇敬。《[道光]天门县志》卷之十二《祀礼》亦有记载。

查阅《湖广图经志书》卷之十一《景陵县图》时，蓦然发现"子文庙"清晰地标注在干驿北面的山上，由此可以确认这座子文庙的故址就在东冈岭范围内。

据《竟陵春秋》作者马荣华先生考证，天门九真镇另有一座子文庙，不知何代所建，规模宏大，20世纪50年代此庙设为小学，后被拆毁，而村仍以子文名，即今"子文村"。

白马庙

白马庙，或称"武圣宫"，雄伟地矗立在干驿镇区的最西头，是供奉"武圣"关公的地方。据说，白马庙的名字，来自刘备曾途经此地时乘坐的是一匹白马。

白马庙坐北朝南，占地面积约5000平方米。面向正街的大门附近，旧有气势雄浑的门坊，上书"古晴滩"三个大字，出自清末书法家李云骧先生之手。步入山门，左边是两侧附带钟楼、鼓楼的二层戏楼。戏楼飞檐斗拱，翼角翘翘，亮脊青瓦，画栋雕梁。屋顶正脊的中央，七个从大到小的彩色圆珠串成的宝瓶直插云霄。四条斜脊上，各有六个玲珑乖巧、摇头摆尾的蹲兽。戏台的正面看梁上，雕刻着成组的人物典故，栩栩如生。楼顶天棚内，整面绘制着太极图案，庄重神圣。1954 年，特大洪水袭来，本已年久失修的戏楼浸泡在水中，损毁严重，加之缺乏修缮资金，为防止出现意外，1956 年戏楼被拆除。

戏台北面是一个宽阔的广场，广场西侧为僧舍，广场以北是古朴雄伟的中殿。中殿是接待来访僧侣和信众，以及长老讲经传道的圣地。紧靠中殿的两侧为偏殿，是长老们住宿和研习佛经的地方。

中殿后面有一个天井式过道，正中安放着一座直径 1 米、高约 2 米的铸铁化纸炉(亦称"焚经炉""大香炉")，造型极精美，底座三足为虎爪造型，中间为圆形鼓肚(即"炉腹")，鼓肚以上呈八边形，每边一个小方孔，做善男信女们投掷香钱之用。上盖为坡屋形荷叶边沿口，沿口盖过炉身，以遮雨挡雪，盖顶中心设计成宝珠式样。整个炉身上下镌刻着精美的纹饰、图案和铭文，列有施主姓名和善款数额，观赏者往往赞叹不已。1958 年"大炼钢铁"期间，化纸炉被砸碎炼铁，残片无存。

化纸炉后面再上三级台阶，是高大森严的后殿。后殿中央供奉着高大的关羽坐像，他左手捋着长须，右手握着兵书，正在聚精会神地读书，气度非凡。关平、周仓全装贯带，侍立两旁。

后殿两侧偏殿，一侧供奉着面目狰狞的"雷公"和神色庄重的"电母"，专门教训那些作恶之徒或不孝之人，同时，庇护本地风调雨顺，确保年年五谷丰登。另一侧供奉着慈眉善目的千手观音，为千家万户子孙兴旺而赐福，特别为那些忠厚善良、久婚不育的人们送去喜讯。这些都寄托着人们美好的愿望。

后殿的东边为膳食房，其后面为茅厕、放生池。

清宣统年间，官府在白马庙设立初等小学堂，辛亥革命后，因缺乏经费而停办。1947 年，天门县国民政府在此开办县立第三初级中学。1948 年

4月28日干驿解放，天门三中更名为"天汉中学"（属天汉县政府教育科管理）。1949年7月，干驿回归天门县建制，8月，湖北省立天门中学从武昌迁回，与天汉中学同时并入鄂中天门中学，空下来的校舍办作干驿小学白马庙分校。1956年，白马庙小学并入皇殿小学，又在这里开办初级中学，将白马庙中殿、后殿、偏殿等建筑依次拆除，建了一栋平房式的三间教室。第二年，增建一栋平房式的三间教室，同时新建办公室和校医院，更名为"天门六中"。现为干驿中学所在地。

东岳庙

东岳庙，始建于宋代，现已无存，故址在松石湖西北的东冈岭九岭村，《[道光]天门县志》记载，其院内曾有参天古树，大到几人才能合抱，相传是宋朝时栽种的。

城隍台庙

城隍台庙，名列干驿境内寺观之首，在镇区往东十里处（今界牌村地界），由三国时期东吴鲁肃创建，曾经存有"灵槐古刹"的碑文，不知何人所书。这里很早就开设学校，鲁铎、周嘉谟等先辈正是在这里接受启蒙教育，开启他们不凡人生旅程的。

城隍台庙的办学传统一直延续到20世纪80年代。现在，旧有建筑无存，原址附近重建有城隍台庙。

天门境内关于鲁肃的古迹，还有一座"鲁公城"。康熙《景陵县志》卷之六《风土志·古迹考》记载："鲁公城，在下白湖村，本土台，名之曰'城'。相传鲁肃屯兵于此。"《[道光]天门县志》卷之十六《古迹》进一步考证："鲁公城，在县西南下白湖村。按《三国志》，吴遣鲁肃至荆州，行至夏口（今武汉市武昌），闻曹操向荆州，兼道（加速赶路）至南郡，或取路由此。"

白云寺

白云寺，在干驿以北五里处，始建时间不晚于唐代。康熙《景陵县志·

卷之七享祀志·梵刹》载有白云寺，并附有明末宿儒邹枚的《白云寺讲经疏》，称"自大唐以来，去邑东南六十里有白云寺，余初徙居此，爱其名。"可见其历史之悠久。

白云寺中有一口古井，相传贯通白龙潭，水味如蜜。民国五年，白云寺被土匪占据，官军剿灭土匪后，寺院也全部毁坏。民国七年就有人倡议集资重建，结果不得而知。干驿镇现有白云寺路，20 世纪 90 年代，在原址上新建白云寺，古井仍在，是为数不多的古老遗迹之一。

巢云寺

巢云寺坐落于简氏巷以北约 150 米处，坐北朝南，背靠长沟，南临镇后街，建筑面积约 600 平方米。其南面有连片的荷塘，荷塘中间一条两米宽的神道斜通至寺前广场，塘水由神道下面留有的孔洞相连。广场上有一口水井，深不见底。寺东另有一个很深的堰塘，名曰"锅底坑"，水清如镜，长年不干，寺庙僧众和周边居民常常在此挑水饮用。西边和北边是禾田，整个寺院和堰塘四周，绿树环绕，宁静祥和。

巢云寺由前殿、中殿和后殿组成。踏入山门，进入前殿，如来佛祖的护法神"韦驮菩萨"神像端坐正中，九节钢鞭高举过头顶，横眉怒目逼视着来人。前殿的两侧供奉着四大天王，东西厢房里则分别立着冥府二仙"阴无常"和"阳无常"（即"黑无常"和"白无常"）的造像，面目狰狞，阴森可怖。心怀鬼胎之辈，进殿便会胆战心惊，望而却步；胸怀坦荡之人，自会闲庭信步，处之泰然。

来到中殿，传说中主管地狱第一殿、第二殿的阎罗王"秦广王""楚江王"相对而坐，慈眉善目，面含微笑，手拿经书，神情专注，仿佛世间的一切喧嚣纷争、是非成败都已烟消云散。两旁的木质壁板上，雕刻有各种行善尽孝的人物故事，活灵活现，生动感人。

出中殿，过天井便是后殿，后殿高大宽敞，但是室内光线暗淡。掌管冥府的"十大阎罗"造型，恶鬼在地狱遭受各种酷刑的雕塑，与神龛上忽明忽暗的烛光、满殿缭绕的烟雾一起，构成阎罗殿的恐怖氛围，令人心生敬畏，毛骨悚然。殿内张挂的牌匾、条幅上，大多题写着规劝人们弃恶从善、行孝积德的箴言。

后殿东侧为斋房，天井及中殿两侧的厢房为僧舍和方丈室。

干驿人有句谚语："巢云寺的菩萨，宜远不宜近。"本地人对巢云寺似乎熟视无睹，而外地人却将它的灵验传得神乎其神，为此，不少信众不远千里来这里烧香礼拜，巢云寺一度香火旺盛。

1954年的大洪水将寺院淹没，损毁严重。1955年搬走菩萨塑像，改为"干驿卫生院"。1981年，卫生院扩建，将其全部拆除。现在，原有建筑无存，故址附近有巢云寺路。

泗洲寺

泗洲寺，位于华严湖北岸，始建年代不详，成书于清康熙三十一年（1692）的《景陵县志》卷之七《享祀志·梵刹》已有泗洲寺的记载。相传唐代诗僧皎然从四川沿江而下，路过竟陵西塔寺，拜访智积禅师，听说陆羽到了东冈岭，于是来过这里寻访陆羽。

清代，泗洲寺被改建成学校，一直延续至民国年间。抗日战争期间，泗洲寺曾遭日军破坏。新中国成立后，在此兴办小学，20世纪60年代小学撤销。故址上现有复建的泗洲寺，规模远不如往昔。

然灯寺

然灯寺，亦作"燃灯寺"，在县东南三十里牛蹄支河北岸（今横林镇陶溪潭村），故址上有近代重建的"燃灯寺"。唐代诗人皇甫曾有一首《送陆鸿渐山人采茶回》流传于世：

千峰待逋客，香茗复丛生。
采摘知深处，烟霞美独行。
幽期山寺远，野饭石泉清。
寂寂然灯夜，相思磬一声。

有人说，然灯寺就是因这首诗中"然灯"二字而得名。

明嘉靖年间，本县绅士戴度增修然灯寺。清康熙三十年(1691)，戴度的子孙们又发起倡议，募资重建，并置有寺田二十八亩。

寺里旧有陆羽的挚友、诗僧皎然的碑迹，乾隆《大清一统志》卷二百六十五载："燃灯寺，在天门县东南淘溪侧，有唐僧皎然碑。"这也是皎然曾来竟陵寻访陆羽的物证。明末清初邑中高士鄢韵曾作《然灯寺诗》，来追怀这件事：

> 风送迦陵作鼓吹，是禽是佛那能知。
> 老僧笑我与谁共，指点云深一片碑。

隆庆戊辰进士徐成位亦有《燃灯寺》诗四首，其一曰：

> 寂寞龙宫外，迢遥一水茫。
> 寒蛩吟绿草，秋兔隐黄粱。
> 涛送风飞雨，沙明月照霜。
> 浮生原不定，随意钓沧浪。

隆镇观

隆镇观，后世或作"龙镇观"。从干驿镇中街的陶家巷往北，过后街，再向北80米过长沟石桥，东北向就是其故址。

道光乙巳(1845)《天门胡氏槐源谱》详细记录了隆镇观的历史。明正统末年，胡存振(字汝端)从徽州府歙县槐源卜居沔阳州景陵县干滩，成为景陵槐源胡氏一宗的始迁祖。大约天顺(1457—1464)年，存振公与妻子刘孺人出于为全镇人士祈求福祉的愿望("所以庇一镇之人士，而均隆厥福，公而不私")，出资创建隆镇观，这便是隆镇观得名的来历。

隆镇观是一个建筑群，总体坐北朝南，南临长沟，主体是两列东西走向的建筑。在两列建筑之间，居中建有钟楼，西侧则有东岳殿。

北端建筑，从东至西依次为：文昌祠，供奉文昌帝君（亦称"文曲星"，在民间传说中主宰科举、禄位）；厨房；祖师殿，供奉道教真武大帝；胡公祠，供奉胡氏得姓始祖妫满（帝舜的后裔，西周陈国首位国君，谥号"胡公"）。

南端建筑，从东至西依次为：玉皇阁，供奉道教玉皇大帝；涌莲庵，为佛教庵堂；华容观，供奉观世音菩萨；泰山庙，与其北面的东岳殿连成一体，供奉泰山神东岳大帝（主管人间生老病死的冥府之王）。

隆镇观的四周置有公田，租金和收成用于供养僧人、道士，维系日常开支。

胡氏后裔于明弘治戊午（1498）、万历己未（1619）、康熙乙未（1715）三次集资重修隆镇观。乾隆壬寅（1782），东岳殿倒塌，胡定适（字南轩）召集族人，第四次重建。到了道光乙巳年，玉皇阁、涌莲庵均已倾废。

后来，人们为"镇水祈年"而第五次重建隆镇观。清光绪二十四年（1898），一场大火将它彻底焚毁，只余下残钟剩磬、荒草断墙，前来凭吊的人无不扼腕叹息。民国元年，镇上的士绅们募集资金，第六次重建。

重建后的隆镇观，规模远小于从前，是一栋排架结构、十柱三间的平房，总建筑面积约80平方米。正门全部是木质花格门扇，雕刻着各种花卉图案，朴素大方。观内大厅正中，供奉着"水神老爷"，只要遭遇水灾，前来参拜的人就络绎不绝。

隆镇观的四周都是禾田堰塘，长沟从它的南面潺潺流过，环境优雅而清静。每当清晨和傍晚，晨钟暮鼓响彻全镇。1956年，这里被改建成棉花收购站，1964年被整体拆除。干驿现有隆镇观路，亦有隆镇观，为近年移址新建，这是隆镇观在五百六十年间的第八次修建了。

滴露庵

滴露庵，位于镇区以东半里处的牛蹄支河北堤，邻近文昌阁。明万历年间，四川僧人本源来到干滩驿，他时常在夜里来到河滩上露天打坐，有赤红的光芒从他的头顶映射出来。人们很是惊异，就尾随着来到他的住所，原来不过是一间草席大小的茅棚。盛夏酷暑，路旁偶尔有人中暑晕倒，本源和尚用一滴甘露就将他们救醒过来，"滴露庵"就是这样得名的。

万历四十三年（1615），本源师父夯筑四亩大小的庙基，之后又有一位名叫致和的寺僧将基础拓宽加高。嘉庆十四年（1809）五月，庙旁的河堤溃口，滴露庵的建筑全部倒塌，田地也被冲毁。与可和尚露宿在残破的寺院里，苦守五年，发下愿心要重建寺庙，修缮过程中，在寺东墙角挖出多年前照峰师父（本为槐源胡氏子弟）留下的银子二百六十余两，好像照峰预先就料到滴露庵会有这一劫难似的。镇区的绅士刘承迪感到这件事十分离奇，受到感召，就帮助与可师父把钱用来放贷，收取利息。乙亥年（1815）的冬天，本金、利息加上布施，钱银总共达到二千二百吊有余。于是重新修筑庙基，面积二亩四分，而后又逐年增高到一丈六尺。嘉庆二十四年（1819），滴露庵终于得以重建，前来修行的僧人也越聚越多，邑人马钧光作《重建滴露庵记》以记其事。

20世纪90年代，乡人再次在原址重建滴露庵，从明代就植下的"滴露鸣竹"繁衍至今，依旧茂密苍翠，生机盎然。

碧潭庵

碧潭庵，《［道光］天门县志》卷首上作"碧桃庵"，在镇上街以北半里左右、长沟再往北的地方，南面熊家台，西邻百岁坊，庵前有一个深潭。碧潭庵和其东侧紧邻的刘家祠堂（属刘氏油榨支系），都是清静肃穆的祭祀场所。

七甲庵

七甲庵，即陈所学《松石园记》中述及的"常乐庵"，也是李维桢《松石园记》中提到的"极乐庵"，在镇区东北的松石湖畔、松石园故址（今陈家大咀村）内，今无存。

真静庵

真静庵，或作"贞静庵"，位于干驿中街的魏家巷北端、过后街的西北处，占地面积约 500 平方米，南临镇后街，西边为菜地，东边和北边都有荷塘，环境清净优雅，与正街的繁华喧嚣反差鲜明。

庵堂大厅后壁的正中，供奉着观音菩萨坐像，体态丰腴，双手合十，面容慈祥，笑容可掬。后厅是尼姑的僧舍，素雅洁净。

真静庵在新中国成立之初就被拆除，1957 年这里建成碾米厂。

大佛阁

大佛阁，位于镇下街的尾端，故址在文明街北侧、徐家祠堂与刽孔之间，今大佛阁路与文昌阁路交叉处附近。大佛阁供奉如来佛祖，民国初年香火已然冷清，在此修行的比丘尼(俗称"尼姑")生活窘迫，不时有人还俗为民。

文明街是通往东部汉川方向的必经之路。与大佛阁隔路相对处，立有一块高约一米、宽约三米的匾额，黑底金字，上书六个苍劲有力的行书大字"晴滩第一关所"。据说在封建王朝，从东面进入干驿镇区，远远望到这方匾额，文官要下轿，武官要下马，这个规矩从来无人违背。

1950 年，大佛阁整体拆除，此匾由当时的商会主任胡云龙、鲁鼎成等人移至中街张家祠堂内的工商联办公处悬挂，1998 年之后下落不明。

观音堂

观音堂，本名"圆通观音庵"，位于镇东北。出馆驿巷向北，穿后街，经二龙桥过丁公堰和马公堰，再向东北方向 30 米处，就是其故址。

圆通观音庵亦由槐源胡氏景陵始迁祖胡存振率族创建，存振公的长孙胡希瑞(字祥宁)主持修建事宜。圆通观音庵由北侧的"圆通庵"和南侧的"观音堂"组成，庙基占地三亩七分四厘，附有义塚二亩七分五厘，用于安葬穷苦人家的逝者或无主尸骸，另置公田若干，"俱付主持承种，作照理之需"。道光乙巳《天门胡氏槐源谱》载有胡元铣《圆通庵图说》：

> 缺而复圆者，月也；流而斯通者，水也。驿有"两堰秋月"，为"八景"之一。水碧无尘，月明如镜，无今无古，是色是空。我先人于此间作圆通庵，奉大士像，以水月为供养，真妙解菩提心者也。人之游斯庵者，其亦观水与月而了"圆通"之旨乎？

观音堂建成之后，很快就与其南侧的"两堰秋月"一起成为干驿的名胜，明代就有以其命名的"观音堂团"，《[乾隆]天门县志》载有"观音堂堤"。

岁月流逝，时至清末，虽几经修复，圆通庵已然无存，故址上只剩下观音堂。这座古朴典雅的庵堂掩映在高大的林木中间，四时花开不断，绿草如茵。堂前小广场上有一株罕见的千年银杏树(乡言"白果树")，冠盖如巨伞，夏日里为香客和游人们带来阴凉。进入正堂，只见送子观音端坐在莲花宝座上，发髻高挽，面带微笑，低眉颔首，手持净瓶，"善财"和"龙女"分侍两旁，几个活泼可爱的童男童女雕像，手拿宝玉、铜钱，在宝座前嬉笑玩耍。

求子心切的妇女，喜得贵子的夫妇，或来祈求，或来还愿，观音堂因此香客如蚁，香火旺盛。可惜到了民国时期，风气堕坏，沦落到与真静庵类似的地步。

20世纪50年代初，千年古树成为蒙昧的乡民们的崇拜对象，一根被雷劈伤、垂下的枝丫又引起关于"风水"的纷争，古树干脆被锯掉。不久之后的1958年，观音堂被整体拆除，今无存。

姓 氏 宗 祠

明清时期，有"皇权不下县"之说，朝廷将县以下的基层治理委托给乡贤，用乡规民约来维持社会秩序。其间，祠堂起到重要的作用。

祠堂，亦称宗祠、宗庙、祖庙或祖祠，是儒家传统文化中祭祀祖先或先贤的场所。祠堂有多种用途，主要用于供奉和祭祀祖先、商议族内的重要事务，也是族人举办婚、丧、寿、喜等大事的场所。它往往是村镇中规模最宏伟、装饰最华丽的建筑，具有巨大的影响力和重要的历史价值。

刘家祠堂

干驿镇区上旧有三座刘家祠堂。

刘姓西湾支系(据说远祖为汉高祖刘邦)祠堂在干驿中街以南，坐北朝南，北依河堤街，南临牛蹄支河，东侧为万姓民居，西侧为王和顺硝房。主体建筑由前厅、后厅构成，宽 10 米，围房及院落宽 8 米，长约 60 米。

祠堂的门楼飞檐翘角，雄伟壮观。前厅可容纳上千人站立聚会，是族众举行祭祀活动、惩戒违规乱族之人的场所。两侧墙壁上，悬挂着族训、族规。大厅中央有一个天井，作通风采光之用。前厅的东西厢房分别用作管理员住所和家族档案室，档案室内存有历代族谱，修建祠堂、维修祠堂和续修族谱时捐资人员的名册，以及经费的收支账簿等。

祠堂后厅设有一个宽大的戏台，戏台后壁的正中布置着神龛、香案，上面供奉着祖宗牌位和画像。戏台正中，平时摆放桌椅，专供族中长辈和主事们议事，唱戏时就顺到一旁。

每年清明、冬至都要举行全族代表祭祀大典，届时，各支系族众的代表敲锣打鼓，彩旗飞扬地赶到祠堂聚会。祭典礼毕，白天在祠堂西边的广场上舞龙舞狮，晚上在后厅舞台或广场临时舞台邀班唱戏。镇上男女老幼纷至沓来，热闹非凡。

西湾刘姓祠堂 1958 年被拆除，成为木器社，后改为机械厂木工车间，原址现为民居。

刘姓油榨村支系(据说远祖为刘邦之弟刘交)有两座祠堂，一座在镇上街顺茂仁和朱和丰之间，坐北朝南，为前后厅堂、中间天井带两侧厢房组成的四合院落。另一座在熊家台北面的碧潭庵东侧，与百岁坊东西呼应，是一栋十柱三间的平房，新中国成立后被政府征收，今已无存。

周家祠堂

干驿镇区上的周家祠堂也有两座。

一座由主要居住于镇上的周姓族人修建，位于镇郊熊家台以西约 100 米、巢云寺西北处，占地亩余，坐北朝南，南近长沟，东有狭长的小荷塘，西北面为开阔的田野，四周树木葱茏，环境清新。

建筑呈四合院布局，门前一对威武的石狮，中央天井两侧的回廊连接着前后大厅，廊檐的绘画色彩绚丽，屋顶的翘角凌空欲飞。该祠堂聚集着干驿镇区上众多的周姓大户，如周惠东、周新永、周祥盛、周仁和、周千和、周十和、周仁昌、周仁泰、周泰昌、周和泰、周长兴、周恒泰等，加上清末黑龙江巡抚周树模出自此支系，因而活动频繁，香火旺盛。

1959 年以后，这里建成农机齿轮厂，后来卖给干驿高级中学，旧址在现在的高中运动场。

另一座为居住在乡村地区如周家口、花园（周嘉谟祖居地）、鳝鱼湾（亦作"善余湾"），以及汉川县田二河镇的周家堰、炒米湾等处的周姓族人所建，坐落在镇下街萧家巷以东十五米处，南面热闹的万寿街，东为周仁和的杂货铺，西邻杨顺昌豆腐店，宽约 10 米，纵深 80 米。八角飞檐凌驾于四个门垛上，雕龙画凤，美不胜收。墙垛上雕刻着精美的人物花鸟，就连大门两旁的石鼓、石墩和石门框也都精雕细琢，极尽工巧。

镇下街的周家祠堂与河堤上的刘家祠堂结构相似，规模略胜一筹。新中国成立后，先后改作文化馆、剧场、会场。1966 年，政府为了新建镇人民会场将其拆除。

陈家祠堂

陈家祠堂位于干驿镇中街陈家巷的南端，面向牛蹄支河，背抵河堤街，西邻李长顺染坊，东面一巷之隔为王和顺硝房，再东与西湾刘家祠堂相望。

陈家祠堂规模宏大，宽约 12 米，深约 40 米，远远望去，两排风火墙垛错落有致，东侧山墙外壁的绘画惟妙惟肖，飞檐翘角与正脊鸥吻飘然若飞。祠堂分为前厅和后厅，分别置有转楼和舞台，粗大的立柱，厚实的梁檩，支撑着高大的房架稳如泰山，室内的各类装饰也都堪称富丽堂皇。

前厅与后厅之间是一个特大的天井，也是一个小广场，可容纳三五百人。1966年，政府修建干驿人民会场时，陈家祠堂被整体拆除。

王家祠堂

王家祠堂，由下街邓家巷至河堤街往东约20米，与刘家祠堂平行，相距约60米，牛蹄支河在它的南面大门前流过，其东侧是黄兴盛硝房，西临小广场。祠堂为四合院落，规模不大，结构简洁，布置朴素。

张家祠堂

张家祠堂有两处。较小的一处在下街萧家南巷与河堤街的路口以西，坐北朝南，规模与王家祠堂相当，由于年久失修，逐渐破败，淡出视野。

有位张姓族人发迹后，想要提升本族的声望，就设法在繁华的镇中街购得地基，修建了规模较大的新祠堂。新祠堂坐北朝南，东毗"大成堂"，西临鄂生昌糖果店，面向正街，宽约10米，纵深40米，由南侧的中厅和北侧的大厅组成，两厅之间有天井和厢房相连。

1942年腊月，国军第128师火烧干驿，张家新祠堂的前半部分被焚毁。新中国成立后祠堂改为"工商业联合会"，后撤销。以后又在此设立街办麻纺厂，麻纺厂迁走后，此处再次改为残疾人综合厂，直至倒闭"改制"。2000年张家新祠堂被拆除，原址上现为民居。

徐家祠堂

徐家祠堂在镇尾文明街北侧，大门南开，东距大佛阁和"晴滩第一关所"约一百米，东侧是通往小河村的主路，西临徐五炎家，北面是开阔的田野。

徐家祠堂由名为"东苑""兰竹"的两个支系联合修建，因此与其他祠堂三间敞面、一樘双扇大门的形式不同，其宽度为连五间，有两樘双扇大门，门口都有门廊(俗称"升子口"),门檐和墙檐上翘角高起,墙面上都刻绘有精美的图案。祠堂气势宏伟,内部空间宽敞,陈设一应俱全。

新中国成立后,徐家祠堂被政府征用为粮食仓库,1971 年已破旧不堪,后来被拆除改建为平层粮仓。

第四章　吏部天官：社稷之重臣周嘉谟

　　周嘉谟的名和姓，在天门东乡是最响亮的。陈心源作为陈氏后人，在干驿"四大贵姓""周、陈、鲁、魏"的排序上，是将周姓排在首位的，这并非谦虚，而是实事求是的。周嘉谟和陈所学虽为同朝尚书，都很重要，但周嘉谟是吏部尚书，"吏部天官大冢宰"，后又加封为太子太保；陈所学是户部尚书，"户部地官大司徒"，"天"比"地"高。用我们现在的话说，无论是职级待遇，还是权力影响，周嘉谟都要比陈所学高一些。

　　我曾在省级组织部门工作了十五年，从事选人用人的工作，工作性质与周天官相似。因此，家父总让我向周天官学习，学习周天官的道德文章和精神风骨。对我来说，周天官是一座高山，高不可攀，其职位放到现在，就是中央组织部的部长，与我隔得太远了。不过，刚直不阿、公道正派、勤政廉政的精神还是可以学习的；"居庙堂之高则忧其民，处江湖之远则忧其君"的胸怀还是可以学习的。因此，这些年来，我特别留意关于周天官生平事迹的文章，对周天官有了一些了解。

生 平 事 迹

　　周嘉谟祖籍安成县枫塘(在今江西省吉安市安福县)，其高祖父周岳(号静庵)是明宣德丙午科(1426)举人，任职湖广荆州府长阳县(今属湖北省宜昌市)教谕达十年之久，后定居在景陵县多祥河(今天门市多祥镇境内)。周天官的曾祖名周侃，祖父名周日春，父亲名周惇(1522—1588，字子叙，号松歧)，后来都因为嘉谟的功勋受到朝廷的封赠。从陈所学《采真园记》之"园去宅之'余清阁'步武相望"来看，嘉谟的出生地可能就是采真园附近的祖宅，位于今干驿镇月池村花园，也有说是干驿澄江阁处（即文昌阁，今属小河村）。

周嘉谟年少时，汉川县学儒学训导、胡家场（今天门市胡市镇）人萧先生见他是可造之才，且都是由江西吉安府落籍景陵的，便将他带在身边读书，嘉谟后来娶了萧先生孙女为妻。而后，嘉谟在汉川取得庠籍（即"学籍"），嘉靖四十三年（1564）以院试第一名成为县学生员（称"入泮"），后来一路考试、做官，官员登记簿册上的"民籍景陵"和"庠籍汉川"或被后世混淆，例如《明史》便含混地写成"周嘉谟，字明卿，汉川人"。

周嘉谟于隆庆元年（1567）丁卯科乡试第六十四名中举，隆庆五年辛未科（1571）会试中试，廷试列第二甲第二十八名成进士。当年八月，被选为户部山东清吏司主事，踏上仕途。隆庆六年十月，明神宗登极，而后，"万历新政"如火如荼，江陵同乡、内阁首辅张居正权倾朝野，在朝为官的楚地人（张居正的湖广同乡）大多身居要职。嘉谟本是张居正的门生，加上才识出众，本该是官场上炙手可热的人物，可他偏偏选择退避三舍，安分守己。万历四年（1576）六月升任户部山西司员外郎，次年正月再次升任贵州司郎中。

万历五年（1577）十月，周嘉谟来到僻远的广东韶州（今广东省韶关市）担任知府。在这个"俗醇易治"的地方，嘉谟开始崭露头角。他勤于政事，"遇各县解到人犯，即刻问理""解司钱粮，即填批具文"。在操行上，不仅自奉清俭，对下属也约束严明，"各县一蔬不入府，本府一人不下县"。此外，嘉谟还把崇文重教的风气带到韶州，每有闲暇就到明经会馆为诸生们讲学，学子中的邓光祚、李延大等人后来都得中进士。

万历十年，周嘉谟被擢升为四川提刑按察使司副使、分巡泸州（分管泸州的按察分司）。有个名叫杨腾霄的大恶人，在泸州为害多年，嘉谟穷追不舍，将他缉拿归案，依律治罪，当地人拍手称快。第二年，兼任建武守御千户所（故址在今宜宾市兴文县）总兵，巡视期间，严令各级军官不得克扣粮饷，士兵们十分感激。万历十二年冬天，建武所的新任总兵沈思学激起兵变，总兵官署被士兵们纵火烧毁，沈思学仓皇出逃。嘉谟得到飞报，只身赶往那里，有赖于此前的信任基础，通过谈判顺利平息事件。

万历十四年春，周嘉谟兼任安绵兵备道(行辕在今四川阆中市，兵备道通常由按察司副使或佥事充任，负责分理军务，监督军队，管理兵马、钱粮和屯田，维持治安等)，抚定白草等部落的骚乱，负责为松潘平叛之战运输士兵、调集粮饷。由于嘉谟部署周密、令行禁止，连一贯骄横的播州宣慰使杨应龙及其部下也不敢妄动。此后，曾暂代按察使之职，建昌(治所在今四川凉山州西昌市)再次爆发少数民族叛乱，嘉谟又先后改任建昌兵备道、上川南分守道(驻雅州，今雅安市)，督办建昌、越嶲(今四川省凉山州越西县)、邛部(今越西县东北)三路兵马的粮饷。

万历十六年(1588)，叛乱逐一被平定后，朝廷论功行赏，打算晋升周嘉谟为按察使。此前发生的一系列官场内斗和倾轧，使嘉谟萌生退意，于是坚决辞掉官职，回家奉养老迈的双亲。不久，父亲病故，安葬在官城村东冈之阳、松石湖之北(今陈家大咀)。

大约1591年，周嘉谟辞官回到干驿三年后，在祖宅的"余清阁"附近(故址在今月池村花园)建造采真园，作好不再出仕的准备，第二年竣工。同乡挚友陈所学写下《采真园记》，详细描述了其地理位置和结构布局。采真园在镇区东南，面向沉湖，茂林修竹，郁郁葱葱，池岛亭榭，点缀其间，幽静而雅致。园内，"冯虚阁"一半悬空在池塘上，四周遍植果树，池塘里随时可供垂钓、捕鱼之乐。登上"寓目亭"远眺，烟波浩渺的沉湖美景尽收眼底。一条幽径通往密林中的"尚玄室"，室内只设一几、一榻、一蒲团，适合静心禅修。整个园林名曰"采真"，寓意"返璞归真"。

周嘉谟志趣清雅，豪爽好客，采真园里常常高朋满座，谈笑风生。陈所学妙趣横生地写道：

　　余不佞，雅志寥廓，癖兹园甚，每暇辄过，若不知非吾所有也。朝夕与君抵掌纵谭，两无町畦，久之亦忘其园为君有也。

意思是说："我才疏学浅，胸无大志，一直向往田园生活，实在喜欢您这园子，有空就想来，好像园子就是我的。来了就和您谈天说地，话古论今，久而久之，也就忘记您才是园子的主人啊！"

清代，又一个无意做官、专爱诗酒的邑人胡泌出现。他访遍天门的名胜古迹，所到之处都留下诗篇。在采真园故址，眼前已是一片残垣断壁，回想起明朝末年，内忧外患，党祸肆虐，铁骨铮铮的周嘉谟不顾射向自己的明枪暗箭，苦苦支撑大明江山，他伤感地写道：

> 两朝顾命秉铨衡，通籍宦途六十年。
> 直忤阉人开绿野，闲依水国种奇莲。
> 午桥明月宵吹笛，亥市腥风晓泊船。
> 曾驻河干寻胜迹，萋萋芳草乱啼鹃。

万历二十二年，因牛蹄支河南岸各垸水患频仍，嘉谟召集胡春光(字龙麓)、魏振吾等各垸长老，一起向同年进士、湖广布政使武尚耕请愿修建马骨泛水渠及杨赞、反湾两处刟口，得到官府的支持。工程当年十月开建，嘉谟与哥哥爱松亲自督工，次年春天告竣，这一地区村庄和耕地的洪涝灾害得以缓解。

万历二十五年，周嘉谟的母亲刘太夫人去世。二十八年春，也就是周嘉谟辞官回到干驿九年后，守丧期刚满，就接到朝廷的严令，火速赴任四川按察使，原来是播州(治所在今贵州遵义)的战事进入决胜阶段，不久播州被平定。皇帝派到蜀地的矿监税使、宦官邱乘云狐假虎威，大肆敛财，动辄以冤狱和酷刑威吓官民，造成极大的混乱。嘉谟命令下属官吏不得配合邱乘云侵民扰民，并将几名助纣为虐的奸猾之徒绳之以法，宦官一伙只得收敛气焰，灰溜溜地撤出蜀地。

万历三十四年(1606)，朝廷擢升周嘉谟为四川左布政使；三十六年，又加右副都御史衔，出任云南巡抚。云南是多民族杂居之地，此时刚刚经历长时间战乱，人心未定，生计艰难，"斗米至三钱"。嘉谟决意"与民休息"，轻徭薄赋。他获悉很多人因为失去土地才沦为盗贼，就把一些世袭豪强霸占的田地收归官府，发放给百姓。陇川土官(今云南省德宏州陇川县)宣抚使多安民率众反叛，逃入缅甸，把据点设在蛮湾。嘉谟带兵进剿，生擒多安民，任命他的弟弟多安靖为新的宣抚使，平定这场叛乱。万历皇帝加封他兵部右侍郎的官衔，仍旧担任巡抚。世袭镇守云南的黔国公沐昌祚侵占百姓田地八千多顷，其孙子沐启元贪横暴虐，嘉谟上奏朝廷弹劾他们，许多百姓得以重见天日。

周嘉谟上任之初，云南布政使司库银仅有五千余两，抚滇五年，到离任时，库银有十五万之多，他说这是"节年地方安静、节省所致"。

万历四十一年(1613)，朝廷升任周嘉谟为两广总督，总管广东和广西两省的军务与民政。广西有部落首领勾结安南(今越南)的军队进犯内地，嘉谟领军击退他们。四十四年，粤东一带的南海、番禺、三水、高要、四会、高明等地洪水暴发，嘉谟组织修建堤坝，加固河岸，使大片农田的收成得到保障。

两广总督任职期满，朝廷考核周嘉谟后加封他右都御史衔，调任为南京户部尚书，随即又改任北京工部尚书。四十八年四月，孝端皇后王氏逝世，丧葬事宜极其隆重，宫里不停地索要钱物。嘉谟上疏神宗，丧礼有既定的规制，不应该听信妄言，铺张浪费，不被采纳。嘉谟耐心劝说，并与太监汪良德等人设法节省下十余万银两。

万历四十八年(1620)六月，周嘉谟就任吏部尚书。不久，明神宗朱翊钧去世，八月初一，光宗朱常洛继位。皇贵妃郑氏以神宗有遗命封她为皇后为由，强行留在乾清宫，想要光宗封她为皇太后。嘉谟采纳给事中杨涟、御史左光斗等人的意见，找到郑贵妃哥哥郑国泰的儿子郑养性，晓以利害，让他规劝郑贵妃顾全大局、遵守祖制，放弃皇太后的尊号，颐养天年，否则大祸将至，郑氏这才移居慈宁宫，邀封的事情也就此作罢。当时有传言说，郑氏选了八位美貌的宫女供光宗享乐，致使光宗身体虚弱，八月二十八日，嘉谟趁着光宗召见的机会，劝谏他节制色欲，皇帝委婉地告诉他，不要听信传言。八月二十九日，光宗自知大限将至，将身后的国家大事托付给内阁首辅大臣方从哲、大学士刘一燝和韩爌以及周嘉谟。次日清晨，一生遭遇"梃击""红丸""移宫"三大宫廷奇案的"一月天子"明光宗驾崩，而年方十六岁的皇长子朱由校尚未即皇帝位，其养母李选侍(史称"西李")借口朱由校需要照顾，蛮横地赖在乾清宫。顾命大臣们忧心忡忡，设法入宫请出朱由校到文华殿接受众臣的朝拜，再送往慈庆宫暂住。嘉谟启奏道："殿下的身上，寄托着国家的安危，千万不能随意走动。参加大行皇帝的丧葬仪式，或是接见臣下，都请务必由我们陪同。"朱由校点头应允。李选侍妄想挟持皇帝一同居住在乾清宫，自己作为太后垂帘听政。嘉谟连夜起草奏疏，率领大臣们不断催促李选侍离开乾清宫。九月五日，李选侍搬到仁寿殿。九月六日，明熹宗即位。当时宫廷内外祸事不断，大明江山已是岌岌可危。嘉谟在朝堂上神情庄重，持论公允，参与各项重大决策，朝廷上下无不倚重。

万历朝晚期，神宗皇帝荒于朝政，齐、楚、浙三党明争暗斗，各自为政，官员的选拔与考核，居然连负责官员任免的吏部都不能做主。周嘉谟执掌吏部后，力排众议，任人唯贤。光宗、熹宗相继登基之际，嘉谟大举起用以前被革职、削籍的官员，德高望重的人纷纷被委以重任，三党的魁首和结党营私的人逐渐被清退，朝廷的风气为之一振。随后，嘉谟又历陈当时吏治的弊端，责成各级官员力行整顿，又为官员的考评制定标准，分为"守、才、心、政、年、貌"六个方面，要求今后的考核评语务必实事求是，不得含糊其词。这些措施上奏熹宗同意后，立即得到推行。

天启元年(1621)九月，明熹宗朱由校加封周嘉谟为太子少保，十月，加封为太子太保。当年，嘉谟因监察御史贾继春一案，更因痛恨阉党魏忠贤胡作非为，愤而请求引退，一连上书十五章请辞，才获准回籍候召。次年正月初十，周嘉谟抵达故乡干滩驿。这一年，明朝在东北的最高军事机关驻地广宁卫(治所在今辽宁省锦州市北镇市)沦陷于后金(清朝的前身)之手，嘉谟忧愤至极，上疏参劾兵部尚书张鹤鸣打压辽东经略熊廷弼、偏袒广宁巡抚王化贞，导致大片领土丢失。天启五年(1625)秋，魏忠贤的党羽周维持再次弹劾嘉谟包庇王安，嘉谟因此被剥夺官籍。

明思宗朱由检登基后，于崇祯元年起用嘉谟为南京吏部尚书，加太子太保衔。上任后的第二年(崇祯三年，1630)，病逝于南京吏部官署，终年84岁，安葬在故乡的松石湖利甲咀。皇帝下诏为他举行祭葬，追赠他为少保。

早在周嘉谟六十寿辰时，同乡进士陈所学在《奉贺藩伯明卿周公六十初度序》中称赞道：

皇上御宇之三十有四年，诞育元孙，霈降仁诏嘉与，海内更始。于是戴天履地，凡有血气之伦，莫不举手加额，唯曰欲至于万年者。秋八月，又当祝厘之期。行省藩臬诸大夫而下，如故事奉贺。蜀以西则左使明卿周公任行，五月发自锦江，再浃旬而憩里门。而是岁适为公六十初度，七月之念五日乃其览揆日也。戚党诸君子，以公昼绣，与诞期会，诩为盛事，谓宜豫以一觞寿。公曰："不可。人臣之义，无以有己。吾缘寿君行，先其身而后君，义之所不敢出也，敢辞。"诸君子聚族而议，公言良是，请胥后期。而酌者之辞，则佥以属不佞，不佞谢不敏。

窃唯天之生大贤大智不数，生一人焉，而俾之完福完名亦不数。是故始合则终怫，晚达必蚤困；尺短或寸长，此信固彼绌。缺陷尘世，往往如此。若乃履顺际和，得全全昌，而生平遭值曾无几；微纤介憾，累百千人，不能遘一人，而吾今乃得之公。

公之二尊人方艾，而脧褒宠备极，物志之养，优游数十年，而后厌世。兄弟七人，怡怡雁行，垂白无闲言。丈夫子有二，而皆翩翩绳武；诸孙兰芬玉润，芃芃未艾。盖人生伦常之盛，几得有如公者乎？

燥发而廪学宫，弱冠而登贤书，再计偕而籍公车，甫筮仕而郎民部，出典粤郡，旋副蜀宪，即擢其省参知，从田间仍起观察使，晋为左右藩伯。凡三考绩、两覃恩，屡以金紫荣被其尊人及王父母。盖人生遇合之隆，几得有如公者乎？

当江陵柄政时，环楚而仕者强半跻要津。以公英标峻望，又为其门下士，炙手可热，乃避之。若将浼焉，浮沉无竞之地，六载而仅得远郡出。其备兵蜀也，适有得已之戎役，当事者强公在行间为重，公不可，因之触忤。敝屣一官，脱身归时年才强仕耳。而鸿冥凤举，逍遥物外，又可十二周乃起藩臬大僚。逾六七载，片刺不入春明门。积薪居上，油然安之，若羔羊素丝之操，则自通籍以迄今如一日。盖人生出处之节，几得有如公者乎？

从口之所发，而皆俊言；衡身之所应，而皆矩行。其忠信笃厚之至，使儇佻者愿焉。而检其肆，耿介明哲之识，使贤者有所规以树立，而不肖者有所辟而自远。在家为孝子，为哲父，为察兄；在乡为端人，为义士；在天下为良二千石，为名执法，为社稷臣。子姓象之，同党仪之，大夫国人矜式之。盖人生名实之粹，几得有如公者乎？

造物不能为响应之福、不尽之益，而公敛之若赴；举世所祈向、所企幸，不能万分一至者，而公取之若掇，此固真宰之注积、厚德之凝承则然。而忧恚不乘易腴也，坎坷不逢易适也；淡泊寡营易完也，顺事恕施易慊也。其形神游于恬愉之乡，而其心思智虑日相忘于无何有之境，正所谓深根固蒂、长生久视之道。六十犹其始，基之何足侈焉！

诸君子曰："子称引良辨，顾是数者皆公所自为寿耳。吾侪奉觞上寿，其奚以效一言之祝？""不佞雅习诗，则请以所诵诗祝。首赋《南山》。《南山》之诗曰：'乐只君子，邦家之基。乐只君子，万寿无期。'夫百年寿之大齐，乃颂祝而极之于万者，何人有身之身、有身外之身？身之身会有穷尽，而身外之身则无涯。无涯之智结为大年，长于上古而不为久，后天地终而不为老，固元会运世之所不能拘也。公为园而命名采真，得之矣。以是祝可乎？"诸君子曰："善。穆矣远矣。"

不佞曰："未也。请再赋《崧高》。《崧高》之诗曰：'维岳降神，生甫及申。维申及甫，维周之翰。四国于藩，四方于宣。'颂申甫而本之岳神，究之藩翰者，何至人之生，虽地灵之所孕毓，而天之笃钟之，则实以调燮茂育之责寄焉。故必通天地万物为一身，乃可语仁。而一夫不获、一物疵疠，犹为吾性之有亏欠。公之泽霶濡群生，久尚有涯也。继自今进握枢要，精心吐茹，将登薄海于春台，而跻举世于寿域。以是祝可乎?"诸君子曰："善。广矣大矣。"

不佞曰："未也。请再赋《江汉》。《江汉》之篇曰：'虎拜稽首，天子万年。虎拜稽首，对扬王休。明明天子，令闻不已。矢其文德，洽此四国。'今皇上在宥，圣子神孙，博厚悠远，景福于前代无两。公且益贵重用事，秉国之钧，而浴日膏；世扬休明，而敷文德。天子万年无疆，公岁岁献万年之觞。不佞得而与诸君子乐观其盛，尚亦有荣藉哉!"诸君子曰："善。此吾楚人之咏，而公之志也。至矣尽矣，蔑以加矣。"

遂次第其语，授之简以侑爵。

周嘉谟所处的时代，大明王朝风雨飘摇，他顾不得自身安危，企图挽狂澜于既倒，配得上"社稷之臣"的重誉。

周嘉谟著有《滇粤奏议》《披沥疏稿》《纶音屡锡全录》《十五奏疏》《蜀政纪略》《余清阁年谱》《省度质言》《墨池清纪》《采真园集》《沧浪草》等，现在大多散佚无存。2018年秋，同乡李国仿先生百计搜求并校注的《天门进士诗文》出版，书中载有周嘉谟诗十八首、文十篇，实为天门学林之幸事。

天 官 治 水

明代时，流经景陵县、沔阳县、汉川县的汉水南北两派之间，含有上帐、下帐、白云、马骨泛等湖泊和沼泽。自江西、安徽等地移民沿湖开垦荒地各自围成小垸后，又于明代中叶合并成若干大的民垸，湖水被逼退，面积缩小，湖泊加深，自此合称为澄(沉)湖。一遇大雨，上游积水冲向下游，而下游宣泄不畅，顿成汪洋，下七十二垸民众深受其害。

万历十二年(1584)的大水灾之后，在四川为官的周嘉谟，极力支持诰封中宪大夫的父亲周松岐，首发倡议并率领下七十二垸的民众，在汉川杨赞口与景陵反湾两处修建刬闸。由于当时建刬闸没有经验，未获要领，七十二垸与沉湖积水只能"稍稍泄"。未过多年，两处刬闸先后废毁。

万历二十年，周嘉谟从四川按察使任上辞官归里，亲历了"万历二十年龙坑堤决，水没城；万历二十一年钟邑（祥）黄家湾、翟家口、马家咀、操家口皆决"两次大水，"深念每蒿目桑梓剥庐之灾，思恢宏前人未竟之功"，常与家乡父老商谈治水之策，广泛征求意见；还亲自驾小船于湖中各处往来逡巡，察看汛情水势。经过实地勘测，作出了在水流急浚汇聚的马骨泛开挖河渠疏导，于渠口建大型刬闸，向汉江南派水道排泄的治湖方案。

由于马骨泛水域属沔阳，其业属湖广按察司副使孙公、典客尹公，周嘉谟亲自登门拜访，恳求二人允许在其地兴工建闸挖渠，二人俱表支持。适逢湖广布政使秦川武公到干驿登门造访，嘉谟便趁此机会向武公申告民情民意与治水方案。武公热情应许，并随之转报湖广巡抚郭希宇。抚台及时批准此项工程，并行文沔阳州，责令实地核实，据情规划。知州全公不敢怠慢，亲赴实地走访勘察，其制作的规划，竟然与周嘉谟方案不谋而合。在得到官府支持后，周嘉谟召集地方长老与士绅名宿共同商议，对筹集资金、筹备物料、摊派民工、组织施工等项，作了通盘筹划与具体安排，件件落到实处。万历二十二年（1594）十月，农闲与枯水季节正式开工。由于民众久遭水害，开渠建闸时，热情高涨，同心协力，工程进展很快。到次年春，宽阔的马骨泛河渠与宽大的刬闸（后称刬咀大闸、万福闸）提前顺利竣工。"自是水落土出，原田每每余粮栖于亩矣。"民众感恩戴德，还于十二年后的万历三十四年（1606），请陈尚书撰写碑文，树碑颂扬。

明代早、中期，汉江堤防逐渐完善。景陵县所遭受的大水灾，大多来自上游钟祥、京山、潜江等汉江堤防的溃决与支流的漫溢。为了根治汉江洪水给景陵带来的危害，赋闲在家的周嘉谟，以保护嘉靖皇帝父皇的显陵与皇家风水的名义，于万历二十八年（1600）上奏朝廷，请求加高培固汉江堤防，连同筑塞钟祥的铁牛关口、狮子口、臼口，京山的张壁口、操家口、黄傅口、唐心口，潜江的泗港口、官吉口等九条河口，并永禁开挖。显陵的守备太监，接受周嘉谟请托，亦密奏附议。万历皇帝很快准奏。守备太监奉旨后，令潜江县民筑堤百里抵京山界，京山县民筑堤九十里抵钟祥界，钟祥县民筑堤一百八十里抵铁牛关。自此，景陵上游的九条分支河口被堵塞，汉江上游水流统归一路。这就是江汉平原历来流传的"周天官一本筑九河（或称一本塞九口）"民间故事的事实来源。

由于汉江左（北）岸的九条分支水道被堵塞，县境大部位于汉江右（南）岸的潜江受水害的程度加剧。十余年后的万历四十年（1613），时任太仆寺卿的潜江人欧阳东风，给巡视部堤的巡按御史钱春写信，力主将时属潜江的汉江左（北）岸泗港口挖开泄水，以减轻右岸水害。潜江县令王念祖也积极附和。钱春偏听后，有允许开掘泗港之意。听闻此信，景陵官民急不可待，立刻上下活动，疏通关节，但仍无法有效遏止泗港口将被挖开的势头，迫于情势，景陵县令与士绅、黎民，紧急与在外为官的重量级仕宦联系，反映情况，申述危害，寻求帮助。时任两广总督兼广东巡抚的周嘉谟立即与南京户部侍郎兼总督粮储陈所学、山东按察副使兼兵备道徐成位等人联络，号召共同联手，制止事态发展。周嘉谟亲笔致《上钱按台筑泗港书》，首先阐明："泗港一堤，奉旨筑塞"，对其作出了不能胆大妄为冒犯皇权的警示；其次指出，若"听潜令王生言，妄为开掘"，必将使景陵官民"田产宅第尽受其害，即先人遗骸亦遭其没"的危害性；其三告知，"素以名义自重"的景陵籍高官显宦"昨迫切相告，皆出于不得已"，暗示不可轻举妄动；其四是析事透过，对其以地方豪强滋事的罪名，呵斥强力阻挠开挖泗港堤坝的民众之举，"皆起于潜令一偏之所致也"；其五是抚慰与嘱托，"昨闻兑军之改永镇观之作，亦望风承惠矣，但泗港一节，还望再为筑塞"，寓希望于褒扬；最后，严正声明态度，"倘其坚执（开掘泗港），不佞与敝邑诸君子他有举动，岂不更烦台虑乎？"提示其注意后果。这封文辞犀利、不足二百字的短信，起到了极大的阻吓作用。

钱巡按接到周嘉谟这封警告信之后，确实吓了一跳，立马复信，检讨认错，除作适当辩解与推脱外，明确表示："永镇观之作，捐俸三千，将功赎罪。""惟俟永镇观工完后，即加筑塞泗港。"其后，确实兑现了承诺。据道光《天门县志》所载《操家口、泗港永禁开掘记》记述："钱巡按复书引咎，不唯禁止复开，且令加筑高厚。

周嘉谟除对家乡治水尽心尽力外，在外地为官期间，对当地治水也毫不懈怠。如：万历四十四年（1616），广东的南海、三水、高要、四会、高明五县发大水，冲毁堤坝圩岸，两广总督兼广东巡抚加右都御史兼兵部侍郎衔的周嘉谟，利用犯人的赎金，修缮了堤坝圩岸；灾后米贵，又支官银五千两，差官员到广西和广东阳江等地买谷，平价卖给百姓，减轻了灾民痛苦。

由于周嘉谟忠心为国，真心为民，崇祯元年（1628）升南京户部尚书，拜工部尚书，迁吏部尚书，加太子太保，去世后赠少保衔。

周嘉谟墓区位于干驿沙咀村。整个墓区占地 70 亩，主墓区位于中间，坐北朝南，北高南低，像一把围椅，北边有一米来高的土围墙；然后，从北向南慢慢降下。中间是隆起的高大土堆，一望而知是棺椁放置的墓室。土堆前方正中是高大的石香炉，两边各有石蜡台。香炉的前方，依次分列着一对石狮、一对石马、一对石人，中间形成一条甬道。另外，还有一对石龟，各驮一块高大的华表，上面刻着逝者的生平事迹，约 4 米高、2 米宽、1 尺厚，肃然壮观。从出土的墓碑上得知，该墓于 1628 年 12 月 16 日建成，不料于 1964 年 4 月被毁。碑文清晰可见：太子太保吏部尚书周公讳嘉谟字明卿承天府景陵县人……

第五章　民封尚书：明按察副使魏士前

　　我们干驿人说的陶家巷"一巷两尚书，对面一天官，座后一祭酒"的"两尚书"，是包括魏士前的。其实魏士前的职务是按察副使，正四品，而不是尚书，所以我说魏士前为"民封尚书"，干驿人民封的尚书。其原因，应该是魏士前特别低调吧！从不炫耀，人们只知道他当了大官，又不知道他到底当了多大的官，以至于现在我们手头上关于魏士前的史料很少很少。

　　还是先讲一个在干驿坊间十分流行的传说吧！

　　相传，在明朝中叶，干驿中街的陶家巷里，对门居住着陈、魏两户有钱的书香世家，两家各有一个年龄相近的儿子，均延请高师在家设帐课子。两家的孩子自小聪慧敏捷，寒窗苦读，不分晨昏，你追我赶，学业大进，同年考取秀才。不意魏家的儿子体弱多病，婚后不久便撒手西归。而陈家的儿子却春风得意，继乡试中举后，二十多岁进京赴考，又高中进士，金榜题名，留京做官。喜报传来，合家欢庆，除在门楣上悬挂"进士及第"的金字大匾外，依律在府第门前树起了有箭斗的旗杆。由于巷道狭窄，不足一丈，且门前台阶又伸得远，旗杆栽过了中线。住在对门的魏家便认为陈家是以势欺人，出面阻止，陈家的人说：你家日后若出了进士，也可将旗杆栽过中线。年逾五旬的鳏夫公公受到讥讽刻薄后，时常在家悲叹。孀居的儿媳因感到自己没有生下一男半女，难出这口恶气，也经常哀泣。这年冬季，媳妇听说镇上某富户老年纳妾生了个儿子，摆满月酒庆贺，十分热闹，猛然灵机一动：何不为公公纳一房小妾呢！一来可以避免人们对鳏公寡媳说三道四，二来若公公晚年得子，既能延续香火，又能实现家里有人读书做官、与陈家抗衡的夙愿，也能使自己老有所依。

主意打定之后，她便观察了公公的身体状况，断定公公尚有生育能力。接着，她就暗中拜托几个媒婆，为公公物色有福相的年轻女子填房。经过她亲自过目，选定了一名体貌端庄、忠厚而贤惠的穷家女子。直到此时，她才正式劝公公纳妾。公公听她言之有理，且见事已至此，也就同意了。遂行下聘礼，择吉成婚。一年多后，果然生下一白胖小子，全家十分高兴。她仿包公寡嫂抚养包公的故事，由其一手照料小弟的生活起居，庶母倒落得一个安闲。孩子稍长，即延师执教。这个孩子极具天赋，读书格外用功，其老父去世后，在寡嫂的教导下，更加勤奋刻苦。十余载潜心苦读，博通经史子集，参加科举考试，果然不负厚望，考秀才，中举人，一帆风顺，赴京会试也一举夺魁，高中进士。捷报传来，寡嫂万分高兴，亲手操持，大宴宾客，祭祖、挂匾、树旗杆，也将旗杆栽过了巷道中线。此时陈进士已当了尚书，位列朝堂，陈家的人虽知魏家将旗杆栽过了巷道中线，但因有言在先，也就没有话说。后来，魏进士因宦绩显著，名声良好，也晋升为尚书，"一巷两尚书"的美誉至此流传开来。

传说毕竟是传说，是没有什么事实依据的。比如，这个传说中的陈家，说的是陈所学家。陈所学比魏士前长 25 岁，与传说中相隔的年岁差不多，但陈所学没有被"赐进士及第"，而是"赐进士出身"；更重要的是，陈家为仁义道德之家，是做不出此种欺负魏家之事的，且陈魏两家关系一直很好。魏士前的身世也不是传说中的那样，如魏士前有一个哥哥士茂，父亲应瑞曾受朝廷封赠。倒是士前从小"极具天赋""格外用功"，确实如此。我们通过这个传说，找到了所谓"一巷两尚书"的源头。还是回到"正史"吧！

魏士前（1584—1648），魏士茂的胞弟，字瞻之，一字定如，号华山，华严湖人，明万历三十八年（1610）庚戌科进士。

魏士茂，字卓如，年少时就以才学闻名，为人谦逊内敛、恭谨守礼，与世无争，时人竞相称道他的品行。他生性淡泊，无意走科举、做官的老路，成天埋首书斋"华严山房"，读书写作为乐。明天启年间，士茂游学黄冈，前往同德楼拜访问津书院山长萧继忠。此后受萧继忠的邀请，曾讲学于问津书院。

魏士前最初授官南直隶太平府芜湖(今属安徽省芜湖市)知县，万历四十一年迁苏州府吴江(今苏州市吴江区)知县。任职期间，他惩处奸恶，革除弊端，减轻徭役和赋税，免除苛刻的刑罚，很受百姓拥戴。此后，士前调任南京礼部祠祭司主事，升任仪制司郎中，再晋升为颍州兵备道。此时正值龙华爆发农民起义，士前花费几年时间，平定暴乱。凶残贪婪的宦官一党在江、淮、汝、颍等州借口开垦荒地，强占农田，造成大量失地流民，眼看又要爆发民变，士前前往调停，豁免并释放领头闹事的人，平息了事端，数以万计的人得以活命。天启元年(1621)，朝廷又升任他为河南布政使司右参议，之后在浙江粮储道任上，因为触怒阉党被罢职回乡，与周嘉谟、陈所学一样的遭遇。唉！我们干驿人都是一样的脾气！

崇祯初年，士前被起用为山西按察副使、分巡冀宁道(治所在今山西省太原市)，转而分巡潞州(在今山西省长治市)，讨平悍匪神一魁等流寇。而后调任四川按察副使、分巡川北道(治所在今四川省阆中市)，其间弹劾四川布政使不守本分、僭越礼制。再迁陕西按察副使兼榆林兵备道，此后便辞官还乡。明崇祯十六年(1643)，朝廷再次起用他为山东按察副使、分巡东昌道，士前以家计艰难相推辞，朝廷再三劝慰，还没启程赴任，又遭遇父母的丧事在家守制。居乡期间，朝代已更迭，顺治二年(1645)春，清军进逼景陵，李自成起义军撤离。同年，本县乡民刘恩才聚众叛乱，号称义军，拥有船只上千，活动于河湖港汊，士前吁请清湖广总督佟养和派兵，于次年剿灭匪众，家乡得以安宁。顺治五年，士前去世，时年六十五岁。

魏士前在外做官的时期，朝廷内忧外患，社会动荡不安，在繁琐的公务之余，士前仍极力倡办并资助教育。清乾隆三十二年(1767)版《寿州志》载，循理书院(今安徽省淮南市寿县一中校址)始建于明天启二年(1622)，"天启四年，寿颍兵备道魏士前捐俸置田六顷二十亩，以为书院膏火之资，有碑记。"万历五年进士、左都御史邹元标曾为此写下《循礼书院置田记》。

士前著有《陪郎集》《晋阳集》《紫芝集》《蜀游集》《北归集》等，于戊子年(1648)开始编辑、刊印，当时都曾有流传。与周嘉谟、陈所学一样，魏士前也是著作颇丰，这也许是干驿游子的一个特点吧！

《［道光］天门县志·卷二十四封荫》载，士前的父亲名叫应瑞，曾受到明朝廷的封赠。

既然说到了干驿"四大贵姓"之魏氏，还得用点笔墨说一说魏士前的堂曾孙魏明寰。

魏明寰，字霖九，号钝翁，乾隆朝副榜。他的祖籍为苏州，彦甫公时来到楚地，世代居住在华严湖。他的曾祖父名魏士蓁，号疏菴，是魏士前的堂兄弟；祖父恂龄，字苍次；父亲光倓，字育三。

明寰热爱山水，游踪无定，兴之所至，放歌长啸。他生性孝敬父母，爱护家人，双亲去世后，每逢父母的生日或忌日，都要备好祭品，恭敬地祭奠，悲伤起来，就哭得像个孩子一样。魏士前是明寰的叔曾祖，传到士前的孙子这一代，已"单微如线"，后继乏人。明寰与族中长老们计议后，选中一位同族近支的男孩继承士前的香火。明寰以开馆授徒为生，低廉的学费以外的钱物丝毫不取，遇到品行不端的学生，即使家长许以重金也绝不收留。他的家中十分清贫，却勉力在爪龙潭修建宗祠、置办义田、纂修族谱、宣讲宗法，还时常接济同族中的孤寡老人。

明寰终生好学，诗文淳正典雅，著作有《天禄阁集》《强识轩文稿》，八十一岁时去世。他的两个儿子都才学出众：正钰，字汇古，以诗名世；正璧，字宝臣，以文见长。

第六章 封疆大吏：励精图治的周树模

他的身上，既具备了干驿人的优秀品质，更体现了中国古代的士大夫精神：有学识、有德行、有操守、有抱负、有担当、不营私，堪称完人。

他出生于贫寒之家，从小发奋苦读，品学兼优，通过科举考试，靠学问走上仕途、居于官位。

他严于律己、品德高尚，忠君爱国、尽职尽责，坚守自己的人生追求和价值判断。

他贫贱不移、威武不屈，不畏权势、疾恶如仇，刚直敢谏的声誉传遍朝野上下。

他有治理国家、料理政务的才能，想干事、能干事、干成事、不出事，官绩显赫。

他远离黑暗政治，决不同流合污，两辞平政院长、两拒国务总理，表现出崇高的精神气质。

他还文才卓著，醉心于文学艺术，特别是诗词气象宏博，极为可观，在诗坛留有盛名。

他，就是周树模。

周树模出生于第二次鸦片战争之后期的1860年，当时国家蒙辱、人民蒙难、文明蒙尘，朝政腐朽、国破家亡、民不聊生。树模自幼秉性沉静，不苟言笑。家贫无力购书，常向亲友借阅，逐类手抄，积累可观。光绪元年(1875)入县学成秀才，光绪五年赴武昌就学于经心书院(故址在今武昌实验小学)，成绩优异，依靠膏火费完成学业，并于光绪十一年(1885)乙酉科乡试第五十六名中举。

民间也有"一副寿联铺仕途"的传说。

说的是周树模幼年师承乃父，聪颖过人，但因家贫无力供其续学，镇东郊有一滴露庵，主持乃一高人隐士，闻树模之名兼晓其窘境，收之供养并授读，遂使学业大进。当年，适慈禧太后五十寿辰，谕全国各地举行庆典，干驿自然也在其中，驿丞求周父撰写寿联，而周父则嘱树模代劳。树模的对联是：

上联："十载垂帘自皇帝以至庶人均沾厚福"
下联："五旬届寿由朝廷而达中外共祝遐龄"
横额："普天同庆"

此联贴在干驿皇殿门口，这时有湖北省某学差大人路经其门前，观此联后，赞不绝口，称为佳品，询其作者，乡人告之为一莘莘学子，名曰周树模。官曰此人后必成名，遂藏其名于心底。

五年后，鄂省举行乡试，适该学差大人为主试官员。举人名额为五十五名，该学差大人认为此届举人定有周树模，怎料考试结束，查无周树模之考卷，甚为惋惜。经再三清检，发现夹在诸落选卷中，而未被批阅评判。主试官评读其文，认为应列前二三名，但名额定限，并已上投，已无法变更，该主试官感到树模舍之可惜，故力荐其才，破例增一名额，故此届为五十六名举人。

我揣摩，这个传说，可能是邑人认为，第五十六名举人，名次过于靠后，与周树模幼小聪颖过人以及后来的作为不太符合，给一个说辞而已。要知道，过去的科举考试，偶然性是比较大的，与考生临场发挥、阅卷人喜好等因素有关。

事实上，周树模参加光绪十五年（1889）己丑科殿试，名列二甲第二名进士（总排名第五），选为庶吉士，散馆后授翰林院编修，光绪十七年出任广东辛卯科乡试副主考。光绪二十年（1894），充任甲午科会试同考官。光绪二十一年，母亲去世，丁忧在籍。光绪二十二年（1896），天门遭受大水，提议修筑唐心口堤防、以工代赈、施行平粜等措施，为湖广总督张之洞所采纳，并受聘主持此项工程，灾民免于流离。光绪二十五年（1899），又因父亲过世，居乡守孝，受张之洞礼聘，主讲于两湖、经心、江汉、蒙泉等书院。

光绪二十八年（1902），树模居丧期满，由编修考取江西道监察御史，他关心民瘼，不畏权势，先后弹劾广西提督苏元春、闽浙总督魏光焘的不法劣行，二人均被罢黜。其他奏疏也都关乎国家大计，树模刚直敢谏之声传遍朝野。

光绪二十九年（1903），树模出任山西癸卯科乡试副主考。光绪三十一年九月，以参赞身份随五大臣考察日本、欧洲各国宪政。光绪三十二年九月，尚在英国期间被任命为江苏提学使。回国后，参与宪政讨论，为宪政考察首席大臣、镇国公载泽草拟《立宪疏》。同年九月，光绪皇帝指令其兼任官制局副提调，参与筹立新官制。清廷内部的反对派大为惶恐，暗中指使江苏巡抚电奏慈禧，督促树模速赴提学使任所，立宪之事因而从缓。

东北地区一向被清廷视为"龙兴之地"，从清初起就禁止关内汉人前往开发。清代末年，国势日微，沙皇俄国、日本两大强邻虎视眈眈，沙俄率先攫取黑龙江以北、乌苏里江以东大片领土，而后日本崛起，意欲与沙俄逐鹿满洲，瓜分东北。光绪三十年（1904），日俄战争爆发，东北成为主战场，一时间战火纷飞，生灵涂炭。光绪三十三年三月，清廷采纳徐世昌建议，改盛京将军为东三省总督，正式设立奉天、吉林、黑龙江三省，徐世昌出任三省总督，树模任奉天左参赞、代理参赞。

次年3月，周树模署理黑龙江巡抚，加副都统衔。宣统元年（1909），实授黑龙江巡抚。此时，他痛感朝廷积重难返，边境强敌环伺，百姓流离失所，自己壮志难酬，却还是恪尽职守，励精图治，有《感事》一首曰：

> 大漠秋风动古悲，箧中羽扇正捐离。
> 鸟惊鱼烂成何世，绿转黄回未有期。
> 要识治安关政本，难将法令救时危。
> 楸枰黑白须臾变，着手还争劫后棋。

在黑龙江期间，周树模改设机构、整顿机关、开拓政务、唯才是举，添设呼伦、瑷珲、兴东三道，龙江、嫩江、黑河、胪滨、海伦五府，加强陆军训练，兴办学校，广敷教化。宣统二年（1910），周树模与东三省总督锡良一同上《黑龙江省招民垦荒折（附章程）》，根据边陲地广人稀的特点，制定移民垦殖奖励措施，招抚流民，安定民生。同时，树模着力清理财政、调整厘税、开办银行，整顿广信公司，创办奉盐官运局。一年后，"事不扰民而自增巨款"，官库收入从每年不足白银九十万两增至六百余万两，边防也相对巩固。

在此期间，沙俄不断武装入侵，抢掠居民，夺取牲畜，日本也不时制造事端。树模审时度势，外交上采取"待之以和平，持之以坚定"（对话时态度平和，实际利益寸步不让）的策略，并上《筹议应付俄日方策疏》，为清廷所采纳。不久，将胪滨府（时属黑龙江省，在今内蒙古呼伦贝尔市境内，1914年降为县，1932年废）府治设在抵近中俄边界的满洲里，以加强边防，并派员搜集边界资料，测绘全省地图，查勘边界。宣统二年（1910），兼任中俄勘界大臣，在与沙俄勘界委员、陆军参赞儒里拉夫进行的《满洲里界约》谈判中，广征博引史志文献和相关条约，据理力争，挫败了沙俄侵占满洲里的企图。当年十一月，会同各地总督、巡抚致电清廷，敦促尽快施行宪政，同时在黑省成立保安会，自任会长，以"清除内患，维护秩序，看守门户"号召民众，稳定秩序。

宣统三年（1911），树模辞去巡抚之职，调至北京担任会办盐务大臣。武昌首义爆发，清帝溥仪宣布退位，树模托病辞官去往天津。民国元年（1912），在上海法租界宝昌路购买三亩之园，取"艮止"之义，名之曰"泊园"，因此自号"泊园居士"，与前清遗老共结"超社""秋社"，表示无心参与新政。1914年，徐世昌出任国务卿，任命周树模为国民政府平政院院长兼文官高等惩戒委员会委员长。1915年8月，袁世凯蓄谋称帝，封其为"中卿"，树模拒不接受，准备南下避祸。同年11月，眼见袁氏称帝在即，树模愤而弃职南下，行前专程拜访副总统黎元洪，劝其拒受袁世凯的"武义亲王"封号，并说道："愿副总统为鄂人起义稍留体面。模前清曾任封疆，尚弃官出走，副总统将来尚有任大总统希望，一受册封，则身名俱废。袁氏所为，丧亡无日，愿为民国计、为鄂人计、为本身计，坚决勿受此王封！"黎这才决意不受封号。1916年6月，袁世凯因病身亡，黎元洪继任总统，段祺瑞执政，树模返京复任平政院院长，1917年2月，再次辞去职务。

邑人、文史专家胡华先生讲述了周树模劝黎元洪拒受"武义亲王"封号的过程：

民国四年(1915)十二月，袁世凯倒行逆施公然复辟帝制，从该月开始大批授爵封王，准备次年元旦登基。

袁世凯为了笼络位居首辅的中华民国副总统黎元洪，遂封其为武义亲王。册封令中说："上将黎元洪建业上游，号召东南""厥功尤伟""盘名茂典，王其敬承"。歌功颂德，何等动听！

十五日，袁令国务卿陆征祥率领一批文臣武将，到黎府道贺，汽车排成了一条龙。黎见此势头，并不高兴，只冷冷地说了句："无功不敢受爵。"闭上嘴再也不做声了。道贺的人群见黎氏神情冷落，只好匆匆鞠躬而退。次日，袁又派大礼官九门提督江朝宗持封册和预先定制的一套王服送到黎宅，黎将来人臭骂一顿，逐出门外。

黎元洪一贯善于见风使舵，是有名的"泥菩萨"，为何这次却拒绝权势熏天的袁皇帝之亲王封呢？其中大有原因。

原来，封王之讯黎元洪早已闻之，但对于是否接受，却举棋不定。黎的左右也分为两派。一派以秘书长饶汉祥为首，赞成帝制，劝黎"明哲保身，勉受王位"；一派以副秘书长瞿赢为首，秘书郭祺勋从之，反对帝制。双方争议不休，黎氏不知所措。

这件大事被刚刚辞去平政院长之职的周树模知道了，便以离京返鄂、赴黎府辞行为名，相机劝阻。周乃湖北名宿，向为黎所尊敬，于是设宴款待。酒至半酣，周让黎屏退左右，正身问道："听说副总统决计辞谢武义亲王爵位，是否确定？"黎直言答道："尚未最后定夺。"周即起位慷慨陈词："愿副总统为武昌首义的湖北人稍留体面。如今袁氏称帝，且不说千秋史笔，严为斧钺，眼前就难以自解。"黎嗫嚅地说："就是啰，这样倒来倒去算啥名堂？"周接着说："模前清曾任封疆大臣，尚弃官而走。副总统将来尚有大总统希望，一旦受封则声名俱废。袁氏所为，丧亡无日。愿公为国民计、为鄂人计、为本身计，坚决勿受此王封！"黎听罢，大彻大悟，紧紧握住周的手说："模老所言极是，我却封之意已定，请放心。"因黎坚辞封王，给袁当头一棒，加上其他原因，袁世凯做了八十三天皇帝梦，在全国人民的痛骂声中，郁郁而死。

1918 年 9 月，徐世昌就任大总统，提名树模出任国务总理，树模因军阀专横、武人割据，不愿仰人鼻息而谢绝。1920 年 7 月，曹锟等人决心扫除安福会，逼迫徐世昌勒令靳云鹏辞去总理职务，拟以树模继任，因安福系议员不满曹锟等人，以不出席国会会议相抵制而作罢。

周树模的"两辞两拒"，凸显了其高节清风，这不是一般人能够做到的。自此，树模闲居北京，著述自遣。岁时佳日，常与恩施樊增祥（号樊山）、应山（今湖北广水市）左绍佐（号笏卿）诸人往还酬唱，时称"楚中三老"。树模崖岸清峻，威仪整肃，以其刚正无私，人称"周城隍"。人们但知他官绩显赫，其实他的文才同样卓著，其诗气象宏博，极为可观。《天门县志》卷二十七录其怀乡诗三首，其一《舟入汉水》曰：

> 挂席襄江水，东流千里长。
> 舟移山动转，天阔鸟回翔。
> 曲港明渔火，平田足雁粮。
> 灌园来老父，已知近吾乡。

周树模有子六人：延熊、延勋、延炯、延曦、延焯、延煜；女六人。所著《沈观斋诗》，经樊增祥、左绍佐及沈曾植三位名士点定，由其子影印行世，并有《谏垣奏稿》《抚江奏稿》《抚江函稿》《黑龙江备忘录》《泊园居士遗怀诗》等存世。1925年9月，周树模病逝于天津，葬于北京玉泉山西北。

作为干驿"四大贵姓"之首的周氏，还有一位重要人物，生活年代处于周嘉谟和周树模之间，就是周寅旸。

周寅旸，字秩光，号别庵，原籍天门干驿，清同治五年《郧西县志·卷十二选举志·举贡》记载他"寄籍（长期离开原籍而入籍外地）郧西县（今属湖北省十堰市）"，《湖广通志》和《汉阳志》又将其籍贯录为汉阳。康熙三十二年（1693），寅旸在闽县任上为干镇驿周氏宗族撰写的《创修干滩周氏谱序》一文中，自署为"十一世孙"。

康熙二十一年（1682），寅旸高中壬戌科进士，康熙二十九年（1690），被遴选为陕西临潼（今西安市临潼区）知县。他为官平易近人，体恤民情。有一年，遇到大荒，粮食奇缺，王金山、穆义等人纠集亡命之徒，在骊山西南一带打家劫舍，祸害乡里，寅旸一举擒获为首的匪徒，其余的贼人纷纷溃散。有个叫作"布袋贼"的匪帮从渭北地区流窜到栎阳（今西安市阎良区），大肆抢掠，人们惊恐万分。寅旸亲入虎穴，捕得匪首并依法处死，百姓重获安宁。

祸不单行，此时蝗灾爆发，遮天蔽日。寅旸请来道士设坛作法，亲自步罡踏斗，虔诚地祷告，蝗虫果真飞离县境。随后，寅旸捐出自己的钱财，募集资金，请求邻县卖给临潼平价粮食；又报请上官暂缓征用差役，豁免拖欠的赋税，一县的百姓依赖他的操持而存活下来。

可是好官难当，寅旸违背上官的意图，不久被降职，调到遥远的福州府闽县（辖境大致为今福州市区和闽侯县的一部分）担任县丞，辅佐知县达十余年之久，深得民心。在此期间，曾两度代理知县，面对权贵的威势不屈不挠。官员林惟吉、林惟蓝仗势欺人，横行乡里，寅旸细数他们的罪状，呈报给巡抚和知府，依照刑律惩治他们。不久，因为父亲去世，寅旸回家守制，此后就辞官居住在江夏（今属武汉市），闭门谢客，清静独处，湖北巡抚陈诜、布政使李锡都很器重他。

寅旸被载入《临潼县志·名宦》名册，闽县方志也将他列为"循良"。

第七章　人才辈出：蒋邹刘沈竞显风流

如果说，主要源于明代的干驿"四大贵姓""周、陈、鲁、魏"创造了天门人才史上的一个辉煌的话；那么，主要源于清代和民国的"四大旺族""蒋、邹、刘、沈"，又创造了天门人才史上新的辉煌，正所谓长江后浪推前浪，一代更比一代强。"四大贵姓"主要集中在现在干驿镇的辖区，我在前面作了比较详细的讲述；而"四大旺族"拓展到旧时干镇驿的辖区，我想在这一章作一概述。

蒋 氏 一 门

干驿民谣"一巷两尚书，对面一天官，座后一祭酒"之后，还有三句，就是"五里三状元，拐角有将军，镇中出巡抚"。"镇中出巡抚"，指的是周树模；"拐角有将军"，因资料有限，我没能考证；"五里三状元"，讲的是清代干镇驿蒋氏一门出了三位状元。需要指出的是，"三状元"之说并不准确，实际上是"一位状元，五代进士"。现净潭乡七屋台蒋氏的先祖公璟在明洪武初年从江西迁至华严湖殷家城落户，十余世后，繁衍至六百余户。清代嘉庆十六年状元蒋立镛，其父蒋祥墀、其子蒋元溥(探花)、其孙蒋启勋、重孙蒋传燮皆中进士，"五代进士登鼎甲"，世所罕见。蒋立镛是科举时代天门唯一的状元，正因为如此，天门始得"状元之乡"殊誉。

作为干镇驿乃至天门望族的代表，蒋氏一门的兴起绝非偶然。从蒋遇公开始，就屡有卓行著于乡里，载入方志，五代进士，父子鼎甲，迄今家族兴盛，代有贤能，实乃累世积德积善之果报。

287

蒋遇，号蕉园，是翰林蒋祥墀的曾祖父、状元蒋立镛的高祖父。蒋遇的父亲名大孝，字天仟。蒋遇对父母恪尽孝道，父亲去世后，蒋遇到太和山（即武当山）进香，为母亲祈福添寿。年老多病的母亲瘫痪卧床，蒋遇百般延医诊治，亲自熬煮汤药，清洗便器，洗晒被席，悉心照顾十年之久。母亲九十岁时离世，蒋遇在坟墓旁搭建草屋守孝，三年里不食荤腥、不沾酒酿。乡邻中有一对夫妇，遇到荒年和寒冬，难以活命，眼看就要被迫分离，蒋遇知道后，努力劝说他们留在家里，不断接济他们一些口粮，直到来年的麦子成熟。

蒋开径，蒋遇之子，字元三，号翊斋，县学生员。年幼时就读于村子东头的子文庙，亲手抄录经籍义理、古典诗文，谈起历史掌故，娓娓道来，如数家珍，人们都称赞他学识广博。开径举止端庄，谦逊有礼。家乡有举行"乡饮"的传统，由德高望重的"大宾"与地方官员一起主持宴乐典礼，以庆祝丰收、敬老尊贤。有一年，开径被推举为"大宾"，却再三逊辞。开径对父亲十分孝顺，就像他父亲当年对待祖父母一样。母亲程氏眼睛患病，他按照古书上记载的方法，亲自用舌头舔舐，果然痊愈。父母亲去世后，都安葬在子文庙前，那是他读书时就为父母选好的墓地。开径七十九时无疾而终，临终前随口吟诵了两首绝句，名为《蒲剑》，其中有"少年驰马思试舞，欲向盆中拔出来""一般诸毒皆从制，定有精光射斗牛"这样的诗句，其精神和福泽由此可以窥见。

开径有四个儿子：其曙、其昇、其暄、其晖。

蒋其暄，字春照，号晓峰，蒋遇之孙、开径之子。年方二十选入国子监学习，成为贡生。他生性仁厚，孝敬父母，友爱兄弟，急公好义。看到县学的崇圣堂、敬一亭年久倒塌，其暄独自出资，不计成本，修葺一新。又发起倡议，募资修建关帝庙、文昌阁。诸如购买棺木和墓地安葬无名死者、修桥补路、建闸抗灾这样的义举，更是习以为常。总之，他把对亲人的孝道和友爱，天然地发散到对他人的关切与帮助上。天佑贤良，后来其暄的儿子祥墀、孙子立镛、曾孙元溥等人累代显贵，他也因此不断受到朝廷的追封。

蒋其晖，号孟塘，乾隆己亥（1779）恩科举人，嘉庆四年（1799）被拣选为直隶大名府东明县（今属山东省菏泽市）知县。其晖公正廉洁，爱护百姓，断案如神，往往凭借简短的问讯就能断定是非，与实情相符。他出门不爱带随从，总是独自来到乡村查访，差役们没有一个人敢于先他而往、后他而留，也就没有机会骚扰百姓、弄虚作假。"县试"按例由知县主持，是童生科举之路的第一关，再通过"府试""院试"方可成为生员，而后在一系列考试中名列高等，才能依次成为"增生"和"廪生"。其晖严令禁止送礼托请、营私舞弊，许多寒门士子因此得到公平的机会。嘉庆八年（1803），其晖因病辞官，回乡后，搜集资料、编印族谱，为宗祠捐献义田，冬季还亲自在冰冷的屋子里教授功课，后来以高寿终老于故乡。

蒋祥墀（1762—1840），字丹林，一字盈阶，号"端邻居士"（乡言"端邻"与"丹林"同音），晚年别号"散樗老人"，蒋其暄之子，乾隆四十八年（1783）癸卯科举人、庚戌恩科（1790）进士，授翰林院编修。嘉庆三年（1798）任浙江乡试副主考，嘉庆十年（1805）、十四年两次担任会试同考官，兼提督奉天府学政。此后历任国子监司业、国子监祭酒、詹事府少詹事、奉天府丞、顺天府丞、通政使司副使、光禄寺卿、宗人府府丞。嘉庆二十年（1815），再擢升为都察院左副都御史，二十四年，补光禄寺卿，不久母亲去世，侍奉母亲的灵柩回到故乡。居家守制期间，天门知县王希琮请他担任《[道光]天门县志》的编纂，祥墀推荐沔阳州人、己酉科进士张锡毅一起担纲，但当他了解大致内容之后，认为《[道光]天门县志》"滥举滥载，余是以不愿与修，不肯作序也"，不愿意再参与此事。但是，《[道光]天门县志》仍将祥墀列为"编纂"，祥墀对王希琮等人捏造事实、倚人自重的做法甚为不满，多次提出予以纠正，以免贻误后人。

道光十四年（1834），祥墀以年老力衰获准退休，他庆幸"名场难得脱羁马，宦海方成抵岸人"，因此自号"散樗老人"。从道光十六年开始，以高龄受聘主讲于顺天府金台书院（故址在今北京市崇文区东晓市小学），直至辞世。祥墀工于诗文，擅长书法，曾奉旨修撰《词林典故》，著有《印心堂诗集》《印心堂文集》《印心堂时艺稿》《散樗老人自纪年谱》等行世。

蒋立镛（1782—1842），字序东，号笙陔，蒋祥墀长子。嘉庆九年（1804）中举，所献《东巡诗册》引起嘉庆皇帝的重视。嘉庆十六年（1811）辛未科会试中试后，应殿试，其《对策》中提出"助淮以敝河，使淮治而河亦治；合黄、淮以治漕，使黄、淮治而漕亦治"等治河主张，有独到之处，且文辞优美、书法端丽，被嘉庆皇帝钦点为一甲第一名进士（俗称"状元"），授翰林院修撰，国史馆协修、纂修，后历任翰林院侍讲学士、侍读学士，河南乡试副主考官，广西乡试主考官，朝考阅卷大臣，少詹事，内阁学士兼礼部侍郎等职。

　　立镛品性高洁，胸怀磊落，朴实正直，爱憎分明。在翰林院，虽蒙道光帝多次召见，拟予重用，但均因遭人嫉妒并构陷，不得大任，穷困京师，清贫度日。虽然处于困境之中，却能济人所难。有友人亏欠巨额官银，将判死刑，立镛吁请同仁捐金为之赎罪，使其人得以赦免。道光二十一年（1841）五月，立镛护送父亲的灵枢从北京回故乡安葬，恰值家乡灾荒严重，他立即拿出仅有的二百两银子购米赈济乡民。道光二十二年正月，立镛病逝于家中，安葬在段家岭。

　　立镛以诗文、书法著称于世，他的书法笔力遒劲，端庄秀丽，凡得其墨迹者，均视为珍宝。他的诗文立意新颖，笔调流畅，雄健隽永，自成一家。录其《典试粤西归登岳阳楼》一首如下：

> 洞庭波起夕阳浮，纵目层楼亦壮游。
> 鸿雁声随天共远，鱼龙气与水争流。
> 神仙有约今朝醉，词赋何灵终古留。
> 如此长风当破浪，苍茫万里是归舟。

　　立镛著有《香案集》《近科馆阁诗钞》，均刊行传世。相比今人对其"状元"头衔的追慕，与立镛同时代的人更为敬重他的节操，痛惜他未能一展雄才。嘉庆甲戌（1814）榜眼祝庆蕃就曾说："世只知先生文艺之工、遭际极盛，而先生志节之大或未之知，而先生亦内蕴而未之用也。"

蒋元溥（1803—1853），谱名德瀼，字誉侯，立镛之子。清道光戊子（1828）举人，道光十三年（1833）癸巳科殿试一甲第三名（俗称"探花"），授翰林院编修。十四年，元溥出任顺天乡试同考官，后任国史馆协修。十五年，任文渊阁校理。十六年，任教习庶吉士。十七年，任国史馆纂修。道光二十年，任国史馆总纂官，再次出任顺天乡试同考官。道光二十一年，充国子监司业。二十九年，任詹事府司经局洗马、翰林院侍讲。三十年，任实录馆提调，累迁为侍讲，出任会试同考官。咸丰元年（1851）起，历任日讲起居注官、咸安宫总裁、侍读、江西赣州知府。咸丰二年，京察一等，记名以道府用。不久，外任江西九江知府，还没有到任，就被改派为代理江西盐法道员（驻地在今南昌市）。赴任之际，正值太平军声势浩大，逐渐逼近南昌。元溥一边整顿盐务，一边协助军务，终因积劳成疾而卒于任上，葬于松石湖东冈岭。元溥擅长楷书，笔力苍劲清秀，诗赋典雅，著有《木天清课彤馆赋钞》。

　　蒋启勋（1824—1888），字揆生，号鹤庄，元溥之子、立镛之孙，咸丰元年（1851）辛亥科恩科举人，捐官郎中，被派往军营，参与收复九江的战役。咸丰十年（1860）庚申恩科第三甲第七十名进士，随即就任吏部稽勋司郎中，同治二年（1863）出任癸亥恩科会试同考官，同治七年（1868）补授河南道监察御史，次年出任江苏镇江府知府，同治九年（1870）署理苏州知府，同治十年，曾国藩等人上奏推荐启勋调任江宁知府，同治十二年、光绪元年（1875）两次回任江宁知府，光绪五年署理江南盐巡道，六年调任湖南衡永郴桂兵备道。曾获钦加二品衔，诰授资政大夫，主修过《续纂江宁府志》。

　　蒋传爕（1849—1896），字理堂，号和卿，可榕（一作"式榕"，字梅生）之子，启勋之侄，元溥之孙，光绪十一年（1885）乙酉科中举，光绪十二年丙戌科会试中式，殿试列第三甲第136名，赐同进士出身。同年五月，选为"即用知县"，依例至吏部抽签，分发到四川。不久母亲故去，匆匆离任赶回老家。光绪十六年（1890）二月，父亲可榕又在河东东场盐大使（盐官名，衙署驻今山西省运城市）任上去世，传爕千里迢迢赶赴山西，因奔波劳顿，加之哀毁过情，以致忧劳成疾，只好抱病主讲于运城的河东书院，身体渐渐恢复后，才护送父亲的灵柩回归故土。光绪十九年，服丧期满，传燮回到四川，即充任癸巳科乡试同考官，紧接着代理蓬溪县(今属遂宁市)知县，仅仅一个月后，奉调赴任雅安(属上川南道雅州府，县治在今四川省雅安市雨城区)知县。

当时的雅安，百姓困苦，土地贫瘠，适逢藏族分裂势力蠢蠢欲动，朝廷在这里驻满军队。传燮一边勉力筹措军饷，一边尽心理政安民，寝食俱废，旧疾复发，于光绪二十二年(1896)五月二十七日殁于任上，留下四个儿子芳圻、芳埏、芳均、芳堃和两个女儿。

邹 氏 一 门

邹氏一门兴起于明代，兴盛于清代，虽比不上蒋氏一门那么鼎盛兴旺，但在天门、在干驿也是很有实力和名望的，其代表人物有邹昌言、邹法孔、邹枚、邹紫、邹递高、邹曾耀、邹曾辉、邹曾光等。

邹昌言，字师禹，号甸南，明万历年间贡生，选为武昌府江夏县儒学训导。闲暇时间，昌言便纂辑古籍，校阅兵法，订正科举考试的经解和范文，都刊印成书。改任德清(今浙江省德清县)县学教谕后，昌言被委派负责赈济饥荒，在他的严厉管束下，惯于舞弊的小吏们都不敢侵吞钱粮。再次改任四川忠州(治所在今重庆市忠县)教谕，还未成行，又有上谕让他代理孝丰(县治在今浙江省安吉县孝丰镇)县令，仅仅一年时间，他清廉审慎的官声就传播开来，以后又升任成都府丞(知府的属官)。昌言告老还乡后，八十高龄时仍然身体健朗，声音洪亮，以高寿无疾而终。

邹法孔，号景南，昌言之子。从小体弱多病，五岁时还不会说话，有一天，他对着天空虔诚作拜，就此开始说话。法孔六岁时，拜从兄邹学孔为师，后来在县试中名列第一。父亲到江夏县学任职，法孔陪伴，其间提学副使殷公刊刻的古今书籍都是由他负责校订。礼部尚书某公听闻这件事，感叹道：法孔真是当今第一流的人才呀！

法孔乐观随和，谈吐风趣，颇有古时候滑稽人物的做派。晚年在邑东的高处筑屋自居，侍弄花草，打发时日，80高龄时去世。据说法孔在临终前自己题写墓志道："髫龄诸生，弱冠隐士，一生书癖，半世虚名。"正是他一生境遇的写照。

邹枚，字马卿，号荻翁，昌言之孙，法孔之子。邹枚把自己的姓和字拆开、组合，"马"与"邹"合为"骀"，拆开"卿"形似"夕郎"，因此自称"骀夕郎"。他身材高大，相貌俊朗，颇有乃祖甸南先生的风采。

邹枚七岁时就会作诗，长大后更以才思敏捷远近闻名，每每拿到试卷，总在顷刻间一挥而就。他喜爱北宋姚铉选编的《唐文粹》，深受其影响，因此他的文风古雅平实。与他交游的人遍及海内，尤以居住在江浙一带的居多，都是心地纯洁、世情淡泊的文人雅士。

可惜邹枚久困闱场，七次参加乡试，仅有两次名列副榜，之后便闭门谢客，专心于诗文。崇祯十五年（1642），官府征召他参与编纂史学文献，适逢明、清朝代更迭，编撰工作也就作罢。此时，他已列入贡生的举荐名单中。80多岁时，邹枚仍然精力充沛，手不释卷，专心著作，著有《中子山》《荻翁文集》，均刊刻行世，广为传诵。

《[道光]天门县志·卷之十六古迹》记载，邹枚曾在义河以南构筑"烟海园"，与白鹤观相对峙。他曾写下数千字的文章记述烟海园，收录在他的文集中。康熙《景陵县志·卷之七享祀志·梵刹》载有邹枚所撰的《白云寺讲经疏》一文。

邹枚有三个儿子，邹山、邹嵾均考中举人，邹华成为贡生；五个孙子邹紫、邹丝、邹约、邹绂、邹緄，都以诗文而出名。

邹紫，字对臣，自幼就聪明颖悟，才智出众，很受祖父荻翁的怜爱。他的父亲邹山前往汉川县学任职，邹紫就跟随在身边。母亲戴氏病重，邹紫虔诚地祈求上天，让自己代替母亲遭受病痛。母亲不省人事之后，邹紫效仿古代孝子的做法，割下自己的肉偷偷让母亲进食，母亲果然苏醒过来。提督学政狄公得知这件感人事迹，为他题写"移孝作忠"的匾额以示嘉许。

邹递高，字重基，邹紫之子，因考试成绩优异被选拔为岁贡生，进入国子监学习。在他年幼时父亲就去世，母亲重病在身，递高与弟弟逊高悉心照顾，昼夜伺候三年之久。母亲逝世后，安葬、祭祀都一一合乎礼俗。递高天性好学，直到年事已高，仍是手不释卷，吟诵不止。他多次参加乡试都未能中举，壬子年（1732），大家都预计他会中试，结果还是遗憾落第。主考官李锦拿着他的试卷在京城到处传阅，看过的人无不叹服和惋惜。

递高有三子：曾耀、曾辉、曾光。

邹曾耀，字光远，号清川，乾隆六年（1741）辛酉科拔贡，在国子监学习后，经朝考，授官山西平定州（治所在今山西省阳泉市平定县）州判，改任武昌府崇阳县（今属湖北省咸宁市）教谕，掌管县学教育和文庙祭祀。曾耀年方二十曾去孝感拜夏观川太史为师，夏先生夸奖他学问根底扎实、文风雄浑刚健。父亲早逝，曾耀就一直督促两个弟弟曾辉和曾光刻苦攻读，对待学生们也是循循善诱。闲暇时光，曾耀喜爱饮酒吟诗，乐此不疲，著有《晚翠轩诗文集》流传于世，八十五高龄时辞世。

邹曾辉（1724—1806?），字宝旒，号桐轩，年少时就才华出众，文章古雅、纯正，颇有魏晋之风。他在考试中常常名列第一，科举中试却较晚，乾隆三十年（1765）乙酉科乡试中举，第二年丙戌科连捷进士，时年已四十三岁。

乾隆四十四年（1779），曾辉被选派为云南大姚县（今属云南省楚雄州）知县，这里是多民族杂居之地，民风剽悍。曾辉对待百姓恩威并用，成效显著，官司迅速减少，盗贼也渐渐销声匿迹。当时朝廷在云南大肆开采铜矿，通过陆路、水路运往京城及各省，主要用于铸造钱币，沿途官府要征调大量徭役，负责接力式转运，称作"递运"，官吏和百姓都不堪其累。曾辉多次上书疾呼后，朝廷将"递运"改为"长运"，黎民得以休养生息。大姚县旧有河流和湖塘，可以灌溉上万亩梯田，天长日久，河塘淤塞，曾辉千方百计组织疏浚，那一带农田的收成重获保障。荒蛮之地，民不好学，曾辉就捐出自己的薪俸，修建书院，置办"膏火田"二百亩，用于书院的开支，还亲自为生员们授课，造就不少人才。主政大姚五年，曾辉奉公守法、爱护百姓的官声传遍四方，云贵总督赠给他的楹联上写有"三十年来名进士，四千里外好郎官"这样的赞誉。朝廷为了表彰曾辉，曾经追封他的祖父邹紫、父亲邹递高。

己亥(1779，恩科)、庚子，曾辉连续两年出任乡试房考官，由他阅卷、推荐而中试的举人，都是一时的名士。曾辉年老退休后回到家乡，著有《甄香集》《松雨亭集》，享寿八十三岁。

邹曾光，字容远，号印台，很小就失去父母，家中贫困，在长兄曾耀的照顾和督促下刻苦学习，从不懈怠，成为县学诸生(秀才)后，成绩总是名列前茅，乾隆四十三年(1778)被选为正贡，乾隆四十四年己亥科乡试中举。他痴迷于钻研史学，学问宏博，很多人拜他为师。

刘 氏 一 门

刘姓，名列中国第四大姓，是沉湖周边"彭、刘、郭、张""四大姓"之一。刘氏一门的兴盛，横跨明清两代，其代表人物有刘必达、刘显恭、刘本固、刘佐龙等。

刘必达，字士徵，号天如，他的父亲名刘预，因为必达的缘故受到过皇帝的封赠。刘必达是明万历四十三年(1615)戊午科举人，天启二年(1622)壬戌科高中会元，殿试位列二甲第十一名，赐进士出身，随后选为庶吉士，历官至詹事府春坊右中允。

康熙《景陵县志·卷之十人物志·进士》记载刘必达"生而端沉，幼不嬉笑，见者知其远器"，说他天性端庄沉稳，不喜嬉笑玩闹，见到的人都知道他将来必成大器。必达年少时就才识不凡，尤其擅长诗文，湖广提学副使窦子偁早就看重他，后来果然在窦督学的任上乡试中举。殿试揭榜后，大学士贺逢圣私下里派人去察看士子们的反应，听说刘必达得知喜讯后端坐如故，面不改色，大喜道："这才是值得托付天下大事的人啊!"以后必达在皇帝身边作为翰林官负责注起居、侍讲经筵，以及担任文学侍从的时候，始终尽心尽力辅佐天子。崇祯元年(1628)任戊辰科会试同考官，由他阅卷、推荐的考生里有十八人中试，成为一时美谈。第二年，他参与编修的《神宗实录》告成，得到皇帝的赏赐，晋升为右中允，此后又主持选拔武官的武科会试。正当他要被委以重任的时候，却遭到宦官一党的嫉妒和诬陷，罢职归里。以后的征召，都被他推辞。

在担任翰林官期间，必达曾奉旨前往山西潞安府册封沈藩的新任藩王。渡河中途，狂风大作，眼看就要舟覆人亡，忽然风平浪静，转危为安，好像冥冥中有天神相助。回到家乡的刘必达仍然时刻关心朝廷的安危，对于敬拜祖宗、团结亲族这些事情，也总是慷慨解囊，毫不吝啬，宛然古之君子风度。

刘必达著有《天如诗文集》《小山亭集》，编纂《皇明七山人诗集》，均流传于世。他安葬在家乡的沿湖口附近，离鲁铎墓大约三里的地方。

另据康熙《景陵县志·卷十一人物志·贡士》载：刘仲达，必达胞弟，字敬和，从府学生员选拔为贡生，曾担任南阳（治所在今河南省南阳市）府学教授。

刘显恭，字云峰，号惺斋，现天门麻洋泊江人，乾隆二十一年（1756）丙子科乡试第三名举人，丁丑科会试联捷成进士，经考选为庶吉士，没等到散馆，因为父母均年逾古稀，思念难已，于是告归田园，奉养双亲，再也不去做官。他在故乡建造水榭，构筑"花坞"，友朋高会，赋诗著文。他的诗文格调高古、华贵典雅，后学晚进们争相传诵。

如今在故乡，显恭鲜为人知，然而在当时，显恭应当是交游广泛，且极为时人所推重的。乾隆二十六年（1761），刘母金太夫人八十大寿，显恭的同年进士共二十人，包括状元蔡以台、榜眼梅立本、探花邹奕孝等，联袂献上寿序（祝寿的文章），即使是在重视同年之谊的封建时代，也是罕见的佳话。

刘本固（1871—1951），号耀庭，天门干驿镇街人，同族后辈昵称"大爹"，乡人尊称"耀庭公"。据说当年刘氏家族分家时，因本固聪颖但幼年生病导致腿瘸，长辈除按正常的比例分配家当外，还额外分给他一套宅子作为书屋，这套宅子在巢云寺近旁，1949年后充公，成为后来的干驿卫生院的一部分。

如果不算在外经商或做官的干驿人，本固可算是当时干驿最大的才子。每逢春节，或是遇到红白喜事，镇上的人家都会请他撰写对联，镇上的商号开张，也是请他题写匾额，但书法或篆刻则由专人制作，据说书法一般由他远房的一位侄子泼墨，而牌匾的制作则由镇上的篆刻世家鄢氏子弟来完成。

本固的诗文传世不多，有一首五律，创作背景是在抗战时期。当时，国民党省政府已转进到鄂西，在干驿，日军和汪伪无常规军队驻扎，国民党军队与共产党游击队时常"光顾"，偶尔还有土匪到镇上抢劫，干驿成为"三不管"而各方势力都要抢占之地，百姓与商家无从安居。只要有"警报"，男丁女眷们便会带上金银细软外出躲避，而留下耄耋老人们在家"看护"。此时已是古稀之年的本固当然在这"看护者"之列，多次的担惊受怕让他吟出下面的诗句：

> 无方救白头，高枕任千忧。
> 整日书遮眼，单居鲠在喉。
> 茫茫今世界，转转就郊游。
> 却喜耳聋早，门前多愁休。

本固不仅诗文做得好，还会中医。他在长子刘杰生的能力和经验齐备后，就将自己的商号"顺茂仁"交给其打理，自己开个小诊所给乡人看病。据说医术很高，但乡人更崇敬的是其医德——悬壶济世、慈航渡人。旧社会的医疗方式与今天西方国家一样，医生只是诊断、开药方而不卖药。本固给乡人看病，除中医的"望闻问切"外，还会留意患者的经济状况，对于一些贫困人家他就免费诊断、开药方；而对于某些特别穷苦的患者，本固免费看病以后，还会特地在药方上做个记号。当时干驿镇上的中街、下街的两家药铺都是"涂公和"，当患者到干驿镇上的任何一家"涂公和"抓药时，会欣喜地被告知：您的药费不用支付，"顺茂仁"会在月底一并结算。原来那个记号就像是今天的"邮资总付"，这样的方式给予很多穷苦家庭极大的帮助，也是对患者莫大的安慰。乡亲们当然知道感恩，每年的秋收季节，"顺茂仁"商铺门口总会摆满各类农副产品，外人不知道是谁放置的，但刘家人知道——这应该都是那些得到过帮助的不识字的农民来感谢自己"大爹"的。

作为同治年间出生的老人，本固历经清末的沉沦和民国及抗战时期的动荡，抗战胜利后没多久，内战又开始，民心焦躁，百业凋敝。本固对国民政府的腐败无能有深切的体会，对世道安定怀有极强的愿望。当共产党最终战胜国民党，荡平海内，澄清寰宇，本固自是欣喜万分，他和当时大多数的知识分子一样，盼望着毛主席、共产党能够带领中国人民走向民主、富强的道路，他还吟诗称颂伟大领袖：

> 崇拜我毛公，湘潭起伏龙。
>
> 放怀五洲外，推倒一世雄。
>
> 马列师模著，中苏友谊浓。
>
> 老夫站后泽，高唱大江东。

诗中嵌入毛泽东主席的名讳，引用了苏轼的诗句"大江东去，浪淘尽，千古风流人物"的"大江东"。看得出，本固对新政府、新领袖不吝赞美之词，也对将来祥和安定的新社会充满期待。

1951 年，本固去世，享年八十五岁。

刘佐龙（1874—1936），亦名万青，字以杰，号汉三，现天门多祥人。自幼读书，多次应试不中，于是投笔从戎，加入湖北新军，取名"佐龙"。因身材魁梧，兼通文墨，为协统黎元洪所赏识。先后被推荐入读武昌高等学堂、将弁学校，结业后在黎部担任队官（一队之长官）。参加武昌首义后，佐龙随黎元洪脱离清政府、加入革命阵营，升任标统。黎元洪被推举为湖北军政府都督，佐龙任都督府执事官兼禁卫军司令。驻防大军山（位于今武汉市蔡甸区军山镇）时，曾设计擒获清军都督焦某，缴获大量军械，黎元洪称赞他"文韬武略，有儒将风度"。1911 年 11 月，鄂军整编，晋升为第四混成旅旅长。

1913 年 12 月，黎元洪奉调入京，湖北落入北洋军阀之手，刘佐龙想方设法，得以保全自身实力。刘部士兵多为本省子弟，尚能遵守风纪，相比北洋军队，危害百姓较少。1921 年，湖北人士掀起"驱王"（王占元，时为湖北督军）运动。当年 8 月，萧耀南出任湖北督军，任命刘佐龙为湖北陆军第二师师长。

1926 年 8 月，北伐军进攻武昌，直系军阀首领、"讨逆军"总司令吴佩孚委任刘佐龙为湖北省省长兼汉阳防守司令，率部防守汉阳及襄河一带。此时北伐军已派代表耿丹、龚培元等与刘部第八团团长严敬及炮兵团团长刘鼎甲（刘佐龙之弟）联系，劝刘佐龙阵前起义，并面交国民革命军总政治部主任邓演达的亲笔信，许诺起义后给予一军辖三师的番号。刘遂于 9 月 3 日召集营以上军官会议，宣布阵前起义部署。9 月 5 日上午，北伐军第八军第二师何键部开始进攻，刘佐龙命令刘鼎甲炮兵团在怀善堂、河舶所、晴川阁、铁门关等地占领阵地，调转炮口，猛轰龟山禹王宫北洋军高汝桐的指挥部，掩护何部进攻，并炮击汉口查家墩吴佩孚总司令部，迫使吴带着卫队徒步逃往江岸车站，乘车仓皇北窜。6 日拂晓，北伐军攻下龟山，万众欢腾，民众协力将刘鼎甲部的大炮运上龟山阵地，以防北洋军反扑。当晚，刘部配合北伐军第二师，占领汉阳兵工厂，击溃北洋军靳云鹗的守备部队，强渡汉江。7 日清晨，攻克汉口。时人有诗赞颂："南国惊雷动地鸣，楚天风雨撼江城。将军一怒龟山定，三户亡秦信有征。"北伐军能迅速摧毁吴佩孚在汉阳、汉口坚固的防御体系，刘佐龙率部起义是重要因素之一，国民政府任命刘佐龙为国民革命军第十五军军长及湖北政务委员会委员，耿丹为第十五军党代表兼政治部主任。

1927 年春，北伐军与北洋军阀孙传芳、张宗昌的联军在安徽蚌埠展开大战，刘佐龙受蒋介石之命派刘鼎甲率三个旅前往参战。刘部以乡邻子弟居多，作战英勇，克敌拔城，屡立奇功。5 月，湖北省政府因故将刘佐龙交给省警卫团看管，后来转押于唐生智的第八军军部，直到胡宗铎、陶钧带兵回到湖北，驱逐唐生智，刘佐龙才获释。此后，刘佐龙闲居于汉口日租界，晚年信佛，学看风水，1936年病逝。

沈 氏 一 门

清末民国的沈氏一门，在干驿、在天门是最有影响的家族，而没有之一。特别是在一个不大的湾子——白湖沈家角垴台（今净潭乡程家门村）里，出了两个重量级的人物沈肇年、沈鸿烈，且他们之间只相差三岁，实在难得。

沈肇年（1879—1973），原名兆莲，字碧舫，号巀庐，别号巀公，十岁入读私塾，十九岁应学使王同愈亲试，被录取为安陆府学附生，后入天门县明达学堂读书。清光绪二十九年（1903），转入襄阳道中学堂（后改为师范），1906年毕业，任襄阳师范附属高等小学管理员兼教员，1908年改任安陆府中学堂监学兼教员，结识曾留学日本的同盟会会员白逾桓、曾巾江等，接受了资产阶级民主革命思想。

辛亥首义爆发，肇年急赴武汉，加入同盟会，任起义门第一警察署书记。1912年8月加入中国国民党，同年秋，与胡子明一起创办天门中学，由省教育司任命为监学。民国二年春，继任校长。同年秋天，赴湖北省政府财政司任职，历任录事、制用科科长、秘书等职，同时，考入私立湖北法政学校，1916年毕业。在制用科科长任上，曾竭力为董必武创办的私立武昌共进中学（林彪曾就读于此）提供办学经费。

1926年，北伐军攻占武汉，财政部在汉成立，肇年任国民政府财政部库藏局科长、代局长，财政部迁往南京后，留汉任武汉分库主任。1932年任湖北省政府委员兼财政厅厅长，掌财有道，理财有方，收付有据，一尘不染，人望卓著。1933年3月，蒋介石策划对红军实行第五次围剿，传谕肇年筹集军费200万元（湖北省银行发行券），肇年公然抗命："我管的是湖北人民的钱，要对湖北千百万人负责，如不按规定先交保证金，便要提取发行券，那不行！"于是被撤职。从此闭门谢客，专心研究佛经，以翰墨为生。后受聘出任湖北省银行董事、监理委员会委员、豫鄂皖赣四省农民银行暨湖北省银行公库主任、湖北省捐税监理委员会委员。1939年，出任湖北临时参议会议员，后为议长。1946年被推选为湖北省银行监察人、制宪"国大代表"，并任湖北省银行所办兴复贸易公司董事长、湖北善后救济分署审议委员会委员。1948年任"戡乱建国委员会"委员、湖北省"兵役协会"主任委员、湖北省善后救济分会理事长等。

新中国成立后，肇年历任中南地区及湖北省财经委员会委员、湖北省人民政府委员兼省文物整理保管委员会第一主任委员、省文史研究馆馆长、民革湖北省分筹会委员、民革中央团结委员、第二届全国政协委员等职。

1954年湖北省遭受特大水灾后，肇年组织文史馆馆员查考湖北省历史及地方志书，编成《湖北省自然灾害历史资料》一书。1955年，湖北省成立方志纂修委员会，肇年带领馆员投入修志工作，同时整理《湖北文征》，至1966年，先后编成并出版咸宁、孝感、广济(今武穴市)、应城、浠水、黄梅、汉川等七县简志。

肇年勤于治学，精于书法，喜爱收藏金石，尤其致力于研究石鼓文，有《石鼓文诠补》《甓庐所藏金石题记》《艺甄初集》等著作存世。1973年4月逝世于武汉，享年95岁。

沈鸿烈(1882—1969)，字成章，七岁起随父读书。戊戌年(1898)，光绪皇帝从康有为之议，下令改革科举制度，废除八股，改试经义、策论，兼试算术，本邑翰林周杰(字子皋)精于数学，在天门县城设馆授徒，鸿烈前往就学。算术学毕，又师从本邑名儒廖什一专习经史，随侍三载，学乃大进。光绪二十八年(1902)，鸿烈参加院试，名列前茅入庠。癸卯(1903)赴省城应乡试，因在策论答卷中推崇共和，未能中试。是年安陆府于京山县设立义学，聘请鸿烈担任数学教师。

京山义学图书丰富，有报刊十余种，鸿烈日夕研读，思想遽变，感于我国武备废弛，强邻屡欺，立志弃文从武，求学救国。听说武昌新立各式学堂招考，于是坚决辞职，前往省城，考入炮兵营随营学校，在湖北新军第二协第二标第一营充当营学生。光绪三十一年(1905)，清廷决定选拔人才，赴日留学海军，鸿烈经过考选名列其中。三十二年春，至日本入校，接受枪炮、鱼雷两科训练，其间加入"同盟会"。

宣统三年（1911），听闻辛亥革命爆发，鸿烈以国事紧迫，立即典当衣物，请假先行，回到武昌即往拜谒湖北军政府都督黎元洪，黎十分高兴，留其参与军务。此时南京仍在清廷之手，清海军长江舰队拥舰十七艘，如不归附，沿江要隘被其扼制，革命军难以北渡。鸿烈请示黎元洪，愿意只身前往各舰，劝令反正，黎便令鸿烈以海军宣慰使名义，携带黎致海军提督萨镇冰及各舰舰长的信函，伺机策动。鸿烈不辱使命，策动起义成功，随后率领三艘炮艇东下，配合江浙联军摧毁清军幕府山炮台和狮子山炮台，攻克南京。

1912年，中华民国南京临时政府成立，鸿烈任海军部军机处参谋。1913年3月，袁世凯（1859—1916）在北京就任中华民国大总统，鸿烈于4月调任北京政府参谋本部海军局（第六局）少校科长，主管海防。1916年袁世凯称帝失败，黎元洪继任总统，兼参谋总长。沈鸿烈考察沿海、沿江军事要塞，写成我国海军建设的计划五件，为黎元洪所嘉许。时值第一次世界大战期间，鸿烈被选派为赴欧观战团海军武官，参观了陆海空军的各个战线，重点观察了海军的战略战术和装备设施。"一战"结束后，鸿烈再随旧中国第一次巡礼国外的"海圻"舰访问英国，随后横渡大西洋访问美国，考察军港建设、西点军校、海军大学以及各种舰船，1918年10月回国，在参谋本部担任原职，将欧美考察报告呈递参谋本部，其中提出海陆空总体战、消灭派系把持、自主建造舰船、测量航线、出版海图等建议，但如石沉大海。

1919年冬，中国的四艘内河浅水炮艇编成"吉黑江防舰队"，从上海开往松花江，行驶至黑龙江口庙街，因涉嫌将舰载小口径炮借给俄国人攻击日本人，被日军扣留，沈鸿烈自请赶赴东北交涉。日方软硬兼施，始终得不到证据，转而要求中方军舰南调，鸿烈认为这是日本人破坏中国恢复东北航权的阴谋，力主实施原定计划，并亲乘"利捷"号，率舰队抵达松花江的同江驻防。之后担任"吉黑江防舰队"参谋，升至参谋长。1921年，鸿烈晋升为海军上校。

1922 年 4 月，因吉黑江防舰队经费问题，海军部命令将其划归张作霖指挥，从此"奉系"有了海军，"镇威上将"张作霖对鸿烈信任有加。6 月，张作霖在上将公署添设"航警处"，鸿烈任处长，统辖东北海防、江防、航务、水警、渔业、港务、盐务、造船、商船学校、海军学校和海事编译局等机构。1923 年 1 月，鸿烈创办东北航警学校；7 月，张作霖建立"东北海防舰队"，任命鸿烈为中将海军司令。1925 年，东北联合航务局成立，鸿烈任董事长，以航务局的盈余，相继兴办商船学校、水道局、造船所、江运处，均亲自管理，但不领取一文薪酬。

　　1925 年，东北海防舰队随陆军进驻秦皇岛、大沽、塘沽、烟台等地，鸿烈勘定山东省属的长山八岛，筹建海军基地。1926 年秋，鸿烈趁"海圻"号在旅顺口日本船坞修理之际，与舰上官兵进行疏通，使"海圻"号归顺东北舰队。此后率舰队多次炮击吴淞，进袭江阴，两次奇袭虎门，截获了南洋舰队的"江利"舰，声威大震。

　　1927 年 7 月 19 日，张作霖任命张宗昌为海军总司令，将东北海防舰队改为第一舰队，鸿烈任司令。1928 年 4 月，鸿烈利用张宗昌检阅舰艇之机，设计吞并了渤海舰队，张作霖命令连同东北海防舰队一起，成立"海军总司令部"，东北海军总司令公署设于青岛，张自兼总司令，鸿烈任海军上将副总司令，代行总司令职权。1928 年春，鸿烈在青岛召开奉、鲁、直三省渔民代表会议，决定保护旧式渔轮，发展新式渔轮，以抵制日本人侵入中国海域捕捞。

　　1928 年 12 月，张学良通电宣布东三省及热河省服从南京国民政府，史称"东北易帜"，沈鸿烈随之加入国民革命军。张宗昌反对归顺国民政府，率其残部窜据长山八岛，鸿烈奉命将其全部缴械。

　　1929 年 10 月 10 日，中苏"同江之战"爆发，苏联陆、海、空军协同，猛攻驻守在三江口的东北海军江防舰队，江防舰队奋勇还击，战至下午，我军终以损伤过重撤出战斗，退守同江。10 月 11 日，我江防舰队协同地面部队与苏军激战竟日，事先隐蔽在芦苇深处的"东乙"炮台发挥奇效，击沉苏舰四艘，包括旗舰一艘，击伤炮艇四只，击毙苏军极东舰队司令以下

70 余人。"同江之战"结束后，沈鸿烈与张学良等六人以战功获得中华民国首批青天白日勋章。

1931 年"九·一八"事变后，鸿烈率领东北海军开驻青岛，一再勉励部属，加强战备与训练，枕戈待旦。葫芦岛海军学校先迁至威海卫刘公岛，再迁至青岛，改名为"青岛海军学校"。抗日战争全面爆发后，该校先迁南京，继迁宜昌，再迁万县，最后与"电雷学校"合并。鸿烈经营该校前后达十八年之久，培养出大批海军人才。

1931 年 12 月，国民政府任命沈鸿烈兼任青岛特别市市长。在日本处处威逼的艰危之境，他宣布了十条施政纲领，认为首先必须修明内政，发展经济，巩固治安，慎重邦交，一方面使日本人没有挑衅由头，另一方面采取"大事不让，小事不争"的态度，宽猛互用，不卑不亢，使日本人不敢轻举妄动，以图洗涤日人浸润之毒素，逐步收回主权。

沈鸿烈主政青岛期间，举凡民政、社会、教育、工务、港务、农林、气象，无不力求进步。他注重实效，设立咨询机构，使官民之间，意见沟通；组建文化团体，集思广益；成立勤俭进修会和教育协会，树立良好风气，提高知识水平；筹建地方自治委员会，推进地方自治。在民生方面，设立救济院、习艺所、育婴院、感化院，整肃市容，安定社会，不遗余力。他采取公家拨款、人民自建、慈善团体捐建相结合的方式，兴建"平民住所"，规划整齐，清洁设备、水电设施、小学、市场等配套齐全，使大量平民得以安顿，此举早于英美各国约三十年，实属先进之创举。

1933 年 6 月，东北海军舰队的"海圻""海琛""肇和"三艘主力舰官兵哗变，南下广州投奔陈济棠，东北海军被改编为海军第三舰队，直属南京海军部统辖，沈鸿烈辞去海军职务，专任青岛市长。

1937 年卢沟桥事变后，鸿烈日夜操劳于军事部署，同时对日本经营多年的九大纱厂做好破坏准备。12 月，日本海军封锁青岛海面，鸿烈于 12 月 18 日下令将日人的纱厂、啤酒厂、铃木丝厂、丰田油坊、太阳橡胶厂等 20 余家工厂彻底摧毁，尔后将老旧军舰沉入港口航道，破坏了电力、电缆等重要设施。12 月 27 日，沈鸿烈带领机关、公教、军警等 6000 余人撤离青岛。

1938 年 1 月 23 日，国民政府行政院任命沈鸿烈为山东省政府主席兼省保安司令，转战于鲁南、鲁西、鲁北，领导军民艰苦抗日。1941 年 9 月，鸿烈奉召赴重庆述职，调任国民政府农林部部长，1943 年兼任国家总动员会议秘书长。1944 年 6 月，任国民党中央党政工作考核委员会秘书长，兼管中央设计局东北委员会。1945 年 5 月在国民党第六次全国代表大会上再次当选为中央执行委员。1946 年 3 月，出任浙江省政府主席。1948 年 7 月，调任国民政府考试院铨叙部部长。1949 年 11 月，鸿烈辞职赴台湾，受聘为总统府国策顾问，并无实职。

鸿烈大半生身逢乱世，戎马倥偬，偶有闲暇，喜好经史，熟读《曾文正公全集》，推崇晚清"中兴四将"曾国藩、左宗棠、李鸿章和胡林翼。在北京参谋本部任职期间，鸿烈结识南开大学的创办人张伯苓（1876—1951）。张先生得知沈胸怀建设海军、报效祖国之志，且深具远见卓识，十分敬重。鸿烈对张先生的道德学问、艰苦兴学精神，也推崇备至。两人始终保持着深厚的友谊，并在患难之中相互扶持。

鸿烈生活简朴，常以馒头、稀饭、腌菜、咸蛋为食，衣着马虎。他多年大权在握，却不事聚财，在重庆期间，曾因难以维持家计卖掉了最心爱的一部《四库全书》。晚年在台湾，鸿烈闭门谢客，专务著述，撰有《读史札记》《欧战与海权》《东北边防与航权》《收回东北航权始末》《青岛市政》《抗战时期之山东党政军》《抗战时期之农业建设》《抗战时期之国家总动员》《浙政两年》《消夏漫笔》《政海微澜集》《五十年间大梦记》《竟陵沈白湖先生七十自寿诗》等。1969 年春，鸿烈以 88 岁高龄逝世于台中。

胡 家 徐 家

清代到民国，干驿除了"四大旺族""蒋、邹、刘、沈"以外，还有胡家徐家特别值得一说，其代表人物就是胡子明先生和徐声金、徐声钰兄弟。

胡子明（1868—1946），字伯寅，号省闇，天门白湖胡李家台（今卢市镇合丰店村）人。父讳兰亭，清末廪生，教书为业。子明自幼随父读书，勤奋好学。18岁考入县学，为优廪生。清光绪二十一年(1895)擢为拔贡，光绪二十五年赴京就读于京师大学堂，结业后，任农工商部员外郎。光绪二十八年(1902)壬寅科在顺天府考中举人，诰封中宪大夫，继晋通议大夫。

辛亥革命后，子明离京回乡。1912年秋，与沈肇年创办天门中学，任校长，多方筹措经费，亲自教授国文。1913年春，受聘湖北省政府财政司，担任科长。同年，参加县知事考试中试，先后署理或担任福建省尤溪(今属三明市)、浦城(今属南平市)、建阳(今南平市建阳区)、晋江(今属泉州市)等县知事，历官十余年，刚正不阿，两袖清风，以解除民间冤苦为己任，被当地百姓誉为"胡青天"。

子明是在1915年9月调任浦城县知事的。当时浦城社会混乱，盗贼蜂起，赌博盛行，烟馆、赌馆遍及城乡，子明深入基层调查研究，处罚与感化并举，赌风逐渐销声匿迹，吸毒人员大为减少。1916年，乡绅李迪瑚创办浦城的第一所私立初级中学，子明大力支持，每月捐俸3~5块银元，义务自兼国文教员。1917年，主修《浦城县志》。1919年9月，子明卸任，告别浦城那天，百姓们敲锣打鼓，"万民伞"摆满衙门内外，所经过的街道，家家户户门口挂一面镜子、摆一碗清水，表示子明在任时"明如镜、清如水"。浦城有位平民，状告某富商多年，县官换了几任，案子始终不能公正判决。子明到任后，通过微服私访，查清案情原委，依法断案，使是非立辨，沉冤得雪。子明离任时，这位平民举家相送，以祖传"绿玉金箍砚台"诚赠，子明再三谢绝，实在无法推却，只好回赠银圆六十枚相谢。胡子明的政绩在浦城民间代代相传，西郊的"清官亭"据说也是为他修建，至今尚存。

《建阳文史资料》记载，胡子明于1919年至1920年担任建阳县知事，期间重视兴办学校。鉴于女子教育的重要性不亚于男子，他创办了城区第一女子高等小学校，接着又开设了数所女子国民学校。《民国初年建阳县知事胡子明轶事二则》中讲述，子明有一次来到建阳第一高等小学堂，监考毕业生数学考试，发现有位名叫连英的学生答卷快速而准确，非常欣赏，特地交代校长，一定要动员该生投考南平师范，以图深造，为国育才。得知连英家贫，恐怕无力供他再读，子明默然良久。返回县衙后，子明亲自动笔，写信给南平师范校长，恳求准予减免连英的一切费用。得到回信后，又亲与校长到连英家中动员。连英后来在南平师范毕业，在建阳县立初级中学和第一小学兼任两校的数学教师。

曾有一股海盗盘踞晋江，为恶多年。子明到任晋江县知事后，派兵捕获匪首，经过反复教育，使其受到感化，发誓痛改前非，还主动献出祖传医疗秘方以赎前罪，当地的盗匪从此敛迹。

1924年，子明回到湖北，在汉口、天门等地学校任教。1932年，沈肇年出任湖北省财政厅长，聘其为科长。次年三月，沈肇年因拒不为国民政府筹措"围剿"军费而被撤职，子明极为不平，奋笔写下"不愿绿袍加身，不愿金箍围腰"的诗句，辞职还乡。此后，设馆教学十余年，惠及学生上千人。抗日战争期间，开办"天汉县文艺学校"，传播进步书报。

子明工于书画，尤其擅长写意梅、兰、竹，著有《退庵轩诗集》《左氏释注》《王氏故典评》《古文通释》等。1946年，子明病逝于武汉，享年79岁。

同邑诗人吴炳焱有《挽胡省闇先生》诗二首，其二曰：

> 笛弄梅花五月天，文星忽陨大江边。
> 八闽政绩人称善，三楚官声子象贤。
> 安石梦鸡悲此日，令威化鹤问何年。
> 竟陵耆宿凋零尽，垂老伤怀涕泪涟。

徐声金（1874—1958），字兰如，号难愚，天门干驿镇区人。父亲讳家墨，从商，母亲魏氏，兄弟七人，声金为长子。光绪二十三年（1897）入县学，1904年春考入两湖师范学堂，1905年秋首届毕业，以名列第二的优异成绩，被湖广总督张之洞选送日本官费留学，先后入日本国文书院、日本大学法律科就读，1910年学成归国。

此时正值民主革命风起云涌，国人为抵御列强的侵略，捍卫民族权利，在汉口筹建"川粤汉铁路公司"，士绅公推声金担任总务长，随即又筹备江汉法政学堂，并任教于江汉法政、公立法政、私立法政及法官养成所等学校。

辛亥武昌首义，声金除负责维持各法政学校秩序之外，还参与机要事务。1911 年 10 月 25 日，被推选担任湖北军政府编制部副部长。不久，清军南下攻陷汉口，纵军放火抢劫，一向繁华的市区顿时陷入劫难。次年 2 月，南北议和，局部停战。根据约定，清军虽退至百里以外，但仍在市区保留设官置警的权力，并留有少数部队据守要地。当时上海和谈濒临破裂，清军利用铁路可以很快来袭，军政府开会决议，应抢占先机，于是改夏口厅为夏口县，公推徐声金为夏口县首任知事兼警察总办。声金事先取得汉口商会的支持，将一标步兵化装成商团，潜入清政府的军警驻地，夺取了控制权，一夜之间光复汉口。战争结束后，汉口满目疮痍，声金创建武装警察，除暴安良，安抚居民，三个月后，初见成效，随后汉口便逐渐恢复往常的繁华。

当时的汉口，从江汉路往北到铁路线一带尽是湖汊，地价十分低廉，有人向声金建议说，何不大量买地，日后一定获利丰厚，作为子孙的基业。声金志在革新，一笑置之。其后那些地皮被刘歆生所得，命名为"歆生路"，就是现在的江汉路。

1913 年，声金调任湖北高等检察长，仍然坚持在湖北法政学堂任教，湖北早期的司法人员大多出其门下。此后历任江苏省高等检察厅厅长，甘肃省、河南省高等审判厅厅长，司法行政部参事，湖南、河南等省高等法院院长，四川省政府顾问等职。

在担任甘肃高等检察厅厅长期间，声金偶然买到近 40 件、400 余卷敦煌藏经，辗转数地、悉心保管多年后，于 1954 年将这批珍贵的文物捐献给湖北省博物馆。

中华人民共和国成立后，声金先后担任湖北省人民政府司法厅研究委员、湖北省人民政府（后为省人民委员会）参事室参事等职，1958 年 12 月逝世于武昌，安葬在石门峰公墓。

徐声钰（1892—1965），字式如，1907 年随长兄声金赴武汉，就读于武汉商业学校。

1911年辛亥革命爆发，声钰投笔从戎，加入辛亥革命学生军，参加武昌起义。起义胜利后，在孙中山大总统的保荐下，进入保定军官学校第四期学习。军校毕业后，历任政府军排长、连长、营长、团长等职务。1928年，国民革命军军事委员会总政治部训练处训练总监何应钦任命徐声钰为参事，同年又受何应钦派遣，收编第十七师组成独立第十三混成旅，委任声钰担任旅长。

1929年率部驻扎江苏扬州，随后移驻江苏南通城，担任南通、如皋、海州、泰兴、东台、盐城等六个县的警备工作。1930年独立旅驻扎武昌，在武汉安家。1937年4月独立第十三旅被陈诚收编，改编成第十一师，由周至柔接任旅长，声钰赴河南省潢川地区任专员。

1938年武汉沦陷，举家西迁，取道天门、宜昌、万县，最后来到重庆，任重庆国民政府军事参议院少将参议。1940年为躲避日军的轰炸，迁居重庆歌乐山山洞村，在一座茅屋中居住五年。

1944年在重庆担任国民政府军事委员会少将高级参谋。受总参谋长何应钦秘密委派，潜入敌占区上海市，对汪伪政府行政院副院长、伪上海市长周佛海进行策反劝降工作。为夺取抗日战争的最后胜利，声钰冒着生命危险，在上海组织建立"军事委员会东南工作团"，开展地下秘密工作，直到抗日战争胜利。

抗战胜利后，声钰获国民政府"忠勤勋章"，晋升为中将，同时退役。1947年参加国大代表的竞选，落选后闲居武昌，教育子孙。新中国成立后，参加民主党派中国国民党革命委员会，成为新中国第一批民主党派成员。

1956年居住于武昌朝阳巷期间，附近一商店失火，大火就要蔓延到一所幼儿园及声钰的居室。时已65岁高龄的声钰不顾自身安危，一次又一次冲进幼儿园火场，救出一个个幼儿，而自己家中被大火焚烧殆尽。当年的《长江日报》报道过这一感人的事迹。

1965年3月15日，声钰因病在武昌辞世，享年74岁。

第五篇　故乡魂

文化是一个国家、一个民族的灵魂。文化兴国运兴，文化强民族强。文化之于一乡一邑，很多时候表现为一种乡土文化。乡土文化是中华民族得以繁衍发展的精神寄托和智慧结晶，是中华文明区别于其他文明的重要特征，是民族凝聚力和进取心的源泉。乡土文化无论是物质的，还是非物质的，都是不可替代的无价之宝。

朋友相聚，只要讲到干驿人，无论是前贤，还是后秀，我都有无尽的话资。有一次，一位朋友问我，你讲了这么多干驿人，干驿人到底有什么特点？这下可把我难住了。说实话，我真没有思考过这个问题，没有从个性中寻找共性。此后，我力图作出一些归纳和总结，并探寻形成这些特点的深层次原因。

我的初步结论是，干驿人具有疾恶好善、情清趣雅、知书达礼、敬祖尊宗、敢闯敢拼、爱吃会吃等鲜明特点，这些特点源于干驿博大、久远而丰富的乡土文化，特别是干驿的道德教化、文学艺术、礼仪习俗、宗族文化、侨乡文化、饮食文化等，这就是所谓的"以文化人""一方水土养一方人"吧！

对于干驿的乡土文化，我在前面讲得比较多，如传说故事、古建遗存、名人传记等，这是从广义上讲的乡土文化；这一部分，我想从狭义上讲一讲乡土文化，且多是非物质文化，但不限于乡土文化，只要是与文化有关的一些现象，又有干驿特色的，我都列上了。当然，主体还是乡土文化。

第一章　道　德　教　化

干驿人"疾恶好善"，应当归功于干驿的道德教化。道德教化是上层建筑。自古以来，干驿都是把道德教化摆在社会生活首要位置的，形成了高度重视道德教化的传统。

什么是道德教化？哲学家给出的解释是："从本质上说，教化是道德真正的存在方式。如果道德理论不能影响人的心意态度、情感归依、意志品质和行为倾向，那么，它就只能是天下虚文。道德教化正是在善的伦理价值层面上，把人从人的本性状态提升到人性状态的工作。人的本性是与生俱来、自然而然的，而人性则是人成为人的特质。人不是天生就成为人应成为的样子，所以人需要教化。"哲学语言绕来绕去，非常晦涩难懂，就是我这个哲学专业出身的，也被整得糊里糊涂。

还是中国古代经典之一、传统启蒙教材《三字经》，用最浅显易懂的语言解释了什么是道德教化："人之初，性本善。性相近，习相远。苟不教，性乃迁。教之道，贵以专。……玉不琢，不成器。人不学，不知义。"意思是，教育和学习对儿童成长的重要性，后天教育及时，方法正确，可以使儿童成为有用之才。如果说得再通俗一点就是：人生下来的时候品性都是好的，只是由于成长过程中，后天的学习环境不一样，性情也就有了好与坏的差别。如果从小不好好教育，善良的本性就会变坏。为了使人不变坏，最重要的方法就是要专心一致地去教育孩子。玉不打磨雕刻，不会成为精美的器物；人若是不学习，就不懂得礼仪，不能成才。

《三字经》在这里讲的是少儿教育，类似于现在的基础教育，强调了道德教化的重要性。在德育和智育的关系上，也是把德育放在第一位的，并且融德育于智育之中。推而广之，对少儿教育如此，对成人教育也是如此。一位伟人说过，"严重的问题是教育农民"，因为当时农民占绝大多数。干驿在道德教化上，过去是这样做的，现在依然在这样做。

新中国成立前，干驿道德教化的一个突出特点，就是儒释道合一。"儒"指的是儒家，是孔子开创的学派，也称"儒教"，曾长期作为中国官方意识形态存在，居于主流思想体系地位；"释"是古印度（今尼泊尔境内）乔达摩·悉达多创立的佛教，悉达多又被称为释迦牟尼佛，故又称释教，世界三大宗教之一；"道"指的道教，道教是产生于中国的传统宗教，是把古代的神仙思想、道家学说、鬼神祭祀以及占卜、谶纬、符咒等综合起来的产物。

干驿道德教化儒释道合一的特点，可以从境内的道德教化场所看出。在儒教方面，有皇殿(曾作为学堂)、文昌阁、干滩社学、鄂城书院等；在佛教方面，有白云寺、泗洲寺、巢云寺、燃灯寺、竹林寺、莲池寺、滴露庵、碧潭庵、七甲庵、真静庵、大佛阁、观音堂等；在道教方面，有隆镇观、子文庙、白马庙、东岳庙、城隍台庙、三王庙等。

在一个镇的范围内，儒释道的教化场所如此密集，实在不多见。在干驿镇区中街的魏家巷，更是建有五座这样的场所，其密集程度，实属罕见，成为古镇一绝。魏家巷是一条通南处北，连接堤街、正街、后街，长250米、宽4米的人行巷道。在巷道南头，与堤街十字交叉处的巷口两边，各建有一座土地庙；在巷道南部，人们利用巷道之上的空间，在临街之处修建了一座"财神阁"；在正街北边巷道临街处上空，也建有一座楼阁式的小型神庙，名曰"魁星阁"；在巷道北口西边，建有一座院落式的尼姑庵即"真静庵"。这一切，足见千百年来干驿对道德教化的高度重视。

从分布来看，佛教的寺院最多，道教的庙观次之，儒教的书院、学堂相对较少。这其实是一种表面现象，事实上儒家思想始终占据统治地位。从少儿教育(国民教育)看，除了这些书院和学堂，还有众多私塾，干驿稍微大一点的湾子都有私塾，可以说星罗棋布，一样是以"四书五经"等儒家经典作为讲义的。

清末民初还在干驿上街北侧五凤堂东边建有一座规模宏大的天主堂，在下街关门外河堤上建有福音堂。因为建立时间比较晚，影响也比较小，没有形成大的气候。直到今天，信奉基督教、伊斯兰教的乡亲还很少。

干驿道德教化，特别是书院、学堂和私塾，之所以兴旺发达、经久不衰，还在于干驿有一批名师，如两度开馆教学的明国子监祭酒鲁铎，潜心研究理学、清逸自隐的鲁嘉，知行合一、内外交致的鲁思，明按察副使魏士前之兄魏士茂，唯好诗文与交游的熊士鹏，循循善诱、嘉惠乡亲子弟的周树模，清末最后优贡陈心源，等等。道德教化的结果，就是培养了一批德才兼备、以德为先、堪当大任的优秀人才，培育了一种修身律己、崇德向善、礼让宽容的道德风尚，特别是知礼仪、懂礼节、讲礼貌的良好形象。

当前，全国上下正在开展社会主义核心价值观教育。"富强、民主、文明、和谐"是国家层面的价值目标，"自由、平等、公正、法治"是社会层面的价值取向，"爱国、敬业、诚信、友善"是公民个人层面的价值准则，这二十四个字是社会主义核心价值观的基本内容。特别是"爱国、敬业、诚信、友善"，是公民必须恪守的基本道德准则，也是评价公民道德行为的基本价值标准。"爱国"，是基于个人对自己祖国依赖关系的深厚情感，也是调节个人与祖国关系的行为准则。它同社会主义紧密结合在一起，要求人们以振兴中华为己任，促进民族团结、维护祖国统一、自觉报效祖国。"敬业"，是对公民职业行为准则的价值评价，要求公民忠于职守，克己奉公，服务人民，服务社会，充分体现了社会主义职业精神。"诚信"，即诚实守信，是人类社会千百年传承下来的道德传统，也是社会主义道德建设的重点内容，它强调诚实劳动、信守承诺、诚恳待人。"友善"，强调公民之间应互相尊重、互相关心、互相帮助，和睦友好，努力形成社会主义的新型人际关系。

社会主义核心价值观是当代中国精神的集中体现，凝结着人民共同的价值追求，需要强化教育引导、实践养成、制度保障，发挥社会主义核心价值观对国民教育启发、精神文明创建、精神文化产品创作生产传播的引领作用，把社会主义核心价值观融于社会发展各方面，转化为人们的感情认同和行为习惯。

需要引起重视的是，我们不能忽视宗教文化在道德教化中的重要作用，其旺盛的生命力、感召力，成为维系人们和谐共生、善待苍生的重要精神支柱和心灵托付，要积极引导宗教与社会主义社会相适应。这一点，在时下的中国广大农村，是需要给予特别关注的。我相信，具有深厚文化底蕴和道德教化优良传统的干驿，一定能在培育和践行社会主义核心价值观方面走在前列。

第二章 文 学 艺 术

干驿人"情清趣雅",应该得益于自古以来,干驿非常浓厚的文学艺术氛围,特别是诗歌、书画、民歌、曲艺、戏剧和手工艺等,在天门,在江汉平原都是首屈一指的。

诗   歌

干驿诗歌源远流长、一脉相承,既有诗坛大家,又有民间高手;既有阳春白雪,又有下里巴人,称为诗乡,也是名副其实的。

在古代,干驿虽然没有形成什么诗派,但干驿籍的达官显贵和文人墨客(事实上达官显贵也是文人墨客,大多有诗集在世),多与诗派有着千丝万缕的联系,有的就是诗派的重要成员,有的和诗派重要成员交谊深厚,时常唱和。比如,明代的"茶陵派""公安派"和"竟陵派"这三大诗派就与干驿的"四大贵姓"有着极深的渊源。

鲁铎是明代前期"茶陵诗派"的骨干之一。"茶陵诗派",主要存在于明初成化至弘治年间,湖广长沙府茶陵县人李东阳以内阁大臣的身份主持诗坛,追随者趋之若鹜,形成了一个以籍贯命名的诗派,即"茶陵诗派"。该诗派针对台阁体卑冗委琐的风气,提出"轶宋窥唐"、诗学汉唐的复古主张,强调对法度声调的掌握。因其历任馆阁,四十年不出国门,诗风雍容典雅、平正典丽,仍有台阁体的余波。也有一些作品却摆脱了台阁风,展示了广阔的社会视角,表现了作者个人的真情实感和精神状态,自然清新、意趣横生,不刻琢,有浓烈的生活气息。

李东阳之于鲁铎，可谓亦师亦友，在第二篇第五章，我讲述了他们之间交往的故事。鲁铎一生勤于笔耕，创作了大量诗歌，带有"处于宋元，溯源唐代"，着眼于体制法度和音节声调的明显特征。鲁铎诗集《东厢西厢诗稿》等，在其子孙的努力下，得以刊行，广为传播。

陈所学与"公安三袁"更是情同兄弟、交谊深厚。公安派是明代后期出现的一个以袁宏道及其兄袁宗道、弟袁中道三人为代表的文学流派，因三兄弟是湖北公安人而得名。他们所持的文学主张与前后七子拟古主义针锋相对，提出"世道既变，文亦因之"的文学发展观；又提出"性灵说"，要求作品"独抒性灵，不拘格套"，能直抒胸臆，不事雕琢。他们的散文以清新活泼之笔，开拓了我国小品文的新领域。在晚明的诗歌、散文领域，以"公安派"的声势和影响最浩大。

在这里，我想呈现袁宏道为陈所学的《会心集》写的序。从序中我们可以反观《会心集》的文采和雅趣，体会到他们之间的那种深情厚谊。遗憾的是，《会心集》与《松石园诗集》等均被毁于民国三十二年（1943）正月的那把大火。

叙陈正甫《会心集》

袁宏道

世人所难得者唯趣。趣如山上之色，水中之味，花中之光，女中之态，虽善说者不能一语，唯会心者知之。今之人，慕趣之名，求趣之似，于是有辨说书画，涉猎古董，以为清；寄意玄虚，脱迹尘纷，以为远。又其下，则有如苏州之烧香煮茶者。此等皆趣之皮毛，何关神情！夫趣得之自然者深，得之学问者浅。当其为童子也，不知有趣，然无往而非趣也。面无端容，目无定睛；口喃喃而欲语，足跳跃而不定；人生之至乐，真无逾于此时者。孟子所谓不失赤子，老子所谓能婴儿，盖指此也，趣之正等正觉最上乘也。山林之人，无拘无缚，得自在度日，故虽不求趣而趣近之。愚不肖之近趣也，以无品也。品愈卑，故所求愈下。或为酒肉，或然声伎；率心而行，无所忌惮，自以为绝望于世，故举世非笑之不顾也，此又一趣也。迨夫年渐长，官渐高，品渐大，有身如梏，有心如棘，毛孔骨节，俱为闻见知识所缚，入理愈深，然其去趣愈远矣。余友陈正甫，深于趣者也，故所述《会心集》若干人，趣居其多。不然，虽介若伯夷，高若严光，不录也。噫！孰谓有品如君，官如君，年之壮如君，而能知趣如此者哉！

陈学所也与"竟陵派"的主要成员交往颇多。"竟陵派"为文学史上著名流派，以竟陵人钟惺和谭元春为代表人物。竟陵派认为"公安派"作品俚俗、浮浅，因而倡导一种"幽深孤峭"风格加以匡救，主张文学创作应抒写"性灵"，反对拟古之风。他们所宣扬的"性灵"，是指学习古人诗词中的"精神"，这种"古人精神"，不过是"幽情单绪"和"孤行静寄"；他们所倡导的"幽深孤峭"风格，指文风求新求奇，不同凡响，刻意追求字意深奥，由此形成竟陵派创作特点：雕琢字句，求新求奇，语言佶屈，形成艰涩隐晦的风格。竟陵派文学理论在文学史上有很重要的意义，其提倡学古要学古人的精神，以开导今人心窍，积储文学底蕴，这与单纯在形式上蹈袭古风的做法有着很大的区别，客观上对纠正明中期复古派拟古流弊起到了积极作用。

陈学所与钟惺和谭元春之间也互有唱和，有钟惺和谭元春的诗为证，只是已经找不到陈所学的诗了。

奉别陈正甫侍郎

谭元春

无意居先达，渊然独见君。

逢聘龙即见，留褒凤重闻。

时寒中常结，情恬梦不纷。

送予多怅怅，声寄故园云。

赠陈志寰缮部

钟　惺

梓里衣冠不乏贤，何来轩盖拥壶仙，

花宫下榻还今日，水部榆材自昔年。

只尺星辰惊聚首，参差霄汉槐随屑，

徘桐正拟歌琼树，那事空回刿曲船。

陈中丞正甫自晋贻书白门

钟　惺

十年迢递陆沈间，屡见时情国步艰。

如某一官何足道，惟公千里亦相关。

图书颇愧封疆苦，花鸟微沾岁月闲。

重地安危元老在，暂容流寓不须还。

　　魏士前是一位非常低调的诗人。"竟陵派"代表人物钟惺在《陪郎草序》中说："始予言诗，定如(魏士前)虚心相听，及定如一语之获，一境之会，而予自愧其言之无当也……喧不如静，薄不如厚，定如之诗所以合于静与厚者，正以其不豪不俊也。"钟惺生动描述了士前沉稳持重的个性和文友间如切如磋的场景。对魏士前的"一语之获，一境之会"，钟惺备感"自愧其言之无当"；对魏士前的诗，钟惺认为"合于静与厚"，恰恰反映了其性格的"不豪不俊"，点评非常到位。由此看来，魏士前的诗文也应当极为可观，可惜现在稀见于民间。

　　到了清代，干驿诗坛又出现了熊士鹏、周树模等大诗人，他们的道德文章，很值得一说。

　　熊士鹏(1755—1843)，字两滇，号莼湾，现天门横林人。横林镇的部分版图，历史上也曾隶属于干驿，因而我也把熊士鹏列入干驿名人。

　　士鹏的科举生涯一路坎坷。乾隆四十年(1775)通过院试成为生员，入县学后颇有些"志得意满，趾高气扬"，此后20多年困顿不堪，直到嘉庆六年(1801)才乡试中举。次年，在赴京会试途中，因左脚受伤而弃考，嘉庆十年(1805)终于考中进士，此时士鹏已年过五旬。

艰辛的生活并没有磨灭士鹏崇尚自由、淡泊自尊的儒者本色。起初，朝廷拟任用他为知县，士鹏知道自己的性格平和耿直，不适合做官（"和而介，性不宜官"），因此"辞富而居贫"，申请改派为清贫的学官，获授武昌府学教授，这才欣然就职，说道："这才是儒者该做的呀，总算找到可以寄托终生的事业了（此乃儒者本色，卒可终岁矣）。"士鹏执掌武昌府学期间，倡导新风，奖掖后进，授业传道，培养造就士子无数。或许受自己身世的影响，他对失去父母、家境贫寒的学子尤为照顾，深受学子们感戴。

武昌府学位于黄鹄山（今武昌蛇山）南麓的大成路上，士鹏以此自号"鹄山小隐"。在任18年之后，士鹏被擢升为国子监博士，他推辞不去，就此退休。因为钟爱武昌的山山水水，他租住在黄鹄山的东坡（今武昌小东门一带），自号"东坡老民"，在此居住三年。道光六年(1826)，士鹏回到故乡，主讲于天门书院（故址在天门中学元春街老校区），晚年回横林老家，时人尊称为"横林子"。道光二十三年(1843)，士鹏在故乡安然辞世，享年89岁。

士鹏为人朴谨和雅，居家清俭，唯好诗文与交游。在《东坡文集自叙》中，他自状："平生无他嗜好，喜诗文，或好友招饮，必往，往必醉，饱辄捧腹呼老饕。"活脱脱一个老顽童形象。这种乐观豁达的心态，使他身体康健，直到八十四岁时才开始使用拐杖，还特意作《八十四岁始用杖》七言三首，辑录在《耄学集续刻》中，其二曰：

> 老年犹忆过庭趋，此日躞然杖与俱。
> 安步早防平地跌，长随当作小儿扶。
> 颠危四望谁磐石，倚任三叹尽朽株。
> 千岁春藤应不少，吾将携汝入蓬壶。

士鹏与当时的文人雅士广为交往，"放歌湖山三十年"，几乎走遍湖北中东部的所有名胜。他最爱的是武昌沙湖，在《东坡文集自叙》中，自述曾在船上举杯相问："沙湖呀沙湖，自从你成为湖以来，见过像我一样迷恋你的人吗（自汝成此湖来，亦有好游如吾者乎）？"这般痴情，恐怕只有几十年后的"沙湖居士"任桐可以与他媲美了。熊士鹏还有一个很好的习惯，每次游览回家后，一定要把观感写入诗文之中，这样日积月累、蔚为大观。

《鹄山小隐诗集·附录诗话十三则》载有湖广总督汪志伊对士鹏作品的评价："两滇诗，从钟竟陵派来，而格调高、笔力健，故能变其面貌。"就是说，士鹏的诗大体继承了"竟陵派"的特点，但是格调高远、笔力雄健，在"幽深孤峭"之外有所创新。《鹄山小隐文集》录有《书钟退谷先生诗集后》一文，士鹏质问钱谦益起初对钟惺极尽推崇之能事，等到钟惺去世后，却对他大肆诋毁，到底是何居心？他尤其不齿钱谦益之后的庸妄之徒随声附和，视钟、谭为流毒，认为这是"文人相轻"的陋俗所致，并直率地说，自己身为竟陵同乡，不能不公正地为"竟陵派"的遭遇鸣不平。

士鹏著述丰赡且流传至今，著有《鹄山小隐文集》《鹄山小隐诗集》《东坡文集》《东坡诗集》《天门书院杂著》《桐芭杂著》《耄学集》《壮游草》等诗文集八种，计五十五卷；编纂有《竟陵文选》《竟陵诗选》《荆湖知旧诗抄》；曾担任《[道光]天门县志》的同编。士鹏的诗文里蕴藏着大量有关历史、人文、地理、名胜古迹的珍贵信息，亟待今人发掘整理。

周树模也是一位大诗人，特别是寓居沪滨后，已是垂老光景，每日里抚琴弄砚，自得其乐。同时，与同乡诗友文士组成"秋社"，每月必聚会咏吟，互出新作，唱和品评。民国二十三年（1934）四月，著名诗人汪辟弻（中央大学教授）、作家陈衍根据同治光绪以来的诗文名家骚客108人成就，比拟梁山水泊好汉之天罡地煞星，评列"光宣诗坛点将录"，将周树模列为首批"五虎将"之一"天威星双鞭呼延灼——周树模"，另外四名虎将为袁昶、林旭、范当世、樊增祥。当时有人写诗称赞周：

> 六辔不惊挥翰手，也能恣肆也能闲；
> 泊园诗骨知谁似，上溯远山与半山。

名作家高拜石先生曾在《古春风楼锁》中记载："沈观之作，清真健举，不失雅音，其诗属同光体；以达官能诗，当推泊园老人，其于奔放肆恣之中，有冲远闲澹之韵；长篇险韵，尽成伟观，王梅评昌黎诗，所谓韵到窘未尤瑰奇者也。"

在这里，我们一同欣赏周树模五言及七言诗各一首：

杜鹃花

老嫩断百恋，偏于花有因。

猩色三两株，伴此樟木身。

众芳各自菱，一室我乃春。

璀燦墙壁间，映日特光新。

蓄花越数年，花亦如故人。

长感未可期，相安情弥亲。

庇花人谓迂，惟迁始得真。

斋中卧雨

梦里不知春去半，画帘香尽雨如油。

烟村杏桃寒无语，雾市蛟龙昼出游。

囊括尚余三寸舌，花开已自五分头。

门前剥啄讯来客，多是中朝旧辈流。

到了 20 世纪，干驿诗坛出现了创作大量诗歌的陈心源，当代著名作家、"七月派"代表诗人陈性忠等。对于陈心源和陈性忠，我分别在第三篇第四、五章作了介绍。

改革开放后，干驿又涌现出一批有影响的诗人，代表人物就是曾腾芳。

曾腾芳，1949 年生，天门干驿曾刘村人，诗人、词曲作家。曾任天门市群艺馆馆长，湖北省当代文化艺术公司总经理。被评为天门市科技拔尖人才，是中国音乐家协会会员、省作家协会会员、省音乐文学学会顾问，省儿童音乐委员会副会长、市音乐家协会顾问。执编主编了《中国企业之歌》一至七卷，先后在全国 100 多家报刊电台发表以歌曲为主的文艺作品 600 多件，其中有 70 多件作品在全国及地方各类评比竞赛中获奖；有诗作歌曲在新加坡、日本、德国刊载演唱；有 50 多首歌曲在网上展播。

干驿从古到今，还有众多乡土诗人、民间诗人，吟诗作对是干驿有点文化的人生活的一部分。在我认识的在外工作的干驿老乡中，大多热心诗歌创作，每每相聚，都会吟诗作赋，黄斌、黄姚林等乡友，还有诗集出版。只有我是其中的另类，过了大半辈子，一首诗都没有写过，"酒有别肠，诗有别才"啊！

书　　画

在自传体散文集《阅历九章——感恩逝去的岁月》中，我单列一章"书法之缘"，花了比较大的篇幅，讲述了干驿的书法传统、书法艺术、书法文化和书法家（包括民间书法家）。其中，特别介绍了蒋（立镛）状元的书法：

> 蒋状元学识超群、才思敏捷，还特别善书法，对前人墨迹收藏颇多，著有《香案集》。蒋状元的书法，我小时候见过，我们村里几家高门大户的门匾，据说是蒋状元书写的，具体内容记不清了，大概就是"忠厚传家""紫气东来"之类。后来"破四旧"、建新村，这些门匾都给毁了，非常可惜。最近，一个偶然的机会，我在天门网上看到了蒋状元的四幅书法作品影印件，深感蒋状元的书法虽有一丝馆阁气，但法度严谨、功力深厚，呈现大家气派，应该是那个时代书法家中的佼佼者，甚至可与历代书法家媲美。感到困惑不解的是，这样的大家，居然在中国书法史上没有记载，估计是因为这位老前辈过于低调吧！这与传说中这位老前辈的为人做官风格是一致的。

前面我也讲到"立镛以诗文、书法著称于世，他的书法笔力遒劲，端庄秀丽，凡得其墨迹者，均视为珍宝"。除了蒋状元外，清代书法家李云骧，在书苑也独树一帜。事实上，在我国古代，如同诗词歌赋一样，几乎所有的干驿士子，在书法上都有很深的造诣，亦如蒋祥墀、蒋元溥、沈肇年、胡子明等，这是因为书法是科举考试的工具和必修课，更是因为书法在干驿有着深厚的文化土壤。

除了书法，还有绘画。干驿画家也很有名气，比如，我前面讲到的清代国画师鲁岱，还有清代书画家"干驿二嫣（鄢）"，即鄢贞、鄢天昶等，都享有盛名。

鄢贞，字东谷，出生并居住于干驿镇街，在天门士林中享有盛名，下棋、弹琴、饮酒、吟诗，无所不精，尤其擅长书法和绘画，《中国美术家人名辞典》载："鄢贞，字东谷，善竹石。"鄢贞常常往来于上海、浙江、福建和广东一带，与他交往的都是一时的名士，不屑与流俗为伍。偶尔遇到俗不可耐之辈，鄢贞很多天会心绪不佳。他的住处是个一亩大小的庭院，一间不大的屋子，题匾曰"竹研斋"。室外栽种修竹数十竿，芭蕉三四窝，屋子掩映在苍翠之中，常年都是青碧满目。室内有床榻，陈设不过一几、一桌，案头上，左手经籍，右手古史，瓶里插着花，笔洗盛满水，字画都极为精良，就连茶具、酒器、拂尘、琴囊，也无不雅致得宜，置身其间，名利之心会在不知不觉间消散。

鄢贞曾与同乡好友杨兆凤、周树模结成诗酒社，时常酬唱往还，品茶清谈，不知疲倦。每每趁着酒兴落笔，写字便不让米芾的狂放，作画则直追文同的清逸，得到他作品的人，总是视若珍宝，收藏至秘。前来求取书画的人很多，不是志趣相投的人，鄢贞决不轻易应许。他的作品曾被雕版印行，人们争相抢购。

天妒英才，鄢贞不到五十岁就突然故去，真是令人惋惜。魏章祥先生在"周氏再版本"的注解中谈道："文昌阁花厅有鄢贞所书'含华佩宝'匾额一方。"现在，鄢贞的书画还偶尔出现在拍卖会上，且价值不菲。

鄢贞的同乡好友杨兆凤，字梦白，一号唉云居士，县学的廪生。干驿的年轻学子，很多曾拜他为师，其中就有清末优贡、著名经师陈心源。兆凤著有《啖云轩诗集》《三余杂俎》，曾筹划刊行。沉迷于饮酒赋诗，家中三餐不继，也绝不露出一副寒酸可怜的样子。兆凤性情恬淡潇洒，为人正直磊落，卓尔不凡，有古人之风，乡亲们至今还在称赞他。

鄢天昶，号旭山，居干镇驿后街，性情和蔼，擅长绘画，与鄢贞齐名。出自他笔下的山水人物、花鸟虫鱼，都超凡脱俗、饶有情致，毫无肤浅媚俗、矫揉造作的气息。他作画时，常常一挥而就，而画中的一草一虫，无不活灵活现，得到的人总是如获至宝。

民　　歌

民歌是人类历史上最为悠久的一种文学样式。荆楚大地，历来善歌，宋代《乐府诗集》中著名的"西曲"即出于"荆、郢、樊、邓"，说为"荆楚四声"。在荆楚大地，在江汉平原，天门民歌都是最有特点、最有影响的。著名《洪湖赤卫队》中的音乐，主要来自天门、沔阳和潜江一带的民间音乐。如：《放下三棒鼓，扛起红缨枪》，由天门民歌三棒鼓调改编而成；《洪湖水，浪打浪》，由天门民歌《月望郎》《襄河谣》改编而成，等等。后来，荣获国家"文华奖"和"五个一工程"奖的天沔花鼓戏《十二月等郎》中的主题歌《十二月等郎》，也是采用天门民歌《打起三棒鼓，流浪到四方》的三棒鼓调进行创作的。这些以天门民歌为素材进行改编的音乐曲调，具有独特的地域性特点，易于被听众喜欢，进而广泛流传开来。

天门民歌有其独特的风格特色，它不像高原民歌那么粗犷高亢，不同于草原民歌的辽阔悠长，也不像新疆民歌那样欢快跳跃、节奏明朗，更不像江南民歌吴侬软语、浅吟低唱，天门民歌旋律优美抒情，如行云流水，曲调妩媚缠绵、纯朴甜美、委婉动听。天门民歌的形式，主要有六大类：号子类、田歌类、小调类、灯歌类、宗教类、儿歌类。2011年5月，天门民歌经国务院批准，列入第三批国家级非物质文化遗产名录。

在天门民歌中，干驿民歌最具代表性。干驿民歌，以其质朴的乡土气息为世人所喜爱，故有"民歌宝库"之称，流传至今的有200多首。新中国成立后，干驿民歌爱好者鄢时昌（1940—1988），编创新民歌数十首，其中有18首分别获得省、地、县优秀民歌奖。干驿民歌以碟子、连厢、三棒鼓等曲艺为主要表现形式，经过长期的传承与发展，形成了独特的风格。在干驿民歌中，《幸福歌》又最具代表性：

太阳（哎）一出（哎）笑（哇）呵呵哎，
开口就唱幸（那）福歌（哇）。
天上的星星千（那）万颗，
村里喜事比星多。
呀嗬伊嗬，呀嗬伊嗬，呀嗬伊嗬嗬。
太阳（哎）一出（哎）笑（哇）呵呵哎，
人人唱的幸（那）福歌（哇）。
娃娃年小学（那）着唱，
婆婆无牙也唱歌。
呀嗬伊嗬，呀嗬伊嗬，呀嗬伊嗬嗬。
太阳（哎）当顶（哎）笑（哇）呵呵哎，
村里粮食收（那）得多（哇）。
天天吃的白（那）米饭，
谷子堆得如山坡。
呀嗬伊嗬，呀嗬伊嗬，呀嗬伊嗬嗬。
太阳（哎）落土（哎）又（哇）落坡（哎），
收工也要唱（那）山歌（哇）。
唱得河水上（那）山岭，
唱得金谷接云朵。
呀嗬伊嗬，呀嗬伊嗬，呀嗬伊嗬嗬。

说到《幸福歌》，最要说的是干驿名人蒋桂英。从新中国成立初期，到20世纪80年代初，以歌唱家蒋桂英为代表的一批干驿艺人，包括周秋成、周壮仙、张凤珠等，把《车水情歌》《望郎花开》《湖乡好风光》等天门民歌、干驿民歌唱出湖北、唱到北京，多次进中南海演出。其中，20世纪60年代初，蒋桂英带着《幸福歌》三次进京，在中南海为党和国家领导人演唱。此后，歌曲与歌者不胫而走，一并扬名于世。2009年6月，《幸福歌》荣获"湖北十大传世金曲"大奖。2011年7月，《幸福歌》入选"湖北十首传世红歌"。

蒋桂英，1935年生，干驿蒋湖人（现属马湾镇），著名女高音歌唱家，国家一级演员，曾任湖北省音乐家协会副主席。蒋桂英自幼跟随师父研习湖北民间歌唱表演艺术，17岁首次参加"湖北省民间音乐舞蹈曲艺汇演"，1953年进入中南广播乐团担任独唱演员，1956年进入中南音专作为研究生进行专业歌唱研究学习。1960年被评为全国劳动模范，并在"文革"后成为党的十一大代表。1980年担任湖北省歌舞团团长，带领团队在1983年创作了蜚声海内外的著名歌舞"编钟乐舞"，作为国家保留剧目出访世界各地，迄今常演不衰已达数百场。退休后，蒋桂英从事声乐教学工作，培养了不少中青年歌唱演员和教师。2014年，中共湖北省委组织部、宣传部，授予她首批"湖北文化名家称号"，并获"湖北音乐金编钟奖""终身成就奖"。

蒋桂英出生于"沙湖沔阳州，十年九不收"的沉湖岸边，因家境贫寒，别人家的孩子是摇篮中长大的，而她的童年却是在父亲挑着的箩筐里度过的。她的父母和哥哥做点小手工补贴家用，而长蒋桂英8岁的姐姐则跟着湖南难民曹师傅学卖唱，担起全家生活的重任。1944年全家乞讨到湖南芷江，逃荒途中生下的弟弟死于瘟疫，姐姐得了天花，临终嘱托蒋桂英接下肩上的重任。于是，8岁的蒋桂英顶替姐姐打三棒鼓、唱小曲乞讨。就这样，艺术的胚芽，在童年颠沛流离的旅途中种下了。她学唱湖北民歌和小曲小调，练就出了一副甜美清亮的好嗓子。她聪明伶俐，词曲记得快，像"十二月花""秋江""九连环"等长长的唱段，唱得顺溜溜，让家人外人无不惊奇。

新中国成立后，14岁的蒋桂英进入昆明文艺社，第一次站在台上展示歌喉，第一次有了演员的喜悦和自豪。1950年年底，蒋桂英随母亲、哥嫂乘坐敞篷车回到干驿老家。在哥哥的极力支持下，15 岁的大姑娘蒋桂英上了小学，学习文化知识。1953 年 4 月，中央民间音乐调查团和湖北省文化部门的工作人员在干驿区文化干事的引领下，来到蒋桂英家里，听了她的试唱，一致认为她基础好、有发展前途，决定带她到武汉发展。就这样，蒋桂英拎着仅装一件换洗衣服的小木箱，走进中南（武汉）人民广播电台，成为正在筹备的中南广播乐团的后备歌手。随后，蒋桂英被送到业余干部学校学习文化知识。她十分珍惜来之不易的机会，徒步穿梭于宿舍、电台和学校之间，经常是披星而出，戴月而归。

1954 年，湖北省戏曲会演，蒋桂英客串演唱《放风筝》，颇受领导和专家赞赏，被借到武汉市工人文化服务队，唱遍湖北的工矿、车间、农村、田头，正应了当时流行的一句话"上山上到顶，下乡下到边"，把歌声直接送到广大工农群众中间。

因嗓音甜美，演唱具有湖北地方民歌艺术的醇厚韵味，1956 年中南音专（现武汉音乐学院）作为特殊人才引进，接收了仅有初中文化的蒋桂英报考研究生，使她有机会边学习、边研究。童年虽然是不幸的，但是坚强、勤奋的品格却给她带来了幸运，自此蒋桂英在追求艺术梦想的道路上开始了新的跋涉。

进入音乐殿堂后，蒋桂英师从徐厚雄老师学钢琴，跟叶素老师学声乐，听廖宝生和张玉梅老师的和声乐理课，接受正规化系统训练。同时去外地采风，博取众家之长，使她的艺术实践升华到一个新的高度。

1958 年，蒋桂英与陈登州（曲艺）、付凤兰（小曲）一同进京参加全国民间音乐曲艺会演。蒋桂英的民歌进入首都中南海怀仁堂汇报演出，虽然服装不漂亮，化妆缺乏技巧，但她演唱的《回娘家》《火烧粑》具有浓郁的湖北民歌特色，清悦甜润的嗓音让京城观众耳目一新。她像一朵灿烂的礼花绽放在北京的上空。周总理接见时鼓励说："不错，要好好学习，努力工作。"1960 年夏，毛主席在武汉听她演唱《幸福歌》后连声称赞："好！好！跟湖南花鼓戏一样好听！"

此后，蒋桂英在北京东方歌舞团王昆老师举办的民族声乐研究班学习，其歌唱水平提升到一个新的高度。其间，受邀参加中央歌舞团、中央乐团客座演出，获得各界观众及专家好评。特别是她被挑选参加文化部组织的作家慰问团，赴大庆油田，与胡松华、王晓棠等艺术家同台演出。她演唱的歌剧《洪湖赤卫队》选曲"看天下劳苦人民都解放"、湖北民歌"幸福歌""回娘家"等，受到以铁人王进喜为代表的石油工人的热烈欢迎。这一时期，蒋桂英演唱的歌曲之多、品类风格之丰富，嗓音之醅畅甜美，都达到了自己盛年期的艺术高峰！

但是，蒋桂英的艺术之路也并非一帆风顺。在"文革"中，蒋桂英被打成"三名三高"人物遭批斗，她整理的曲谱和几件连衣裙被抄，还办了个"贫农的女儿、现在的蒋桂英"展览。让她最痛心的是，唱八仙过海之一的《韩湘子》和《反照花台》两首优美的曲谱散失，无法流传下来。她还差一点遭受灭顶之灾。那年，毛主席与江青来武汉，住东湖梨园，蒋桂英随几位演员去陪舞。心直口快的蒋桂英因对江青的服装发表了不满看法，差点沦为"文革"的牺牲品。

"拨乱反正"后的 1979 年，蒋桂英演芭蕾舞《白毛女》，合唱时把嗓子唱坏了，后因表现好，先后被组织选拔担任学员队连长、指导员、副团长、副书记。1980 年，蒋桂英被任命为湖北省歌舞团团长，开始了艺术人生的新征程。从演员到担任领导职务，是一个新的转折，也是一个重大挑战。上任伊始，随着改革开放潮流兴起，关于文艺团体变革重组的传言纷至沓来。有位中央文化部门的领导还主张："重新组团，重新组班、重新组建队伍。"这时，剧团内一时人心浮动，蒋桂英此刻虽压力倍增，但也清醒地认识到，要想凝聚队伍，保住剧团编制，必须抓创作、出精品、促发展。她秉持老团长"坚持湖北地方特色、弘扬中华民族文化"的办团宗旨，统一领导班子的思想，下定决心，从当时湖北省随州擂鼓墩的曾侯乙墓出土的编钟等一大批古乐器中得到灵感和启示，将两千多年前古代"地下音乐堂"加以扩充丰富改进，以歌、乐、舞的综合艺术形式，再现于当今的文艺舞台。虽然质疑的声音此起彼伏，但省文化厅给予了大力支持，厅领导明确提出："搞好编钟乐舞，振兴中华！"还指示省博物馆配合支持省歌舞团考察研究馆藏古乐器。蒋桂英动力大增，并与代表省文化厅领导签订了创作演出《编钟乐舞》的承包责任书，立下了军令状。

经过全团上下齐心合力艰苦创作，1983年9月，一台以湖北民歌、民族舞蹈、民族器乐，以及小曲、曲艺等综合艺术为基础，集楚声、楚韵、楚风之大成的《编钟乐舞》，在湖北剧场首次亮相，霎时间艳惊四座。随后，又获得进京献礼演出的机会。名不见经传的《编钟乐舞》在北京天桥剧场演出后，一炮走红，声震京城，文化部领导称赞，专家学者首肯，观众好评如潮，各大新闻媒体争相报道传播……作为国家保留剧目，出访几十个国家和地区，常演不衰已达数百场，创造了歌舞剧的奇迹。蒋桂英把这一切都归功于全团二十年积累、三年准备、半年突击的结果。作为这台剧目的主要策划设计者之一，蒋桂英无疑起到了中流砥柱的作用，这不仅是她给自己热爱的剧团的珍贵礼物，也是她对钟情的文艺事业的杰出贡献！

1990年，蒋桂英从歌舞团领导岗位退下来后，并没有停歇奋进的脚步，仍在寻找新的路径践行"初心"，将自己艺术道路上的重心，转向民族声乐的研究和教学，继续圆她心中的歌唱艺术之梦。在她担任湖北省音乐家协会副主席并兼任音乐家协会民族声乐委员会主任委员期间，以客座教授身份，教授声乐课，同时接受许多慕名前来求学的学子。她把自己提炼出来的发声方法和演唱经验，毫无保留地传授给学生们。看到自己的艺术生命，能在年轻歌者身上得到传承和延续，她感到无比欣慰和高兴。

在做演员时，她像一颗璀璨的珍珠，散发出民族艺术的耀眼光芒；在当领导干部时，她像一团炽热的火焰，聚集起志同道合的同事，创造出中华民族古典艺术的奇葩；在退休以后，她又像一块温润晶莹的碧玉，滋润着学生和青年演员；在她的晚年，不懈地用全部心血，浇灌一朵朵鲜嫩的艺术蓓蕾，收获了声乐教学的累累硕果。

我国音乐界的前辈大家，均给予蒋桂英充分肯定和高度赞扬。国家文化部原部长、中国文联原主席周巍峙题词：为人民歌唱，唱人民之歌。作曲家李焕之题词：乡音乡情民族心声，中华歌艺勇攀峰顶。作曲家孙慎题词：继承发扬民族声乐传统。指挥家严良堃题词：歌咏声本于心。音乐评论家李凌题词：弘扬民族歌唱艺术，丰富世界音乐文化。音乐理论家方妙英题词：荆楚飞凤凰，幸福歌常唱。桂冠酬勤奋，英姿显飒爽，编钟奏乐章。

2009 年在庆祝中华人民共和国成立 60 周年之际，《楚天金报》、荆楚网、湖北省音乐家协会，在中共湖北省委宣传部、湖北日报传媒集团、湖北省文联的指导下，开展了"湖北十大金嗓子""湖北十大金曲"评选活动。在这次评选活动中，蒋桂英与王玉珍、程志一起被评为"杰出金嗓"，蒋桂英编曲并演唱的《幸福歌》被评为"传世经典"。颁奖典礼上活动组委会的颁奖词是：

> 她是一位民族文化的追求者，
> 她是一位辛勤耕耘的老师，
> 她的一生以歌唱为伴，
> 与艺术结缘，与湖北民歌紧紧相连。
> 是她，第一个将湖北民歌唱出湖北、唱响北京，
> 五十周年的艺术生涯，绽放出迷人光芒。
> 她是湖北民歌的一代宗师，
> 孜孜不倦，致力于民歌的发展传扬；
> 她是德高望重的声乐前辈，
> 呕心沥血，培养出桃李芬芳。

在新时期，干驿民歌得到了比较好的延承。比如，我前面讲的词曲作家曾腾芳，就创作了大量干驿民歌；我在马湾高中的同学余金蓉等传唱者，为干驿民歌的延承、传播和发展，也作出了突出贡献。

曲　艺

与民歌联系最为紧密的是曲艺。干驿的曲艺非常丰富，常见的有皮影

戏、渔鼓、歌腔、说唱、碟子、连厢、三棒鼓、耍龙灯、玩狮子、蚌壳精、采莲船等，尤以碟子、连厢、三棒鼓最为有名，是天门民间曲艺的重要发源地。碟子、连厢、三棒鼓是民歌的道具，歌者表演时击节而歌；与之配套的曲调，如碟子曲、三棒鼓调，又是民歌的表现形式。

碟子。碟子是伴奏乐器，也是表演所用的道具。碟子的质地为瓷器，顶面直径为四寸，艺人称为"四寸面"，瓷细质优、音色清脆为上品。敲击碟子所用的筷子，一般选用檀木或石竹制成，筷子长度适中。艺人左手持碟，碟下手夹一根筷子击碟口，右手持一根筷子敲击碟的背面，敲击的节奏、花样繁多。干驿民歌中有名的爱情题材歌曲，很多都是击碟而歌。如《小女婿》《幸福歌》《月望郎》等，俗称"碟子曲"。

三棒鼓。三棒鼓即三根长一尺二寸、直径近一寸的木棒子，后来发展为在棒子的两端安装上响器，如铜钱、铁圈等。为了吸引观众，有些技艺高超的艺人用铁质刀叉代替木棒，并将刀叉尖上绑上棉布、粘上油点火丢之，称为火叉。无论木棒、刀叉还是火叉，都统称为三棒鼓。三棒鼓表演并非只丢三根，而是根据艺人的技艺水平高低而定，有的人丢三根，有的人可以丢四至六根不等。知名三棒鼓艺人陈登洲能一次丢十二根火叉，并在白天可以进行闭目表演，夜间可以熄灯表演。与三棒鼓一起配合的道具还有小鼓和马锣，小鼓由丢三棒鼓演员用绳系在腰间，边丢三棒鼓边伴随音乐击鼓，马锣是由另一个演员使用，先敲锣吆喝引来观众，表演时则击锣帮腔。

连厢。干驿连厢的尺寸、制作等方面与外地的连厢并无太大差异，只在舞蹈的动作上有些区别。干驿连厢分为单连厢（一根）和双连厢（两根），双连厢是指表演者左右手各持一根连厢，击打身体的各个部位，动作多样，十分好看。连厢的表演形式，是一边敲打，一边演唱。我在史岭中学和新堰大队文艺宣传队时，也曾表演过连厢。

碟子、连厢、三棒鼓既是表演艺术，也是谋生手段。我们的前辈背井离乡、讨米要饭，甚至远走异国他乡，很多是靠表演碟子、连厢、三棒鼓，换来残汤剩饭用以充饥的。他们在言语不通的情况下，常常手持一纸《禀贴》，内容为：

> 家居楚北，籍落天东（天门东乡）。素习生理，初未离乎梓里；业勤耕织，岂甘唱夫泣歌！不料阳侯（洪波神）肆虐，洪水成灾，淹没田园，摧毁房屋，牲畜农具，平流逝尽。呜呼！千村不见烟火起；哀哉！四境不闻鸡犬声。欲生者十无八九，愿死者数以万千。民不得已，扶老携幼，糊口于四方；涉水登山，奔逃于贵境。恳乞贵县衙门、商家、富户、热心长者，施恻隐之心，修好生之德，赏给口粮路费，以便前途逃生。卑民如有生之日，永感二天之德也。

读罢《禀帖》，已经令人十分同情；而演完碟子、连厢、三棒鼓，则令人动容、悲伤不已。干驿广为流传的三棒鼓词《逃水荒》是这样的：

> 正月是新春，宣统把位登，
> 指望今年好收成，谁知荒得很。
> 二月凉飕飕，穷人带忧愁，
> 扯把野草把命度，实是难下喉。
> 三月日子长，米价随风涨，
> 生意手艺无指望，到处打饥荒。
> 四月麦尖黄，人人都指望，
> 指望麦子来救荒，谁知一把糠。
> 五月是端阳，落种来插秧，
> 大水淹得精打光（全部淹没），沿路逃水荒。
> 六月三伏天，日头赤炎炎，
> 望云望雨望瞎眼，地里冒青烟。
> 七月秋风凉，离家去逃荒，
> 一家老小泪汪汪，流落到四方。
> 八月是中秋，颗粒没有收，

这样日子难得度，度得何日休？

九月是重阳，家家谈打粮，

请来中人卖家当，无人看得上。

十月心着急，家家哭啼啼，

恩爱夫妻两拆离，你看好惨凄。

冬月把雪落，寒风吹心窝，

破衣烂衫无处躲，老天不让活。

腊月雪无边，家家喊破天，

这种日子难团圆，能否到明年？

正是凭借这样的绝技，让前辈们度过了饥荒。现如今，早就不需要讨米要饭了，碟子、连厢、三棒鼓等民间技艺已经丢掉了，面临失传的危险。事实上，这些民间技艺很具艺术性、很有干驿特色，为乡亲们喜闻乐见，做好抢救性保护工作，任务十分艰巨而紧迫。

戏　　剧

"大姐害病不吃药，要听沈三哟哎哟"。这两句民谣，是天沔一带群众特别喜爱天沔花鼓戏的生动写照。干驿的乡亲，从古到今，最喜爱的就是天沔花鼓戏，没有之一；也一直称天沔花鼓戏，没有改口。前些年，一些天门人叫"天门花鼓戏"，而一些沔阳（仙桃）人则叫"沔阳花鼓戏"，这都是狭隘的地方观念作祟，实在是不可取的，天沔一家，是分不开的。后来，不知谁的主意，又改称荆州花鼓戏，我觉得也没有这个必要，荆州所辖的多数县市是没有这个剧种的，何来荆州花鼓戏？天沔花鼓戏，挺好的！

天门和沔阳位于江汉平原北部，地势低洼。在漫长的封建社会，由于政治腐败，河床淤塞，堤防年久失修，水患无穷。受害的农民生活无着，不得不背井离乡，以表演碟子、连厢、三棒鼓、小曲、渔鼓、道情等民间曲艺歌舞为谋生手段，走村串户，沿门献艺乞讨。一些民间艺人集歌、曲、舞、鼓之大成，开始以三棒鼓的形式，男女二人化妆挨门演唱，此即天沔花鼓的雏形，世称"沿门花鼓"。后来，出现了五至七人的小戏班，画地为"台"表演，供人们围观，称为"地花台"。在此基础上，农村因地制宜，用数张方桌搭台，进行演出，人称"拖平台"。这种形式，到新中国成立前还一直占主导。

早先的天沔花鼓演出时，多由一人领唱，众人帮腔，伴之以锣鼓，形式虽然简单，唱腔却比较丰富，除高腔、圻水、四平、打锣等主腔外，还有十枝梅、摘花调、补背褡、扭丝下河调等两百多种小调。

新中国成立之前，由于国民党地方政府诬称天沔花鼓为"淫戏"，明令禁演，使之濒临绝境。之后，在党的"双百"方针指引下，上级文化部门派干部到天门具体辅导，协助挖掘整理剧目，一些原已改行和流散的天沔花鼓艺人纷纷归来，这一优秀地方剧种焕发出勃勃生机。

1953年，天门花鼓剧团上演大型传统戏《张羽煮海》，在县内外产生较大影响。同年8月，著名老艺人沈山等赴北京参加全国民间音乐舞蹈汇演，演出了小型天沔花鼓《打连厢》。1954年，湖北省文化局正式将这一花鼓戏的剧种，定名为"天沔花鼓"，同时，批准天门县成立第一个天沔花鼓剧团。1955年，湖北省戏工室干部吴群到天门花鼓剧团工作，在老艺人协助下，为天沔花鼓戏配上丝弦乐伴奏，组成正式乐队，使这一剧种发生质的飞跃。

1959年，湖北《戏剧丛刊》发表了该团十四个优秀传统剧目，并转发全国。新编天沔花鼓《双撇笋》受到省、地奖励，剧本相继在多家中国戏剧刊物发表。1979年以后，天门花鼓剧团重点加工整理了《站花墙》，次年8月至12月，由珠江电影制片厂摄制成彩色戏剧片，定名为《花墙会》，发行全国，天沔花鼓戏破天荒搬上银幕。

我同乡亲们一样，非常喜爱天沔花鼓戏，也能哼唱几句，这都是受我父亲的影响。父亲从小就跟着师傅学戏，专攻丑角，水平比较高，在我们周围比较有名。特别是父亲的锣鼓家业打得好，一人顶几人，这在十里八乡，如果说父亲排名第二，可能没人敢说自己是第一。"文革"时，天沔花鼓戏被视为"四旧""封资修"而被封杀。改革开放后，天沔花鼓戏得到恢复，一批老艺人和爱好者重新登台演唱，继五六十年代之后，出现第二次高潮。干驿成立了花鼓剧团，我的同村同学史凤美就是该团演员，后调到监利花鼓剧团工作，直到今天，依然活跃在天沔花鼓戏的舞台上。

当前，文艺活动形式多样，受众的选择性很强。作为传统艺术形式的天沔花鼓戏，在青年人中渐渐失去了市场。干驿花鼓剧团早已不复存在，天门花鼓剧团也是惨淡经营、难以为继。试想，二十年后是一个什么样的景象？天沔花鼓戏的发展前景不能不令人担忧。如何重振天沔花鼓戏？是我们面临的一个重要课题。

手 工 艺

手工艺是指以手工劳动进行制作的具有独特艺术风格的工艺美术。在我小的时候，干驿的手工艺品琳琅满目，师傅们的技艺水平特别精湛，好像变魔术一样。印象最深的，一是剪纸，一是纸拉花。

自古以来，干驿民间就流行剪纸艺术。在文人的参与下，干驿剪纸的图形更加丰富多彩，成为绚丽的民间工艺美术苑中一枝奇葩。干驿剪纸，按制作工艺，可分为剪、刻两类。用剪刀直接剪，是最原始的方法，其图形简朴粗犷，洗练大方，喻事寓意直白，古时，细心妇孺皆能操剪制作。用雕刀雕版镌刻的，则需事先描绘草图，故而图案内容丰富，形象生动，线条流畅，观赏性强，一般是由训练有素的专业人员所为。故而，由剪刀直剪发展起来的雕刀刻纸，被称作雕花剪纸。

听老人们说，鸦片战争以前，国内尚无彩印图画，每逢新春佳节，镇上那些官宦、文人、商贾、富户，就摆屏风，挂画轴，张灯结彩，增添喜庆气氛。而大多数穷家小户，则只能贴几副大红对联。为了增添喜气，一些心灵手巧的妇孺，总会拿起剪子，将大红纸折叠成一定的形状，剪出一些诸如"双喜临门""五谷丰登""喜鹊登梅""年年有余"之类的图形，张贴在神柜门、中门、房门与板壁上，寓意新年幸福。逢有婚嫁喜庆，则是一些巧手妇女比赛剪纸的大好机会，她们以"帮忙"的名义，聚在一起，剪出一些"鱼水合欢""鸳鸯戏水""比翼双飞""莲开并蒂"等图案，放在抬盒内的盘碗瓷器、衣被用品之上，送上美好祝福。起屋上梁用的筛花是大型剪纸，既要含有喜庆祝福的内容，又要有挡煞镇宅的功用，红纸剪，绿纸衬，非一般功底者而为。

用雕刀雕版镌刻，一次可刻出约 20 张同一式样的剪纸，大多刻制成套，每套 8~10 张。制作这类剪纸的艺人，平时背着特制的木箱，手中拿着货郎鼓，摇摇打打，走村串户，将剪纸卖给成年妇女和大姑娘，供她们在绣帽鞋花、绣肚兜、绣斗篷、绣童帽以及绣门帘、帐沿、枕套、绸缎被面等嫁妆时作样板。故这类剪纸又被称作"花样纸"。灾荒年景，剪纸艺人就背上简单工具与用蜡光纸、金纸、锡纸雕刻的各种花样，外出逃荒，借此养家糊口。还有不少艺人凭此手艺漂洋过海，将美丽的剪纸销往异国他邦，深受外国人欢迎。

值得一提的是，雕刻剪纸的技艺，后被用作雕刻皮影、蓝印花布模板、套色印刷(丝印)分模板，对推动干驿地区皮影戏、蓝印花布与印刷业的发展，起了很大的作用。

20 世纪 70 年代，干驿服装工艺厂，为武汉工艺美术厂加工的剪纸，畅销海内外。

干驿纸拉花，或称纸翻花，是干驿人独创的纸质民间工艺美术品，起源于清嘉庆年间。

由于干驿处在天门东南部的河湖水网地带，地势低洼，每遇大暴雨或连阴雨，就成水乡泽国，渍水成灾。特别是牛蹄支河的堤身单薄，每逢大水，就会发生溃决倒口的重大灾情。灾民们为了生存，不得不携儿带女，搀老抱幼，外出逃荒讨米。据道光《天门县志》记载，紧邻干驿的"社湖垸堤，长八百八丈，嘉庆十三年亚龙碑堤决""是垸与观音堂交界滴露庵堤，十四年六月决""又，是垸阿弥陀佛庙堤十六年夏决。"仅有约 5.4 华里的堤段，四年三溃口，灾情之重，无以复加，城乡灾民蜂拥外出。

镇上有一制作龙灯、花灯、采莲船及丧葬用品的刘姓纸扎艺人，因生意清淡，无法生存，也随着灾民外出讨生活。他家沿长江乞讨，抵达上海，以制售干驿地区传统纸花艰难度日。后来，他吸取江浙一带纸花制作与染色工艺，改进提高自己的产品，生意才逐渐好起来。几年后，他返回家乡，为了不让家人再受长途跋涉之苦，于是开始琢磨制作既能在家里大量生产，又方便运输到外地销售的纸花。苦思冥想，反复尝试，终于研制出了纸拉花。

其制作工艺是：选取既薄且韧、耐拉伸的白纸，裁切成今四开纸大小。用特制的齿条板上糨糊，将80张裁好的纸粘连成一叠，再用特制的圆弧形凿刀，按事先设计的式样，将纸叠依次凿成坯料。然后，根据花形需要，将坯料染成不同的颜色，最后，将已染好的坯料，粘连到带有封面的支撑物上(有的还需要安装诸如龙头、龙尾等辅料)。待晾干后，拉(翻)开来，一朵朵艳丽的纸花呈现在人们眼前。有些品种还能随手臂的甩动，不断变换形态，给人美不胜收的享受，也是儿童把玩的最爱。

这位纸扎艺人，生产出纸拉花后，每遇灾荒年景，就有灾民向他批量购买，带在逃荒路上销售，赚取生活费。他的制作工艺，后来传给几位亲戚，帮助他们度过了荒年。再后来，亲戚传亲戚，逐渐传播开来，成为灾民外出谋生的饭碗。清道光年间，易家潭的易大排等人，就是凭借沿途制售纸拉花，一直闯到俄国，成了天门最早出国的华侨。八团村纸花老艺人吴九金，民国年间，曾到英国、法国、意大利、印度、墨西哥等国以制售纸拉花营生，每到一地，都受到消费者的欢迎。

新中国成立后，这一民间工艺得到发展，花形更加丰富多彩。但随着形态各异、以假乱真的塑料花的出现，纸拉花逐渐走上下坡路，成了历史上不可淡忘的文化遗产。

第三章　礼仪风俗

　　天门人"知书达礼"，既源自中国"礼仪之邦"的大环境，也源自干驿"风俗之美，无如吾乡"的小气候。

　　"礼"在中国传统社会无处不在、无时不在，比如，出行有礼，坐卧有礼，宴饮有礼，婚丧有礼，寿诞有礼，祭祀有礼，征战有礼，节日有礼，等等。其中，"冠、婚、丧、祭"为儒家传统礼教中的四大礼。"冠"，指"冠礼"，即男子的成年礼，"笄礼"则是女子的成年礼；"婚"，指"婚嫁礼"；"丧"，指"丧葬礼"；"祭"，指"祭祀礼"。礼仪和风俗又是紧密联系在一起的，礼仪是通过风俗表现出来的。

　　"千里不同风，百里不同俗"。风俗是特定区域、特定人群代代相传的风尚、礼节和习惯。华夏民族自古就有重视风俗的传统，"世之治乱，源于人心风俗""为政必先究风俗""观风俗，知得失"，历代帝王不仅要亲自过问风俗民情，还会委派官吏考察民风民俗，作为制定国策的重要依据，并由史官载入史册，为后世留下治国理政的经验。孔子有云"里仁为美"，是说居处在仁爱的乡邻之中，才是真正美好的生活。

> 南有乔木，不可休思。汉有游女，不可求思。
>
> 汉之广矣，不可泳思。江之永矣，不可方思。

　　楚地先民创作于春秋时期的《诗经·周南·汉广》，用这样的诗句描绘了长江、汉水浩瀚壮阔的自然之美和流域人民真挚淳朴的风俗之美。《隋书·卷三十一·地理下》记载古荆州地域"风俗物产，颇同扬州。其人率多劲悍决烈，盖亦天性然也"，说这里的人们天性刚烈，强悍果敢。又特别介绍道"江夏、竟陵、安陆，为藩镇重寄，人物乃与诸郡不同"，说竟陵等地向来是封疆大吏倚重的地方，其风尚习俗自然与众不同。唐代，茶圣陆羽曾深情怀念自己的故乡"风俗之美，无出吾国"，后来这句话流变成为"风俗之美，无如吾乡"。

明代，乡人渐渐被浇薄虚浮的风气侵染，鲁铎深为忧虑，写下童谣般浅近的《劝善俗言》传诵于乡里，可谓用心良苦。民国初年，周庆璋先生在《干镇驿乡土志·风俗序》中不无自豪地写道(德盛表弟翻译)：

> 我们家乡，民风淳厚诚笃，时常可以感受到《诗经·汉广》描写的那种情致。士绅喜好古雅，又能接纳新奇，仍然保留着从屈原、宋玉流传下来的气质。所以，望重朝野的鲁文恪、中流砥柱的周少保出自这里，绝非偶然。至今，每当后人听闻他们的故事，诵读他们的诗文，景仰之情总会油然而生。

干驿的礼仪风俗内容丰富、体系完备、特点突出。这些礼仪风俗属于乡土文化乃至中华传统文化的范畴，毋庸讳言，既有精华，也有糟粕，我们应该秉持科学态度，取其精华、去其糟粕，推动中华优秀传统文化创造性转化、创新性发展。在这里，我只是想还原旧时干驿的婚嫁风俗、丧葬风俗和节日风俗，至于哪些是可取的，哪些是应该舍弃的，相信每个人都有自己的判断，好在时代已经作出了选择。

婚 嫁 风 俗

"三茶六礼"是中国古代传统婚姻嫁娶过程中的一种习俗礼仪。这种习俗礼仪使结婚的夫妇取得祖先神灵的认可和承担履行对父母及亲属的权利义务。在古代，男女若非完成"三茶六礼"的过程，婚姻便不被承认为明媒正娶。

茶礼是中国古代婚礼中一种隆重的礼节。原来出于古人对茶树习性的认识，以为茶树只能从种子萌芽成株，不能移植，因而把茶树看作是一种至性不移的象征。所以，民间以"茶"作为男女婚嫁的"礼"。"三茶"旧时多流行于江南汉族地区，一般有两种说法：一种是订婚时的"下茶"，结婚时的"定茶"，同房时的"合茶"；另一种特指婚礼时的三道茶仪式，即第一道百果，第二道莲子、枣子，第三道才是茶。吃的方式也有讲究：第一道、第二道是接杯之后，双手捧着，深深作揖，然后将杯子与嘴唇轻轻触碰一下，即由家人收去，第三道茶作揖后才可以饮。

"六礼"始于周代，据传周文王卜得吉兆，亲迎太姒于渭滨，整个过程有六道仪式，即为：纳采、问名、纳吉、纳征、请期、亲迎，后即将此仪式定为"六礼"。在这里，我们可以稍作展开。

"纳采"，是男家请媒人到女家去提亲，若女方同意议婚，男家再去女家求婚，携带的礼物通常是活雁："婚礼下达，纳采用雁。"周代以前，因地位不同，纳采的礼物各不相同，后来一律改用雁。用雁的原因，一是认为雁"木落南翔，冰泮北组"，顺乎阴阳往来；二是认为雁失配偶，终身不再成双，取其忠贞。

"问名"，是男家托媒人到女方去询问女方的名字和出生年、月、日、时，准备合婚的仪式。问名后，男方将男女双方生辰八字排阴阳，以定婚姻吉凶，若八字合，即可成婚。

"纳吉"，是男方将占卜得到吉兆、可以合婚的消息告诉女方，备上礼物到女方去决定婚约。这是订婚阶段的主要礼仪。以前是用雁作为婚事已定的礼物，进入"小聘"阶段，俗称送定、过定、定聘等。后来礼品由雁逐渐演变成戒指、首饰、彩绸、礼饼、礼烛等。

"纳征"，是男女双方缔结婚姻后，男家将聘礼送往女家的礼仪，十分烦琐。女家受礼后要回礼，或将聘礼中食品的一部分退回，或将女家给男方准备的衣服鞋袜等送与男家。聘礼中的物品多取吉祥语，其数取双忌单。

"请期"，俗称"提日子""送日头"等，是男家聘礼后择定结婚日期，备礼去女家征求意见的仪式。这项礼仪多从简，在"纳徵"的同时决定婚期。

"亲迎"，是迎娶新娘的仪式，礼仪十分繁杂，也有多种样式，各地各有惯例，不尽相同，大致是由门外进入室内的全过程。汉族地区大约有迎轿、下轿、祭拜天地、行合卺礼、入洞房等多种程序。

民国时期，干驿的中上之家，基本沿袭"三茶六礼"的婚嫁风俗，贫家小户则一切从简；即便新中国成立后到"文革"前，宛然可见"三茶六礼"遗风。干驿的婚嫁风俗，大体上有以下十道程序：

定 聘

男女幼龄即举行订婚礼。男家选门当户对者，请亲友执柯，往来通问撮合，订婚前，送礼接媒，并置一席款待，谓之"请媒"。次日，媒人携男家用红木滚盒所装庚帖及酒、金质首饰等聘礼至女家，称"拜允"，女家设筵招待，将女孩生庚年、月、日、时用干支书于庚帖之左，并具帽鞋、精装书典请媒人同致男家，谓之"回庚"。是时，男家鸣鞭迎贺，在庚帖之左加书男孩姓名，并置放于堂中桌案上敬神上香，设筵宴请媒人、至亲，统谓"定聘"，俗称"发八字"。

辞 节

婚前一年，每逢五、八、腊月，男家用抬盒盛礼品，由女婿亲往女家致贺，谓之"辞节"。

节礼除酒外，因时令而赠。端午节馈以芝麻糕、绿豆糕、雪梨、羽扇及夏令衣料之类；中秋节馈以月饼、金橘及秋令衣料之类；腊月馈以细点、茶食及冬令衣料之类。女家亦回赠鞋帽之类。是时，女孩或藏之闺楼，或避之邻舍，羞为未来夫婿所见，不到入洞房时，男女双方是不识容颜的。

报 期

结婚日期多由男家初定，再次"请媒"通问女家，往往"说项"多次才得应允。具体日期请相家择定，媒人具布帛、果盒等礼物，将择定之期正式通告女家，谓之"报期"，亦称"过礼"。

催 妆

婚前一天，男家馈送女家以首饰、衣物、化妆品、白酒、果盒及肉鱼之类，谓之"催妆"，俗称"上头"，女家回以鞋帽针线品，并将床、柜等大型嫁奁送男家，男家燃放鞭炮迎接。

是日，婿家敬祭祖先，设席为子命字，谓之"告祖"。晚餐，安座九名少年着盛装入席，陪新郎宴饮，谓之"陪十兄弟"。女家则为待嫁女孩，安座九名少女之同席聚餐，谓之"座十姊妹"。这一程序至今乃保留，如我结婚时，命字"文科"；弟弟正国结婚时命字"文举"。

迎 新

男家设鼓乐仪仗队至女家娶亲，多盛行"抱鹅"之俗。乡人以雁侣为爱情象征，又以鹅为雁之近属，故以二人抱于队前，往迎新娘，谓之"抱鹅娶亲"。

迎亲多用花轿，轿前是仪仗队，以一对长杆灯笼高照和两面铜锣开道。抱鹅者列队首，鹅身遍染红色吉祥号记。鼓乐队随行于后，沿途奏喇叭箫笛等喜乐，在"肃静""回避"匾牌后，新郎身着喜服高踞马上，头戴绕着红带的礼帽，身挂红绸彩球。花轿后是迎新娘乘坐的彩轿，再后是少男、少女乘坐的"顶马"，少则四匹，多则数十匹，再后是抬盒队，盛着新娘各色各样的嫁妆。

迎亲者多是午时启程，女家闻讯必四门紧闭，新郎、媒人需层层喊门、燃鞭炮，将喜包赠给把门者、厨子、亲戚等。男家牵亲娘口喊"新娘高升"，连喊数声，新娘方在女家牵亲娘扶护下送进花轿。届时，新娘头戴凤冠，身拔霞纱，以红包头巾盖头，谓之"发亲"。此时，鼓乐齐奏，鞭炮轰鸣。

迎亲路线来回不能重复，谓之"新人不走旧路"。

拜 堂

花轿抬至男家，由牵亲娘扶持下轿，循铺地红毯进入喜堂，喜堂悬大红"喜"字，燃大红蜡烛。新娘、新郎同拜祖宗、尊长、舅姑，互相对拜，通称"拜堂"。

交　杯

拜堂后，新娘由牵亲娘扶入洞房，与新郎并坐帐前，共饮一杯茶酒，谓之"交杯"。

宴　客

婚前，男家用喜帖通告婚期，接亲友如期参加婚礼，亲友送钱礼致贺。婚期设筵席"请喝喜酒"。晚席在花轿进门后开席，席间新郎要逐席敬酒以表谢意。女家不下请帖，亲友闻讯送礼上门，亦即"抬头嫁女儿"。届时，遣人接请，俗称"男接女不接"。

入席必须按客人尊卑、亲疏、性别安座，否则，谓之"失礼"。

闹　房

新婚三天，无论长幼都可向新娘逗闹、调笑，令其与新郎表演节目，按指定内容对话、念绕口令等，俗言"三天之内无大小"，谓之"闹房"。

回　门

婚后一天或第三天，新郎、新娘同往女家探亲，谓之"双回门"，但当日必须返回男家。

丧 葬 风 俗

从2011年开始，我依照老家的丧葬习俗，相继为祖母、叔父、母亲、父亲送终。当然，本着厚养薄葬、丧事从简的原则，省略了一些环节。过程中，族中长辈给予了具体指导，因为我基本不懂这些习俗。去年，我在《天门文艺》上看到邑人张东初先生的文章《天门的丧葬习俗》，感觉讲述的就是干驿的丧葬习俗。我一查作者简介，得知张先生是净潭乡（曾属干驿）人，净潭乡与干驿镇毗邻，风俗习惯没有多少差别。

丧葬文化是中国传统文化的一个重要组成部分，丧葬礼仪是关于死亡的仪式，是人们既感到恐惧，而又不得不面对的重大仪式，是对生命的敬畏，对逝者的哀思。随着时代变迁，丧葬文化也逐渐被淹没，很多上年纪的人知其然而不知其所以然，年轻人更是一无所知，文化传承的长河逐渐断流。张先生在大量走访、多方论证、反复修改的基础上形成的这篇文章，是我见过的关于天门丧葬文化最全面、最具体的一篇文章。我要为张先生强烈的历史责任感、锲而不舍的精神和深深的故乡情怀点赞！

按照张先生的讲述，老家的丧葬（老人）习俗，主要包括以下几个方面：

下　榻

老人去世了，老家称作"走了路"，或"老了人"。过去，老家民居多为砖木结构的一户头，一般为三间砖瓦房，中间是堂屋，两边是房间，房间又分为前房和后房，前房和后房以梁木为分界线，死者下榻时有"不过梁"之说，即死者下榻时，榻位应在堂屋的左前方，其胸部不能超过房子中间的梁木。

若死者在后房去世，是不能直接从后房抬出的，需将前后房之间的隔墙拆除一部分，将死者抬到前房，再从前房抬到堂屋下榻。死者如果在后厢房（厨房）去世，一般就地下榻，若后辈为了表示孝道，执意要将死者放在堂屋下榻，则需把房子旁边的墙拆出一个洞，让死者从洞中穿墙而过，进入堂屋下榻，不得将死者从房子的后门或大门直接抬入。如果死者在外地去世，不能在家举丧，只能在屋外搭建灵堂操办丧事。

死者下榻的铺位是一张简易的木板，或一床用芦苇秆织成的晒笆，经折叠后放在地下，死者头部朝大门方向，下方用一条侧着的长凳垫在榻下，另一端着地。

人死后，因为被理解为到另一个世界生活，因而要为死者在下榻前沐浴、妆扮。沐浴的过程叫净身，俗称"抹澡（用湿毛巾擦拭身体）"。给死者抹澡是个内行活，讲究的是前三后四，俗称抹（擦）"七袱子"（袱子指毛巾），即给死者的面部及上肢各擦拭一毛巾，前面擦完后将其翻过身来，在后背两边及下肢各擦拭一毛巾，每擦一次，需将毛巾放在盛水的盆里浸透搓洗，拧干后给死者继续擦身。

给死者沐浴后，接着为其穿寿衣。穿寿衣也讲究男左女右，若死者为男性，则为其左胳膊先穿上衣袖，若为女性，则先从右胳膊穿起。民居堂屋上方一般摆有神柜或条桌，这是用来供奉先祖的，老人去世，家中充满煞气，死者下榻前，用簸箕罩在神柜或条桌的上方，以示对祖宗和神灵的尊敬。

死者穿好寿衣后抬到榻上，用黄表纸覆盖在脸上，表示对死者的尊重。为防止死者双腿叉得太开，显得不雅，就用白棉线将两只脚套住，让其保持相应的距离，套脚的棉线俗称"绊脚绳子"。死者下榻后上衣一般敞开着，在心窝处放置一个鸡蛋，若死者的心肺功能复苏，鸡蛋会跟着心脏的跳动而颤动，能及时发现假死现象，以免误葬。在死者的肩膀处放置一串棉纺白线，俗称"寿线"，寿线的根数与死者的年龄等同，同时为死者包上"太岁袱包"，太岁袱包的个数也与死者的阳寿相同，袱包的封面上依次写有死者从出生到去世的每个年号，年号必须用天干地支书写。死者下榻后，在其头部烧"落气纸"，榻前供桌上燃有一盏小油灯，俗称"长眠灯"，需要时时加油，不使其熄灭。供桌上摆有祭祀用的香和纸，每一位前来吊唁的宾朋，需给死者点上一炷香，烧几张黄表纸，然后双手合十，行叩拜之礼。

晚上为死者守丧，谓之"坐夜"，安排人员轮流陪伴在死者榻前，为供桌上的长眠灯加油，续点香烛。相传人刚去世，如果有猫狗老鼠等动物，从死者旁边经过，就会引起"诈尸"，死者会一惊而起。如果发生了这样的事情，就是对死者和丧家的大不敬。此外，也可防止老鼠啃噬死者的遗容。

报丧及接"重夫"

老人去世，属百年归山，给死者送葬俗称吃"硬米饭"，也叫作"喜丧"

"白喜事"。"人死大家丧"。村中老人去世了，大家都来帮助料理丧事，这是祖祖辈辈流传下来的习俗，乡邻纷纷赶到死者家中，为死者下榻，商量送葬事宜，如确定出殡时间及给死者的亲戚报丧等。

报丧也称作"把信"，过去通信、交通极为不便，乡邻到丧家的亲戚去"把信"，一般徒步或骑自行车前往，一个人一天需要跑好几家。

出殡的前一天下午，由长孝子（死者的长子）头戴孝帽，身披孝衣，腰间系一根草绳子，到村中请给死者抬丧出殡的人员，俗称请"重夫"，重夫也称"重丧""冢夫""丧夫"等。披麻戴孝的孝子由长一辈的一位族人作向导，引领着来到重夫家门前，此时的孝子不能开口讲话，更不能进入重夫家中，只能由向导替孝子向重夫讲明送葬的时间等。送葬为大，到了出殡之日，重夫家中无论有多么紧要的事，都得撂下，若家中主人外出，送葬之日回不来，这户人家则需找人顶替。一般湾子小的接八位重夫抬丧，湾子大的或孝子为了显示送葬场面热闹气派，则请十六位重夫抬丧，另请一嗓子好的重夫在棺材上或蹲或站，领唱送葬歌。被请到的重夫于当天下午聚在丧家吃晚饭，俗称喝"拢堂酒"，重夫们喝完拢堂酒后，留下一部分人为死者守丧。

第二天，重夫们每人领到丧家发给的一双草鞋，现多为"解放鞋"，若遇上雨天，则发给橡胶雨鞋。过去的草鞋每"一打"为八双，仿佛是特意为送葬的重夫准备的，草鞋晴天雨天皆能穿，寓意重夫们穿着它抬丧时，逢山过山、逢水过水。重夫们领到草鞋后，一部分人到坟地挖好墓穴，俗称"打井"，另一部分人在村中扎"丧架"。丧架也称"龙架"，扎丧架的地方一般选在平坦开阔的禾场，扎丧架的树木称为"龙树"，重夫抬丧的木棍为"丧棒"。丧架是用四根龙树呈"井"字形扎成，直着的两根龙树长约四米开外，横着的两根两米来长，用四个"托绊子"（耕地时与铁犁配套的辅助农具，长约50厘米，中间有一铁钩）分别钩住丧架的铁环，托绊子系上绳子与重夫肩上的丧棒相连接，确保受力均衡，以免重夫在抬丧的过程中拉拉扯扯。有的地方为了省事，直接将耙田用的钉耙当作丧架，捆绑时钉耙的耙齿朝上，棺木直接放在钉耙上面，这样的丧架只适合八人抬丧。

哭丧及挂丧幛

哭丧是丧葬文化的重要组成部分。死者的亲戚得知噩耗后，纷纷于送葬之日赶来参加死者的葬礼，与死者较亲近的亲戚，特别是死者的姊妹及女儿，在得到亲人去世消息的第一时间，便赶来吊唁。

死者的亲戚一个个伏在遗体旁恸哭，哭声拉腔拉调，抑扬顿挫，有板有眼，一把鼻涕一把泪，让人动容，哭词里诉说着死者生前的不易。特别是死者的女儿，在哭词中除了感激父母的养育之恩外，也会诉说一些个人目的，如抱怨自己在娘家书读少了，以及出嫁时的嫁妆不丰富，或诉说自己没嫁一个好人家等，将自己平时的郁闷之气一并发泄出来，那哭声如诉如泣、哀婉凄凉。

20 世纪 90 年代以前，办丧事有一个很独特的习俗——"挂幛子"。亲友奔丧吊唁时，到商店扯上一块拿得出手的布料，作为人情奉上。布料一般为六尺宽，在死者下榻的一边的墙壁处，用竹竿或绳子将亲友送来的布料一匹匹相互重叠着挂起来，俗称"挂幛子(也称为挽幛)"，并在每块布料上用白纸条写上挂幛子人的落款及称呼，通过幛子上所贴的白纸条，可以看出来宾的姓名及与死者的关系。这里面讲究很大，丧家一般安排读过几年私塾的老者，专门撰写幛子上的文字及花圈挽联，同时负责清点客人数量及牵席入座等事宜。

抬　丧

一个湾子一天内如果同时有红白喜事操办，则送葬为大，办红喜事的一方需让送葬的队伍先行，嫁女儿或娶媳妇的一方稍后，俗称"红压白"。中午十二点钟左右，酒席散后便开始出殡。随着一阵"噼噼啪啪"的鞭炮声，重夫们将棺材抬进屋内，棺材的两头用两条长凳搁置好，准备将死者收殓入棺。此时的重夫和大多亲友，皆身披三尺孝布，只有死者的儿女及舅侄所披戴的孝布为六尺或七尺长。过去两位老人百年归山，若一人先去世，其子女所披戴的孝布为六尺，另一老人去世后，其子女所披戴的孝布则改为七尺，懂礼数的人观其孝子所披戴孝布的长度，便知丧家父母情况。除来宾外，所有观看葬礼的乡邻，每人都得到丧家发给的一条孝布。

死者入殓前，先在棺木内铺上六尺白布，将死者脚上的绊脚绳子拿掉，寓意死者到了阴间好自由行走，然后由胆大的重夫将死者的头抱住，其余的重夫抱的抱身躯，抬的抬腿，在子女及亲友们的一片哀嚎声中，将死者抬入棺内。用布瓦（小青瓦）把死者的脚头与棺板的缝隙塞紧，俗称"蹬瓦"，若死者个子较矮小，则在头部也塞上布瓦，防止在抬丧的过程中，死者的身躯在棺材中滑动。布瓦塞好后，死者身体两边塞上相应的随葬衣物，同时棺内放上掩棺纸。天门东乡为湖区，地势低洼容易淹水，为了避免坟墓遭水患致棺木"散架"，合上棺材盖后，用铁钉牢牢钉上。一切准备就绪，重夫们用绳子将棺材的两头系上，随着领头的重夫在棺木盖上猛拍一下，大喊一声："起棺！"重夫们用绳子将棺材背出屋子，此为"背棺"。

当棺木背出屋后，人们迅速拿掉罩在神柜上方的簸箕，撤除屋内搁置棺木的两条长凳，以及下榻时所用的物品。重夫将棺木背至安放丧架的禾场，将棺木放在丧架上进行捆绑，此时的孝男孝女、里孙外孙及亲友皆披戴孝布，搬着花圈或手拿哭丧棒，跪在棺材前。族人宣读祭文后，孝子向亲友致答谢词。简短的仪式结束后，又是一阵鞭炮声，伴随鼓乐齐鸣，重夫将棺材抬起，如果死者为男性，则有一名领唱丧歌的重夫，站在棺材的头部之上，双手把持着一根系于棺木的绳子，以此掌握自身的平衡，这种方式俗称"站棺"；若死者为女性，领唱丧歌的重夫则不能立于棺木之上，更不能骑坐在上面，需一只腿蹬在丧架上，另一只腿跪在棺材上，或侧坐在棺木上，此为"蹬棺"或"坐棺"。

在抬丧的途中，一重夫领唱，其余合唱：

（领唱）太阳一出红彤彤

你骑马来我骑龙

黄花哟，上前……

（合唱）黄花哟，上前……

（领唱）正月里来是山茶
　　　　满盆山茶迎春来
　　　　黄花哟，上前……
（合唱）黄花约，上前……

（领唱）二月里来杏花开
　　　　杏花微雨燕双飞
　　　　黄花哟，上前……
（合唱）黄花哟，上前……

（领唱）三月里来桃花红
　　　　桃花含笑惹人醉
　　　　黄花哟，上前……
（合唱）黄花哟，上前……

（领唱）四月里来是牡丹
　　　　牡丹花开国色香
　　　　黄花哟，上前……
（合唱）黄花哟，上前……

（领唱）五月石榴红似火
　　　　红红火火好日子
　　　　黄花哟，上前……
（合唱）黄花哟，上前……

（领唱）六月荷花满池塘
　　　　朵朵花开撒莲台

　　　　黄花哟，上前……
（合唱）黄花哟，上前……

（领唱）七月茉莉花如雪
　　　　茉莉花开香满枝
　　　　黄花哟，上前……
（合唱）黄花哟，上前……

（领唱）八月里来是桂花
　　　　桂花飘香金风爽
　　　　黄花哟，上前……
（合唱）黄花哟，上前……

（领唱）九月菊花姿百态
　　　　菊花花开秋水寒
　　　　黄花哟，上前……
（合唱）黄花哟，上前……

（领唱）十月里来是芙蓉
　　　　芙蓉花开正上妆
　　　　黄花哟，上前……
（合唱）黄花哟，上前……

（领唱）冬月雪花飘万里
　　　　好似戴孝送亲人
　　　　黄花哟，上前……
（合唱）黄花哟，上前……

（领唱）腊月里来是梅花

寒梅傲雪斗冰霜

黄花哟，上前……

（合唱）黄花哟，上前……

送葬的队伍前呼后拥，热热闹闹。送葬的过程中还有一个习俗，称为"跪重夫"，即孝子要给重夫行跪拜之礼。送葬之日，重夫是最受人尊敬的，因为是他们将老人抬上了山（安葬）。当送葬的队伍走出不远，重夫们便停止前进，所有的送葬人员必须跟着停下来，搬花圈的人员立马转过身来，手举花圈跪在棺材前面，孝子手拿父母的遗像，来到重夫面前，逐一在每位重夫面前单膝跪下，磕三个响头，直至重夫说道"请起"，孝子方能移到另一位重夫面前，再行跪拜之礼。即使是下雨天，道路泥泞，孝子也得冒着雨水，在泥地里给重夫跪拜行礼。送葬的队伍除了安排人员燃放鞭炮外，还有人负责为死者丢"佛钱纸"，佛钱纸也称"买路钱"，由竹篮盛着。装佛钱纸的竹篮称作"佛钱篓子"，佛钱篓子送完葬后随花圈及袱包一起被烧掉。

送葬的队伍吆吆喝喝奔向墓地，重夫们将棺材下葬，经孝子兜土掩棺等一番礼节后，孝子（一般由长子）手捧父母的灵牌，在鼓乐声中将老人的灵牌接送回家，俗称"回灵"，灵牌两边写有：金童引路，玉女前行，中间则是老人的称呼。当孝子手捧灵牌回到家门口时，隔着门槛的媳妇（长媳）双手接过灵牌，同时哭喊一声："妈（或爸）。"随后将灵牌供奉在准备好的供桌上，接着儿媳们一番痛哭，俗称"哭灵"。

随着墓地挖土培坟结束，送葬落下帷幕。下午的宴席开始了，支宾先生将客人牵席入座，众宾客及重夫们一改送葬时的肃穆面孔，谈笑风生，孝子为了答谢大家，纷纷手持酒杯向诸位敬酒，大家推杯换盏，不醉不归，将这一场白喜事演绎到高潮。

随着20世纪70年代末火葬的逐渐普及，土葬已成为历史。在倡导文明治丧、简办丧事的今天，过去的丧葬习俗中，有积极意义的，大多沿袭到现在，这些习俗传承的不仅是一种民俗，更是一种文化，让我们了解过去、了解历史。

节 日 风 俗

干驿的节日风俗也很有特点，比如：

正月初一是"元旦日"，公鸡打鸣时刻就起床做饭，供奉天地神灵、列祖列宗，孩子们给老人们拜年、接受祝福，再由成年男子带领，提着灯笼出门，在门口空地上依次敬香、点蜡、化纸、燃放鞭炮，行鞠躬大礼，叫做"出天方"，或称"出行"。之后，前往祖坟祭拜。祭拜回来后，便依次到乡邻和亲戚家里"拜年"。

初一"出行"之后，直到初三这三天，家家户户关上大门，家人由后门或侧门进出，称作"紧闭财门（不让财气跑出去之意）"。有人前来拜年，主人在室内凭喊门的声音辨别来者，若是一般朋友或乡邻，则不会开门，只会回应"恭贺"，并连声说"传到（传递来者对家中老人的问候）"表示感谢；至亲好友来拜年，才会开门迎入，盛情款待。据说，现在实行的家家户户门户大开、孩子们逐户"拜跑年"的年俗，是1949年之后逐渐兴起的。

正月十五是"元宵节"，张灯村市，喜欢热闹的人们化了浓妆，穿着花花绿绿的戏装，有的扮"蚌壳精"，有的划"采莲船"，重头戏有"玩狮子"和"玩龙灯"。未出嫁的女子们，神神秘秘地一起"迎紫姑"（后来变作"请七姐"，类似于乩仙的占卜术），叩问年成的丰歉。

清明节，长者带领子孙辈前往祖坟焚香烧纸祭拜，称"扫墓"；孩子们顺便带着风筝，在田野奔跑放飞。

清明扫墓，是因为冬去春来，草木萌生，人们到先人的坟墓，会亲自察看坟墓是否因雨季来临而塌陷，或被狐兔穿穴打洞。在祭扫时，给坟墓铲除杂草，添加新土，供上祭品、燃香、焚纸及举行简单的祭祀仪式，以表示对祖先的怀念。

端阳节（即"端午节"），乡人组织"赛龙船"（龙舟竞渡），男女老幼都

354

把糖果、面饼、粽子放入水中，依然保留着凭吊屈原的楚地遗俗。

七月十五为"中元日"，备好饭菜，用黄表纸装上纸钱，纸皮上写着故去先人的称呼、名讳，家祭完毕后焚化，向祖先禀告丰收，谓之"送神"，仍有"荐新谷"古俗的痕迹。

重阳节是我国传统四大祭祖节日之一，家乡素有祭祖祈福的传统。人们会举行祭祖活动，祈求神灵降福，并推行敬老活动，传承孝道文化。这种拜祭，是出于作物收成后，祭谢祖先恩德，并祈求祖先保佑，所以气氛是轻松愉悦的，不会有"行人欲断魂"般的哀伤。

大年三十是除夕。除夕祭祖是汉族流传至今的传统风俗之一。家乡每逢除夕总要举行祭祀仪式，感恩追始，祈求保佑。人们一般都在吃团年饭之前，在家中的先祖神龛面前摆起美酒佳肴，进行拜祭，民间称之为"接老祖宗回家过年"。因为传说死者的魂灵不能在白天行动，所以要等天黑以后进行。先将香炉、香筒、烛台(俗称五供)或者木香碟摆放在神龛上，将平时放在"祖宗匣"里的族谱"谱单"(世系表)请出打开挂在西墙上，有的人家没有谱单，则按照谱书的记载把各代直系祖先的"名讳"写在一张长纸条上张挂，俗称"祖宗条子"或"谱条子"，也有的是摆放木牌位。摆挂好后开始上香摆供，全家大小依次磕头行礼。这些供品一直摆到正月初五，而且从初一到初五每天早晚两次在祖先神位(谱单)前上香，直到初五晚上，才经行礼后把"老祖宗"送走，即将谱单或牌位收归原处。我们老家还在除夕晚上，为去世不久的祖父母或父母举行一些祭奠仪式。

第四章 宗 族 文 化

干驿人"敬祖尊宗",更是千百年来干驿宗族文化的熏陶,宗族文化的观念、规矩、礼仪,在干驿乡间社会生活中无处不在、无时不有。

宗族是维系中国社会结构的一条纽带,是五千年中华文明的重要承载者。宗族有三个标志:祠堂、祭祖和族谱。宗族长期演变之后,不仅成为一个同姓的亲属集团,而且还演变成同一种文化和生活方式,这就是宗族文化。宗族文化的内涵极其丰富,包括祖先崇拜、宗族感情、宗族观念、祖训族规、寻根问祖、宗族联谊等,传承于族人之间,记载于字里行间,铭刻于人们心间,主要功能是以传承乡间传统礼俗为特征,以形式多样的宗族活动为载体,唤起广大族众的历史感、道德感和归属感。

在我的印象中,南方宗族文化浓厚,北方却比较淡薄。在南方有句俗语,"只有千年的本家,没有百年的亲戚",说明南方人从骨子里更看重本家。本家是同宗同姓之人,拥有共同的祖先祖宗,虽然由于年代久远,分枝错杂,大多是超出五服之外的本家,但作为一脉相承之人,千年的本家是不会有错的,彼此之间有一种天然的亲近感。而北方人更看重亲戚,亲戚间的走动非常频繁,逢年过节,红白喜事等,"七大姑八大姨"都会长时间聚集在一起。我的这一感觉,在文化学者马未都先生那里得到了印证。其实,马先生并没有专门论及这个问题,而是在讲别的问题时,引出的一个与我相同的观点。

有一次,在"圆桌派"上,著名主持人窦文涛先生提出了这样一个问题:为何企业家群体南多北少呢? 马先生给了他一个比较明确的答案,那就是因为宗族文化的影响。南方受到宗族文化影响很深,所以企业大多是宗族性质企业，要是遇到什么挫折，将会有整个宗族帮忙，这样一来抗风险能力就比较强。而北方的宗族文化影响不大，所以北方的企业家大多是单枪匹马，在遇到风险的时候不仅没有人帮助，甚至还有可能落井下石，因为家产争夺而导致企业破产。马先生的观点是，宗族文化对南方人影响颇大，对北方人却很小。

天门地处长江、汉江以北，虽为中部地区，但从地域上讲，还是属于南方，宗族文化氛围比较浓厚。当然，相比岭南宗族文化，还是要略逊一筹的。而在天门，干驿的宗族文化又最深厚，突出表现在以下三个方面：

一是祠堂。祠堂，亦称宗祠、宗庙、祖庙或祖祠，是儒家传统文化中祭祀祖先或先贤的场所。有关文献记载，新中国成立前，干驿区域内祠堂众多，除"四大贵姓"外，其他姓氏几乎都有祠堂，规模比较大的，如我在前面介绍过的刘家祠堂、周家祠堂、陈家祠堂、王家祠堂、张家祠堂、徐家祠堂、鲁家祠堂、史家祠堂，还有在镇后街西端北侧、原白马庙寺院东北角外的李家祠堂，在馆驿巷东侧的吴家祠堂，在月池村奎星阁故址附近的胡家祠堂，在苏畈村的邓家祠堂，在彭家滩村的彭家祠堂，在沙咀村的鄢家祠堂，在汪河村的汪家祠堂、萧家祠堂，在朱家岭的朱家祠堂，在新堰堤杨家湾的杨家庙，在萧家滩的萧家祠堂，在李家八湾的李家祠堂，在黄家岭的黄家祠堂等。有的姓氏还有几座祠堂，如刘氏、周氏、陈氏、萧氏、张氏等。

二是祭祖。全称是祭祀先祖，是一项隆重的民俗活动。除夕、清明节、重阳节、中元节，是汉族传统节日里祭祖的四大节日。中国自古就有祭祖传统，经过上千年的沉淀，已经形成了具有中国特色的祭祖文化，这种文化是孝道文化的重要部分，孝亲是孝，祭祖是对父母的孝道推恩于祖先，是孝的延伸和升华。

据地方志等文史资料记载，新中国成立前，祭祖礼俗在干驿非常盛行，宗族式祭祖主要集中在除夕和清明节进行，一方面是源于"百善孝为先"和"慎终追远"的传统观念，在一年中最重要的节日，对祖宗先辈表达孝敬之意和表达怀念之情；另一方面是由于人们深信祖先神灵可以保佑子孙后代，使子孙后代兴旺发达，也就是感恩追始，祈求保佑。在祭祖的日子，当地一脉传承、同一姓氏各支系的主要男性成员齐集宗祠，事先已将应用的供器擦洗干净、供品预备齐全，把各代先人的牌位和画像按辈分顺序摆挂。随后，在族长主持下，所有人按辈分高低，分批向各位祖先上香行礼。

为什么是上香行礼呢？这是因为中国人讲究薪火相传，注重香火旺盛。香火旺盛也就是说一个家族后继有人，有人为祖宗点香火祭拜，也就是说祭祖是延续祖先生命的象征，通过祭祖使后世子孙与历代祖先血脉相连。这种祠堂祭，也称为"庙祭"，庙祭是宗族的共同聚会，包含了非常浓厚的宗族观念，对增强族系的血脉联系，促进子孙后代紧密团结、形成互助宗亲，形成更深的认同感和向心力，有着重要意义。

三是族谱。又称家谱、宗谱等，是一种以表谱形式，记载一个家族的世系繁衍及重要人物事迹的书。家谱是一种特殊的文献，就其内容而言，是中华文明史中具有平民特色的文献，记载的是同宗共祖血缘集团世系人物和事迹等方面情况的历史图籍，是家庭、家风教育的精神文化宝典。干驿人把续家谱同修祖坟、建祠堂一道，视为人生追求的三大孝道和三大目标，千百年来，形成了续修家谱的优良传统。新中国成立前，几乎每个姓氏都有族谱，甚至各支系都有家谱，而且每隔一些年，都要续修一次。如我在第二篇第二章讲过的史氏宗谱，就有清道光二十一年（1841）谱、光绪二十年（1894）谱，民国三十八年（1949）续修家谱因故中断，其他姓氏也是如此。

非常遗憾的是，新中国成立后，特别是在"文革"中，祠堂、祭祖、族谱被作为"旧思想、旧文化、旧风俗、旧习惯"破除了，中华优秀传统文化受到了前所未有的破坏，特别是中国宗族文化，更是经受了一场"红色革命"，"传家宝"当成"下脚料"，许多家谱、祖宗画像、祠堂等文物被红卫兵烧的烧、砸的砸，不少地方荡然无存。

宗族文化是一个姓氏、一个家族的灵魂和脊梁。文化是软实力，但力量很硬很锐，具有不动声色的渗透力、感化力、雕琢力和无坚不摧的穿透力。经济发展可让一个姓氏、一个家族"富"起来，而文化发展才能让一个姓氏，一个家族真正"强"起来。宗族文化所形成的长幼有序、尊老爱幼、尊师重教、爱家爱乡、寻根拜祖、叶落归根、追远慎终、团结和谐等理念，对于建设社会主义先进文化、构建社会主义和谐社会，都具有重要意义。

改革开放后，干驿的宗族文化得到恢复和发展，不少姓氏重建宗祠，如史氏宗祠、鲁氏宗祠、黄氏宗祠等。祭祖活动也重新开展起来，特别是清明节祭祖，规模宏大，同一姓氏族人，无论近亲远亲，聚集在一起，为共同的祖先祭拜、缅怀、祈福。续修家谱的工作，也蓬蓬勃勃地开展起来，与过去的谱牒实现对接。如，史氏宗亲续修形成 20 世纪 90 年代《史氏宗谱》，扩充形成 21 世纪 20 年代初的《荆楚史氏大同谱》。这三个方面的工作，焕发出新的生机与活力。

更为可喜的是，很多姓氏成立了宗亲会组织性质的姓氏文化研究会，有组织地推进宗族文化的传承和发展。树高千尺，落叶归根。说文化不可能不溯源流，论血缘不可能不追根底。不论哪个姓氏的姓氏文化研究会，其活动都属于宗族文化范畴。而重视"根"文化，可以说是宗族文化的灵魂和核心。姓氏文化研究会着眼于为宗亲营造精神家园，使之思想、灵魂有所寄托；从而避免精神空虚，信仰各种邪教；着眼于宗族文化的传播及宗亲活动的开展，巩固中华文化最底层阵地，形成爱国、爱家、爱族的导向；着眼于推动优良家风的建设，引导每个家庭做到父慈子孝，勤俭持家，友好邻里，互帮互助，遵纪守法，诚实守信；着眼于协助政府调解民间纠纷、化解社会矛盾，推动和谐社会建设。

姓氏文化研究会在组织做好建宗祠、祭祖宗、续宗谱工作的同时，还认真做好三件事：一是服务地方经济发展，去做"党委政府想做"的事，与地方党政发展经济的决策保持高度一致；二是适应家族内部的联络沟通，去做宗亲"需要帮助的事"；三是服务社会、服务民众，去做"公益需求的慈善之事"。总之，在新时代，姓氏文化研究会大有可为，前景一片光明！

第五章　侨乡文化

天门人智慧、勤劳、勇敢、务实，敢为天下先! 天门干驿人敢闯敢拼，更是闻名遐迩。这个特点，既在世世代代生活于这片土地上的人们身上表现突出，更在广大华侨华人身上体现充分。

天门是中国内地最大侨乡，全国著名内陆侨都，湖北重点侨乡。据统计，新中国成立前，约有8万天门儿女远赴国外。现如今，保守估计约有30万祖籍天门的华侨华人居住在海外40多个国家，仅东南亚就有6.5万人以上。其中，绝大多数为祖籍干驿(含马湾)的同胞。从200多年前开始，成千上万干驿儿女下南洋、闯俄国，到中亚、赴欧洲，用心和力、血和泪闯出了一条条求生脱贫之路、创业兴业之路、对外交往之路，也打造了特色鲜明的侨乡文化。

既不沿边，又不沿海，地处中国内陆腹地的干驿，为何有这么多人迁居海外? 向来安土重迁的干驿人，又为何纷纷远渡重洋? 还是听我一一道来。

祖籍干驿的华侨华人出国，始于18世纪末，经历了北上(欧洲)、南下(东南亚)和新移民三大时期。

最早从干驿走出去的华侨华人，是由流民演变而来的。流民是指因为受灾等原因，生活没有着落，而批量流亡外地的人。自古以来，流民现象一直是困扰中国社会的一大问题。近代干驿流民的成因，主要是连年饥荒、土地兼并、横征暴敛、匪盗横行等天灾人祸。

"天门地卑下，四望皆水，以堤为命。"而干驿在天门地势最低，承接了天门全部和钟祥、京山部分来水，历代民众只得滨河围堤、沿湖筑垸以防水患。明代初年，在"湖广填四川，江西填湖广"的人口大迁徙中，江西、安徽等地移民大量涌入，人口急剧增长，一些湖泊和河流被改造成农田，其蓄泄功能逐渐丧失，加之朝政腐败，堤防年久失修，清代、民国时期，平均两三年就有一次水灾，常常是大幅歉收，甚至是颗粒无收。除了水灾，严重的旱灾、蝗灾也偶有发生。我在前面说过，东冈岭就是"十年九淹，一年九旱"，这就引发连年饥荒。

这是天灾。从人祸上讲，一方面，明清以来，干驿地区的农民一直承受着十分繁重的税赋，官府横征暴敛，即使因灾歉收，仍催征不已。有资料表明，清咸丰初年，附加税已达正税的两三倍。民国初年，军阀竞相搜刮民财，附加税超过正税的数十倍。正常年景下，农民仍难养家糊口，稍有天灾，只得出门乞讨。另一方面，干驿一带人口稠密，人均耕地面积少，土地价值比较高。地主和官僚相互勾结，大肆霸占兼并土地，大量失地农民沦为佃户，一遇灾荒，收获微薄，付不起地租，也只得离村流徙。

还有，就是匪患严重。据《天门县志·卷首大事记》（1989年）统计，明洪武三年（1370）至民国三十八年（1949）的579年内，天门境内发生战争47次，其中明朝4次，清朝9次，民国34次。战争中被击溃的军队，往往变为土匪，抢劫勒索民众，扰乱社会秩序。干驿所在的沉湖一带，以其地理环境复杂，便于出没与躲藏，历来是土匪的渊薮。兵荒马乱，土匪如毛，农民不堪其苦，纷纷外逃。

干驿人把流徙称为"出门"。起初，灾民到县内未受灾的乡镇或邻近的州县乞讨，数月后返回，这叫做"出近门"。频繁的灾害，使得出近门的人数日益增多，在近处很难讨到东西，只得越走越远，甚至跨越一省或数省去乞讨，也就是"出远门"。如果说"出近门"完全是为了保全性命，以解燃眉之急；那么"出远门"则渐渐成了秋收之后外出谋生、补贴家用的一种手段。久而久之，相当一部分农民成为流入地的移民。

近代干驿人向外流徙主要有三个线路：向西，入蜀；向南，到湖南；向东，至长江下游。向东者为主流，一般经田二河、脉旺咀到汉川、汉口，再顺江东下，抵达华东地区。向东的这些流民，后来又分成南北两股：南徙者经厦门、香港"下南洋"至东南亚，成为移居东南亚的干驿人的先驱；北上者经山东"闯关东"到达东北，尔后进入俄罗斯，再迁移到西欧、非洲、南亚和南美洲各国。

干驿人流徙东北之时，正值沙俄大力经营辽东时期。沙俄从1880年开始开采阿穆尔省金矿，1891年启动西伯利亚大铁路东段工程，在东北境内招募大批华工。有数据表明，1905—1910年5年时间，入俄劳工达55万之众。不少干驿人就是以"出洋务工"的名义，沿着中东铁路西行到满洲里而进入俄国的。在此期间，黑龙江巡抚、干驿人周树模为同乡们提供了出国手续上的方便。前面，我讲述了在周树模主导下，天门东乡千人移民黑龙江始末。这批移民中，也有进入俄国的。

早期赴俄谋生的干驿人，积攒一些钱财后回到故乡。于是，带动了更多的亲友们结伴来到俄国。随后，许多人又继续西行至东欧、西欧诸国。到1914年第一次世界大战爆发前夕，赴欧闯荡的干驿人在数量上达到顶峰。"一战"之后，这一线路的迁徙基本结束。

据《天门县华侨述略》介绍，1918年俄国"十月革命"后，苏联因为严重战争创伤，人民生活异常艰苦，华侨谋生更加困难。1200多名天门华侨，于1921—1922年被遣送回国，余下的300多人，有的继续留在苏联，有的转徙到瑞士、法国等地，以小商贩为生。1929—1933年，世界爆发空前的经济危机，法国政府大批逮捕侨居法国的小商人，欧洲各地的华侨越发难以生存。1932年，驻巴黎总领事馆护送天门华侨96人，从比利时昂维斯港乘德国货轮回国。这些华侨中，主体是干驿人。

《湖北天门华侨移徙欧洲史略》记载，到1925年，居留欧洲的天门人累计超过1400人。疾病、战争或迫害，使一部分人客死异国，一部分人原路返回，一部分人扎根欧洲，成为旅欧的第一代天门华侨；还有一部分人则踏上更加漫长的旅途，横渡地中海，经苏伊士运河、红海，辗转漂泊到非洲、南美、南亚等地。经印度、缅甸进入东南亚者，成为早期徙居南洋的一支天门人。

这是北向到俄国、赴欧洲的一股，另一股就是"下南洋"。南洋是明清时期对东南亚一带的称呼，包括马来群岛、菲律宾群岛、印度尼西亚群岛，也包括中南半岛沿海、马来半岛等地。中国与东南亚的交往，可追溯到两千年前的汉代，记载于《史记》《汉书·地理志》等文献之中。明朝及明以后，大量汉族移民涌入该区域谋生、定居，称作"下南洋"。

清朝政府对外腐败无能、丧权辱国，对内欺压百姓、巧取豪夺，导致社会动荡，百业凋敝，民不聊生，而南洋各国的殖民者需要大量劳动力，于是"下南洋"一时成为风潮。正是在这种背景下，一股东向乞讨的干驿人，随着闽、粤流民漂洋过海，最终变成移居东南亚的华侨华人。

早期到达南洋的干驿人，大多依靠扎纸花、玩杂技、行医（中医）、自制并售卖草药等为生。其间，有位叫杨志春的干驿人，从外省籍侨胞那里学会了镶牙技艺，再传授给其他同乡。由于镶牙资金需求较少、风险较低，而且搬迁容易，使得这一技艺成为多数干驿华侨的职业。立足之后，南洋的干驿人渐渐涉足商店、药房、贸易等营生。

最早下南洋的一些干驿人，经过节衣缩食、艰苦创业，带着积攒的钱财回到故里，向世代挣扎在贫困中的乡亲们描绘了一片充满希望的陌生天地，也为他们指明了一条新的生路。20世纪20年代和30年代，干驿一带出现了南徙热潮，越来越多的人或变卖资产，或得到亲友的资助，络绎不绝地奔向南洋各地。他们大多先经汉川到汉口，再乘船到上海，转道香港，然后乘海船到东南亚各国。主要路线有：其一，到海防上岸，转徙越南等地；其二，到西贡（现胡志明市）上岸，转徙柬埔寨、马来西亚等地；其三，到曼谷上岸，流散泰国各地；其四，到加里曼丹岛坤甸上岸，转徙印尼各地；其五，到沙捞越古晋上岸，转徙马来西亚各地；其六，到斯里巴加湾市上岸，转徙文莱各地；其七，直航新加坡，在此定居或迁徙各地。

1937年"七七"事变爆发，随着上海、广州、武汉相继沦陷，交通断绝，南徙变得十分艰难。特别是日本侵略军占领香港后，干驿人已经无法再到南洋。

前面讲的是出国，接下来要讲回国。

1945年8月15日，日本天皇宣布接受《波茨坦公告》，同意无条件投降，第二次世界大战结束。消息传到南洋，华侨们欢天喜地，大肆举行庆祝活动。1946年10月，联合国成立，中国成为安理会五个常任理事国之一，更令广大华侨欣喜若狂。干驿人有着很强的家乡情结，早就盼望着回到家乡过上宁静的田园生活的干驿华侨，办好护照，变卖财产，兑换成黄金、港币，陆续踏上回家之路。青年们怀着对未来的美好憧憬，也从南洋回到内地求学。

然而，他们一进国门，就大失所望，后悔不已。城市破败不堪，社会秩序混乱，乞丐成群结队，安全毫无保障。更为严重的是，币值暴跌，物价飞涨，他们带回或汇至国内的资金由于换成法币，全部变成废纸。如1948年8月，国民政府发行金圆券，并限令公民将所有的黄金、白银、外币兑换成金圆券，仅仅10余天之后，金圆券一落千丈地贬值，满腔热情从南洋回国的干驿人被洗劫一空，重新堕入赤贫。这些归国华侨的所见所闻和不幸遭遇很快传遍南洋，南洋的干驿人终于认识到，祖国仍是千疮百孔、民生凋敝、战火纷飞，原本准备回国的华侨大多取消了行程。

新中国成立后，社会安定，经济建设如火如荼，南洋的干驿人为祖国的巨变而自豪，生长在南洋的青年人更向往日益繁荣昌盛的祖国，愿意为祖国贡献一切。1955年在印尼召开的"万隆会议"，极大地提升了中国的国际地位，干驿华侨备受鼓舞，回国人数激增，特别是许多青年放弃良好的生活条件和工作机会，毅然投身于祖国的怀抱，参与祖国建设。这些热血青年后来分散在祖国各地，勤勤恳恳、无怨无悔地为建设祖国倾注毕生心血。

改革开放后，在"出国大潮"的影响下，又有新生代干驿人侨居国外，这批人以留学生为主，也有不少是搞商贸的，多在美国、欧洲和澳大利亚。可以毫不夸张地说，在国外有中国人的地方，肯定有天门人、干驿人，而天门人、干驿人往往还是精英，是挑头干事的。

特别值得一讲的是，长期以来，祖籍干驿的广大华侨华人，为祖国的革命、建设、改革和家乡经济社会发展，都做出了重要贡献。他们身在异国他乡，心系祖国故土，其拳拳之心，天地可鉴，日月可昭。据传，当年留学英国的著名地质学家李四光，就得到过干驿华侨易富成的经费资助。抗战期间，东南亚各国先后落入日寇魔爪。华侨们在战火纷飞、生计艰难的处境下，仍然通过认购"救国公债"和爱国捐献支援祖国的抗日战争。侨居印尼的天门华侨一次就捐献了价值 27 万元印尼币的物资。

新中国成立后，黄春生(原籍豹山口)和鲁久香(原籍鲁家湾)夫妇是有记录以来最早(1955 年 4 月)开始公益捐助的华侨。之后，黄四海(原籍陈黄村)、拿督(马来西亚联邦封衔)张银庭(原籍芦埠村)、刘纯愉(原籍多祥口)、丹斯里(马来西亚联邦封衔)李三春、李新莲等屡有义举，为家乡捐资建桥修路，开办学校，办厂兴业，惠及故乡父老乡亲。周恩来总理生前曾多次到访东南亚国家，以天门侨胞为首领组织的驻在国华侨联合会，是迎送的主力，展示了良好形象。干驿侨胞还为世界政治、经济、文化、科技与和平友好事业，为促进中国与旅居国友好关系的发展作出了重要贡献，涌现出了如李三春、鲁超、张德焕等众多知名人士，这也是值得干驿人引以为豪并大书特书的。

干驿华侨华人，仍然保留着干驿的文化习俗，孝悌守礼，注重教育，克勤克俭，乐善好施。他们的后代，尽管身处五湖四海，或许从未到过故乡，但大多秉承先辈们坚韧不拔、自强不息的精神。无论时间和空间如何变化，他们都是骨肉同亲、血脉相连的干驿人。

干驿华侨华人"敢为人先、敢闯天下"的精神，是中华民族勤劳勇敢、自强不息精神的生动体现，是"敢为人先、敢闯天下、开放包容、诚实守信"的天门精神的有机组成部分，也是干驿对外开放、改革创新、创业致富精神的重要源泉，一定要结合新时代的特征，不断发扬光大，为中国式现代化建设提供精神动力。

第六章　饮 食 文 化

　　干驿人"爱吃会吃",饮食文化历史悠久,风味独特,丰富多彩,远近闻名。说到干驿饮食文化,我得先说天门的蒸菜文化。

　　天门饮食文化的突出特点,可以归结为蒸菜文化。天门蒸菜是楚菜名肴,据考证有近 4600 年的历史,最早可以上溯到石家河文化时期。几千年来辗转相传、代有增益,凭借厚重的历史文化积淀、独特的风味和精湛的技艺,成为楚菜代表品种之一,其菜品之丰、技法之多、味型之广,在全国独树一帜。

　　蒸,是常用的烹调方法之一,利用沸水不断沸腾产生的水蒸气为热能使原料成熟。天门蒸菜最主要的技法有"炮蒸""清蒸"和"粉蒸"三种,蒸出的菜品最大限度地保留了菜肴的原汁原味,最大程度地保存了各种营养元素。天门蒸菜具有浓厚的地方气息,"无菜不蒸,无蒸不宴",是蒸菜在天门的真实写照。

　　2010 年,中国烹饪协会命名天门市为"中国蒸菜之乡"。2014 年 5 月,央视《舌尖上的中国》第四集"家常"播出了天门蒸菜,成为继排骨藕汤、热干面等之后的又一湖北特色美食;同年,天门蒸菜代表楚菜入选国务院礼宾菜单,走上接待外宾和国家重要客人的餐桌。

　　干驿蒸菜是天门蒸菜最典型的代表,天门蒸菜中的很多菜肴起源于干驿,如炮蒸鳝鱼、茼蒿蒸菜,等等。以蒸菜为主要特色,干驿的饮食文化最有名气的应该是"一楼、一席、一菜、一味、一点"这"五个一"。

"一楼"，就是干驿天喜楼

邑人鄢福吾先生曾讲述过天喜楼的传说：

光绪二十五年之后，凡有文武官员路过干驿、途经李氏酒楼，都要文官下轿，武官下马，步行通过。为何如此？因为李氏酒楼二楼，有一块慈禧太后亲笔题写的匾额——天喜楼。这个典故，与光绪十五年干驿进士周树模有关。

却说周树模在朝廷当官，有一天照例上朝，议完公事，慈禧太后问他前些日子回乡省亲的见闻。周树模一一回禀，又说：老佛爷，这次回去，下官带来一名家厨李天喜，他以做鱼闻名乡梓。

慈禧太后听了哂然一笑说，会做鱼有什么稀奇？

慈禧太后说这话，当然是很有底气的，她平日穷奢极侈，在饮食方面更是食不厌精，是第一流的美食家，至于吃鱼，当然也有品鉴的水平。

《微香缥缈录》有记载，慈禧太后去奉天祭祖，走的是专门修建的京奉铁路，坐的是十六节明黄的专列，途经白河，有官员送上鲫鱼。御膳房做好后呈上去，却被慈禧退回，让加豆腐来炖。结果，加完豆腐的鲫鱼鲜美无比。吃完鲫鱼，慈禧太后又用鲫鱼腮骨算命，显然是吃鱼行家。

慈禧太后喜欢吃鲤鱼，特别爱吃金色的，每次都是宫女三净其手，帮她剔除鱼骨来吃。有一次，宫女百密一疏，慈禧被鱼骨刺了喉咙，从此她就再没吃鱼。

所以，周树模说有一名会做鱼的家厨，慈禧太后显然觉得这个话题太过平淡。周树模又说，我这个家厨，不但鱼做得好，而且他做的鱼，是没有骨头的。

这一说，慈禧太后有了点兴致，问："怎么个没有骨头呀？擅长整鱼剔刺不成？过些日子，倒可以宣你的家厨进宫，做些鱼羹，让孤尝尝周爱卿家乡的滋味。"

本来以为说说算了，可是没过几天，御膳房就让周树模带李天喜进宫做鱼。进宫路上，周树模心情忐忑，他侧头看一眼李天喜，却见这位眉清目秀的家厨，气定神闲，一脸从容之色。

李天喜在宫里做了菜，午膳的时候被端了上去，一开始慈禧太后并未注意。为什么？因为传说她每餐要吃一百零八道菜呢！当天午膳又有她爱吃的烤乳猪、樱桃肉、茯苓饼等，吃到一半的时候，她才看到一个清汤小碗，盛着几只雪白的丸子，上面漂着葱花香菜末。便尝了一只丸子，觉得这丸子鲜香扑鼻，滑嫩爽口，吃起来满嘴鱼鲜味道，看起来却像汤圆。不禁又吃了两枚，高兴起来，便问旁边的侍膳太监："这个丸子以前怎么没呈上来过？这个菜叫什么名字啊？"侍膳的太监答道："老佛爷，这道菜名字叫鸡汤氽鱼丸，是周树模的家厨所做。"这一说，慈禧太后便想起来了，这就是周树模所说的那道没有鱼骨头的鱼菜。便问："这菜是如何烹饪的？"这一问，侍膳太监紧张了，忙跪在地上说自己也不知道。慈禧太后那天心情不错，便说："你把那厨子宣进来我问问。"

李天喜跪在那，报了自己姓名，不敢抬头。慈禧太后问，你这道菜是怎么做的？李天喜答，回禀太后，这道菜名叫鸡汤氽鱼丸。食材有两种，一是鸡肉，要选一年左右的母鸡；二是鱼，要选四川雅安的雅鱼。慈禧太后问："为什么？"李天喜回答，公鸡肉适合爆炒，母鸡肉适合熬汤，一年过后的母鸡下蛋太多，肉质不够鲜美。至于鱼，我看了御厨房的贡品，这雅安的雅鱼，与我们家乡的大头鱼较类似，但肉质更细嫩。

怎么做的呢？慈禧太后接着问。

熬鸡汤前要把鸡斩好过三道清水、三道热水，去掉血气和腥味，再用陶罐慢熬三个时辰。只加生姜一片，其余佐料都不加，中途不得添水。熬好后静置半个时辰舀出氽鱼丸，太凉了也不行。

鱼丸选两斤左右的雅鱼，去掉鱼大骨和红肉，用尖刀刮出鱼绒做成。

慈禧太后这才知道，周树模说的没有鱼骨的鱼，原来是这样，这是她没有吃过的鱼菜，以前也吃鱼，也有太监把鱼刺剔好，但总不及这样色香味俱佳，便很高兴问李天喜，这是你最拿手的菜吗？李天喜说，回禀老佛爷，这道菜是小厨家主人最爱吃的，却不是小厨自认为做得最好的一道。

小人自认为做得最好的菜是糊茼蒿。

蒸茼蒿？慈禧一听也没吃过啊！不由笑起来说，那你也别忙着回去了，明日把那糊茼蒿做出来我尝尝。

慈禧又说："你的菜做得不错，可想着去开个酒楼啊？"李天喜说："小人伺候好了周大人，就想着回去开个天喜酒楼呢！"慈禧笑着说："原本我想赏你几百两银子的，你看是要银子，还是我给你写个天喜酒楼的匾？"

李天喜磕头谢恩说，老佛爷的字是无价之宝，小人虽然愚钝，但这天差地别还分得清。慈禧大笑，吩咐太监伺候好笔墨，就给这个幸运的厨子写了"天喜楼"三个字。

李天喜说，他自己做得最好的菜是糊茼蒿，这不是吹牛。茼蒿是一种生长期较长，具有特殊香气的蔬菜。用其做蒸菜，充满野趣和自然色彩，受到人们的偏爱。但按传统方法做出来的蒸茼蒿，缺少了茼蒿香气，失去了鲜绿颜色，味道也不够鲜美。

李天喜做出来的糊茼蒿，菜色鲜活绿油油，蒿气浓郁香喷喷，滑嫩爽口脆生生，入喉下肚软绵绵，成为酒筵中的亮点，深受达官贵人们的称赞，使原本毫无特色可言的大众化菜品，登上了大雅之堂。第二天，慈禧太后品尝了李天喜制作的糊茼蒿，也大快朵颐，龙颜大悦。

糊茼蒿的制作方法是，将大米粉焙至八分熟，出锅备用；选鲜嫩茼蒿，洗净切细，在滚油锅中炒至半熟，放入适量大米粉，在锅中拌匀，视火候出锅装碗，放入适量的麻油（不吃斋者，放热猪油更佳），撒上香葱、胡椒、姜末等佐料即成。糊茼蒿成为干驿素菜极品。

李天喜为适应主人社交的需要，不断改进烹饪方法，彰显湖北地方风味，创新发展荤素品种，提高菜肴等级品位。每当周树模设宴款待高官显贵时，李天喜总是使出浑身解数，精心制作，尤以特色鲜明的天门风味菜肴，给客人留下非常深刻的印象。

过了两年，李天喜回到天门干驿，盖起了天喜酒楼，把慈禧太后所写"天喜楼"三个字的匾额挂在酒楼的二楼门庭屋檐之上。天喜楼的招牌菜，有荤三蒸：蒸甲鱼、蒸鳝鱼、蒸财鱼，还有素三蒸，蒸萝卜丝、蒸藕、蒸蒿蒿(糊蒿蒿)。一时生意兴隆,宾客满堂。

民国三十二年(1943)正月的那两场大火,在干驿"烧毁民房六百余栋,下街胡月甫家的轧花铺、金德鑫、张宝盛、罗宝兴等二十余家大商号化为灰烬"(胡德盛《国军 128 师火烧干驿小考》),充满传奇色彩的天喜楼,也在这两场大火中被付之一炬。直到 20 世纪 60 年代初,干驿镇建设街居委会为恢复名店名产,重新开办"天喜酒楼",由李天喜的嫡孙李少菊掌勺,其烹调技艺得以延承,但规模和影响大不如从前了。

"一席",就是干驿"十大碗"

干驿每遇"三节两寿"、婚丧嫁娶、金榜题名、大厦落成等大事喜事的摆宴设席,标配就是"十大碗"。"十大碗"是一个基本数,意思就是不能低于十碗,可以是十碗以上,但一定是要双数,如十二碗、十四碗、十六碗等,由东家经济条件等因素决定。碗比较大,类似海碗,所以叫"十大碗",以蒸菜为主、荤菜为主,分量很足。干驿的宴席都是"八仙桌",每桌八位客人。结婚时,"陪十兄弟""座十姊妹"除外,每桌十位。这样,菜都吃不完。

"十大碗"中,头道菜必定是"天官赐福"(俗称杂烩、三鲜、全家福)。"天官赐福"也是有故事的。

相传,明朝万历末年,干驿籍在京当官的周嘉谟,因晋升为吏部尚书(世称吏部天官、大冢宰),回乡祭祖。祭祀吉日,闻知喜讯的父老乡亲络绎不绝地登门贺喜。面对桑梓父老的深情厚谊,周天官毫不怠慢,吩咐家人一律作客待,留下饮酒。管事因事发突然,束手无策。周天官遂令家人速向镇上各酒楼饭店借桌凳、碗盏,并收购制备的各式菜肴,用大锅烩于一体待客。还取肉鱼蛋三鲜汇集,乡亲相聚、主客同喜与回敬祝福之意,将此杂烩命名为"全家福"。准备停当后,除原邀请的贵宾外,其他贺客一概吃"流水席",不分贫富贵贱,每桌凑齐八人,就端上一盆"全家福"款待。食毕,送客走人。由于周天官遇事不乱,随机应变,举措得力,礼节周到，皆大欢喜。事后，乡民们为纪念周天官赐宴的盛世，将"全家福"这道菜更名为"天官赐福"，列为正式宴席的头道菜。约定俗成，一直流传至今。

"天官赐福"主要含有：油炸的以猪肉和鱼肉为主料的丸子，猪肝片或腰花丝，蒸蛋糕或鹌鹑蛋等，也有放些鱼片、荸荠片的。

"一菜"，就是干驿蒸菜

有着深厚文化底蕴的干驿人，极其讲究饮食文化。千百年来，形成了以"三蒸"为主要方式、以鱼类为主要食材、具有浓厚水乡特色的菜肴体系，以及滚（烫）、烂（熟）、淡（甜）的地方风味。

关于"蒸"的历史，据考证，最早可追溯到炎黄时代。自从我们的祖先发明了锅，就先有了"煮"，然后有了"蒸"。蒸的工艺相对于其他烹饪，更能保持食物营养和原汁原味，油脂又比较少，因而蒸菜堪称四季皆宜的健康菜品。我们常说的"天门三蒸"，是"炮蒸""粉蒸""清蒸"；而"沔阳三蒸"，是"蒸肉""蒸鱼""蒸菜"。"天门三蒸"指的是烹调方法，讲的是怎样"蒸"，文化层面的东西；而"沔阳三蒸"指的是烹调食材，讲的是"蒸"什么，物质层面的东西。

干驿人在蒸菜上，特别讲究"色、香、味，滚、烂、淡，营养成分不流散"，达到了"食不厌精、脍不厌细"的境界。在淡水鱼的蒸制上，功夫独到，水乡风味浓郁，地方特色显著。著名的"干驿三蒸"（亦称"水乡三蒸"）——炮蒸鳝鱼、清蒸甲鱼、粉蒸财鱼（南方称乌鱼），就是其典型代表，突出了干驿菜滚、烂、淡的特征。

所谓"滚"，就是滚烫，"一滚三鲜"；所谓"烂"，就是蒸出来的鱼既要熟烂脱刺，又要保持鱼块原形，还要鱼肉鲜嫩，不能使其蒸"老"发硬，也不能夹生；所谓"淡"，即既能上味，又不能过咸、过酸，而掩盖鱼肉本身的淡甜味，更不能有半点腥味。由于特色鲜明，人人喜爱，人们办各类宴席、招待宾客，如不摆放"干驿三蒸"，将使酒宴大为逊色。厨师们对这三道菜也格外上心，选料更加严格，制作更加精细。外地客人吃了"干驿三蒸"，印象极佳，溢美之词不绝于耳，广泛流传的"吃了三蒸甲鳝财，时常想到干驿来"的感叹语，便是生动写照。

其一，炮蒸鳝鱼。20世纪60年代以前，干驿镇区的酒楼饭馆都有专门的蒸锅，安放着略小于蒸锅的气盆，盆底朝上，上面安放一架小蒸笼（即馏子）。除蒸笼盖外，一般有八至十格，看起来就像一门朝天的土炮，蒸制菜肴时，热气腾腾好似炮火硝烟。故而，使用馏子做蒸菜，被称为炮蒸（亦称爆蒸）。而今，因食客众多，生意兴隆，那种每格只装一碗蒸菜的方式已被淘汰，馏子也被大蒸笼取代，但其猛火爆蒸的制作方式没有改变，所做菜肴仍称炮蒸。

制作炮蒸鳝鱼，首选鲜活的直径约两厘米的鳝鱼。经剖杀除内，拍扁排刺，剔去头尾，擦尽血污，用刀按二寸多的长短，从头至尾划上几道口子，使其肉断皮连。然后，再放入精盐、酱油、食醋、生姜、大蒜等佐料及生粉的容器内拌匀，让其上味。接着，平放进蒸格，大火焖蒸八至十分钟。一待蒸熟，及时出笼。装碗造型时，保持皮鱼朝上，立时浇上用清水、酱油、干驿米醋、精盐、姜末、蒜泥、胡椒、生粉与切成一寸多长的韭菜段在炒锅中熬制出来的"油醋"上卤，再淋上煮沸的猪油，此时定会发出一阵放鞭炮一样的爆炸声，使鳝鱼表皮上形成无数痱子状小泡，这才表明味道已渗入鱼肉。最后，撒上葱花、香芹等，从而达到色、香、味形俱佳，滚、烂、淡兼备的境界。端上餐桌，食客们品尝着肉质松软滑嫩、味道鲜美香醇的炮蒸鳝鱼，必然口齿生香，无比陶醉。

其二，清蒸甲鱼。甲鱼（鳖）是营养丰富且具药用与保健价值的"鱼中上品"。遐迩闻名的清蒸甲鱼，是将精心摆放在"扣碗"中的甲鱼块，入笼蒸熟；出笼后倒扣在盘（碗）中，淋入佐料齐全的热"油醋"，在鳖肉及其四周，分别摆放香葱、蒜白、红辣椒丝、芹菜叶，就像一只蛰伏产卵的甲鱼，鳖肉熟透脱骨，裙边鲜嫩细腻，汤汁鲜美可口，食后回味无穷。

其三，粉蒸财鱼。粉蒸财鱼也是干驿特色鲜明的珍馐。将剔除内脏、鱼鳍、鱼尾的财鱼切成片状，拌入少许料酒、干驿米醋、精盐、姜末、蒜泥、胡椒等佐料(不用酱油)浸渍片刻，让鱼片上味，然后放入大米粉上笼蒸制。掌握火候，适时出笼。此时，财鱼片变成灯盏窝形状，鱼肉细腻白嫩，装在盘碗之中，像一朵盛开的白莲花，浇上滚烫的"油醋"，立时飘散出淡淡的清香。品尝嫩如豆腐的财鱼片，入口滑而不腻，味道鲜美甘爽，令人爱不释箸。

"干驿三蒸"可称为"天门三蒸"的极品，其选料和制作工艺非常讲究、非常复杂。能做好"干驿三蒸"的干驿酒楼也不是很多，一般农户是做不出来的，即使做了，也只有"干驿三蒸"之名，而无"干驿三蒸"之实。至于"干驿三蒸"的味道究竟如何？品尝以后便会知道。

在干驿传统佳肴中，还有一道纪念明代两京国子监祭酒鲁铎的"祭酒瓢鳝"，民间简称为"鱼卷"或"鳝鱼卷"。此外，还有蒸鲶鱼、酥全鱼、清炖鲫鱼、清煮黄鳝、鳜鱼火锅、肘子肉等名菜。

"一味"，就是干驿米醋

如果干驿菜在烹调技法上的鲜明特点可以归结为一个"蒸"字的话，那么，在菜品口味上则可以归结为一个"酸"字。干驿人做菜，最舍得放的是醋，不是一滴一滴、一勺一勺地放，而是半杯半杯、半碗半碗地放，比山西人吃醋有过之而无不及。蒸肉、蒸鱼都要放醋，炒制菜肴也是如此。相对而言，鱼类菜肴放醋最多，既可去腥，又可提味。我是吃干驿菜长大的，非常喜欢这种酸味。友枝是黄冈人，刚开始不太适应，后来也就慢慢习惯了，最后变得喜欢了，甚至比我还要喜欢，吃过干驿菜后，总觉得自己家里的菜醋放得太少了。

当然，也有例外，干驿菜里唯一不放醋的是以豆制品为食材的菜，如蒸豆腐丸子、煎豆腐、炒千张肉丝等。干驿有句俗语，叫做"该做的不做，不该做的去做，豆腐里面放醋"，把"豆腐里面放醋"归结为"乱作为"。是的，豆腐本身怕酸，放醋以后就不能入口了。

醋放得多，从保健养生的角度说，是有很多好处的。专家们讲，醋可以促进脂肪和糖的消化，促进新陈代谢，促进减肥；可以促进胃肠的蠕动，有利尿和改善便秘的作用；可以减少盐分的摄取，促进血压的降低；可以降低血液中的胆固醇，预防动脉硬化，等等。当然，对于就餐者来说，首先是口味、感觉。醋有一种特殊的香味，可以增进食欲。吃过放醋的菜肴以后，口有余香，回味无穷。

干驿菜放的醋，不是一般的醋，而是干驿人自制的米醋。用别的醋，包括山西陈醋、镇江香醋等，都做不出干驿菜很特别的味道。在众多干驿米醋中，最有名的是李长茂香醋。2020 年 1 月，李长茂香醋酿造技术，被列入湖北省非物质文化遗产名录。

李长茂香醋源于匡氏家族"恒生乾"香醋老字号。1466 年，匡姓先祖从江西迁到干驿，开办了"恒生乾"酱醋业。1815 年，"恒生乾"将祖传手艺传授给李长茂。1954 年因公私合营，品牌改名为"福源"。1988 年因实施商标法，"福源"牌香醋又注册为"李长茂香醋"。李长茂香醋继承了"恒生乾"香醋全部工艺及有数百年历史的 200 多口醋缸，再经过改进创新，不断发展完善。

李长茂香醋是传统酿造米醋，因用水不同，有雪蜂醋和净水醋两种。雪蜂醋用水为天然降雪储存净化水，其中又以腊八雪为上品；净水醋用水为天然无污染大水面荷塘中心水或山泉水，这里面又以涌泉水为最好。因环境变化，李长茂对恩师和老字号心存敬畏之心，取水为 50 里开外的京山山泉水，保证了香醋品质。

李长茂香醋的另一特点，就是用麦芽糖、中药曲制作，这在全国诸多醋品中别具一格。传承人李国久介绍说，李长茂香醋必须用麦芽糖稀制作。小麦育芽后切碎磨细，将糯米煮成粥，冷却至温热时加入麦芽，搅拌后盖好锅盖密封，保温以产生糖化反应，滤出糖渣，加温让糖液中的水分逐步蒸发，熬成黏稠的麦芽糖汁液。在酿制过程中，还加入了益母草、马鞭草和精料做出来的中草药曲。

高粱、糯米、麸皮碾成粉状，混合本地酒曲，再兑入冷却备用的药汁，制成拳头大小醋团，置于谷壳基床，再铺一层谷壳盖上湿麻袋，二十天左右即可形成有菌丝的醋曲。随后就需要静置发酵了。发酵过程首先靠百年老缸中醋酸菌发挥作用，无杂菌污染后才放曲封缸，这个静置观察全凭经验，控制难，技术性强。

成曲后取天晴日，在大缸中先后倒入山泉水、麦芽糖汁，兑入槐花蜂蜜，盖上特制竹罩静置晾晒半月左右，待汁面起泡有醋感后，再放入醋曲封缸发酵。由于醋的储存对容器和环境均有特殊的要求，富有醋基的老缸、丝皮纸封、蔑罩是传统工艺中难以变革且效果突出的封盖物品。老缸置于露天的环境下，经过风吹、日晒、雨淋，至少存放一年半以上，继续发酵，增加醋的品质、酸度和香度，最后使香醋最终具有了"色泽清亮、醋香浓郁、酯香突出、酸味柔和、香而酸甜"的风味。

"一点"，就是干驿酥麻锅盔

在江汉平原，凡吃过干驿酥麻锅盔的人，无不夸其唇齿留香、回味无穷，是江汉平原大众化面点、早点之王。

相传，唐贞观年间，干驿本地一白案师傅因桶炉烧饼味道单调，生意清淡，便吸收炕锅盔半成品制作方法，结合烧饼烤制方式，创新做出酥麻锅盔。这种酥麻锅盔深受食客喜爱，自此流传下来。

酥麻锅盔选料精细，工艺考究。主料为上等面粉，褪皮芝麻，温水。辅料为食用油、食用碱、精盐、茴香粉、胡椒粉、新鲜香葱、大米熬制的饴糖稀。还有烘烤用的柴炭或者无烟煤球。制作前，用温水拌和面粉，兑入事先准备的"老面"，反复揉搓，直到把面团"盘欢（激活的意思）"，充分发酵。烘烤时，注意掌握火候。

独具特色的干驿酥麻锅盔，壮如大鞋底，"狮子头，罗汉肚，千层底（鞋底样子），芝麻厚"。刚出炉的锅盔两面焦黄，内中绵软，酥软相济，香气四溢。食用方式多种多样，除趁热干吃外，可以用开水泡、油炸、切块炒、入粉蒸肉垫底，还可以用头天的锅盔与鸡蛋、鲜肉食材一起煮汤，用以温补。吃法不同，风味各异。千百年来，酥麻锅盔既作为早点，又被当作劳作、旅行的干粮和款待宾客、馈赠亲友的佳品，历久不衰。

如今，干驿镇区鄢四香师傅是正宗的传承人。鄢师傅的酥麻锅盔，每天都供不应求。2020 年，在天门锅盔比赛中，鄢师傅的酥麻锅盔一举夺冠。

在干驿的传统名点中，除了酥麻锅盔，还有麻糖、麻叶、管子糖、麻枣、酥糖与起酥月饼等，不胜枚举。

第六篇　故乡梦

中国人有中国梦，实现中华民族伟大复兴，是近代以来中华民族最伟大的梦想；故乡人也有故乡梦，实现东冈石湖乃至干驿的发展振兴，是所有故乡人最具体的梦想。

中国梦，就是要以中国式现代化，全面推进中华民族伟大复兴；故乡梦，就是要实施乡村振兴战略，全面推进农业农村现代化。

千千万万个具体的故乡梦，汇聚成为伟大的中国梦。

第一章 振 兴 之 路

民族要复兴，乡村必振兴。乡村是中华文明之根，是具有自然、社会、经济特征的地域综合体，兼具生产、生活、生态、文化等多重功能，与城镇互促互进、共生共存，共同构成人类活动的主要空间。我们一定要从中华文明安全和可持续发展的高度，深刻认识乡村的价值和功能。

故乡干驿的现代化，是与国家现代化同步的。在这里，我想花一点篇幅，先粗线条地回顾一下我国现代化的进程，然后再讲一讲故乡实施乡村振兴战略所带来的新变化。

我国现代化的最初尝试，可以追溯到鸦片战争后的洋务运动。从鸦片战争到新中国成立，我国现代化探索有过两次中断，皆以失败告终。我们可以对这段历史作一个描述：鸦片战争以中国失败并赔款割地告终，国人痛感失败的原因是"器物"不如人，于是就有了洋务运动，力图"师夷之技以制夷"；甲午战争又以中国战败、北洋水师全军覆没告终，粉碎了国人的强国梦，现代化探索第一次中断；国人感到，失败的原因可能不仅是"器物"，更重要的是"体制"，于是就有了戊戌变法和辛亥革命；戊戌变法的结果是光绪帝被囚、六君子被杀，康梁流亡国外，同样以失败告终；辛亥革命的结果是清帝退位、民国建立，但也有袁世凯上台、张勋复辟的闹剧，最后是军阀割据；国人又在思考，导致战乱频仍、山河破碎、民不聊生深重苦难的原因，除了"器物""体制"，重要的是"观念"，于是就有了新文化运动和五四运动，以科学、民主观念，进行现代化的启蒙和探索；随着日本帝国主义的侵略，抗日战争暴发，救亡图存上升为主要矛盾，于是，短暂的现代化探索第二次中断。

新中国的建立，中国共产党执政地位和社会主义基本制度的确立，使我国现代化的推进成为可能。70多年来，我们党把实现现代化作为自己的奋斗目标，把实现中华民族伟大复兴作为自己的历史使命，团结带领人民进行艰苦卓绝的斗争，谱写了气吞山河的壮丽史诗。这70多年，大体可以分为改革开放前后两个阶段，改革开放前是奠定基础的阶段，改革开放后是全面推进的阶段。

新中国诞生不久，我们党就提出了实现工业化的战略构想，后来又提出了实现工业、农业、交通运输业和国防现代化的战略目标。1964年12月三届人大一次会议上，周恩来总理根据毛泽东主席的建议，在政府工作报告中首次提出，在20世纪内，把中国建设成为具有现代农业、现代工业、现代国防和现代科学技术的社会主义强国。为此，我们党带领人民不懈奋斗，完成了中华民族有史以来最广泛和深刻的社会变革，为现代化奠定了根本政治前提和制度基础；同时也建立了独立的比较完整的工业体系和国民经济体系，为实现现代化奠定了初步的物质基础。

党的十一届三中全会以来，我们党带领人民进行改革开放新的伟大革命，破除阻碍现代化发展的一切思想和体制障碍，推动现代化快速发展，使中国大踏步赶上时代。改革开放之初，邓小平同志就作出了"三步走"战略部署，明确了我国现代化的时间表和路线图：第一步，从1981年到1990年，国民生产总值翻一番，实现温饱；第二步，从1991年到20世纪末，再翻一番，达到小康；第三步，到21世纪中叶，再翻两番，达到中等发达国家水平。经过全党全国人民的努力，20世纪末，第一、第二步战略目标提前实现，人民生活总体上达到小康水平，这是中华民族发展史上的一个重要里程碑。

1997年，党的十五大提出，21世纪我们的目标是，第一个10年实现国民生产总值比2000年翻一番，使人民的小康生活更加宽裕，形成比较完善的社会主义市场经济体制；再经过10年的努力，到建党100年时，使国民经济更加发展，各项制度更加完善；到建国100年时，基本实现现代化，建成富强民主文明的社会主义国家，这就是"两个一百年奋斗目标"。

2002年，党的十六大重申，我们要在21世纪头20年，集中力量，全面建设惠及十几亿人口的更高水平的小康社会，使经济更加发展、民主更加健全、科教更加进步、文化更加繁荣、社会更加和谐、人民生活更加殷实。经过这个阶段的建设，再继续奋斗几十年，到21世纪中叶基本实现现代化，把我国建成富强民主文明的社会主义国家。这是对邓小平"三步走"发展战略第三步战略目标的进一步展开，称为新"三步走"发展战略。

2017年，党的十九大根据中国特色社会主义进入新时代和我国社会主要矛盾转化的实际，提出了新的"三步走"战略安排，即到2020年全面建成小康社会，实现第一个百年奋斗目标；从2020年到2035年，再奋斗15年，基本实现社会主义现代化；从2035年到21世纪中叶，再奋斗15年，把我国建成富强民主文明和谐美丽的社会主义现代化强国。到2020年，全党全国各族人民经过接续奋斗，实现了小康这个中华民族的千年梦想，我国的发展站在了更高历史起点上。

2022年，党的二十大指出："从现在起，中国共产党的中心任务就是团结带领全国各族人民全面建成社会主义现代化强国、实现第二个百年奋斗目标，以中国式现代化全面推进中华民族伟大复兴。"强调："今天，我们比历史上任何时期都更接近、更有信心和能力实现中华民族伟大复兴的目标，同时必须准备付出更为艰巨、更为艰苦的努力。全党必须坚定信心、锐意进取，主动识变应变求变，主动防范化解风险，不断夺取全面建设社会主义现代化国家新胜利！"

鉴于我国农业大国的基本国情，一直以来，我国的现代化实践，都是把农业农村现代化摆在首位的。在20世纪五六十年代提出的"四个现代化"中，农业现代化始终是第一位的现代化，是最基本的现代化；改革开放新时期，中央强调，全面建成小康社会，最艰巨最繁重的任务在农村；没有农村的小康，就没有全面建成小康社会，要始终把解决好"三农"问题作为全党工作的重中之重。进入新时代，中央强调，农业农村农民问题是关系国计民生的根本性问题，全面建设社会主义现代化国家，实现中华民族伟大复兴，最艰巨最繁重的任务依然在农村，最广泛最深厚的基础依然在农村，最大的潜力和后劲也在农村。在这个过程中，中央采取了一系列重大举措，强力推进脱贫攻坚，大力推进乡村振兴，优先发展农业农村，推动广大乡村取得历史性成就、发生历史性变化。

乡村振兴战略是党的十九大提出来的。实施乡村振兴战略是建设现代化经济体系的重要基础，是建设美丽中国的关键举措，是传承中华优秀传统文化的有效途径，是健全现代社会治理格局的固本之策，也是实现全体人民共同富裕的必然选择，具有重大现实意义和深远历史意义。中央提出了实施乡村振兴战略的原则、步骤、实现路径和制度安排。其中，原则是：坚持党管农村工作，坚持农业农村优先发展，坚持农民主体地位，坚持乡村全面振兴，坚持城乡融合发展，坚持人与自然和谐共生，坚持因地制宜、循序渐进。步骤是：到 2020 年，乡村振兴取得重要进展，制度框架和政策体系基本形成；到 2035 年，乡村振兴取得决定性进展，农业农村现代化基本实现；到 2050 年，乡村全面振兴，农业强、农村美、农民富全面实现。这就是实施乡村振兴战略"三步走"时间表。实现路径是：必须重塑城乡关系，走城乡融合发展之路；必须巩固和完善农村基本经营制度，走共同富裕之路；必须深化农业供给侧结构性改革，走质量兴农之路；必须坚持人与自然和谐共生，走乡村绿色发展之路；必须传承发展提升农耕文明，走乡村文化兴盛之路；必须创新乡村治理体系，走乡村善治之路；必须打好精准脱贫攻坚战，走中国特色减贫之路。5 年多来，广大农民正沿着中国特色社会主义乡村振兴道路踔厉奋发、勇毅前行。

新中国成立以来，特别是改革开放以来，曾经创造了灿烂辉煌、绵延千年历史文化的勤劳、勇敢、智慧的干驿人民，紧跟时代前进步伐，以主人翁姿态，积极投身乡村发展、乡村建设、乡村治理，大力推动乡村经济社会发展，彻底改变了贫穷落后的面貌，提前实现了小康社会目标。对此，我们可以通过老乡们的衣食住行来观察，因为衣食住行是人们生活的基本需要，是人类赖以生存和发展不可或缺的基本内容，也是小康社会的基本指标。

——在"衣"的方面，改革开放前，乡亲们的衣着质地低档，颜色和款式单一，数量也比较少，有的家庭"心想四季穿衣，实则衣穿四季"，冬天也有寒风侵肌、挨冷受冻的时候。对此，我是有切身体会的。现在已经走向中高档和多样化，可谓特色各异、各美其美、琳琅满目、美观实用，再也见不到"新三年、旧三年、缝缝补补再三年"的现象了。

——在"食"的方面，改革开放前，乡亲们只求吃饱，主食不够杂粮凑，肉鱼蛋成为奢侈品，很多人家只有过年，才能吃得上一顿肉，更谈不上营养搭配。事实上，也有忍饥挨饿的时候。现在，乡亲们不仅能够吃饱，而且还能够吃好，餐餐都有肉有鱼有蛋，有新鲜蔬菜，老人们说，天天都像过年一样。家里土鸡下蛋，乡亲们是不卖给城里人的，说是营养丰富、味道鲜美，要留给自己享用。记得过去老家没有喝早酒的习惯，现在很多上了年纪的人，早上骑着电动车，带上一壶酒，到干驿镇区吃早点，上两道菜，小酌一番，很是享受。

——在"住"的方面，改革开放前，大多数人家的居住条件不是很好。改革开放初期，经济条件稍好一些，乡亲们就大规模修建平房，取代了那些年久失修、岌岌可危的破旧民居。后来，经济条件更好一些，从20世纪末开始，乡亲们又扒掉了还比较新的平房，修建了两三层的楼房，比较坚固、宽敞，还配有独立厨房、厕所。我们老家的房子，就经历了这样一个过程。很多人家还在城镇购买了一两套商品房。

——在"行"的方面，改革开放前，乡亲们以步行为主，自行车都比较稀罕。现在，以摩托车、人货两用电动车为主，已经很少有人骑自行车了。特别是最近几年，小汽车快速进入农村市场，一些先富起来的家庭，小汽车成为标配。我没有统计过，仅史家岭的小汽车，应该有二三十辆。当然，

"行"的基础是"路"。干驿镇特别是东冈岭是黏性黄土，过去"雨天一摊泥，晴天一把刀"，被认为是天门最难走的路。我在武汉工作时回老家，如遇雨天，父亲都要在六屋湾的公路边备上深筒胶鞋。即便如此，回到家里，也是满身泥水。后来，国家加大了乡村公路建设的投入，铺上了水泥路，实现了村村通、户户通，这就彻底解决了路难行、行路难的问题。

在全面建成小康社会的基础上，乡亲们又瞄准了新的更高的目标，就是要实现农业农村现代化，真正让农业成为有奔头的产业，让农民成为有吸引力的职业，让农村成为安居乐业的美丽家园。5年来，干驿镇委、镇政府团结带领全镇人民，按照产业兴旺、生态宜居、乡风文明、治理有效、生活富裕的总要求，大力实施乡村振兴战略，扎实推进各项重点工作，推动全镇经济社会发展出现了的新变化。

2023年春节期间，我与干驿镇委书记刘刚和他的同事们就乡村振兴问题作了深入交流，他们介绍了5年来干驿实施乡村振兴战略的举措和成效，听后令人振奋。

——坚持扩需求稳增长，经济基础更加扎实。

工业产值快速增长。近5年，全镇经济持续向好发展，规上工业增加值年均增速14.7%，限上商贸业年均增速20.5%，小进规工业企业2家，新增小微企业23家，新增限上商贸业3家，新增限上服务业1家，完成固定资产投资约30亿元，技改扩规投资2200万元，完成税收收入4010万元。积极申报湖北百膳农业科技有限公司作为新进规项目。招商引资成效显著。近5年，持续优化营商环境，加大力度亲情招商、以商招商，共签约项目20个，开工项目11个。

——坚持绿色发展，城乡环境万象更新。

城乡面貌焕然一新。顺利通过省级卫生乡镇复核，镇区环境大幅提升。积极开展"十户联创"，城市形象持续改善，市民素质不断提高。厕所革命进展顺利，已完成农村改厕6767户，新建农村公厕21座，实现23个村居公厕全覆盖。城镇功能不断完善。消灭了镇区泥巴路，延伸了农民街和白马路的路灯，扩建了中转站和相关配套设施，完成了5处空闲地绿化及老风景河拆迁、排水、绿化等工程。新建了全民健身中心、文化服务中心，实施集贸市场改造，积极申报擦亮小城镇建设项目，展示千年驿站文化内涵，打造明清特色风情街。美丽乡村建设强力推进。坚持高标准谋划，高质量推进，确保全线规划，全域推进，不留死角和盲区。目前21个村已完成规划设计，其中，5个村建设项目已完成，8个村正在按计划实施。

——坚持创新驱动，产业发展有声有色。

着力改善农业生产条件。投入243万元对15座泵站进行维护，对改道河涵闸全面修复，为农业抗灾保收奠定基础，战胜了百年难遇的洪灾和特大旱灾。连续3年实施高标准农田建设项目，计划实施4.5万亩，总投资6700万元。实施国土空间占补平衡项目和"双水双绿"项目，累计投资近1200万元，开挖30千米的主要进水渠，修建生产道路8.5公里。产业结构进一步优化。持续推进虾稻共作产业，全镇虾稻共作面积达2.5万亩，其中500亩以上种养殖合作社达10家。蓬勃发展特色产业，培育新型载体，毛蟹、甲鱼、乌龟、小龙虾、桂花鱼等特种养殖达8000亩，年产值超1.2亿元。农业项目进一步壮大。积极向市农业农村局争取项目15260亩，推进全程机械化种植项目，小麦、油菜种植面积1.2万亩，水稻种植面积超6.5万亩。持续促进多元发展。引进浙江中医药大学周伟博士回乡发展果树种植，通过规模种植、典型示范、龙头带动，已形成百亩精品种植园；在周口、夹洲、中和等村发展以甲鱼、毛蟹、乌龟等为代表的特色养殖，在周口、华严湖等村发展以柑橘、西瓜为代表的水果产业，在八团村建设草莓采摘园，大力发展休闲观光农业。

——坚持精准施策，三大攻坚战成果丰硕。

脱贫攻坚顺利收官。国考、省考反馈问题全部整改到位，24户危房改造、18个扶贫项目全面完工，基本医疗保险、安全饮水实现全覆盖。虾稻共作、精品果蔬种植等特色产业带动贫困户125户。扎实推进贫困户稳岗就业工作，为贫困户申领一次性生活补助及交通补助630人次，设立公益性岗位48个，27位创业致富带头人带动贫困户46户。举办贫困户技能培训班2期，组织贫困户参加专场招聘会180人次，贫困劳动力务工率

100%。贫困人口全部成功脱贫，未发生监测户返贫、边缘户致贫现象。污染防治成效明显。中央环保督察反馈问题全部完成整改。华严湖退圩还湖稳步推进，老风景河建成带状公园，镇区完成雨污分流改造，日处理 7000 吨的污水处理厂建成运行。扎实开展"蓝天、碧水、净土"行动，采取强有力措施，加大小微水体整治力度，投资 120 万元对新风景河及零号渠进行全面整治。严格落实河湖长巡河制度，劝导搬迁养殖场 12 处。大力开展"绿满干驿行动"，近 5 年植树造林 5384 亩，栽植景观树 18 万余株。秸秆禁烧工作成效明显。重大风险防范化解有力有效。积极应对特大洪涝灾害，积极开展灾后农业生产自救。妥善处理存量债务，从严控制新增债务，干驿教育园顺利移交，政府隐性债务风险有效化解。深入开展安全生产专项整治"三年行动"和防范化解社会风险"五大行动"，社会大局总体和谐稳定。

——坚持扫黑除恶，社会大局平安稳定。

平安法治建设持续发力。持续推进安全生产"百日行动"。坚持人民至上、生命至上，组织开展了安全隐患大排查大整治"百日行动"，实行"三个一律"、"三个不放过"，先后排查整改消防安全隐患 55 起，其中挂牌整治 6 起、停业整改 3 家，最大限度防范火灾事故发生。严格落实应急救援24 小时值班制度，赋予驻村辅警应急处突职责，新增消防栓 5 具，开展消防应急综合演练，全面提升应急处突能力和水平，有效避免了人员伤亡和财产损失。大力开展"扫黑除恶"专项斗争，深入开展"六清"行动，营造浓厚宣传氛围。重拳打击电信诈骗犯罪行为，在全国率先发布《关于依法注销第一批失踪人员（疑似偷越中缅边境违法犯罪人员）户籍的公告》。有效敦促窝点人员报备回国和境外逃犯投案自首。截至目前全镇实现了国内逃犯清零，劝返报备 744 人次，88 名窝点人员劝返核减 57 人。官方公众号"干驿之路"日浏览量突破 50 万。开展滞留缅北人员劝返管控工作的做法，被国务院打击治理电信网络新型违法犯罪工作部际联席会议办公室在全国推广。持续深化禁毒工作。坚持宣传发动、重点管控、查处打击一体推进，全民禁毒的严打整治成效进一步巩固。强化维稳首责。圆满完成了五中全会、全国"两会"等系列敏感期、重大活动安保任务。着力强化风险防控。充分发扬新时代"枫桥经验"，探索开展"微治理"，选强配齐网格员282人，组建"一村一辅警"队伍22人，健全网格化工作机制，立足发现在早、处置在小，滚动排查化解各类矛盾纠纷530余起、化解率达到100%，全力强化积案化解。坚持大员上阵、专班负责，严格落实"三到位一处理"、"八个一"等工作要求，成功化解了数起重点疑难积案。近年来，天门市群众安全感调查测评，全镇各项评价指标指数均大幅上升，其中安全感排名跃升至全市第五、公正执法第三、矛盾纠纷第三、扫黑除恶第三。

——坚持改善民生，民生福祉持续增进。

全力打赢防控阻击战。2020年，面对突如其来的新冠病毒疫情，第一时间成立疫情防控指挥部，组建24小时防疫专班，加强管控、摸排、筛查、甄别，实行村组、小区封闭管理，切实保障群众生活物资、公共服务和社会稳定，较早实现了确诊病例全部"清零"。基础设施日益完善。开通天门城区至干驿的公交专线，完成干驿自来水厂通汉江水工程，全镇天然气基本实现全覆盖。污水管网建设不断延伸。社会事业加快发展。全民健身中心建成投入使用，干驿老缸米醋入选第五批省级"非遗"名录。成功举办了两届小龙虾美食文化节，弘扬了干驿文化，彰显了干驿力量。开展拖欠农民工工资问题专项整治，解决被拖欠工资18.6万元。保障体系逐步完善。重点解决残疾军人"三难"问题。组织全镇在家贫困户和所有65岁以上老人参与免费体检。经济普查和人口普查工作圆满完成。"两保"征收与征兵工作稳居全市前列。人民群众的满意率和幸福指数不断提高。

实施乡村振兴"三步走"战略已经进入第二步，干驿的发展站在新的历史起点上。乡亲们正在为实现乡村振兴取得决定性进展、农业农村现代化基本实现的目标而努力奋斗，故乡的明天将更加美好。

第二章　杞 人 之 忧

新中国成立以来，特别是改革开放以来，干驿和全国的乡镇一样，在推进农业农村现代化上取得了显著成效，乡村面貌发生了显著变化，人民群众的生活水平也显著提高，这是值得充分肯定、大书特书的，而且随着乡村振兴战略的深入实施，发展质量和效益的不断提高，还将惠及父老乡亲，更好满足他们日益增长的美好生活需要。同时，我们也要看到，随着经济发展、科学进步和现代化的推进，也带来了一些问题，如生态问题、社会问题、文化问题等，需要引起我们的高度重视。这些年，我在为家乡的发展变化感到由衷高兴的同时，也有一些深深的忧虑，主要有以下十个方面：

一是生态之忧。《天门县志》记载，干驿镇处于古竟陵东部湖沼平畴之中，汉水之滨。湖沼岔出数不清的支流港汊，密密委蛇，纵横错综。陈所学《采真园记》也说："盖汉水自鄂郢而下，汇为三澨，播为三汊，迤逦百余里。"随着20世纪六七十年代大规模围垦，华严湖的湖面大幅缩小，松石湖甚至没有了湖面，两湖周围"密密委蛇，纵横错综"的"支流港汊"无一幸免，改造成了农田，天门东乡最好的三块湿地（另一块是沉湖）几近消失。我就是围垦的参与者和见证人，太清楚了。

镇域内星罗棋布的堰塘，过去发挥着蓄水灌溉作用，也可用来养鱼种藕，堰塘里的水还可直接饮用，散发着清清的荷香。比如，我家门口的老堰就是这样，我还经常在老堰打鼓泅（游泳戏水）。现在，无一例外地淤塞、废弃，有的成为垃圾堆放点，脏水横流，臭气熏天。

干驿的植被，过去非常丰富，特别是有很多古树，大多被"全民炼钢"

时砍光了。小时候，我就听说过黄家岭有珍稀的古树群落，村民们还出资建起了以珍稀树木为特色、有亭台楼阁等设施的古树公园，游人感慨："古树仁东冈，新园滨华严；躬耕在黄岭，悠游忆陶潜。"现在，古树公园没有了一点踪迹。我也曾在离黄家岭不远的榨屋湾见到一棵古树，四五个人都难以合抱，应该是东冈岭最后一棵古树，后来也消失了。目前，改革开放前的树木已所剩无几，都是一些速生经济林。

还有，由于大量使用农药化肥，土地板结，重金属超标，土壤质量降低，长此以往，乡亲们赖以生存的良田，终究也会废弃。农药化肥的使用，也破坏了生态圈，过去稻田里非常多的泥鳅、鳝鱼、青蛙，也基本绝迹了。

恩格斯说："我们不要过分陶醉于我们人类对自然的胜利，对于每一次这样的胜利，自然界都对我们进行报复。"面对正在进行和即将到来的报复，我们必须尽快行动起来。这几年，从中央到地方，都加大了生态系统保护力度，取得了明显成效。但由于欠账太多，任务仍然繁重艰巨。

二是产业之忧。干驿的乡亲们世世代代以种植业和养殖业为主。种植业又以粮油为主，包括稻谷、小麦、红薯、土豆、芋头、蚕豆、玉米、莲藕和油菜、大豆、芝麻等，还有一些经济作物。养殖业主要是养鸡、养鸭、养猪、养鱼等。这些年，由于比较效益不高，乡亲们大多外出打工，不少良田抛荒。很多家庭，过去粮油自给自足有余，现在种田只为解决口粮，食油基本靠买；过去家家户户养猪，现在没有一户养猪。这种现象，如果只是出现在干驿，应该没有什么问题；如果具有普遍性，那么中国人能不能将饭碗牢牢端在自己手上，就会成为一个大问题。

一方面要稳定粮食生产，一方面要增加农民收入，这就需要探索新的发展道路和经济增长点。干驿自然景色独特，文化底蕴深厚，交通十分便利，具有发展乡村旅游得天独厚的条件。问题是，上下要形成共识，以实施乡村振兴战略为契机，全力加以推进。

三是村落之忧。我小的时候，每个湾子都很热闹，很有烟火气。特别是每当炊烟升起的时候，鸡鸣狗叫，还有父母呼唤孩子回家的吆喝，就像生活交响乐一样动听。现在，考上大学的远走高飞了，没有考上大学的外出打工了，有的还把老婆孩子接走了，在城镇定居，再也不准备回老家了。这样，湾子里只剩下老人和少量妇女儿童，"空心化"问题非常严重。我和友枝回老家，成了村里"最年轻的人"。史家岭是一个不小的湾子，除了春节和清明节人多一点外，平时很难见到一个人，晚上多数房子是黑灯瞎火、冷冷轻轻地，没有一点人气。如果不采取措施，任其发展，再过若干年，这些村落就会消失。这不是危言耸听。每想到这些，心里很不是滋味。

四是民居之忧。过去，干驿的民居以赣派风格和徽派风格为主，很有江南建筑特点。当时的民居，分为一户头至四户头四个等级。一户头，就是一栋房子，中间是堂屋，两边是房间，共有四壁山，每壁山由七至十根柱子组成，最大的房子叫十柱落地一户头。二户头、三户头就是前后并排两栋、三栋房子。四户头类似于北方的四合院，包括前厅、后堂、两厢，中间为天井。小时候，我见到史家岭的房子，虽然有大有小，但都是这几种类型。有的房子还很有一些年头，如权法公、炳南公、东炳公的房子。炳南公房子的门匾，据说是清嘉庆状元蒋立镛题写的，很有历史价值。20世纪70年代"新村"建设时，这些老房子全部被拆除，真的太可惜了！老房子的消失，意味着一种文化的消失。取而代之的是样式统一的标准平房。现在，这样的平房，在每个湾子都还有一两栋，已经破败不堪，早就没人居住了。

标准平房没住多久，就被后来的新式平房所取代。新式平房的形状，类似过去的十柱落地一户头，只是很多人家不再用实木柱子，而是直接用砖砌成前后墙和山，比较坚实牢固。现在，这样的新式平房，在每个湾子都还有几栋，有的是老人居住，有的没人居住。到了20世纪末，时兴楼房，于是，清一色的两三层的钢筋水泥的火柴盒子拔地而起，使用面积大，非常实用，谈不上什么专业设计，也谈不上什么风格特点，更谈不上什么文化品位。我时常想，当初修建楼房时，如果在政府的主导下，有专门的机构做专业设计、提供专业服务该多好啊！这样的话，东冈岭民居的面貌就会大不一样，也就成为真正意义的新农村了。

五是老人之忧。"空巢老人"现象，在广大农村是一个很普遍的现象，在干驿可能更突出一些，因为干驿外出打工的青壮年劳动力特别多。这些"空巢老人"，很多是第一代打工者，他们既体会到打工的艰辛，也体会到"空巢"的孤闷。"空巢老人"的问题，除了耕种责任田、体力不支，照顾孙儿女、责任重大外，最主要的是精神问题。社会对老年人关心不够，针对老年人组织的活动少，电视节目也少，健身娱乐设施严重不足，老年人除了打打麻将，就没有其他活动，精神生活极贫乏。再加上子女不在身边，关心照顾不够，极易引发精神疾病，表现为心情郁闷、沮丧、孤寂，平时愁容不展，长吁短叹，甚至流泪哭泣，常常会有自责倾向，认为自己对不起子女，没有尽到做父母的责任，等等。更有甚者，由于身患疾病，其实很多并非绝症，不少老人选择自行了断，不给子女增加负担，自己也少受一点罪。劳碌奔波一生，这样的结局，不能不令人心酸。

六是青壮之忧。一方面，是留守妇女问题。干驿的留守妇女，同千千万万农村留守妇女一样，承受着难以言尽的困苦和责任，主要表现为劳动强度高，家中所有粗活、重活、忙活、闲活几乎都压在了她们肩上；精神负担重，家里冷冷清清，嗅不到一丝男人味，夜晚只有孤独寂寞和虫鸣蛙声相伴，白天不敢和村里的男人多说话，怕遭人闲言碎语，加之城里是个花花世界，老公在外干活能不能经受诱惑，提心吊胆也是常态；缺乏安全感，农村治安状况又不好，她们很容易受到伤害。长期的压抑、焦虑、恐惧、怀疑等心理病变，使她们对生活失去信心，对事情不负责任，非常容易冲动，等等。

另一方面，是男青年的单身问题。受特殊的生育政策和重男轻女传统观念的影响，广大农村，特别是江汉平原农村性别比例严重失调，出现了大量单身男青年。几次回老家，乡亲们告诉我，仅史家岭，大龄男青年还没有成家的就有二三十位，这不能不说是一个很大的社会问题，令人担忧。由于挑选余地大，女青年开出的条件很高，除了个人条件外，还需要很好的家庭条件，如在村里有楼房，在城里有商品房，有汽车，有存款，仅见面礼就需要几十万元。有的女青年很现实，谁的条件好，就立即跟谁走。一些离婚妇女，拖儿带女的，上门求婚的也趋之若鹜。

七是少儿之忧。随着中国经济社会的快速发展，越来越多的青壮年农民走入城市，在广大农村也随之产生了一个特殊的未成年人群体——留守儿童。他们正处于成长发育的关键时期，却无法享受到父母在思想认识及价值观念上的引导和帮助，缺少父母情感上的关心和呵护，相对来说容易走向发展的两个极端，有的孩子产生认识、价值上的偏离和个性、心理发展的异常，也有的孩子变得异常坚强和勇敢，所谓穷人的孩子早当家即是如此。我们希望所有的留守儿童都成为后者，但前者也是客观存在的，且比例不小。由于亲情缺失，心理健康方面存在阴影，很大一部分表现出内心封闭、情感冷漠、自卑懦弱、行为孤僻、性格内向，缺乏爱心和交流的主动性，还有的脾气暴躁、冲动易怒，常常将无端小事升级为打架斗殴。作为走出家乡的一代，我对干驿的未来，对农村的未来，也有不小的担忧。

八是教育之忧。与全国农村一样，干驿的义务教育也存在一些令人担忧的问题。以东冈岭为例，新中国成立后，东冈岭的义务教育，一直走在干驿，甚至天门前列。20世纪50年代，东冈岭建有干驿区农村第一所完小——史岭小学，随后又建有九岭小学；60年代末，这两所小学升格为初中，各大队（村）逐步办起了小学；70年代中期，这两所初中还办了高中班，我任教的新堰小学每个年级都是两个班，学生人数达到了高峰；90年代，东冈岭的义务教育开始衰落，到目前，只剩一所小学——中和小学，而且是初小，高年级学生在镇区上学。过去，我们上学，从小学到高中，都很方便，也不需要大人接送，现在集中在镇区，大人们的工作量增加了很多，经济负担也增加了不少。前不久，又听说天门东乡唯一一所高中——干驿高中，从镇区搬到了天门城区，与其他三所高中合并，成立了陆羽中学。也就是说，干驿的子弟要上高中，就得驱车几十公里，就得住校了。我认为，其中的原因是多方面的，很多时候是不得已而为之，但不可否认的事实是，学校在东冈岭的消失。对于东冈岭，负面效应近期可能不太明显，但从长远看，可能是致命的。

九是医疗之忧。我很怀念那个时候的合作医疗和赤脚医生，区里（干驿）有卫生院，乡里（中和场）有卫生站，队里（史家岭）有卫生室，乡亲们小病不出队，中病不出乡，大病不出区，很少到县医院看病。1978年秋，小妹的阑尾炎手术，就是在干驿卫生院做的。小妹的阑尾已经化脓穿孔，手术比较复杂，但对卫生院来说，根本不算什么大手术。当时的医药费还很便宜，在大队卫生室，打针吃药只要五分钱，也就是一个鸡蛋钱。现在，村里的卫生室大多名存实亡，乡里的卫生站早已撤销，区里卫生院的水平大不如从前，只能解决伤风感冒等小问题，乡亲们生病，大多上天门人民医院，甚至武汉的大医院，而大医院又是人山人海，可见就医是多么艰难。还有，现在的医疗费用很高，不少乡亲因病致贫、因病返贫。我前面讲的，一些老人选择放弃医治、自己结束生命，一个重要原因，就是医疗贵，实在负担不起。

十是文化之忧。干驿是文化之乡，其宗族文化、村规民约、礼节习俗、民歌花鼓、曲艺故事、手工技艺等，源远流长，很有特色，一些项目是可以申报非物质文化遗产的。现如今，除了宗族文化得到一些恢复外，其他都在慢慢消失，更谈不上继承、转化、创新、发展。特别是随着一些老人的离世，也将这些乡土文化带到了另一个世界，往后就是如何上香，恐怕都没人知道了。在写作这本书的时候，特别是涉及乡土文化的时候，我就想起了我的父亲。父亲是我们十里八乡闻名的百科全书式的农民，他既会做农活，又会做瓦匠；既懂水利工程，又懂农业技术；既会设计，又会施工；既会打算盘做会计，又会用手机发信息；既会唱天门花鼓，也会打锣鼓家业；既懂文明礼貌，又懂乡风民俗，等等。我时常感慨，要是他老人家健在该多好啊！遇到了问题，只要问问他老人家，保准会得到满意的结果，这可以省去我多少麻烦、节约我多少时间啊！

第三章　管窥之见

管窥之见，就是关于故乡经济社会发展的一点浅见，而且仅仅局限于发展干驿旅游文化产业和保护传承发展乡土文化。之所以如此，是因为乡土文化就是这本集子的主题，加之我对乡村发展、乡村建设、乡村治理的诸多问题，没有什么研究和思考，也提不出什么意见和建议。

改革开放以来，我国城市经济飞速发展，而农村经济发展相对滞后。城乡二元结构，从一定程度上导致了乡土文化没有引起足够重视，没能得到应有发展。更有甚者，个别地方急功近利的建设性破坏行为仍大行其道、畅通无阻，乡土文化遗存已经或正面临着被摧毁、被遗忘的绝境。这就有一个如何统筹城乡发展、把实施新型城镇化战略与实施乡村振兴战略有机结合起来、保护和延承乡土文化的问题。

我们知道，西方城市化道路，是以牺牲乡村文明为代价的城乡二元对立之路，在处理城乡关系方面是不太成功的。比如，古罗马文明的灭亡，便是坚持"单级城市化"的结果。今天，这种单级城市化思维仍在全球蔓延，是造成种种文明危机的深层根源。满足于经济增长需要的单级城市化之路，成为资本冒险的乐园，给人类文明带来一系列问题，如资源紧张，生活成本、房价高企，交通堵塞，城市运转功能滞后，环境污染，社会秩序不稳，犯罪率上升等城市病。

我国走的是新型城镇化道路，虽然成就巨大，但也问题不少。最为突出的就是片面追求城市化率，形成了"城市化率越高越好"的思维定式。目前，我国的城市化率已经超过60%，而且每年都在快速增长。我国城市化率到底多高为好？我认为，不能简单以西方标准来衡量，而应该根据我国国情，以我国城市与乡村均衡发展的水平来衡量。从这个角度看，问题的实质是城市的快速发展，导致乡村萧条，城乡发展处于失衡状态。为此，中央提出，在实施新型城镇化战略的同时，实施乡村振兴战略，就是为了解决这个问题。

这是问题的一个方面。另一方面，在乡村建设中，我们也自觉或不自觉地站在城市一端看待乡村发展、以资本的思维发展乡村产业，没能真正把乡村看成是中华民族共同家园来保护，把乡村振兴看成是中华文明发展大事来重视。现如今，我们建设的乡村，许多成为城市的翻版，既不像传统的乡村，也不像现代城市。乡村振兴是乡村文明的整体复兴，不是单纯的产业发展。落实乡村振兴战略，必须坚持"乡村振兴整体推进、乡村文明全面复兴"的思路，特别是要把乡土文化的保护传承发展作为重中之重。不少有识之士呼吁，要建立正确的乡土文化观，加强乡土文化保护意识，编制并实施乡土文化保护传承发展规划等，对此，我是高度认同的。

对乡土文化的保护和延承必须覆盖物质的、非物质的各个领域，而且保护始终是第一位的，即使要利用它发展旅游等产业，也要突出"保护第一"的原则。对乡土文化最有效的保护，是积极的全方位的延承。所谓"积极的延承"指的是：既要继承乡土文化传统的东西，也要适应现代生活需求创造新的东西；既要保护好原生态乡土文化，又要创造新生态乡土文化。所谓"全方位的延承"指的是：既要延承乡土文化的"文脉"，也要有选择地延承作为乡土文化载体的"人脉"；既要延承乡土文化的物质表象（即"形似"），也要延承乡土文化的精神内涵（即"神似"）。

在强化乡土文化保护意识方面，除了从事乡土文化保护的专业部门、专家、规划工作者等，要把乡土文化保护与延承的教育，作为全民素质教育的一项内容，常抓不懈，特别是要对广大农村基层干部和农民进行此项教育。从一定意义上讲，失去乡土文化比失去土地更严重，等于是断了农村的"根"！乡土文化源远流长，"乡而不俗，土而不粗。"党政机关和企事业单位，也要宣扬乡土文化，履行文化责任和社会责任。

在编制和实施乡土文化保护传承发展规划方面，中央要求，重点做好三方面工作：

一是保护利用乡村传统文化。实施农耕文化传承保护工程，深入挖掘农耕文化中蕴含的优秀思想观念、人文精神、道德规范，充分发挥其在凝聚人心、教化群众、淳化民风中的重要作用。划定乡村建设的历史文化保护线，保护好文物古迹、传统村落、民族村寨、传统建筑、农业遗迹、灌溉工程遗产。传承传统建筑文化，使历史记忆、地域特色、民族特点融入乡村建设与维护。支持农村地区优秀戏曲曲艺、少数民族文化、民间文化等传承发展。完善非物质文化遗产保护制度，实施非物质文化遗产传承发展工程。实施乡村经济社会变迁物证征藏工程，鼓励乡村史志修编。

二是重塑乡村文化生态。紧密结合特色小镇、美丽乡村建设，深入挖掘乡村特色文化符号，盘活地方和民族特色文化资源，走特色化、差异化发展之路。以形神兼备为导向，保护乡村原有建筑风貌和村落格局，把民族民间文化元素融入乡村建设，深挖历史古韵，弘扬人文之美，重塑诗意闲适的人文环境和田绿草青的居住环境，重现原生田园风光和原本乡情乡愁。引导企业家、文化工作者、退休人员、文化志愿者等投身乡村文化建设，丰富农村文化业态。

三是发展乡村特色文化产业。加强规划引导、典型示范，挖掘培养乡土文化本土人才，建设一批特色鲜明、优势突出的农耕文化产业展示区，打造一批特色文化产业乡镇、文化产业特色村和文化产业群。大力推动农村地区实施传统工艺振兴计划，培育形成具有民族和地域特色的传统工艺产品，促进传统工艺提高品质、形成品牌、带动就业。积极开发传统节日文化用品和武术、戏曲、舞龙、舞狮、锣鼓等民间艺术、民俗表演项目，促进文化资源与现代消费需求有效对接。推动文化、旅游与其他产业深度融合、创新发展。

这是从宏观上讲的，比较抽象，具体还是从我与友枝编撰的《陆羽十讲》说起吧！

在《陆羽十讲》中，我们谈到，进入茶的新时代，全国各地制定并实施茶文化、茶产业、茶科技一体发展战略，取得了明显成效。我们的家乡、陆羽故里——天门市也提出了打造"中国茶都"的战略构想，并征求方方面面的意见，一批专家学者纷纷建言献策。

其中，天门市的老领导萧孔斌先生认为，旅游业是促进地方经济发展、促进美丽乡村建设、促进人民生活质量提高的重要支点。充分利用天门独特的陆羽资源，发展陆羽茶文化旅游业，是把天门建设成为城市美、产业强、生态好、民生优的现代化宜居宜业城市的战略选择。为此，萧先生建议，抓好"三园"建设，促进陆羽茶文化旅游业的发展。

萧先生提出，所谓"三园"，就是天门城区的陆羽故里园、佛子山镇的火门山观光体验茶园、干驿镇的东冈文化旅游产业园。陆羽故里园，就是要建成世界茶文化的旅游中心，成为世界茶人谒拜茶圣陆羽的朝圣点，观光旅游的闪光点，成为全省 4A 景区。火门山观光体验茶园，就是要以茶叶种植和生产为基础，经过有效整合，把茶叶生产、观光采摘、科技示范、茶文化展示、茶产品销售和休闲旅游度假融为一体，建成综合性生态茶叶观光园。火门山书院是陆羽拜师求学的地方，陆羽在这里伏首攻读达五年之久。东冈文化旅游产业园，就是要充分挖掘干驿的文化资源，建设荆楚旅游观光重镇，激活干驿经济、建设美丽乡村、招引天下来客、再现古镇雄风。东冈草堂是陆羽潜心研究茶学的地方，是孕育《茶经》的"摇篮"，陆羽隐居东冈草堂四个年头。

萧先生认为，从陆羽故园到东冈文化旅游产业园，经石家河文化遗址，再到火门山观光体验茶园，就会成为中国乃至世界的一条茶文化旅游热线，大量游客的涌入，将会给天门的发展带来无限生机。他还对抓好"三园"建设，提出了一些具体建议。我完全赞同萧先生的建议，并在此基础上，提出了"一校""两中心"的设想。

所谓"一校"，就是要兴办中国第一所陆羽茶学院，成为茶文化、茶产业、茶科技的人才培养基地。具体说，就是要单独建立或者把现有的天门职业技术学院改造为陆羽茶学院，引进茶人才，强化茶专业，加强与中国茶叶公司等企业和农业院校的合作，使其成为一所特色鲜明的茶学院。作为"中国茶都"，如果没有这样一所高等学府，其品质将大打折扣。

"两中心"，就是要建设国际陆羽茶文化交流中心和国际茶产品交易中心，搭建两大平台。国际陆羽茶文化交流中心，就是要在现有天门陆羽茶文化研究会的基础上，成立一个全国性的陆羽茶文化研究机构，定期或不定期举办茶文化交流活动，将天门作为永久会址。国际茶产品交易中心，就是要在现有茶叶交易中心的基础上，采取线上和线下相结合的方式，不断扩大交易量，努力建成全国乃至世界规模最大的茶叶、茶产品交易平台之一。如果没有这"两中心"，对于茶叶产量不大且无名茶的天门来说，建设"中国茶都"，就有可能是无源之水、无本之木。

我就"一校""两中心"设想，也与萧先生交流过，他表示完全赞同。这样，"一校""两中心""三园"（也就是"一、二、三"的"中国茶都"构想）就成为一个整体。我希望，作为"茶圣"陆羽故里，天门市应该也完全可以在统筹做好茶文化、茶产业、茶科技这篇大文章方面，走在全国前列、作出示范，展示时代风采；作为茶圣陆羽故里人，我也愿意为学习、研究、宣传陆羽和《茶经》、弘扬陆羽茶文化，为家乡"中国茶都"建设，为国家茶文化、茶产业、茶科技繁荣发展，作出自己的贡献，这就是我的故乡情怀！

在这里，我想接着"干驿镇东冈文化旅游产业园"的话题，往深里说、往实里说，只是在"东冈"之后加上"石湖"二字，成为"东冈石湖文化旅游产业园"。总的想法，就是要充分利用东冈石湖乃至整个干驿得天独厚的条件，以国家实施乡村振兴战略、农村人居环境整治、美丽乡村建设、中华优秀传统文化传承发展和生态系统保护等为契机，扎实推动产业、人才、文化、生态、组织振兴，在保护和延承干驿乡土文化的基础上，大力推进东冈石湖文化旅游产业园建设，以此推动干驿的发展振兴，并成为天门的重要增长极，重振千年古镇雄风。这就是我的故乡梦！

东冈石湖文化旅游产业园的范围，为现干驿镇全域八十多平方公里的面积，可分三期建设：第一期建设荷沙路以北、干华路以东地区，主要是镇区北面、松石湖及其周边地区、东冈岭等；第二期建设荷沙公路以南地区，与沉湖的开发建设连接；第三期为荷沙路以北、干华路以西地区，与华严湖、浮石湖的开发建设连接。产业园建设，需要做好保护和延承乡土文化的一些基础性工作，主要有以下十个方面：

一、还原松石湖面貌。这是最基础的工程。实施退田还湖、退池还湖工程，将湖面恢复到 20 世纪 70 年代初的 0.84 平方公里，东西两区同时进行，通过架设桥梁，将东西两区与干中渠的水面连为一体。凡能恢复的面积，都应尽量恢复，特别是九湾十八汊。如松石湖最西边的湖湾——西湾，现在淤塞严重、杂草丛生，既没有种田，也没有养鱼，恢复的难度不是很大。松石湖周边，还有不少这样的湾汊。在恢复其水面的同时，还要恢复其生态。

二、重建东冈草堂。在松石湖"西北尤隆耸"之处，按照唐代风格重建东冈草堂，并兴建陆羽生平事迹纪念馆等配套设施，供游人谒拜、参观、品茶、鉴水等。东冈草堂与已经建成的鲁铎纪念馆(鲁氏宗祠)、史可全将军纪念馆(史氏宗祠)呈三角之势，相距不到一公里，可以作为爱国主义教育和东冈石湖历史文化教育基地。

三、重建松石园。在松石湖东北陈家大咀附近，按照陈所学、李维桢《松石园记》的描述，仿明代建筑风格，重建松石园，并利用园内设施，展示陈所学生平事迹、达官显贵和文人墨客游湖游园写下的诗词歌赋等。这样，松石湖从东北到西北、从古代到现代的参观游览，就会连为一线，范围不是很大，但很有内涵。

四、打造旅游观光园区。以松石湖为中心，南到荷沙路，北到华严湖，东到长湖，西到干华路，也就是东冈石湖地区。主要实施三大工程：一是人居环境整治，重点解决污水、垃圾、道路、河渠、堰塘、绿化等问题。二是民居改造升级，按照江南水乡风格，对民居进行改造。特别是将闲置民居改造成为民宿，也可在空闲宅基地上兴建一批档次高一些的民宿，让农民受益。三是发展观光农业，继续进行农田平整，尽量形成大型方块，努力改变不规则、豆腐块的现状。统一种植品类，如冬春是油菜，夏秋是水稻，既为国家粮油安全作贡献，也能满足观光体验的需要。

五、重建"九街十八巷"。将干驿老镇区向北平移几百米，在现干驿镇东冈路南北、干中路以西、干华路以东的集体土地上，建设仿古一条街，重现"九街十八巷"的繁华。除了街巷及民宅、商铺、展馆、作坊、酒店、茶室等，还应重建皇殿、巡检署、文昌阁、奎星阁、干滩社学、鄂城书院等建筑。干驿的刘彩富先生历时二十余年，遍访耆老，查询资料，走街串巷，手测脚量，于2010年12月绘成《干驿老街市井平面图（1942年前）》，将镇区被毁前的街巷布局、建筑名称、各商号的招牌、营业项目以及继承人姓名等逐一注明，为世人留下十分珍贵的史料，也为重建"九街十八巷"提供了依据。

六、重建采真园。在明吏部尚书周嘉谟祖宅"余清阁"附近（故址在今月池村花园），按照陈所学《采真园记》描述的地理位置和结构布局，重建采真园。采真园的规模可能比松石园小一些，可与周嘉谟祖宅、周氏宗祠等建筑一并考虑。因为周氏一门毕竟是干驿"四大贵姓"之首，应该摆在更加突出的位置。

七、筹建陆羽茶学院。如果把现有的天门职业技术学院改造为陆羽茶学院有困难的话，不如另起炉灶，利用原干驿高中的校舍，兴办中国第一所陆羽茶学院。学院定位为职业技术学院，是茶文化、茶产业、茶科技的人才培养基地。可考虑引进战略投资者，加强与茶业企业和农业院校的合作，使其成为一所特色鲜明的专门茶学院。就像景德镇陶瓷大学一样，如果有了这样一所高等学府，将大大提升干驿的品质、天门的品质，大大推动干驿的发展、天门的发展，这是干驿、天门的独特优势，其他任何地方都不具备。

八、保护延承乡土文化。干驿乡土文化源远流长、博大精深。特别是干驿有着丰富的非物质文化遗产资源，如民歌、碟子、连厢、三棒鼓，米醋、锅盔、炮蒸鳝鱼、剪纸、手拉花，还有一些传统技艺、礼仪等，既要积极申报非遗项目，更要让这些项目传承下去。目前，最大的问题是，不少项目后继乏人，需要加大工作力度，特别是加快培养一批青年传承人，不能让干驿的优秀传统文化，丧失在我们这一代人手中。

九、为名人树碑立传。干驿人杰地灵、人才辈出，但宣传力度不够，大多名气不大。因此，要把为干驿的名人树碑立传作为一项重大工程，建立名人录、撰写名人传、修建名人堂，展示名人的生平事迹。还可以请一些作家，创作干驿名人的小说和电影、电视剧本。名人的标准，在古代，举人以上、七品以上；在现代，地方副厅级以上、军队副师级以上、事业单位正高职称、中央企业（含二级企业）和省属企业领导人员、民营企业家等。

十、兴建美食一条街。干驿的餐饮，无论是食材还是工艺，无论是形式，还是内容，都很有特色，如以"干驿十大碗"为标配的喜宴，以干驿炮蒸鳝鱼为代表的蒸菜，以干驿锅盔为代表的面食，等等。目前，干驿的酒店比较散，档次也比较低，都是口口相传，缺乏品牌效应，吸引不了四方客人。与文化旅游产业园相配套，需要兴建美食一条街，并加大宣介力度，游客们除了可以在民宿享用农家土菜外，还可以在这里品尝种类繁多、特色各异的正宗干驿美食。

保护和延承干驿乡土文化、建设东冈石湖文化旅游产业园、实现干驿全面振兴，就是我的故乡梦，也可以说是广大干驿游子的故乡梦。

实现这个梦想，必须发挥政府的主导作用。这是由我国的国情决定的。加快推进农业农村现代化，必须加强党的领导，坚持政府主导。在这个过程中，地方政府的责任是，按照产业兴旺、生态宜居、乡风文明、治理有效、生活富裕和人与自然和谐共生的总要求，将东冈石湖文化旅游产业园建设，纳入国家有关战略、计划、工程，如乡村振兴战略、农村人居环境整治工程、优秀传统文化传承发展工程、湿地保护和恢复工程等，作为试点项目和示范项目，成立强有力的工作班子，进行总体规划和设计，并动员和组织各方面力量，大力加以推进；对于基础设施，"三通一平"等，如松石湖退田还湖、退池还湖，这是政府工程，需要以政府投入为主，满足文化旅游产业园建设的基本条件；涉及有关政策问题如基本农田的认定，利益问题如搬迁纠纷等，也应由政府主导，协调解决。

实现这个梦想，必须发挥企业的主体作用。企业是市场主体、投资主体。东冈石湖文化旅游产业园建设，要坚持市场化运作，面向各类企业，选择投资者和建设者。要加大招商引资的力度，鼓励和支持有远见、有情怀、有实力的企业家，特别是湖北籍、天门籍、干驿籍企业家，投资产业园建设。要发挥各级商会、协会的作用，加大项目推介力度，做好穿针引线工作。成立东冈石湖文化旅游产业园有限公司，举众多优秀企业之力，建设和经营产业园。政府要为企业提供全方位、全流程的优质服务。

实现这个梦想，必须发挥农民的主人作用。建设文化旅游产业园，促进农村一、二、三产业融合发展，推进农业农村现代化，从根本上讲，就是要拓宽农民增收渠道，提高农民生活品质，不断满足农民日益增长的美好生活的需要。说到底，就是农民群众自己的事情。因此，要尊重农民意愿和维护农民权益，把选择权交给农民，由农民选择而不是代替农民选择，可以示范和引导，但不搞强迫命令、不刮风、不一刀切。广大农民也要发挥主人翁精神，积极投入到文化旅游产业园的建设和管理中来。当小家和大家、个人利益和集体利益出现矛盾时，要更多为大家、为集体着想。农业农村现代化，也是农民的现代化，要不断对农民赋能，培养农民的乡村振兴能力，让他们把对美好生活的向往，转化为推动乡村振兴的动力，用双手托举起更加美好的新生活。

实现这个梦想，必须发挥社会的参与作用。特别是要调动干驿籍在外工作、定居人员的积极性、主动性、创造性，动员他们关心和参与家乡建设，为家乡经济社会发展作出贡献。我曾经想，解决农村"空心化"、延承乡土文化，一条重要途径，就是试行比较灵活的告老还乡政策，鼓励在城里工作、定居的人员退休后，全部或部分时间回到家乡居住。对于有祖宅的，可按园区建设统一要求进行修缮；没有祖宅的，可以租赁闲置民居，也可在长期空闲的宅基地上新建住宅。现在，交通极为便利，生活设施较为完善，且空气、环境、食品都要优于城市，告老还乡应该是一个好的选择，既可增加农村的人气，延承乡土文化，也可缓解城市的压力。

我甚至认为，乡村全面振兴最需要的，不是资本下乡，而是乡贤回乡。目前，关于乡村振兴的一系列政策中，其背后都隐藏一个逻辑，就是如何让城市资本下乡，这不免让人担忧。事实上，乡村振兴最缺少的不是资本，而是人才。乡贤回乡，不仅能够在一定程度上解决乡村经济社会发展的投资问题，还可以使乡村获得一流的教育资源，使乡村里的孩子们享受到良好的教育，更能把城市文明及外来文化优秀成果带回乡村，并与乡土文化相结合，不断赋予乡土文化时代内涵，丰富其表现形式，等等。

改革开放新时期，乡村发展需要有头脑、有闯劲、有责任，能够带头致富、带领致富的能人，因为那个时候，第一要务是发展经济，发展是硬道理；进入新时代，我们仍然需要这样的能人，同时也需要有情怀、有坚守、有担当的乡贤，共同推动乡村振兴的宏伟大业。为此，我们要在继续发挥在乡乡贤作用的同时，鼓励从乡村走出去的党政机关干部、专家学者、企业家等告老还乡、回馈家乡，成为回乡乡贤！

在这本书的编校过程中，2023年8月24日，我看到了一条消息：近日，农业农村部、国家发展改革委等九部门部署开展"我的家乡我建设"活动，引导在村农民和在外老乡共建、共治、共享美好家园，促进人才、资金、技术下乡，汇聚建设宜居宜业和美乡村力量。

九部门联合印发的《"我的家乡我建设"活动实施方案》明确，要着力搭建建乡平台，畅通回引渠道，强化政策引导，激发内生动力，营造共同规划家乡、建设家乡、服务家乡的浓厚氛围。要坚持党建引领、社会协同，以村为单元、情为纽带，以义为先、义利兼顾，打通回乡堵点，引导好、服务好、保护好人才、资金、技术下乡的积极性，充分激发农民参与乡村建设的主动性，有效畅通社会力量投身家乡建设的渠道。

方案提出，要组织农民积极参与村庄规划、建设、管护等乡村建设重要事项，鼓励在外就读大学生发挥所长参与家乡事业发展和志愿服务。

方案动员能人回乡建设。引导品行好、有能力、有影响、有声望、热衷家乡建设事业的专业人才、经济能手、文化名人、社会名流等能人，回乡参与建设。健全县、乡、村服务体系，让更多在村能人想干事、能干事、真干事、干成事，让更多在外能人想回来、回得来、留得住、干得好。鼓励引导退休干部、退休教师、退休医生、退休技术人员、退役军人等回乡定居，当好产业发展指导员、村级事务监督员、社情民意信息员、村庄建设智囊员。聘任一批有威望、讲公道的回乡能人作为邻里矛盾调解员，积极探索"包案化解"等工作方法。支持设计下乡服务，引导爱乡村、懂农民、熟悉当地情况的设计师及团队下乡，为乡村建设提供技术服务，开设乡村建设讲堂，帮助培养本土设计人才。探索通过岗编适度分离等多种方式，鼓励城市在职科教文卫体等工作人员定期服务家乡。鼓励在乡在外能人以资助、捐赠、引资等形式，支持家乡公益事业，开展尊老敬老、关爱儿童、助学助残、帮扶济困等社会公益活动。

方案还提出，对符合条件的设计师、大学生、退役军人、返乡农民工、企业家等，对其子女、配偶、父母等近亲属在入托入学、就业就医、养老入院等方面提供"绿色通道"。

方案要求，各地要把开展"我的家乡我建设"活动作为实施乡村建设行动的重要抓手，健全县级统一组织、乡级深化落实、村级具体实施的责任体系，以村庄规划凝聚共识、汇聚人心、集聚力量。

看来，我的想法与政府的意见是高度一致的。因此，实现干驿全面振兴的梦想，我充满期待！

参考文献

[1]胡德盛:《天门县东乡史考》,崇文书局有限公司 2021 年版。

[2]胡德盛:《〈干镇驿乡土志〉注补》,崇文书局有限公司 2021 年版

[3]胡华主编:《天门文化旅游》(第一部),(鄂)天新登字 09 号,1997 年版。

[4]胡华主编:《天门文化旅游》(第二部),(鄂)天新登字 09 号,1999 年版。

[5]胡华:《醉海临风》,作家出版社 2007 年版。

[6]张福祥主编:《天门之水》,(鄂)429006—2020002,2020 年版。

[7]李国仿校注:《天门进士诗文》,新华出版社 2018 年版。

[8]陈钢、陈峰:《天门优贡陈心源参加保和殿朝考始末》,《天门文艺》2022 年 5 月 3 日。

[9]陈钢、陈峰:《松石园种茶史探究》,《天门文艺》2022 年 1 月 2 日。

[10]陈钢、陈峰:《天门科举末代三杰》,《天门文艺》2022 年 6 月 16 日。

[11]萧志才:《干驿剪纸和纸拉花》,《竟陵风》2019 年 11 月 27 日。

[12]萧志才:《干驿镇古迹遗址遗存简介》,《竟陵风》2021 年第 4 期。

[13]童正祥:《陆羽结庐东冈草堂做了些什么?》,《天门文艺》2021 年 6 月 30 日。

[14]童正祥:《"东冈草堂"——孕育〈茶经〉的摇篮》,《竟陵风》2021 年 6 月 15 日。

[15]梅兴:《被彭德怀称作"老哥"的史可全》,《世纪风》2020 年第 4

期，人民网 2020 年 4 月 5 日。

［16］马德芳：《天门东乡千人移民黑龙江始末》，《竟陵风》2021 年第 5 期。

［17］史紫云：《我的老爹——天门籍开国将军史可全》，《鸿渐风》2021 年 1 月 19 日。

［18］冯源：《"七月派"诗人冀汸辞世：战士不死只是离去》，新华网 2013 年 12 月 22 日。

［19］诸城：《深挖乡土文化资源，积极弘扬文明新风》，潍坊传媒网 2020 年 11 月 26 日。

［20］舒畅、杨传林：《蒋桂英艺术人生》，《湖北日报》2019 年 12 月 23 日。

［21］张东初：《天门的丧葬习俗》，《天门文艺》2021 年 10 月 5 日。

后　记

　　我是一个不太自信的人，虽然曾经为自己的几本集子写过后记，但还是觉得对这种文体没有太大把握，于是便查阅了一些资料，特别是拜读了甘海斌先生刚刚发表的《书之序跋琐谈》，了解到后记是指写在著作或文章之后的文字，多用来说明写作经过、评价作品内容、表达诚挚谢意等；也有这样的情况，就是当作者写完著作或文章后，感到还有需要补充的内容，就采用后记的形式加以补充；有时作者故意通过后记，对某个问题提出引人深思的看法，让读者进行更深层次的思考，等等。

　　我的这个后记，无须对内容进行评价，读者的眼睛是雪亮的。只是感到自己学力有限，加上时间仓促，集子中肯定有不少错误，也有很多值得商榷的地方，真诚欢迎读者批评指正，我当照单全收，加以修改完善。至于需要补充的内容，随着专家学者研究的深入，随着我的阅读量的增加，几乎每天都接触到一些新的东西，我不能不确定一个截止时间，这就留下了很多遗憾，只有以后通过其他形式弥补了。我也提不出一些深层次的问题，引发读者的深度思考。这样，这个后记就只剩下写作经过和表达谢意了，我想通过表达谢意，简要讲述写作、出版经过。

　　——我要感谢我的夫人余友枝师妹。

　　2022 年阳春，我与友枝师妹回到故乡，用脚步丈量东冈石湖，领略自然风光、考察历史文化、了解风土人情，感到非常震撼。我走一路、讲一路，讲到关于东冈石湖的所见所闻、所思所想，友枝深受感动。一天早上，在回家的路上，友枝提出，东冈石湖的风景名胜实在是太独特了，文化底蕴实在是太深厚了，作为漂泊在外的游子，应该为东冈石湖做点什么。她建议我发挥自身优势，写点文章，宣传故乡文化；提点建议，助力故乡建设。还是友枝师妹了解我，我表示非常乐意接受。

是的，我亏欠故乡太多太多，确实应该回报了。前些年，我写过两本书，一本是《陆羽十讲》（2022年3月出版），一本是《阅历十章》（后更名为《阅历九章》，2023年5月出版）。写这两本书，就是为了感恩、为了还债。《陆羽十讲》第一讲"陆羽故里"，热情讴歌了我的故乡——天门市，特别是展示了底蕴厚重、特色鲜明的天门文化，呈现出一张张靓丽的文化名片；《阅历九章》第一章"寻根之问"，又饱含深情地讲述了我的故乡——史家岭，特别是阐述了"刚直不阿、忠勇为国、谨身勤业、诗礼传家"的家风传承。在这两本书中，我都提到东冈石湖，但没有展开。按照友枝的建议，我决定集中精力，好好写一写、讲一讲东冈石湖，使对故乡天门——干驿（东冈石湖）——史家岭的讲述连为一体，从而构成我的"故乡三部曲"。

我确定了一个书名：《东冈石湖——我的故乡天门干驿（干镇驿）》，书名也含"十"的谐音"石"字，与我已经出版的《党建十论》《党建实导》《笔耕拾零》《精读识义》（《伟大工程》）《陆羽十讲》《阅历九章》等一致起来。2022年4月26日，我全身心开始了写作，全书分为6篇："故乡情""东冈岭""松石湖"干镇驿""故乡魂""故乡梦"。到6月10日，我只用一个半月，就完成了初稿，近30万字。接着，我对初稿作了全面修改，到11月3日，形成第二稿。到11月16日，也就是半年多时间，我基本定稿，效率还是比较高的。

——我要感谢我的表弟胡德盛先生。

在这本集子中，我用比较大的篇幅，高度评价德盛表弟，提出他的最大贡献，就是耗时近10年、耗资近100万元，校勘、注补周庆璋先生《干镇驿乡土志》，编撰《天门县东乡史考》，成为100年来干驿史上第一人，这在一个比较浮躁、比较重商的社会，对于一个本就在商场打拼的企业家来说，是十分难得的。

我与德盛表弟相识，也是因为《天门县东乡史考》。2021年春，我和友枝在编撰《陆羽十讲》时，得知德盛表弟刚刚出版了《天门县东乡史考》，其中就有关于陆羽的考证材料。我立即登门拜访，见面后才知道，他是我远房姑妈的侄子，攀起来是我的堂表弟。

得到《天门县东乡史考》后，我迫不及待地阅读，感到德盛表弟是下了大功夫、真功夫、深功夫的，洋洋洒洒 30 万言，立论持之有据、言之有理，既有对史料的大量考证，又吸纳了当代研究的最新成果，哪些史实确凿，哪些史实存疑，德盛表弟都一一道来，表现出严肃认真、严谨细致的治史治学精神。《天门县东乡史考》是一部可以载入史册的学术著作。此后，我又通读两遍，收获很大，获益匪浅，一方面，我们运用德盛表弟的研究成果，对《陆羽十讲》书稿作了修改和订正；另一方面，也为我写作《东冈石湖》埋下了种子。

在写作《东冈石湖》的过程中，我实行"拿来主义"，放心地、大量地引用了《天门县东乡史考》的观点和材料。书稿形成后，2022 年 11 月 16 日，我给德盛表弟发了微信："历时 200 多天，《东冈石湖》终于完稿，现发给表弟，请提出修改意见。书稿有大量内容，采用了你的观点、材料和表述，实为表弟学术著作的通俗读本，只不过纳入到我的体系之中，增加了我的一些认识、体会、感想而已。我意出版时，署上我们俩的名字，万望表弟能够同意。"当天，我就收到了德盛表弟的回复："收到您的新作，一口气读完，内容之宏博，情意之浓烈，令我深为感动。至于署名之事，我万万不敢，您倾注了这么多心血，理应得到尊重!"德盛表弟还指出了书稿中的几处错误。说实话，无论是为人，还是为文，德盛表弟都是值得我永远学习的。

在书稿中，我还引用了胡华、张福祥、李国仿、陈钢、陈峰、萧志才、童正祥、梅兴、马德芳、史紫云、冯源、诸城、舒畅、杨传林、张东初等老乡朋友、专家学者的著作和文章，这里一并致谢!

——我要感谢我的老乡佘双好教授。

也是 2022 年 11 月 16 日，我将《东冈石湖》书稿发给武汉大学出版社副总编王雅红师妹，请她找专家看一看，有无出版价值。雅红师妹找了几位教授，感到不是特别理想。我提出，可以请武汉大学马克思主义学院教授、天门老乡佘双好先生审读，这与雅红师妹的想法不谋而合。

双好先生是我退休前认识的。2019 年 5 月，我被母校武汉大学聘为马克思主义学院兼职教授，时任马克思主义学院院长的双好教授出席了聘任仪式和我的学术讲座，从此，我就结识了一位从家乡走出来的著名专家学者。双好教授无论是专业水平、职业精神，还是故乡情怀，都堪称《东冈石湖》书稿的最佳审读者。

2023 年 1 月 27 日，我又将修改后的书稿发给双好教授。1 月 29 日，双好教授发给我审读意见："本书通过作者对家乡的山、水、人、自然风光、人文历史、饮食文化、风俗习惯、逸闻趣事等的追忆，为人们描绘了一幅悠长而华美的历史画卷，留下珍贵的历史记忆。作者透过对故乡的追思与挖掘，还原了故乡历史发展的一道道鲜明的场景，这些场景既有故乡特殊的历史文化熏陶留下的印记，同时也融入作者独特的人生经历，这些独特的印记非作者的故乡无法孕育，而非作者本人独特的人生经历和智慧才华无法胜任。""本书既是一篇优美的散文，可以作为文学作品欣赏；同时，也是一篇历史的文献，还是一本民俗文化的长卷，更是一部具有丰富教育内涵的著作，其中包含着对故土家园的热爱、对优秀传统文化的推崇、对家乡先烈的礼赞、对美好未来的遐思，给人丰富的想象和启示。本书出版对于传承发展提升农耕文明，挖掘优秀乡村文化，建设文明乡风、良好家风、淳朴民风，弘扬和践行社会主义核心价值观，具有重要的历史文化价值。"双好教授还提出了一些修改意见。

双好教授的评价，可能看在我们既是老乡，又是同学、同事的份上。我表示："肯定性评价，当作修改完善方向；建设性意见，逐一落实在书稿之中。有您的指点，书稿的质量和水平将会提升到一个新的层次。"双好教授回复："期待早日出版！这将是天门文化史、中华文化史的大事！如有出版座谈会，我乐意参加，汇报学习体会。"

——我要感谢我的诤友甘海斌先生。

海斌先生在这本书的序言中说："我与史正江先生同居京城，有着 20

多年的交谊。我俩不仅是故里相邻、越鸟同枝的乡友，而且是肝胆相照、心心相印的净友，还是彼此欣赏、惺惺相惜的文友。"对于这"三友"，我最看重的是"净友"。陈毅元帅曾说，"难得是净友，当面敢批评"。特别是当一个人小有成就、小有名气的时候，是很难听到批评声音的。

《东冈石湖》书稿完成后，我就想请一名人写一序言，以壮书色，以壮胆色。第一个想到的就是海斌先生，其理由，是因为海斌先生在文学艺术的多个领域造诣深厚、成就斐然，我以为在当代故乡，无人出其右；更因为海斌先生是我的净友，他会说出自己真实的想法，不会太多顾及情面。于是，同样是 2022 年 11 月 16 日，我将书稿发给了海斌先生，郑重请他作序。海斌先生回复："待我拜读大作后，写点感想视为跋可以。以我之名望断然不可以作序，并非自谦，而是自知之明，诚望兄谅解！"

我坚持自己的意见："非兄莫属。我看重的不是虚名，而是人品和才学，还有兄弟情谊，请兄万万不要推辞。"海斌先生依然不肯接受："您这有点难为我了。'非我莫属'言重了！作为乡友、文友、净友，我愿意写几段话，写篇读后感'狗尾续貂'无伤大雅，但作序冠在兄之大作前，实非我等无名之辈可为也！'文章千古事'，更何况是正式出版物，我真不够格，岂敢盲目造次。"他还为我推荐了一位名家作序。

我再次表明自己的观点："不变了。我和友枝第一个想到的是兄台。我不敢说阅人无数，但也认识不少人，称得上乡友、文友、净友的，兄是唯一，而不是之一。无论兄写点什么，我都会放在'序言'的位置。"并于 2023 年 2 月 7 日，将修改后的书稿发给了海斌先生。得到的回复是："拜读后再交流。"看来，在我的一再坚持下，他已同意作序，这令我万分高兴。

2 月 11 日上午，我收到了海斌先生发来的微信："昨天晚上看稿到 12 点，还没看完。您太了不起了！一部乡村史在您的笔下熠熠生辉，并且您把干驿的发展史又与当代乡村振兴的伟大战略挂钩衔接了。除了用庖丁解牛的手法叙人叙事，聚焦乡梓，又采取以小博大、管中窥豹的手法，将东冈乃至干驿推向全国，作历史纵向的、人文横向的比较，挖掘之丰富，内容之精彩，文采之璨然，让弟折服！"2 月 23 日晚，海斌先生发来了题为

《情为桑梓所系　著代故乡立传——史正江〈东冈石湖〉阅后随感》的序言。这是一篇极为真诚而又极富文采的序言，从字里行间都能感受到海斌先生的深厚学养和澎湃激情，以及对兄弟的勉励、对故乡的热爱。

24日清晨，我发给了海斌兄一段文字：

　　昨晚回家，乘着酒兴，将您为拙著《东冈石湖》所作的序言通读两遍，眼睛为之一亮，精神为之一振，好久没有读这么美的文章了。读着读着，我有点怀疑此篇是不是我这本书的序言，我这本书是不是真的有这么好、有这么高的价值，思来想去，迟迟不能入睡。今早起床，又通读两遍，似乎读懂了您的良苦用心，就是勉励我写出"更多更好的作品"。您通过这种方式，为我指明了今后努力的方向。

　　仅就"序言"而言，此篇思想之深刻、见解之独到、文思之优美、辞藻之华丽，是我读过的所有序言中最经典、最精彩的，没有之一。只是觉得对人对书，高评之下其实难副。兄称我为文友，是对我的抬举，我自知，若"论理"，我还略知一二；若"叙事""写景""抒情"，我则一窍不通。文学是我的最大短板。对您的文学才华，我是难以望其项背的，别说为"友"，就是为"徒"，我都深感不配。唯有故乡情怀，我们是一样的深沉而强烈。这就是请兄作序的全部理由，我说"不二人选"，道理就在这里。

　　读过此篇，我更加坚定地认为，还是作为序言为好，即使您不同意，我也会奉为开篇。唯一请求，就是要大大降调。否则，读者两相对照，高开低走，会大失所望的。文中笔误，我作了校正；个别表述，也作了微调，仅供参考。

此后，海斌先生对序言作了多次修改，并制成美篇，为《东冈石湖》"预热"，读者浏览量近万人次。更重要的是，新华网、百度、腾讯、搜狐、文旅中国、今日头条、网易、一点资讯等媒体纷纷转发，取得了非常好的效果，我称之为"文以序名"。

——我要感谢我的母校武大出版社。

2020—2021 年，为出版拙著《伟大工程》，我与武大出版社有过很好的合作，对他们的专业水平和职业精神，留下非常深刻的印象。《东冈石湖》初稿完成后，2022 年 9 月 27 日，我向雅红师妹透露了这一信息。雅红师妹表示，非常希望将这本书交由武大出版社出版，他们是绝对不会让我失望的。我说，从情感上讲，我肯定选择母校出版社。但由于不是学术著作，而是通俗读物，就有些犹豫了。雅红师妹说，质量是衡量能否出版的唯一标准，通俗读物也是可以放到武大出版社的。

2022 年 11 月 16 日，我将书稿发给雅红师妹，转呈余双好先生审读。收到审读意见后，我按照双好先生的建议，对书稿作了修改，并于 2023 年 2 月 20 日，再次发给了雅红师妹。3 月 6 日，我将增加了序言并作最后修改订正的书稿，又发给了雅红师妹。至此，《东冈石湖》进入武大出版社的出版程序。

由于武大举办 130 周年校庆，需要出版的著作特别多，出版社的压力特别大，因而《东冈石湖》一直没有排上日程。我表示理解，作为校友，校庆为大，这个道理我还是懂的。再说，这本书的时效性不是很强，早一点迟一点没有太大关系，我正好利用这段时间，再好好研读关于故乡的文献资料，对书稿进行修改完善，最大限度地减少错漏。直到 2023 年 11 月 16 日，责任编辑胡国民师弟告诉我，《东冈石湖》一书已进入最后审稿阶段，后续将会进展顺利。

《东冈石湖》涉及的是乡土文化，引用的文献资料，时间跨度比较大，且相当分散，还有很多来自民间传说，免不了以讹传讹，这无疑给编辑工作增加了难度。国民师弟等编辑坚持质量至上，不放过任何一个疑点，查阅了大量资料，做了深入细致的比勘、校正工作，纠正了书稿中的一些讹误，起到了把关的作用。在编辑过程中，他们还提出了很多意见建议，对于提升书稿质量，至关重要。对比《伟大工程》，编辑《东冈石湖》的工作量不知增加了多少，毕竟前者是我在职时潜心学习和研究了 30 多年的专业，而后者则是我退休后刚刚进入的一个领域，提供书稿的质量是不一样的。

——我要感谢我的族兄史德洪先生。

我的小名叫正江，大名叫德俊，与德洪兄是平辈，是"德"字辈的兄弟，都是兴公的后代。德洪兄的高祖父，从我们史家岭搬到了干驿的另外一个村——社湖岭，史家岭是他们的根。在《东冈石湖》中，我曾多次讲到德洪兄，只是没有在第二章"东冈高处：生我养我的史家岭"中，专门列出条目，讲述他的事迹。因为我讲述的范围，是世代居住在史家岭的当代乡贤精英。

德洪兄长我一岁，早年参军入伍，后转业到地方工作，最后下海经商，是从家乡走出去的企业家。德洪兄具有强烈的家国情怀，做了很多回报国家、回报社会、回报宗族的事情，特别是出资兴修史氏宗祠，赢得了族人和社会的广泛赞誉。当他听说我写作出版《东冈石湖》后，表示非常高兴和自豪，提出这是一件好事，必须达到最好的效果。《东冈石湖》出版后，他愿意购买一批，赠送给干驿镇政府，转赠给干驿在外工作和生活的老乡，让他们了解故乡、记住乡愁；也将这本书摆放在史氏宗祠，让子孙后代了解史家岭、记住史家岭。我以为，这是我们兄弟联手做的一件很有意义的事情，必将在干驿、在史家岭、在史氏宗族的历史上，留下一道闪光的印迹。

最后，我要感谢为《东冈石湖》的写作、编辑、出版、发行给予关心、支持、帮助的所有亲人朋友，谢谢你们！

史正江

2024 年 1 月 18 日于海南三亚